Lucien Goldmann

Le Dieu caché

*Étude sur la vision tragique
dans les Pensées de Pascal
et dans le théâtre de Racine*

Gallimard

Ce livre a initialement paru dans la
« Bibliothèque des Idées » en 1959.

A Monsieur HENRI GOUHIER

PRÉFACE

En abordant ce travail nous nous proposions deux buts à la fois différents et complémentaires :

Dégager une méthode positive dans l'étude des ouvrages philosophiques et littéraires, et contribuer à la compréhension d'un ensemble limité et précis d'écrits, qui, malgré de notables différences, nous paraissaient étroitement apparentés.

La catégorie de la *Totalité* qui est au centre même de la pensée dialectique nous interdisait d'emblée toute séparation rigoureuse entre la réflexion sur la méthode et la recherche concrète qui ne sont que les deux faces d'une seule et même médaille.

Il nous paraît en effet certain que la méthode se trouve uniquement dans la recherche même, et que celle-ci ne saurait être valable et fructueuse que dans la mesure où elle prend progressivement conscience de la nature de sa propre démarche et des conditions qui lui permettent de progresser.

L'idée centrale de l'ouvrage est que les faits humains constituent toujours des *structures significatives* globales, à caractère à la fois pratique, théorique et affectif, et que ces structures ne peuvent être étudiées de manière positive, c'est-à-dire à la fois *expliquées* et *comprises*, que dans une perspective *pratique* fondée sur l'acceptation d'un certain ensemble de valeurs.

Partant de ce principe, nous avons montré l'existence d'une telle structure — *la vision tragique* — qui nous a permis de dégager et de comprendre l'essence de plusieurs manifestations humaines d'ordre idéologique, théologique, philosophique et littéraire, et de mettre en lumière entre tous ces faits, une parenté de structure fort peu aperçue auparavant.

C'est ainsi, qu'en essayant de dégager et de décrire progressivement les principaux traits de la *vision tragique* (Iʳᵉ partie) et de nous en servir pour l'étude des *Pensées* et du théâtre racinien, nous avons démontré qu'elle constitue, entre autres, l'essence commune du mouvement et de l'idéologie du jansénisme « extrémiste » (IIᵉ partie), des *Pensées* et de la philosophie critique de Kant (IIIᵉ partie) et, enfin, du théâtre de *Racine* (IVᵉ partie).

C'est au lecteur de juger dans quelle mesure le présent travail nous a réellement permis d'approcher les deux buts que nous venons de mentionner.

Dans cette préface, nous voudrions seulement prévenir deux objections éventuelles. En abordant à la fois l'étude de la *vision tragique* et la réflexion sur les conditions d'une étude positive des ouvrages philosophiques et littéraires, nous avons bien entendu rencontré les importants travaux déjà existants sur chacun de ces deux problèmes. Il va de soi que nous en avons lu un certain nombre et que nous nous en sommes parfois inspiré, notamment des écrits de Marx et d'Engels, de Georg Lukàcs et des réflexions sur la tragédie de Hegel (dans *l'Esthétique* et surtout dans l'extraordinaire chapitre sur l'Ordre éthique de *la Phénoménologie de l'Esprit*). Il ne reste pas moins vrai, que notre tentative était, même par rapport à Lukàcs, trop différente pour que nous puissions discuter explicitement toutes ces doctrines sans rompre l'unité de l'ouvrage [1].

D'autre part, étant donné la difficulté d'exprimer une pensée dialectique dans une terminologie qui lui est encore fort peu appropriée, il nous est arrivé plusieurs fois de formuler des affirmations en apparence contradictoires. Nous écrivons, par exemple, qu'il est impossible d'élaborer une « sociologie scientifique », une science objective des faits humains, et aussi, qu'il faut arriver à une connaissance positive et scientifique de ces faits; il nous arrive même d'appeler cette connaissance, faute d'un terme meilleur, une « connaissance sociologique »; de même, nous affirmons que les *Pensées* ne sont pas écrites « pour le libertin » mais aussi qu'elles s'adressent entre autres au libertin, etc.

En réalité, il n'y a aucune contradiction réelle entre ces affirmations. La connaissance des faits humains ne peut être obtenue de l'extérieur, indépendamment de toute perspective pratique et de tout jugement de valeur comme c'est le cas dans les sciences physiques et chimiques; elle doit cependant être tout aussi positive et rigoureuse que celle obtenue dans ces derniers domaines. Dans ce sens, il n'y a aucune contradiction à refuser le scientisme et à préconiser en même temps une science positive, historique et sociologique, des faits humains, opposée à la spéculation et à l'essaysme.

De même, Pascal n'a pas écrit les *Pensées* « pour le libertin » en développant une argumentation *ad hominem* qu'il n'admettait pas lui-même et qu'il ne pensait pas être valable pour les croyants. Néanmoins, son ouvrage — comme tous les ouvrages philosophiques d'ailleurs — s'adresse à tous ceux qui ne pensent pas comme l'auteur, et, dans ce cas précis, cela veut dire implicitement, aussi aux libertins.

Il s'agit dans tous ces cas de contradictions *apparentes* que nous aurions pu éviter à condition de forger un langage *ad hoc*, abstrait, rébarbatif et peu compréhensible au lecteur de bonne volonté. Il nous a paru plus important de garder le contact avec la réalité et avec la langue courante. Trop de lumière obscurcit, écrivait Pascal, à

---

1. Le jeune Lukàcs n'est étudié dans la première partie qu'en tant que penseur tragique et non pas comme théoricien d'une science de la philosophie et de la littérature.

la clarté formelle et apparente nous pensons avoir préféré une clarté réelle.

Il nous reste à remercier en terminant cette préface tous ceux qui nous ont aidé par leurs conseils, leurs remarques, leurs critiques et leurs objections, et parmi eux en tout premier lieu, M. Henri Gouhier qui a suivi pas à pas l'élaboration de cet ouvrage.

La tragédie est un jeu... un jeu
dont Dieu est le spectateur. Il
n'est que spectateur et jamais sa
parole ou ses actes ne se mêlent
aux paroles et aux gestes des acteurs.

Georg LUKÀCS : *Métaphysique
de la tragédie*, 1908.

Le bon Monseigneur de Nantes
m'a appris une sentence de Saint
Augustin qui me console fort : Que
celui-là est trop ambitieux auquel
les yeux de Dieu spectateur ne
suffisent pas.

Mère ANGÉLIQUE : *Lettre
à Arnauld d'Andilly*
du 9 janvier 1623.

PREMIÈRE PARTIE

LA VISION TRAGIQUE

CHAPITRE PREMIER

LE TOUT ET LES PARTIES

La présente étude s'insère dans un travail philosophique d'ensemble; bien que l'érudition soit une condition nécessaire de toute pensée philosophique sérieuse, elle ne sera donc ni une étude exhaustive ni un travail d'érudition pure. Philosophes et historiens érudits travaillent sans doute sur les mêmes faits [1], mais les perspectives dans lesquelles ils les abordent et les buts qu'ils se proposent sont totalement différents [2].

L'historien érudit reste sur le plan du *phénomène empirique abstrait* qu'il s'efforce de connaître dans ses moindres détails, faisant ainsi un travail non seulement valable et utile, mais encore indispensable à l'historien-philosophe qui veut, à partir de ces mêmes *phénomènes empiriques abstraits*, arriver à leur *essence conceptuelle*.

Ainsi, les deux domaines de la recherche se complètent, l'érudition fournissant à la pensée philosophique les connaissances empiriques indispensables, la pensée philosophique à son tour orientant les recherches érudites et les éclairant sur l'importance plus ou moins grande des multiples faits qui constituent la masse inépuisable des données individuelles.

Malheureusement, la division du travail favorise les idéologies et on arrive trop souvent à méconnaître l'importance de l'un ou l'autre de ces deux aspects de la recherche; l'historien érudit croit que seul importe l'établissement précis de tel détail biographique ou philologique concernant la vie de l'écrivain ou le texte, le philosophe regarde avec un certain dédain les purs érudits qui amoncellent les faits sans tenir compte de leur importance et de leur signification.

N'insistons pas sur ces malentendus. Contentons-nous d'établir que *les faits empiriques isolés et abstraits sont l'unique point de départ de la recherche*, et aussi que la possibilité de les

---

1. Qu'ils doivent bien entendu, l'un et l'autre, connaître autant que cela leur est possible, compte tenu de l'état des recherches, et aussi du temps et des forces dont ils disposent.
2. Il va sans dire que le travail d'érudition et la recherche philosophique peuvent être effectués par un seul et même homme.

comprendre et d'en dégager les lois et la signification est *le seul critère valable pour juger de la valeur d'une méthode ou d'un système philosophique.*

Reste à savoir si on peut arriver à ce résultat, lorsqu'il s'agit de faits humains, autrement qu'en les concrétisant par une conceptualisation dialectique.

Le présent travail veut contribuer à l'éclaircissement de ce problème par l'étude de plusieurs écrits qui sont, pour l'historien de la pensée et de la littérature, un ensemble précis et limité de faits empiriques; en l'occurrence, par l'étude des *Pensées* de Pascal et des quatre tragédies de Racine, *Andromaque, Britannicus, Bérénice* et *Phèdre.* Nous essayerons de montrer comment le contenu et la structure de ces œuvres se comprennent mieux à la lumière d'une analyse matérialiste et dialectique. Inutile de dire que c'est là un travail limité et partiel qui ne prétend pas décider, à lui seul, de la validité de notre méthode; la valeur et les limites de cette dernière ne pouvant être mises en lumière que par un ensemble de travaux en partie déjà écrits par les divers historiens matérialistes depuis Marx, en partie encore à écrire.

La science se constitue pas à pas, bien qu'on puisse espérer que chaque résultat acquis permette, par la suite, une marche accélérée. Convaincus que le travail scientifique (comme la conscience en général) est un phénomène social qui suppose la coopération de nombreux efforts individuels, nous espérons apporter une contribution à la compréhension, d'une part, de l'œuvre de Pascal et de Racine, d'autre part, à celle de la structure des faits de conscience et de leur expression philosophique et littéraire; contribution qui sera, cela va de soi, complétée et dépassée par d'autres travaux ultérieurs.

Soulignons, cependant, que les lignes qui précèdent, loin d'être une simple protestation subjective de modestie, sont l'expression d'une position philosophique précise, radicalement opposée à toute philosophie analytique admettant l'existence de premiers principes rationnels ou de points de départ sensibles, absolus. Le rationalisme partant d'idées innées ou évidentes, l'empirisme partant de la sensation ou de la perception, admettent, l'un et l'autre, à tout moment de la recherche, un ensemble de connaissances acquises, à partir duquel la pensée scientifique *avance en ligne droite* avec plus ou moins de certitude sans cependant avoir à revenir *normalement et nécessairement* [1] sur les problèmes déjà résolus. La pensée dialectique affirme, par contre, qu'il n'y a jamais de points de départ certains, ni de problèmes définitivement résolus, que la pensée

---

1. Le retour sur les résultats acquis est toujours *possible* et même *probable* et *fréquent* pour la pensée rationaliste ou empiriste. Il n'en est pas moins *accidentel* et, *en principe*, évitable.

n'avance jamais en ligne droite puisque toute vérité partielle ne prend sa véritable signification que par sa place dans l'ensemble, de même que l'ensemble ne peut être connu que par le progrès dans la connaissance des vérités partielles. La marche de la connaissance apparaît ainsi comme une oscillation perpétuelle entre les parties et le tout qui doivent s'éclairer mutuellement.

Sur ce point, comme sur beaucoup d'autres, l'œuvre de Pascal représente le grand tournant dans la pensée occidentale de l'atomisme rationaliste ou empiriste vers la pensée dialectique. Lui-même en est d'ailleurs conscient et le dit dans deux fragments qui éclairent particulièrement l'opposition radicale entre sa position philosophique et toute espèce de rationalisme ou d'empirisme. Ces fragments nous semblent exprimer de la manière la plus claire l'essentiel, aussi bien de la pensée pascalienne que de toute pensée dialectique, qu'il s'agisse des grands auteurs représentatifs comme Kant, Hegel, Marx, Lukàcs, ou plus modestement d'études partielles et limitées comme le présent ouvrage.

Nous les citons dès maintenant en rappelant que nous y reviendrons dans le cours de l'ouvrage et que c'est entre autres à partir de ces fragments que l'on pourrait et devrait comprendre l'ensemble de l'œuvre de Pascal et le sens des tragédies de Racine.

« Si l'homme s'étudiait le premier, il verrait combien il est incapable de passer outre. Comment se pourrait-il qu'une partie connût le tout ? Mais il aspirera peut-être à connaître au moins les parties avec lesquelles il a de la proportion. Mais les parties du monde ont toutes un tel rapport et un tel enchaînement l'une avec l'autre, que je crois impossible de connaître l'une sans l'autre et sans le tout » (fr. 72). « Donc toutes choses étant causées et causantes, aidées et aidantes, médiatement et immédiatement, et toutes s'entretenant par un lien naturel et insensible qui lie les plus éloignées et les plus différentes, je tiens impossible de connaître les parties sans connaître le tout, non plus que de connaître le tout sans connaître particulièrement les parties » (fr. 72) [1].

Pascal sait combien il s'oppose par là au rationalisme cartésien. Descartes pensait que si nous ne pouvons comprendre l'infini, nous avons, tout au moins, pour notre pensée, des points de départ, des premiers principes évidents. Il ne voyait pas que le problème est le même pour les éléments et pour l'ensemble, que dans la mesure où l'on ne connaît pas l'un il est impossible de connaître les autres.

« Mais l'infinité en petitesse est bien moins visible — les phi-

---

1. Nous citons les *Pensées* d'après l'édition Brunschvicg

losophes ont bien plutôt prétendu d'y arriver et c'est là où tous
ont achoppé. C'est ce qui a donné lieu à ces titres si ordinaires : *Des principes des choses*, *Des principes de la philosophie*,
et aux semblables aussi fastueux en effet quoique moins en
apparence que cet autre qui crève les yeux : *De omni scibili* »
(fr. 72).

C'est à partir de cette manière d'envisager les relations entre
les parties et le tout qu'il faut prendre *rigoureusement à la
lettre* en lui donnant son sens le plus fort le fragment 19 : « La
dernière chose qu'on trouve en faisant un ouvrage est de savoir
celle qu'il faut mettre la première. »

Cela signifie que l'étude d'un problème n'est jamais achevée
ni dans son ensemble, ni dans ses éléments. D'une part, *il est
évident qu'en recommençant l'ouvrage, on trouvera encore, et en
dernier lieu seulement, ce qu'on aurait dû mettre au commencement* et, d'autre part, ce qui vaut pour l'ensemble ne vaut
pas moins pour ses parties qui, n'étant pas des éléments premiers, sont à leur échelle des ensembles relatifs. La pensée
est une démarche vivante dont le progrès est *réel* sans être
cependant linéaire ni surtout jamais achevé.

On comprend maintenant pourquoi, en dehors de tout jugement subjectif, nous ne pouvons, pour des raisons épistémologiques, voir dans le présent travail autre chose qu'une étape
dans l'étude d'un problème, un apport à une démarche qui ne
peut ni être ni se vouloir individuelle ou définitive.

Le principal objet de toute pensée philosophique est l'homme,
sa conscience et son comportement. A la limite, toute philosophie est une anthropologie. Nous ne pouvons pas, bien entendu,
exposer dans un ouvrage consacré à l'étude d'un groupe de
faits partiels l'ensemble de notre position philosophique; cependant comme les faits que nous étudions sont des œuvres philosophiques et littéraires, on nous permettra de dire quelques
mots sur notre conception de la conscience en général et de
la création littéraire et philosophique en particulier.

Partant du principe fondamental de la pensée dialectique,
que la connaissance des faits empiriques reste abstraite et superficielle, tant qu'elle n'a pas été concrétisée par son intégration
à l'ensemble qui seule permet de dépasser le phénomène
partiel et abstrait pour arriver à son *essence concrète*, et implicitement à sa signification, nous ne croyons pas que la pensée
et l'œuvre d'un auteur puissent se comprendre par elles-mêmes
en restant sur le plan des écrits et même sur celui des lectures
et des influences. La pensée n'est qu'un aspect partiel d'une
réalité moins abstraite : l'homme vivant et entier; et celui-ci
n'est à son tour qu'un élément de l'ensemble qu'est le groupe
social. Une idée, une œuvre ne reçoit sa véritable signification
que lorsqu'elle est intégrée à l'ensemble d'une vie et d'un

comportement. De plus, il arrive souvent que le comportement qui permet de comprendre l'œuvre n'est pas celui de l'auteur, mais celui d'un groupe social (auquel il peut ne pas appartenir) et notamment, lorsqu'il s'agit d'ouvrages importants, celui d'une classe sociale.

Car l'ensemble multiple et complexe de relations humaines dans lesquelles est engagé tout individu crée très souvent des ruptures entre sa vie quotidienne d'une part, sa pensée conceptuelle et son imagination créatrice d'autre part, ou bien il ne laisse subsister entre elles qu'une relation trop médiatisée pour être *pratiquement* accessible à toute analyse quelque peu précise. Dans de pareils cas (et ils sont nombreux), l'œuvre est difficilement intelligible si on veut la comprendre uniquement ou en premier lieu à travers la personnalité de son auteur. Plus encore, l'intention d'un écrivain et la signification *subjective* qu'a pour lui son œuvre ne coïncident pas toujours avec la signification *objective* de celle-ci qui intéresse en premier lieu l'historien-philosophe. Hume n'est pas rigoureusement sceptique, mais l'empirisme l'est; Descartes est croyant, mais le rationalisme cartésien est athée. C'est en replaçant l'œuvre dans l'ensemble de l'évolution historique et en la rapportant à l'ensemble de la vie sociale, que le chercheur peut en dégager la signification *objective*, souvent même peu consciente pour son propre créateur.

Les différences entre la doctrine calviniste de la prédestination et celle des jansénistes sont peu visibles (quoique réelles), tant que la recherche reste sur le plan de la conscience. L'étude du comportement social et économique des groupes jansénistes et calvinistes rend la différence éclatante. L'ascèse intramondaine des groupes calvinistes étudiés par Max Weber — ascèse qui a si puissamment contribué à l'accumulation des capitaux et à l'essor du capitalisme moderne d'une part — le refus de toute vie intramondaine (sociale, économique, politique et même religieuse) qui caractérise le groupe des jansénistes radicaux d'autre part, nous permettent d'entrevoir d'emblée une opposition qui a trouvé son expression dans l'anticalvinisme des jansénistes, anticalvinisme réel et profond, malgré les ressemblances apparentes entre ces deux doctrines. De même, les tragédies de Racine, si peu éclairées par sa vie, s'expliquent, en partie tout au moins, en les rapprochant de la pensée janséniste et aussi de la situation sociale et économique des gens de robe sous Louis XIV.

Précisons : l'historien de la philosophie ou de la littérature se trouve au départ devant un groupe de faits empiriques : les textes qu'il se propose d'étudier. Ces textes, il peut les aborder, soit avec l'ensemble de méthodes purement philologiques que nous appellerons positivistes, soit avec des méthodes intuitives et affectives fondées sur l'affinité, la sympathie, soit enfin avec des méthodes dialectiques. Éliminant pour l'instant le second groupe qui à notre avis tout au moins n'a pas de caractère proprement scientifique, nous constatons qu'un seul critère peut départager les partisans des méthodes dialectiques et ceux des méthodes positivistes : la possibilité de comprendre l'ensemble des textes dans leur signification plus ou moins cohérente, ces textes étant, pour les uns comme pour les autres, le *point de départ* et le *point d'aboutissement* de leur travail scientifique.

La conception, déjà mentionnée, du rapport entre le tout et les parties, sépare cependant d'emblée la méthode dialectique des méthodes habituelles de l'histoire érudite qui le plus souvent ne tiennent pas suffisamment compte des données évidentes de la psychologie et de la connaissance des faits sociaux [1]. Les écrits d'un auteur ne constituent, en effet, qu'une partie de son comportement, lequel dépend d'une structure physiologique et psychologique extrêmement complexe qui est loin de demeurer identique et constante tout au long de l'existence individuelle.

De plus, une variété analogue se manifeste, *a fortiori*, dans la multiplicité infinie des situations concrètes où se trouve l'individu au cours de son existence. Sans doute si nous avions une connaissance *exhaustive* de la structure psychologique de l'auteur étudié et de l'histoire de ses relations quotidiennes avec son milieu social et naturel, pourrions-nous comprendre, sinon entièrement, du moins en grande partie, son œuvre à travers sa biographie. Une telle connaissance est cependant pour l'instant, et probablement pour toujours, du domaine de l'utopie. Même lorsqu'il s'agit d'individus contemporains que le psychologue peut étudier dans le laboratoire, soumettre à toutes sortes d'expériences et de tests, interroger sur leurs sentiments actuels et sur leur vie passée, il obtiendra à peine autre chose qu'une vue ou moins fragmentaire de l'individu étudié : à plus forte raison cela vaut-il pour un homme disparu depuis plusieurs siècles, et que nous ne pouvons, même à travers les recherches les plus sérieuses, connaître que d'une manière au plus haut point superficielle et fragmentaire. Il y a quelque chose de paradoxal à essayer de comprendre l'œuvre de Platon, de Kant, de Pascal, à travers leur biographie à une époque où nous venons, grâce à la psychanalyse, à la psychologie de la forme et aux travaux de Jean Piaget, de connaître mieux que jamais l'extrême complexité de l'individu humain. Malgré toute l'érudition et la rigueur scientifique apparentes,

---

1. Nous voudrions éviter le mot sociologie qui pose une foule de problèmes que nous ne pouvons pas aborder ici.

les conclusions de pareilles tentatives resteront-nécessairement plus ou moins arbitraires. Bien entendu, il ne s'agit pas d'exclure l'étude de la biographie du travail de l'historien. Très souvent, elle lui apporte des éclaircissements qui pour ne concerner que des points de détail n'en sont pas moins du plus haut intérêt. Elle restera cependant toujours un procédé de recherche auxiliaire et partiel dont il faudra contrôler les résultats par des méthodes différentes et dont surtout il ne faut à aucun prix faire le fondement de l'explication.

Ainsi l'essai de dépassement du texte écrit par l'intégration à la biographie de son auteur se révèle difficile et ses résultats apparaissent incertains. Ne vaut-il pas mieux dans ce cas revenir aux méthodes positivistes, au texte lui-même et à son étude philologique dans le sens le plus vaste du mot?

Nous ne le croyons pas, car toute étude philologique se heurte à deux obstacles difficilement surmontables tant qu'on n'intègre pas l'œuvre à l'ensemble historique dont elle fait partie.

Tout d'abord, comment délimiter cette œuvre? Est-ce tout ce que l'auteur étudié a écrit, y compris les lettres et les moindres brouillons et publications posthumes? Est-ce seulement ce qu'il a publié ou destiné à la publication?

On connaît les arguments qui plaident en faveur de l'une et de l'autre de ces deux solutions. La difficulté de choisir réside dans le fait que tout ce qu'un auteur a écrit n'est pas d'égale importance pour la compréhension de son œuvre. Il y a des textes qui s'expliquent par les accidents individuels de sa vie et qui comme tels présentent tout au plus un intérêt biographique; il y a des textes *essentiels* sans lesquels l'œuvre est incompréhensible. Et ce qui rend la tâche de l'historien encore plus difficile est le fait que les uns et les autres se trouvent aussi bien dans les ouvrages publiés que dans les lettres et les notes personnelles. Nous nous trouvons devant une des manifestations de la difficulté fondamentale de tout travail scientifique : la distinction entre l'essence et l'accident, problème qui a préoccupé les philosophes depuis Aristote jusqu'à Husserl et auquel il s'agit de donner une réponse *positive* [1] et *scientifique*.

Deuxième difficulté non moins importante que la première : au premier abord, la signification d'un texte est loin d'être certaine et univoque.

Des mots, des phrases, des fragments en apparence semblables et même identiques peuvent avoir des significations différentes lorsqu'ils se trouvent intégrés à des ensembles diffé-

---

1. Ce qui, nous essayerons de le montrer, est précisément le contraire d'une réponse *scientiste* et *positiviste*.

rents. Pascal le savait mieux que personne : « Les mots diversement rangés font un divers sens, et les sens diversement rangés font différents effets » (fr. 23).

« Qu'on ne dise pas que je n'ai rien dit de nouveau; la disposition des matières est nouvelle; quand on joue à la paume, c'est une même balle dont joue l'un et l'autre, mais l'un la place mieux.

« J'aimerais autant qu'on me dît que je me suis servi de mots anciens. Et comme si les mêmes pensées ne formaient pas un autre corps de discours par une disposition différente, aussi bien que les mêmes mots forment d'autres pensées par leur différente disposition » (fr. 22).

Or, il est pratiquement impossible d'insérer les pensées dans le « corps du discours » tant qu'on n'a pas fait le départ dans l'œuvre entre l'essentiel et l'accessoire, entre les éléments qui forment ce « corps du discours » et les textes non essentiels qu'il faut laisser de côté.

Tout ceci semble plus ou moins évident. Cependant, de nombreux historiens n'en continuent pas moins à isoler arbitrairement certains éléments d'une œuvre pour les rapprocher d'autres éléments analogues d'une autre œuvre radicalement différente. Qui ne connaît les légendes si répandues et persistantes du « romantisme » de Rousseau et de Hölderlin, le rapprochement entre Pascal et Kierkegaard, etc., ou bien la tentative (sur laquelle nous reviendrons au cours de cet ouvrage) faite par Laporte et son école pour identifier les positions opposées de Pascal et de Descartes.

Dans tous ces cas, il s'agit du même procédé : on isole de leur contexte certains éléments partiels d'une œuvre, on en fait des totalités autonomes et l'on constate ensuite l'existence d'éléments analogues dans une autre œuvre, avec laquelle on établit un rapprochement. On crée ainsi une analogie factice, laissant de côté consciemment ou non le contexte qui, lui, est entièrement autre et qui donne même à ces *éléments semblables une signification différente ou opposée.*

Il y a sans doute chez Rousseau et chez Hölderlin une certaine sensibilité affective, une accentuation du moi subjectif, un amour de la nature qui, isolés du contexte, peuvent les rapprocher, *en apparence*, des écrivains romantiques. Il suffit cependant de se rappeler le *Contrat social*, l'idée de volonté générale, l'absence de toute idée d'élite opposée à la communauté universelle, le peu d'importance qu'a le moyen âge aux yeux de ces deux écrivains, l'enthousiasme de Hölderlin pour la Grèce, pour voir à quel point leur œuvre se situe à l'opposé du romantisme [1].

De même nous trouverons sans doute chez Pascal une atti-

---

1. Kant qui admirait Rousseau, tout en refusant l'exaltation et les débordements affectifs, ne s'y est pas trompé.

tude à la fois positive et négative à l'égard de la raison.
Mais l'élément positif ne le rapproche pas plus de Descartes
que l'élément négatif ne le rapproche de Kierkegaard, à moins
d'oublier que ces deux éléments *coexistent* de manière permanente et qu'on ne peut même pas parler de deux attitudes ou
éléments, à moins d'aborder les *Pensées* dans une perspective
cartésienne ou kierkegaardienne. Pour Pascal, il y a une seule
position, la dialectique tragique qui répond à la fois *oui et
non* à tous les problèmes fondamentaux que posent la vie de
l'homme et ses relations avec les autres hommes et l'univers.

Nous pourrions multiplier les exemples. Ce sont là deux
écueils auxquels doit se heurter toute *méthode positiviste purement philologique* et en face desquels elle est *totalement désar-
mée*, faute de posséder un critère *objectif* qui lui permettrait
de juger de l'importance des différents textes et de leur signification dans l'ensemble de l'œuvre. Ces difficultés ne sont que
l'expression visible et immédiate dans la sphère particulière de
l'histoire de la littérature et de la philosophie, de l'impossibilité
générale de comprendre dans le domaine des sciences humaines
les phénomènes empiriques abstraits et immédiats sans les rattacher à leur essence conceptuelle concrète.

La méthode dialectique préconise un chemin différent. Les
difficultés que présentait l'insertion de l'œuvre dans la biographie de son auteur, loin de nous inciter à revenir aux
méthodes philologiques et à nous limiter au texte immédiat,
auraient dû nous pousser, au contraire, à avancer dans la première direction en allant, non seulement du texte à l'individu,
mais encore de celui-ci aux groupes sociaux dont il fait partie.
Car, à la réflexion, les difficultés de l'étude philologique et celles
de l'étude biographique se révèlent être du même ordre et avoir
le même fondement épistémologique. La multiplicité et la
variété des faits individuels étant inépuisables, leur étude scientifique et positive présuppose la séparation des éléments essentiels et accidentels qui sont intimement liés dans la réalité
immédiate telle qu'elle s'offre à notre intuition sensible. Or,
sans aborder ici la discussion du fondement épistémologique
des sciences physico-chimiques pour lesquelles la situation nous
paraît différente, nous croyons que, dans les sciences humaines,
la séparation entre l'essentiel et l'accidentel ne peut se faire
que par l'intégration des éléments à l'ensemble, des parties
au tout. C'est pourquoi, bien qu'on ne puisse jamais arriver à
une totalité qui ne soit elle-même élément ou partie, le problème de la méthode en sciences humaines est celui du découpage du donné empirique en *totalités relatives suffisamment
autonomes pour servir de cadre à un travail scientifique* [1].

---

1. L'effort principal de la pensée dialectique en sciences humaines a porté sur
la critique des domaines traditionnels de la science universitaire, droit, histoire

Si cependant pour les raisons que nous venons d'énoncer, ni l'œuvre ni l'individu ne sont des totalités suffisamment autonomes pour fournir le cadre d'une étude scientifique et explicative de faits intellectuels et littéraires, il nous reste à savoir si le groupe, envisagé notamment sous la perspective de sa structuration en classes sociales, ne pourrait constituer une réalité qui nous permettrait de surmonter les difficultés rencontrées sur le plan du texte isolé ou rattaché uniquement à la biographie.

Abordons les deux difficultés, mentionnées plus haut, dans l'ordre inverse pour des raisons d'exposition. Comment définir la signification d'un écrit ou d'un fragment? La réponse découle des analyses précédentes : *en l'intégrant à l'ensemble coherent de l'œuvre.*

L'accent est mis ici sur le mot *cohérent.* Le sens valable est celui qui permet de retrouver la *cohérence entière* de l'œuvre, à moins que cette cohérence n'existe pas [1], auquel cas, pour les raisons que nous exposerons plus loin, l'écrit étudié n'a pas d'intérêt philosophique ou littéraire fondamental. Pascal en était conscient. Parlant de l'interprétation de l'Écriture sainte, il écrit : « On ne peut faire une bonne physionomie qu'en accordant toutes nos contrariétés, et il ne suffit pas de suivre une suite de qualités accordantes sans accorder les contraires. Pour entendre le sens d'un auteur, il faut accorder tous les passages contraires. Ainsi, pour entendre l'Écriture, il faut avoir un sens dans lequel tous les passages contraires s'accordent. Il ne suffit pas d'en avoir un qui convienne à plusieurs passages accordants, mais d'en avoir un qui accorde les passages même contraires. Tout auteur a un sens auquel tous les passages contraires s'accordent, ou il n'a point de sens du tout. On ne peut pas dire cela de l'Écriture et des prophètes; ils avaient assurément trop bon sens. Il faut donc en chercher un qui accorde toutes les contrariétés » (fr. 684).

Le sens d'un élément dépend de l'ensemble cohérent de l'œuvre entière. L'affirmation d'une foi absolue dans la vérité des Evangiles n'a ni la même signification ni la même importance lorsque nous la trouvons chez Saint Augustin, chez Saint Thomas d'Aquin, chez Pascal et chez Descartes; elle est essentielle, quoique dans un sens très différent, pour chacun des trois

---

politique, psychologie expérimentale, sociologie, etc. D'après elle, ces disciplines n'ont pas pour objet des domaines suffisamment autonomes pour permettre une compréhension scientifique réelle des phénomènes. On oublie trop souvent que le *Capital* n'est pas un traité d'économie politique dans le sens traditionnel du mot, mais, comme l'indique son titre, une « critique de l'économie politique ». (Voir aussi LUKÁCS : *Histoire et Conscience de classe,* Berlin, 1923.)

1. La cohérence dont nous parlons n'est cependant pas — sauf peut-être pour des ouvrages de philosophie rationaliste — une cohérence *logique.* (Voir à ce sujet L. GOLDMANN : *Sciences humaines et Philosophie,* P. U. F., 1952.)

premiers, et entièrement accidentelle et même négligeable chez le dernier. Dans la célèbre querelle de l'athéisme, Fichte avait probablement raison en affirmant sa foi personnelle, mais ses adversaires avaient aussi certainement raison en affirmant que cette foi était un élément accidentel dans l'ensemble d'une philosophie *objectivement* athée; de même, dans le célèbre fragment 77, Pascal a mieux compris la philosophie cartésienne (et même son prolongement ultérieur chez Malebranche) que Laporte dans son volumineux ouvrage dont l'interprétation se fonde souvent sur des textes accidentels dans les écrits du philosophe.

Si cependant le critère de la cohérence nous apporte une aide importante et même décisive lorsqu'il s'agit de comprendre la signification d'un élément, il va de soi que ce critère ne s'applique que très rarement, et seulement lorsqu'il s'agit d'une œuvre vraiment exceptionnelle, à l'ensemble des écrits et des textes d'un auteur.

Le fragment 684 se réfère à un ouvrage exceptionnel et sans pareil pour un croyant. Dans la perspective de Pascal, il n'y a rien d'accidentel dans l'Écriture; sa cohérence doit embrasser la moindre ligne, le moindre mot. L'historien de la philosophie et de la littérature, en revanche, se trouve dans une situation moins favorisée et plus complexe. D'une manière *immédiate*, l'œuvre qu'il étudie est écrite par un individu qui n'est pas à chaque instant de son existence au même niveau de conscience et de force créatrice; de plus, cet individu est toujours plus ou moins ouvert à des influences extérieures et accidentelles. Dans la plupart des cas, le critère de cohérence ne peut s'appliquer qu'aux textes *essentiels* de son œuvre, ce qui nous ramène à la première des difficultés que nous avons mentionnées en parlant des écueils auxquels doit se heurter toute méthode purement philologique ou biographique.

Sur ce point, l'historien de la littérature et de l'art a, sans doute, un premier critère *immédiat : la valeur esthétique*. Il est évident que tout essai de compréhension de l'œuvre de Gœthe ou de Racine peut laisser de côté *Les Énervés* ou *Le Général citoyen*, pour le premier, *Alexandre* ou *La Thébaïde* pour le second. Mais, sans même parler du fait qu'isolé de tout complément conceptuel et explicatif, ce critère de la valeur esthétique reste subjectif et arbitraire [1], il présente encore le désavantage

---

1. Et cela pour des raisons qui sont elles aussi en grande partie sociales. A chaque époque, la sensibilité des membres de telle ou telle classe sociale et aussi des intellectuels est aiguisée pour certaines œuvres et émoussée pour d'autres. La plupart des études contemporaines sont *pour cette raison* sujettes à caution lorsqu'elles parlent de Corneille, Hugo ou Voltaire. La situation est différente pour les écrits irrationalistes et même pour les écrits tragiques dont les intellectuels contemporains sentent mieux la valeur *esthétique* même lorsqu'ils ne saisissent pas, d'une manière très claire, la signification objective.

de ne pouvoir s'appliquer presque jamais aux œuvres philosophiques et théologiques.

L'histoire de la philosophie et de la littérature ne pourra
ainsi devenir *scientifique* que le jour où sera forgé un instrument *objectif* et *contrôlable* permettant de départager l'essentiel
d'avec l'accidentel dans une œuvre, instrument dont on pourra,
par ailleurs, *contrôler* la validité et l'emploi par le fait que son
application ne devra jamais éliminer comme non essentielles
des œuvres esthétiquement réussies. Or, cet instrument nous
semble être la *notion de vision du monde*.

Le concept en lui-même n'est même pas d'origine dialectique.
Dilthey et son école l'ont employé abondamment. Malheureusement, ils l'ont fait d'une manière très vague, sans jamais
réussir à lui donner un statut *positif* et *rigoureux*. Le mérite
de l'avoir employé avec la précision indispensable pour en
faire un instrument de travail, revient, *en premier lieu*, à Georg
Lukàcs, qui l'a fait dans plusieurs ouvrages dont nous nous
sommes efforcés ailleurs de dégager la méthode [1].

Qu'est-ce qu'une vision du monde? Nous l'avons déjà écrit
ailleurs : ce n'est pas une donnée empirique immédiate, mais
au contraire, un instrument *conceptuel* de travail indispensable
pour comprendre les expressions immédiates de la pensée des
individus. Son importance et sa réalité se manifestent même
sur le plan empirique dès qu'on dépasse la pensée ou l'œuvre
d'un seul écrivain. On a, depuis longtemps, signalé les parentés
qui existent entre certains ouvrages philosophiques et certaines
œuvres littéraires : Descartes et Corneille, Pascal et Racine,
Schelling et les romantiques allemands, Hegel et Gœthe. D'autre
part, nous le montrerons au cours du présent ouvrage, des
positions analogues dans la structure d'ensemble, et non pas
seulement dans le détail, se retrouvent lorsqu'on rapproche des
textes en apparence aussi différents que les écrits critiques de
Kant et les *Pensées* de Pascal.

Or, sur le plan de la psychologie individuelle, il n'y a rien de
plus différent qu'un poète qui crée des êtres et des choses particulières, et un philosophe qui pense et s'exprime par concepts
généraux. De même, on peut à peine imaginer deux individus
plus différents dans tous les aspects de leur vie et de leur
comportement que ne l'étaient Kant et Pascal. Si, donc, la
plupart des éléments *essentiels* qui composent la structure schématique des écrits de Kant, Pascal et Racine sont analogues
malgré les différences qui séparent ces écrivains en tant qu'individus empiriques vivants, nous sommes obligés de conclure à
l'existence d'une réalité qui n'est plus purement individuelle

---

1. Voir L. GOLDMANN : *Matérialisme dialectique et Histoire de la philosophie.*
Revue philosophique de France et de l'étranger, 1948, nº 46 et *Sciences humaines et
Philosophie*, P. U. F., 1952.

et qui s'exprime à travers leurs œuvres. C'est précisément la vision du monde, et, dans le cas précis des auteurs que nous venons de citer, la *vision tragique* dont nous parlerons dans les chapitres suivants.

Il ne faut cependant pas voir dans la vision du monde une réalité métaphysique ou d'ordre purement spéculatif. Elle constitue, au contraire, le *principal* aspect *concret* du phénomène que les sociologues essaient de décrire depuis des dizaines d'années sous le terme de conscience collective, et son analyse nous permettra de préciser la notion de cohérence que nous avons déjà rencontrée.

Le comportement psychomoteur de tout individu résulte de ses relations avec le milieu ambiant. Jean Piaget a décomposé l'effet de ces relations en deux processus complémentaires : assimilation du milieu aux schèmes de pensée et d'action du sujet, et accommodation de ces schèmes à la structure du monde ambiant lorsque celui-ci ne se laisse pas assimiler [1].

Le grand défaut de la plupart des travaux de psychologie a été de traiter trop souvent l'individu comme sujet absolu, et de considérer les autres hommes par rapport à lui uniquement comme *objet* de sa pensée ou de son action. C'était la position *atomiste* commune au Je cartésien ou fichtéen, à l' « Ego transcendental » des néo-kantiens et des phénoménologues, à la statue de Condillac, etc. Or, ce postulat implicite ou explicite de la philosophie et de la psychologie non dialectiques modernes est tout simplement faux. Son inexactitude se révèle à la plus simple observation empirique. Presque aucune action humaine n'a pour sujet un individu isolé. *Le sujet* de l'action est un *groupe*, un « Nous », même si la structure actuelle de la société tend par le phénomène de la réification à voiler ce « Nous » et à le transformer en une somme de plusieurs individualités distinctes et fermées les unes aux autres. Il y a entre les hommes une autre relation possible que celle de sujet à objet, de Je à Tu, une relation de communauté que nous appellerons le « Nous », expression d'une action *commune* sur un objet physique ou social.

Il va de soi que dans la société actuelle chaque individu est engagé dans une multitude d'actions communes de ce genre, actions dans lesquelles le groupe sujet n'est pas identique et qui, prenant toutes une importance plus ou moins grande pour

---

1. Marx disait la même chose dans un passage du *Capital* que Piaget a repris dans son dernier ouvrage : « Le travail est avant tout un processus entre l'homme et la nature, un processus dans lequel l'homme, par son activité, réalise, règle et contrôle ses échanges avec la nature. Il y joue lui-même vis-à-vis de la nature le rôle d'une puissance naturelle. Il met en mouvement les forces naturelles qui appartiennent à sa nature corporelle, bras et jambes, tête et mains, pour s'approprier les substances naturelles sous une forme utilisable pour sa propre vie. En agissant ainsi, par ses mouvements sur la nature extérieure, et en la transformant,

l'individu, auront une influence proportionnelle à cette importance sur l'ensemble de sa conscience et de son comportement. De tels groupes, sujets d'actions communes, peuvent être des associations économiques ou professionnelles, des familles, des communautés intellectuelles ou religieuses, des nations, etc., enfin et surtout les groupes qui nous semblent, pour des raisons purement positives que nous avons exposées ailleurs [1], les plus importants pour la vie et la création intellectuelle et artistique : *les classes sociales* reliées par un fondement économique qui, jusqu'à aujourd'hui, a une importance primordiale pour la vie idéologique des hommes, simplement parce que ceux-ci sont obligés de consacrer la plus grande partie de leurs préoccupations et de leurs activités à assurer leur existence, ou, lorsqu'il s'agit des classes dominantes, à conserver leurs privilèges, à gérer et à accroître leur fortune.

Les individus peuvent sans doute, — nous l'avons déjà dit plus haut et ailleurs, — séparer leur pensée et leurs aspirations de leur activité quotidienne; le fait est cependant *exclu* lorsqu'il s'agit de groupes sociaux.

Pour le groupe, la concordance entre la pensée et le comportement est *rigoureuse*. La thèse centrale du matérialisme historique se borne à affirmer cette concordance et à exiger qu'on lui donne un contenu concret jusqu'au jour où l'homme parviendra à se libérer *en fait* sur le plan du *comportement* quotidien de son asservissement aux besoins économiques.

Tous les groupes fondés sur des intérêts économiques communs ne constituent cependant pas des classes sociales. Il faut encore que ces intérêts soient orientés vers une transformation globale de la structure sociale (ou, pour les classes « réactionnaires », vers le maintien global de la structure actuelle), et qu'ils s'expriment ainsi sur le plan idéologique par une vision d'ensemble de l'homme actuel, de ses qualités, de ses défauts et, par un idéal, de l'humanité future, de ce que doivent être les relations de l'homme avec les autres hommes et avec l'univers.

Une vision du monde, c'est précisément cet ensemble d'aspirations, de sentiments et d'idées qui réunit les membres d'un groupe (le plus souvent, d'une classe sociale) et les oppose aux autres groupes.

C'est, sans doute, une schématisation, une extrapolation de l'historien, mais l'extrapolation d'une tendance *réelle* chez les membres d'un groupe qui réalisent tous cette conscience de classe d'une manière plus ou moins consciente et cohérente.

---

il transforme en même temps sa propre nature. »(*Das Kapital*, t. I, troisième partie, chap. V. Berlin, Dietz-Verlag, 1955, p. 185.)

1. Voir L. GOLDMANN : *Sciences humaines et Philosophie*, P. U. F., 1952.

Plus ou moins, disons-nous, car si l'individu n'a que rarement une conscience vraiment entière de la signification et de l'orientation de ses aspirations, de ses sentiments, de son comportement, il n'en a pas moins toujours une *conscience relative*. Rarement, des individus exceptionnels atteignent, ou tout au moins sont près d'atteindre, la cohérence intégrale. Dans la mesure où ils parviennent à l'exprimer, sur le plan conceptuel ou imaginatif, ce sont des philosophes ou des écrivains et leur œuvre est d'autant plus importante qu'elle se rapproche plus de la cohérence schématique d'une vision du monde, c'est-à-dire du *maximum de conscience possible* du groupe social qu'ils expriment.

Ces quelques considérations nous montrent déjà en quoi une conception dialectique de la vie sociale diffère des conceptions traditionnelles de la psychologie et de la sociologie.

D'une part, l'individu n'apparaît plus comme un atome, qui s'oppose en tant que *moi isolé* aux autres hommes et au monde physique, et, d'autre part, la « conscience collective » n'est pas non plus une entité statique supra-individuelle qui s'oppose de l'extérieur aux individus. La conscience collective n'existe que dans les consciences individuelles, mais elle n'est pas la somme de celles-ci. Le terme même est d'ailleurs malheureux et prête à confusion; nous lui préférons celui de « conscience de groupe » accompagné, autant que possible, de la spécification de celui-ci : conscience familiale, professionnelle, nationale, conscience de classe, etc. Cette dernière est la tendance *commune* aux sentiments, aspirations et pensées des membres de la classe, tendance se développant précisément à partir d'une situation économique et sociale qui engendre une activité dont le sujet est la communauté, réelle ou virtuelle, constituée par la classe sociale. La prise de conscience varie d'un homme à l'autre et n'atteint son maximum que chez certains individus exceptionnels ou chez la majorité des membres du groupe dans certaines situations privilégiées (guerre pour la conscience nationale, révolution pour la conscience de classe, etc.). Il en résulte que les individus exceptionnels expriment *mieux* et d'une manière plus précise la conscience collective que les autres membres du groupe et que, par conséquent, il faut entièrement renverser la manière traditionnelle des historiens de poser le problème des rapports entre l'individu et la société. A titre d'exemple : on s'est souvent demandé dans quelle mesure Pascal était ou n'était pas janséniste. Mais aussi bien ceux qui l'affirmaient que leurs adversaires, étaient d'accord *sur la manière de poser la question*. Demander si Pascal était janséniste, *c'était, pour les uns comme pour les autres*, demander dans quelle mesure sa pensée était semblable ou analogue à celle d'Arnauld, de

Nicole et des autres jansénistes notoires. Il nous semble au contraire qu'il faut renverser le problème, en établissant d'abord ce qu'est le jansénisme en tant que phénomène social et idéologique, ensuite ce que serait un jansénisme entièrement conséquent, pour juger enfin par rapport à ce jansénisme *conceptuel* et *schématique* les écrits de Nicole, d'Arnauld et de Pascal. On les comprendra alors beaucoup mieux dans leur signification *objective* et aussi dans les limites de chacun d'entre eux, et il s'avérera que Pascal, Racine, et à la limite Barcos, sont sur le plan idéologique et littéraire les *seuls* jansénistes conséquents, et que c'est par rapport *à leur œuvre* qu'il faut mesurer le jansénisme d'Arnauld et de Nicole.

Cette méthode n'est-elle pas arbitraire? Ne pourrions-nous pas laisser de côté le jansénisme, Nicole, Arnauld et surtout le concept de vision du monde? A cette question, nous ne connaissons qu'une seule réponse : une méthode se justifie dans la mesure où elle nous permettra de mieux comprendre les œuvres que nous nous proposons d'étudier dans le cas qui nous occupe : les *Pensées* de Pascal et les tragédies de Racine.

Nous voici ainsi revenus au point de départ : toute grande œuvre littéraire ou artistique est l'expression d'une vision du monde. Celle-ci est un phénomène de conscience collective qui atteint son maximum de clarté conceptuelle ou sensible dans la conscience du penseur ou du poète. Ces derniers l'expriment à leur tour dans l'œuvre qu'étudie l'historien en se servant de l'instrument conceptuel qui est la vision du monde; appliquée au texte, celle-ci lui permet de dégager :

a) L'essentiel dans les ouvrages qu'il étudie.

b) La signification des éléments partiels dans l'ensemble de l'œuvre.

Ajoutons enfin, que l'historien de la philosophie et de la littérature doit étudier non seulement les visions du monde, mais aussi et surtout leurs expressions concrètes. C'est-à-dire que, dans la mesure de ses possibilités bien entendu, il ne doit pas se limiter dans l'étude d'une œuvre, à ce qui s'explique par telle ou telle vision. Il doit encore se demander quelles sont les raisons sociales ou individuelles qui font que cette vision (qui est un schème général) s'est exprimée dans cette œuvre à cet endroit et à cette époque, précisément de telle ou telle manière; d'autre part, il ne doit pas non plus se contenter de *constater* les inconséquences, les écarts, qui séparent encore l'œuvre étudiée d'une expression cohérente de la vision du monde qui lui correspond.

Il va de soi que pour l'historien, l'existence de ces inconséquences, et de ces écarts, ne constitue pas un simple fait, mais un problème qu'il doit résoudre et dont la solution aboutit parfois à des facteurs historiques et sociaux mais très souvent aussi à des facteurs relevant de la biographie et de la psychologie individuelle, facteurs qui trouvent *ici* leur véritable domaine privilégié d'application. L'accident est une réalité que l'historien n'a pas le droit d'ignorer, mais qu'il peut seulement comprendre par rapport à la structure *essentielle* de l'objet étudié.

Ajoutons que la méthode dont nous venons de tracer les grandes lignes et que nous avons appelée dialectique a déjà été employée spontanément, sinon par des historiens professionnels de la philosophie, du moins par les philosophes eux-mêmes lorsqu'ils voulaient comprendre la pensée de leurs devanciers. C'est le cas de Kant, qui sait très bien, et le dit explicitement, que Hume n'est pas rigoureusement empiriste et sceptique, mais qui discute sa position *comme s'il l'était*, car, derrière l'œuvre individuelle, il veut atteindre la doctrine philosophique (la vision du monde, dirions-nous) qui lui donne sa signification. De même, dans l'entretien entre Pascal et M. de Saci, (qui, tout en n'étant qu'une transcription de Fontaine, est probablement très près du texte original), nous trouvons deux déformations analogues. Pascal savait, sans doute, que Montaigne n'était pas rigoureusement et uniquement sceptique. Il l'affirme néanmoins en appliquant le même principe implicite car il s'agit, là encore, de retrouver des positions philosophiques et non pas de faire une exégèse philologique. De même, nous le voyons attribuer à Montaigne l'hypothèse du malin génie, ce qui est philologiquement erroné, mais philosophiquement juste, car cette hypothèse n'était pour Descartes, son auteur réel, qu'une supposition *provisoire* destinée précisément à résumer et à pousser à ses dernières conséquences la position sceptique qu'il réfutera par la suite.

Ainsi, la méthode qui consiste à aller du texte empirique immédiat à la vision conceptuelle et médiate pour revenir ensuite à la signification concrète du texte dont on était parti, n'est pas une innovation du matérialisme dialectique. Le grand mérite de cette dernière méthode consiste néanmoins dans le fait d'avoir apporté, par l'intégration de la pensée des individus à l'ensemble de la vie sociale et notamment par l'analyse de la fonction historique des classes sociales, le fondement positif et scientifique au concept de vision du monde, lui enlevant tout caractère arbitraire, spéculatif et métaphysique.

Ces quelques pages étaient nécessaires pour dégager les lignes générales de la méthode que nous nous proposons d'employer dans cette étude. Ajoutons seulement que les visions du monde étant l'expression *psychique* de la relation entre certains groupes humains et leur milieu social et naturel, leur nombre est, pour une longue période historique tout au moins, nécessairement limité.

Si multiples et si variées que soient les situations historiques concrètes, les visions du monde n'expriment pas moins la réaction d'un groupe d'êtres *relativement constants* à cette multiplicité de situations réelles. La possibilité d'une philosophie et d'un art qui gardent leur valeur au delà du lieu et de l'époque où ils sont nés, repose précisément sur le fait qu'ils expriment toujours la situation historique *transposée* sur le plan des grands problèmes *fondamentaux* que posent les relations de l'homme avec les autres hommes et avec l'univers. Or, le nombre de réponses humainement *cohérentes* à cet ensemble de problèmes étant limité [1] par la structure même de la personne humaine, chacune de ces réponses correspond à des situations historiques différentes et souvent contraires. Cela explique, d'une part, les renaissances qui se produisent constamment dans l'histoire de l'art et de la philosophie et, d'autre part, le fait que la même vision peut, à des siècles différents, avoir une fonction différente, être révolutionnaire, apologétique, conservatrice ou décadente.

Il va de soi que cette typologie d'un nombre limité de visions du monde n'est valable que pour le schème essentiel, pour la réponse à un certain nombre de problèmes fondamentaux et pour l'importance accordée à chacun d'entre eux dans l'ensemble. Plus nous allons cependant du schème général, de l'essence, aux manifestations empiriques, plus les détails de ces manifestations sont reliés aux situations historiques localisées dans le temps et dans l'espace, et même à la personnalité individuelle du penseur et de l'écrivain.

Les historiens de la philosophie sont en droit d'accepter la notion de platonisme, valable pour Platon, saint Augustin, Descartes, etc. (et on peut de même parler de mysticisme, d'empirisme, de rationalisme, de vision tragique, etc.) à condition de retrouver à partir des traits généraux du platonisme comme vision du monde et des éléments communs aux situations historiques du ıve siècle avant Jésus-Christ, du ıve siècle après Jésus-Christ et du xvııe siècle, les traits spécifiques de ces trois situations, leurs répercussions sur l'œuvre des trois penseurs, et enfin, s'ils veulent être complets, les éléments spécifiques de l'individualité des penseurs et leur expression dans l'œuvre.

Ajoutons que la *typologie des visions du monde*, qui nous semble être la tâche principale de l'historien de la philosophie et de l'art et qui, une fois établie, sera une contribution capitale à toute anthropologie philosophique, est encore à peine entamée. Elle sera, comme les grands systèmes physiques d'ail-

---

1. Bien que nous soyons aujourd'hui encore très loin d'avoir dégagé scientifiquement cette limite. L'élaboration positive d'une typologie des visions du monde se trouve en effet à peine au stade des travaux préparatoires.

leurs, le *couronnement* d'une longue série d'études partielles, qu'elle éclairera et précisera à son tour.

C'est dans la série de ces études partielles et préparatoires que s'insère le présent travail consacré à la vision tragique dans l'œuvre de Pascal et de Racine. Et c'est pourquoi, après ces lignes d'introduction méthodologique sur les visions du monde en général, nous aborderons dans les chapitres qui suivent l'étude de *la vision tragique* qui sera l'instrument conceptuel dont nous nous servirons pour comprendre les œuvres que nous voulons étudier.

CHAPITRE II

LA VISION TRAGIQUE : DIEU

> L'homme, quelque petit qu'il
> soit, est si grand, qu'il ne peut
> sans faire tort à sa grandeur, estre
> serviteur que de Dieu seul.
> SAINT-CYRAN, *Maximes*, 201.

Pour tracer le schème conceptuel de la vision tragique il faudrait dégager l'élément commun à un ensemble d'œuvres philosophiques, littéraires et artistiques qui embrasserait en tous cas les tragédies antiques, les écrits de Shakespeare, les tragédies de Racine, les écrits de Kant et de Pascal, un certain nombre de sculptures de Michel-Ange et probablement certaines autres œuvres de diverse importance.

Malheureusement, nous ne sommes pas en état de le faire. Le concept de vision tragique tel que nous l'avons élaboré au cours de plusieurs études antérieures, s'applique seulement aux écrits de Kant, Pascal et Racine. Nous espérons arriver par des travaux ultérieurs à le préciser au point de pouvoir l'appliquer aux autres ouvrages mentionnés plus haut. Pour l'instant, nous ne pouvons qu'exposer l'état actuel de l'élaboration d'un instrument de recherche qui, bien qu'imparfait, nous paraît néanmoins apporter une aide considérable à l'étude de la pensée et de la littérature française et allemande du XVIIe et du XVIIIe siècle.

Ajoutons que nous avons trouvé une première élaboration suffisamment poussée de ce concept dans le dernier chapitre de l'ouvrage de Georg von Lukàcs, *l'Ame et les formes* [1], chapitre intitulé « Métaphysique de la tragédie ». Nous citerons souvent cette étude dans les pages qui suivent, nous permettant cependant une modification dont nous voudrions dès maintenant avertir le lecteur. Pour des raisons que nous n'avons pas très bien comprises (peut-être est-ce simplement l'imprécision provisoire de la pensée d'un jeune écrivain qui avait à peine dépassé l'âge de vingt-cinq ans), Lukàcs emploie indistinctement les termes « drame » et « tragédie », bien qu'en fait il

---

parle *seulement* de la vision tragique. Nous nous permettrons donc de remplacer partout dans nos citations les mots « drame » et « dramatique » par « tragédie » et « tragique », sans croire altérer pour autant la pensée de l'auteur. Ajoutons que le jeune Lukàcs encore kantien analyse la vision tragique en dehors de tout contexte historique et en se référant seulement aux tragédies d'un auteur peu connu, Paul Ernst. Nous essayerons par contre, fidèle en cela aux positions philosophiques adoptées ultérieurement par Lukàcs lui-même, de préciser son analyse en rattachant la vision tragique à certaines situations historiques, et surtout en nous servant de cette schématisation conceptuelle pour l'étude des écrits d'auteurs autrement importants, à savoir ceux de Pascal, Racine et Kant.

Nous ne faisons que rester fidèles à notre méthode si, entreprenant de décrire la vision tragique au XVIIe et au XVIIIe siècle en France et en Allemagne, nous commençons par la situer par rapport aux visions du monde qui l'ont précédée et qu'elle a dépassées (rationalisme dogmatique et empirisme sceptique) et à celle qui l'a suivie et dépassée à son tour (pensée dialectique : idéaliste — Hegel — et matérialiste — Marx). L'affirmation de la succession individualisme, (rationaliste ou empiriste) — vision tragique — pensée dialectique, suppose cependant quelques remarques préliminaires.

Nous avons déjà dit que les différentes visions du monde, rationalisme, empirisme, vision tragique, pensée dialectique, ne sont pas des réalités empiriques, mais des conceptualisations destinées à nous aider dans l'étude et la compréhension d'œuvres individuelles comme le sont les écrits de Descartes, ou Malebranche, Locke, Hume ou Condillac, Pascal ou Kant, Hegel ou Marx.

Ajoutons maintenant que la succession que nous venons de mentionner est elle-même une *schématisation conceptuelle* de la succession historique effective, schématisation destinée à nous permettre de la comprendre, mais qui ne la recouvre pas entièrement.

Sans doute — et c'est là un fait d'une grande importance — les deux principaux penseurs tragiques, Pascal et Kant, ont-ils été précédés chacun par deux grands écrivains, l'un rationaliste, l'autre sceptique, et ont-ils défini leur œuvre en grande partie par rapport à eux. Paraphrasant le titre d'un ouvrage récent [1], on pourrait écrire deux belles études intitulées respectivement « Pascal lecteur de Descartes et de Montaigne » et « Kant lecteur de Leibniz-Wolff et de Hume ». Mais cela ne signifie nullement qu'une fois la vision tragique apparue sur la scène de l'histoire, le rationalisme et l'empirisme l'aient quitté, ne

1. Léon Brunschwicg : *Descartes et Pascal lecteurs de Montaigne*, Brentano's, New York-Paris, 1944.

serait-ce qu'en tant que forces actives et créatrices. Au contraire, la disparition de la noblesse de robe en France, le développement de la bourgeoisie en Allemagne ont supprimé assez tôt le fondement social et économique du jansénisme et de la philosophie de Kant. Le rationalisme et l'empirisme, par contre, idéologies du tiers état qui a créé la société française et même, bien que dans des conditions différentes, l'Allemagne moderne [1], continueront à vivre jusqu'à nos jours. Le premier, notamment, est toujours resté vivant en France, bien qu'à travers Malebranche, Voltaire, Anatole France, Valéry (et, si nous voulons le suivre plus loin jusqu'à nos jours, Julien Benda), il ait plutôt suivi une ligne descendante [2]. De même, l'empirisme ne pénétrera réellement dans la pensée française que longtemps après Pascal, au XVIIIe et au XIXe siècle. La situation est analogue en Allemagne où Fichte est postérieur à Kant et où les néo-kantiens se sont servis du nom même de Kant pour couvrir leur retour en arrière.

Comment alors justifier notre schématisation historique?

Il y a dans l'étude historique de la pensée philosophique deux perspectives complémentaires; l'une que nous avons déjà mentionnée, orientée vers les rapports entre les courants de pensée, les situations historiques concrètes qui leur permettent de naître et de se développer et enfin leur expression philosophique ou littéraire; *l'autre, qui nous paraît non moins indispensable* pour la compréhension des faits, qui étudie les rapports entre la pensée et la réalité physique et humaine en tant qu'*objet* que cette pensée essaie de comprendre et d'expliquer.

Employant schématiquement deux termes qu'il faudrait bien entendu préciser et développer, nous pouvons dire que la première de ces deux perspectives cherche avant tout la *signification* d'une pensée, la seconde *sa valeur de vérité*. Cette constatation pose avant tout le problème du *critère* qui permettrait d'établir de ce dernier point de vue un ordre de succession (qui serait évidemment un ordre *progressif*) puisque, nous l'avons déjà dit, la simple succession empirique effective ne suffit pas. Le problème est complexe et nous avons essayé de l'aborder ailleurs [3].

---

1. Voir LUCIEN GOLDMANN : *La Communauté et l'Univers chez Kant*, P. U. F., 1948.

2. Une des voies pour aborder l'étude de l'évolution du rationalisme français depuis Descartes jusqu'à nos jours serait de partir de la relation entre la pensée et l'action. Cette relation *implicite* pour Descartes deviendra *explicite* pour Voltaire et *impossible à réaliser* pour Valéry. La pensée transforme l'homme chez Descartes, elle est un moyen de transformer le monde humain chez Voltaire, enfin elle n'a aucune portée ni sur l'homme ni sur le monde extérieur chez Valéry. But, moyen, valeur d'une conscience résignée qui la complète par une poésie de l'image sensible, c'est la courbe du rationalisme corrélative à l'histoire économique, sociale et politique du tiers état français.

3. Voir L. GOLDMANN : *Sciences humaines et Philosophie*, P. U. F., 1952.

Disons seulement que le critère *principal* nous semble constitué par le fait qu'une position philosophique est capable de comprendre en même temps *la cohérence, les éléments valables* et aussi *les limites et les insuffisances* d'une autre position, *et d'intégrer ce qu'elle y trouve de positif à sa propre substance* [1]. Dans le cas que nous étudions, il nous paraît que Kant et Pascal ont, d'une part, tous les deux très bien compris la cohérence interne, les éléments positifs du rationalisme et de l'empirisme et qu'ils ont intégré ces éléments positifs à leur propre pensée, mais que, d'autre part, ils ont aussi clairement vu et mis en lumière les limites et les insuffisances de ces deux positions.

Par contre, l'incompréhension radicale des rationalistes les plus pénétrants depuis Malebranche jusqu'à Voltaire et Valéry pour la position tragique est notoire, de même que celle des néo-kantiens pour l'esprit et la pensée kantienne.

Si nous voulons trouver une critique des positions tragiques qui les comprenne, les dépasse et les intègre à un ensemble supérieur, il nous faut aller aux travaux des grands penseurs dialectiques, Hegel, Marx et Lukàcs.

Cette relation irréversible d'*intégration* et de *dépassement* répétée ainsi deux fois dans les rapports entre l'individualisme (rationaliste ou empiriste) et la vision tragique, et entre la vision tragique et la pensée dialectique, constitue le *schème historique* fondé sur l'idée d'un *progrès dans le contenu de la vérité* de la pensée dont nous allons nous servir dans les pages qui suivent.

Quel était l'état de la pensée philosophique et scientifique dans les années au cours desquelles Pascal a rédigé les *Pensées?* On pourrait le caractériser par le triomphe du *rationalisme philosophique* et de son corollaire *le mécanisme scientifique.* Sans doute ce rationalisme mécaniste n'était pas apparu brusquement sur la scène de l'histoire comme Minerve toute armée de la tête de Jupiter. Son essor et sa victoire furent l'aboutissement de longues luttes intellectuelles engagées contre deux positions philosophiques et scientifiques encore vivantes à l'époque que nous étudions : d'une part, *la philosophie et la physique aristotélicienne et thomiste* et, d'autre part, *la philosophie animiste de la nature.* En 1662, année de la mort de Pascal, la première dominait encore l'enseignement de la plupart des collèges, alors que la seconde ne cédait que lentement le pas

---

1. Ce dernier élément est particulièrement important, deux pensées pouvant se comprendre réciproquement en tant que visions cohérentes, voir clairement chacune les éléments négatifs et les limitations de l'autre sans cependant qu'aucune d'entre elles puisse intégrer les éléments positifs de celle qu'elle critique. C'est le cas par exemple de l'empirisme et du rationalisme, ce qui s'explique précisément par le fait qu'elles sont *complémentaires* sans qu'aucune d'entre elles dépasse l'autre par son contenu de vérité.

à la nouvelle physique des Galilée, Torricelli et Descartes [1].

Aristotélisme thomiste, philosophie animiste de la nature, rationalisme mécaniste, constituent trois étapes dans l'évolution de la pensée de la bourgeoisie occidentale, étapes qu'elle a tour à tour dépassées jusqu'à l'orientation irrationaliste qu'elle tend à prendre aujourd'hui.

Le thomisme a été au XIIIe siècle l'expression idéologique d'une profonde transformation sociale; dans la hiérarchie purement rurale et décentralisée du monde féodal, des IXe et Xe siècles, le tiers état était parvenu à insérer un secteur urbain et étatique dominé par la « raison » et le droit profane. Les rapports entre la raison et la foi dans le thomisme, reflètent et expriment les rapports réels qui existent entre le tiers état et les seigneurs féodaux aussi bien qu'entre l'État et l'Église. Inversement, à la fin du XVe siècle en Italie et en Allemagne, après la découverte de l'Amérique, dans la seconde moitié du XVIe siècle et au XVIIe dans les autres pays de l'Europe occidentale, le tiers état, les villes, les princes et plus tard l'État central sont assez puissants pour ne plus reconnaître la suprématie des seigneurs féodaux et de l'Église. L'édifice thomiste avec la subordination de la philosophie à la théologie, de la raison à la foi, la physique aristotélicienne avec sa subordination du monde sublunaire au monde céleste, seront renversés pour faire place à l'univers moniste et panthéiste de la philosophie de la nature. Mais comme le remarque à juste titre M. Koyré, la philosophie de la nature, en renversant le thomisme, n'avait pas mis à sa place un autre ordre précis et stable. Elle avait supprimé l'intervention miraculeuse de la divinité en l'intégrant au monde naturel. Mais par cette suppression du surnaturel, la nature avait perdu ses droits, et *tout devenait à la fois naturel et possible*. Le critère qui permettait de séparer l'erreur de la vérité, le témoignage de la fable, le possible de l'absurde s'estompait. L'homme (de la société bourgeoise), ivre et enthousiaste devant la découverte du monde terrestre, ne voyait plus de limites à ses possibilités.

Au cours du XVIe et du XVIIe siècle, l'État monarchique trouve son équilibre, la bourgeoisie, classe *économiquement* dominante, ou en tout cas pour le moins égale à la noblesse (qui perd ses dernières fonctions sociales utiles et réelles et se transforme de noblesse d'épée en noblesse de cour), organise la production et élabore la doctrine rationaliste sur les deux plans fondamentaux de *l'épistémologie et des sciences physiques*. A l'époque où Pascal écrit les *Pensées*, l'aristotélisme et l'animisme néo-platonicien sont *historiquement dépassés*. Le déve-

---

1. Les beaux travaux récents du Père Lenoble sur Mersenne et surtout de M. Koyré sur Galilée ont jeté une vive lumière sur les aspects concrets de cette évolution.

loppement du capitalisme les a dépassés sur le plan de la vie économique et sociale, une pléiade de penseurs plus ou moins rigoureux, les Borelli, Torricelli, Roberval, Fermat, etc., et surtout les plus importants et les plus représentatifs, Galilée, Descartes et Huygens leur ont enlevé toute importance scientifique et philosophique [1].

Le jeune Pascal avait encore participé activement à la lutte contre un des piliers les plus importants de la physique aristotélicienne : « l'horreur du vide »; il est d'autant plus intéressant de constater que les *Pensées*, tout en rappelant encore quelquefois cette physique, considèrent en fait la lutte comme terminée et n'accordent presque plus d'importance aux aristotéliciens et aux tenants du néo-platonisme.

Les seules positions que discute Pascal sont les deux idéologies qui avaient gagné la bataille, le scepticisme et surtout le rationalisme mécaniste représenté en premier lieu par Descartes. Ajoutons que dans cette controverse Pascal ne veut à aucun instant séparer la physique, la morale et la théologie. Il ne s'agit pas d'expériences limitées et partielles, mais de *visions du monde*. Descartes est un adversaire de taille. Tout en le combattant, Pascal ne le respecte pas moins. Le dialogue est mené entre esprits d'égale envergure.

Or, qu'avait apporté le rationalisme? Tout d'abord la suppression de deux concepts étroitement liés, ceux de *communauté* et d'*univers*, qu'il remplacera par deux autres : *l'individu raisonnable* et *l'espace infini*.

Dans l'histoire de l'esprit humain cette substitution représentait une double conquête d'une importance capitale : l'affirmation de la *liberté* individuelle et de la *justice* comme valeurs sur le plan social et la création de la *physique mécaniste* sur le plan de la pensée. Ceci reconnu, il nous faut cependant voir *aussi* les autres conséquences de cette transformation. Au lieu d'une société *hiérarchisée* dans laquelle chaque homme possédait sa place propre, différente de celle d'autres hommes appartenant à d'autres professions et à d'autres catégories sociales, et dans laquelle surtout chacun jugeait la valeur et l'importance de sa propre place par rapport à celle des autres et à l'ensemble, le tiers état a développé progressivement des individus *isolés*, *libres* et *égaux*, trois conditions inhérentes aux relations d'échange entre vendeurs et acheteurs.

Évolution lente, qui avait commencé à la fin du XIe, au XIIe

---

1. Les belles études de M. Koyré ont montré d'une part l'importance qu'a eu le développement de la philosophie animiste de la nature pour asséner les coups mortels à l'aristotélisme, mais aussi et surtout les longs efforts des penseurs mathématiciens et mécanistes, pour constituer une image du monde débarrassée de tout élément psychique et animiste. Un des grands écueils était, entre autres, l'idée d'attraction que les mécanistes se refusaient à admettre, y voyant un retour à l'animisme et aux qualités psychiques de la matière.

et au XIIIe siècle, et qui ne sera achevée qu'au XIXe, mais qui
a trouvé au XVIIe siècle une puissante expression intellectuelle,
scientifique, littéraire et philosophique. Après l'affirmation de
l'individu dans l'œuvre, à la fois stoïcienne, épicurienne et
sceptique, mais toujours individualiste de Montaigne, Descartes
et Corneille affirment au XVIIe sièclé la possibilité pour l'individu de se suffire à lui-même [1]. Longtemps avant Adam Smith
et Ricardo, Descartes écrivait déjà à la princesse Élisabeth
que : « Dieu a tellement établi l'ordre des choses, et conjoint
les hommes ensemble d'une si étroite société, qu'encore que
chacun rapportât tout à soi-même, et n'eût aucune charité
pour les autres, il ne laisserait pas de s'employer ordinairement
pour eux dans tout ce qui serait de son pouvoir pourvu qu'il
usât de prudence, principalement s'il vivait dans un siècle où
les mœurs ne fussent point corrompues [2]. » Et c'est encore lui
qui formulera *sur le plan philosophique* le premier grand manifeste du rationalisme révolutionnaire et démocratique : « Le
bon sens est la chose au monde la mieux partagée... la puissance de bien juger, et distinguer le vrai d'avec le faux, qui
est proprement ce qu'on nomme le bon sens ou la raison, est
naturellement égale en tous les hommes... »
    La ligne qui mène de Descartes à la *Monadologie* de Leibniz, du
Cid de Corneille à cette monadologie littéraire que sera la *Comédie humaine* de Balzac et aussi à Voltaire, Fichte, Valéry, etc.,
est sinueuse, complexe, mais néanmoins réelle et continue [3].
    Ainsi, avec le développement de la société européenne occi-
dentale, bourgeoise et capitaliste, la valeur intellectuelle et
affective de *la communauté* disparaît progressivement de la
conscience effective des hommes, pour faire place à un égoïsme
qui ne la laisse subsister (et encore partiellement) que dans les
relations purement privées de la famille ou de l'amitié. A
l'homme social et religieux du moyen âge se substitue le *Je*
cartésien et fichtéen, la monade sans portes ni fenêtres de
Leibniz, l'*homo œconomicus* des économistes classiques.
    Or cette transformation des perspectives a eu des répercus-

---

    1. Le poète et dramaturge insiste, cela va de soi, surtout sur le plan de l'action,
le philosophe sur le plan de la pensée.
    2. Lettre du 6 octobre 1645.
    3. Il va de soi que de telles vues d'ensemble ne dégagent jamais qu'une ligne,
un trait parmi beaucoup d'autres. L'important en mettant ce trait en lumière,
c'est d'éviter toute *perspective déformante*. Nous savons par exemple très bien
que si la Monade sans portes ni fenêtres prolonge le *Je* cartésien, l'ensemble hiérarchisé des monades est un *recul* par rapport à la position autrement démocratique
de Descartes; recul qui s'explique d'ailleurs par l'état beaucoup moins avancé
de la bourgeoisie allemande par rapport à la bourgeoisie française. (Voir à ce sujet
LUCIEN GOLDMANN : *La Communauté humaine et l'univers chez Kant*, P. U. F.,
1949.) Il va cependant de soi que dans un ouvrage sur *Pascal et Racine* toutes les
références à d'autres penseurs tels que Descartes, Leibniz, etc., ne veulent pas
en donner une image, même schématiquement totale, mais seulement en évoquer
certains traits ou éléments qui peuvent nous aider à comprendre *les auteurs que
nous étudions*.

sions considérables sur le plan moral et religieux. Disons-le d'une manière brutale : pour l'individualisme conséquent et poussé à ses dernières limites, les sphères *morale* et *religieuse* n'existent plus en tant que domaines *spécifiques* et *relativement autonomes* de la vie humaine. Sans doute, les grands rationalistes du XVIIe siècle, Descartes, Malebranche, Leibniz, parlent-ils de morale et sont-ils (sauf peut-être Spinoza) *sincèrement croyants*. Mais leur morale et leur religion ne sont plus que des formes anciennes que leurs nouvelles visions du monde ont remplies d'un contenu *entièrement nouveau*. Et cela à un tel point qu'il ne s'agit plus de la substitution, fréquente dans l'histoire, d'une morale et d'une religiosité nouvelles à une éthique et à une religion anciennes. Le changement est autrement profond (et Pascal seul peut-être parmi les contemporains l'a vu clairement). Dans les anciennes formes éthiques et chrétiennes on développe maintenant un contenu radicalement *amoral* et *areligieux*. Cela est évident chez Spinoza dont on a pu caractériser la pensée comme un *athéisme théologique*, qui emploie encore le mot *Dieu* pour développer le refus le plus radical de la transcendance et intitule *Éthique* un livre où toutes les considérations sur le comportement partent du conatus, de l'égoïsme des modes qui tendent à persister dans leur être [1].

Mais la chose n'est pas moins vraie si nous nous limitons aux penseurs français. Descartes est croyant, Malebranche est prêtre. Néanmoins le Dieu de leur philosophie n'a plus une réalité bien ferme par rapport à la raison de l'homme. Le Dieu cartésien n'intervient dans le *mécanisme rationnel* du monde que pour le maintenir à l'existence une fois qu'il l'a créé arbitrairement. Comme l'a dit Pascal, sa seule fonction est de « donner une chiquenaude pour mettre le monde en mouvement », après quoi il n'a plus rien à faire. Soyons exacts, chez Descartes, Dieu établit encore les lois du monde à l'instant de la création, et le maintient ensuite tel quel à l'existence. Mais Pascal a raison de négliger cette création arbitraire des vérités éternelles, car elle est contraire aux points de départ du rationalisme cartésien, et cela à un tel point que cinquante ans après la mort de Descartes, le principal et le plus fidèle des cartésiens français, Malebranche, s'en apercevra lui-même et supprimera cette fonction de la divinité. Pour lui, l'ordre est

---

1. Ceci n'est bien entendu qu'un aspect partiel et unilatéral de cette philosophie, car si le spinozisme est — par son refus de toute transcendance — l'aboutissement naturel du rationalisme et de l'individualisme cartésiens, il est aussi — par l'introduction de l'idée de totalité — leur dépassement et le retour à une philosophie authentiquement religieuse.

Une des tâches les plus urgentes — et les plus difficiles — de l'histoire de la philosophie moderne serait, nous semble-t-il, de rendre compréhensible cette réunion au XVIIe siècle, d'un individualisme extrême et du panthéisme dans une philosophie de *la totalité actuelle* (GŒTHE a d'ailleurs indiqué le problème dans la célèbre scène du *Faust* où celui-ci se trouve en face de l'Esprit du Macrocosme).

antérieur à la création du monde et s'identifie de manière nécessaire à la volonté même de Dieu. Comme l'a très bien vu Arnauld, les miracles, les volontés particulières de Dieu ne sont plus chez Malebranche qu'un vague coup de chapeau aux textes de l'Écriture d'où l'on ne peut les supprimer. La grâce elle-même s'intègre au système rationnel des causes occasionnelles.

Dans un livre qui parle de Dieu depuis la première page jusqu'à la dernière, Spinoza tirera les dernières conséquences en supprimant la création du monde et son maintien volontaire à l'existence. Derrière le nom de la divinité qui subsistait encore, le contenu avait entièrement disparu.

De même qu'il n'y a pas de place pour un Dieu ayant une *fonction propre et réelle* dans une pensée individualiste conséquente, il n'y a pas non plus de place pour une *véritable morale*.

Précisons : Il va de soi que, comme toute autre vision du monde, l'individualisme — rationaliste ou empiriste — comporte certaines règles de conduite qu'il appellera le plus souvent normes morales ou éthiques. Seulement, qu'il s'agisse d'un idéal de puissance, de prudence ou de sagesse, la pensée individualiste conséquente doit déduire ces règles à partir de l'individu (de sa raison et de sa sensibilité) ayant supprimé toute réalité supra-individuelle habilitée à le guider et à lui proposer des normes qui le transcendent.

Or, il ne s'agit pas ici de jeux de mots. Bonheur, jouissance, sagesse, *n'ont rien à faire avec les critères du bien et du mal.* Ils sont justiciables seulement des critères *qualitativement différents*, de la réussite et de l'échec, de la connaissance et de l'erreur, etc., ils n'ont aucune *réalité morale.* Celle-ci n'existe comme domaine propre et relativement autonome que lorsque les actions de l'individu sont jugées par rapport *à un ensemble de normes du bien et du mal* qui le transcendent.

Or, cette transcendance par rapport à l'individu peut être aussi bien celle d'un Dieu surhumain que celle de la communauté humaine, l'un et l'autre en même temps extérieurs et intérieurs à l'individu. Mais le rationalisme avait supprimé l'une et l'autre, *Dieu et la communauté;* c'est pourquoi aucune norme extérieure ne peut plus s'imposer à l'individu, le guider, constituer une boussole, un fil conducteur pour sa vie et pour ses actions. Le bien et le mal se confondent avec le rationnel et l'absurde, la réussite ou l'échec, la vertu devient la *virtu* de la Renaissance, et celle-ci la prudence et le savoir-vivre de l'honnête homme du xviiᵉ siècle.

Et ce même rationalisme qui ne connaîtra — à la limite — sur le plan humain que des individus isolés pour lesquels les autres hommes sont des *objets* de leur pensée et de leur action, ne fera pas moins subir *la même transformation* au monde phy-

sique. Sur le plan humain, il avait détruit la représentation
même de la communauté en la remplaçant par celle d'une
somme illimitée d'individus raisonnables, égaux et interchangeables; sur le plan physique, il détruit l'idée d'*univers* ordonné,
la remplaçant par celle d'un espace indéfini sans limites, ni
qualités, et dont les parties sont rigoureusement identiques et
interchangeables.

Dans l'espace aristotélicien, comme dans la communauté
thomiste, les choses avaient leur lieu propre qu'elles s'effor-
çaient de rejoindre, les corps lourds tombaient *pour* arriver
au centre de la terre, les corps légers montaient parce que leur
lieu naturel se trouvait en haut. L'espace parlait, il jugeait les
choses, leur donnait des directives, les orientait, comme la
communauté humaine jugeait et orientait les hommes, et le
langage de l'un et de l'autre n'était au fond que le langage
de Dieu. Le rationalisme cartésien avait transformé le monde,
« la physique des idées claires dissipe toutes ces âmes animales,
puissances, principes etc... dont les scolastiques avaient peuplé
la nature : le mécanisme se présente comme une conquête à la
fois intellectuelle et industrielle du monde : au savant, il
apporte un univers intelligible, à l'artisan un univers soumis [1] ».
Hommes et choses devenaient de simples instruments, *objets*
de pensée ou d'action de l'individu rationnel et raisonnable.
Le résultat fut que les hommes, la nature physique et l'espace,
abaissés au niveau d'objets, se comportaient comme tels : ils
restaient muets devant les grands problèmes de la vie humaine.

Privé de l'*univers physique* et de la *communauté humaine*,
ses seuls organes de communication avec l'homme, Dieu qui
ne pouvait plus lui parler avait quitté le monde.

Dans la perspective rationaliste, cette transformation n'avait
rien de grave ni d'inquiétant. L'homme de Descartes et de
Corneille, comme celui des empiristes d'ailleurs, n'avait besoin
d'aucun secours et d'aucun guide extérieur. Il n'aurait su qu'en
faire. Le rationaliste voulait bien voir en Dieu l'auteur des
« vérités éternelles », qui avait créé le monde et le maintenait
à l'existence, lui reconnaître même une possibilité *théorique* de
faire *rarement* des miracles, pourvu que ce Dieu ne se mêlât
point des règles de son comportement et surtout ne s'avisât pas
de mettre en doute la valeur de la raison et cela aussi bien
sur le plan de son comportement pratique que sur celui de la
compréhension du monde extérieur, physique ou humain. A
ce Dieu, Voltaire lui-même allait un jour bâtir une chapelle.

Cela d'autant plus, que sur le plan de la vie quotidienne
et immédiate, ce Dieu qui se manifeste comme ordre rationnel
et comme ensemble de lois générales trouvera un jour au

---

1. H. GOUHIER : *Introduction aux « Méditations chrétiennes » de Malebranche*,
p. XXVII.

xviiie et au xixe siècle une fonction hautement utile : celle d'empêcher les réactions « irrationnelles » et dangereuses des « masses incultes » qui ne sauraient comprendre et apprécier la valeur du comportement rigoureusement égoïste et rationnel de l'*homo oeconomicus* et de ses créations sociales et politiques.

Seulement, si au temps de Descartes et au cours des deux siècles qui l'ont suivi, le rationalisme victorieux pouvait *sans difficulté* éliminer du comportement économique et social de l'individu, l'idée de communauté et l'ensemble des valeurs proprement morales, c'était uniquement parce que cette élimination progressive, malgré les dangers qu'elle recélait en puissance, n'avait pas encore dévoilé ses dernières conséquences.

Creusant de l'intérieur la vie sociale, l'action du rationalisme portait sur un milieu encore profondément empreint de valeurs que les hommes continuaient à *sentir* et à *vivre* même si elles étaient étrangères et contraires à la nouvelle mentalité en formation. Des survivances de morale chrétienne (même laïcisées), et de pensées humanistes, cachaient encore pour longtemps les dangers d'un monde sans valeurs morales réelles et permettaient de célébrer les conquêtes de la pensée scientifique et de ses applications techniques comme l'expression d'un progrès sans problèmes. Dieu avait quitté le monde, mais son absence n'était encore aperçue que par une infime minorité parmi les intellectuels de l'Europe occidentale.

C'est à peine de nos jours que cette absence de normes éthiques valables (fondées sur les bases mêmes du rationalisme), qui sauraient s'imposer au comportement technique de l'homme rationnel a montré les angoissants dangers et menaces qu'elle comporte. Car si, malgré le Dieu du rationalisme des lumières, les masses incultes ont mis par leur action syndicale et politique un frein certain aux excès de l'individualisme dans la vie économique, l'absence de forces éthiques qui pourraient diriger l'emploi des découvertes techniques et les subordonner aux fins d'une véritable communauté humaine risque d'avoir des conséquences qu'on ose à peine imaginer.

Or, c'est en face de ce développement ascendant du rationalisme (développement qui s'est continué en France jusqu'au xxe siècle, mais qui se trouvait au xviie siècle *à un tournant qualitatif* puisqu'il venait de constituer avec les œuvres de Descartes et de Galilée un système philosophique cohérent et une physique mathématique incomparablement supérieure à l'ancienne physique aristotélicienne) que, grâce à un concours de circonstances que nous examinerons plus loin, se développe la pensée janséniste qui trouvera son expression la plus cohérente dans les deux grandes œuvres tragiques de Pascal et de Racine.

On peut caractériser la conscience tragique à cette époque par la compréhension rigoureuse et précise du monde nouveau créé par l'individualisme rationaliste, avec tout ce qu'il contenait de positif, de précieux et surtout de définitivement acquis pour la pensée et la conscience humaines, mais en même temps par le refus radical d'accepter ce monde comme seule chance et seule perspective de l'homme.

La raison [1] est un facteur important de la vie humaine, un facteur dont l'homme est à juste titre fier et qu'il ne pourra plus jamais abandonner, mais elle *n'est pas tout l'homme* et surtout *elle ne doit et ne peut pas suffire* à la vie humaine; et cela sur aucun plan, pas même celui qui lui semble particulièrement propre de la recherche de la vérité scientifique.

C'est pourquoi la vision tragique est, après la période amorale et areligieuse de l'empirisme et du rationalisme, un retour à la *morale* et à la *religion*, à condition de prendre ce dernier mot dans son sens le plus vaste de *foi* en un ensemble de valeurs qui *transcendent l'individu*. Il ne s'agit cependant pas encore d'une pensée et d'un art qui pourraient remplacer le monde atomiste et mécaniste de la raison individuelle par une *nouvelle communauté* et un nouvel *univers*.

Envisagée *dans une perspective historique*, la vision tragique n'est qu'une position de *passage* précisément parce qu'elle admet comme définitif et inchangeable le monde, en apparence clair mais pour elle en réalité confus et ambigu de la pensée rationaliste et de la sensation empirique, et qu'elle lui oppose seulement une nouvelle exigence et une nouvelle échelle de valeurs.

Mais cette perspective *historique* lui est précisément étrangère. Vue de l'intérieur, la pensée tragique est radicalement *anhistorique* précisément parce qu'il lui manque la principale dimension temporelle de l'histoire, *l'avenir*.

Le refus dans cette forme absolue et radicale qu'il prend

---

1. Ici nous voudrions signaler une difficulté terminologique à laquelle se sont heurtés aussi bien Kant que Pascal et qui rend encore aujourd'hui très difficile la traduction d'ouvrages philosophiques allemands en français et inversement.
Le rationalisme depuis Descartes jusqu'à nos jours ne connaît que deux domaines de la conscience, le *sensible* et *l'imagination*, d'une part, et la *raison* de l'autre; pour les penseurs tragiques et dialectiques, ce que les rationalistes appellent *raison* n'est qu'un domaine *partiel* et *incomplet* subordonné à une troisième faculté synthétique. Ils ont donc été obligés d'adapter la terminologie usuelle à leur pensée. Pascal l'a fait en employant le mot *cœur* qui a provoqué par la suite tant de malentendus, lorsqu'on l'a lu dans le sens habituel au xxᵉ siècle d'affectivité; Kant a gardé le mot raison *(Vernunft)* en lui donnant le sens de faculté de synthèse (entièrement différent de celui qu'il avait pour le rationalisme cartésien), et a introduit pour la raison cartésienne le terme de *Verstand* (entendement). Ce qui fait aujourd'hui le désespoir des traducteurs qui peuvent difficilement écrire en français « l'entendement de Descartes ou de Voltaire », et en allemand « Die Cartesianische oder Voltair'sche Vernunft ».

dans la pensée tragique n'a qu'une seule dimension temporelle, *le présent* [1].

On comprend maintenant comment se posent pour la pensée rationaliste et la pensée tragique les problèmes de la *communauté* et de l'*univers*, ou plus exactement les problèmes de l'absence de communauté et d'univers, les problèmes de la *société* et de l'*espace*. Pour l'une et pour l'autre de ces deux pensées, l'individu ne trouve ni dans l'espace ni dans la communauté aucune norme, aucune direction qui puisse guider ses pas. L'harmonie, l'accord, s'ils existent sur le plan naturel et social, ne peuvent résulter qu'*implicitement* des actions et des pensées purement égoïstes et rationnelles des hommes, dont chacun ne tient compte que de sa propre pensée et de son propre jugement.

Mais, tandis que le rationalisme accepte et valorise cette situation, qu'il trouve la raison individuelle *suffisante* pour atteindre des valeurs authentiques et définitives, ne serait-ce que celle de la *vérité mathématique*, et qu'en ce sens il est véritablement areligieux, la pensée tragique éprouve *l'insuffisance radicale* de cette société humaine et de cet espace physique, dans lequel *aucune valeur humaine authentique* n'a plus de fondement *nécessaire* et où par contre toutes les *non-valeurs* restent possibles et même probables.

A la place de l'espace faux et imaginaire de la physique aristotélicienne, le mécanisme rationaliste avait, avec Descartes et Galilée, placé l'espace autrement mieux connu (qu'ils prenaient pour rigoureusement et absolument vrai) de la physique mécaniste, espace instrumental qui rendra possibles les immenses conquêtes techniques de l'avenir (Descartes n'espérait-il pas arriver en quelques années à prolonger considérablement la vie humaine) espace qui était indifférent *au bien et au mal*, espace devant lequel le comportement humain ne pouvait plus connaître d'autre problème que celui de la réussite ou de l'échec techniques, espace dont un jour Poincaré dira à juste titre qu'il faut pour le comprendre séparer rigoureusement les jugements à l'indicatif et les jugements à l'impératif, espace infini qui n'avait plus de bornes parce qu'il n'avait plus rien d'humain.

Devant cet espace sans qualités dont l'infinité même était pour les rationalistes un signe de la grandeur de Dieu, puisqu'il nous montre l'existence d'un infini que nous ne pouvons

---

1. « La pensée de l'avenir est une tentation fine et dangereuse de l'ennemy contraire à l'Évangile, et capable de tout perdre, si on ne lui resiste, et si on ne la rejette entierement sans la regarder, n'etant pas seulement deffendu par la parole de Dieu de s'inquieter du temporel pour l'avenir mais aussi du spirituel qui depend beaucoup plus de lui que le temporel... » (*Pensées* de M. DE BARCOS, B. N. F., fr. 12.988, p. 351-352.)

comprendre, Pascal, prévoyant en même temps les possibilités et les dangers qu'il recélait et niant la possibilité de toute analogie entre l'existence de l'espace et celle de la divinité, s'écriera dans une formule aussi admirable que précise « Le silence éternel de ces espaces infinis m'effraye » (fr. 206).

Ce fragment se rattache à la plus importante conquête scientifique du *rationalisme* de son temps, à la découverte de l'espace géométrique infini, et lui oppose le silence de Dieu. *Dieu ne parle plus dans l'espace de la science rationnelle*, et cela parce que pour l'élaborer, l'homme a dû renoncer à toute norme vraiment éthique.

Le problème central de la pensée tragique, problème que seule la pensée dialectique pourra résoudre sur le plan en même temps scientifique et moral, est celui de savoir si dans cet espace rationnel qui a, définitivement et sans possibilité de retour en arrière, remplacé l'univers aristotélicien et thomiste, il y a encore un moyen, un espoir quelconque de réintégrer les valeurs morales supra individuelles, si l'homme pourra encore retrouver Dieu ou ce qui pour nous est synonyme et moins idéologique : *la communauté* et *l'univers*.

Malgré son contenu en apparence cosmologique, le fragment 206 a aussi un contenu moral (ou plus précisément il parle de la rupture entre les réalités physiques et cosmologiques et les réalités humaines), contenu que Lukàcs retrouve lorsqu'il écrit sans aucune référence à Pascal, mais en parlant de l'homme tragique : « il espère de la lutte entre les forces adverses un jugement de Dieu, une sentence sur l'ultime vérité. Mais le monde autour de lui suit son propre chemin, indifférent aux questions et aux réponses. Les choses sont toutes devenues muettes et les combats distribuent arbitrairement, avec indifférence, les lauriers ou la défaite. Jamais plus ne résonneront dans la marche de la destinée les mots clairs des jugements de Dieu; c'était leur voix qui éveillait l'ensemble à la vie, maintenant il doit vivre seul, pour soi; la voix du juge s'est tue pour toujours. C'est pourquoi il (l'homme) sera vaincu, — destiné à périr — dans la victoire plus encore que dans la défaite [1]. »

La voix de Dieu ne parle plus d'une manière immédiate à l'homme. Voilà un des points fondamentaux de la pensée tragique. « Vere tu es Deus absconditus», écrira Pascal. Le Dieu caché.

Mais devant ce fragment il nous faut formuler une remarque qui vaut pour beaucoup d'autres textes pascaliens. C'est qu'il faut leur donner *le sens le plus fort* et surtout ne jamais les atténuer pour les rendre accessibles au bon sens de la raison cartésienne, et cela bien que Pascal, effrayé de la force d'une

1. GEORG VON LUKÀCS : *Die Seele und die Formen*, p. 332-333.

formule ou d'une idée, a parfois lui-même atténué le paradoxe en passant d'une première à une seconde rédaction. (N'a-t-il pas, par exemple, écrit d'abord contre Descartes, cette belle formule claire et précise, « trop de lumière obscurcit » pour l'atténuer ensuite en « trop de lumière éblouit [1] ».)

Deus absconditus. Dieu caché. Idée fondamentale pour la vision tragique en général et pour l'œuvre de Pascal en particulier, idée paradoxale bien que certains fragments des *Pensées semblent pouvoir* être interprétés dans un sens à première vue parfaitement logique : Dieu est caché à la plupart des hommes, mais il est visible pour ceux qu'il a élus en leur accordant la grâce. Ainsi le fragment 559 : « S'il n'avait jamais rien paru de Dieu, cette privation éternelle serait équivoque, et pourrait aussi bien se rapporter à l'absence de toute divinité, qu'à l'indignité où seraient les hommes de la connaître; mais de ce qu'il paraît quelquefois, et non pas toujours, cela ôte l'équivoque. S'il paraît une fois, il est toujours; et ainsi on n'en peut conclure sinon qu'il y a un Dieu, et que les hommes en sont indignes » (fr. 559).

Mais cette manière de comprendre l'idée du Dieu caché serait *fausse* et contraire à l'ensemble de la pensée pascalienne qui ne dit jamais *oui ou non* mais toujours *oui et non.* Le Dieu caché est pour Pascal un Dieu *présent et absent* et non pas présent quelquefois et absent quelquefois; mais *toujours présent et toujours absent.*

Même dans ce fragment 559, l'essentiel est dans les mots : « S'il paraît une fois, il est toujours » ou, comme le disait la rédaction antérieure beaucoup plus forte : « L'Être Eternel est toujours s'il est une fois. » Que signifient alors les mots : « Il paraît quelquefois. » Pour la pensée tragique, ils ne représentent qu'une possibilité *essentielle* mais qui ne se réalise jamais. Car à l'instant même où Dieu paraît à l'homme, celui-ci n'est plus tragique. Voir et entendre Dieu, c'est dépasser la tragédie. Pour Blaise Pascal qui écrit le fragment 559, *Dieu est toujours et ne paraît jamais*, bien qu'il soit certain (nous en parlerons en étudiant le pari) qu'il puisse paraître à chaque instant de la vie sans qu'il le fasse jamais effectivement.

Mais, même avec ces remarques, nous n'avons pas encore atteint le véritable sens du « Dieu caché ». Être toujours sans jamais paraître, c'est encore une situation logique et acceptable (bien que non acceptée) pour le bon sens cartésien, il faut ajouter que l'être du *Dieu caché* est pour Pascal comme pour l'homme tragique en général, une *présence permanente* plus importante et plus réelle que toutes les présences empiriques et sensibles, la seule présence essentielle. Un Dieu *tou-*

---

jours absent et toujours présent, voilà le centre de la tragédie.

En 1910, sans penser nullement à Pascal, Lukàcs commençait ainsi son essai : « La tragédie est un jeu, un jeu de l'homme et de sa destinée, un jeu dont Dieu est le spectateur. Mais il n'est que spectateur, et jamais ni ses paroles ni ses gestes ne se mêlent aux paroles et aux gestes des acteurs. Seuls ses yeux reposent sur eux [1]. » Pour poser ensuite le problème central de toute pensée tragique « Peut-il encore vivre, l'homme sur lequel est tombé le regard de Dieu ? » N'y-a-t-il pas incompatibilité entre la vie et la présence divine ?

Question absurde et dépourvue de sens pour un rationaliste. Car pour Descartes, Malebranche, Spinoza, Dieu signifie avant tout ordre, vérités éternelles, monde instrumental accessible à l'action et à la pensée des individus. C'est pourquoi, confiants en l'homme et en sa raison, ils sont précisément certains de la présence de Dieu à l'âme [2]. Seulement, ce Dieu n'a plus aucune réalité personnelle pour l'homme ; tout au plus garantit-il l'accord entre les monades ou entre la raison et le monde extérieur. Il n'est plus pour l'homme un guide, le partenaire d'un dialogue ; il est une loi générale et universelle qui lui garantit son droit à s'affranchir de tout contrôle extérieur, à se guider par sa propre raison et ses propres forces, mais qui le laisse seul en face d'un monde réifié et muet d'hommes et de choses.

Tout autre est le Dieu de la tragédie ; le Dieu de Pascal, de Racine et de Kant. Comme le Dieu des rationalistes, il n'apporte à l'homme aucun secours extérieur, mais il ne lui apporte non plus aucune garantie, aucun témoignage de la validité de sa raison et de ses propres forces. Au contraire, c'est un Dieu qui exige et qui juge, un Dieu qui interdit la moindre concession, le moindre compromis ; un Dieu qui rappelle toujours à l'homme placé dans un monde où on ne peut vivre que dans l'à peu près et en renonçant à certaines exigences pour satisfaire d'autres, que la seule vie valable est celle de *l'essence* et *de la totalité,* ou, pour parler avec Pascal, celle d'une vérité et d'une justice *absolues,* n'ayant rien à faire avec les vérités et les justices *relatives* de l'existence humaine.

Un Dieu dont « le tribunal cruel et dur ne connaît ni pardon ni prescription, qui brise implacablement la baguette sur la moindre faute lorsqu'elle cache en soi ne serait-ce que l'ombre d'une infidélité envers l'essence ; qui élimine avec une rigidité aveugle, du rang des hommes, tous ceux qui, par un

---

1. *L. c.,* p. 327.
2. Sur ce point le rationalisme reprend une authentique tradition augustinienne (bien qu'il la transforme profondément, la spiritualité devenant raison mathématique), tandis que le jansénisme, malgré ses protestations d'augustinisme orthodoxe, rompait avec la tradition de saint Augustin. L'Église, qui a un sens très aigu pour les hérésies, était parfaitement logique lorsqu'elle condamnait le jansénisme et affirmait en même temps l'orthodoxie de la doctrine de saint Augustin.

geste à peine perceptible, au cours d'un instant passager et depuis longtemps oublié, ont trahi leur non-essentialité. Aucune richesse, aucune splendeur des dons de l'âme ne peuvent adoucir sa sentence; une vie entière, remplie d'actions glorieuses ne compte pour rien devant lui. Mais plein de rayonnante mansuétude, il oublie tous les péchés de la vie quotidienne, lorsqu'ils n'ont pas touché le centre. Il serait même faux de dire qu'il les pardonne; le regard du juge glisse sur eux sans les voir et sans en être touché [1] ».

Un Dieu dont les jugements et les échelles de valeur sont radicalement opposés à ceux de la vie quotidienne. « Beaucoup de choses disparaissent qui semblaient jusqu'alors des piliers de l'existence, et d'autres, à peine perceptibles deviennent son appui et peuvent la soutenir » (p. 338), écrivait Lukàcs en parlant de l'homme tragique qui vit sous le regard de Dieu, et Pascal terminait sur la même pensée le *Mystère de Jésus* : « Faire les petites choses comme grandes, à cause de la majesté de Jésus-Christ qui les fait en nous, et qui vit notre vie; et les grandes comme petites et aisées, à cause de sa toute-puissance. »

Or, comme l'écrit encore Lukàcs : « La vie quotidienne est une anarchie de clair-obscur; rien ne s'y réalise jamais entièrement, rien n'arrive à son essence... tout coule, l'un dans l'autre, sans barrières dans un mélange impur; tout y est détruit et brisé, rien n'arrive jamais à la vie authentique. Car les hommes aiment dans l'existence ce qu'elle a d'atmosphérique, d'incertain... ils aiment la grande incertitude comme une berceuse monotone et endormante. Ils haïssent tout ce qui est univoque et en ont peur. Leur faiblesse et leur lâcheté caressera tout obstacle qui vient de l'extérieur, toute barrière qui leur ferme le chemin, car des paradis insoupçonnés et éternellement hors d'atteinte pour leurs rêves qui ne se transforment jamais en actions, fleurissent derrière tout rocher trop abrupt pour qu'ils puissent l'escalader. Leur vie est constituée de désirs et d'espoirs et tout ce que leur interdit la destinée devient facilement et à bon marché une richesse intérieure de l'âme. L'homme de la vie empirique ne sait jamais où aboutissent ses fleuves, car là où rien n'est réalisé tout reste possible » (p. 328-330). « Mais le miracle est réalisation. » « Il est déterminé et déterminant; il pénètre d'une manière imprévisible dans la vie et la transforme en un compte clair et univoque. » « Il enlève à l'âme tous ses voiles trompeurs tissés d'instants brillants et de sentiments vagues et riches en significations; dessinée avec des traits durs et implacables,

---

1. LUKÀCS : *Die Seele und die Formen*, p. 338-339.

l'âme se trouve dans son essence la plus nue devant son regard. »

« Or devant Dieu le miracle seul est réel. »

On comprend maintenant le sens et l'importance qu'a pour le penseur et l'écrivain tragiques la question : « Peut-il encore vivre, l'homme sur lequel est tombé le regard de Dieu? » Et on comprend aussi la seule réponse qu'il pourra lui donner.

CHAPITRE III

LA VISION TRAGIQUE : LE MONDE

> De la séparation et de l'absence
> du monde naist la présence et le
> sentiment de Dieu.
>
> SAINT-CYRAN : *Maximes*, 263.

Le problème des rapports entre les hommes et le monde se pose pour la pensée philosophique sur deux plans complémentaires et distincts, celui du *progrès historique* et celui de la *réalité ontologique* qui conditionne ce progrès et le rend possible.

Pour les hommes, le monde n'est pas une réalité immuable, donnée une fois pour toutes; ou plus exactement nous ignorons et ignorerons toujours ce que pourrait être un tel monde « en soi », étranger à toute connaissance humaine. La seule réalité que nos recherches historiques permettent d'approcher peu à peu, et qui devrait servir de point de départ à toute réflexion philosophique, est la succession *historique* des modalités suivant lesquelles les hommes ont vu, senti, compris et surtout transformé le monde physique, et celle des manières dont, en le transformant, ils ont aussi modifié leur propre monde social et humain, et par cela même, leurs manières de vivre, de sentir et de penser.

C'est seulement à partir de cette succession *historique* de mondes différents et des passages progressifs de l'un à l'autre que le penseur peut essayer de dégager un ensemble de données communes à *toutes* les formes de relations entre les hommes et leur monde respectif, ensemble qui constituerait le fondement de ces relations et rendrait possible et compréhensible leur succession *historique* réelle [1].

Encore devons-nous garder toujours présent à la mémoire le fait que toute réalité *ontologique, universelle et objective* serait, elle aussi, vue dans une perspective *humaine* et, d'autre part,

---

1. Marx a esquissé certains éléments d'une telle connaissance des fondements de l'histoire dans les *Thèses sur Feuerbach* et dans la Préface à la *Critique de l'économie politique*.

nous défier de la tentation permanente et inévitable de prendre *notre* propre monde historique, ou celui de nos contemporains ou du groupe social auquel nous appartenons, pour *le* monde ontologique réel devant lequel se trouvent toujours et partout les hommes.

Quoi qu'il en soit, ce problème dépasse de loin les limites du présent travail et ne nous intéresse pas ici de manière directe et immédiate. Pour l'instant, il s'agit seulement de connaître *un* monde *historique* [1] précis, le monde correspondant à cette forme particulière de conscience tragique, qui s'est exprimée en France et en Allemagne dans certains écrits du XVIIᵉ et XVIIIᵉ siècle et que nous appelons la tragédie du refus (par opposition à la tragédie de l'illusion et de la destinée). Il n'en est pas moins vrai cependant que — comme toute étude *historique* — notre travail constituera, dans la mesure où il est valable, un pas vers la solution du problème *ontologique* des relations entre les hommes et le monde, et aussi que, en essayant de décrire le monde de la conscience tragique, nous serons bien entendu amenés à nous demander *subsidiairement* dans quelle mesure il contient des traits et des éléments *objectivement* valables, et dans quelle mesure son apparition a été un progrès dans la marche historique des hommes vers la conscience et la liberté.

Nous avons déjà dit qu'il existe un problème de la vision tragique comme telle, mais que nous ne voyons pas encore la possibilité de dégager un nombre suffisant d'éléments communs pour constituer les grandes lignes d'une vision qui embrasserait à la fois la tragédie grecque, la tragédie de Shakespeare et la tragédie du refus.

Notons cependant un trait commun à toutes ces formes de conscience tragique : elles expriment une crise profonde des relations entre les hommes et le monde social et cosmique.

C'est, d'une manière presque évidente, le cas pour les écrits de Sophocle, le seul tragique incontestable parmi les trois écrivains grecs qu'on désigne d'habitude par ce nom. Car Eschyle écrivait encore des trilogies, dont la seule que nous possédions intégralement se termine par une solution des conflits; et nous savons aussi que le *Prométhée enchaîné* était suivi d'un *Prométhée porteur de torche* qui apportait la réconciliation de Zeus et de Prométhée.

Dans la mesure où le terme *classique* signifie *unité de l'homme et du monde* et implicitement *immanence* [2], Eschyle est encore

---

1. *Historique* non pas dans son *contenu* mais dans sa *réalité*. Une des caractéristiques les plus importantes du *contenu* de la conscience *tragique* est précisément le caractère *non historique* de son monde, l'histoire étant une des formes du dépassement de la tragédie.

2. Si nous définissons l'esprit classique par *l'unité de l'homme et du monde et par le caractère substantiel de celui-ci*, l'esprit romantique par *l'inadéquation radi-*

un écrivain classique dans le sens le plus rigoureux du mot, un écrivain de l'immanence radicale, bien que dans son œuvre cette immanence soit déjà menacée et qu'il ait besoin d'une trilogie entière pour rétablir un équilibre que *l'hybris des hommes et des dieux* a sérieusement mis en danger. L'hybris des hommes et des dieux; car si — cela va presque de soi — l'homme dans l'œuvre d'Eschyle n'est jamais supérieur au monde et aux dieux, le monde et les dieux ne sont pas eux non plus supérieurs à l'homme; hommes et dieux se trouvent encore à l'intérieur d'un seul et même univers, ils forment

---

cale *de l'homme au monde* et par le fait que *l'homme place les valeurs substantielles — l'essence — dans une réalité extramondaine,* Eschyle est encore (avec Homère et Sophocle) un des écrivains rigoureusement classiques, bien que son œuvre soit déjà dominée par la menace d'une rupture entre les hommes et le monde et que par là elle annonce déjà la tragédie de Sophocle.

D'ailleurs si, partant de cette définition, Hegel réserve dans son *Esthétique* la désignation d'art *classique* à l'art grec, et appelle art *romantique* tout art qui, depuis l'avènement du christianisme, a placé les valeurs substantielles ailleurs que dans le monde réel, il exprime, malgré l'inévitable surprise que provoque à première vue une classification qui place Shakespeare, Racine et Gœthe parmi les écrivains romantiques, une idée valable, à condition d'éviter tout malentendu. L'unité de l'homme et du monde implique en effet *l'immanence radicale,* et toute conscience qui admet des valeurs *transcendantes* ou intelligibles est *romantique* dans le sens le plus large du mot. Il ne reste cependant pas moins vrai que nous pouvons et devons dépasser cette distinction globale et ne pas oublier qu'à l'intérieur de la philosophie et de l'art postérieurs aux Grecs, il y a encore des courants orientés vers l'immanence, et d'autres qui se détournent résolument du monde réel et concret.

Nous appellerons donc classiques dans un sens plus large les premiers, et romantiques dans un sens plus étroit les seconds. Plus encore, partant de l'idée que, par son essence, même lorsqu'elle se veut entièrement *a priori* et orientée vers une vérité universelle et intelligible, la pensée rationnelle est encore un effort pour comprendre le monde réel, il ne sera pas faux d'appeler *classiques* dans un sens très large toutes les œuvres littéraires et philosophiques centrées sur la compréhension rationnelle, et romantiques celles qui se détournent de la raison pour se réfugier dans l'affectif et dans l'imaginaire. Dans cette perspective, Bergson, Schelling, Novalis, Nerval seront romantiques dans le sens le plus rigoureux et le plus étroit du mot, mais dans un sens très large, Descartes, Corneille et Schiller le seront aussi. Par contre, les grands écrivains de la Grèce, Homère, Eschyle, Sophocle, seront classiques dans le sens le plus rigoureux et le plus étroit, mais de manière élargie saint Thomas le sera par rapport à saint Augustin, Shakespeare, Pascal, Racine, Descartes, Corneille, Gœthe le seront par rapport à toute l'histoire littéraire et philosophique de l'ère chrétienne et enfin les penseurs dialectiques le seront à nouveau dans l'acceptation étroite et rigoureuse du terme.

Dans cette perspective cependant, quelle est la place de l'art et de la pensée tragique?

Sur ce point, nous suivons entièrement Georges Lukàcs qui voit dans la tragédie un des deux sommets de l'expression classique (l'autre étant l'épopée, l'unité entière, naturelle et sans problèmes, de l'homme et du monde). On pourrait définir la tragédie comme un univers de questions angoissantes pour lesquelles l'homme n'a pas de réponse. Lukàcs a défini par ailleurs l'univers de l'épopée comme celui où toutes les réponses sont données avant que le progrès de l'esprit et la marche de l'histoire aient permis de formuler les questions. Il faut néanmoins ajouter que — toujours d'après Lukàcs — seules les œuvres d'Homère sont de véritables épopées. La tragédie est l'expression des instants où la valeur suprême, l'essence même de l'humanisme classique, l'unité de l'homme et du monde, se trouvant menacées, son importance est ressentie avec une acuité rarement atteinte par ailleurs. Dans ce sens, les écrits de Sophocle, Shakespeare, Pascal, Racine et Kant sont avec ceux d'Homère, d'Eschyle, de Gœthe, de Hegel et de Marx, des sommets de l'art et de la pensée classique.

« une société » comme le dira pertinemment Saint-Évremond [1], et sont soumis aux mêmes lois de la destinée. Xerxès est puni parce qu'il a voulu maîtriser la nature, enchaîner la mer, étendre sa domination au delà de ses limites valables (dominer les forces naturelles, subjuguer le monde grec et notamment Athènes), mais un tribunal humain juge et oblige les Érynnies, divinités qui dépassent la mesure, à se soumettre et à s'intégrer aux lois de la cité; et Prométhée enchaîné au rocher et tourmenté par Zeus est plus fort que le Roi des Dieux, car il connaît l'avenir que Zeus ignore. C'est pourquoi, malgré l'âpreté du conflit qui les oppose, ils restent inséparables, et comme aucun d'entre eux ne peut maîtriser ni détruire l'autre, ils finiront par se réconcilier.

---

1. Saint-Évremond n'aime pas la tragédie; en Grèce, il approuve Platon, en France, dans la querelle autour des pièces de Corneille et de Racine, il prend résolument parti pour le drame cornélien contre la tragédie racinienne.

Mais ceci dit, il a une conscience claire de ce qui, par rapport aux tragédies antiques, constitue le trait *commun* des pièces aussi bien de Corneille que de Racine : l'absence de Dieu. « Les dieux et les déesses causaient tout ce qu'il y avait de grand et d'extraordinaire, sur le théâtre des anciens, par leurs haines, par leurs protections; et de tant de choses surnaturelles, rien ne paraissait fabuleux au peuple *dans l'opinion qu'il avait d'une société entre les dieux et les hommes.* (Ici, comme plus loin, c'est toujours nous qui soulignons. L. G.) Les dieux agissaient presque toujours par des passions humaines; les hommes n'entreprenaient rien sans le conseil des dieux, et n'exécutaient rien sans leur assistance. Ainsi, dans ce mélange de la divinité et de l'humanité, il n'y avait rien qui ne se pût croire. Mais toutes ces merveilles aujourd'hui nous sont fabuleuses. *Les dieux nous manquent et nous leur manquons.* » (SAINT-ÉVREMOND : *Œuvres* publiées par René de Planhal, 3 vol. Cité des Livres, Paris, 1927. *De la Tragédie ancienne et moderne*, 1672, t. I, p. 174.)

Ajoutons encore que Saint-Évremond, dont la pénétration est remarquable, a clairement vu le caractère non chrétien de *Polyeucte*. Il remarque à juste titre que ce héros manque d'humilité chrétienne, qu'il se suffit à lui-même, mais son hostilité au théâtre religieux jointe à son admiration pour Corneille l'entraîne à surestimer l'importance des personnages non chrétiens de la pièce. « L'esprit de notre religion est directement opposé à celui de la tragédie. L'humilité et la patience de nos saints sont trop contraires aux vertus des héros que demande le théâtre. Quel zèle, quelle force, le ciel n'inspire-t-il pas à Néarque et à Polyeucte... Insensible aux prières et aux menaces, Polyeucte a plus envie de mourir pour Dieu que les autres hommes n'en ont de vivre pour eux. Néanmoins ce qui eût fait un beau sermon faisait une misérable tragédie, si les entretiens de Pauline et de Sévère, animés d'autres sentiments et d'autres passions, n'eussent conservé à l'auteur la réputation que les vertus chrétiennes de nos martyrs lui eussent ôtée. » (*L. c.*, p. 175.)

De même, il voit clairement ce qu'on pourrait appeler le caractère « non civique » de la tragédie, l'opposition entre la conscience tragique et l'adhésion entière et sans réserves à la vie de l'État : « A considérer les impressions ordinaires que faisait la tragédie, dans Athènes, sur l'âme des spectateurs, on peut dire que Platon était mieux fondé pour en défendre l'usage que ne fut Aristote pour le conseiller; car la tragédie consistant, comme elle faisait, en mouvements excessifs de la *crainte* et de la *pitié*, n'était-ce pas faire du théâtre une école de frayeur et de compassion, où l'on apprenait à s'épouvanter de tous les périls, et à se désoler de tous les malheurs? »

« On aura de la peine à me persuader qu'une âme accoutumée à s'effrayer, sur ce qui regarde les maux d'autrui, puisse être dans une bonne assiette, sur les maux qui la regardent elle-même. C'est peut-être par là que les Athéniens devinrent si susceptibles aux impressions de la peur, et que cet esprit d'épouvante, inspiré au théâtre avec tant d'art, ne devint que trop naturel dans les armées.

« A Sparte et à Rome, où le public n'exposait à la vue des citoyens que des exemples de valeur et de fermeté, le peuple ne fut pas moins fier et hardi dans les combats, que ferme et constant dans les calamités de la République. » (*L. c.*, p. 177.)

La tragédie authentique apparaît cependant avec l'œuvre
de Sophocle, dont la signification fondamentale nous paraît
être l'affirmation d'une rupture insurmontable entre l'homme,
ou, plus exactement, certains hommes privilégiés, et le monde
humain et divin. Ajax et Philoctète, Œdipe, Créon, Antigone
expriment et illustrent à la fois une seule et même vérité :
le monde est devenu confus et obscur, les dieux ne sont plus
unis aux hommes dans une même totalité cosmique, soumis
aux mêmes fatalités de la destinée, aux mêmes exigences d'équilibre et de modération. Ils se sont séparés de l'homme, ils sont
devenus ses maîtres; mais leur voix éloignée est maintenant
trompeuse, leurs oracles sont à double sens, l'un apparent et
faux, l'autre caché et véritable, les exigences divines sont
contradictoires, l'univers est équivoque et ambigu. Univers
insupportable pour l'homme, qui ne peut plus vivre désormais
que dans l'erreur et l'illusion. Parmi les vivants, seuls ceux
qu'une infirmité physique a retranchés du monde peuvent supporter la vérité. Le fait que Tirésias, le devin qui connaît la
volonté des dieux et l'avenir des hommes, qu'Œdipe à la fin
de la tragédie[1] lorsqu'il connaît la vérité, soient l'un et l'autre
aveugles, est un symbole. Leur cécité physique exprime la
rupture — qu'entraîne nécessairement la connaissance de la
vérité — avec le monde, dans lequel seuls peuvent vivre ceux
qui sont *réellement* aveugles parce que (comme plus tard le
vieux Faust chez Gœthe) avec des yeux physiques intacts ils
ne voient pas la vérité et vivent dans l'illusion. Pour les autres
(Ajax, Créon, Antigone [2]), la connaissance de la vérité les voue
simplement à la mort.

Il ne nous paraît pas exclu qu'à côté des Sophistes, Sophocle
soit le principal adversaire contre lequel sont dirigés certains
dialogues de Platon. Car si Platon s'attache à démontrer contre

---

1. Il s'agit bien entendu d'*Œdipe-Roi*, car *Œdipe à Colone* comme la fin de *Philoctète* sont précisément des essais de dépassement de la tragédie.
2. Nous permettra-t-on de formuler une *hypothèse :* Dans l'œuvre de Sophocle,
Antigone a une place exceptionnelle. Malgré toutes *les différences importantes qui
subsistent bien entendu,* c'est le personnage qui se rapproche le plus des héros
modernes de la tragédie du refus. Comme Junie et Titus, elle *sait* d'avance la vérité
et n'a pas besoin de la découvrir; comme eux, elle agit de manière *consciente* et
volontaire en refusant le compromis et en acceptant la mort. C'est d'ailleurs ce
caractère qui en a fait un objet privilégié pour les réflexions des penseurs modernes
(Hegel, Kierkegaard) sur la tragédie grecque. Or, en lisant la pièce de Sophocle
nous avons été frappé par deux faits :
    a) Du simple point de vue de la longueur du texte et de la présence scénique,
le personnage de Créon dépasse de loin celui d'Antigone et
    b) Créon s'insère rigoureusement dans la série des autres personnages tragiques
de Sophocle, Ajax, Philoctète, Œdipe, qui vivent dans l'illusion et ne découvrent
qu'à la fin la vérité qui les rend aveugles ou les tue. Serait-il téméraire de supposer
que Sophocle a entrepris d'abord d'écrire la tragédie de Créon, l'homme qui dans
son aveuglement enfreint les lois divines, et que c'est par surcroît qu'il a trouvé
le personnage exceptionnel d'Antigone dont il a probablement très vite compris
et la nouveauté et l'importance.

les premiers l'existence d'une vérité objective, il existe, nous semble-t-il, aussi un adversaire contre lequel il tient à établir que cette vérité est non seulement supportable pour l'homme, mais que, plus encore, sa connaissance mène nécessairement à la vertu et au bonheur, quelqu'un qui avait donc affirmé que la connaissance de la vérité est incompatible avec la vie heureuse et vertueuse dans le monde.

Malgré la réponse platonicienne, la tragédie de Sophocle n'en marque cependant pas moins la fin d'une époque dans l'histoire de la culture européenne. Car la vérité dont parle Platon n'est plus celle du monde immédiat, concret et sensible. Socrate se désintéresse du monde physique et de la réalité que nous révèlent les sens; comme pour le tragique, le monde de la vie quotidienne reste, pour lui aussi, illusoire et ambigu. La substance, les valeurs essentielles, le vrai, le bien, le bonheur, sont maintenant situés dans un monde *intelligible* qui, transcendant ou non, s'oppose en tout cas au monde de la vie de tous les jours. Dans une perspective plus vaste, et en embrassant non seulement l'art mais aussi la pensée philosophique, il serait peut-être plus juste de placer ici, entre Sophocle et Platon, le passage de la conscience classique à la conscience romantique, passage que Hegel, envisageant l'art seulement, avait placé à l'avènement du christianisme.

Mais ces réflexions ne constituent qu'une hypothèse, esquissée seulement, car pour comprendre réellement la signification d'une œuvre littéraire ou philosophique, il faudrait pouvoir la rattacher à l'ensemble de la vie sociale et économique de son temps. Or, nos connaissances du monde antique et de la culture grecque sont trop minces pour que nous puissions même effleurer le problème. Et le cas est analogue pour la tragédie de Shakespeare qui nous paraît marquer la fin du monde aristocratique et féodal, la crise de la Renaissance et l'apparition du monde individualiste du tiers état.

Par contre, nous avons déjà dit dans le précédent chapitre et aussi dans un autre ouvrage [1] comment le développement ultérieur du tiers état, l'essor de la pensée scientifique orientée par sa nature même vers l'efficacité technique, l'essor de la morale individualiste — rationaliste ou hédoniste — ont provoqué au XVIIe siècle le cri d'alarme de la pensée pascalienne et au XVIIIe siècle celui de la philosophie de Kant. Une fois de plus la pensée tragique dénonçait les symptômes d'une crise profonde dans les relations entre les hommes et le monde, le danger auquel avait abouti — ou plus exactement, se préparait à aboutir — le cheminement des hommes dans une voie

1. L. GOLDMANN : *La Communauté humaine et l'univers chez Kant.*, P. U. F., 1949.

qui avait paru et paraissait encore à beaucoup, riche et
pleine de promesses. Une fois de plus le danger a été évité,
l'impasse surmontée; ce qu'a été le rationalisme socratique et
platonicien pour la tragédie grecque, le rationalisme et l'empirisme modernes pour la tragédie de Shakespeare, leur dépassement historique par l'affirmation que malgré toutes les difficultés et tous les problèmes l'homme espère néanmoins atteindre
et réaliser par son action et sa pensée des valeurs authentiques,
la dialectique hégélienne et surtout marxiste le sera pour la
pensée tragique de Pascal et de Kant. Encore cette analogie
ne vaut-elle que pour les lignes générales, car dans le détail
il y a dans les trois cas des différences considérables.

Après les problèmes posés par la tragédie grecque d'Eschyle
et de Sophocle, le rationalisme socratique et platonicien s'était
fondé sur des bases entièrement nouvelles, abandonnant tout
espoir, tout désir même de retrouver une substantialité immanente. A l'unité classique de l'homme et du monde, il substi-
tuait l'affirmation d'une vérité *intelligible* qui opposait l'homme
au monde sensible, abaissé au rang d'apparence et d'instrument. C'est d'ailleurs cette position nouvelle, cette rupture avec
l'esprit classique de l'épopée et de la tragédie (et probablement
aussi de la philosophie présocratique) qui explique non seulement pourquoi Platon interdisait l'entrée de son État idéal aux
poètes épiques et tragiques, mais aussi pourquoi l'affirmation
d'une vérité *intelligible* (qui pouvait devenir facilement une
vérité *transcendante*) a permis aux penseurs ultérieurs de faire
du platonisme le fondement d'un des trois [1] grands courants
de la pensée chrétienne du moyen âge, l'augustinisme, tandis
que son attitude rationaliste envers le monde sensible en a fait
le fondement d'un des deux grands courants de l'individualisme moderne : le rationalisme de Galilée et Descartes. Il ne
serait peut-être pas faux de dire que le platonisme est resté
une des positions fondamentales de la conscience occidentale
jusqu'à son dépassement réel dans la première position philosophique qui abandonnera de nouveau résolument toute relation entre les valeurs et la transcendance ou l'intelligible pour
revenir à une nouvelle immanence et à un nouveau classicisme : le matérialisme dialectique.

Nous connaissons trop peu la culture anglaise pour pouvoir
formuler autre chose qu'une simple impression au sujet du
dépassement de la tragédie de Shakespeare [2], mais il nous semble

---

1. Nous écrivons *trois* courants parce qu'en plus de l'augustinisme et du thomisme il y a un troisième grand courant eschatologique qui n'a pas moins d'importance bien qu'il soit en partie condamné par l'Église. Il suffit de mentionner l'*Évangile éternel* de JOACHIM DE FIORE et les Franciscains spirituels.
2. L'on s'étonnera peut-être de trouver dans un ouvrage consacré à la tragédie
du XVIIe siècle une hypothèse aussi incomplète sur la tragédie grecque et un simple
aveu d'ignorance concernant la tragédie de Shakespeare. Un partisan des méthodes

que l'empirisme et le rationalisme européens du xviie siècle et des siècles suivants sont les expressions idéologiques d'une classe qui, en train de maîtriser le monde physique et de construire un nouvel ordre social individualiste et libéral, est passée à côté des problèmes posés par l'œuvre géniale qui l'avait précédée. On peut, *à la rigueur*, entrevoir une ligne ténue qui relierait encore Shakespeare à Montaigne. Nous n'en voyons aucune qui pourrait le relier à Hume ou à Descartes.

Le rationalisme et l'empirisme avaient à tel point contribué à organiser et appauvrir le monde humain que la richesse de l'univers de Shakespeare apparaîtra longtemps comme une création barbare — absurde ou admirable — mais en tout cas étrangère et difficile à assimiler.

Toute autre est la relation entre la tragédie du refus, exprimée par les écrits de Pascal, Racine et Kant, et la pensée dialectique, relation que nous avons caractérisée comme étant celle d'une intégration totale et d'un dépassement rigoureux. En effet, les pensées d'Hegel et de Marx acceptent et intègrent à leur propre substance *tous* les problèmes posés par la pensée tragique qui les a précédés, elles reprennent entièrement à leur propre compte sa critique des philosophies rationalistes et empiristes et des morales dogmatiques ou bien hédonistes ou utilitaires, sa critique de la société réelle, celle de toute théologie dogmatique, etc., opposant seulement au *pari tragique sur l'éternité et sur l'existence d'une Divinité transcendante* le *pari immanent sur l'avenir historique et humain*, pari qui, pour la première fois depuis Platon dans l'histoire de la pensée occidentale, rompt résolument avec l'intelligible et la transcendance, rétablit l'unité de l'homme avec le monde et permet d'espérer le retour à un classicisme abandonné depuis les Grecs.

Il reste que la tragédie du xviie et du xviiie siècle [1] exprime,

---

analytiques aurait pu sans doute renoncer à ces développements et se cantonner dans les limites apparentes de son étude.

Pour nous, ce serait contredire les principes mêmes de notre méthode. Convaincu que la signification de tout élément dépend de sa relation avec les autres éléments et de sa place dans l'ensemble que, par conséquent, la recherche ne peut jamais aller ni uniquement des parties au tout ni uniquement du tout aux parties, nous pensons qu'il est très important de ne jamais laisser naître l'illusion que l'étude d'une réalité partielle *pourrait se suffire à elle-même ne serait-ce que d'une manière relative*, ni celle que les synthèses d'ensemble *pourraient se passer des analyses minutieuses de détails.*

Le progrès de la recherche se fait par oscillation permanente des parties au tout et du tout aux parties. Cela implique cependant l'obligation de signaler toujours les lacunes les plus proches d'une recherche, les points dont l'éclaircissement pourrait de manière immédiate, soit compléter, soit modifier les résultats provisoires du travail. Aucune étude sur la tragédie ne sera complète tant qu'elle n'aura pas embrassé les trois grandes formes de conscience et de création tragiques que nous signalons. Sans parler du fait que la tragédie dans l'ensemble ne peut se comprendre en dehors des formes psychiques qu'elle a chaque fois remplacées comme de celles qui l'ont suivie et dépassée à leur tour.

1. Dans la suite de cet ouvrage, chaque fois que nous parlerons de tragédie sans aucune autre spécification, il s'agira de la tragédie du refus.

comme toutes les autres formes de conscience et de création tragiques, une crise des relations entre les hommes, ou plus exactement entre certains groupes d'hommes et le monde cosmique et social.

Nous avons déjà dit que le problème central de cette tragédie est de savoir si l'homme sur lequel est tombé le regard de Dieu peut encore vivre. Car, vivre, *c'est vivre dans le monde.* C'est là une vérité fondamentale et universelle que la phénoménologie et l'existentialisme ont seulement actualisée à nouveau dans la conscience philosophique contemporaine. Mais la possibilité même de cette actualisation indique que la conscience du caractère intramondain de l'existence humaine (ou plus exactement son degré de réflexivité) peut varier, s'affaiblir ou disparaître, ou bien au contraire devenir à certaines époques particulièrement aiguë.

Il va de soi qu'on ne peut pas établir une loi générale concernant ces variations et que leur compréhension exige des études historiques partielles et surtout concrètes et détaillées.

Une constatation s'impose cependant et nous introduit d'emblée au centre du problème qui nous préoccupe. Toute conscience est l'expression d'un équilibre *provisoire* et *mobile* entre l'individu ou le groupe social et leur milieu. Lorsque cet équilibre s'établit facilement, lorsqu'il possède une stabilité relative, ou bien encore lorsque ses transformations et les passages à des niveaux supérieurs s'effectuent de manière relativement aisée, il y a de grandes probabilités pour que les hommes ne pensent pas à l'existence du monde extérieur ni aux problèmes que posent leurs relations avec lui. Sur le plan individuel comme sur le plan du groupe, ce sont les organes malades, les fonctions difficiles à remplir et non pas les organes sains et les fonctions faciles qui occupent de manière aiguë le champ de la conscience.

C'est pourquoi c'est au cours des périodes d'équilibre sain et relativement aisé que nous trouvons le plus souvent un affaiblissement relatif de la conscience du caractère intramondain de l'existence humaine, et c'est au contraire aux périodes de crise telles que les reflètent et les expriment les différentes formes de conscience tragique ou bien l'existentialisme moderne, que cette conscience deviendra particulièrement aiguë.

On comprendra maintenant plus facilement ce qu'est le monde pour la conscience tragique. On pourrait le dire en deux mots : *rien* et *tout* en même temps.

Rien parce que l'homme tragique vit *en permanence* sous le regard de Dieu, parce qu'il exige et admet seulement des valeurs absolues, claires et univoques, parce que pour lui « le miracle seul est réel » et que, mesuré à cette échelle, le monde apparaît essentiellement ambigu et confus, et cela veut dire *inexis-*

tant. Le problème de la conscience tragique, écrit Lukàcs, « est le problème des rapports entre l'être et l'essence. Le problème de savoir si tout ce qui existe est déjà, et cela par le simple fait qu'il existe. N'y a-t-il pas des degrés de l'être? L'être est-il une propriété universelle des choses ou bien un jugement de valeur qui les sépare et les distingue?... La philosophie du moyen âge avait pour le dire une expression claire et univoque : elle disait que l'*Ens perfectissimum* est aussi l'*Ens realissimum* [1] ». « Dans l'univers tragique, il y a un seuil très élevé de perfection que doivent atteindre les êtres pour pouvoir y pénétrer; tout être qui ne l'atteint pas n'a simplement aucune réalité, mais tout ce qui l'atteint est toujours présent et également présent [2]. » Bref, parce que la conscience de l'homme tragique ne connaît ni degrés ni passage progressif entre le rien et le tout, parce que pour elle tout ce qui n'est pas parfait n'est pas, parce qu'entre la notion de présence et celle d'absence elle ignore celle de rapprochement, la présence permanente du regard divin entraîne une dévaluation radicale, une absence non moins permanente de tout ce qui, dans le monde, n'étant pas clair et univoque, n'atteint pas le niveau de ce que le jeune Lukàcs appelle le « miracle ». Cela signifie que pour cette conscience le monde comme tel est inexistant et n'a aucune réalité authentique. Elle vit uniquement pour Dieu; or, Dieu et le monde s'opposent d'une manière radicale. « Les conditions les plus aisées à vivre selon le monde sont les plus difficiles à vivre selon Dieu et au contraire. Rien n'est si difficile selon le monde que la vie religieuse; rien n'est plus facile que de la passer selon Dieu. Rien n'est plus aisé que d'être dans une grande charge et dans de grands biens selon le monde; rien n'est plus difficile que d'y vivre selon Dieu, et sans y prendre de part et de goût [3] », écrit Pascal. Nous pourrions citer de nombreux autres fragments des *Pensées*, mais il suffit, si nous voulons comprendre ce qu'est le monde pour la conscience tragique, de nous arrêter à celui-ci, à condition de donner — comme toujours — aux mots de Pascal leur sens le plus fort, d'extrapoler même au point de dire que tout ce qui est nécessaire selon Dieu est impossible selon le monde et inversement, tout ce qui est possible suivant le monde n'existe plus pour le regard de Dieu.

Et pourtant, en affirmant le néant, la non-existence du monde, nous n'avons encore vu qu'un seul aspect du problème, et le texte même de Pascal que nous venons de citer nous indique l'autre aspect contraire et complémentaire. Car nous l'avons

---

1. G. VON LUKÀCS : *Die Seele und die Formen*, p. 335-336.
2. *L. c.*, p. 336.
3. Fr. 906.

déjà dit, pour l'homme tragique, le monde est *rien* et *tout* en même temps.

Le Dieu de la tragédie est un Dieu *toujours présent* et *toujours absent*. Or, sa présence dévalorise sans doute le monde et lui enlève *toute* réalité, mais son absence non moins radicale et non moins permanente fait au contraire du monde la *seule réalité* en face de laquelle se trouve l'homme et à laquelle il peut et doit opposer son exigence de réalisation des valeurs substantielles et absolues.

De nombreuses formes de conscience religieuse et révolutionnaire ont opposé Dieu et le monde, les valeurs et la réalité; mais la plupart d'entre elles trouvaient néanmoins en face de cette alternative une solution possible, ne serait-ce que celle de la lutte intramondaine pour réaliser les valeurs ou bien celle de l'abandon du monde pour se réfugier dans l'univers intelligible ou transcendant des valeurs ou de la divinité. La tragédie radicale refuse cependant l'une et l'autre de ces solutions, elle les trouve entachées de faiblesse et d'illusion, des formes — conscientes ou non conscientes — de compromis.

Car elle ne croit ni à la possibilité de transformer le monde et d'y réaliser des valeurs authentiques, ni à celle de le fuir et de se réfugier dans la cité de Dieu. C'est pourquoi il ne s'agit pour elle ni de remplir « bien » les charges dans le monde ou d'utiliser « bien » les richesses, ni de les ignorer et de les abandonner. Ici comme partout, la tragédie ne connaît qu'une forme de pensée et d'attitude valables, le *oui et non*, le paradoxe : *Y vivre sans y prendre de part et de goût.*

Y vivre signifie accorder au monde l'existence dans le sens le plus fort du mot; *sans y prendre de part et de goût* signifie ne lui reconnaître aucune forme d'existence réelle.

C'est l'attitude *cohérente et paradoxale* — plus encore *cohérente parce que paradoxale* — de l'homme tragique en face du monde et de toute réalité intramondaine; la compréhension de cette attitude supprime d'ailleurs un faux problème qui a préoccupé un grand nombre de pascalisants : celui de savoir comment concilier le comportement de l'homme qui n'estimait pas que « la connaissance de la machine », c'est-à-dire de la réalité physique, « vaille une heure de peine » (fr. 79), et qui écrivait à Fermat[1] : « Pour vous parler franchement de la géométrie, je la trouve le plus haut exercice de l'esprit; mais en même temps je la connais pour si inutile, que je fais peu de différence entre un homme qui n'est que géomètre et un habile artisan. Ainsi je l'appelle le plus beau métier du monde; mais enfin ce n'est qu'un métier; et j'ai dit souvent qu'elle est bonne pour faire l'essai mais non pas l'emploi de notre force; de sorte

---

1. Lettre du 10 août 1661.

que je ne ferai pas deux pas pour la géométrie... » avec le fait que visiblement ce même homme n'avait pas cessé, au cours des années mêmes où il écrivait ces lignes, de s'intéresser à la vie intramondaine et surtout aux problèmes de géométrie, et d'accorder une partie considérable de son temps à leur solution [1].

On saurait à peine formuler d'une manière plus précise ce *oui et non* tragique devant le monde que ne le fait le célèbre écrit — pascalien ou d'inspiration pascalienne — sur la conversion du pécheur : « D'une part, la présence des objets visibles la touche (l'âme, L. G.) plus que l'espérance des invisibles; et de l'autre la solidité des invisibles la touche plus que la vanité des visibles. Et ainsi la présence des uns et la solidité des autres disputent son affection, et la vanité des uns et l'absence des autres excitent son aversion [2]. »

Une fois de plus, si nous voulons pénétrer plus avant dans la compréhension de ce qu'est le monde pour la conscience tragique, il faut nous attacher aux paroles de Pascal, et une fois de plus il faut leur donner *le sens le plus fort*. Le texte cité nous dit qu'il y a « peu de différence » entre un homme qui fait « le plus beau métier du monde », qui se consacre « au plus haut exercice de l'esprit » et « un simple artisan ». C'est qu'en effet il n'y a pour la conscience tragique ni degrés ni passage ou approche, qu'elle ignore le plus ou le moins pour ne connaître que le *Tout* et le *Rien*, il n'y a donc pour elle que « peu de différence » et cela veut dire à la limite *aucune* entre tout ce qui n'est pas rigoureusement valable, entre tout ce qui, étant intramondain, n'est pas absolu.

Et pourtant l'absence de Dieu lui enlève le droit d'ignorer le monde et de se détourner de lui; son refus reste *intramondain,* car c'est *au monde* qu'elle s'oppose, et ce n'est que *dans cette opposition* qu'elle se connaît elle-même avec ses propres limites et sa propre valeur.

Si le monde est trop limité, trop ambigu pour que l'homme s'y consacre entièrement, pour qu'il y fasse « l'emploi » de sa force, il n'en est pas moins le seul lieu où il puisse et doive en faire l'« essai »; ainsi, jusque dans les derniers recoins de la vie et de la pensée, le *oui et non* reste la seule attitude valable pour la conscience tragique.

1. La lettre qui propose le concours sur la cycloïde est de juin 1658, l'*Histoire de la Roulette* d'octobre 1658, une lettre de Sluse à Pascal du 24 avril 1660 mentionne que celui-ci lui avait écrit peu de temps auparavant au sujet des figures du *Traité de l'Homme* de DESCARTES, l'acte constitutif de l'entreprise des carrosses à cinq sols est de novembre 1661, et une lettre de Huyghens à Hook parle d'une tentative d'exploiter commercialement la production de montres à ressort qui se situerait en 1660.
2. Citation consciemment arrêtée au milieu du texte. Nous analyserons au prochain chapitre les deux lignes qui suivent.

Mais loin d'avoir épuisé avec cette analyse, ne serait-ce que dans ses lignes générales, le problème qui nous préoccupe, c'est maintenant seulement que nous abordons une des difficultés les plus importantes. Car insérer ce *oui et non* dans une vision cohérente signifie le relier à des positions théoriques et pratiques qui le fondent, le complètent et le justifient rigoureusement.

Il serait en effet aussi peu cohérent de refuser de manière radicale un monde qui offrirait, ne serait-ce que le moindre espoir valable d'y réaliser des valeurs authentiques, que d'accepter un monde radicalement absurde et ambigu. L' « essai » intramondain de nos forces ne doit donc être ni *totalement absurde* ni *entièrement significatif*, ou plus exactement il doit être les deux à la fois, un « essai » *réel* dans le sens le plus plein du mot, qui ne peut cependant, par sa nature même, jamais devenir un « emploi ».

Car un refus *unilatéral* enlèverait au monde toute réalité concrète et structurée, et l'abaisserait au niveau d'obstacle abstrait sans forme ni qualités. Seule une attitude *intramondaine* orientée vers le monde, dans son refus même (et cela sans tempérer en rien le caractère extrême et absolu de ce refus), permet à la conscience tragique de juger un monde dont elle connaît parfaitement la structure intime, de garder toujours présentes les raisons de son refus et de le rendre ainsi rigoureusement justifié.

C'est là l'extrême rigueur et l'extrême cohérence de la conscience tragique telle qu'elle s'exprime dans *Phèdre* de Racine, dans les écrits philosophiques de Pascal, de Kant, et dans le texte déjà cité de Lukács, attitude paradoxale et sans doute difficile à décrire et à rendre compréhensible, mais qui, seule, semble-t-il, nous permettra la compréhension des écrits que nous nous proposons d'étudier.

Avant de continuer, cependant, l'analyse du monde tragique qui fait l'objet du présent chapitre, nous devons, pour des raisons sociologiques et historiques importantes non seulement en soi, mais aussi pour l'étude de l'œuvre pascalienne, mentionner une position moins radicale qui représente cependant non seulement une étape vers l'extrême cohérence, mais aussi un palier de cohérence relative possédant une autonomie propre. Nous appellerons cette position — qui s'est exprimée dans la pensée de la plupart des jansénistes radicaux —, l'attitude du *refus unilatéral du monde* et de l'*appel à Dieu* par opposition à la position extrême, celle *du refus intramondain du monde et du pari sur l'existence de Dieu*. La différence entre ces deux positions correspond à celle qui sépare Junie ou Titus de Phèdre, ou bien Barcos ou la Mère Angélique du Pascal des dernières années, celles où il découvrait la surface de la cycloïde, créait l'entreprise des carrosses à cinq sols et écrivait les *Pensées*.

Il suffit, pour caractériser l'importance historique de cette position intermédiaire, de dire que sans *Phèdre* et sans les *Pensées*, c'est vers elle que nous serions tentés d'extrapoler la cohérence de la pensée janséniste [1], et qu'elle s'est exprimée dans des ouvrages littéraires aussi importants que les trois premières tragédies de Racine.

Nous l'analyserons plus longuement dans le chapitre VII consacré à l'étude de la pensée janséniste. Précisons cependant, dès maintenant, que les deux positions, la cohérence relative (refus unilatéral du monde et appel à Dieu) et la cohérence rigoureuse (refus intramondain du monde et pari sur l'existence de Dieu) ne sont pas deux visions différentes et autonomes. Il existe entre elles un lien qui confirme non seulement l'histoire (Pascal et Racine viennent de Port-Royal), mais encore l'analyse interne. Car il y a à la limite de la théologie janséniste de la Grâce une notion paradoxale et jamais explicitée qu'il suffira de développer pour arriver à la position des *Pensées* et de *Phèdre, celle du juste à qui la Grâce a manqué, du juste en état de péché mortel.*

Il y a donc un lien non seulement historique mais aussi idéologique entre d'une part, Barcos, Pavillon, Singlin, la Mère Angélique, etc., et d'autre part le Pascal des *Pensées* et le Racine de *Phèdre*. Il reste cependant qu'entre ces deux paliers d'équilibre et de cohérence de la pensée tragique (et janséniste) il y a aussi une opposition qui s'est exprimée au moins deux fois dans les textes écrits : la première fois par la plume de Gilberte Pascal lorsque l'hagiographie des jansénistes s'est trouvée en face du problème des dernières années du « grand homme » qu'était Pascal, de son retour à la science, à l'activité économique intramondaine et à la soumission à l'église terrestre et militante. Gilberte, qui passe sous silence le problème de l'Église, qui mentionne à peine les carrosses à cinq sols pour illustrer la charité de son frère envers les pauvres de Blois, invente pour expliquer le retour à l'activité scientifique une légende dont la naïveté n'est égalée que par celle des nombreux biographes ultérieurs qui l'ont reprise et reproduite comme s'il s'agissait d'un fait certain et dûment établi. C'est l'histoire du « mal de dents » auquel Pascal devrait la découverte de la cyloïde et, pour la compléter (puisque le mal de dents n'expliquait ni le concours ni la publication), celle de la « personne aussi considérable par sa piété que par les éminentes qualités de son esprit et par la grandeur de sa naissance » à laquelle Pascal devait « toute sorte de déférence et par respect et par reconnaissance » et qui « dans un dessein

---

1. C'est d'ailleurs elle, en grande partie, que Molière a décrite et raillée dans *le Misanthrope*.

qui « ne regardait que la gloire de Dieu, trouva à propos qu'il en usât comme défi et qu'ensuite il le fît imprimer [1] ».

Et c'est la même différence entre ces deux positions qui s'exprime dans un fragment célèbre des *Pensées* [2] dans lequel Pascal reproche aux jansénistes de ne pas avoir fait « profession des deux contraires ».

Ce serait cependant, nous semble-t-il, un contresens insigne que de voir dans le passage de Pascal au cours des dernières années de sa vie, du refus du monde au *oui et non* envers celui-ci, de l'appel à Dieu au pari sur son existence, de l'attitude arnaldienne au refus de toute signature et à la soumission à l'Église militante, un retour au monde et à cette Église et un abandon du jansénisme.

Il s'agit en réalité d'un passage à une position plus radicale et plus rigoureusement cohérente. Comme le dit Gerberon, il était devenu « plus janséniste que les jansénistes même [3] » et, ajouterons-nous, que les plus radicaux d'entre eux. Car ceux-ci, loin de « faire profession des deux contraires », se contentaient de refuser absolument mais aussi unilatéralement le monde, de supprimer tout lien entre l'homme et lui (ou tout au moins d'en préconiser la suppression) et d'en appeler, dans cet antagonisme, au tribunal de Dieu. Mais l'existence du « Dieu spectateur » restait pour eux une certitude, un point d'appui fixe et inébranlable; l'élément d'incertitude, de choix et de « pari » commençait seulement ensuite, lorsqu'il s'agissait de savoir si Dieu avait accordé à l'individu la grâce de persévérance, si cet individu était un juste tout court, « un juste à qui la grâce a manqué », ou bien un juste devenu réprouvé et tombé en état de péché mortel. Or, Pascal tire les dernières conséquences de la pensée janséniste, en déplaçant l'incertitude et le « pari », de la persévérance, du salut individuel à l'existence même de Dieu. En choisissant délibérément la position paradoxale du juste sans grâce sanctifiante, en renonçant à être ange pour éviter d'être bête, Pascal « plus janséniste que les jansénistes même » deviendra le créateur de la pensée dialectique et le premier philosophe de la tragédie.

Car la *présence et l'absence* continuelles et permanentes du Dieu sur l'existence duquel on a parié transforment le refus *unilatéral* et *abstrait* des jansénistes radicaux en *refus intramondain* et par cela même *total et concret* du monde par un être tragique et absolu.

1. *Br., Pens. et Opuscules*, p. 24.
2. « S'il y a jamais un temps auquel on doive faire profession des deux contraires, c'est quand on reproche qu'on en omet un. Donc les Jésuites et les Jansénistes ont tort en les célant; mais les Jansénistes plus, car les Jésuites en ont mieux fait profession des deux » (fr. 865).
3. Gerberon : *Hist. du jansénisme*, Amsterdam, 1700, t. II, p. 515.

Nous reviendrons dans le septième chapitre à la pensée des autres jansénistes [1]; pour l'instant, c'est la position extrême, celle qui s'est exprimée dans *Phèdre* et dans les *Pensées* que nous voulons étudier.

Nous avons déjà dit que l'homme tragique vit sous le regard permanent d'un « Dieu spectateur », que pour lui « le miracle seul est réel », qu'il oppose à l'ambiguïté fondamentale du monde son exigence non moins fondamentale de valeurs absolues et univoques, de clarté et d'essentialité. Empêché par la présence divine d'accepter le monde et en même temps par l'absence divine de le quitter entièrement, il reste toujours dominé par la conscience *permanente* et *fondée* de l'incongruité radicale entre lui et tout ce qui l'entoure, de l'abîme infranchissable qui le sépare et de la valeur et du donné manifeste.

Une conscience *intramondaine*, mue uniquement par l'exigence de totalité en face d'un monde fragmentaire qu'elle refuse nécessairement, d'un monde dont elle fait partie et qu'elle dépasse en même temps, une *transcendance immanente* et une *immanence transcendante*, telle est la situation paradoxale, et exprimable seulement par des paradoxes, de l'homme tragique.

C'est pourquoi sa conscience reste avant tout conscience de deux insuffisances complémentaires et qui (pour l'historien, mais non pour elle-même) se conditionnent et se renforcent mutuellement : insuffisance de l'homme, roi esclave, ange et bête en même temps, et insuffisance d'un monde ambigu et paradoxal, seul domaine où il peut et doit faire l'essai de ses forces et seul domaine aussi où il ne doit jamais en faire l'emploi.

« La sagesse du miracle tragique est une sagesse des limites », écrit Lukàcs, et Pascal pose le problème même de la conscience tragique lorsqu'il demande : « Pourquoi ma connaissance est-elle bornée? ma taille? ma durée à cent ans plutôt qu'à mille? Quelle raison a eu la nature de me la donner telle et de choisir ce nombre plutôt qu'un autre, dans l'infinité desquels il n'y

---

1. Mentionnons cependant dès maintenant schématiquement les trois principaux courants qui se sont manifestés dans le jansénisme du XVIIᵉ siècle, courants qui comportent bien entendu toutes les transitions et tous les mélanges imaginables, mais dont la distinction n'est pas moins essentielle si on veut comprendre le phénomène social et intellectuel du jansénisme.

Il y a donc :

a) Le courant *non tragique* constitué par ceux qu'on pourrait appeler les « centristes ». Les principaux représentants sont dans une certaine mesure Saint-Cyran et surtout Arnauld et Nicole. C'est à ce groupe que se rattachent le *Mémorial* de 1654 et *les Provinciales*. (Une étude plus détaillée devrait encore distinguer à l'intérieur de ce courant les spirituels — le *Mémorial*, la Mère Agnès, etc. — et les intellectuels — Arnauld, Nicole et *les Provinciales*.)

b) Les Jansénistes extrémistes, Barcos, Pavillon, Singlin, la Mère Angélique, Gerberon, etc. Leur position tend vers la tragédie du refus unilatéral et de l'appel à Dieu. C'est à ce groupe qu'il faut rattacher *Andromaque, Britannicus et Bérénice*.

c) L'extrême cohérence, la tragédie paradoxale du *refus intramondain du monde* et du *pari sur l'existence de Dieu* au tribunal duquel on appelle. Position atteinte à notre connaissance uniquement par *Phèdre* et par les *Pensées*.

a pas plus de raison de choisir l'un que l'autre, rien ne tentant plus que l'autre [1] ? »

C'est pourquoi — nous y reviendrons—, selon Lukàcs, « la vie tragique », cette vie dominée uniquement par la présence divine et par le refus du monde est « la plus exclusivement terrestre de toutes les vies [2] ».

Mais précisément ce *oui et non*, tous deux entiers et absolus, envers le monde (le *oui* en tant qu'exigence *intramondaine* de réalisation des valeurs, le *non* en tant que refus d'un monde *essentiellement insuffisant dans lequel les valeurs sont irréalisables*) permet à la conscience tragique d'atteindre sur le plan de la connaissance un degré de précision et d'objectivité extrêmement avancé et jamais atteint auparavant. La distance infranchissable qui sépare du monde l'être qui *y vit* exclusivement mais *sans y prendre de part* libère sa conscience des illusions courantes et des entraves habituelles et fait de la pensée et de l'art tragiques une des formes les plus avancées du réalisme.

L'homme tragique n'a jamais renoncé à l'espoir, mais cet espoir il ne le place pas dans le monde; c'est pourquoi aucune vérité concernant soit la structure du monde, soit sa propre existence intramondaine ne saurait l'effrayer. Jugeant les choses par rapport à ses propres exigences et les trouvant toutes *également* insuffisantes, il peut voir sans crainte et sans réserves leur nature et leurs limitations aussi bien que ses propres limites dans l'essai intramondain de ses forces, que cet essai se fasse sur le plan théorique de la connaissance ou sur le plan pratique de la réalisation.

Cherchant *uniquement* le nécessaire, la conscience tragique ne rencontrera dans le monde que le contingent, reconnaissant uniquement l'absolu, elle ne trouvera que le relatif, mais en prenant conscience de ces deux limitations (celle du monde et la sienne propre) et *en les refusant*, elle sauvera les valeurs humaines et dépassera le monde et sa propre condition.

Mais que signifie concrètement : refuser le monde? Celui-ci s'offre à la conscience comme exigence de choix entre plusieurs possibilités contraires, qui s'excluent et dont cependant aucune n'est valable et suffisante. Le refus *intramondain* du monde, c'est le refus de choisir et de se contenter d'une quelconque de ces possibilités ou de ces perspectives. C'est le fait de *juger clairement et sans réticences* leur insuffisance et leur limitation, et de leur opposer l'exigence de valeurs réelles et univoques; c'est le fait d'opposer à un monde composé d'éléments fragmentaires et qui s'excluent une exigence de totalité qui devient néces-

---

1. Fr. 208.
2. *L. c.*, p. 345.

sairement exigence *d'union des contraires. Pour la conscience tragique, valeur authentique est synonyme de totalité et inversement tout essai de compromis s'identifie à la déchéance suprême.*

C'est pourquoi devant le oui ou le non, elle méprisera toujours le choix et la position intermédiaire, le peut-être, pour rester sur le plan de la seule valeur qu'elle reconnaît, celle du *oui et non*, de la synthèse. L'homme n'est « ni ange ni bête », c'est pourquoi sa vraie tâche est de réaliser l'homme total qui intégrera les deux, l'homme qui aurait une âme *et* un corps immortels; qui réunirait l'intensité extrême de la raison *et* de la passion, l'homme qui, sur terre, est irréalisable [1].

Et là aussi ces deux éléments paradoxaux de la conscience tragique (« éléments » dans la mesure où nous sommes obligés de les séparer artificiellement pour les besoins de l'analyse), *le réalisme extrême* et *l'exigence de valeurs* absolues qui, en face d'un monde ambigu et fragmentaire, devient exigence de *la réunion des contraires*, se renforcent mutuellement. Car la véracité est elle-même la principale valeur absolue de la conscience tragique et elle implique la constatation du caractère insuffisant et limité de toute possibilité intramondaine.

Cette exigence de synthèse, de réunion des contraires qui est l'essence même de la conscience tragique, se traduit sur le plan du problème philosophique fondamental des rapports entre les valeurs et le réel, le rationnel et le sensible, le signifiant et l'individuel, l'âme et le corps, par l'affirmation que la seule valeur réelle que peut reconnaître cette conscience (aussi bien d'ailleurs que la pensée dialectique) est précisément la réunion des contraires, *l'essence individuelle, l'individu signifiant*. Et là aussi il faut pousser les contraires, l'essence et la signification d'une part, l'individualité de l'autre, à leur degré extrême, unir l'extrême signification et la valeur suprême avec l'extrême individualité. Kant mettra au centre de son épistémologie l'exigence de « détermination intégrale » de l'être individuel, Pascal écrira : « J'ai versé telles gouttes de sang pour toi [2]. »

---

1. Il n'y a pas de contresens plus fondamental que d'interpréter malgré *l'apparence* de certains textes, Pascal dans le sens du milieu entre les extrêmes, position sceptique qui est souvent celle de Montaigne mais qui est aussi la négation de toute tragédie et de toute dialectique. De même, le Dieu du pari (comme celui du postulat pratique de Kant) n'est pas un Dieu dont l'existence est *probable* mais un Dieu *certain* et *nécessaire*, seulement cette nécessité et cette certitude sont pratiques et humaines, des certitudes du cœur et non de la raison (ou, ce qui est la même chose chez Kant, des certitudes de la raison et non de l'entendement.)

Dans un article qui, malgré certaines lacunes et erreurs, a néanmoins le mérite d'avoir pour la première fois vu clairement le caractère dialectique des *Pensées* et la liaison entre cette dialectique et le paradoxe comme forme d'expression littéraire, le professeur Hugo Friedrich a très bien analysé cette différence entre la notion de milieu chez Pascal et chez Montaigne. (Voir HUGO FRIEDRICH : *Pascals Paradox. Das Sprachbild einer Denkform. Zeitschrift für Romanische Philologie*, LVI Band, 1936.)

2. Fr. 553.

En prenant conscience de ses propres limites — de la mort qui est la plus importante — et de celles du monde, tout se dessine pour la conscience tragique avec des contours précis et univoques, même son propre caractère paradoxal et l'ambiguïté fondamentale du monde [1], ambiguïté à laquelle elle oppose l'exigence d'*extrême individualité* et d'*extrême essentialité*.

Ne pouvant admettre ni la clarté purement intellectuelle, ni la réalité particulière et ambiguë, ni les valeurs qui se contentent d'être des idées et des exigences, des « pour soi » vides, ni la réalité étrangère ou même contraire à la valeur, l' « en soi » aveugle, la pensée tragique, et la pensée dialectique, sont des philosophies de l' « en et pour soi », des philosophies de *l'incarnation* [2].

Mais à l'encontre de la pensée dialectique qui affirme les possibilités réelles, historiques, de réaliser cette incarnation, la pensée tragique l'élimine du monde et la place dans l'éternité. Il ne reste sur le plan intramondain immédiat que la tension extrême entre un monde radicalement insuffisant et un moi qui se pose dans une authenticité absolue, « avec une force qui élimine et détruit tout, mais cette auto-affirmation extrême — arrivée au sommet de son authenticité — donne à toutes les choses qu'elle rencontre une dureté d'acier et une existence autonome, et se dépasse elle-même; cette dernière tension du moi dépasse tout ce qui est simplement particulier. Sa force a consacré les choses en les élevant au niveau de la destinée, mais sa grande lutte avec cette destinée qu'elle a forgé elle-même l'élève au-dessus de sa propre personne, en fait un symbole de la relation dernière entre l'homme et son destin [3] ».

« Pour la tragédie, la mort — cette limite en soi — est une réalité toujours immanente indissolublement liée à tout ce qu'elle vit ».et c'est pourquoi « la conscience tragique est une réalisation de l'essence concrète. Assurée et pleine de certitude, la conscience tragique résout le problème le plus difficile du platonisme : la question de savoir si les choses individuelles peuvent avoir elles aussi leurs propres idées, leurs propres essences. Et sa réponse renverse la question, seul l'individuel, l'individu poussé à ses dernières limites et possibilités est conforme à l'idée et réellement existant.

« L'universel sans forme et couleur est trop faible dans sa généralité, trop vide dans son unité pour pouvoir devenir réel, Il est trop étant pour pouvoir posséder l'être réel, son identité est une tautologie; l'idée ne correspond qu'à elle-même.

---

1. Là aussi nous sommes devant un paradoxe : l'ambiguïté du monde est claire et univoque pour la conscience tragique.
2. Le mot n'a évidemment ici aucun sens religieux. Il s'agit de l'incarnation des valeurs et des significations dans le monde réel.
3. LUKÁCS, *L. c.*, p. 344.

Ainsi, dépassant le platonisme, la tragédie répond à la condamnation dont l'avait jadis frappée Platon [1] » et, ajouterons-nous, ouvre à nouveau la voie vers une pensée classique et immanente abandonnée par celui-ci.

L'homme tragique avec son exigence de clarté et d'absolu se trouve en face d'un monde qui est la seule réalité à laquelle il peut l'opposer, le seul endroit où il *pourrait* vivre à condition de ne jamais abandonner cette exigence et l'effort de la réaliser. Mais le monde ne peut jamais lui suffire, c'est pourquoi le regard de Dieu oblige l'homme, tant qu'il vit — et tant qu'il vit, il vit dans le monde — de ne jamais y prendre « ni de part ni de goût ». Absent et présent au monde dans le sens rigoureusement contraire et complémentaire à celui dans lequel Dieu est présent et absent à l'homme, un seul secteur de clarté, si minime, si périphérique soit-il — de vérité vraie ou de justice juste — suffirait pour supprimer le tragique, pour rendre le monde habitable, pour le relier à Dieu. Mais en face de l'homme s'étend seulement « le silence éternel des espaces infinis »; aucune affirmation claire, univoque concernant un secteur, quel qu'il soit, du monde, n'est valable, il faut toujours lui ajouter l'affirmation contraire, *oui et non*, le paradoxe est la seule manière d'exprimer des choses valables. Or, le paradoxe est pour la conscience tragique un sujet permanent de scandale et d'étonnement. L'accepter, accepter sa propre faiblesse, l'ambiguïté et la confusion du monde, le sens et le non-sens pour parler comme certains philosophes contemporains, c'est renoncer à donner un sens à la vie, abandonner le sens même de l'existence humaine et de l'humanité. L'homme est un être contradictoire, union de force et de faiblesse, de grandeur et de misère, l'homme et le monde dans lequel il vit sont faits d'oppositions radicales, de forces antagonistes qui s'opposent sans pouvoir s'exclure ou s'unir, d'éléments complémentaires qui ne forment jamais un tout. La grandeur de l'homme tragique c'est de les voir et de les connaître dans leur vérité la plus rigoureuse et de ne jamais les accepter. Car les accepter, ce serait précisément supprimer le paradoxe, renoncer à la grandeur et se contenter de la misère. Heureusement, l'homme reste jusqu'à la fin paradoxal et contradictoire, « l'homme passe infiniment l'homme » et à l'ambiguïté radicale et irrémédiable du monde, il oppose son exigence non moins radicale et irrémédiable de clarté.

Avant de passer à l'analyse, déjà entamée d'ailleurs, de l'homme tragique, nous voudrions nous permettre encore une seule réflexion. L'ambiguïté du monde, le « sens et non-sens », l'impossibilité d'y trouver une ligne de conduite valable, claire

---

et univoque, est devenue de nos jours à nouveau un des thèmes
principaux de la pensée philosophique; il suffit de mentionner
en France les noms de J.-P. Sartre et de Merleau-Ponty. Il
n'est pas non plus difficile, surtout en lisant leurs œuvres
mineures, de voir les conditions historiques et sociales qui les
ont amenés à leurs conclusions. C'est qu'une fois de plus les
forces sociales qui ont permis au XIXᵉ siècle de surmonter la
tragédie dans la pensée dialectique et révolutionnaire, sont arri-
vées, par une évolution que nous ne pouvons pas analyser ici,
à subordonner l'humain, les valeurs à l'efficacité, une fois de plus,
les penseurs les plus honnêtes sont amenés à constater la rupture qui effrayait déjà Pascal entre la force et la justice, entre
l'espoir et la condition humaine [1].

C'est d'ailleurs cette situation qui a suscité, non seulement
la conscience aiguë de l'ambiguïté du monde et du caractère
inauthentique de la vie quotidienne, mais aussi l'intérêt renouvelé pour les penseurs et les écrivains tragiques du passé.

Seulement, et c'est ce que nous voudrions souligner en terminant ce chapitre, malgré l'intérêt renaissant pour la tragédie,
pour le déchirement et l'angoisse pascalienne, aucun des penseurs existentialistes ne se situe sur une ligne qui pourrait le
relier à Pascal, à Hegel, à Marx, ou à une tradition classique
dans le sens vaste ou étroit du mot. Car c'est précisément le
fait de *ne pas accepter l'ambiguïté*, de maintenir malgré et
contre tout l'exigence de raison et de clarté, de valeurs humaines
qui doivent être réalisées, qui constitue l'essence et de la tragédie en particulier et de l'esprit classique en général.

« Sens et non-sens », nous dit Merleau-Ponty, « sens et non-
sens », nous disait Pascal, et après lui tous les penseurs dialectiques, mais « sens et non-sens » d'un monde et d'une condition humaine qu'il faut non pas accepter mais dépasser pour
être homme. Entre ces deux positions, la différence est considérable, et nous ne voyons aucun moyen de les rapprocher.

---

1. Ces lignes ont été écrites en 1952. Depuis, la situation historique ayant évo-
lué, MM. Sartre et Merleau-Ponty ont eux aussi modifié — en sens contraire d'ailleurs — leurs positions idéologiques.

CHAPITRE IV

LA VISION TRAGIQUE : L'HOMME

> Que si nous espérons, c'est contre
> l'espérance.
>
> Nicolas PAVILLON, évêque d'Alet :
> *Lettre à Antoine Arnauld,*
> août 1664.

Nous avons déjà, dans les précédents chapitres, entamé l'étude de l'homme tragique, et nous la poursuivrons tout au long du présent ouvrage.

Il est en effet impossible de séparer entièrement les trois éléments que nous avons dégagés dans la vision tragique — Dieu, le monde et l'homme — puisque chacun n'existe et ne peut se définir que par rapport aux deux autres, qui n'existent et ne se définissent à leur tour que par rapport à lui.

Le monde n'est pas, en soi et pour toute conscience, ambigu et contradictoire. Il le devient pour la conscience de l'homme qui vit *uniquement* pour la *réalisation* de valeurs *rigoureusement irréalisables;* encore faut-il pousser à l'extrême limite les deux éléments du paradoxe, car vivre pour des valeurs irréalisables en se contentant de les désirer, de les rechercher en pensée et dans le rêve, mène, au contraire même de la tragédie, au romantisme [1], et inversement, consacrer sa vie à la réalisation progressive de valeurs réalisables et comportant des degrés, mène à des positions intramondaines athées (rationalisme, empirisme), religieuses (thomisme) ou révolutionnaires (matérialisme dialectique), mais en tout cas étrangères à la tragédie.

De même, Dieu n'est pas « absent et présent » pour n'importe quelle vision. Son caractère paradoxal n'est valable que pour un homme ayant à un degré suprême conscience aussi bien de l'exigence de valeurs absolues que de l'indifférence du monde réel par rapport à celles-ci.

---

1. Une tragédie romantique esthétiquement valable serait inconcevable.

Enfin, si dans la tragédie du refus il n'y a plus rien de
commun entre Dieu et le monde [1], les deux ne font pas moins
partie, grâce à l'homme et à sa médiation (et, dans le cas de
Pascal, grâce à la médiation exemplaire de l'Homme-Dieu)
d'un même ensemble, d'un même univers. Car l'homme, qui
est un être paradoxal, « passe infiniment l'homme » et réunit
en lui les contraires, l'ange et la bête, la grandeur et la misère,
l'impératif catégorique et le mal radical; il a une double nature
divine et mondaine, nouménale et phénoménale en même temps,
et c'est par rapport à cette double nature que le monde apparaît lui-même contradictoire et paradoxal, que l'absence de
Dieu au monde et au caractère intramondain, à la misère de
l'homme, devient présence permanente et totale à sa grandeur,
à son exigence de signification, de justice et de vérité.

Retenons donc pour commencer ce chapitre dans lequel nous
nous proposons de dégager certains éléments de la conscience
tragique qui en sont comme le fondement, le centre, permettant de la saisir en tant que réalité humaine cohérente, ces
deux traits caractéristiques : *l'exigence absolue et exclusive de
réalisation de valeurs irréalisables* et son corollaire le « *tout ou
rien* », *l'absence de degrés et de nuances, l'absence totale de relativité.*

Absence de degrés par laquelle la conscience tragique se distingue de toute spiritualité et de tout mysticisme et s'oppose
radicalement à ces deux formes de conscience religieuse. Car
si nous laissons de côté la mystique panthéiste dont l'opposition à toute pensée tragique est évidente, rien n'est en effet
plus important pour la spiritualité et la mystique théocentrique
que le détachement progressif du monde, l'itinéraire de l'âme
vers Dieu jusqu'à l'instant du changement qualitatif qui transforme l'expérience de spiritualité en expérience mystique, au
ravissement et à la suppression de toute conscience conceptuelle par l'extase et la présence divine [2].

Pour la conscience tragique, ce sont là des choses inexistantes
et inconcevables. Si grand que soit en effet le détachement d'un
homme pour le monde, la distance qui le sépare encore de Dieu
et de la conscience authentique reste rigoureusement *la même*,
à savoir une distance *infinie* jusqu'à l'instant où, brusquement
et sans transition, sa conscience rigoureusement inauthentique
deviendra essentielle, où l'homme quittera le monde, ou, encore
mieux, cessera d'y « prendre de part et de goût » pour entrer
dans l'univers de la tragédie.

---

1. Si ce n'est le fait qu'ils s'excluent.
2. Et cela sans parler de la séparation si souvent décrite par les psychologues
du mysticisme entre la « fine pointe » et les autres facultés de l'âme; séparation
absolument étrangère à la conscience tragique pour laquelle l'essentiel seul existe
et tout ce qui existe est *également* essentiel.

Si la spiritualité précède souvent l'expérience mystique, si elle est un des chemins qui y mènent, il n'y a qu'une seule voie pour accéder à l'univers tragique : *la conversion*, la compréhension instantanée ou plus exactement *intemporelle* des vraies valeurs divines et humaines, et de la vanité, de l'insuffisance du monde et de l'homme; événement difficile à décrire, mais fondamental et indispensable lorsqu'il s'agit d'étudier soit les personnages tragiques de Racine — Bérénice ou Phèdre — soit la vie réelle des religieuses et des solitaires de Port-Royal.

Son caractère le plus important est le fait qu'elle *se place en dehors du temps et de toute préparation psychique et temporelle* [1], elle est l'effet du choix intelligible ou de la grâce divine, mais en tout cas entièrement étrangère au caractère empirique et à la volonté de l'individu. Il suffit de lire les lettres de la Mère Angélique pour comprendre que pour elle la conversion n'est pas un instant localisé dans le temps; aux dates les plus différentes nous la voyons demander à ses divers correspondants de « prier pour sa conversion [2] », qui apparaît ainsi comme un événement qu'on a sans doute vécu, mais qu'on doit néanmoins toujours chercher, toujours demander à Dieu, puisqu'il peut toujours être remis en question par lui et perdu par l'homme.

Il n'empêche que la « conversion » est aussi un instant précis et localisé, une coupure dans la vie de l'individu. Mais, même vue sous cet angle, elle n'est ni l'effet d'une décision ni la simple conséquence de la rencontre avec certains êtres ou événements du monde ambiant. Ceux-ci ne peuvent en être que l'occasion apparemment minime et sans proportion avec ce qui se déclare.

« La première chose que Dieu inspire à l'âme qu'il daigne toucher véritablement est une connaissance et une vue tout extraordinaire par laquelle l'âme considère les choses et elle-

---

1. Nous nous trouvons ici devant l'aspect de la conscience tragique le plus complexe et le plus lourd de malentendus. Il va de soi que *pour nous* et pour tout historien, psychologue ou sociologue, la conversion tragique est l'aboutissement d'un processus *psychique* et *temporel* en dehors duquel elle serait incompréhensible. *Mais son contenu est précisément la négation de ce processus.* Tout ce qui est psychique et temporel se place *dans le monde* et comme tel n'existe plus pour la conscience tragique qui, devenue atemporelle, vit dans l'instant et dans l'éternité.

Un psychologue avec lequel nous parlions de Bérénice et de Phèdre nous a formulé un jour une objection que nous reproduisons ici précisément parce qu'elle illustre le malentendu le plus dangereux *et qu'il faut éviter à tout prix.* « Racine, disait-il, a éliminé toute préparation psychique des deux « conversions » parce qu'elle était inutile dans l'économie des deux pièces, mais c'est au critique de l'ajouter et de rétablir la psychologie des personnages. » Or, ce serait précisément modifier leur psychologie, ou plus exactement leur en attribuer une, et par cela même supprimer leur caractère tragique.

2. Voir par exemple les lettres du 3 juin, 14 août, 17 août et 9 novembre 1637, 15 novembre 1639, avril 1641, 1644 (à Ant. Arnauld), 16 mars et 14 mai 1649, 24 septembre 1652, etc...

même d'une façon toute nouvelle. » Ce sont les premiers mots
de l'*Écrit sur la conversion du pécheur* et Lukàcs précise : « Cet
instant est un commencement et une fin. Il donne à l'homme
une nouvelle mémoire, une éthique nouvelle et une nouvelle
justice ». « Trop étrangers l'un à l'autre même pour être ennemis, ils se trouvent face à face, le dévoilant et le dévoilé, l'occasion et la révélation. Car étranger est à l'occasion ce qui se
révèle à sa rencontre, plus élevé et venant d'un autre monde.
Et l'âme qui s'est trouvée elle-même mesure avec des yeux
étrangers son existence antérieure. Elle lui apparaît incompréhensible, non essentielle et inauthentique. Elle a pu tout
au plus rêver d'avoir jamais été autre — car son existence
actuelle est l'existence — et seul le hasard pourchassait jadis
les rêves et les sons accidentels d'une cloche lointaine appor-
taient les réveils le matin. » Maintenant, « l'âme dénudée mène
un dialogue solitaire avec la destinée nue. Les deux sont entièrement dépouillées de tout ce qui n'est pas essentiel; toutes
les multiples relations de la vie quotidienne sont éliminées,...
tout ce qu'il y avait d'incertain, de nuancé entre les hommes
et les choses a disparu pour ne laisser subsister que l'air pur
et transparent qui ne cache plus rien, des dernières questions
et des dernières réponses [1] ».

A travers le langage, un peu trop imagé peut-être, du jeune
homme de vingt-cinq ans qui écrivait ces lignes, l'idée essentielle se dégage néanmoins : Conversion de l'existence mondaine
à la tragédie, à l'univers du Dieu caché — absent et présent
— et, — expression naturelle de ce changement, — incom-
préhensibilité de la vie antérieure, renversement complet des
valeurs; ce qui était grand devient petit, ce qui paraissait petit
et insignifiant devient essentiel [2]. « L'homme ne saurait plus
poser les pieds sur les chemins qu'il suivait auparavant, ses
yeux ne sauraient plus y déceler aucune direction. Mais avec
une légèreté d'oiseau et sans aucune difficulté, il escalade
maintenant les sommets inaccessibles, d'un pas dur et assuré
il franchit des marais sans fond [3]. »

Cet instant, Lukàcs l'appelle le miracle; son caractère essentiel est de transformer l'ambiguïté fondamentale de la vie dans
le monde en conscience univoque et en exigence rigoureuse
de clarté. « Il y a dans notre cœur un abîme si profond qu'il
est presque impossible de le pénétrer. Nous ne discernons pas
aisément la lumière des ténèbres, ny le bien du mal. Les vices
et les vertus sont quelquefois si semblables en apparence que

---

1. G. von Lukàcs, *l. c.*, p. 333-338.
2. Voir les dernières lignes déjà citées du *Mystère de Jésus* et le passage correspondant de Lukàcs que nous avons également cité dans le second chapitre.
3. Lukàcs, *l. c.*, p. 338. A rapprocher du fragment 306 de Pascal qui exprime
la même idée.

nous ne savons presque ny ce que nous devons choisir ny ce
que nous devons demander à Dieu, ny comment nous le devons
demander. Mais l'affliction que Dieu nous envoie dans sa miséricorde est comme une épée à deux tranchants qui entre et
qui pénètre jusques dans les replis de l'âme et de l'esprit, et
qui discerne en sorte les pensées qui sont humaines des mouvements de l'esprit de Dieu, qu'il ne peut plus se cacher à
soy même, et nous commençons à le connaître si bien qu'il ne
sçaurait plus nous tromper.

« C'est alors que sans avoir besoin d'autre méthode nous
voyons tous nos maux et que nous gémissons sérieusement
devant Dieu; que nous comprenons que ses châtiments, quelques
rudes qu'ils soient, nous sont nécessaires; que nous reconnaissons
combien nous avons besoin de son secours et que c'est luy qui
nous sauve. C'est en cet estat que nous avons moins de peine
de nous détacher des créatures dont nous comprenons le néant,
et que ne trouvant point de repos dans le monde nous sommes
obligés d'en chercher en Jésus-Christ : *Inquietum est cor nostrum donec requiescat in Te* [1] » écrit un janséniste anonyme,
et ce passage caractérise aussi bien l'essentiel de la conversion janséniste (passage de l'obscurité totale à la clarté absolue) que ce qui la sépare du dernier Pascal (le *requiescat in Te*).

Car si l'exigence absolue de vérité est la première caractéristique de l'homme tragique, elle entraîne une conséquence
que seul Pascal parmi les jansénistes du XVIIe siècle est parvenu
à dégager. La certitude est en effet un concept d'ordre primor-
dialement théorique. Il y a sans doute des certitudes d'un autre
ordre; plus encore, *toute* certitude purement théorique risque
d'être illusoire, le raisonnement, de recéler des failles non-
conscientes pour le penseur qui ne se révèleront qu'à la lumière
de l'expérience et de l'action.

Il n'en reste pas moins vrai qu'aucune conviction — si puissante soit-elle — ne pourra jamais aboutir à une certitude totale
et rigoureuse tant qu'elle procédera uniquement de raisons
pratiques ou affectives et n'aura pas trouvé un fondement
théorique [2]. Placé entre un monde muet et un Dieu caché qui
ne parle jamais, l'homme tragique n'a cependant aucun titre
théorique rigoureux et suffisamment fondé pour affirmer l'existence divine. La raison qui pour Pascal, comme l'entendement
pour Kant, est la faculté de penser ne peut affirmer ni l'existence ni la non existence de Dieu. C'est pourquoi, poussée à
l'extrême conséquence, la pensée janséniste mène non pas au

---

1. *Défense de la foi des religieuses de Port-Royal et de leurs directeurs sur tous les
faits alleguez par M. Chamillard dans les deux libelles*, etc..., 1667, p. 59.
2. C'est le problème du *Fides quaerens intellectum* depuis le *Prosologion* de saint
Anselme jusqu'aux *Thèses sur Feuerbach* de Karl Marx. Nous y reviendrons au
chapitre consacré à l'épistémologie de Pascal.

requiescat in Te mais à la formule du *Mystère de Jésus* : « Jésus sera en agonie jusqu'à la fin du monde; Il ne faut pas dormir pendant ce temps là. »

Mais si elle n'est pas une certitude théorique, l'existence de Dieu n'en est pas moins concrète et réelle; certaine si l'on veut, mais d'une certitude d'un autre ordre, celui de la volonté et de la valeur, « pratique » dira Kant; plus rigoureux, Pascal emploiera un mot qui désigne la synthèse et le dépassement du théorique et du pratique : « certitude du cœur ». Or, les certitudes pratiques ou théorico-pratiques ne sont pas des démonstrations, des preuves, mais des *postulats* et des *paris*. Les deux mots désignent la *même idée* et Lukàcs la reprend en d'autres termes lorsqu'il écrit : « La foi affirme ce rapport (entre la réalité empirique et l'essence, entre le fait et le miracle) et fait de sa possibilité à jamais improuvable le fondement apriorique de toute l'existence [1]. »

Nous consacrerons au pari un des chapitres de la troisième partie mais dès maintenant on comprend mieux pourquoi Dieu, dont on a fait « le fondement apriorique de toute l'existence », est éternellement présent, mais aussi éternellement absent puisque la clarté fondamentale de la conscience tragique ne lui permet jamais d'oublier qu'en Dieu présence et absence sont indissolublement liées; que son absence, le caractère paradoxal du monde, n'existe que pour une conscience qui ne peut jamais l'accepter parce qu'elle se définit par son exigence permanente d'univocité, par la présence continuelle du regard divin, mais d'autre part, cette présence du regard divin n'est qu'un « pari », une « possibilité à jamais improuvable ». C'est pourquoi cette conscience sera dominée simultanément par la crainte et par l'espoir, sera tremblement continuel et confiance perpétuelle, c'est pourquoi elle vivra dans une tension ininterrompue sans connaître et sans admettre un instant de repos.

Mais l'exigence absolue de certitude théorique et pratique implique aussi une seconde conséquence : la *solitude* de l'homme entre le monde aveugle et le Dieu caché et muet. Car entre l'homme tragique qui n'admet que l'univoque et l'absolu et le monde ambigu et contradictoire, aucune relation, aucun dialogue n'est jamais et nulle part possible.

L'authentique et l'inauthentique, le clair et l'ambigu, sont deux langages qui non seulement ne se comprennent pas mais ne peuvent même pas s'entendre. Le seul être à qui s'adresse la pensée et la parole de l'homme tragique, c'est Dieu. Mais un Dieu, nous le savons, absent et muet, qui ne répond jamais. C'est pourquoi l'homme tragique n'a qu'une seule forme d'expression : *le monologue*, ou plus exactement — puisque ce mono-

---

1. G. von Lukàcs, *l. c.*, p. 335.

logue ne s'adresse pas à soi mais à Dieu, le « dialogue solitaire », selon une expression de Lukàcs.

On s'est souvent demandé pour qui ont été écrites les *Pensées*. Comprenant mal qu'un chrétien soutienne avec le « pari » une position qui leur paraissait inacceptable pour les autres chrétiens — et même pour les autres jansénistes — la plupart des interprètes ont admis que l'ouvrage projeté s'adressait aux libertins. Nous essayerons de montrer le caractère erroné de cette hypothèse (visible d'ailleurs au premier abord, puisque le libertin refusera simplement de parier); mais les interprètes n'ont pas moins raison lorsqu'ils pensent que les *Pensées* ne peuvent pas non plus être écrites pour le croyant — qui n'a pas besoin de parier — et il semble peu probable que Pascal les ait écrites pour lui-même. La véritable solution nous paraît tout autre; ayant reconnu l'impossibilité de tout dialogue avec le monde, Pascal s'adresse au seul auditeur qui lui reste, l'auditeur muet et caché qui n'admet aucune réserve, aucun mensonge, aucune prudence et qui pourtant ne répond jamais. Les *Pensées* sont un exemple suprême de ces « dialogues solitaires » avec le Dieu caché des jansénistes et de la tragédie, dialogues où tout compte, où chaque mot pèse autant que les autres, où l'exégète ne saurait rien laisser de côté sous prétexte d'exagération ou d'outrance de langage, dialogues où tout est essentiel, parce que l'homme parle au seul être qui pourrait l'entendre mais dont il ne saura jamais s'il l'entend réellement.

Sans doute les paroles de ce « dialogue solitaire » s'adressent elles *aussi* aux hommes, mais alors il ne s'agit plus ni de croyants ni de libertins, ou plus exactement il s'agit des uns et des autres virtuellement, et ni des uns ni des autres réellement. Le penseur tragique s'adresse à *tous* les hommes dans la mesure où ils pourraient l'entendre, où ils sauraient devenir essentiels, dans la mesure où étant vraiment hommes ils « passeraient l'homme » pour chercher sincèrement Dieu.

Mais si dans le monde il y avait un seul être humain qui pût entendre les paroles de l'homme tragique et leur faire écho, il y aurait alors *dans le monde* une communauté possible, quelque chose de valable et de vrai, la tragédie serait dépassée, le « dialogue solitaire » deviendrait un dialogue réel [1]. Devant l'homme tragique il n'y a cependant que « le silence éternel des espaces infinis » et c'est en prenant conscience de cette

---

1. Sans doute y a-t-il plus d'une seule conscience tragique dans la réalité et parfois dans une seule et même tragédie — Titus et Bérénice par exemple. Mais ils ne forment pas une communauté. Bérénice entre dans l'univers tragique à l'instant même où elle quitte le monde et *se sépare* de Titus. Les solitaires — en principe tout au moins — réduisent au minimum leurs contacts mutuels. « Il a des frères dans la poursuite des mêmes étoiles, écrit une fois Lukàcs, mais non pas des compagnons et des camarades. » (G. LUKÀCS : *Die Theorie des Romans*. Berlin, T. Cassirer, 1928, p. 29.)

situation qu'il se sent brusquement dépasser sa solitude, qu'il
se sent près de celui qui de façon exemplaire et surhumaine
a rempli la fonction de la conscience tragique, de médiateur
entre le monde et les valeurs suprêmes, entre le monde et Dieu.

Nous l'avons déjà dit et nous le dirons encore : les *Pensées*
sont et affirment la fin de toute théologie *spéculative*, il n'y a plus
et ne peut plus y avoir pour Pascal aucune preuve théorique
valable de l'existence de Dieu. Mais, précisément, en prenant
conscience du caractère implacable de cette situation, du silence
absolu des espaces et du monde, de sa propre exigence irrémissible de justice et de vérité, du fait que l'homme passe l'homme
et aussi de sa propre solitude et de sa propre souffrance, Pascal
obtient la seule certitude qui le mène non pas à la religion en
général (cela c'est la fonction du pari) mais à la religion chrétienne en particulier. Car en se comprenant soi-même, avec
ses propres limites, il se sent près, non pas de la divinité de
Jésus, mais de son humanité, de sa souffrance et de son sacrifice.

Les pages qui précèdent ont — nous l'espérons — permis de
dégager les éléments fondamentaux de la conscience tragique
et d'éclairer leur cohérence et leur connexion interne : Le
caractère paradoxal du monde, la *conversion* de l'homme, a
une existence essentielle, l'*exigence de vérité* absolue, *le refus*
de toute ambiguïté et de tout compromis, l'*exigence de synthèse*
des contraires, *la conscience des limites* de l'homme et du monde,
la solitude, l'abîme infranchissable qui sépare l'homme tragique
et du monde et de Dieu, le *pari* sur un Dieu dont l'existence
même est improuvable, et *la vie exclusive pour ce Dieu* toujours
présent et toujours absent, enfin, conséquences de cette situation et de cette attitude : le *primat du moral* sur le théorique et
sur l'efficace, l'abandon de tout espoir de victoire matérielle
ou tout simplement d'avenir, la sauvegarde cependant de la
victoire spirituelle et morale, la sauvegarde de l'éternité.

Qu'on nous permette de continuer ce chapitre, et de terminer
ainsi cette première partie, par l'analyse de deux textes qui ne
sont pas moins importants pour la compréhension de l'œuvre
pascalienne que pour celle de la conscience tragique en général :
l'*Écrit sur la conversion du pécheur* et le *Mystère de Jésus*.

Le premier se situe entre les deux points d'équilibre de la
conscience tragique décrits au précédent chapitre; sans arriver
au refus intramondain du monde et au pari sur Dieu, il dépasse
cependant — moins par son contenu explicite que par la structure de sa démarche — le simple refus unilatéral du monde et
l'appel à Dieu. Placée entre l'insuffisance du monde et le
silence ou tout au moins la distance de la divinité, l'âme n'ac-
quiert en effet la conscience des limites du monde et des siennes
propres que par un va-et-vient permanent entre le monde et

Dieu, va-et-vient qui est à la fois un mouvement perpétuel et une immobilité absolue.

Nous connaissons déjà le début de l'*Écrit;* « la connaissance et la vue tout extraordinaire » que Dieu « inspire à l'âme » et qui fait qu'elle « considère les choses et elle-même d'une façon toute nouvelle » et la sépare du monde lui apportant « un trouble qui traverse le repos qu'elle trouvait dans les choses qui faisaient ses délices... Un scrupule continuel la combat dans cette jouissance, et cette vue intérieure ne lui fait plus trouver cette douceur accoutumée parmi les choses où elle s'abandonnait avec une pleine effusion de cœur ».

Pourtant, la séparation d'avec le monde est loin d'apporter à l'âme le repos, en effet celle-ci n'a pas trouvé une autre présence, une autre délectation pouvant remplacer celle qui faisait jadis son bonheur. C'est pourquoi « elle trouve encore plus d'amertume dans les exercices de piété que dans les vanités du monde ». Car « d'une part la présence des objets visibles la touche plus que l'espérance des invisibles, et de l'autre la solidité des invisibles la touche plus que la vanité des visibles. Et ainsi la présence des uns et la solidité des autres disputent son affection, et la vanité des uns et l'absence des autres excitent son aversion; de sorte qu'il naît dans elle un désordre et une confusion [1] »...

Ici le manuscrit est interrompu. Il s'agit peut-être — probablement même — d'un simple accident. Constatons néanmoins que cette interruption se présente comme particulièrement bien venue. Il n'y a en effet — nous l'avons déjà dit — ni passages ni degrés pour la conscience tragique. Or, le manuscrit interrompu sur les mots « désordre » et « confusion » reprend — dans l'état actuel du texte — sans transition le langage de l'âme parfaitement consciente de la limite universelle qui constitue la tragédie : de la mort.

« Les héros voués à la mort de la tragédie, écrit Lukàcs, sont morts depuis longtemps avant de mourir [2] » et à un autre endroit, il ajoute, pour exprimer l'intemporalité de l'univers tragique : « Le présent devient secondaire et irréel, le passé menaçant et plein de dangers, l'avenir déjà connu et depuis longtemps inconsciemment vécu [3]. » L'âme « considère les choses périssables comme périssantes et même déjà péries », écrit le texte sur la conversion, « et, dans la vue certaine de l'anéantissement de tout ce qu'elle aime, elle s'effraye dans cette considération...

---

1. Au niveau de cohérence où se situe l'écrit, cette impossibilité de choisir entre Dieu et le monde apparaît encore comme « désordre » et « confusion », l'auteur n'est pas arrivé à l'attitude univoque et claire du refus intramondain du monde et du paradoxe généralisé.
2. *L. c.*, p. 342.
3. *L. c.*, p. 340.

« De là vient qu'elle commence à considérer comme un néant tout ce qui doit retourner dans le néant, le ciel, la terre, son esprit, son corps, ses parents, ses amis, ses ennemis; les biens, la pauvreté; la disgrâce, la prospérité; l'honneur, l'ignominie; l'estime, le mépris; l'autorité, l'indigence; la santé, la maladie, et la vie même. »

Cette clarté la ramène cependant au monde et à la confusion. « Elle commence à s'étonner de l'aveuglement où elle a vécu et quand elle considère... le grand nombre de personnes qui vivent de la sorte... elle entre dans une sainte confusion et dans un étonnement qui lui porte un trouble bien salutaire. »

Passée ainsi du désordre et de la confusion où la mettait sa situation entre un monde vain et présent et un Dieu solide et absent, à la compréhension claire du néant de toute chose périssable — qui pour elle est déjà périe — et retombée à nouveau dans la confusion, à la considération du monde et de sa vie passée, elle retrouve la clarté univoque (qu'elle possédait déjà) de la limite universelle que constitue la mort, du néant de toute chose périssable devant sa propre exigence d'absolu et d'éternité, car « il est constant néanmoins que, quand les choses du monde auraient quelque plaisir solide... il est inévitable que la perte de ces choses ou que la mort enfin nous en prive; de sorte que l'âme s'étant amassé des trésors de biens temporels, de quelque nature qu'ils soient, soit or, soit science, soit réputation, c'est une nécessité indispensable qu'elle se trouve dénuée de tous ces objets de sa félicité; et qu'ainsi, s'ils ont eu de quoi la satisfaire, ils n'auront pas de quoi la satisfaire toujours; et que, si c'est se procurer un bonheur véritable, ce n'est pas se proposer un bonheur bien durable, puisqu'il doit être borné avec le cours de cette vie ».

Cette nouvelle connaissance sépare définitivement l'âme tragique du reste des hommes. « Par une sainte humilité », Dieu la « relève au-dessus de la superbe, elle commence à s'élever au-dessus du commun des hommes : elle condamne leur conduite, elle déteste leurs maximes, elle pleure leur aveuglement ». Et dans la mesure même où elle se sépare des hommes, elle commence à vivre sous le regard de Dieu. « Elle se porte à la recherche du véritable bien; elle comprend qu'il faut qu'il ait ces deux qualités : l'une qu'il dure autant qu'elle et qu'il ne puisse lui être ôté que de son consentement, et l'autre qu'il n'y ait rien de plus aimable. »

Avec cette nouvelle conscience, l'âme pense cependant de nouveau au monde qu'elle a quitté, elle voit que « dans l'amour qu'elle a eu pour le monde elle trouvait en lui cette seconde qualité dans son aveuglement car elle ne connaissait rien de plus aimable. Mais comme elle n'y voit pas la première, elle connaît· que ce n'est pas le souverain bien ».

Ici se termine la première partie de l'écrit consacrée aux rapports de l'âme avec le monde; la seconde aura trait aux rapports de l'âme avec Dieu.

Consciente enfin de sa propre essence, vivant uniquement par la recherche du souverain bien, l'âme sait que les choses et les êtres du monde « n'auront pas de quoi la satisfaire toujours », aussi « elle le cherche... ailleurs, et connaissant par une lumière toute pure qu'il n'est point dans les choses qui sont en elle, ni hors d'elle, ni devant elle, (rien donc en elle ni à ses côtés), elle commence à le chercher au-dessus d'elle.

Cette élévation est si éminente et si transcendante, qu'elle ne s'arrête pas au ciel, il n'a pas de quoi la satisfaire; ni au-dessus du ciel, ni aux anges, ni aux êtres les plus parfaits. Elle traverse toutes les créatures, et ne peut arrêter son cœur qu'elle ne se soit rendue jusqu'au trône de Dieu, dans lequel elle commence à trouver son repos » [1]. Mais ce Dieu, qu'elle cherche et dont elle

---

1. Il nous faut ici accorder quelques lignes aux notes de L. Brunschvicg qui marquent deux malentendus typiques et frappants dont il faut se méfier à tout prix.

Le premier nous paraît évident et ne nous arrêtera pas longtemps. Au sujet des mots « une lumière toute pure », Brunschvicg écrit : « Cette pureté de lumière a un sens intellectuel; c'est l'absence de toute obscurité, de toute raison de douter, qui constitue l'évidence. » On ne saurait imaginer interprétation plus contraire au sens de l'œuvre pascalienne. La raison humaine, l'intellect, ne peut jamais pour Pascal apporter la clarté et l'évidence absolues. Surtout lorsqu'il s'agit de la conversion et de Dieu. Il nous semble évident que la « lumière toute pure » ne peut venir que de la grâce divine qui se manifeste non pas à la raison mais à la charité qui dépasse l'intellect, que c'est non pas une lumière intellectuelle, mais une lumière du cœur. (Un peu plus loin, Pascal écrira lui-même : « La raison aidée des lumières de la grâce. »)

Le deuxième malentendu est moins apparent et, précisément pour cela, plus dangereux; d'autant plus qu'il tend à confondre la conscience tragique avec son contraire, la spiritualité. Au sujet du passage sur l'élévation, Brunschvicg parle de « degrés » et rappelle deux vers respectivement de Voltaire et de Leconte de Lisle :

Par delà tous ces cieux, le Dieu du ciel réside

et :

Jusqu'aux astres, jusqu'aux anges, jusqu'à Dieu

Nous laisserons de côté ce que peut avoir d'inattendu le rapprochement entre Pascal et Voltaire ou Leconte de Lisle pour aborder directement le problème réel et valable que pose cette interprétation. Le vers de Leconte de Lisle exprime en effet une gradation des valeurs :

Jusqu'aux astres, jusqu'aux anges, jusqu'à Dieu

On entend presque, entre les trois membres de la phrase, les mots « plus encore », l'idée y est en tout cas. Or, la même image nous semble avoir chez Pascal une signification *exactement contraire* (absence radicale de gradation, dualité exclusive entre les créatures *également* insuffisantes d'une part, et Dieu absolu et parfait d'autre part). On nous excusera, puisqu'au premier abord les deux interprétations paraissent possibles, de tenter une analyse plus détaillée.

Constatons d'abord que Pascal (en supposant que c'est lui qui a écrit ce texte) réduit, par les lignes qui précèdent le fragment dont nous parlons, l'élévation à une pure montée spatiale. L'âme a cherché le souverain bien dans les choses qui sont « en elle, hors d'elle et devant elle », elle ne l'a trouvé ni « en elle ni à ses côtés », et après avoir épuisé ce qu'on pourrait appeler les directions horizontales, elle s'oriente vers la verticale, vers la montée. Ici, l'image devient cependant dansait maintenant par sa « raison aidée des lumières de la grâce » qu'il est le seul bien véritable, reste silencieux et muet à son appel. « Car, encore qu'elle ne sente pas ces charmes dont Dieu récompense l'habitude dans la piété, elle comprend néanmoins... qu'il n'y a rien de plus aimable que Dieu. » Elle sent l'abîme qui la sépare de lui. « Elle s'anéantit en conséquence, et ne pouvant former d'elle-même une idée assez basse, ni en concevoir une assez relevée de ce bien souverain, elle fait de nouveaux efforts pour se rabaisser jusqu'aux derniers abîmes du néant, en considérant Dieu dans des immensités qu'elle multiplie sans cesse [1]. » Elle choisit de vivre éternellement sous le regard de Dieu, « d'en être éternellement reconnaissante » et « elle entre en confusion d'avoir préféré tant de vanités à ce divin Maître; et dans un esprit de componction et de pénitence, elle a recours à sa pitié pour arrêter sa colère »...

Elle demande à Dieu qu' « il lui plaise de la conduire à lui et lui faire connaître les moyens d'y arriver ». Car l'âme qui ne vit plus que dans et pour la recherche de Dieu « aspire à n'y arriver que par des moyens qui viennent de Dieu même parce qu'elle veut qu'il soit lui-même son chemin, son objet et sa dernière fin ».

Consciente de la vanité du monde, de l'abîme infranchissable qui la sépare de lui, l'âme comprend en même temps la valeur

---

gereuse et chargée d'ambiguïté. Le langage courant donne à l'idée de montée un sens non seulement spatial mais éthique. Ce que l'âme rencontrera dans sa montée, le ciel, les anges, les saints, ce sont sans doute des êtres placés dans un certain ordre spatial pour la pensée des croyants, mais aussi placés dans cet ordre précisément à cause d'une certaine gradation de valeur. Pascal avait-il accepté cette gradation? Il nous semble que non seulement elle contredit l'ensemble des *Pensées*, mais encore que le texte dont nous parlons fait tout pour la contre-balancer et l'éviter. Il suffit de le comparer au vers de Leconte de Lisle : « Jusqu'aux astres, jusqu'aux anges, jusqu'à Dieu »; ce dernier met en effet le même mot avant chacun des trois termes de la phrase, les assimilant pour ainsi dire les uns aux autres, et cela dans une même valorisation *positive*, *jusqu'aux* indiquant l'idée d'une montée totale, spatiale et humaine en même temps. Pascal, par contre, fait exactement le contraire : il assimile sans doute le ciel, les anges et les êtres les plus parfaits, mais dans un sens entièrement *négatif*, d'absence de valeur, pour les opposer à la seule valeur réelle, à Dieu. « Elle ne s'arrête pas au ciel... *ni* au-dessus du ciel, *ni* aux anges, *ni* aux êtres les plus parfaits... jusqu'au trône de Dieu dans lequel elle commence à trouver son repos... »

Mais ce n'est pas tout. Pascal nous indique aussi pourquoi le ciel, les anges et les êtres les plus parfaits sont insuffisants, et pour ce faire il emploie *les mots mêmes* qu'il avait employés pour expliquer la vanité du monde, il les emploie même d'une manière plus nette et plus radicale : ces choses du monde « n'auront pas de quoi la satisfaire toujours », le ciel « n'a pas de quoi la satisfaire », et cela dès maintenant. Ne serait-ce pas forcer le texte que de mettre le ciel plus haut que le monde?

Ajoutons enfin que les mots « *commence* à trouver son repos » en parlant de l'âme arrivée devant le trône de Dieu, nous semblent vouloir exprimer à la fois le fait que l'âme n'avait absolument rien trouvé auparavant et celui qu'elle n'est pas encore parvenue à une fin qui serait un repos.

Tout cela ne fait que continuer ce que nous avons déjà dit plus haut : La conscience tragique ne connaît que le « tout ou rien » sans degrés et sans intermédiaires, elle est le contraire de toute mystique et de toute spiritualité.

1. Cela nous fait immédiatement penser au passage du fragment 72 sur les deux infinis.

exclusive de Dieu, et le fait qu'elle ne saurait l'atteindre par ses propres forces. Et comme Dieu reste caché et ne lui parle jamais de manière explicite, elle ne peut jamais savoir s'il accepte de venir à son aide, s'il la condamne ou bien s'il guide et approuve ses pas. L'écrit se termine par les mots : « Elle commence à connaître Dieu, et désire d'y arriver; mais comme elle ignore les moyens d'y parvenir, si son désir est sincère et véritable, elle fait la même chose qu'une personne qui, désirant arriver en quelque lieu, ayant perdu le chemin, et connaissant son égarement, aurait recours à ceux qui sauraient parfaitement ce chemin et...

« ... Ainsi elle reconnaît qu'elle doit adorer Dieu comme créature, lui rendre grâce comme redevable, lui satisfaire comme coupable, le prier comme indigente. »

« La sagesse du miracle tragique est la sagesse des limites » écrivait Lukàcs. Les derniers mots de l'*Écrit sur la conversion du pécheur* sont : Elle se connaît « comme... créature... redevable... coupable... et indigente. » La convergence des deux textes est apparente, mais ce qui nous paraît encore plus remarquable dans l'écrit que nous venons d'analyser, c'est le balancement perpétuel, et pourtant immobile et intemporel, la dialectique de la thèse et de l'antithèse qui fait que l'âme convertie se tourne vers le monde, le trouve insuffisant, se détourne de lui pour s'orienter vers le seul bien véritable, comprend les qualités essentielles de ce bien, se tourne à nouveau vers le monde pour voir clairement qu'il ne peut jamais les réunir, et, comprenant l'insuffisance radicale et inadmissible de tout ce qui est mondain et périssable, s'élève au trône de Dieu. Et cela pour prendre conscience de l'abîme non moins infranchissable qui la sépare de son unique valeur *l'absence permanente* de Dieu dans sa *présence continuelle*; c'est ainsi qu'elle trouvera dans l'inquiétude, son seul repos et dans la recherche, son unique satisfaction. La relation immuable de l'homme tragique avec le Dieu présent et absent de la tragédie est exprimée dans les mots que nous avons gardés — à cause de leur importance même — pour la fin de cette analyse : « c'est le posséder que de le désirer ».

On a rarement exprimé de manière aussi parfaite la tension tragique, le mouvement perpétuel entre les pôles opposés de l'être et du néant, de la présence et de l'absence, mouvement qui pourtant n'avance jamais parce qu'éternel et instantané, il est étranger au temps où il y a des progrès et des reculs.

Au delà du contenu des différents passages (dont le sens, comme dans tout texte tragique, est relativement autonome) la structure même de l'*Écrit sur la conversion* éclaire puissamment la nature de la conscience tragique.

Espérons que cette analyse nous aidera à comprendre l'autre

grand texte tragique de la littérature pascalienne [1], le *Mystère de Jésus.*

Avant de l'aborder, il nous faut cependant écarter une objection éventuelle que nous avons déjà rencontrée au cours de discussions orales avec des partisans d'une interprétation traditionnelle des écrits de Pascal.

Nous essayons en effet de lire le *Mystère de Jésus* en tant qu'expression d'une conscience tragique. De manière immédiate, il est cependant un commentaire qui suit de près les textes évangéliques sur le Mont des Oliviers et sur l'Agonie de Jésus; beaucoup de passages qui nous paraissent hautement représentatifs en tant qu'expression d'une vision tragique ne sont que des reproductions à peine modifiées du texte évangélique. Dans ces conditions, ne faisons-nous pas fausse route en attribuant un caractère tragique à un texte qui est tout simplement chrétien? N'y introduisons-nous pas une signification étrangère à la pensée de Pascal?

L'objection est de poids. Il est certain que Pascal n'a jamais voulu être autre chose qu'un chrétien fidèle et orthodoxe, et aussi que le christianisme, loin d'être un simple vêtement extérieur pour sa pensée, est intimement lié à son essence même. Il faut seulement se demander quel christianisme? Car pour l'historien positif des idées, il ne fait pas de doute que la pensée chrétienne de Saint Augustin est essentiellement différente de celle de Saint Thomas, laquelle diffère de celle de Molina, et ainsi de suite. Il y a de nombreuses formes de pensée et de conscience chrétiennes qui peuvent toutes se réclamer, à plus ou moins juste titre, de leur fidélité à l'Église et à la Révélation. Sans doute la religion chrétienne est-elle — par l'idée d'un Dieu mourant et immortel, par le paradoxe de l'Homme-Dieu, par l'idée du médiateur, bref, par la folie de la croix —, particulièrement favorable à une interprétation tragique. Il n'en reste pas moins vrai qu'en raison des conditions sociales et historiques, cette interprétation du christianisme a été particulièrement rare au cours des siècles, et aussi que — pour fidèle qu'elle soit à certains passages des évangiles — elle n'en est pas moins dans l'obligation de les isoler du contexte en laissant de côté de nombreux autres passages, tels que ceux par exemple qui parlent de la présence manifeste de Dieu.

C'est pourquoi il nous semble qu'en choisissant dans la vie de Jésus ces deux instants uniques de solitude suprême, la Nuit de Gethsémani et l'Agonie, Pascal interprétait déjà par cela même les Évangiles, et leur donnait une signification tragique.

---

1. Nous employons cette expression parce que l'attribution de l'*Écrit sur la conversion* n'est pas certaine. Le *Mystère de Jésus* est par contre certainement de Pascal.

Le fait devient cependant encore plus évident, si à l'intérieur même des textes évangéliques sur la Nuit de Gethsémani et sur l'Agonie de Jésus nous nous demandons quels sont les passages qui ont retenu l'attention de Pascal et quels sont ceux qu'il a laissés de côté.

Sans doute le texte de Pascal suit-il de près les évangiles — semblables d'ailleurs — de Marc et de Matthieu, mais c'est que le texte des passages correspondants de ces deux évangiles se prête *intégralement* à une interprétation tragique. Mais déjà dans l'évangile de Luc, dont Pascal s'est pourtant servi [1], il y a un verset (XXII, 43) rigoureusement contraire à toute interprétation tragique, un verset qui affirme que Jésus n'était pas seul sur la montagne, que Dieu lui avait envoyé un messager pour le rassurer : « Mais un ange lui apparut du ciel pour le fortifier. » Il est hautement significatif que le *Mystère de Jésus* ne fait aucune mention de ce dépassement de la solitude. Continuons cependant notre analyse. En écrivant le *Mystère*, Pascal a indiscutablement utilisé aussi l'Evangile de Saint Jean, puisque c'est le seul des quatre évangiles qu'il mentionne explicitement [2]. Or, dans Jean, les textes respectifs du Mont des Oliviers et de l'Agonie n'ont plus aucun contenu tragique. Dans l'agonie de Jésus, Jean a supprimé le *Lama sabactani* de Marc et de Matthieu, l'abandon de Dieu qui dans le *Mystère* deviendra sa « colère », d'autre part, la solitude du mont des Oliviers est devenue une prière qui parle constamment de la gloire de Jésus et de la *sanctification des disciples*. Or, non seulement rien de tout cela ne se retrouve dans le *Mystère de Jésus* (on y trouve au contraire deux passages explicitement contraires [3]) mais nous constatons encore que Pascal a retenu du texte de Saint Jean le seul fragment qui pouvait avoir — isolé du contexte — une signification tragique pour l'incorporer en le concentrant à l'une des *Pensées* (fr. 906). La parenté est en effet évidente entre « Je ne suis plus dans le monde et ils sont dans le monde et je vais à toi » (*Jean*, XVII, 11), « Je leur ai donné la parole; et le monde les a haïs, parce qu'ils ne sont pas du monde comme moi je ne suis pas du mal. Je ne te prie pas de les ôter du monde mais de les préserver du monde. Ils ne sont pas du monde comme moi je ne suis pas du monde. » (*Jean*, XVII, 11-16) et le texte du fragment 906 qui exige de l'homme de vivre dans le monde selon Dieu, « sans y prendre de part et de goût ».

Tous ces exemples nous paraissent corroborer notre affirmation selon laquelle le *Mystère de Jésus* n'est pas une simple

---

1. Luc, XXII, 44.
2. Jean, XXIII, 4.
3. « Il n'y a nul rapport de moi à Dieu ni à Jésus-Christ juste » et « Qu'à moi en soit la gloire et non à toi, ver de terre. »

reproduction des Évangiles mais une réflexion *tragique* à leur sujet.

Avant d'aborder cependant, après cette argumentation négative, l'analyse proprement dite du texte, il nous reste à élucider un second point qui touche d'ailleurs non seulement l'étude de Pascal en particulier, mais aussi celle de la conscience tragique en général.

Cette conscience aboutit en effet à deux cristallisations différentes, dont chacune a pour elle une importance primordiale, mais avec lesquelles ses rapports sont essentiellement distincts : celle de *Dieu* et celle du *Médiateur*.

Dieu n'est, et ne peut être pour elle qu'une réalité cachée, pour laquelle elle vit *exclusivement* — « soit que je sois seul, ou à la vue des hommes, j'ai en toutes mes actions la vue de Dieu, qui les doit juger, et à qui je les ai toutes consacrées », dira Pascal (fr. 550), — mais avec laquelle elle n'a aucune sorte de relation immédiate et directe, dont elle ne peut même pas prouver l'existence. Nous l'avons déjà dit et répété, pour la conscience tragique Dieu est un *postulat pratique* ou un *pari*, mais non pas une certitude théorique.

Tout autre est, cependant, pour cette même conscience, la réalité du *Médiateur*, de l'être qui absolument seul et absolument véridique relie Dieu au monde et le monde à Dieu, l'être qui étant homme et plus qu'homme affirme et crée par sa foi consciente, par son postulat et par son pari la réalité éternellement improuvable de la divinité. Ce Médiateur, la conscience tragique le connaît de la façon la plus certaine et la plus immédiate, plus encore, elle ne le connaît pas, elle *l'est*. Il y a entre elle et lui — qu'il ait pour l'athée la forme d'une idée incarnée ou d'un homme idéalisé ou bien pour le croyant celle de l'Homme-Dieu connu par la révélation qui par son sacrifice a sauvé le monde — une relation de participation, d'identité même, qui pourtant n'a rien d'une participation mystique, puisque loin de mener à l'extase, elle garde et crée même la clarté conceptuelle la plus rigoureuse, ni d'une communauté puisqu'elle ne permet ni de dépasser la solitude ni de diminuer la tension. Lukàcs — athée — l'a exprimée par l'image des frères, par la poursuite des mêmes étoiles, qui pourtant ne sont ni camarades ni compagnons, Pascal — croyant — par ce texte extraordinaire qu'est le *Mystère de Jésus*.

Cette relation de participation et d'identité fait que l'homme ne peut, dans la mesure même où il est vraiment homme, c'est-à-dire dans la mesure où il se dépasse pour vivre sous le regard de Dieu, se connaître soi-même que par la connaissance du Médiateur. « Non seulement nous ne connaissons Dieu que par Jésus-Christ, mais nous ne nous connaissons nous-mêmes que par Jésus-Christ. Nous ne connaissons la vie, la mort que par Jésus-Christ. Hors de Jésus-Christ, nous ne savons ce que c'est ni que notre vie, ni que notre mort, ni que Dieu, ni que nous-mêmes. » (Fr. 548).

Il n'en reste pas moins vrai que la religion chrétienne tend à réunir et à confondre dans la personne de Jésus-Christ ces deux réalités, tandis que la vision tragique tend au contraire à les séparer et à les éloigner l'une de l'autre : et aussi que la pensée tragique de Pascal l'a amené à distinguer plus qu'il n'est coutume dans la plupart des textes chrétiens ces deux caractères de la personne de Jésus. Il suffit de citer à titre d'exemple le fragment 552 qui sépare rigoureusement la figure humaine tragique et visible aux hommes de Jésus sur la croix, de la figure divine et cachée, accessible uniquement aux saints, de Jésus au sépulcre [1], ou bien ce passage que nous avons déjà cité en partie du *Mystère* et dont l'importance nous semble capitale : « Il n'y a nul rapport de moi à Dieu, ni à Jésus-Christ juste. Mais il a été fait péché par moi; tous vos fléaux sont tombés sur lui. Il est plus abominable que moi, et, loin de m'abhorrer, il se tient honoré que j'aille à lui et le secoure.

Mais il s'est guéri lui-même, et me guérira à plus forte raison. »

Ces lignes contiennent, explicitement ou implicitement, tous les éléments qui permettent de comprendre la relation de la conscience tragique avec son incarnation exemplaire, avec le Médiateur. Au risque de justifier le reproche d'un certain pédantisme scolaire, nous essayerons de les dégager :

1º Les premiers mots éliminent toute confusion entre Dieu et le Médiateur.

2º Celui-ci ressemble rigoureusement à l'homme tragique, il en est une hypostase. Devenu péché par l'existence de la condition humaine, il a besoin de secours humain.

3º Mais le secours que peut lui apporter l'homme n'est bien entendu pas un secours direct et immédiat. Plusieurs phrases du *Mystère* l'expriment rigoureusement : « Jésus sera à l'agonie jusqu'à la fin du monde, il ne faut pas dormir pendant ce temps-là. » « Jésus s'arrache d'avec ses disciples pour entrer dans l'agonie; il faut s'arracher de ses plus proches et des plus intimes pour l'imiter. »

« L'imiter », « marcher sous la même voûte étoilée ». C'est le seul secours, la seule relation entre les consciences tragiques,

---

1. *Sépulcre de Jésus-Christ.* — Jésus-Christ était mort, mais vu, sur la croix. Il est mort et caché dans le sépulcre.

Jésus-Christ n'a été enseveli que par des saints.

Jésus-Christ n'a fait aucuns miracles au sépulcre.

Il n'y a que des saints qui y entrent.

C'est là où Jésus-Christ prend une nouvelle vie. non sur la croix.

C'est le dernier mystère de la Passion et de la Rédemption.

Jésus-Christ n'a point eu où se reposer sur la terre qu'au sépulcre. Ses ennemis n'ont cessé de le travailler qu'au sépulcre.

relation qui en accentuant leur solitude leur permet de la dépasser.

4° Mais ce secours, que toute conscience tragique apporte aux autres en suivant sa route propre, ne changera rien au fait que chacune se sauve elle-même. Jésus « s'est guéri lui-même ».

5° Idée sous-entendue, mais qui nous semble implicite, Jésus, en se guérissant, guérira à plus forte raison l'homme, mais cette guérison sera en même temps et autant mérite de l'homme lui-même, œuvre de sa propre conscience et de sa propre volonté.

Il y a absence de toute relation entre l'homme tragique et Jésus-Christ juste, il y a réciprocité symétrique [1] dans la relation entre cet homme et Jésus sur la croix, souffrant et mourant pour sauver l'humanité.

C'est pourquoi aucun autre texte ne saurait nous faire mieux comprendre l'âme tragique que ne l'a fait le *Mystère de Jésus*.

La solitude tragique n'est pas une solitude voulue, recherchée; au contraire, elle résulte de l'incapacité du monde à entendre ne serait-ce que le son d'une voix essentielle.

« Jésus a prié les hommes et n'en a pas été exaucé. » « Jésus cherche quelque consolation au moins dans ses trois plus chers amis et ils dorment; il les prie de soutenir un peu avec lui, et ils le laissent avec une négligence entière, ayant si peu de compassion qu'elle ne pouvait seulement les empêcher de dormir un moment. Et ainsi Jésus était délaissé, seul à la colère de Dieu. » « Jésus cherche de la compagnie et du soulagement de la part des hommes. Cela est unique en toute sa vie ce me semble. Mais il n'en reçoit point car ses disciples dorment. »

« Cela est unique en toute sa vie ce me semble. » Les mots ici ont leur importance. Pascal sait que c'est là un moment unique, exceptionnel, dans la vie de Jésus telle qu'elle nous est racontée par les Évangiles. Mais cet instant unique, exceptionnel, est le seul qu'il puisse comprendre parce qu'il le vit et le pense à chaque instant de sa propre existence, parce qu'à ce moment Jésus vit en l'élevant à un niveau exemplaire ce que Pascal ressent comme la vérité et l'essence de l'homme.

Cet instant où Jésus est « délaissé, seul à la colère de Dieu », où les disciples ne l'entendent pas parce qu'ils dorment, où ceux mêmes qui l'entendent ne peuvent pas le secourir autrement qu'en restant éveillés et en souffrant les mêmes souffrances, n'est pas pour l'homme tragique un instant du même ordre que les instants de la vie quotidienne, précédé d'instants différents qui par rapport à lui constitueraient le passé et suivi de ceux qui seraient — toujours par rapport à lui — l'avenir.

La conscience tragique, nous l'avons déjà dit, ignore le temps (c'est la vraie raison des trois unités de la tragédie raci-

---

1. Dans le sens logique d'une relation qui est la même dans les deux sens.

nienne), *intemporelle* — l'avenir étant fermé et le passé aboli
— elle ne connaît qu'une seule alternative : celle du *néant* ou
de *l'éternité*.

Devenue essentielle, toute transformation, tout changement
est devenu pour elle inimaginable, car, dans la tragédie comme
dans le rationalisme, les essences sont immuables. Le seul
danger que l'âme craint toujours mais qui, dans la mesure même
où elle est vraiment tragique, ne se réalise jamais, est celui
d'abandonner l'essence, de revenir au monde et à la vie quotidienne, de retomber dans le relatif et le compromis.

La conscience tragique est à tel point intemporelle que Pascal
a réuni dans son *Mystère de Jésus* en un seul instant les deux
instants distincts qu'il a repris dans les Évangiles, celui du
Mont des Oliviers (Jésus abandonné par ses disciples) et celui
de l'Agonie sur la Croix (le *Lama sabactani*, Jésus abandonné
de Dieu).

Et ce n'était pas là une confusion arbitraire. Pour la conscience tragique, en effet, tous les instants de sa vie se confondent
avec un seul d'entre eux, avec l'instant de la mort. « La mort
est une réalité immanente indissolublement liée à tous les événements de son existence », écrivait Lukàcs, et Pascal le dira
d'une manière autrement puissante : « Jésus sera en agonie
jusqu'à la fin du monde; il ne faut pas dormir pendant ce
temps-là. »

Or, dans cet instant intemporel et éternel qui durera jusqu'à
la fin du monde, l'homme tragique, seul, abandonné à l'incompréhension des hommes qui dorment et à la colère de Dieu
qui se cache et reste muet, trouvera dans sa solitude et dans sa
souffrance la seule valeur qui lui reste et qui suffira à faire sa
grandeur : la rigueur absolue de sa conscience théorique et
morale, l'exigence de vérité et de justice absolues, le refus de
toute illusion et de tout compromis.

Petit et misérable par son incapacité d'atteindre des valeurs
réelles, de trouver une vérité rigoureuse, de réaliser une justice
vraiment juste, l'homme est grand par sa conscience qui lui
permet de déceler toutes les insuffisances, toutes les limitations
des êtres et des possibilités intramondaines, de ne jamais se
contenter d'aucune d'entre elles, de ne jamais accepter aucun
compromis. Pascal l'a souvent répété dans les *Pensées* :

« L'homme est visiblement fait pour penser; c'est toute sa
dignité et tout son mérite; et tout son devoir est de penser
comme il faut » (fr. 146).

« L'homme n'est qu'un roseau, le plus faible de la nature;
mais c'est un roseau pensant...

« Quand l'univers l'écraserait, l'homme serait encore plus
noble que ce qui le tue parce qu'il sait qu'il meurt, et l'avantage que l'univers a sur lui, l'univers n'en sait rien » (fr. 347.)

Et c'est à la lumière de ces textes et de nombreux autres fragments qui expriment la même idée qu'il faut lire un des passages les plus importants du *Mystère de Jésus* : « Jésus est seul dans la terre non seulement qui ressente et partage sa peine, mais qui le sache; le ciel et lui sont seuls dans cette connaissance. »

Et dans cette perspective tragique pour laquelle clarté signifie avant tout conscience du caractère inéluctable des limites et surtout de *la mort*, qui ne connaît aucun avenir historique, la grandeur de l'homme consiste avant tout dans l'acceptation consciente et voulue de la souffrance et de la mort, acceptation qui transforme une vie en destinée exemplaire. La grandeur tragique fait d'une souffrance *subie*, imposée à l'homme par un monde dépourvu d'âme et de conscience, une souffrance *voulue* et créatrice, un dépassement de la misère humaine par l'acte significatif de l'être qui refuse le compromis et le relatif au nom d'une exigence essentielle de vérité et d'absolu.

« Jésus souffre dans sa passion les tourments que lui font les hommes; mais dans l'agonie il souffre les tourments qu'il se donne à lui-même : *turbare semetipsum*. C'est un supplice d'une main non humaine, mais toute-puissante, et il faut être tout-puissant pour le soutenir. »

« Il ne prie qu'une fois que le calice passe et encore avec soumission, et deux fois qu'il vienne s'il le faut [1]. »

« Jésus prie dans l'incertitude de la volonté du Père, et craint la mort; mais, l'ayant connue, il va au-devant s'offrir à elle. »

Ainsi, il y a opposition radicale entre la souffrance *subie* par l'homme qui ne dépasse pas la bête et ne cherche que son plaisir, et la souffrance *voulue* de l'Homme-Dieu qui passe l'homme et sauve par cela même les valeurs et la dignité de l'humanité.

« Jésus est dans un jardin non de délices comme le premier Adam, où il se perdit et tout le genre humain, mais dans un de supplices, où il s'est sauvé et tout le genre humain. »

Les rapports de l'homme tragique avec les autres hommes sont doubles et paradoxaux. D'une part il espère les sauver, les entraîner avec lui, les empêcher de dormir, les élever à son propre niveau, d'autre part, il prend conscience de l'abîme qui le sépare d'eux, et il accepte et affirme cet abîme, les laissant à leur inconscience puisqu'ils font partie de l'univers qui, même s'il écrasait l'homme, n'en saurait encore rien.

« Jésus pendant que ses disciples dormaient, a opéré leur salut. Il l'a fait à chacun des justes pendant qu'ils dormaient, et dans le néant avant leur naissance, et dans les péchés depuis leur naissance. »

« Jésus, au milieu de ce délaissement universel et de ses amis

---

1. Inutile de souligner qu'ici, entre « une fois » et « deux fois », il y a non pas une simple différence de quantité, mais une différence *qualitative*.

choisis pour veiller avec lui, les trouvant dormant s'en fâche à cause du péril où ils exposent, non lui, mais eux-mêmes, et les avertit de leur propre salut et de leur bien avec une tendresse cordiale pour eux pendant leur ingratitude, et les avertit que l'esprit est prompt et la chair infirme. »

« Jésus les trouvant encore dormant, sans que ni sa considération ni la leur les en eût retenus, il a la bonté de ne pas les éveiller et les laisse dans leur repos. »

A la limite, son acceptation de la réalité, son oui à la destinée s'étend non seulement à sa propre souffrance, non seulement aux disciples qui dorment, mais à l'univers tout entier qui l'écrase.

« Jésus ne regarde pas dans Judas son inimitié, mais l'ordre de Dieu qu'il aime et la voit si peu qu'il l'appelle ami. »

« Si Dieu nous donnait des maîtres de sa main, oh! qu'il leur faudrait obéir de bon cœur. La nécessité et les événements en sont infailliblement. »

Mais quelle que soit la tendresse que l'homme tragique éprouve pour les autres hommes, entre eux et lui le fossé est devenu infranchissable. La tragédie, disait Lukàcs, est un jeu qui se joue pour un seul spectateur, pour Dieu : « Jésus s'arrache d'avec ses disciples pour entrer dans l'agonie, il faut s'arracher de ses plus proches et des plus intimes pour l'imiter. »

« Jésus voyant tous ses amis endormis et tous ses ennemis vigilants, se remet tout entier à son Père [1]. »

Quelle est cependant cette exigence que l'homme tragique ne peut jamais réaliser dans le monde et qui l'oblige à se remettre entièrement à Dieu? Qu'espère-t-il de ce Dieu muet et caché? Cette exigence, nous l'avons déjà dit, est celle de réunion, de synthèse des contraires, c'est l'exigence de totalité. C'est pourquoi dans le *Mystère de Jésus*, la promesse divine s'exprime comme promesse de surmonter une dualité fondamentale — pour la pensée chrétienne en général et au XVIIe siècle pour presque toute pensée — devenue ici l'expression symbolique de toutes les autres dualités et alternatives qui constituent la vie de l'homme dans le monde : l'union de l'âme et du corps dans l'immortalité.

Rien en effet sur terre ne peut éviter la mort de tout ce qui est mondain et corporel, cette mort est irrémissible. Et c'est pourquoi l'homme tragique ne peut jamais accepter l'existence dans le monde car il ne peut accepter ni les valeurs périssables, ni les valeurs partielles — telle l'âme séparée du corps. Sa vie n'a de sens que dans la mesure où elle est entièrement vouée à la recherche de la réalisation de valeurs *totales* et *éternelles*; en les poursuivant — et seulement en les poursuivant — son âme « passe l'homme » pour devenir dès maintenant immor-

---

1. « Seigneur, je vous donne tout. »

telle. Mais l'immortalité de l'âme n'existe que par le fait qu'elle est vraiment humaine, qu'elle dépasse l'homme en cherchant une totalité, et cela veut dire *un corps immortel*. L'âme tragique est grande et immortelle dans la mesure où elle cherche et espère l'immortalité du corps, la raison tragique dans la mesure où elle cherche l'union avec la passion, et ainsi de suite. La foi tragique est avant tout foi en un Dieu qui réalisera un jour l'homme total ayant une âme immortelle et un corps immortel.

« Les médecins ne te guériront pas, car tu mourras à la fin. Mais c'est moi qui guéris et rends le corps immortel.

« Souffre les chaînes et les servitudes corporelles; je ne te délivre que de la spirituelle à présent. »

Ayant rompu avec le monde, s'étant placé hors du temps, ne connaissant plus directement que son propre désir de présence divine, sa propre prière, l'âme ne pense plus ni à l'instant passé ni aux instants à venir. « C'est me tenter plus que t'éprouver, que de penser si tu ferais bien telle ou telle chose absente; je la ferai en toi, si elle arrive. » Et le mot « avenir » se trouve une seule fois dans le *Mystère de Jésus* : pour dire qu'il ne doit pas être nouveau par rapport à l'instant présent, qu'il ne doit pas être différent de celui-ci : « Il faut ajouter mes plaies aux siennes et me joindre à lui, et il me sauvera en se sauvant. Mais il n'en faut pas ajouter à l'avenir. »

Il ne faut cependant nous méprendre ni sur le sens de la rupture de l'homme tragique avec le monde ni sur celui de cette remise entière de son âme entre les mains de Dieu. Tout cela n'est en tout cas ni extase mystique ni un repos semblable à celui que pourrait promettre une spiritualité augustinienne. Car, si l'âme se remet tout entière à Dieu, c'est à un Dieu qui, lui, ne se remet jamais à l'âme.

« Je te suis présent par ma parole dans l'Écriture, par mon esprit dans l'Église et par les inspirations, par ma puissance dans les prêtres, par ma prière dans les fidèles. »

Texte hautement important et significatif; car Pascal l'avait visiblement écrit pour exprimer la présence multiple et même totale de la divinité. Or, malgré cette intention et malgré l'apparence extérieure qui en résulte, ce texte confirme presque tous ceux de Pascal, et nous dit aussi l'absence continuelle de Dieu dans sa présence permanente [1].

« Je te suis présent par ma parole dans l'Écriture », sans doute, mais cette parole, il faut savoir la lire et la comprendre. Plus encore que tous les autres chrétiens, les jansénistes — et Pascal avec eux — savent que la lecture de l'Écriture, accessible

---

1. Ce texte est un des rares qui, complètement isolé des autres pourrait, *en apparence*, justifier les thèses de M. Laporte. Mais, précisément, Pascal est à l'opposé du thomisme; il n'a jamais cessé d'affirmer l'exigence irréalisable — sans doute — d'une connaissance *immédiate* et *individuelle* de la vérité.

même aux infidèles et aux réprouvés, ne suffit pas pour entendre la voix divine, ne suffit pas pour être élu.

« Par mon esprit dans l'Église »; mais là aussi les jansénistes savent que l'Église *réelle* et visible avec son chef terrestre le Pape n'incarne pas toujours l'Esprit divin. Pascal lui-même a marqué un jour sa position après la bulle d'Alexandre VII, avec des mots terribles pour une conscience chrétienne et catholique : les disciples de Saint Augustin se trouvent, disait-il, *entre Dieu et le Pape.*

« Par les inspirations, et par ma puissance dans les prêtres »; cela est plus sérieux, plus réel. Mais comme l'Église, le prêtre ne peut se prévaloir de l'inspiration divine que s'il est un vrai prêtre et ne se contente pas d'en avoir seulement la fonction, l'habit et les revenus.

Pour trouver Dieu, il faut donc savoir distinguer le *vrai* sens des Écritures, la *vraie* Église, et le *vrai* Prêtre, de ce qui est seulement manifestation en apparence ecclésiastique et en réalité mondaine des faux justes et des chrétiens charnels. Or, — et c'est en cela que réside dans le sens propre du mot la *tragédie,* — le fidèle n'a aucun moyen de faire efficacement par ses propres lumières le partage.

Jamais un vrai janséniste n'a cru que la soumission à l'Église était une garantie absolue et suffisante de vérité; encore moins sa propre raison ou son intuition affective. Dieu n'est présent dans les fidèles que « par sa prière », c'est-à-dire par le besoin que celui-ci a de lui, par le fait qu'il lui consacre sa vie tout entière.

Mais — et l'*Écrit sur la conversion* nous l'avait déjà dit, — son âme ne ressent pas les charmes dont Dieu récompense l'habitude dans la piété (car alors il serait aussi présent par ces charmes et non seulement « par la prière »), elle ne peut jamais savoir si le chemin qu'elle prend est valable ou erroné, s'il mène à Dieu ou au contraire au monde. La seule chose que lui garantit la prière, c'est son propre besoin, sa propre exigence de présence divine et aussi la distance infinie qui la sépare encore, qui la séparera pendant toute sa vie terrestre, de cette présence pour laquelle elle vit uniquement.

Ce qui lui reste ne sera jamais certitude, mais uniquement espoir.

Et l'essentiel de cet espoir, né d'une exigence absolue de valeurs authentiques, en face d'un monde éternellement muet et du silence absolu de la divinité, est, d'une part, le renversement radical des valeurs que la nouvelle connaissance apporte à l'âme, et aussi le dernier et le plus important des paradoxes, celui d'une confiance qui existe seulement en tant qu'inquiétude permanente, et d'une inquiétude qui est au fond la seule forme accessible à l'homme de repos et de foi.

C'est pourquoi nous terminerons cette partie de notre
ouvrage par deux passages qui sont parmi les plus importants
du *Mystère de Jésus* et de l'œuvre pascalienne tout entière,
et qui expriment en quelques lignes l'essentiel de l'analyse
qui précède; le premier, l'essence du rapport entre l'homme
tragique qui « passe l'homme », avec un monde qui, restant
le seul domaine de son activité, est devenu entièrement irréel
et inexistant pour lui :

« Faire les petites choses comme grandes, à cause de la
majesté de Jésus-Christ qui les fait en nous, et qui vit notre vie;
et les grandes comme petites et aisées, à cause de sa toute-
puissance. »

Le second parce qu'il dit l'unique relation de l'homme avec
le Dieu toujours absent et toujours présent de la tragédie dont
l'*Écrit sur la conversion* disait déjà : « C'est le posséder que de
le désirer » et dont la présence à l'âme ne peut être qu'un pari,
une recherche permanente, de même que sa recherche est pour
l'âme présence continuelle à chacune de ses pensées et de ses
actions, parce qu'il formule l'essence même de la tragédie, le
message que l'âme croit entendre en permanence de la voix de
Dieu caché et invisible, message qui lui apporte la certitude
dans le doute, l'optimisme dans la crainte, la grandeur dans
la misère, le repos dans la tension, message qui dans l'inquiétude
et l'angoisse perpétuelles de l'âme est la seule raison permanente
et valable de confiance et d'espoir :

« Console-toi, tu ne me chercherais pas si tu ne m'avais
trouvé. »

LE FONDEMENT SOCIAL
ET INTELLECTUEL

CHAPITRE V

VISIONS DU MONDE ET CLASSES SOCIALES

Cette seconde partie de notre travail sera — par la force des choses — entièrement différente de la précédente, et cela non seulement par la nature des faits dont elle se propose d'esquisser l'étude, mais aussi et surtout par le degré de connaissance et de rigueur qu'elle aura atteint dans leur exploration.

Aussi croyons-nous utile de la commencer par un chapitre indiquant les raisons méthodologiques pour lesquelles nous n'avons pas cru pouvoir adopter une des deux voies coutumières à savoir : étudier les œuvres sans aucune référence sérieuse aux événements économiques, sociaux et politiques de l'époque ou bien accompagner leur étude d'un montage plus ou moins séduisant et même spectaculaire, suggérant comme certaine une image de ces faits qui repose sur une sélection arbitraire, nullement fondée sur une étude scientifique sérieuse, de quelques données privilégiées. Le présent chapitre se propose donc de justifier au nom de l'étude positive les deux chapitres suivants dont la fin principale — en plus des quelques hypothèses qu'ils essayent de formuler — est en premier lieu de *marquer des lacunes* et d'indiquer les domaines qu'il faudra encore explorer par un long et minutieux travail de recherche avant de pouvoir établir sur un fondement vraiment solide la connaissance de l'œuvre de Pascal et du théâtre de Racine.

Il y a en effet à la base du présent travail une hypothèse générale qu'il importe de formuler de manière explicite et cela d'autant plus que nous la prenons *rigoureusement au sérieux* en acceptant *toutes les conséquences méthodologiques qui en découlent : celle que les faits humains ont toujours le caractère de structures significatives dont seule une étude génétique peut apporter à la fois la compréhension et l'explication : compréhension et explication qui sont* — sauf accident heureux mais ne devant pas entrer en ligne de compte pour la méthodologie de la recherche — *inséparables pour toute étude positive de ces faits.*

Il serait peut-être utile d'ajouter d'emblée que comme pour le pari de Pascal, pour les postulats pratiques de Kant et pour le socialisme de Marx, les raisons qui nous incitent à partir de

cette hypothèse sont d'ordre *à la fois théorique et pratique.*
Théorique parce qu'elle nous paraît la seule qui permette d'établir
la connaissance la plus conforme à la réalité objective de la
signification et de l'enchaînement des faits, *pratique* dans la
mesure où elle permet de justifier la science par sa fonction
humaine et l'homme par l'image que nous donne de lui une
connaissance aussi rigoureuse et aussi précise que nous pouvons
l'atteindre.

Dire cependant que cette hypothèse se trouve à la base de
la pensée marxiste, c'est affirmer implicitement le caractère
erroné de toute une série d'interprétations de cette doctrine
qui, séparant le *théorique* du *pratique*, emploient les concepts qui
nous paraissent contradictoires d'*éthique* et de *sociologie* marxistes.

Dans la mesure même où le mot « éthique » signifie un
ensemble de valeurs acceptées indépendamment de la structure
de la réalité et le mot « sociologie » un ensemble — systématique
ou non — de jugements de fait indépendants des jugements de
valeur, *toute éthique et toute sociologie* deviennent étrangères et
contraires à une pensée qui affirme qu'aucune valeur ne doit
être reconnue et admise que dans la mesure où cette reconnaissance est fondée sur *la connaissance positive et objective de la
réalité*, de même que *toute connaissance valable de la réalité* ne
peut être fondée que sur une pratique — et cela veut dire sur
la reconnaissance, explicite ou implicite d'un ensemble de valeurs
— conformes au progrès de l'histoire. Il ne peut y avoir ni une
« éthique » ni une « sociologie » marxistes pour la simple
raison que les jugements marxistes de valeur se veulent scientifiques et que la science marxiste se veut pratique et révolutionnaire.

C'est dire que, lorsqu'il s'agit de la connaissance positive
de la vie humaine, aussi bien que de l'action politique ou sociale,
les concepts de « science » et d' « éthique » deviennent des
abstractions secondaires et — dans la mesure même où on essaie
de les séparer l'une de l'autre — *déformantes* de l'attitude totale
qui nous paraît seule valable et qui embrasse à la fois dans une
unité organique la compréhension de la réalité sociale, la valeur
qui la juge et l'action qui la transforme.

Or, pour désigner cette attitude totale, il nous semble qu'on
peut, en respectant l'essentiel de sa signification courante,
employer le terme de *foi*, à condition bien entendu de le *débarrasser des contingences individuelles, historiques et sociales qui
le lient à telle ou telle religion précise, ou même aux religions
positives en général.* Nous ne connaissons en effet pas d'autre
terme indiquant avec autant de précision *le fondement des
valeurs dans la réalité* et le *caractère différencié et hiérarchisé
de toute réalité* par rapport aux valeurs.

Sans doute l'emploi du terme « foi » recèle-t-il des dangers évidents, dus surtout au fait que le socialisme marxiste qui s'est développé à partir du XIXe siècle en opposition constante à toute religion révélée affirmant l'existence d'une transcendance surnaturelle ou supra-historique, et qui dépassait en les intégrant non seulement l'augustinisme mais aussi le rationalisme des lumières, a mis en fait presque toujours l'accent sur sa tradition rationaliste qui en faisait à juste titre l'héritier et le continuateur du développement du tiers état et de ses révolutions encore tout proches, et sur son opposition — sans doute réelle — au christianisme.

C'est pourquoi, en parlant de « foi », mot réservé jusqu'ici le plus souvent aux religions révélées de la transcendance surnaturelle, on donne presque inévitablement l'impression d'abandonner l'interprétation traditionnelle et de vouloir christianiser le marxisme, ou tout au moins y introduire des éléments de cette transcendance.

En réalité, il n'en est rien. La foi marxiste est une foi en *l'avenir historique* que les hommes font eux-mêmes, ou plus exactement que *nous* [1] devons faire par notre activité, un « pari » sur la réussite de nos actions; la transcendance qui fait l'objet de cette foi n'est plus ni surnaturelle ni transhistorique, mais supra-individuelle, rien de plus mais aussi rien de moins. Il se trouve cependant que cela suffit pour que la pensée marxiste renoue ainsi par delà six siècles de rationalisme thomiste et cartésien avec la tradition augustinienne; et cela bien entendu non sur le point de la transcendance où leur différence reste radicale, mais dans l'affirmation commune aux deux doctrines que les valeurs sont fondées dans une réalité objective non pas absolument mais relativement connaissable (Dieu pour Saint Augustin, l'histoire pour Marx) et que la connaissance la plus objective que l'homme puisse atteindre de tout fait historique suppose la reconnaissance de cette réalité — transcendante ou supra-individuelle — comme valeur suprême.

Encore faut-il mentionner une autre différence capitale entre ces deux positions : le Dieu augustinien existe indépendamment de toute volonté et de toute action humaine, l'avenir historique par contre est une création de nos volontés et de nos actions. L'augustinisme est *certitude d'une existence, le marxisme pari sur une réalité que nous devons créer,* entre les deux se situe la position de Pascal : *pari* sur l'existence d'un *Dieu surnaturel, indépendant de toute volonté humaine.*

Le fait cependant que le marxisme met au commencement de toute étude positive des faits humains un pari, et qu'il voit

---

1. La différence est considérable entre ces deux formules. « Les hommes font » est une perspective qui prétend voir l'histoire de l'extérieur. « Nous faisons », c'est la perspective pratique de la foi et de l'action.

dans ce pari la condition indispensable de tout progrès de la recherche ne devrait pas — en soi — susciter trop d'étonnement de la part des penseurs familiarisés avec le travail scientifique. Le physicien, le chimiste eux-mêmes ne partent-ils pas eux aussi du *pari sur la légalité* du secteur de l'univers qu'ils étudient? et ce pari des sciences physico-chimiques n'était-il pas au XVIIᵉ siècle et encore plus au XIIIᵉ siècle tout à fait nouveau et insolite?

Ce n'est donc pas le fait de partir d'un « pari » initial qui peut constituer déjà comme tel une objection sérieuse à la méthode dialectique en tant que méthode positive, mais la nature spécifique de ce pari, qui le différencie de celui qui se trouve à la base des sciences physico-chimiques, à savoir :

a) Son caractère non pas purement théorique, mais *à la fois théorique et pratique* (tandis que dans les sciences physico-chimiques le pari initial paraît purement théorique, la pratique n'y étant rattachée que de manière médiate, en tant qu'*application technique*).

b) L'élément de finalité qu'il contient (tandis qu'en sciences physico-chimiques le pari initial qu'il finisse par être déterministe, statistique ou purement légal est en tout cas exclusif de toute finalité).

Les sciences physico-chimiques ayant en effet fixé les principes fondamentaux de leurs méthodes dès le XVIIᵉ siècle et le XVIIIᵉ siècle, et ces principes étant devenus grâce à d'innombrables réussites techniques un acquis définitif de la pensée contemporaine, il n'y a rien d'étonnant dans le fait que les premiers essais d'étude scientifique de la vie sociale se soient souvent inspirés et s'inspirent encore de leurs méthodes et aient préconisé une séparation rigoureuse des jugements de fait et des jugements de valeur ainsi qu'une exclusion de toute finalité.

La validité de cette position n'était cependant nullement acquise d'avance et la réussite dans le domaine des sciences physico-chimiques ne pouvait créer — dans le meilleur des cas — qu'une *légère présomption provisoire* en faveur de l'extension aux faits humains de méthodes employées — avec succès sans doute — dans un domaine entièrement différent. Le débat sur ce point ne saurait être tranché que par les recherches concrètes. Encore faut-il permettre aux analyses épistémologiques préalables d'écarter certains préjugés et de déblayer ainsi le terrain.

Il suffit d'ailleurs pour le faire de suivre la démarche des grands penseurs tragiques (Pascal et Kant) ou dialectiques (Marx, Lukàcs). Constatons en effet tout d'abord que Pascal et Kant se sont attachés en premier lieu à montrer que *rien sur le plan des jugements à l'indicatif* — les seuls que reconnaît le scientisme — ne permet d'affirmer ni le caractère erroné ni le caractère valable du pari initial [1].

Partant l'un et l'autre du pari sur l'existence de Dieu, ils établissent le fait que rien sur le plan purement théorique — sur le plan de la « science » des physiciens et des chimistes — ne permet d'affirmer ni que Dieu existe ni qu'il n'existe pas. De même, Marx et Lukàcs savent eux aussi qu'on ne prouve pas l'existence du progrès et surtout sa continuation dans l'avenir sur le plan exclusif des jugements de fait et en dehors des jugements de valeur, précisément parce que ces deux valeurs fondamentales — le progrès et le socialisme — sont liées aux actions humaines, à nos actions [2].

« La question de savoir si la pensée humaine peut avoir une vérité objective n'est pas une question théorique, mais une question pratique. C'est dans la pratique qu'il faut que l'homme prouve la vérité, c'est-à-dire la réalité et la puissance, l'en deçà de sa pensée. La discussion sur la réalité ou l'irréalité de la pensée, isolée de la pratique est purement scolastique » [3]. « La vie sociale est essentiellement *pratique*. Tous les mystères qui détournent la théorie vers le mysticisme trouvent leur solution rationnelle dans la pratique humaine et dans la compréhension de cette pratique [4]. » « Les philosophes n'ont fait *qu'interpréter*

---

1. « Si la nature humaine est destinée à aspirer au souverain bien, il faut aussi admettre que la mesure de ses facultés de connaître et notamment leur rapport entre elles convient à ce but. Or, la *Critique de la raison pure spéculative* prouve l'extrême insuffisance de cette raison pour résoudre conformément à ce but les problèmes les plus importants qui lui sont soumis, quoiqu'elle ne méconnaisse pas, il est vrai, les indications naturelles et non négligeables de cette même raison, ni la grandeur des démarches *(die grossen Schritte)* qu'elle peut faire pour se rapprocher de cette haute fin qui lui est assignée, sans l'atteindre jamais toutefois par elle-même, ni même avec l'aide de la plus grande connaissance de la nature. » (E. KANT : *Critique de la raison pratique*, Paris, Vrin, 1945, p. 190.)

« Si la raison pratique ne pouvait accueillir et concevoir comme donné rien de plus que ce que pouvait lui présenter par elle-même la raison spéculative d'après ses lumières, ce serait celle-ci qui aurait le primat. Mais supposé qu'elle ait par elle-même des principes primordiaux *a priori* avec lesquels soient liées de manière indissoluble certaines positions théoriques qui, toutefois, échapperaient à toute la puissance de pénétration de la raison spéculative (quoiqu'elles ne doivent pas cependant se trouver en contradiction avec elle), la question est de savoir quel est l'intérêt le plus élevé (non pas celui qui doit céder à l'autre, car l'un ne s'oppose pas à l'autre nécessairement). » (E. KANT : *Critique de la raison pratique*, Paris, Vrin, 1945, p. 159.)

« Nous connaissons donc l'existence et la nature du fini, parce que nous sommes finis et étendus comme lui. Nous connaissons l'existence de l'infini et ignorons sa nature, parce qu'il a étendue comme nous, mais non pas les bornes comme nous. Mais nous ne connaissons ni l'existence ni la nature de Dieu, parce qu'il n'a ni étendue ni bornes.

« Examinons donc ce point, et disons : « Dieu est, où il n'est pas. » Mais de quel côté pencherons-nous? La raison n'y peut rien déterminer : il y a un chaos infini qui nous sépare. Il se joue un jeu, à l'extrémité de cette distance infinie, où il arrivera croix ou pile. Que gagerez-vous? Par raison, vous ne pouvez faire ni l'un ni l'autre; par raison, vous ne pouvez défaire nul des deux. » (PASCAL, fr. 233.)

2. Chaque fois qu'il est question dans cet ouvrage de GEORG LUKÀCS en tant que théoricien marxiste, il s'agit de son ancien livre *Histoire et Conscience de Classe* de 1923 qu'il désavoue aujourd'hui en le déclarant « faux et dépassé ».

3. *II*e *Thèse sur Feuerbach.*

4. *VIII*e *Thèse sur Feuerbach.*

le monde, mais il s'agit de le *transformer* [1]. » Il serait tout aussi
absurde pour Pascal et Kant d'affirmer ou de nier l'existence
de Dieu au nom d'un jugement de fait, que pour Marx d'affirmer ou de nier au nom d'un tel jugement le progrès et la marche
de l'histoire vers le socialisme. L'une et l'autre affirmation
s'appuyant sur un acte du cœur (pour Pascal) ou de la raison
(pour Kant et Marx) qui dépasse et intègre à la fois le théorique
et le pratique dans ce que nous avons appelé un acte de foi.

Ainsi, rien dans les méthodes établies des sciences physico-
chimiques ne permet d'affirmer ou de nier l'existence de Dieu
ou bien celle du progrès historique. Ces sciences peuvent seulement à juste titre établir, que *dans leur domaine* ces deux
concepts sont superfétatoires. Un bon physicien ou un bon
chimiste n'ont pas à parler dans leur travail scientifique ni
de Dieu ni du progrès historique. (Sauf bien entendu s'il s'agit
de *l'histoire* de la physique ou de la chimie, histoire qui n'est
plus une science physico-chimique mais une science humaine).

Le fait cependant que la pensée théorique ne peut nullement
prouver le caractère erroné du pari initial de la pensée tragique ou dialectique ne prouve encore en rien que ces paris, ou
si l'on préfère, ces hypothèses initiales soient indispensables
lorsqu'il s'agit d'étudier la vie humaine, individuelle, historique
ou sociale. Ne pourrait-on pas progresser dans la connaissance
de l'homme par des méthodes analogues à celles qu'emploient
les sciences physico-chimiques ? C'est ici qu'après avoir établi
que le pari sur une certaine structure de la réalité ne contredit
pas les constatations théoriques, les penseurs tragiques et dialectiques prennent l'offensive. Pascal et Kant s'attacheront à
montrer l'impossibilité de rendre compte de la réalité humaine
en dehors du pari sur l'existence de Dieu et des postulats pratiques, Marx et Lukàcs iront plus loin en affirmant, à juste
titre, que si toute affirmation théorique sur la structure de
la réalité — quelle qu'elle soit — implique une hypothèse initiale consciente ou non — ce que nous avons appelé un pari
— lorsqu'il s'agit de faits humains tout pari initial sur une
structure rigoureusement déterministe ou simplement légale
(dans le sens des lois « scientifiques ») de la réalité devient
contradictoire et impossible à réaliser de manière conséquente.

Ainsi, la discussion autour de la méthode en sciences humaines
doit s'attacher à éclaircir deux points :

a) Puisque toute science part en fait consciemment d'un
pari pratique initial, faut-il le faire explicitement ou vaut-il
mieux laisser ce pari à l'état non conscient, implicite, en prétendant réaliser une étude impartiale et indépendante de tout
jugement de valeur.

---

1. *XI*e *Thèse sur Feuerbach.*

b) Dans le cas où on choisit la première de ces deux solutions, quel est le « pari » pratique permettant la connaissance la plus objective et la plus adéquate de la réalité humaine.

La réponse au point *a* semblerait aller de soi si le refus d'établir la science sur un « pari » ne revenait si souvent sous la plume des penseurs rationalistes et positivistes comme objection à toute pensée tragique ou dialectique. Au libertin, qui blâmait le penseur tragique d'avoir fait « non ce choix, mais un choix; car encore que celui qui prend croix et l'autre soient en pareille faute, ils sont tous deux en faute : le juste est de ne point parier ». Pascal répondait déjà : « Oui, mais il faut parier. Cela n'est pas volontaire, vous êtes embarqué. » De même dans les célèbres *Thèses sur Feuerbach*, Marx s'attachait à montrer que l'attitude pratique est absolument inévitable dans tout fait de conscience, que « nous sommes embarqués » dès la perception la plus élémentaire; « Feuerbach, non content de la *pensée abstraite*, en appelle à la *perception sensible*, mais il ne considère pas la sensibilité en tant qu'activité pratique des sens de l'homme »[1]. Or, cette pratique constitutive de tout fait de conscience dès la perception la plus élémentaire est toujours liée à une fin, ou pour parler comme Piaget, à un équilibre vers lequel elle tend, et cela veut dire, — lorsqu'elle deviendra consciente — à l'acceptation implicite ou explicite d'une échelle de valeurs.

Il nous reste à aborder le point *b* pour montrer que tout pari sur une rationalité purement légale ou causale — exclusive de toute finalité — est, dans le domaine des faits humains irréalisable et contradictoire. Or, cela nous paraît découler du fait que les sciences humaines se trouvent dans la situation particulière d'une *identité partielle du sujet et de l'objet de la recherche*, de sorte que toute loi générale établie par un historien ou par un sociologue doit s'appliquer en premier lieu au chercheur lui-même. Nier la signification, l'existence d'une fin dans le domaine des faits humains, c'est ou bien nier implicitement toute signification et toute fin à la pensée scientifique elle-même,

---

1. *V*e *Thèse sur Feuerbach*. On nous objectera peut-être que, si Marx a raison, cela vaut non seulement pour les sciences humaines mais aussi pour les sciences physico-chimiques. Sans doute! Aussi avons-nous déjà dit plus haut que *toute* science part d'un pari initial. Seulement le pari — qui est à la base des sciences physico-chimiques — sur la rationalité causale ou statistique du secteur de l'univers *qui ne peut pas être sujet d'action*, et sur l'utilisation *technique* de la connaissance des lois qui le régissent est aujourd'hui unanimement accepté et, de plus, confirmé par un si grand nombre de réussites techniques qu'il est devenu implicite et n'est pratiquement plus jamais mis en question, si ce n'est par des philosophes se trouvant à l'extérieur ou en marge du travail scientifique proprement dit.

Si l'on veut employer une analogie un peu osée, on pourrait dire que parmi les savants dans le domaine des sciences physico-chimiques, l'équivalent du libertin de Pascal — c'est-à-dire un penseur qui douterait du caractère rationnel et compréhensible de l'univers physique — n'existe pratiquement plus. Il devient donc inutile d'écrire des apologies pour le convaincre.

ou bien — ce qui n'est pas moins grave — créer un privilège *essentiel* et nullement justifiable pour le savant. En envisageant ce problème sous l'aspect de l'action (car, nous l'avons déjà dit, toute pensée est *liée* à une certaine action et, dans le domaine de la connaissance des faits humains, est elle-même un élément constitutif de l'action), Marx a formulé dans la *IIIe Thèse sur Feuerbach* cette constatation en ce qui concerne le déterminisme (sa remarque vaut cependant entièrement pour une conception purement légale et positiviste) : « La doctrine matérialiste qui veut que les hommes soient des produits des circonstances et de l'éducation, que, par conséquent, des hommes modifiés soient des produits d'autres circonstances et d'une éducation modifiée, oublie que ce sont précisément les hommes qui modifient les circonstances et que l'éducateur a besoin lui-même d'être éduqué. C'est pourquoi elle tend inévitablement à diviser la société en deux parties dont l'une est au-dessus de la société.

« La coïncidence du changement des circonstances et de l'activité humaine ne peut être considérée et comprise rationnellement qu'en tant que pratique qui transforme qualitativement la réalité *(umwälzende Praxis).* »

Concluons brièvement que si l'on veut partir d'une hypothèse *générale* sur la nature de la vie sociale, il faut que cette hypothèse puisse embrasser aussi le chercheur lui-même et son activité de recherche, c'est-à-dire qu'elle doit impliquer : *a)* l'action pratique de l'homme, *b)* le caractère significatif de cette action et, *c)* la possibilité pour elle d'aboutir à une réussite ou à un échec, trois caractères dont peuvent et doivent même se passer les sciences physico-chimiques, puisque, non seulement le chercheur lui-même ne fait pas partie de l'objet qu'elles étudient, mais que cet objet est même construit par *l'abstraction* de tout ce qui dans l'univers peut être sujet de pensée ou d'action.

Il faut donc, pour arriver à une connaissance positive de l'homme, parier au départ sur le caractère significatif de l'histoire et cela veut dire — dans le sens indiqué au début de ce chapitre, — partir d'un acte de foi *Credo ut intelligam,* c'est le fondement commun de l'épistémologie augustinienne, pascalienne et marxiste, bien qu'il s'agisse dans les trois cas d'une « foi » essentiellement différente (évidence du transcendant, pari sur le transcendant, pari sur une signification immanente).

Or, en restant sur le plan de la méthodologie dialectique, le pari initial sur la signification de l'histoire implique un certain nombre de conséquences méthodologiques auxquelles nous allons consacrer un bref examen. On peut sans doute — rien ne s'y oppose *a priori* — envisager l'éventualité où l'ensemble de l'histoire serait seul significatif, ses éléments constitutifs étant tous *entièrement* dépourvus de signification si on les isole même provisoirement de leur contexte. Cette hypothèse, qui *a priori* peut être valable, n'avancerait cependant pas beaucoup les sciences humaines car elle affirmerait implicitement l'impossibilité pour ces sciences de réaliser le moindre progrès. Il est en effet impossible à l'homme de connaître l'ensemble de l'histoire et cela non seulement — comme dans le domaine des sciences physico-chimiques — à cause de la richesse pratiquement inépuisable de !a réalité étudiée, mais encore pour la double raison particulière aux sciences humaines que, d'une part, l'ensemble de leur objet embrasse un *avenir* contingent qualitativement différent du passé et du présent, et que d'autre part, elles ne peuvent pas envisager leur objet de *l'extérieur*, le sujet connaissant se trouvant placé à *l'intérieur* même de l'objet qu'il veut connaître. Si donc l'objet des sciences humaines significatif dans son ensemble était constitué d'éléments rigoureusement dépourvus de signification, leur étude ne pourrait se faire qu'avec des méthodes analogues à celles qu'emploient les sciences physico-chimiques, et qui, pour les raisons que nous avons déjà indiquées, sont impropres à saisir les faits sociaux et historiques.

Il faut donc, en sciences humaines, partir du double pari sur le caractère significatif de l'ensemble de l'histoire et sur le caractère relativement significatif des ensembles relatifs qui la constituent.

Une pareille relation entre parties et tout se laisse, probablement tout au moins, imaginer de différentes manières [1]. En pratique cependant, il se trouve — et c'est la clef de notre proposition initiale qui affirmait l'inséparabilité de *l'explication* et de la *compréhension* en sciences humaines — qu'il y a un progrès, discontinu sans doute mais permanent, aussi bien dans la compréhension que dans l'explication génétique à mesure qu'on parvient à insérer les touts relatifs qu'on étudie dans des totalités plus grandes qui les embrassent et dont elles sont des éléments constitutifs. Tout objet valable en sciences humaines, et cela veut dire toute totalité significative relative se comprend dans sa signification et s'explique dans sa genèse par son insertion dans la totalité spatio-temporelle dont elle fait partie.

C'est en arrivant à cette constatation que se posent cepen-

---

1. L'hypothèse la plus importante serait celle d'une totalité significative dans son ensemble, constituée par un certain nombre de totalités relatives — parmi lesquelles la recherche historique elle-même — mais aussi d'un certain nombre d'éléments non significatifs et ne faisant partie d'aucune totalité significative relative. Hypothèse non seulement possible mais même probable. Le choix entre elle et celle qui est formulée dans ce chapitre ne saurait cependant être effectué que sur la base d'un nombre suffisamment important de recherches concrètes.

dant dans le domaine des sciences humaines les problèmes méthodologiques les plus importants et les plus difficiles. Car si nous partons ainsi du pari sur l'existence de toute une série de paliers de structures significatives, rien ne nous garantit cependant que — même dans le cas où cette hypothèse de départ serait valable — tout découpage quel qu'il soit de l'objet d'étude permette de déceler sa validité. Il est évident que si pour connaître la structure réelle de la vie humaine et historique, il faut la découper en structures *significatives*, il y a devant le chercheur d'innombrables possibilités de faire dans la somme des données empiriques des découpages erronés qui risquent de faire apparaître la réalité comme dépourvue de signification, ayant une structure purement causale ou légale, analogue à celle qui constitue l'univers des sciences physico-chimiques. De sorte que si d'une part nous avons été jusqu'ici amenés à dire que le découpage de la réalité humaine qu'on se propose d'étudier en totalités de plus en plus vastes doit entraîner un progrès continu dans la compréhension et dans l'explication, il nous faut maintenant ajouter, qu'en face du grand nombre de mauvais découpages possibles de l'objet et du petit nombre de découpages valables, c'est précisément la recherche exclusive de totalités *significatives* qui constitue à notre connaissance le seul guide valable pour le chercheur.

Et il nous paraît important d'ajouter sur ce point qu'un des plus grands dangers pour l'étude positive des faits réside précisément dans l'acceptation non critique des découpages traditionnels les mieux établis qui lancent le chercheur dans l'étude d'un objet devant, nécessairement, s'avérer par la suite comme non significatif même pour la recherche la plus scrupuleuse et la plus pénétrante. Dans *le Capital* qui est une *Critique de l'économie politique*, Marx a montré les dangers du découpage traditionnel de l'objet de cette science lorsqu'elle prétend étudier la production, la circulation, et la distribution des biens et non pas celles des valeurs d'échange, avec toutes les déformations idéologiques qui en résultent. En nous limitant cependant à un objet qui est plus proche du présent travail, il suffit de mentionner les objets inexistants parce que mal découpés et pourtant enseignés dans la plupart des universités modernes, qui sont les histoires de la philosophie, de l'art, de la littérature, de la théologie, etc.

Arrêtons-nous à la première d'entre elles, puisque c'est en premier lieu de philosophie que nous voulons parler ici. La plupart des grandes doctrines philosophiques constituent sans doute *des ensembles significatifs*, leur somme, et même la réunion de quelques-unes d'entre elles ne possède cependant plus ce caractère. Aussi ne pouvons-nous que nous rallier entièrement aux conclusions de M. Gouhier lorsqu'il critique les éléments contradictoires du concept d' « histoire de la philosophie » [1].

1. Une citation insérée dans le texte aurait été ici difficile à cause d'une différence de terminologie qui risquait de créer des confusions. M. Gouhier garde pour ce que nous avons appelé « vision du monde » le terme allemand de *Weltanschauung* et appelle « vision du monde » un instrument conceptuel de travail qui nous semble parfaitement justifié, mais différent du premier, et qui, si nous l'avons bien compris, résulte de l'insertion des écrits d'un philosophe ou d'un écrivain non pas dans l'ensemble d'une conscience de classe mais dans celui de la conscience et de la biographie individuelles. Le concept est sans doute indispensable; nous avons souvent répété que l'étude dialectique d'un ensemble de faits individuels dans le cas précis d'un ensemble de textes, suppose leur insertion dans le plus grand nombre de structures significatives possibles. L'étude d'une œuvre philosophique doit aboutir à sa compréhension et explication génétique *aussi bien* comme expression d'une conscience de classe que comme expression d'une conscience individuelle. Les divergences entre M. Gouhier et nous portent cependant sur deux points : *a)* Premièrement, sur un problème non de principe mais *pratique*, qui peut donc *à la limite* être résolu différemment selon l'objet étudié, l'état de la recherche et surtout la vocation et l'individualité du chercheur. Celui de savoir s'il est plus facile d'aller de l'individu et de la conscience individuelle à la conscience de classe ou inversement. En principe — et sauf exception — c'est la seconde éventualité qui nous paraît généralement valable. M. Gouhier, sans le dire expressément, semble avoir une préférence pour la première. *b)* Le deuxième point nous paraît plus profond. M. Gouhier donne au mot essence une signification rationaliste et intemporelle, c'est pourquoi il oppose fait individuel concret et essence abstraite. Il distingue donc d'une part « l'histoire des philosophies » qui est soit une description de plusieurs essences soit l'étude d'une essence et, d'autre part, l'histoire des *visions du monde* individuelles dans laquelle il voit — à juste titre — l'instrument conceptuel pour l'étude des faits individuels. D'où sa conclusion :
« Continuité et essence tiennent aux mêmes schémas : dans la philosophie de la philosophie, selon Dilthey, comme dans la phénoménologie de Max Scheler ou dans l'humanisme marxiste, les *Weltanschauungen* représentent des espèces d'essences : la « vision du monde » vient précisément d'être définie pour fournir une notion commode à une histoire sans essences.
Ainsi les divers problèmes qui intéressent l'histoire de la philosophie ne posent peut-être qu'une question fondamentale : « histoire » et « philosophie » introduisent sous une étiquette banale deux vocations si distinctes qu'il est préférable de savoir comment « de » peut bien les unir dans une « histoire de la philosophie » : il semble que l'étiquette couvre des recherches assez divergentes pour coexister. » (H. GOUHIER : *L'Histoire et sa philosophie*, p. 149-150.)
Pour la pensée dialectique cependant, le mot *essence* ne s'oppose nullement au fait individuel, elle est au contraire un instrument d'individualisation. L'essence c'est l'insertion du fait individuel *abstrait* dans l'ensemble de ses relations par un travail de conceptualisation qui le *concrétise*. Au fond, l'individu est lui-même pour le biologiste et le psychologue une totalité relative ayant une structure et une signification. Pour passer du texte à l'individu, M. Gouhier a besoin, à juste titre, de se forger un instrument de même nature que la *Weltanschauung* : *la vision du monde individuelle* qui sert précisément à insérer l'élément — un texte précis — dans l'ensemble d'une conscience et d'une vie. Comme lui, nous pensons que les deux formes d'histoire doivent coexister, qu'elles se complètent et s'éclairent mutuellement, mais il ne nous semble pas qu'on puisse, lorsqu'il s'agit d'une *histoire dialectique*, parler d'une différence de nature. Si nous donnons au mot *essence* un sens rationaliste et intemporel, elles sont toutes les deux des « histoires sans essences »; si nous lui donnons le sens dialectique, elles sont toutes les deux des histoires qui se veulent essentielles et qui le sont dans la mesure où elles réussissent à *concrétiser* les faits partiels et abstraits. Évidemment, comme pour M. Gouhier, il n'y a pas pour nous non plus à la limite d'histoire valable « de la philosophie » ou des « philosophies », mais seulement une étude des pensées philosophiques en tant qu'expressions d'une vie et d'une conscience individuelles et une histoire de la société dans laquelle les pensées philosophiques y paraissent à la fois comme expressions des consciences individuelles et des consciences de classe. Toute *histoire* suppose une *structure significative*, l'individu, la classe, telle pensée philosophique, telle œuvre littéraire ou artistique peuvent l'être, *la* philosophie ne l'est certainement pas.

Et cependant cela ne signifie nullement que l'historien qui étudie une philosophie puisse se contenter d'en faire l'étude phénoménologique, de la décrire en tant que structure significative. Ce serait là un travail utile sans doute, mais partiel et incomplet. Seulement, pour avancer dans l'explication et la compréhension de son objet d'étude, il doit l'insérer non pas dans l'objet inexistant et mal découpé d'une « histoire de la philosophie », mais dans la totalité significative d'un courant d'idées ou de la vie sociale, économique et idéologique d'un groupe social *relativement* homogène.

Si dangereuses que soient les analogies organiques — et les marxistes ont toujours souligné leur danger — qu'on nous permette d'en employer ici une qui nous semble particulièrement suggestive. Un physiologiste peut étudier le fonctionnement d'un organe — un cerveau par exemple — en tant que structure biologique. Cette étude restera, tant qu'elle se limite à cet objet, nécessairement incomplète. S'il veut la poursuivre, il sera probablement amené à insérer ce cerveau dans un tout plus grand. Or, cette étude sera valable et fructueuse s'il se propose d'insérer le cerveau dans l'ensemble du système nerveux et par la suite celui-ci dans l'ensemble de l'organisme; elle sera sans intérêt s'il insère le cerveau unique qu'il étudie dans un groupe de quatre, cinq ou six cerveaux analogues ou différents détachés de tout corps et de tout système nerveux. Son objet dans ce dernier cas n'est pas une structure biologique, mais une somme de structures semblables. Cet exemple peut paraître arbitraire, aucun biologiste sérieux n'ayant bien entendu jamais préconisé une idée aussi absurde. Aussi l'avons-nous imaginé seulement pour mettre en évidence certaines faiblesses des sciences humaines contemporaines. Car ce qui paraît absurde tant qu'il s'agit du biologiste devient trop souvent réalité dans le cas de l'historien traditionnel de la philosophie. Tant qu'il étudie un seul système philosophique, il se trouve sans doute devant un objet valable, mais si de ce système, il passe à un autre, même tout proche dans le temps sans cependant insérer chacun des deux dans un tout plus grand qui les englobe et qui pour le faire doit englober nécessairement aussi la vie artistique, littéraire, les courants idéologiques et *surtout* la vie économique et sociale, il se trouve à peu près dans la situation d'un biologiste qui voudrait suivre et comprendre la transformation d'un organe d'une espèce à l'autre sans tenir compte du changement de l'ensemble de l'organisme. Son entreprise sera d'avance vouée à l'échec, ou plus précisément elle se réduira à une énumération de systèmes indépendants plus ou moins bien décrits et même analysés dans leur structure. C'est pourquoi il peut y avoir, et il y a, de très bonnes histoires de la philosophie qui nous renseignent de manière plus ou moins valable sur la

structure des différents systèmes pris isolément, mais fort peu
— et peut-être même aucune — n'ont réussi à établir un lien
organique, une suite entre ces différents systèmes et cela pour
la simple raison que si ce lien existe, il unit non pas les systèmes
philosophiques comme tels, mais les civilisations dans leur
totalité, et ne peut être saisi que par une histoire d'ensemble de
la vie sociale.

Et pourtant, l'histoire de la philosophie ne peut *partir* que
d'une somme d'écrits, d'une œuvre individuelle. Nous avons
déjà dit (chap. I), et nous le répétons plus loin, que tout ensemble
d'œuvres d'un individu n'est pas déjà en tant que tel une structure significative. Il en est ainsi seulement pour un très petit
nombre d'œuvres privilégiées qui, si elles sont originales, constituent — précisément à cause de cette cohérence — des œuvres
philosophiques, littéraires, artistiques valables. Nous n'insisterons pas ici sur le concept de vision du monde et sur les possibilités qu'il offre de dégager la structure cohérente et significative d'une telle œuvre philosophique ou littéraire puisque
nous en avons déjà parlé au chapitre I et que nous aurons l'occasion d'y revenir plus d'une fois, le présent travail étant précisément consacré à deux analyses de cette nature. Mentionnons
seulement que, dans la recherche concrète, ce travail qu'on pourrait à la rigueur qualifier de description phénoménologique est
énormément facilité et peut-être même tout simplement rendu
possible par l'explication génétique. Le problème urgent qui se
pose donc à l'historien est celui de savoir quelle est la démarche
qu'il doit suivre pour insérer l'objet valable, la structure significative que représente l'œuvre philosophique ou littéraire qu'il
se propose d'étudier, dans une totalité plus grande qui soit,
elle aussi, un *objet valable* et qui puisse rendre compte de la
genèse de ses éléments constitutifs. Or, l'expérience montre que,
pour des raisons que nous avons déjà esquissées au chapitre I,
cette totalité ne peut être que dans quelques cas particuliers,
une vie individuelle et que le premier échelon auquel doit
s'arrêter le plus souvent le chercheur est l'ensemble des courants
de pensée et d'affectivité (ce que nous appelons la conscience
de groupe, et dans le cas précis pour des raisons que nous indiquerons bientôt, la conscience de classe) dont le système philosophique ou l'œuvre littéraire représente le maximum de cohérence et qui peuvent précisément expliquer sa genèse.

Ajoutons, cependant, que malgré une sorte de préjugé
contraire, cet ensemble de tendances intellectuelles et affectives
qui constituent sans doute un objet, une structure significative,
est parmi les structures de cet ordre une des moins autonomes
et en même temps des plus difficiles à déceler et à décrire. Du
point de vue de l'historien, elle constitue un palier inévitable
sans doute, mais aussi absolument insuffisant de son travail;

de sorte que la conscience d'un groupe social ne peut se comprendre et s'expliquer entièrement que dans la mesure où on l'insère dans le tout plus grand constitué par l'ensemble de sa vie économique, sociale, politique, et idéologique.

Un dernier point avant de finir ce chapitre introductif en indiquant les raisons — déjà visibles — qui justifient notre seconde partie. Nous avons essayé d'esquisser dans les lignes qui précèdent les raisons pour lesquelles l'étude *positive* d'une œuvre littéraire ou d'un système philosophique nous paraît exiger son insertion dans l'ensemble de la vie intellectuelle, politique, sociale et économique du groupe auquel il se rattache. Nous n'avons cependant encore rien dit de la nature même de ce groupe, et nous pourrions en principe laisser ce soin au travail concret de recherche qui doit établir dans chaque cas précis le groupe social qui correspond à l'œuvre que l'on veut étudier. En fait, on peut cependant dire dès maintenant que, lorsqu'il s'agit d'ouvrages philosophiques ou littéraires valables, ils embrassent nécessairement l'ensemble de la vie humaine, de sorte que les seuls groupes auxquels ces œuvres peuvent être rattachées sont ceux dont la conscience et l'action tendent vers une organisation d'ensemble de la vie sociale, c'est-à-dire que tout au moins dans le monde moderne depuis le XIIIᵉ siècle, les œuvres littéraires, artistiques et philosophiques se rattachent aux classes sociales et plus étroitement à la conscience de classe [1].

A partir des lignes qui précèdent, on comprendra aisément pourquoi il nous paraît qu'une étude positive valable des *Pensées* et du *théâtre racinien* suppose non seulement une analyse de leur structure interne, mais d'abord leur insertion dans les courants de pensée et d'affectivité qui leur sont les plus rapprochées et cela signifie, en premier lieu, dans l'ensemble de ce que nous appellerons *la pensée et la spiritualité janséniste*, et ensuite, dans l'ensemble de la vie économique et sociale du groupe, ou, si l'on veut être précis, de la classe sociale à laquelle se rattache cette conscience et cette spiritualité, ce qui correspond dans le cas précis de notre étude à la situation économique, sociale et politique de la *noblesse de robe*. Encore faut-il ajouter que ces trois étapes de la recherche : *texte-vision du monde; vision du monde — ensemble de la vie intellectuelle et affective du groupe; conscience et vie psychique du groupe-vie économique et sociale*, ne constituent elles-mêmes qu'un schéma essentiel d'une réalité bien plus complexe subissant l'influence de multiples autres séries causales qui agissent sur les structures significatives en les modifiant, que l'historien ne doit jamais oublier et dont il doit dans la mesure du possible envisager tout

1. Voir L. GOLDMANN : *Sciences humaines et Philosophie*.

au moins les plus importantes. De plus — cela va de soi — la vie économique, sociale et politique de la classe qu'il s'agit d'étudier ne peut être comprise que par référence à la vie économique, sociale et politique de la société tout entière.

Nous avons ainsi établi sans doute un très beau programme de travail, qui possède cependant, malheureusement, deux qualités contradictoires : celles d'être à la fois, dans une perspective dialectique, indispensable et pratiquement impossible à réaliser dans l'immédiat — et cela même avec une approximation qu'on pourrait qualifier de *provisoirement* suffisante. Une seule et même difficulté se rencontre en effet, de plus en plus grande et difficile à surmonter à chacun des trois paliers auxquels nous avons montré la nécessité de dégager une structure significative permettant d'expliquer et de comprendre génétiquement le palier inférieur.

La méthode dialectique n'étant pas une méthode de construction *a priori*, mais une méthode de recherche positive, le projet de dégager le schème essentiel d'une structure significative demande tout d'abord une exploration sérieuse, aussi complète et aussi détaillée que possible des *faits empiriques individuels* qui, au départ, semblent la constituer [1]. Ce n'est qu'à partir d'une connaissance sérieuse et approfondie de ces *faits abstraits* qu'on peut arriver à leur concrétisation conceptuelle. Or, il est évident qu'à chacun des trois paliers mentionnés : textes, vie psychique — intellectuelle et affective — du groupe, vie sociale et économique, les faits deviennent de plus en plus nombreux et de plus en plus difficiles à saisir, ce qui rend leur exploration difficile et même impossible pour un seul homme dans un temps limité.

Sans doute le chercheur ne se trouve-t-il pas au départ devant un manque absolu de connaissances et n'est-il pas obligé de partir à zéro. Sur chacun de ces trois groupes de faits individuels abstraits, il trouve un nombre plus ou moins important de travaux scientifiques qui ont déjà — parfois avec une très grande somme de travail et une très grande conscience professionnelle — examiné et sélectionné selon certains points de vue les faits constituant le domaine qu'il se propose d'explorer.

Seulement, la difficulté réside dans ces quelques mots : *selon certains points de vue*. Car ce que cherche l'historien dialectique — quitte à le trouver ou à ne pas le trouver (cela étant la question tout à fait différente de la réussite ou de l'échec

---

1. Il va de soi que pour la suite, la recherche peut aboutir à un découpage d'objet différent de celui dont on était parti, ce qui entraîne l'élimination de certains faits individuels de l'objet qu'on se propose d'étudier et l'adjonction d'autres qui ne semblaient pas en faire partie. Il y a toujours une liaison dialectique — ce que Piaget appelle un « choc en retour » — entre le travail de recherche et l'objet qu'il se propose d'étudier.

de son pari initial) — c'est le schème *de la structure significa-*
tive que représente chacune des trois totalités relatives que
nous venons de mentionner. Or, presque tout le travail scientifique antérieur — quelque vaste et érudit qu'il ait été — a
été fait en dehors de tout souci de cet ordre. Cela vaut déjà
en grande mesure pour les travaux qui portent sur les textes,
et absolument — vu les méthodes de l'historiographie traditionnelle du XVIIe siècle [1] — pour la vie intellectuelle, économique et sociale. C'est dire que — dans le cas de notre étude —
il ne s'agissait pas seulement de lire un certain nombre d'ouvrages historiques et de repenser les faits qui y sont mentionnés, ou bien de chercher leur liaison avec les œuvres que
nous étudions, mais de revenir aux sources mêmes et de les examiner à nouveau dans une perspective nouvelle et entièrement
différente des travaux déjà existants.

Ce retour aux sources était — heureusement — réalisable au
niveau des textes qui constituent l'objet proprement dit du
présent travail; il était, par contre, déjà bien plus difficile au
niveau de la vie intellectuelle et de la sensibilité du groupe
janséniste.

Il est d'autant plus important de mentionner que l'hypothèse directrice de l'existence d'une structure significative nous
a permis de découvrir — à ce palier — un ensemble de faits
et de documents que nous publions ailleurs [2] et qui modifient
de manière sensible l'image traditionnelle de la pensée des
« Amis de Port-Royal ». (Découverte qui nous paraît constituer non pas une preuve décisive, mais tout au moins une
forte présomption en faveur de la validité de notre méthode.)
Il va cependant de soi que même à ce second palier, il y a
encore infiniment à faire pour explorer sérieusement la vie et
la pensée du groupe janséniste.

Que dire, cependant, de l'étude de la situation économique,
sociale et politique de la noblesse de robe et de sa vie intellectuelle affective? Sur ce point, il ne pouvait pour l'instant
pas être question — même de très loin — d'une exploration
sérieuse et systématique des sources, exploration qui constitue
cependant un premier pas indispensable si l'on veut comprendre
la genèse de l'œuvre pascalienne et racinienne.

Aussi, ne voulant ni masquer et passer sous silence une
lacune inévitable de notre travail ni accepter tels quels les
résultats des travaux remarquables qui existent déjà mais qui
sont écrits dans une perspective entièrement différente, avons-
nous préféré insérer néanmoins dans notre étude cette seconde

---

1. Pour d'autres périodes, il existe de très importants travaux inspirés en grande
mesure par ce souci. Voir par exemple les études de Mathiez, Pirenne, Lucien
Febvre, Daniel Guérin, etc.
2. Voir *Correspondance de Martin de Barcos*, éditée par L. GOLDMANN, P. U. F., 1955.

partie, dans laquelle le chapitre VI consacré à la noblesse de robe ne contient qu'une simple hypothèse esquissée d'après un certain nombre de faits recueillis dans les travaux des historiens et quelques autres trouvés dans les mémoires publiés de l'époque.

Quelques mots, cependant, sur la probabilité de cette hypothèse sur laquelle — nous le soulignons une fois de plus — un jugement définitif ne pourra être émis que le jour où elle sera confirmée ou infirmée par une étude sérieuse des sources.

Elle se fonde en premier lieu sur le fait qu'elle rend compte par une seule et même explication de tout un ensemble de données individuelles — constatées par des auteurs à qui elle était entièrement étrangère — données qui paraissaient jusqu'ici indépendantes et sans connexion. L'économie de pensée ne doit certainement pas prendre le pas sur le souci de vérité et rien ne serait plus grave qu'une théorie qui subordonne la réalité à l'élégance de l'explication ; mais, tant qu'il s'agit seulement d'établir une hypothèse de travail, cette économie de pensée constitue par contre — nous semble-t-il — le fondement légitime d'un préjugé favorable. Il est en effet, jusqu'à nouvel ordre, hautement probable que la prise en considération d'un fait dont on n'avait pas tenu compte dans les recherches antérieures — ici la répercussion du changement de l'équilibre des classes sur la pensée théologique et philosophique et sur la création littéraire — permette de voir des connexions qui avaient échappé à l'attention des chercheurs.

Si, de plus, les faits qu'elle permet d'incorporer ainsi à une seule et même structure significative sont nombreux et puisés dans des études complètement étrangères à l'hypothèse qui essaie d'en rendre compte, le moins qu'on puisse dire est qu'elle mérite d'être signalée d'abord (c'est tout ce que nous avons pu et voulu faire dans le chapitre VI) et contrôlée par la suite (tâche que les historiens dialectiques auront à remplir dans l'avenir dans la mesure où ils s'intéresseront au sujet que nous étudions ici). Quant au chapitre VII, nous espérons que, sans nullement épuiser le sujet, il jette — surtout si on le rapproche de la correspondance de Barcos que nous publions par ailleurs — une certaine lumière sur la vie du groupe d' « Amis de Port-Royal » et implicitement sur la genèse des *Pensées* et du théâtre racinien.

Qu'on nous permette, avant de terminer ce chapitre, de prévenir ici une objection qui a déjà été adressée à un de nos travaux antérieurs. On nous a reproché le caractère schématique et général de notre tracé de l'histoire de la pensée bourgeoise occidentale dans laquelle nous avons jadis essayé de replacer la pensée philosophique de Kant. Or, c'était et c'est là une étape inévitable de toute étude dialectique sérieuse. Car, pour étudier un ensemble significatif de faits au niveau où cela lui paraît déjà possible, l'historien dialectique est obligé de l'insérer dans une totalité qu'il peut à peine esquisser de manière schématique. (S'il la connaissait bien, c'est elle qu'il aurait prise pour objet d'étude et le même problème se serait alors posé à un niveau supérieur.) Il n'y a cependant là rien de contradictoire et surtout rien de répréhensible. Car cette esquisse schématique est loin d'être arbitraire. Le fait même qu'il est parti du caractère de *structure significative* des faits qu'il se propose d'étudier et que c'est cette *structure significative* qu'il se propose d'insérer dans une autre qui l'englobe dans le temps et dans l'espace et avec laquelle il veut et doit trouver un *lien significatif*, limite d'emblée les possibilités des esquisses schématiques qu'il saurait tracer. De plus, il rencontre à l'intérieur même de ces limites, encore une autre barrière qu'il ne doit pas franchir et qui est un garde-fou précieux et considérable. Ce sont les faits — sans doute choisis d'une manière qui, de son point de vue, est accidentelle et arbitraire — mais qui, néanmoins, sont le plus souvent assez nombreux et ont été mis en lumière par des travaux écrits d'un point de vue différent du sien. Une esquisse schématique d'une structure essentielle qui peut ainsi s'appuyer d'une part sur l'étude sérieuse d'une de ses structures constitutives et d'autre part sur de nombreux faits déjà connus, nous paraît le seul point de départ possible d'un travail ultérieur de recherche qui la modifiera peut-être — et même probablement — et qui exigera dans ce cas des modifications jusque dans les résultats qui semblaient acquis de la structure significative partielle dont on était parti.

Mais ceci est tout simplement une description du progrès de la recherche qui, lorsqu'il s'agit de la connaissance de la vie humaine, ne peut aller qu'en spirale se dirigeant alternativement des parties au tout et du tout aux parties et progressant simultanément dans la connaissance des unes et de l'autre.

C'est à l'intérieur d'une telle démarche, avec tout ce qu'elle a d'inévitablement et de définitivement provisoire que voudrait s'insérer le présent travail.

CHAPITRE VI

JANSÉNISME ET NOBLESSE DE ROBE

Dans ce chapitre, nous voudrions présenter une hypothèse à l'appui de laquelle nous ne pouvons invoquer pour l'instant qu'un certain nombre de textes épars : quelques récits de première main — ce qu'on appelle des sources — ou bien des constatations d'historiens qui ont étudié ces sources pendant de longues années [1].

---

1. Comme cependant parmi les historiens contemporains, nous citons surtout les conclusions de quelques études de M. Roland Mousnier, il est de notre devoir de préciser ici d'emblée que lui-même — tout en admettant qu'il y a là plusieurs problèmes réels que la recherche historique devra s'efforcer d'éclaircir — formule de sérieuses réserves devant l'interprétation que nous donnons de l'ensemble des faits et à l'appui de laquelle nous citons ses travaux.

Les passages en question portent en effet en premier lieu sur les rapports entre les Conseils et les Cours Souveraines sous Louis XIV, sur les discussions autour de la Paulette du début du siècle et sur les mouvements du prix des charges. Sauf les points de détail surs lesquels nous reviendrons au cours de ce chapitre, les réserves de M. Mousnier nous semblent porter essentiellement sur les points suivants :

a) M. Mousnier ne considère pas comme établie la montée de l'absolutisme entre le milieu du xvie et la fin du xviie siècle, il conteste surtout l'existence des trois poussées que nous avons *hypothétiquement* distinguées et l'idée que chacune d'entre elles se situe à un niveau qualitativement supérieur par rapport à la précédente.

b) Il voit dans l'affirmation que l'alliance entre la royauté et le tiers état contre la noblesse féodale aurait été le moteur essentiel de l'évolution de l'État français pendant plusieurs siècles, une simplification excessive, le roi s'étant allié très souvent avec la petite noblesse contre la grande et contre les villes, avec tel vassal ou tel clan contre les autres, etc.

c) Il trouve qu'il n'y a pas une relation *spécifique* suffisamment établie entre le jansénisme et la noblesse de robe, de très nombreux membres des Cours souveraines étant partisans des Jésuites ou ayant tout au moins une attitude hostile aux « amis de Port-Royal ». Les robins, qui étaient des gens cultivés et ayant des loisirs, seraient tout simplement la couche sociale dans laquelle s'est développée une vie intellectuelle et idéologique particulièrement intense.

Nous estimons trop les beaux travaux de M. Mousnier pour ne pas avoir longuement pesé ses objections. De plus, si nous maintenons nos *hypothèses*, ce n'est certainement pas parce que nous prétendons avoir une connaissance des faits qui saurait approcher même de très loin celle d'un historien professionnel. Au contraire, nous venons de souligner nous-mêmes à quel point ce chapitre VI, qui embrasse la totalité relative la plus vaste dont il sera question dans le présent ouvrage, est nécessairement une ébauche hypothétique, fondée sur une base empirique insuffisante.

Il nous semble cependant que la divergence entre M. Mousnier et nous est malgré tout en premier lieu une divergence de *perspective*. En ce qui concerne les faits eux-mêmes, M. Mousnier a certainement raison. Il s'agit cependant d'estimer leur poids et leur importance. C'est le problème déjà mentionné dans le chapitre premier du présent travail, de la différence entre les *faits empiriques abstraits* et

Cette hypothèse — si fragile soit-elle — peut cependant se prévaloir du fait qu'elle est — à notre connaissance tout au moins — la première et pour l'instant la seule à essayer de donner une explication *positive* [1] d'un ensemble de faits politiques [2], sociaux et idéologiques qui ont profondément influencé la vie matérielle et intellectuelle (dans le sens le plus vaste du mot) de la société française entre 1637 et 1677, dates qui séparent la retraite du premier solitaire Antoine Le Maître (et

---

leur essence significative concrète. Nous ne prétendons, bien entendu, pas avoir réussi à établir dans le présent chapitre cette essence concrète de l'évolution historique, notre connaissance des faits étant bien trop mince pour aller au-delà d'une ébauche hypothétique. Ceci dit, il ne nous paraît pas moins vrai que :

a) L'intensité des conflits entre la monarchie et le Parlement de Paris (dans la mesure où nous pouvons nous fonder sur le livre de M. Maugis) et l'existence des deux guerres civiles de la Ligue et de la Fronde nous paraissent justifier la distinction des trois poussées dans la montée de l'absolutisme monarchique.

b) L'existence au milieu du XVIIe siècle : 1° de la Fronde et 2° du jansénisme tragique, nous paraît justifier l'hypothèse que le conflit a atteint à cette époque son intensité maxima.

c) Le fait même que la noblesse féodale a fini par disparaître et par se transformer en noblesse de cour, tandis qu'il y a incontestablement jusqu'à la fin du XVIIe siècle une montée concomitante de la monarchie et du tiers état, nous semble indiquer que l'alliance avec le tiers état constituait le phénomène *essentiel* par rapport aux multiples autres alliances de la royauté avec les différents groupes de féodaux, qui étaient *en dernière instance* épisodiques et secondaires.

d) L'intérêt de la noblesse de robe, ses rapports avec les autres classes nous paraissent faire du jansénisme tragique et de l'opposition active ses deux formes de « conscience possible ». Encore faut-il ajouter que seul le premier constituait une idéologie *propre*, la seconde correspondant, surtout au XVIIIe siècle il est vrai, à son entrée dans le sillage du tiers état.

Les sympathies jésuites de nombreux robins ne nous semblent en effet nullement être un argument décisif contre cette hypothèse, de même que l'existence, de nos jours, de nombreux et puissants syndicats antimarxistes dans divers pays ne prouve en rien le caractère non prolétarien de la pensée marxiste. L'idéologie n'atteint en effet jamais qu'une fraction plus ou moins importante de la classe à laquelle elle correspond et il arrive souvent que cette fraction ne soit qu'une minorité et même une minorité assez réduite.

Finalement, il nous semble qu'à la base de la discussion entre M. Mousnier et nous, on trouve le problème de savoir s'il faut admettre — au départ tout au moins — que *tout est possible* ou si, au contraire, il faut partir de l'hypothèse que les structures sociales et historiques sont *toujours significatives*, qu'il n'y a pas de miracles historiques (que le jansénisme, par exemple, ne pouvait en aucun cas paraître en France au XVIe siècle faute d'infrastructure économique et sociale suffisante, et que s'il a paru au XVIIe siècle, c'est qu'il y a eu à ce moment une telle infrastructure). Il va de soi que même dans cette dernière perspective, c'est la recherche empirique seule qui peut décider quelle est dans chaque cas particulier la structure significative qui rend le mieux compte des faits.

Et répétons-le pour finir, l'ébauche du présent chapitre n'est et ne veut être qu'une hypothèse tout à fait provisoire qui sera très probablement précisée, modifiée et peut-être même remplacée par les études historiques futures. Avec ces réserves, il ne nous paraît cependant pas moins utile et même nécessaire de la formuler provisoirement aujourd'hui.

1. Des explications d'un phénomène historique par « l'orgueil » ou « l'entêtement » (des jansénistes), la « rancune » ou « l'esprit d'intrigue » (des jésuites) ou bien « le malentendu prolongé et général » nous paraissent précisément des exemples d'explications idéologiques opposées à tout essai sérieux de compréhension *positive*.

2. Le mot *politique* pourrait donner lieu à contestation, les jansénistes refusant précisément toute activité dans la « polis ». Mais, même en tenant compte de cette objection, la persécution reste politique lorsqu'on la regarde du côté des pouvoirs qui poursuivaient le « parti » des jansénistes.

l'arrestation de Saint-Cyran en 1638) de la première représentation de *Phèdre*, dernière tragédie de Racine. Or, ces faits, ainsi que de nombreux autres qui se sont produits au cours de cette période, nous paraissent se rattacher à l'apparition et au développement d'une idéologie affirmant *l'impossibilité radicale de réaliser une vie valable dans le monde*, idéologie, ou plus exactement vision totale — idéologie, affectivité et comportement — que nous avons qualifiée de *tragique*.

Ces deux dates, 1637 et 1677, constituent ainsi dans le temps les limites extrêmes du groupe de faits que nous nous proposons d'étudier dans le présent ouvrage. Encore faut-il ajouter que — la conscience suivant toujours avec un certain décalage la vie matérielle — on pourrait distinguer deux périodes distinctes, celle de la lutte sociale et politique qui va de 1637 à 1669 (date de la Paix de l'Église) et celle de ses expressions philosophiques et littéraires qui va de 1657 (les *Pensées* étant probablement écrites entre 1657 et 1662) à 1677.

Sans doute, il y a eu aussi avant 1638 des abandons du monde et des retraites dans la solitude, mais elles n'ont pas le caractère *idéologique* de la retraite d'Antoine Le Maître qui refuse — comme les nombreux solitaires qui l'ont suivi jusqu'en 1669 — non seulement la vie mondaine dans le sens étroit et courant du mot, mais aussi *toute fonction sociale*, fût-elle ecclésiastique ou monacale [1] ; c'est pourquoi les retraites antérieures à 1638 ne sont ni tragiques ni jansénistes. De même, on écrira encore après 1677 des pièces graves, sérieuses, tristes, mais il n'y aura plus, du moins à notre connaissance, jusqu'à la fin du XVIIIᵉ siècle, parmi les chefs-d'œuvre de la littérature universelle *des pièces du Dieu spectateur* des tragédies dans le sens étroit que nous donnons à ce mot dans la présente étude.

Par contre, entre 1637 et 1677, les manifestations d'une vision tragique ne se comptent pas dans l'histoire de ce qu'on appelle couramment le groupe janséniste : on les rencontre à chaque pas.

Aussi bien une question se pose-t-elle au sociologue comme à l'historien : quels sont les gens au milieu desquels s'est développée cette vision tragique et — à supposer qu'on arrive à les

---

1. « Je vis dès lors, écrit Saint-Cyran en parlant de la conversion d'Antoine Le Maître, ce qui m'en pouvoit arriver, sans m'en mettre en peine de peur d'être trop sage devant Dieu, pour ne pas dire trop timide, en perdapt une occasion importante qui me donnoit moyen de le glorifier devant tout le monde, et de faire honorer par un témoignage authentique la vérité que je voulois publier, *pour apprendre aux hommes de qualité qu'il y avoit dans l'Église une manière de se convertir différente de celle qu'ils suivoient d'ordinaire* (souligné par nous) ; et j'estimois le moyen que Dieu m'avoit donné de le leur témoigner si important, que j'eusse pensé faire un crime si j'eusse manqué de m'en servir pour établir un exemple public de la pénitence en la personne d'un homme que tout le monde connoissoit et estimoit dans Paris. (*Œuvres chrétiennes et spirituelles*, 1679, t. III, p. 553.)

délimiter en tant que groupe social — pourquoi ont-ils été particulièrement orientés vers cette vision au cours de la période que nous venons de mentionner? Quelle a été l'infrastructure économique, sociale et politique de ce que nous serions tentés d'appeler le premier jansénisme, le jansénisme de Barcos, de la Mère Angélique, de Pascal et des tragédies de Racine?

La plupart des travaux dialectiques consacrés à l'histoire des idées ont montré que des faits culturels de première importance — comme l'ont été la rédaction des *Pensées* et la création du théâtre racinien — sont rarement liés à des processus sociaux secondaires et difficiles à découvrir. Le plus souvent, ils sont au contraire l'expression de modifications profondes de la structure sociale et politique de la société qui s'avèrent dès lors faciles à déceler. Or, si nous cherchons les transformations les plus importantes qui se sont produites dans la société française pendant la période qui nous intéresse et les années qui l'ont précédée de près, nous sommes naturellement orientés vers le développement de l'absolutisme monarchique et la constitution de son organe le plus important, une bureaucratie dépendant du pouvoir central et intimement liée à celui-ci, *la bureaucratie* [1] *des commissaires*.

Sans doute, nous objectera-t-on — à juste titre d'ailleurs — que le développement du pouvoir monarchique ayant été un processus très long qui s'est prolongé pendant des siècles, il ne peut — par cela même — servir d'explication à un ensemble de faits aussi étroitement localisés dans le temps que celui qui nous intéresse ici.

Il ne faut cependant pas oublier que le développement de l'absolutisme monarchique a été sérieusement ralenti et même arrêté par les guerres de Religion et qu'il venait précisément de reprendre — à un niveau qualitativement plus élevé — après l'avènement d'Henri IV. Les premières années du XVIIe siècle sont ainsi à l'intérieur d'un processus qui s'étend sur plusieurs centaines d'années, une sorte de recommencement; de plus, l'époque 1637-1677 constitue la dernière étape critique de ce processus dont le sommet se place dans la seconde moitié du siècle avant le déclin qui s'accomplira au XVIIIe siècle sous les règnes de Louis XV et de Louis XVI [2].

Le développement de la monarchie d'ancien régime à partir de la monarchie capétienne s'est en effet effectué tout d'abord

---

1. Nous appelons « bureaucratie » l'ensemble de personnes qui assurent de manière *essentielle* le fonctionnement d'un gouvernement et d'une administration. Le terme n'implique donc aucune assimilation du corps des membres des Cours souveraines ou des commissaires à l'appareil bureaucratique des États modernes.
2. En parlant du règne de Louis XIV, M. H. Méthivier a pu écrire : « L'histoire du règne n'est qu'une lente reprise en main du pouvoir sur les compagnies d' « officiers » par les « commissaires », agents directs du roi. » (H. MÉTHIVIER : *Louis XIV*, P. U. F., 1950, p. 50.)

— c'est là presque un lieu commun — par une lutte continuelle contre la noblesse féodale. Mais précisément pour lutter contre les seigneurs, le roi, qui ne possédait ni revenus suffisants, ni appareil bureaucratique, ni appareil militaire — trois choses qui dépendent l'une de l'autre — devait nécessairement s'appuyer sur le principal allié qu'il pouvait trouver dans cette lutte : le tiers état. Or, entre le tiers état d'une part et la monarchie d'autre part, le groupe de légistes et d'administrateurs qu'on appellera plus tard les officiers constituèrent très vite un des principaux chaînons intermédiaires. Originaires au début du tiers état, unis étroitement à lui par de multiples liens de famille, résidant en ville, souvent en province, fidèles au roi par éducation, par tradition et par intérêt, devenus de plus l'organe gouvernemental et administratif par excellence de la monarchie (à côté bien entendu de l'armée), l'existence et l'histoire de cette couche sociale expriment la fusion de fait entre le tiers état et le pouvoir monarchique.

Rien n'est plus caractéristique de cet état de fait que les difficultés d'ordre bien plus méthodologique qu'informatif auxquelles se heurte l'étude de la vénalité des offices avant et même pendant le XVIe siècle. Les offices étaient-ils vendus ou accordés en échange des services rendus? Problème d'autant plus dépourvu de signification qu'un des principaux services et témoignages de fidélité qu'on pouvait rendre au roi était précisément celui de lui procurer l'argent dont il avait cruellement besoin, et que même la vente d'officier à officier s'effectuait encore presque toujours à l'intérieur d'un groupe relativement restreint de fidèles du pouvoir monarchique, et ressemblait peut-être jusqu'à un certain point aux recommandations et protections indispensables encore aujourd'hui à l'appareil bureaucratique des États modernes.

La vénalité des offices ne semble ainsi devenir une *institution économique* qu'à l'époque où elle aura aussi une signification *politique* propre, lorsque l'alliance et la solidarité ne sont plus quasi implicites et naturelles entre les officiers et le pouvoir central.

De même, la distinction entre officiers et commissaires — *capitale au XVIIe siècle* — ne nous semble pas correspondre *à un antagonisme social* important et réel aux XIVe et XVe siècles et peut-être même au début du XVIe siècle. (Les limites sont bien entendu difficiles à établir lorsqu'il s'agit d'un processus social à évolution lente et complexe.) Il existe par exemple, depuis très longtemps, des Maîtres des Requêtes en chevauchée, qui sont les futurs intendants; l'important est de savoir depuis quand ils se sont généralisés au point de devenir *une institution* antiparlementaire.

En fait, à travers une évolution lente qui s'étend sur plusieurs siècles, il nous faut, semble-t-il, distinguer avec M. E. Maugis [1] trois grandes étapes :

a) La monarchie féodale, indirecte, que nous appellerons du point de vue sociologique l'absence de pouvoir monarchique réel dûment prédominant, le roi n'étant encore en premier lieu qu'un seigneur, plus riche et plus puissant que la plupart des autres seigneurs (mais non que tous), favorisé, il est vrai, par un prestige qui lui attire, dans la lutte contre les autres seigneurs, l'appui des villes et du tiers état.

b) La monarchie tempérée d'ancien régime — caractérisée par une primauté définitivement acquise de la royauté sur les seigneurs — royauté dont le gouvernement s'appuie sur le tiers état et sur les corps de légistes, d'administrateurs et d'officiers. Et enfin,

c) La monarchie absolue devenue indépendante non seulement vis-à-vis de la noblesse, mais aussi vis-à-vis du tiers état et des Cours souveraines, gouvernant à l'aide du corps. des commissaires par une politique d'équilibre entre les classes opposées, notamment entre l'aristocratie et le tiers état (mais jouant aussi contre chacune de ces classes le danger des révoltes populaires et le besoin d'un pouvoir assez fort pour les réprimer [2]).

Or, il est clair que, si nous essayons de délimiter dans cette évolution d'ensemble la période à laquelle se rattache l'apparition et le développement du premier jansénisme, nous devons les lier au passage de la monarchie tempérée à la monarchie absolue et au transfert d'une partie considérable des attributions des officiers — et des Cours souveraines en particulier — à un corps d'administrateurs différent, celui des commissaires. Il importe donc, si l'on veut comprendre la naissance du jansénisme, de s'arrêter quelque peu à l'étude de ces deux pro-

---

1. E. MAUGIS : *Histoire du Parlement de Paris de l'avènement des rois Valois à la mort d'Henri IV*, 3 vol., Paris, Picard, 1913-1916. En parlant dans la préface (p. XII) des attributions du Parlement au XVIe siècle, M. Maugis écrit : « C'est ainsi... qu'achève de se fixer cette forme intermédiaire de l'administration monarchique qui marque, pour un siècle et demi, la transition entre l'ancienne souveraineté indirecte et médiatisée de la royauté féodale et le type autoritaire du gouvernement direct et immédiat des Maîtres des Requêtes et de la bureaucratie réalisé seulement avec Richelieu, ce qu'on appelle le gouvernement des offices et des compagnies de justice et finance. »

2. M. MOUSNIER : *Histoire générale des civilisations*, t. IV : *XVIe et XVIIe siècles*, P. U. F., Paris, 1954, (p. 160) constate que « les révoltes des paysans et même celles des compagnons des villes étaient dirigées contre le fisc et non contre les riches. Les collecteurs d'impôts sont assaillis, mais rarement les châteaux et les hôtels, et dans ce cas il s'agit le plus souvent des propriétés de parvenus, officiers et financiers. Les révoltes sont dirigées contre le fisc royal. »

Sans doute a-t-il raison. Et la chose est d'autant plus naturelle que la monarchie absolue est fondée sur une politique d'équilibre, de sorte qu'aucune classe sociale proprement dite ne lui est étroitement attachée au point de s'identifier avec elle. Il nous semble néanmoins que ces révoltes quasi permanentes du peuple constituent une menace *virtuelle* contre l'ensemble des classes possédantes, menace qui les empêchera de pousser trop loin l'opposition.

cessus connexes qui, cela va de soi, ne se limitent pas aux quelques années que nous étudions ici, mais s'étendent sur à peu près deux siècles, avec bien entendu des hauts et des bas, des progrès brusques et d'aussi brusques retours en arrière. La tâche de l'historien, et surtout de l'historien sociologue, est de dégager dans cette longue série de faits individuels — qui, à première vue, paraissent plus ou moins désordonnés et surtout semblables les uns aux autres — (édits bursaux, création d'offices, remontrances, lettres de jussion, enregistrement sur ordre exprès du roi, commissions temporaires ou permanentes, etc.) les lignes essentielles de l'évolution et surtout les périodes pendant lesquelles s'effectuent les tournants décisifs. Or, les travaux sur lesquels nous pouvons nous appuyer dans cette étude — abstraction faite, bien entendu, des sources — sont malheureusement peu nombreux. Encore portent-ils surtout sur deux aspects précis, mais aussi, il est vrai, particulièrement importants de ce processus : l'organisation des Conseils du Roi au XVIIe siècle et les conflits entre la monarchie et les Parlements, notamment le Parlement de Paris.

Dans les lignes qui suivent, nous nous sommes servis pour le XVIe siècle en premier lieu des travaux d'Édouard Maugis [1] et H. Drouot [2]; pour le XVIIe siècle et les Conseils du Roi, de ceux de Clément [3], Boislile [4], Caillet [5], Cheruel [6] et surtout des remarquables travaux contemporains de MM. Georges Pagès [7] et Roland Mousnier [8-9].

1. E. MAUGIS : *Histoire du Parlement de Paris de l'avènement des rois Valois à la mort d'Henri IV*, 3 vol., Paris, A. Picard, 1913-1916.

2. H. DROUOT : *Mayenne et la Bourgogne*, 2 vol., Paris, Picard, 1937.

3. PIERRE CLÉMENT : *Histoire de Colbert et de son administration*, 2 vol., Paris Didier, 1874. *La Police sous Louis XIV*, Paris, Didier, 1866.

4. *Mémoires* de SAINT-SIMON, Grands Écrivains de France, appendices d'A. de Boislile. T. IV, p. 377-440; t. V, p. 437-483; t. VI, p. 477-513; t. VII, p. 405-445.

5. JULES CAILLET : *L'Administration de la France sous le ministère du cardinal de Richelieu*, 2 vol., Paris, Didier, 1863.

6. ADOLPHE CHERUEL : *Dictionnaire historique des institutions, mœurs et coutumes de la France*, 4e éd., 2 vol., Paris, 1874.

7. GEORGES PAGÈS : *La Monarchie d'ancien régime en France (de Henri IV à Louis XIV)*, Paris, Colin, 1928. *Les Institutions monarchiques sous Louis XIII et Louis XIV*, Paris, Centre de Documentation Universitaire, 1933. *Le Règne d'Henri IV*, Paris, Centre Doc. Univ., 1934. *Naissance du Grand Siècle. La France d'Henri IV à Louis XIV (1598-1661)* (en collaboration avec V.-L. Tapié), Paris, Hachette, 1949.

8. ROLAND MOUSNIER : *La Vénalité des offices sous Henri IV et Louis XII*, Rouen, Maugard, 1946. *Les Règlements du Conseil du Roi sous Louis XIII*, Paris, 1949. *Sully et le Conseil d'État et des finances, la lutte entre Bellièvre et Sully*, extrait de la *Revue historique*, t. 192, 1941. *Le Conseil du Roi, de la mort d'Henri IV à l'avènement du gouvernement personnel de Louis XIV*, extrait des *Études d'Histoire moderne et contemporaine*, 1947-1948. *Histoire générale des civilisations*. T. IV : *XVIe et XVIIe siècles*, P. U. F., 1954.

9. Il va de soi qu'en plus de ces auteurs nous avons non seulement consulté, mais encore étudié de près un certain nombre d'autres ouvrages portant sur l'histoire de France au XVIIe siècle. Écrits cependant d'un point de vue plus général, et centrés le plus souvent, en tout premier lieu, sur les événements militaires et sur la politique étrangère; ils nous ont été d'un moindre secours dans l'éclaircissement des problèmes qui nous intéressent.

De ces travaux, il se dégage l'impression que, si — comme nous le supposons — l'acuité des conflits entre la monarchie et les parlements, notamment le Parlement de Paris, jusqu'au milieu du XIVe siècle, constitue un indice valable du progrès de l'absolutisme, on peut, jusqu'à la période qui nous intéresse, lier ces progrès à trois périodes distinctes embrassant les règnes : a) de Louis XI, b) de François Ier [1] et de Henri II, et, c) de Henri IV et de Louis XIII; chacune de ces trois poussées de l'absolutisme monarchique se situant par rapport à la précédente à un niveau politique plus élevé et qualitativement différent [2].

Nous pouvons laisser de côté ici le règne de Louis XI, première manifestation d'un absolutisme dont les conflits avec le tiers état et le Parlement sont encore loin d'avoir une importance suffisante pour ébranler sérieusement le royaume [3].

Les deux autres périodes d'offensive de l'absolutisme monarchique aboutissent par contre chacune à une guerre civile : la Ligue et la Fronde. C'est là leur point commun, il s'y ajoute cependant d'importantes différences qu'il ne faut pas perdre de vue si l'on veut comprendre pourquoi la dernière seulement a donné naissance au jansénisme.

Pendant les Guerres de Religion la monarchie se heurte encore à une aristocratie d'épée bien plus puissante qu'elle ne le sera au milieu du XVIIe siècle, aristocratie ralliée en grande partie aux huguenots, mais aussi — dans ses sommets surtout — à la Ligue; la monarchie se trouve dès lors prise entre deux camps hostiles composés l'un d'une alliance entre certaines fractions de la bourgeoisie moyenne et une notable partie de la noblesse, l'autre d'une alliance entre la bourgeoisie municipale de plusieurs villes importantes et les sommets de la noblesse insoumise; elle verra, par contre, se grouper tout natu-

---

1. « Le règne de François Ier a vu se produire le premier choc violent entre le roi et son Parlement. Déjà, sous les trois derniers princes, tout l'annonce : première manifestation de révolte contre les coups d'arbitraire de Louis XI, à plusieurs reprises on a vu poindre le conflit sous Louis XII. On s'en est tenu à la menace d'un côté, aux velléités de résistance ouverte de l'autre », écrit Maugis. (Ouvr. cité, t. I, p. 136.)

2. G. PAGÈS se réfère, lui aussi, maintes fois aux règnes de François Ier et Henri II en tant que période d'ascension de l'absolutisme royal, ascension qui reprend, après l'interruption des guerres civiles, dans la seconde partie du règne d'Henri IV.

« Déjà Henri IV, les guerres civiles, une fois terminées, a pris très vite les allures d'un roi absolu, aussi absolu, aussi autoritaire que l'avaient été par exemple, avant lui, un François Ier ou un Henri II. » (Les Institutions monarchiques..., p. 12.)

« Jamais peut-être rois de France ne furent plus puissants que François Ier et Henri II et c'est au commencement du XVIe siècle qu'a triomphé l'absolutisme monarchique. » (La Monarchie d'ancien régime, p. 3.)

3. Quant aux grands et à l'aristocratie, ils ont à partir du XVIe siècle, tout au moins, une importance sociale et politique trop faible pour que leur opposition puisse à elle seule constituer une menace pour la monarchie. Ils ne deviennent dangereux que lorsqu'ils rencontrent — comme ce fut le cas pendant les guerres de Religion ou bien pendant la Fronde — un moment critique de l'opposition du tiers état ou du Parlement.

rellement autour d'elle les officiers des Cours souveraines et une fraction notable de l'épiscopat qui, depuis le Concordat, constitue avec les Cours souveraines une des principales sources de recrutement de la bureaucratie centrale en voie de constitution [1]. Au moment de la Fronde, par contre, la monarchie absolue avait déjà en grande partie constitué son appareil propre de commissaires et fait de celui-ci une réalité sociale distincte du corps d'officiers et opposée à celui-ci; de plus — monarchie absolue et politique d'équilibre entre les classes étant deux termes presque synonymes — elle avait depuis l'avènement d'Henri IV accordé de nombreux avantages économiques et sociaux à la noblesse dans la mesure, bien entendu, où celle-ci acceptait de se transformer en noblesse de cour et renonçait à toute velléité d'indépendance [2].

On comprend pourquoi les parlementaires qui, du temps de la Ligue, avaient été un des soutiens les plus importants du pouvoir royal, seront au contraire au temps de la Fronde une des principales forces de l'opposition et aussi pourquoi une partie de l'aristocratie moyenne, qui avait le plus profité des avantages de la nouvelle politique monarchique, sera en bien plus grande mesure passive ou mieux encore fidèle au roi.

Ajoutons que dans les deux cas la monarchie fut sauvée par l'hétérogénéité de ses adversaires, plus opposés les uns aux autres qu'ils ne l'étaient au pouvoir central, hétérogénéité qui était d'ailleurs en temps de paix intérieure le fondement même de son existence, ce qui confirme — une fois de plus — une des lois sociales les plus universellement vérifiées, celle qu'entre la guerre et la paix la différence réside seulement dans les moyens de combat [3].

Quant au jansénisme, sa naissance autour des années 1637-1638 se situe pendant la poussée décisive de l'absolutisme

---

1. Il nous faut dire un mot du Concordat de 1516 qui, assurant au roi la nomination des évêques, a été une étape considérable dans la constitution du pouvoir absolu. Pendant longtemps — et en tout cas du temps de Richelieu encore — les grands dignitaires de l'Église, tels Sourdis, La Rocheposay, le Père Joseph, Richelieu lui-même, etc., constituaient une importante fraction du sommet de l'appareil de gouvernement monarchique. On comprend : a) l'hostilité tenace et continuelle du Parlement au Concordat, et b) le danger que représentera pour la monarchie l'exigence janséniste de séparation radicale entre la moindre fonction ecclésiastique et toute activité politique, administrative ou tout simplement sociale.

2. D'après H. MARIÉJOL : Henri IV et Louis XIII, t. IV de LAVISSE : Histoire de France depuis les origines jusqu'à la Révolution, en 1607, sur 16 à 17 millions de revenants bons, le roi prend pour sa maison 3.244.151 livres, la noblesse qui commence à vivre de pensions, 2.063.729 livres, l'armée moins de 4 millions (p. 64); en 1614-1615, lors des États généraux, les revenants bons étaient de 17.800.000 livres, les pensions payées à la noblesse de 5.650.000 (p. 171).

D'après d'AVENEL : Richelieu et la monarchie absolue (4 vol., Paris, Plon, 1884), « en six ans, de 1611 à 1617, neuf seigneurs reçurent à eux seuls près de 14 millions de livres de libéralités extraordinaires sans compter leurs appointements et les gages de leurs compagnies de gens d'armes » (t. I, p. 407-408).

3. Voir CARL VON CLAUSEWITZ : De la guerre, Paris, Éd. de Minuit, 1955, p. 67 : « La guerre est une simple continuation de la politique par d'autres moyens. »

monarchique, puisqu'elle aboutit à la création de l'appareil bureaucratique propre, indispensable à tout gouvernement absolu et qu'elle sera suivie après le ralentissement bref et peut-être plus apparent que réel de la Fronde, par l'apogée de la monarchie absolue dans la seconde moitié du XVIIᵉ siècle; ajoutons aussi que cette naissance se produit plus de dix ans avant la crise de la Fronde.

En la situant cependant ainsi sur cette toile de fond qu'est le développement de l'appareil de la bureaucratie centrale et le déclin de la puissance et de l'importance sociale des officiers, il nous faut encore ajouter que les années 1635-1640 constituent à l'intérieur de ce processus de longue durée une période critique, une sorte de crise limitée, mais particulièrement aiguë dans les rapports entre les milieux parlementaires et le pouvoir central.

D'autre part, lorsqu'on veut parler de la naissance du jansénisme, il faut distinguer au cours de ces années décisives deux processus d'inégale importance pour l'historien : à savoir le développement idéologique du petit groupe d'individus qui ont formé le premier « noyau » janséniste et le retentissement extraordinaire de leurs premières manifestations dans certains milieux sociaux assez faciles à définir.

De ces deux processus, le premier — précisément à cause du petit nombre d'individus qu'il concerne — Saint-Cyran, Arnauld d'Andilly, les Bouthillier, La Rochepozay, à la limite, Antoine Le Maître, est bien plus accidentel et anecdotique que le second : il serait difficile de le caractériser comme un « processus social », et on serait bien plus tenté d'y voir simplement un des multiples épisodes idéologiques de la création de la bureaucratie de commissaires.

Si, en effet, le jansénisme est en premier lieu issu des milieux de robe, ses initiateurs, Saint-Cyran, Arnauld d'Andilly, Antoine Le Maître, appartiennent à un milieu en partie différent et en tout cas plus limité; ils sont ce qu'on pourrait appeler des candidats aux postes de grands commis, à la direction — politique ou idéologique — de la bureaucratie centrale. C'est là un fait connu depuis longtemps, mais surtout sérieusement mis en lumière depuis les beaux travaux de M. Orcibal et Jaccard sur Saint-Cyran [1]. En effet, avec Richelieu, La Rochepozay, les Bouthillier et plus tard le célèbre Père Joseph, Saint-Cyran et Arnauld d'Andilly constituent tout d'abord un groupe d'amis (ou plutôt d'associés) qui se proposent d'assurer mutuellement leur carrière politique dans le monde. Par la suite, pour des

---

1. JEAN ORCIBAL : *Les Origines du jansénisme.* T. II : *Jean Duvergier de Hauranne, abbé de Saint-Cyran et son temps (1581-1638)*, Paris, Vrin, 1947; t. III : appendices, bibliographie et tables, Paris, Vrin, 1948. L. FRÉDÉRIC JACCARD : *Saint-Cyran, précurseur de Pascal*, Lausanne, Éditions de la Concorde, 1944.

raisons difficiles à établir avec certitude (comment séparer la jalousie contre l'ancien compagnon qui était monté en flèche et avait dépassé tous les autres de l'indignation du catholique devant l'alliance avec les protestants ?), Saint-Cyran se sépare de Richelieu pour passer dans le camp opposé constitué entre autres par le cardinal de Bérulle, la Reine-Mère et la Société du Saint-Sacrement qui, sans nullement mettre en doute la possibilité de concilier la vie chrétienne avec la participation active à la vie sociale, préconisait cependant une politique opposée à celle de Richelieu : l'alliance avec l'Espagne catholique et une lutte à outrance contre les huguenots, à l'intérieur comme à l'étranger [1]. Aussi, à cette époque et peut-être jusque vers 1635-1637, l'opposition entre Saint-Cyran et Richelieu porte-t-elle non pas sur le fait de savoir si un chrétien et surtout un ecclésiastique peut participer à la vie politique et sociale, mais sur celui de savoir *quelle* est la politique qu'il peut et même doit promouvoir.

On sait que la mort de Bérulle et la journée des Dupes ont abouti à la défaite définitive du parti « espagnol ». Cependant, nous voyons pendant encore quelque temps Saint-Cyran lié d'assez près à des figures comme Zamet, évêque de Langres, fils d'un des principaux financiers d'Henri IV et figure de proue de la Société du Saint-Sacrement. Il est vrai que pour les survivants du « parti espagnol » il s'agit, après la mort de Bérulle et l'exil de la Reine-Mère, moins de préconiser une politique étrangère opposée à celle de Richelieu et de Louis XIII,

---

1. « Il est pourtant clair qu'à partir de 1620 Saint-Cyran s'écarta de plus en plus de l'évêque de Luçon. C'est que la rencontre de Bérulle qu'il avait faite la même année avait décidé de sa vie; en politique comme en théologie, il fut son disciple fidèle et joua à ses côtés un rôle analogue à celui du Père Joseph auprès du premier Ministre, il commença par refuser Barcos à celui qui « aurait fait sa fortune ». En 1622, il déplorait que le roi, poussé par M. de Luçon, s'apprêtait à signer avec les huguenots une paix de compromis. » (J. ORCIBAL : *Jean Duvergier de Hauranne, abbé de Saint-Cyran, et son temps*, p. 488-89.) Ce sont les mots « avait décidé de sa vie » qui expriment le seul point sur lequel nous ne pouvons pas entièrement suivre le très beau livre de M. Orcibal. Celui-ci nous paraît en effet surestimer cette collaboration avec Bérulle et étendre son ombre non seulement sur la vie entière de son héros, mais encore sur l'évolution ultérieure du jansénisme. Il nous paraît, au contraire, que le jansénisme est né d'une troisième période de la vie de Saint-Cyran pendant laquelle il refusait toute idée d'une politique valable, même catholique, et que le jansénisme a été jusqu'en 1662 tout au moins plutôt opposé à l'esprit de l'Oratoire. M. Jaccard a montré (*op. cit.*, p. 324) la différence entre les opinions réelles de Saint-Cyran sur Bérulle et la manière dont essayaient de les présenter les jansénistes arnaldiens qui, en 1647, éditaient ses lettres; le texte *publié* nous dit « que la grâce avait dépeint en son âme l'idée de la prêtrise »; on n'a pas de manuscrit, un écrit inédit de la même époque emploie cependant les mêmes termes, mais continue « quoi qu'il n'en sût pas exactement toutes les conditions et dispositions ». Ceci porte évidemment sur la participation des ecclésiastiques à la vie sociale en général et à la vie politique en particulier.

M. Léon Cognet, l'éminent historien du jansénisme, nous a signalé dans une conversation que, d'après lui, Saint-Cyran serait revenu à la fin de sa vie à l'idée d'une politique catholique. La chose nous paraît possible et même probable. Il faut cependant attendre la suite du travail de M. Orcibal pour nous prononcer.

que d'influencer dans un sens chrétien et catholique la vie sociale et politique à l'intérieur du pays.

A un certain moment, difficile à fixer avec précision, Saint-Cyran commence cependant à formuler une position nouvelle qui donnera naissance au mouvement janséniste : l'impossibilité pour tout vrai chrétien et surtout pour tout vrai ecclésiastique de participer à la vie politique et sociale [1]. (Là encore il est très difficile de savoir si cette position est le résultat de la déception causée par l'échec du parti bérullien ou de l'influence qu'exerce sur lui son neveu Martin de Barcos devenu depuis 1629 son secrétaire et son collaborateur.) Quoi qu'il en soit, c'est entre 1635 et 1638 que les premières manifestations importantes de cette attitude que sera bientôt le jansénisme deviennent visibles à l'extérieur. En 1636 a lieu la rupture entre, d'une part, l'Institut du Saint-Sacrement groupé autour de Saint-Cyran et de la Mère Angélique et d'autre part son créateur et directeur Zamet, et en 1637 se produit la première manifestation spectaculaire de ce que sera bientôt le mouvement des solitaires : la retraite d'un jeune avocat célèbre, ayant déjà le brevet de Conseiller d'État et protégé du chancelier Séguier : Antoine Le Maître, retraite à laquelle celui-ci s'empresse de donner un caractère idéologique et public par une sorte de lettre programme qu'il adresse à Séguier et dont les copies circulent bien entendu un peu partout dans les milieux parlementaires et ecclésiastiques.

Rien ne caractérise mieux le génie politique de Richelieu que de voir comment s'étant peu ému tant qu'il trouvait Saint-Cyran dans un groupe politique adverse qui n'avait pas beaucoup de chances de succès, il ressent par contre comme une menace sérieuse les nouvelles manifestations de son adversaire (manifestations dont Zamet et Séguier l'ont bien entendu tenu au courant) et s'empresse de réagir avec énergie. Dès 1638, Saint-Cyran est emprisonné au château de Vincennes; il n'en sortira qu'après la mort de Richelieu.

Une question se pose ici à l'historien : quel était l'objet des craintes de Richelieu? Car il en a eu. Cela nous semble prouvé non seulement par l'arrestation de Saint-Cyran, mais encore par l'hésitation de Richelieu malgré les interrogatoires répétés du prisonnier par ses meilleurs agents Laubardemont et Lescot [2] à ouvrir un procès public, par son attention permanente à tout ce que pensait et faisait le prisonnier, par son effort continuel à le surveiller par l'intermédiaire d'Arnauld d'An-

---

1. « Le vrai ecclésiastique n'a point de plus grand ennemi qu'un homme politique ». Bibliothèque municipale de Troyes. Ms 2.173. Fol. 160.
2. Laubardemont a dirigé en 1634 l'instruction et le procès d'Urbain Grandier à Loudun (dans lequel nous rencontrons encore La Rochepozay, évêque de Poitiers). Lescot était le confesseur de Richelieu.

dilly et même de sa propre nièce la duchesse d'Aiguillon [1].

Ce n'était pas — nous semble-t-il — la personne même de Saint-Cyran que craignait Richelieu, puisqu'il ne semble pas avoir été inquiet tant que celui-ci se mouvait dans le sillage de Bérulle. L'opposition de Saint-Cyran à l'annulation du mariage de Gaston d'Orléans avec Marguerite de Lorraine, ses opinions sur le problème de la contrition et de l'attrition qu'on mentionne chaque fois lorsqu'on parle de cette arrestation, et que Richelieu semble avoir suggérées lui-même, nous paraissent tout au plus des facteurs secondaires et n'étaient probablement pas la raison principale d'une arrestation arbitraire et qui a dû faire beaucoup de bruit. Force nous est donc d'admettre que c'est la nouvelle idéologie du prisonnier telle qu'elle s'était manifestée dans la crise de l'Institut du Saint-Sacrement et dans la retraite d'Antoine Le Maître, qui paraissait au Premier Ministre un danger réel. Et cela, moins à cause des personnages qui la préconisaient, ou l'avaient déjà adoptée, qu'à cause de tous ceux qui étaient susceptibles d'en subir l'influence. Or, sur ce point, l'historien qui écrit trois siècles plus tard ne peut que constater la perspicacité de l'homme d'État. Et cela indépendamment du fait qu'il approuve ou non sa conduite. Le parti espagnol est en effet mort sans lendemain, le jansénisme par contre a exercé une influence considérable sur la vie sociale et psychique de la société française et a constitué un des premiers courants sérieux d'opposition à la monarchie d'ancien régime.

Une idéologie n'étant cependant jamais dangereuse par elle-même, mais seulement dans la mesure où elle correspond aux intérêts et aux aspirations de certaines couches sociales, il nous reste à montrer quelles ont été les couches qui ont accueilli l'idéologie janséniste, transformant ainsi un *fait divers* — la troisième position idéologique de Saint-Cyran et l'influence qu'il a pu exercer sur quelques individus faisant réellement ou virtuellement partie de la bureaucratie du pouvoir central, Arnauld d'Andilly, les Bouthillier, Antoine Le Maître — *en fait historique* : le conflit idéologique et politique qui a opposé pendant deux siècles d'un côté les pouvoirs monarchique et ecclésiastique et d'autre part les jansénistes ou si l'on veut les « Amis de Port-Royal ».

Pour répondre à cette question, il faut tout d'abord étudier les milieux sociaux qui, pendant la période qui nous intéresse, se sont ralliés à l'idéologie janséniste.

---

1. Voir à ce sujet le livre hautement intéressant de L.-F. Jaccard. Protestant assez hostile au jansénisme malgré son admiration pour Saint-Cyran, Jaccard a remarquablement mis en lumière le rôle pour le moins étrange et ambigu d'Arnauld d'Andilly pendant toute cette période. D'après son hypothèse qui nous paraît probable, Arnauld d'Andilly a continué assez longtemps un double jeu qui consistait à être à la fois « l'ami » de Saint-Cyran et l'informateur de Richelieu.

Or, si nous faisons abstraction de quelques figures isolées originaires de la petite bourgeoisie, figures qui se rangent de préférence à l'aile extrémiste du mouvement et dont les principales sont Singlin (fils d'un marchand de vin) et Lancelot, et si nous laissons aussi de côté le petit groupe d'initiateurs originaires aussi bien de la bourgeoisie municipale que des milieux de robe, et candidats avant la conversion aux grands postes de la bureaucratie centrale (Saint-Cyran avec ses neveux, Arnauld d'Andilly, les Bouthillier, Antoine Le Maître), et les ecclésiastiques qui ne constituent pas comme tels une couche sociale particulière mais proviennent de tous les milieux, il se trouve que la pensée janséniste s'est répandue dans deux groupes sociaux parfaitement circonscrits : quelques figures de la grande aristocratie, qui s'accommodaient mal de la domestication qu'exigeait d'eux la monarchie absolue et en même temps socialement trop faibles et trop isolés — surtout après la Fronde — pour pouvoir constituer un mouvement d'opposition propre (Mme de Longueville, la princesse de Guéméné, les ducs de Roannez, de Liancourt, de Luynes, le prince et la princesse de Conti, Mme de Grammont, etc.) et les milieux d'officiers — surtout membres des Cours souveraines — et d'avocats.

Or, les relations de ces deux groupes avec Port-Royal et ses amis sont loin d'être identiques. Si forte que soit l'influence janséniste sur les quelques grands noms de la noblesse que nous venons de mentionner, il est symptomatique qu'aucun de ces personnages n'ait définitivement quitté le monde pour se retirer dans la solitude. Mme de Longueville qui — si l'on fait confiance aux *Mémoires* de Fontaine — aurait voulu le faire, s'est heurtée à une résistance décidée de son directeur Singlin sûrement inspirée par Arnauld et peut-être même par Barcos et par la Mère Angélique. (On sentait probablement à Port-Royal qu'il y avait une différence qualitative entre la conversion de la duchesse de Longueville et celle d'Antoine Le Maître par exemple.) Les autres ont fini par abandonner le jansénisme (Mlle de Roannez, Mme de Guéméné) ou bien par être les amis de Port-Royal *dans le monde*.

Tout ceci indique l'existence d'un lien plutôt accidentel et extérieur entre le jansénisme et les quelques grands aristocrates qui se sont ralliés à lui, lien qui — nous l'avons déjà dit — nous paraît être celui du ralliement à un courant d'opposition réel et existant, d'un petit groupe de mécontents trop faibles socialement pour constituer un mouvement autonome. Hypothèse renforcée par le fait que la plupart de ces figures se sont rapprochées de Port-Royal *après la Fronde* lorsque tout espoir d'opposition aristocratique autonome était définitivement perdu.

Toute autre est la situation lorsqu'on aborde les liens qui

unissaient Port-Royal aux familles d'officiers et d'avocats jansénistes et jansénisants [1]. Non seulement les Arnauld eux-
mêmes sont issus d'une famille d'avocats étroitement liée au
Parlement, mais encore de nombreuses autres familles d'officiers et de membres des Cours souveraines, les Pascal, Maignart, Destouches, Nicole, Bagnols, Tillemont, Bignon, Domat,
Buzenval, Caulet, Pavillon, ont joué un rôle de premier plan
dans la vie du groupe janséniste. Enfin, chose non moins importante, les mémoires de l'époque montrent souvent que Port-
Royal jouissait d'une sympathie assez prononcée dans les
milieux parlementaires, même auprès de ceux qui, comme Molé,
Lamoignon, Broussel, etc., étaient loin de toute tentation
d'abandonner leur charge et de se retirer dans la solitude.

Ainsi, dans la mesure où l'on peut se faire une idée d'un
ensemble de faits encore très peu exploré, tout nous semble
indiquer que nous nous trouvons devant un cas assez typique
des relations entre un mouvement idéologique et le groupe
social auquel il correspond.

L'idéologie elle-même est tout d'abord élaborée en dehors
du groupe par quelques professionnels de la vie politique et
surtout par deux idéologues (Saint-Cyran et Barcos), et ce sont
encore ces milieux de mécontents étrangers au groupe qui
fourniront les idéologues et les chefs de l'aile extrémiste (Barcos, Singlin, Lancelot), par contre, quelque temps après la
naissance du mouvement, l'élite, ou si l'on préfère l'avant-
garde du groupe lui-même donnera les cadres de l'aile centriste
qui s'emparera bientôt de la direction du mouvement et
mènera la véritable résistance aux pouvoirs. Enfin, le gros des
officiers et en particulier les membres des Cours souveraines et
les milieux parlementaires constitueront la grande masse de ce
qu'on pourrait appeler par un anachronisme les « sympathi-
sants » qui assureront à la résistance de l'avant-garde et à sa
vie idéologique l'énorme retentissement qu'elles auront dans le
pays.

Il reste à nous demander : a) dans quelle mesure ce tableau
peut être confirmé et appuyé sur des exemples précis et b)
qu'est-ce qui explique cette attitude des milieux de ce que nous

---

1. M. Drouot, dans son remarquable ouvrage *Mayenne et la Bourgogne*, a montré que, pendant les Guerres de Religion, officiers et avocats constituaient les facteurs dynamiques de deux camps opposés. Groupés autour du roi pour défendre
leurs privilèges et leur importance politique et sociale, les officiers ont constitué
le noyau central et le fondement du parti des « politiques », les avocats et les
procureurs, par contre, devant lesquels l'ascension normale aux offices — surtout
à ceux de conseillers des Cours souveraines — se fermait de plus en plus, se sont
emparés des mairies et des fonctions municipales et sont devenus une des forces
sociales les plus importantes sur lesquelles s'appuyait la Ligue.

Au XVIIᵉ siècle par contre, la constitution de l'appareil gouvernemental et administratif des commissaires a éloigné les officiers de la monarchie et les a naturellement rapproché des avocats et des procureurs.

appellerons avec un terme global la noblesse de robe (étant entendu que c'est un terme sociologique qui n'a rien à faire avec le problème juridique de savoir si tel ou tel individu a été ou non annobli)?

Ne pouvant apporter ici que quelques exemples isolés à l'appui de notre réponse à la première de ces questions, exemples dont la valeur dépend de l'explication du processus total, nous commencerons par esquisser une hypothèse qui nous semble fournir la réponse au second de ces deux problèmes. Nous avons déjà dit que la transformation de la monarchie tempérée, bourgeoise et parlementaire, en monarchie absolue, semble s'être effectuée par trois poussées successives dont chacune reprenait à un niveau supérieur et beaucoup plus efficace les efforts de la période précédente. Ce sont les offensives du pouvoir central qui caractérisent les règnes de : a) Louis XI, b) François Ier et Henri II, et c) Henri IV et Louis XIII (cette dernière se continuera et amènera le triomphe définitif et l'apogée de la monarchie absolue sous Louis XIV).

Il va de soi que chacune de ces trois offensives du pouvoir monarchique était liée à l'effort de créer un appareil de gouvernement étroitement uni et soumis à ce pouvoir (appareil dont les éléments-clefs seront au XVIIe siècle les Conseils et les intendants) effort qui suscite une résistance du tiers état, des officiers qui constituent les cadres de la monarchie tempérée, et dans la mesure où elle est encore assez forte, de la noblesse.

Nous avons aussi dit que le Concordat de 1516 qui assurait au Roi la nomination des Evêques a été une étape décisive dans la constitution de cette bureaucratie [1]. Ce qui sépare cependant les deux premières offensives de la troisième c'est le fait que non seulement la bureaucratie centrale se recrute encore au XVIe siècle, en très grande mesure au sein même du Parlement et des Cours souveraines mais aussi que le processus de constitution de cette bureaucratie étant encore très loin d'être achevé, les Cours souveraines restent un très important et peut-être même le principal organe de gouvernement. C'est pourquoi, quelle que soit la résistance de ces Cours contre les mesures « arbitraires » (c'est-à-dire non conformes à la tradition et à

---

1. Il est important de souligner que si pour des raisons sociologiques, nous insistons dans ce texte en premier lieu sur les relations entre l'idéologie janséniste et la noblesse de robe, il est probable qu'au départ, ni Saint-Cyran ni peut-être Richelieu n'ont prévu le succès extraordinaire de cette idéologie dans ce milieu. Saint-Cyran semble avoir visé en tout premier lieu les ecclésiastiques et surtout les évêques auxquels il demandait au nom même des exigences de l'Église primitive renouvelées par le concile de Trente de s'occuper uniquement des affaires spirituelles et des âmes dont ils avaient la charge. Or, les dignitaires de l'Église constituant depuis le Concordat une partie importante de l'appareil gouvernemental de la monarchie, Richelieu a vu à juste titre dans les idées de Saint-Cyran une doctrine dangereuse et insupportable pour l'existence de l'État. La réaction pro-janséniste des milieux de robe venue par la suite a donné au conflit toute son importance, renforçant bien entendu les antagonistes sur leurs positions.

leurs intérêts) qui favorisent certains de leurs membres au détriment de la majorité, nous les verrons se grouper chaque fois autour de la monarchie dès que la résistance des différentes classes dans le pays engendre ou menace d'engendrer une crise sérieuse.

C'est ainsi que pendant les Guerres de Religion Henri IV semble avoir de nombreux partisans et fidèles, non seulement dans les Parlements ouvertement royalistes de Tours et Chalons, mais aussi dans les Parlements ligueurs de Paris et de Dijon.

Ce qui caractérise, par contre, les règnes d'Henri IV et Louis XIII, c'est la constitution d'un appareil de commissaires recruté en partie parmi les officiers même [1] mais en partie aussi en dehors des Cours souveraines [2] — et devenu une réalité politique et sociale indépendante de ces Cours et se trouvant en un conflit presque permanent avec elle : constitution accompagnée d'une politique économique et sociale nettement favorable à l'aristocratie [3], qui se transforme progressivement en

---

1. La charge des Maîtres des Requêtes ordinaires de l'Hôtel du Roi était devenue une sorte de couloir entre les offices de membre des Cours souveraines et les principales fonctions de la bureaucratie centrale. D'Argenson écrivait d'eux qu'ils étaient une « vraie pépinière des administrateurs ». (BOISLILE dans *Mémoires de Saint-Simon*, G. E. F., t. IV, p. 409.) Les requêtes de l'Hôtel étaient une sorte d'antichambre pour les postes de grands commis. Saint-Simon écrivait : « Un abbé qui vieillit, un Maître des Requêtes demeuré, un vieux page, une fille ancienne deviennent de tristes personnages », cité par Boislile. (SAINT-SIMON : *Mémoires*, G. E. F. t. IV., p, 412.)

2. M. R. Mousnier a pu calculer la proportion des Maîtres des Requêtes parmi ceux qui ont été admis à la charge de Conseillers d'État entre 1610 et 1643. « Si nous examinons les listes de Conseillers d'État, retenus en 1633 et en 1643, écrit-il, nous constatons que, de 1610 à 1622, sont entrés au Conseil 15 Maîtres des Requêtes et 13 autres personnes (5 présidents de Cours souveraines, 2 présidents du Parlement de Paris, 1 de la Cour des Aides, 1 du Grand Conseil, 1 d'une Chambre des Comptes de province, 2 ambassadeurs, le garde des livres du Cabinet du Roi, 1 homme d'épée et 4 ecclésiastiques); de 1622 à 1633, 14 Maîtres des Requêtes et 20 Conseillers d'origine différente (10 membres des Cours souveraines, 5 présidents du Parlement de Paris, 1 président du Parlement de Provence, 1 membre de la Cour des Aides, 2 du Grand Conseil, 1 Trésorier de France, 2 ambassadeurs, 1 homme d'épée, 5 ecclésiastiques, 1 lieutenant criminel); enfin, entre 1633 et 1643, il n'aurait été admis que 6 conseillers nouveaux : 1 Maître des Requêtes, 1 Intendant, 4 Présidents de Parlement, 13 de Paris, 1 de province. » (R. MOUSNIER : *Le Conseil du Roi...*, p. 57.)

3. Politique économique et sociale que nous avons déjà mentionnée et qui explique en grande mesure la conversion massive de la noblesse huguenote au catholicisme. A la fin du siècle, il n'y a plus — à des exceptions près — une noblesse protestante.

Même un historien aussi éloigné de nos méthodes que M. ÉMILE LÉONARD (*Le Protestant français*, P. U. F., 1953) constate au moins le phénomène : « Le trait dominant de cette histoire pour la seconde partie du XVIe siècle, écrit-il, est la place que la noblesse prend alors dans la Réforme. Non point, répétons-le, qu'elle ait attendu jusque-là pour y être représentée. Mais la constitution des Eglises met au grand jour l'adhésion antérieure de maint gentilhomme (p. 47-48); par contre, sous le régime de l'édit de Nantes, « le protestantisme perdait sa haute noblesse par le fait de conversions, rares d'abord, mais qui augmentèrent progressivement au cours du règne de Louis XIV pour se multiplier et devenir avalanche à la veille de la révocation. Il est inutile de discuter sur les causes de ces abjurations, dont certaines étaient sincères, comme celle de Turenne, mais beaucoup inspirées par l'indifférence religieuse, l'intérêt et, sur la fin, la panique. Nombreux, par contre furent les grands seigneurs et les grandes dames qui refusèrent de s'incliner, soit

noblesse de cour — accompagnée bien entendu d'une répression sévère de toute velléité d'indépendance politique.

Ainsi, la politique du pouvoir central amoindrissait progressivement l'importance sociale et administrative des officiers aussi bien par rapport aux grands en général que par rapport aux Conseillers d'État et aux Intendants en particulier [1]. Or, à l'issue des Guerres de Religion, les officiers s'étaient crus les principaux supports et les alliés indispensables de la monarchie. Ils étaient entrés dans la paix animés d'un très grand espoir aussi bien pour eux-mêmes individuellement que pour leur état comme tel. On comprend leur mécontentement et l'éloignement progressif qui devait se produire entre eux et le pouvoir monarchique.

La disjonction entre d'une part les intérêts du pouvoir central et son appareil de commissaires et de Maîtres des Requêtes et d'autre part les membres des Cours souveraines et les officiers en général, semblerait au premier abord devoir pousser ceux-ci vers une opposition à la monarchie; la réalité des processus sociaux est autrement complexe et suit une trace bien moins linéaire. Un pareil courant a sans doute toujours existé, — il suffit de penser à des figures comme Barillon et Broussel; — particulièrement puissant pendant les moments critiques de la Fronde et surtout dans la seconde moitié du XVIIIe siècle, il exprime la force d'attraction qu'exerçait sur les milieux de robins, le tiers état dans lequel ils ont fini par se fondre. Au XVIIe siècle cependant et surtout entre 1637 et 1669, l'apparition et le développement d'une idéologie janséniste différente de celle du tiers état indique que les robins constituaient un

---

par conviction profonde, soit par fierté et noblesse de caractère. La revue rapide en achèvera de faire paraître quel nobiliaire avait été le protestantisme français et sera une sorte d'adieu à une classe qui ne devait plus compter que de rares représentants » (p. 53).

1. Georges Pagès pense aussi que pendant la première moitié du XVIIe siècle le développement de l'Institution des Intendants de Justice, Police et Finances accompagne le passage d'un type de gouvernement monarchique à un autre type de gouvernement monarchique :

« Nous nous sommes arrêtés devant une question très importante et très difficile; c'est celle-ci :

« Comment ce sont développés et transformés au cours de la première moitié du XVIIe siècle les pouvoirs de ces Commissaires d'une nature très spéciale, que l'on appelle le plus volontiers à cette époque les *Intendants de la Justice*.

« Étudier le développement des attributions de ces *Intendants de la Justice*, c'est en somme étudier le passage d'une forme d'Administration à une autre forme d'Administration qui devait succéder à la première.

« La première nous l'avons étudiée déjà; c'est l'Administration par les *Pouvoirs locaux* complétée d'ailleurs par les attributions administratives de certains collèges d'*Officiers*, soit de *Judicature*, soit de *Finance* et enfin contrôlée, mais de façon lointaine et intermittente, par le *Conseil du Roi*, par le *Conseil d'État et des Finances*.

« L'autre forme d'Administration qui ne sera achevée et ne fonctionnera complètement qu'à la fin du XVIIe siècle, c'est l'Administration par les *Intendants de Justice, Police et Finances*. » (G. PAGÈS : *Les Institutions monarchiques sous Louis XIII et Louis XIV*, p. 89.)

groupe social ayant une assez grande autonomie relative et qui était, sinon une classe sociale dans le sens le plus rigoureux du mot, tout au moins quelque chose d'assez rapproché.

Une attitude oppositionnelle, nettement hostile à une certaine forme d'État ne pourrait en effet naître que dans des groupes sociaux ayant une base *économique* indépendante de cette forme d'État qui leur permettrait de survivre à sa destruction, ou tout au moins à sa transformation radicale. (C'était le cas pour la noblesse féodale ou bien pour le tiers état comme c'est le cas aujourd'hui pour le prolétariat.) Ce qui a toujours empêché les officiers d'ancien régime de constituer une classe au sens plein du mot (bien qu'ils en aient été assez près au cours du XVIIᵉ siècle) est le fait que l'État monarchique dont ils s'éloignaient progressivement sur le plan idéologique et politique, constituait néanmoins le fondement *économique* de leur existence en *tant qu'officiers*, et membres des Cours souveraines. D'où cette situation paradoxale par excellence — qui nous semble l'infrastructure du paradoxe tragique de *Phèdre* et des *Pensées* — d'un mécontentement et d'un éloignement par rapport à une forme d'État — la monarchie absolue — dont on ne peut en aucun cas vouloir la disparition ou même la transformation *radicale*. Situation paradoxale qui s'est trouvée encore renforcée par une mesure géniale de Henri IV. La Paulette qui, d'une part, renforçait la situation sociale et économique des officiers en augmentant considérablement la valeur de leurs offices qu'elle transformait en biens patrimoniaux, et d'autre part rendait les officiers bien plus dépendants d'une monarchie qui agitait en permanence le spectre du refus de renouveler le droit de l'annuel[1].

Il serait inutile d'insister longuement sur le lien entre la situation économique et sociale des officiers au XVIIᵉ siècle attachés et opposés en même temps à une forme particulière d'État, la monarchie absolue, qui ne pouvait les satisfaire en aucune manière, quels qu'aient été les réformes et les changements éventuels, — si on se limite bien entendu aux changements pratiquement possibles — et l'idéologie janséniste et tragique de la vanité *essentielle* du monde et du salut dans la retraite et la solitude.

De cette brève esquisse, il nous semble que les lignes générales de notre hypothèse se dégagent avec suffisamment de clarté. Il nous reste à justifier par les faits les quatre affirmations qui la constituent, à savoir l'existence : *a)* d'un antagonisme entre les officiers et les commissaires; *b)* d'une période de tension particulièrement critique autour des années 1637-

---

1. Voir à ce sujet les belles analyses de M. ROLAND MOUSNIER : *La Vénalité des offices sous Henri IV et Louis XIII*, p. 208 et s. et 557 et s.

1638; *c)* d'un parallélisme entre le développement du jansénisme et celui de l'appareil bureaucratique du pouvoir central;
et enfin *d)* d'une liaison étroite entre les milieux d'officiers —
et surtout d'avocats et de membres des Cours souveraines — et
l'idéologie janséniste.

Nous avons cependant déjà dit que sur tous ces points nous
ne pouvons apporter que des indices, des présomptions et non
des preuves certaines. Les indices qui sont soit des textes
d'époque soit des appréciations d'historiens ultérieurs risque-
raient cependant d'être arrangés et modifiés — même inconsciemment — si nous nous permettions de les résumer. De plus,
tout résumé, ou étude, déforme toujours de nombreux détails
qui créent une atmosphère et sont dans le cas d'une hypothèse
du genre de celle que nous présentons ici, parfois tout aussi
concluants que les faits eux-mêmes.

C'est pourquoi nous avons préféré au système des résumés
multiples avec renvoi à des textes que la plupart des lecteurs
ne consultent jamais, celui de plusieurs citations assez étendues
illustrant les principaux faits et jugements d'ensemble que nous
voudrions alléguer en faveur de notre hypothèse.

Si nous commençons par l'étude du parallélisme temporel
d'une part entre la constitution de l'appareil bureaucratique
de la monarchie absolue et d'autre part la naissance et le développement du premier jansénisme, la relation entre les deux
processus s'avère, nous semble-t-il, difficile à contester. Nous
avons déjà dit que les trois premiers événements éclatants qui
marquent la naissance du mouvement janséniste, la crise de
l'Institut du Saint-Sacrement, la retraite d'Antoine Le Maître
et l'arrestation de Saint-Cyran se situent entre 1636 et 1638.
Écoutons maintenant ce que nous dit sur l'institution des
intendants une étude qui — bien que vieille de quatre-vingt-
dix ans — est encore une des meilleures parmi celles qui ont
été consacrées à l'administration de la monarchie d'ancien
régime [1] :

L'établissement à poste fixe, dans toutes les provinces, des intendants de justice, police et finances, est un des actes les plus considérables de l'administration de Richelieu. Ces nouveaux fonctionnaires, nommés par le roi, révocables par lui, sortis des rangs de
la bourgeoisie, d'autant plus dévoués au pouvoir central qu'ils
tenaient tout de lui, contribuèrent puissamment à fonder la cen-
tralisation monarchique. Les gouverneurs de province, les grands
seigneurs, les parlements eurent à combattre en eux des défenseurs
énergiques de la prérogative royale. Aussi quand la main puissante
de Richelieu ne fut plus là pour les contenir, au début des troubles

---

1. J. CAILLET : *L'Administration en France sous le ministère du cardinal de Richelieu*, 2 vol., Paris, 1863, t. I, p. 56-57.

de la Fronde, vit-on la noblesse et les parlements diriger aussitôt
leurs attaques contre ces magistrats. (*Note* : Les députés des quatre
compagnies, réunis dans la salle de Saint-Louis pour délibérer sur
la réformation de l'État, s'occupèrent tout d'abord de demander
la suppression des intendants et de toutes commissions extraordinaires non vérifiées ès cours souveraines. La Cour qui, suivant
l'expression du cardinal de Retz, se sentait touchée *à la prunelle de
l'œil*, essaya de résister, mais elle fut bientôt obligée de céder et
les intendances furent supprimées, excepté dans le Languedoc, la
Bourgogne, la Provence, le Lyonnais, la Picardie et la Champagne
(déclaration du 13 juillet 1648). On croit généralement, mais à tort,
que les intendances ne furent rétablies dans les autres provinces
qu'en 1654; cependant, on voit dans la savante *Histoire de Touraine*
de M. Chaluel (t. III) que, huit mois après la suppression, Denis de
Héere, déjà intendant de la Touraine de 1643 à 1648, reçut une
nouvelle commission pour cette province qu'il administra jusqu'à
sa mort en 1656.) Les origines de l'importante institution qui nous
occupe ont été exposées jusqu'à présent par tous les historiens de
la manière la plus incomplète et la plus inexacte. On lit dans toutes
les histoires de France que les intendants de justice, police et finances
furent créés par Richelieu en 1635. Cette assertion est erronée. Il
est fait plusieurs fois mention de ces fonctionnaires avant 1624,
date de l'entrée de Richelieu au ministère. Seulement, cet homme
d'État comprenant tout le parti qu'il en pouvait tirer pour l'exécution de ses grands desseins transforma leurs commissions qui,
jusqu'alors n'avaient été le plus souvent que temporaires, en commissions permanentes, et les établit à poste fixe dans toutes les provinces. Cette innovation capitale ne s'accomplit pas d'un seul coup,
comme on le dit généralement, mais peu à peu. Dès les premières
années du ministère de Richelieu, on voit des intendants se succéder sans interruption dans certaines provinces; mais ce n'est qu'à
partir de 1633 et surtout de 1637 que le régime des intendances fut
appliqué à tout le royaume (p. 56-57).

et quelques pages plus loin :

« Ce fut alors (en 1637, L. G.) que Richelieu conçut le dessein d'établir des intendants, à poste fixe, dans toutes les provinces avec pleins
pouvoirs pour la justice, la police et les finances. Il espérait ainsi
créer à la royauté sur toute la surface du territoire, des auxiliaires
dévoués et capables d'opposer une résistance efficace aux attaques
de ses nombreux adversaires. Son attente ne fut pas trompée. A
partir de ce moment, les intendants concentrèrent peu à peu entre
leurs mains toute l'administration provinciale et brisèrent violem-
ment tous les obstacles que suscitaient chaque jour au pouvoir
royal les gouverneurs, les cours souveraines et les bureaux de
finances. Nous trouvons la preuve de ce que nous avançons ici
dans une pièce encore inédite conservée aux archives du ministère
de la Guerre, t. 42, n° 257, et intitulée *Commission aux commissaires
allant dans les provinces pour l'imposition de l'emprunt ordonné sur
les villes et bourgs pour la subsistance et solde des troupes.* Cette pièce
datée du 31 mars 1637 contient entre autres les lignes suivantes :

« Nous avons estimé... qu'il estoit à propos d'envoyer en chacune de nos dites provinces des personnes de qualité et autorité des principaux conseillers de nostre conseil avec plein et entier pouvoir d'intendant de justice, police et finances.... »[1].

De même Omer Talon dira le 6 juillet 1648 en parlant des intendants :

« Il y a quinze ans que, selon les occasions, ils y ont été ordonnés et depuis onze ans entiers (c'est-à-dire depuis 1637) il y en a dans toutes les provinces[2]. »

Le fait que le décret prescrivant l'envoi des intendants dans toutes les provinces et la retraite d'Antoine Le Maître sont de la même année, constitue naturellement une coïncidence purement fortuite, elles auraient pu tout aussi bien être séparées par trois, quatre, cinq années ou plus. Il ne reste pas moins qu'elles sont l'une et l'autre le résultat de deux évolutions parallèles et qui ont — croyons-nous — puissamment agi l'une sur l'autre (surtout bien entendu la constitution de l'appareil de commissaires sur la mentalité des officiers mais aussi inversement).

Si, des intendants, nous passons à l'autre organisme important de l'absolutisme monarchique, le Conseil du Roi, nous sommes favorisés par l'existence d'un remarquable travail de M. Roland Mousnier[3]. Il suffit de lui donner la parole pour constater et comprendre le parallélisme entre la naissance et le développement du premier jansénisme (1636-1669) et la constitution de cet organe essentiel du gouvernement central.

« De 1622 à 1630 se produisit, écrit M. Mousnier, « la plus décisive crise de croissance du Conseil du Roi » (p. 36-37) : « Après le règlement du 21 mai 1615 qui réorganisa ces commissions (il s'agit des commissions destinées à préparer les dossiers présentés aux différentes sections du Conseil. Leur constitution est évidemment un

---

1. *L. c.*, p. 78.
2. OMER TALON : *Mémoires*, Collection des Mémoires relatifs à l'Histoire de France, édités par Petitot et Monmerqué, Paris, 1827, t. LXI, p. 210.

Dans son étude sur les *Institutions monarchiques*, G. PAGÈS examine ce témoignage et met en doute sa véracité. Il pense que la date décisive pourrait être celle d'un Règlement de 1642 qui associe les intendants aux trésoriers et aux Élus pour la répartition de la taille (p. 102-107).

Dans son dernier ouvrage posthume, *Naissance du Grand Siècle*, il semble cependant être revenu à la date de 1637.

« Il semble que Richelieu eut de plus en plus recours aux services de ces intendants de Justice, Police et Finances, ainsi qu'on prit l'habitude de les nommer, et qu'à partir des années 1636 et 1637, c'est-à-dire après qu'eut commencé la guerre ouverte contre le roi d'Espagne et l'Empereur, il y en eut dans toutes les provinces et qu'ils s'y succédèrent à peu près régulièrement » (p. 134).

3. ROLAND MOUSNIER : *Le Conseil du Roi de la mort d'Henri IV au gouvernement personnel de Louis XIV*, extrait des *Études d'Histoire moderne et contemporaine*, 1947.

indice significatif de développement du Conseil, L. G.), celui de Tours du 6 août 1619 perfectionna celles du Conseil des Finances : Quatre commissions étaient chargées chacune de plusieurs fermes d'impôts, dispersées dans toute la France, et de plusieurs généralités proches, mais formant deux ou trois groupes séparés... Cette organisation ne paraît pas avoir changé avant 1666. »

Le Grand Règlement de Paris du 16 juin 1627 institua pour l'ensemble du Conseil, semble-t-il, dix autres commissions... En plus de ces commissions permanentes étaient créées des commissions temporaires (p. 51-52). Abordant le problème de la situation respective des conseillers et des membres des Cours souveraines, M. Mousnier nous dit que, contrairement aux prétentions de ces derniers qui se veulent supérieurs aux commissaires, « les Conseillers d'État se considèrent comme une « compagnie » d'officiers. Ils ont une commission « perpétuelle et qui attribue aux commissaires rang et dignité pour toujours ». Ils ont « toutes les marques des plus grands Officiers du royaume; leurs provisions sont signifiées en commandement et scellées du grand sceau; ils font le serment accoutumé aux autres Officiers; le choix particulier que le Roy fait de leurs personnes vaut un examen et de leurs mœurs et de leur suffisance. Et enfin, leur fonction n'est bornée ny limitée par aucun temps ». Bien plus, ils ont encore une supériorité : leur charge n'est pas vénale. Ils doivent donc avoir rang et qualité hors du Conseil, préséance dans les Cours souveraines, alors que les simples commis n'ont aucun rang par eux-mêmes en dehors de leurs commissions. Le Roi admet officiellement cette théorie. Depuis 1616, il accorde à son Garde des Sceaux, simple commis, le droit de présider le Parlement comme s'il était chancelier, donc officier de la Couronne : la fonction de chef des conseillers entraîne la préséance et l'autorité en dehors des conseils sur les membres des Cours souveraines. Il distribue, surtout depuis 1632, à ses plus fidèles et plus anciens Conseillers d'État, des lettres de Conseillers d'État d'honneur, qui leur permettent de siéger et de donner leur avis dans toutes les chambres et assemblées du Parlement, y compris le Conseil secret, avec le même rang qu'ils ont dans le Conseil, montrant bien ainsi que la fonction de conseiller entraîne avec elle une prééminence qui se garde partout. Le règlement de mai 1643 impose aux Avocats des parlements qui veulent exercer auprès du Conseil de prêter un nouveau serment entre les mains du Chancelier ou Garde des Sceaux, malgré celui qu'ils ont fait au Parlement, parce que le Conseil est un « tribunal supérieur au Parlement ». Les règlements du Conseil de 1654, du 1er avril 1655 et du 4 mai 1657 prononcent, au nom du Roi, le mot décisif et qualifient le Conseil dans ses trois sections de Conseil d'État et des Finances, Conseil privé et Conseil des Finances, de « première Compagnie du Royaume » (p. 60-61).

L'autorité desdits conseils est telle qu'il plaît aux rois, lesquels ont toujours voulu que les arrêts de leur Conseil eussent pareille autorité, que s'ils avaient été donnez en leur présence ainsy qu'ils le témoignent en toutes occasions », termes qui montrent bien que c'est tout le Conseil en corps qui a toute l'autorité du Roi. Les Cours souveraines furent obligées de reconnaître au Conseil tout pouvoir sur leurs arrêts. Vers 1632, le Conseil estime qu'armé de l'autorité du Roi, souverain justicier, il peut déclarer nul et casser tout arrêt donné contre les ordonnances, contre l'autorité royale, contre l'utilité publique et contre les droits de la Couronne. Il était difficile de ne pas trouver nombre d'arrêts entrant dans les limites d'une définition aussi large et aussi commode (p. 62).

Enfin, pour illustrer nettement le processus, nous nous permettrons de citer *in extenso* les conclusions de M. Mousnier :

« Les autres sections du Conseil prirent aussi toute autorité sur les arrêts de « justice et de police » des Cours souveraines. Celles-ci ne discutaient pas les pouvoirs du Conseil privé, du Conseil d'État et des Finances dans quelques cas bien déterminés et prévus par les ordonnances. Les conseils pouvaient suspendre leurs arrêts après requête d'une des parties en proposition d'erreur de fait ou sur requête civile fondée sur le dol et la surprise de la partie — Les Maîtres des Requêtes examinaient le dossier du procès. S'ils jugeaient la requête fondée, ils en faisaient rapport au Conseil. Celui-ci, s'il admettait les conclusions du rapporteur, ne jugeait pas l'affaire : il la renvoyait à la Cour, auteur de l'arrêt incriminé, qui faisait à nouveau juger le procès. Le Conseil privé pouvait également évoquer une affaire à lui sur requête d'une partie, si l'adversaire avait des parents ou des alliés dans la Cour intéressée (père, enfant, gendre, beau-frère, oncle, neveu, cousin germain), si les présidents ou les conseillers avaient un intérêt dans les procès, s'ils avaient consulté écrit ou sollicité pour les parties : le Conseil alors renvoyait l'affaire à une autre Cour ou jugeait lui-même. Quand il y avait incertitude sur le point de savoir quelle Cour souveraine devait juger, le Conseil privé en décidait par « règlement de juger ». Enfin, le Conseil privé connaissait des oppositions au sceau des lettres d'offices, parce qu'il ne dépend que du Roi de choisir et d'instituer ses officiers.

Sur tous ces pouvoirs, imposés par la nécessité, fortifiés par la coutume, consacrés par les Ordonnances, il n'y avait pas de discussion. Mais les conseils retenaient les requêtes civiles et en propositions d'erreurs, et, au lieu de renvoyer les affaires à un nouveau jugement, cassaient de leur propre autorité les arrêts des Cours et jugeaient ensuite eux-mêmes l'affaire au fond. Ils suspendaient l'exécution des arrêts ou les cassaient sur simple requête au Conseil. D'autre part, le Conseil privé retenait les affaires qui lui étaient envoyées pour « règlement de juger » et les jugeait lui-même. Le Roi donnait des évocations générales et de son propre mouvement à des traitants, des courtisans, des révoltés nobles ou protestants, villes ou individus qui capitulaient, pour que tous leurs procès fussent jugés souverainement au Conseil. Tout cela allait loin, car les arrêts des Cours souveraines, ne l'oublions pas, étaient souvent rendus sur des affaires que nous considérerions aujourd'hui comme d'administration. Les Cours souveraines avaient la « police » et tout ce qui concernait l'observation des Edits et Ordonnances et les contraventions qui y étaient faites. Mais les conseils devenaient les vraies Cours souveraines, ils dépossédaient les Cours de leur juridiction et ne leur laissaient plus que le vain honneur de leur titre.

Les Cours ne se résignaient pas. Les progrès du Conseil contribuèrent à accroître leur hostilité et à déchaîner en 1648 leur insurrection. Maintes fois, en 1615, en 1630, en 1644, en 1657, les règlements du Conseil renvoyèrent aux Cours souveraines et aux juges ordinaires la « juridiction contentieuse », les procès entre particuliers. L'habile Séguier essaya même d'obtenir en 1644 la vérification pure et simple des édits par le renvoi aux Cours de toutes les affaires qui regardaient l'exécution des Edits vérifiés dans ces compagnies, sauf si elles y avaient apporté des modifications que le Conseil eût levées par arrêt. Maintes fois, règlements, arrêts, déclarations, promirent que « les arrêts ainsy donnez aux Cours souveraines ne pourront être cassez ni sursis, synon par les voies de droit qui sont permises par les Ordonnances », c'est-à-dire requête civile et proposition d'erreur, non sur simple requête au Conseil, ce qui aurait permis de sauver l'autorité administrative du Parlement. L'Assemblée de la Chambre Saint-Louis réclama à nouveau l'observation des Ordonnances sur ce point, le 17 juillet 1648, et en obtint la promesse par la Déclaration du 24 octobre 1648.

Mais ce fut en vain. Toutes ces pratiques persistèrent et s'amplifièrent insensiblement. Évocations générales et de propre mouvement, jugement souverain d'affaires particulières en premier et dernier ressort, suspension et cassation d'arrêts de toutes espèces, en particulier de ceux qui concernaient l'observation des Edits et Ordonnances, se multiplièrent. Déjà, en 1632, tous les arrêts donnés dans toutes les Cours souveraines, sauf le Parlement de Paris, étaient cassés « dans le Conseil d'État ou privé, bien que le Roy n'y soit pas présent ». Le Parlement de Paris jouissait encore du privilège que ses arrêts ne pouvaient être cassés que par le Conseil d'en Haut, après audition de son Premier Président et des Gens du Roi. Mais en 1645, c'est même le Conseil des Finances qui casse un arrêt du Parlement interdisant l'érection d'un Président à Saint-Quentin sur requête des habitants, et le Parlement ne put obtenir du Roi la cassation de l'arrêt du Conseil des Finances par le Conseil d'en Haut. Le Parlement s'entêta, appuyé par les autres Cours. Même après l'échec de la Fronde, jusqu'en 1661, les cours bataillèrent, ripostèrent, rendirent des arrêts contraires à ceux du Conseil, firent défense d'exécuter les arrêts du Conseil du Roi, condamnèrent ceux qui s'y pourvoyaient. Peu à peu, elles durent reculer. Louis XIV, au début de son règne personnel, consomma leur défaite. Toutes durent reconnaître sur leurs arrêts la suprême autorité du Conseil comme corps, sa supériorité générale et universelle.

Non moins qu'au Conseil, les Cours souveraines s'en prenaient aux commissions du Conseil, chargées par le Roi de juger certains procès qui intéressaient l'État, et aux Maîtres des Requêtes et Conseillers d'État, commissaires départis dans les provinces avec le pouvoir de juger en dernier ressort, vite transformés en intendants. Les Cours disaient que la connaissance de toutes les matières qui « gisaient en juridiction contentieuse » et de tout ce qui concernait l'observation des édits et ordonnances appartenait aux juges ordinaires en premier ressort et à elles-mêmes en appel, qu'aucune commission particulière ou générale, collective ou individuelle, ne pouvait la leur ôter. Les Notables de 1617, en majorité membres des Cours souveraines, l'Assemblée de la Chambre Saint-Louis de 1648, proclamèrent ces principes, réclamèrent la révocation de toutes ces commissions, et promesse en fut donnée par la Déclaration royale du 24 octobre 1648.

Mais Le Bret avait expliqué que par l'édit de Blois (art. 98), le Roi avait voulu le renvoi de chaque matière aux officiers qui en devaient naturellement connaître pour les affaires privées, celles des particuliers, mais non « quand il s'agit des affaires publiques et qui touchent l'État ». Alors, « il peut commettre telles personnes que bon luy semblera pour en connaître ». Ces personnes sont supérieures aux officiers pendant leurs fonctions, parce que « c'est une maxime du droit canon que *Omnis delegatus major est ordinario in re delegata* ». Un secrétaire de Colbert ajoutait que l'Ordonnance de Blois et celle du 24 octobre 1648 ayant été « extorquées des rois par la violence des peuples, sont nulles, de toute nullité ». Le Roi, qui avait maintenu avant 1648 commissions et commissaires contre toutes réclamations, les rétablit après 1648, dès qu'il le put.

Irrésistiblement se superposait aux corps des officiers cet ensemble de commissaires royaux, le Conseil, et les intendants, émanés de lui et lui faisant rapport, qui exerçaient, à la place des ordinaires, les principales fonctions et permettaient au Roi de reprendre son pouvoir sur des compagnies affaiblies et énervées par la vénalité des charges et le droit annuel.

En 1661, au lieu de la conception d'un ensemble de Cours, démembrées de la Curia Regis, en faisant les différentes fonctions, sous la haute surveillance du souverain assisté de quelques hommes de confiance, et qui s'occupe surtout des affaires étrangères et de la guerre, nous trouvons un Conseil aux multiples attributions politiques, administratives, fiscales et judiciaires, supérieur à toutes les Cours, divisé en nombreuses sections au travail beaucoup mieux organisé et remplies d'un personnel mieux recruté et mieux formé qu'en 1610, bien que ce soit encore là le point le plus faible du Conseil d'État (p. 64-67). »

Cette constitution d'un appareil de commissaires étroitement dépendant du pouvoir central et dont la tâche principale était d'imposer l'autorité de l'absolutisme monarchique ne pouvait évidemment pas rester un fait isolé dans l'ensemble de la société française; un corps social est une structure d'ensemble dans laquelle toute modification d'un organe important entraîne des modifications corrélatives des autres organes. Les analyses marxistes de l'État ont depuis longtemps montré qu'un appareil bureaucratique n'est en général pas assez fort pour imposer — de par lui-même — son autorité à une société [1]. On ne comprend le fonctionnement d'une bureaucratie que dans la mesure où on l'insère dans l'ensemble des rapports entre les classes sociales. Le gouvernement de la monarchie tempérée,

---

1. Cette affirmation pourrait — peut-être — bien que nous ne le pensons pas, s'avérer fausse dans le cas des États totalitaires modernes. Elle est en tout cas valable jusqu'à la fin du XIXe siècle.

appuyée sur les officiers et les Cours souveraines supposait l'alliance entre la monarchie et le tiers état, de même le gouvernement de la monarchie absolue, appuyée sur les Conseils et les intendants supposait une politique d'équilibre des classes entre d'une part la noblesse et d'autre part les officiers et le tiers état. Considéré dans sa genèse, le développement de l'absolutisme monarchique, entraînait ainsi, après la victoire sur la noblesse, et à côté de la destruction des velléités d'indépendance de celle-ci (destruction qui n'est d'ailleurs, nous semble-t-il achevée que dans la seconde moitié du XVIIᵉ siècle sous le règne de Louis XIV), et de sa transformation de noblesse d'épée en noblesse de cour, une politique de rapprochement entre la monarchie et l'aristocratie. Or, cette politique impliquait des risques, dont le plus important était l'intrusion de l'aristocratie dans les appareils bureaucratiques de commissaires et d'officiers, intrusion qui risquait de se produire de manière plus ou moins analogue à celle des bourgeois dans les offices du temps de l'alliance entre la royauté et le tiers état. Il était donc essentiel pour la monarchie absolue : *a)* de garder le caractère autonome, au-dessus des classes « de l'appareil central » — ce qui supposait la possibilité de freiner l'influence politique de la noblesse — et pour y arriver; *b)* de conserver le caractère purement bourgeois des offices qui étaient l'organisme politique du tiers état.

La mesure qui a permis à la royauté d'obtenir ce résultat semble avoir été la Paulette, l'institutionalisation de la vénalité des offices, qui en a définitivement écarté l'aristocratie. Il est très difficile de dire aujourd'hui si cette mesure a été prise en pleine conscience de ses conséquences et avantages politiques ou si elle a été tout d'abord inspirée en premier lieu par un souci financier. Nous manquons encore d'une étude sérieuse sur l'arrière-plan de la décision. M. Mousnier a cependant mis en lumière — et remarquablement analysé — un certain nombre de conflits idéologiques, qui ont accompagné aussi bien l'adoption que le maintien du droit annuel, conflits qui nous paraissent importants aussi pour l'étude de la naissance du jansénisme; c'est pourquoi nous les mentionnerons brièvement.

D'après les documents cités par M. Mousnier, les deux positions n'apparaissent pas en même temps, l'une, celle de Bellièvre, qui exprime l'opposition des *officiers*[1] à la Paulette, apparaît dès 1604, l'autre, bien qu'attribuée par le testament de Richelieu déjà à Sully, ne semble à M. Mousnier certaine qu'à partir d'une date plus tardive. En tout cas, en 1614, elle

---

1. Il y aura pendant tout le XVIIᵉ siècle une opposition *aristocratique* à l'annuel et à la vénalité des offices, mais elle exprime une perspective entièrement différente. (Voir sur tout cela l'ouvrage de M. Mousnier : *La Vénalité des offices sous Henri IV et Louis XIII.*)

était apparue à tout le monde. « Bien des pamphlétaires qui
présentent des arguments en faveur de la Paulette au moment
des États généraux de 1614, ou de l'Assemblée des Notables
de 1617, en font état » (p. 561).

Or, Bellièvre représente la mentalité des grands officiers à la
sortie des guerres de religion qui espéraient devenir les piliers de
l'État monarchique et en tirer des bénéfices. L'idée centrale
de cette perspective était celle des grandes charges accordées
gratuitement ou pour des sommes minimes à titre de récompense
pour la fidélité au roi et les services rendus. La Paulette détruisait cette illusion. « Le Roi... ne pourrait plus choisir ses officiers puisqu'il serait contraint d'accepter le candidat présenté
par l'officier qui aurait payé le droit annuel. Des incapables et
des corrompus accéderaient aux charges uniquement en raison
de leurs richesses... le Roi ne pourrait plus donner un office à
un serviteur fidèle, ni récompenser un magistrat en ne perce-
vant pas la taxe de la résignation... Les offices monteraient à si
haut prix que les gentilshommes ne pourraient plus mettre
leurs fils aux Cours Souveraines ni les Présidents ou Conseillers
du Parlement y faire entrer leurs enfants. Les Parlements se
peupleraient de fils de spéculateurs, la justice serait corrompue
et tomberait en mépris [1]. » « Les officiers ne seront plus officiers
du Roy, ils seront officiers de leurs bourses [2]. » Tous ces arguments étaient en grande mesure justifiés, si les officiers avaient
dû rester l'élément essentiel de l'appareil d'état. Ils perdent
par contre leur poids dans la perspective d'une monarchie
tendant précisément à instituer un appareil bureaucratique
propre qui enlèvera beaucoup de son importance au corps
d'officiers.

Pour souligner cependant la relation entre la position de
Bellièvre et le développement ultérieur du jansénisme, qu'on
nous permette de citer ces quelques lignes des *Mémoires* d'Arnauld d'Andilly, dont il accompagne le souvenir du refus
d'acheter pour cent mille livres une charge de secrétaire d'État
en 1622 : « Les suites ont fait voir que je fis une grande faute;
mais on la doit pardonner en ce qu'étant venu à la cour sous le
règne d'Henri Le Grand, j'avais été nourri dans la créance
qu'il suffisait de travailler à se rendre digne des charges pour
espérer, comme autrefois, de les obtenir sans argent [3]. »

Quant aux arguments des partisans de l'annuel — c'est-à-
dire, — au début — du pouvoir central, puis par la suite aussi

---

1. MOUSNIER, *l. c.*, p. 210-211.
2. B. N., F. f. 15.894, p. 545. M. Mousnier, qui a remarquablement analysé le
mémoire de Bellièvre, n'a pas cité cette proposition.
3. *Mémoires* de Messire ROBERT ARNAULD D'ANDILLY dans la Nouvelle Collection des Mémoires pour servir à l'Histoire de France, par MM. Michaud et Pou-
joulat, IIᵉ série, t. IX, p. 437.

des officiers eux-mêmes lorsqu'ils auront perdu les espoirs du début du siècle — ils sont eux aussi valables et hautement caractéristiques. Si l'annuel est supprimé « ...les princes et seigneurs importuneront le Roy de bailler les principaux offices des provinces à ceux qu'ils leur nommeront qui, par après, se diront affidés et obligés des dits seigneurs non du Roi... inconvénient qui augmenta la confusion de la Ligue », ou bien « l'annuel est cause que tous les officiers dépendent immédiatement du Roy et que par conséquent ils lui sont fidèles et bien affectionnés [1]... ».

Cet argument — l'influence éventuelle des grands sur le recrutement des commissaires — qui aurait été absurde au temps de la monarchie bourgeoise et antiféodale devenait de plus en plus valable à mesure du développement de la monarchie absolue qui se rapprochait progressivement de la noblesse; de plus, la vénalité des offices garantissait cette même monarchie contre les risques de développement d'une féodalité des grands commissaires. Il y a là tout un processus social qu'il faudrait un jour étudier de près, mais qui se dégage déjà de manière décisive des belles études de M. Mousnier.

Si maintenant nous passons du côté des officiers, il suffit de lire n'importe quel volume de mémoires pour constater à quel point le règne de Louis XIII est rempli de luttes entre le Parlement et le pouvoir central. Il n'est pas question d'insister longuement sur ce point dans les quelques pages du présent chapitre, nous nous contenterons de relever dans les *Mémoires* d'Omer Talon trois points qui nous paraissent particulièrement importants pour le problème qui nous intéresse à savoir [2] :

a) Que dans cet antagonisme continuel entre le Parlement et le pouvoir central, les années 1636-1643 constituent une période de lutte particulièrement intense au cours de laquelle Talon relève deux litiges majeurs : l'édit de décembre 1635 créant vingt-quatre conseillers et un président du Parlement, qui déclencha un conflit aigu pendant trois mois au cours duquel la justice fut en partie suspendue, les conseillers s'occupant surtout de la lutte contre l'édit tandis que le roi exilait en province cinq conseillers qui lui paraissaient diriger la résistance. Ce conflit s'apaisa — en apparence — en mars 1636, le roi réduisant le nombre d'offices nouvellement créés de vingt-cinq à dix-sept et autorisant le retour à Paris des exilés.

Néanmoins les choses ne semblent pas avoir été terminées pour autant car « le mardi 23 mars 1638 fut apporté au parquet par M. le procureur général un arrêt du conseil, par lequel le

1. D'après R. MOUSNIER, *l. c.*, p. 561.
2. Collections de Mémoires relatifs à l'Histoire de France, Petitot et Monmerqué, t. 60-63.

Roi, informé du mauvais traitement que reçoivent les officiers de nouvelle création, auxquels l'on ne donne aucuns procès, et que l'on ne souffre opiner ni rapporter dans les chambres des enquêtes, même qui n'ont aucune participation dans les épices, le Roi enjoint, etc. » (t. 60, p. 175-176).

A ce moment éclate un second conflit plus aigu encore — résultat de l'emprisonnement de quelques particuliers qui le mercredi 25 mars 1638 avaient organisé un désordre « pour protester contre le non-payement des rentes sur l'Hôtel de Ville ». On sait que parmi ceux qu'on recherchait — car il avait réussi à se cacher — se trouvait aussi le propre père de Pascal. Or, le Parlement pense que c'est à lui et non au Conseil de s'occuper de cette affaire et « qu'au surplus il étoit extraordinaire de faire le procès à ceux lesquels avoient fait quelque bruit en demandant leurs biens » (l. c., p. 177).

Le mercredi 31 mars, deux présidents — Barilon et Charton — et trois conseillers sont exilés en province. Cette fois, ils ne seront autorisés à revenir qu'en 1643 lors de la mort de Louis XIII.

Tout ceci dessine assez clairement l'arrière-plan parlementaire de ces années décisives pour la naissance du mouvement janséniste. Ajoutons enfin qu'en 1644 nous voyons un conflit analogue opposer à Anne d'Autriche et à Mazarin le Parlement qui prend la défense d'Antoine Arnauld et de Barcos que la reine voulait envoyer à Rome (l. c., p. 278-304).

b) Omer Talon — à tort ou à raison — a l'impression qu'un tournant s'est accompli dans les relations entre la monarchie et les Parlements, tournant dont il précise clairement la nature et l'époque dans son discours lo rsdu lit de justice du Roi tenu le 15 janvier 1648.

Sire, la séance de nos rois dans leur lit de justice a toujours été une action de cérémonie, d'éclat et de majesté...

seulement :

autrefois, les rois, vos prédécesseurs, en semblables journées faisoient entendre à leurs peuples les grandes affaires de leur État, les délibérations de la paix ou de la guerre, dont ils demandoient avis à leurs parlemens et faisoient réponse à leurs alliés; ces actions n'étoient pas lors considérées, ainsi qu'elles sont à présent, comme des effets de puissance souveraine qui donnent de la terreur partout, mais plutôt comme des assemblées de délibération et de conseil.

Il mentionne ensuite le cas de 1563 où :

le prétexte de la religion, le refus des eccléciastiques de contribuer à une guerre sainte rendit pour cette fois la nouveauté tolérable.

Chose étrange pourtant que ce qui s'est fait une fois, sans exemple, ce que nous pourrons soutenir avoir été contraire à son principe, passe maintenant pour un usage ordinaire, principalement depuis vingt-cinq années, que dans toutes les affaires publiques, dans les nécessités feintes ou véritables de l'État, cette voie s'est pratiquée!.. Il y a, Sire, dix ans que la compagnie est minée, les paysans réduits à coucher sur la paille..., etc. (*L. c.*, t. 61, p. 114-118.)

Ainsi nous trouvons à nouveau, tout au moins dans la conscience d'un des représentants les plus typiques du mécontentement des robins, la même période de 1623-1638.

c) Il nous semble intéressant de mentionner que nous trouvons de temps en temps chez Talon, qui n'a rien de janséniste, et qui semble même reprocher aux jansénistes — à Bignon par exemple (t. 60, p. 35) « un naturel timide, scrupuleux et craignant de faillir et d'offenser » et aussi le fait qu' « il étoit retenu de passer jusqu'aux extrémités, de crainte de manquer, et d'être responsable à sa conscience de l'événement d'un mauvais succès » — la mention du désir de certains officiers de réagir à l'absolutisme royal en abandonnant leur charge. C'est ainsi qu'il nous explique que son frère aîné « s'ennuya de sa charge d'avocat général... la fonction lui en étoit pénible... le gouvernement étoit dur [1], l'on vouloit les choses par autorité, et non pas par concert » (t. 60, p. 27) ou bien lorsqu'il nous dit que devant l'innovation du Roi qui dans un lit de justice de 1632 fit prendre les voix des présidents du Parlement après celles des princes et des cardinaux (innovation qui à partir de cette date devint définitive). « M. le Premier Président... avoit été si fort surpris... qu'il fut sur le point de supplier le Roi de le décharger de sa charge, et lui permettre de se retirer » (*l. c.*, p. 53).

Cette tension entre la monarchie et les officiers semble se manifester jusque dans le prix même des offices. M. Mousnier qui a essayé de l'établir grâce à une série de recherches remarquables s'arrête aux chiffres suivants : un office de conseiller à Rouen valait en 1593, 7.000 livres; 1622, 40.000; 1626, 66.000; 1628, 68.000; 1629, 70.000; 1631, 74.000; 1633, 84.000; 1634, 80.000; 1636, 79.000; 1637, 85.000; 1640, 67.000; 1641, 25.000; 1642, 55.500; 1643, 62.500 (*l. c.*, p. 335).

A Paris où les données sont plus « sujettes à caution », M. Mousnier s'arrête aux chiffres suivants :

---

1. Il est vrai que Jacques Talon abandonna la charge d'avocat général pour devenir conseiller d'État, de même que par exemple le père de Pascal, après avoir vendu sa charge de président à la Cour des Aides de Montferrand et, avoir été mêlé à la sédition de 1638, finit par entrer dans la bureaucratie des commissaires. Mais les passages individuels d'un groupe social à l'autre n'ont jamais rien changé aux antagonismes entre les groupes et aux conséquences sociales, politiques et idéologiques de ces antagonismes.

1597, 11.000 livres; 1600, 21.000; 1606, 36.000; 1614, 55.000; 1616, 60.000; 1617, 67.500; 1635, 120.000; 1637, 120. 000(*l. c.*, p. 336).

Il y a donc eu — à l'intérieur, il est vrai, d'une crise générale — en Normandie à partir de 1633 baisse, à Paris, en 1635 arrêt de la hausse continuelle des prix des offices les plus recherchés. Il nous semble probable qu'il y a une influence mutuelle, ce que M. Piaget appelle « choc en retour » de cet arrêt de la hausse (que les officiers escomptaient comme un fait naturel) sur leur mécontentement et leur jansénisation et inversement du développement de l'idéologie janséniste sur le prix des offices.

En passant maintenant des rapports entre les parlementaires et le pouvoir central aux liens entre ces mêmes parlementaires et le mouvement janséniste, il est évident qu'on pourrait citer tout aussi bien de nombreux cas individuels de conseillers favorables au jansénisme que d'autres cas de conseillers qui lui sont hostiles. La difficulté réside précisément dans l'impossibilité d'établir l'influence des uns et des autres sur la masse de conseillers dont nous ignorons la mentalité, et même tout simplement le nombre de ceux qui avaient une attitude nettement hostile ou nettement favorable au mouvement qui nous intéresse. Aussi, nous contenterons-nous avant d'examiner quelques cas de biographies de personnages résolument jansénistes de mentionner quatre exemples qui nous paraissent typiques aussi bien par le fait qu'il s'agit de figures qui n'étaient ni jansénistes ni antijansénistes, que par le prestige dont jouissaient tous les quatre dans la vie du Parlement; ceux de Broussel, dont on connaît le rôle dans la Fronde, de Barillon, de Lamoignon et de Molé. Aucun d'entre eux n'est à proprement parler janséniste; Molé passe même pour un adversaire résolu de Port-Royal; l'intérêt de leur carrière exige d'eux de ne pas se compromettre avec le groupe persécuté, et pourtant nous trouvons trois d'entre eux à certains moments de leur vie appuyer le mouvement.

Gerberon nous dit en effet dans son *Histoire du jansénisme* [1], (t. 1, p. 310 et 315) qu'en 1649 ce fut Broussel qui se chargea de faire le rapport de deux requêtes des « Docteurs du parti de Saint Augustin » et qui les appuya de toutes ses forces contre « M. Molé, premier Président que les Molinistes avaient fortement prévenu contre les disciples de Saint Augustin ». De même on connaît l'attitude de Lamoignon lié en même temps avec le Jésuite Rapin et les milieux foncièrement antijansénistes et avec les « amis de Saint Augustin » notamment avec Hermant et Wallon de Beaupuis.

Quant à Barillon, qui fut un des principaux dirigeants de la

1. *Histoire générale du jansénisme*, 3 vol., Amsterdam, 1700.

résistance parlementaire, il était étroitement lié à Henri Arnauld futur évêque d'Angers, dont la Bibliothèque Nationale conserve encore environ quatre cents lettres qui lui sont adressées et qui s'est occupée de ses enfants au moment où Barillon exilé à Amboise y est allé accompagné de son épouse.

En ce qui concerne Molé dont Gerberon nous dit que les « Molinistes l'avaient fortement prévenu » contre le jansénisme, nous savons qu'il a au contraire commencé par être assez étroitement lié à celui-ci, notamment à Saint-Cyran lui-même et que c'est entre autres l'attitude de Martin de Barcos en 1643 qui ne voulut pas accepter l'argent d'un personnage dont le comportement n'était pas entièrement dénué d'équivoque, qui l'a rejeté — ainsi que ses intérêts bien entendu — dans le camp adverse.

Qu'on nous permette d'ailleurs d'insérer ici, au sujet de Mathieu Molé, cette jolie historiette extraite de la vie de la Mère Marie des Anges Suireau, abbesse de Maubuisson et plus tard de Port-Royal (fille d'ailleurs elle-même d'un avocat de Chartres), qui jette une lumière bien plus vive sur les relations entre les jansénistes et les milieux parlementaires que ne saurait le faire l'énumération de trois ou quatre exemples brièvement résumés.

Comme la Mère ne songeoit qu'à plaire à Dieu et à le servir, Dieu s'appliquoit à la protéger et à la défendre. Il lui en donna des marques en toutes rencontres; mais en voici une bien digne de remarque. Pour la bien concevoir, il faut reprendre les choses de plus haut. Les habitans de Pontoise avoient souvent formé le dessein de se libérer de payer le droit de minage, que l'Abbaye de Maubuisson a presque depuis sa fondation, sur les bleds et autres grains. Ils n'avoient jamais osé entreprendre de procès contre la maison tant qu'elle avoit eu des Abbesses d'autorité et de condition, qu'ils jugeoient devoir être soutenues de leurs parens et de leurs amis. Cependant, comme de père en fils ils conservoient toujours ce dessein, ils crurent pouvoir l'exécuter contre la Mère Marie des Anges, parce qu'ils la regardoient comme destituée de tout secours. Ils intentèrent un grand procès, et comme c'étoit une affaire de ville, elle fut examinée par les Messieurs de Pontoise en plusieurs assemblées. Pour la faire réussir, ils s'avisèrent d'avoir recours au cardinal de Richelieu; et pour être plus aisément appuyé de son crédit, ils l'intéressèrent lui-même dans l'affaire, en lui représentant qu'il avoit droit de rentrer dans la moitié du minage que Maubuisson avoit acquis du Gouverneur de Pontoise, car l'autre moitié étoit une donation royale. Ce Cardinal entra facilement dans cette cause par cette porte d'intérêt. En qualité de Gouverneur, il prétendit que ses prédécesseurs n'avoient pu aliéner ni vendre cette moitié du minage, attendu que c'étoit une appartenance du Domaine du Roi, et que la seule jouissance et non le fonds en appartenoit aux Gouverneurs pendant le temps de leur gouvernement.

De plus les Marchands de la Banlieue de Pontoise prétendoient n'être point obligés de payer le droit de minage du bled qu'ils achetoient des laboureurs quand ils faisoient leur marché hors la ville sur un échantillon qu'on leur montroit. Les Chanoines de Saint-Mellon, d'un autre côté, prétendant qu'un quart de la moitié de ce minage qui avoit été donné par un Roi à Maubuisson leur appartenoit, se joignirent tous ensemble avec la ville au cardinal. Ces parties espéroient que par la faveur de ce Ministre qui étoit intéressé dans cette cause, ils l'emporteroient facilement sur Maubuisson; en effet, humainement parlant, cela ne pouvoit pas manquer d'arriver, et tout le monde ne doutoit point que la Mère ne fût accablée de la puissance du Cardinal, et réduite à céder aux trois autres parties.

Ce procès fut grand et très difficile à soutenir. On plaida incessamment pendant deux ans, et il y avoit toujours deux habitants de Pontoise députés par la ville pour faire leurs poursuites. Ils faisoient naître continuellement de nouveaux incidents pour brouiller les affaires. L'on étoit obligé de produire de nouvelles défenses; ce qui étoit d'un grand travail pour la Mère, mais ce travail n'interrompoit point sa paix qui sembloit presque immuable. Sa confiance en Dieu paroissoit s'accroître de tout ce qui pouvoit humainement donner de la crainte. Elle trouvoit dans la puissance de ses parties et dans son peu de crédit de grandes raisons d'espérer le bon succès de ses affaires, parce qu'elle voyoit une occasion à Dieu de signaler sa grandeur et sa miséricorde; c'est pourquoi quand elle voyait la Sœur Candide si lasse de toutes ces chicanes et de toutes ces procédures qu'elle sembloit toute découragée, et qui lui disoit dans le mouvement de sa peine : « Ma Mère, tout le monde dit qu'assurément nous perdrons, et les Messieurs de ville le tiennent aussi indubitable que s'ils tenoient tout entre leurs mains », elle lui disoit : « Ma fille, il ne faut point se lasser et se décourager. Il faut faire tout ce qu'on pourra : nous y sommes obligées. Pour tous ces bruits et toutes ces menaces, ne vous en mettez pas en peine, Dieu est tout-puissant. Il est vrai que nous avons de fortes parties, mais j'espère que Dieu nous aidera. Le bien est aux pauvres, et nous sommes nous-mêmes pauvres et sans crédit : ces deux raisons nous doivent faire espérer son secours : il ne faut point se lasser de le prier. »

Cette prière de foi et pleine de persévérance emporta le secours du Ciel. Après deux ans de procédure, le procès instruit fut mis sur le bureau pour être jugé. La ville de Pontoise députa à Paris huit des principaux habitans pour solliciter. Les gens du cardinal se préparoient de faire de leur côté pour leur maître les derniers efforts auprès de tous leurs amis. Les Chanoines de Saint-Mellon faisoient de leur côté les plus vifs préparatifs. La Mère se mit aussi à solliciter puissamment, non les hommes, mais les anges, les saints, et Dieu même. Il parut que ces divins amis étoient plus forts pour la servir que ces ennemis zélés pour s'opposer à elle; car pendant qu'elle étoit en profondes prières, Dieu permit que le même jour que les parties devoient commencer leurs sollicitations, Messieurs du Parlement étant ce jour-là montés à la Chambre pour juger un petit procès, il fut jugé en si peu de temps, que ne trouvant pas de quoi s'employer ce jour-là, M. le premier Président Molé demanda au Greffier de la Chambre s'il n'y avoit point sur le bureau de procès instruit prêt à juger. Le greffier répondit qu'il n'y avoit que celui de Maubuisson, mais que c'étoit un grand procès, comme pour faire entendre qu'il n'y avoit pas assez de temps pour le juger. Le premier Président voyant que le Rapporteur étoit présent à la Chambre, « il n'importe, dit-il, nous jugerons cette petite Abbesse ». Le procès fut rapporté et examiné sans aucune sollicitation. On donna un Arrêt en faveur de Maubuisson si fort distingué pour le maintien du droit de minage à l'Abbaye de Maubuisson, qu'il ne pouvoit pas être plus avantageux. On y confirma tous les arrêts précédens que l'on avoit eus depuis plus de cent ans contre plusieurs particuliers, en sorte que ces particuliers ne pouvoient plus jamais avoir lieu de remuer. Le Procureur de Maubuisson, Dom Paul, qui étoit à Paris pour solliciter, étant allé voir les Juges, sans sçavoir que le procès fut jugé, apprit avec le dernier étonnement qu'il l'étoit en faveur de la Mère. Il écrivit en diligence pour lui mander cette bonne nouvelle.

Comme elle avoit conservé une tranquillité inaltérable pendant les deux années qu'avoit duré le procès, sans que le travail et la crainte de le perdre la fît jamais sortir de son assiette, elle demeura dans la même égalité en apprenant contre toute espérance que Dieu avait fait terminer l'affaire en sa faveur. Elle se mit à genoux dans le moment pour en rendre grâces à Dieu; ensuite, elle dit tranquillement à la Sœur Candide : « Ma fille, le procès est gagné; il en faut rendre grâces à Dieu, et n'en pas beaucoup parler. »

Les huit Messieurs de Pontoise ayant appris leur Arrêt revinrent de Paris avec une extrême confusion, et ils étoient aussi bien que tout le monde dans le dernier étonnement comment cela s'étoit fait. Chacun disoit publiquement que c'étoit un miracle, que la Mère humainement parlant devant perdre son procès, il falloit que Dieu se fût secrètement, ou plutôt ouvertement déclaré pour elle en faisant agir les Juges si subitement [1].

Si nous nous tournons maintenant, pour terminer ce chapitre, vers les officiers qui ont effectivement rallié le camp janséniste, nous ne trouvons, malheureusement, que quelques familles sur lesquelles nous possédons des renseignements concernant au moins deux générations : les Arnauld, les Pascal, les Maignart des Bernières, les Thomas du Fossé et les Potier [2]. Il y a cependant une certaine probabilité pour que

---

1. *Relations sur la vie de la Révérende Mère Marie des Anges, morte en 1658 abbesse de Port-Royal, et sur la conduite qu'elle a gardée dans la réforme de Maubuisson, étant abbesse de ce monastère*, 1737, p. 120-125.

2. L'appartenance sociale des quatre évêques qui ont refusé de faire signer le formulaire est d'ailleurs particulièrement caractéristique. Si nous laissons de côté Henri Arnauld, frère de la Mère Angélique et d'Antoine Arnauld, voici ce que nous lisons sur les origines des trois autres dans BESOIGNE : *Vies des quatre évêques engagés dans la cause de Port-Royal*, à Cologne, aux dépens de la Compagnie, 1756 :

« *a)* M. Nicolas Pavillon, évêque d'Alet, naquit en 1597 d'un père Officier de la Chambre des Comptes de Paris et d'une mère alliée à la maison du Cambout. Son aïeul paternel étoit un célèbre Avocat, un grand sçavant et un Poète renommé » (t. I, p. 2).

« *b)* Étienne-François de Caulet naquit à Toulouse en 1610 de parens autant

l'ensemble de ces cas nous donne une image typique du chemin qui a mené une fraction des officiers à l'idéologie de Port-Royal. Dans deux de ces cas l'ascension normale de la famille s'est en effet trouvée entravée, ou tout au moins rendue difficile, par une fortune trop peu élevée pour faire face aux exigences de la situation créée par la Paulette et la constitution de la bureaucratie des commissaires. Insuffisance de fortune qui a poussé aussi bien l'avocat Arnauld (le père du grand Arnauld) que Charles Maignart des Bernières à recourir à certaines manœuvres frauduleuses créant ainsi un état psychique qui par la suite devait favoriser une orientation oppositionnelle. On connaît le cas de l'avocat Arnauld qui, chargé de dix enfants (dix autres étant morts en bas âge) falsifie l'âge de ses deux filles (les futures Mères Angélique et Agnès) afin d'obtenir les bulles les confirmant comme abbesses de Port-Royal et de Saint-Cyr. Mensonge qui posera d'ailleurs de sérieux problèmes de conscience à la future grande abbesse de Port-Royal. De

---

recommandables par la noblesse que par la piété et dans une famille illustrée par un grand nombre de membres du Parlement... Son père s'appelloit Jean-George de Caulet. Il étoit le cadet de la famille. Il avoit deux Charges, l'une de Président au Parlement, l'autre de Trésorier de France dans la Généralité de la Province... Il eut six garçons et six filles... L'aîné... fut président à mortier au Parlement de Toulouse. (T. II, p. 114).

« c) Nicolas Choart de Buzenval naquit à Paris le 23 juillet 1611. Il étoit neveu et unique héritier de Paul Choart, qui avoit été Ambassadeur du Roi Henri IV en Angleterre et en Hollande. Sa mère étoit fille de Nicolas Potier, chancelier de la reine Marie de Médicis; sœur d'André Potier, de Novion, président à mortier au Parlement de Paris, de René et d'Augustin Potier, tous deux successivement Evêques de Beauvais; nièce de Louis Potier de Gèvres, secrétaire d'État; cousine des Lamoignons et des Blancmesnils...

« Aussitôt qu'il eut fini son droit, n'étant encore âgé que de vingt ans, il fut fait Conseiller au Parlement de Bretagne... il fut ensuite Conseiller au Grand Conseil; puis il prit une charge de Maître des Requêtes » (t. II, p. 1-3). Voici maintenant aussi les événements qui l'orientèrent vers l'état ecclésiastique et l'épiscopat :

« L'Evêque de Beauvais, Augustin Potier, son oncle, étoit premier Aumônier de la reine Anne d'Autriche, fort accrédité à la Cour du vivant du cardinal de Richelieu. Après la mort de Louis XIII, la Reine voulant se faire donner toute l'autorité de la Régence, que le feu Roi avoit partagée entre elle et un Conseil, employa son premier Aumônier auprès du Parlement où il avoit un grand nombre de parens et d'amis et c'est à lui qu'elle fut redevable de l'Arrêt qui rendoit sa Régence absolue et indépendante. La Princesse, pour reconnaître ce service signalé, le fit son premier Ministre et demanda pour lui au Pape un Chapeau de Cardinal. Les autres Ministres pour lui faire la cour firent nommer son neveu Nicolas à l'Ambassade vers les Suisses et le jeune homme commença à disposer toutes choses pour son voyage. L'oncle et le neveu éprouvèrent alors l'instabilité des grandeurs humaines. Le premier, ayant fait un voyage dans son Diocèse... trouva tout changé pour lui à la Cour lorsqu'il y revint. Le cardinal Mazarin avoit pris sa place; sa nomination au cardinalat fut révoquée et il eut ordre de se retirer sur-le-champ dans son Diocèse. Le neveu fut enveloppé dans sa disgrâce et l'Ambassade des Suisses fut donnée à un autre.

« Cette mauvaise fortune, selon le monde, fut salutaire à l'un et à l'autre pour leur bien spirituel » (t. II, p. 3-4).

Il est caractéristique de retrouver en 1643 un groupe d'événements analogue à celui qui a abouti en 1637 à la naissance du jansénisme. L'histoire des Potier est en effet fort semblable à celle de Saint-Cyran et d'Arnauld d'Andilly, ce qui permet de penser que, dans les deux cas, il ne s'agit pas de faits accidentels mais bel et bien d'un ensemble de faits sociaux typiques.

même l'échec du fils aîné Robert, qui semblait destiné à une grande carrière dans le monde, est dû — entre autres — au fait qu'il n'ait pas eu les moyens en 1622 d'acheter la charge de secrétaire d'État que le Roi lui proposait pourtant à un prix particulièrement favorable. Le second fils, Henri, le futur grand évêque janséniste, fait tout d'abord une carrière plus que médiocre, comme agent des Brulart et plus tard de Mazarin, et est en proie très souvent à des difficultés financières. Il ne sera nommé évêque qu'à l'âge de cinquante ans. (Le plus jeune des fils, Antoine Arnauld, trouvera une famille déjà « janséniste » lors de son entrée dans la vie active.)

Quant à Maignart des Bernières, fils d'un président de Parlement à Rouen, le partage de la succession de son père, avec sa mère et ses frères, l'empêche d'épouser Anne Amelot, fille de Jacques Amelot, Président de la première Chambre des Requêtes du Palais, celui-ci demandant une fortune correspondante à la dot de sa fille. Charles Maignart sera obligé de recourir à un subterfuge : sa mère, Françoise, née Puchot, lui donnera la somme nécessaire en échange d'une reconnaissance de dette antédatée qui posera encore après sa mort (1662) un problème puisqu'elle est mentionnée dans le testament de Françoise Maignart daté de mars 1665 [1]. Chez les Pascal, le cas est d'autant plus typique que le comportement précède l'idéologie. C'est bien avant de rencontrer les idées de Saint-Cyran qu'Étienne Pascal vend en 1634 sa charge de Président de la Cour des Aides de Montferrand pour se retirer dans la vie privée et s'installer à Paris. Nous savons qu'il sera en 1638 parmi les meneurs de la manifestation, contre les arrérages dans le payement des rentes, qu'il sera obligé de se cacher malgré l'appui énergique que les « séditieux » trouveront auprès du Parlement et qu'il ne rentrera en grâce qu'en acceptant une commission particulièrement pénible — parce qu'antiparlementaire — dans la répression de la révolte des Va-nus-pieds en Normandie. On comprend que dans la famille Pascal le terrain était prêt pour la rencontre avec le jansénisme.

Enfin le cas des Thomas du Fossé — dans la mesure où l'on peut faire confiance aux *Mémoires* de Pierre Thomas — semble inventé spécialement pour illustrer notre hypothèse [2]. On nous permettra de citer assez longuement le texte même de ces mémoires.

Le grand-père de Pierre Thomas du Fossé a deux oncles, l'un

---

1. Voir au sujet de toutes ces tractations, ALEX FÉRON : *La Vie et les œuvres de Charles Maignart des Bernières (1616-1662)*, Rouen, Lestringant, 1930, p. 7-10.
2. Il est évidemment possible que les faits soient plus ou moins déformés. Mais — même dans ce cas — le récit ne perd rien de leur valeur probante, la déformation étant elle-même le résultat de l'idéologie dont nous voulons prouver l'existence. *Mémoires* de PIERRE THOMAS, sieur du Fossé, publiés par F. Bouquet, Rouen, IV vol., 1876.

Conseiller d'État, doyen des secrétaires du Roi, l'autre Maître des Requêtes; il vient à Paris « dans le dessein de s'y avancer le plus qu'il pourroit » (t. 1, p. 5).

« Vers l'an 1589, arrivèrent les troubles et les barricades de Rouen, souz le règne d'Henry III. Et mon grand-père ayant esté choisi par les bons serviteurs du Roy, comme une personne très attachée à son service, pour luy en aller porter les premières nouvelles, et pour recevoir ses ordres, il fut fait prisonnier en chemin par ceux de la Ligue, dépouillé de tout, et mis souz une garde très étroite. Mais quelque resserré qu'il fust, il trouva moyen de s'échapper de la prison, et d'achever son voyage. Il trouva le Roy à Blois : il lui rendit compte de sa commission, et, s'en retourna à Rouen, avec les dépêches de Sa Majesté. Il continua à favoriser de tout son pouvoir les intérêts et le service de son prince légitime... », etc. (p. 5-6).

A la fin des guerres civiles, le Roi le récompensa — comme il se devait — pour son dévouement. « C'est la raison pour laquelle le Roy, aprèz la fin de la guerre, voulant reconnoistre ses bons services, luy fit expédier *gratis*, et sans aucunes finances, les lettres de la charge de Maistre des Comptes de Normandie, dont il s'acquitta longtemps avec beaucoup d'honneur, et de probité » (p. 7). Il a deux enfants, Anne « mariée à un conseiller du Parlement nommé M. Dery, qui est mort conseiller à la Grande Chambre et qui a laissé pour héritier Jacques Dery, conseiller de la Cour, qui est à présent Doyen des Requestes du Palais » (p. 8), et Gentien Thomas, le père de l'auteur des *Mémoires*, qui était à Bologne où « il étudioit en droit »; « il receut vers l'an 1621, et en la vingt et unième année de son âge, les nouvelles de la mort de son grand-père ». Il rentre de suite en Normandie. « Éstant arrivé à Rouen, il songea à se faire recevoir dans la charge de son père et ensuitte à s'établir. Il épousa la sœur d'un conseiller du Parlement... La manière dont il vécut dans son mariage et dans l'exercice de sa charge ressentait plus son homme d'honneur qu'un vray chrestien, tel qu'il fut depuis... La vie qu'il menoit luy et sa femme, les faisoit distinguer de telle sorte dans la ville, qu'on les appeloit communément le prince et la princesse Thomas... » (p. 11-14).

Il est fort courageux et décidé dans la lutte contre les nobles; il suffit de rapporter en ce lieu ce qui se passa dans l'affaire du comte de Montgommery.

« Tout le monde sçait qui étoit ce comte, et la conduitte qu'il avoit tenue, qui obligea le Roy Louis XIII d'ordonner par un arrest de son Conseil qu'on raseroit Pontorson qui lui appartenoit, et qui étoit comme le siège de toutes les violences qu'il exerçoit dans le pais, et de donner la confiscation des fossés à M. Moran, que Sa Majesté voulut bien en gratifier. Cet ordre du Roy ayant esté envoyé à la Chambre des Comptes de Nor-

mandie, il s'agissoit de trouver un officier qui se chargeast
d'exécuter une telle commission. Le comte estoit extrêmement
redouté, et les menaces qu'il avoit faittes, du moment qu'il
avoit appris que l'ordre du Roy étoit envoyé à la Compagnie,
avoient tellement intimidé tout le monde, que nul ne se pré-
sentoit pour s'en charger, chacun en envisageoit les suittes et
se persuadoit qu'un seigneur, aussy emporté que celuy-là, ne
pourroit jamais souffrir que l'on démolît un lieu où il trouvait
seureté et l'impunité de ses crimes, et qu'à moins qu'on y
allast à main forte, il n'auroit aucun respect pour les officiers
de la justice. Le sieur Thomas qui avoit naturellement le cœur
grand, ne put voir sans beaucoup de peine, que l'on mist en
compromis l'exécution des ordres de Sa Majesté, et jaloux en
même temps de l'authorité et de l'honneur de sa Compagnie,
il dit d'un ton assuré qu'il étoit prest d'accepter la commission
et qu'il n'avoit rien à craindre, lorsqu'il seroit revestu de l'authorité du Roi. Tous agréèrent son offre. Il se prépara pour son
voyage et partit accompagné seulement des officiers qui sont
nécessaires pour de semblables commissions. Le comte de Mon-
gommery en fut averty et connut en même temps le caractère
de l'esprit de celuy que la Compagnie avoit députe. Jugeant
donc bien que les menaces et les violences n'étoient plus alors
de saison, il aima mieux prendre le party de se soumettre »
(p. 14-16).

Mais Gentien Thomas n'est pas toujours aussi entreprenant
que lorsqu'il s'agit de défendre l'honneur de la Cour contre les
aristocrates rebelles à l'autorité du Roi. Nous le voyons, au
contraire, montrer bien plus de réticences lorsqu'on le presse
de s'orienter vers la nouvelle bureaucratie du pouvoir monarchique. Il a en effet peur de rompre avec le milieu des membres
des Cours souveraines. « Je sçay de sa propre bouche que la
raison pour laquelle il ne voulut point achetter la charge de
Procureur général de sa Compagnie, lorsqu'on l'en pressa, c'est
qu'il jugea bien qu'il ne pourroit s'engager dans cette charge
sans se faire une infinité d'ennemis, en s'acquittant de son
devoir. Il ne manquoit pas néanmoins de courage pour cela.
Mais il ne crut pas estre obligé sans nécessité, et sans un engagement particulier, de prendre une charge qui ne l'éléveroit
que pour le rendre plus odieux à ceux qui ne veulent point
de surveillant. Il avoit d'ailleurs une assez grande indifférence
pour s'élever plus qu'il n'étoit, en sorte que ses amis lui proposant de lui faire avoir un brevet de Conseiller d'État,
comme on en donnoit alors, il ne voulut point y songer »
(p. 14).

Cet officier si décidé à la fois lorsqu'il s'agit de combattre la
noblesse rebelle et de refuser l'entrée dans la nouvelle bureaucratie du pouvoir monarchique, étoit pour ainsi dire prédes-

tiné à tomber sous l'influence de la propagande janséniste. L'occasion où cela se produisit est, de plus, elle-même hautement caractéristique.

« Nous avions en ce temps là à Rouen pour curé de nostre paroisse de Sainte-Croix-Saint-Ouen un Père de l'Oratoire, nommé le Père Maignart, de la famille de M. de Bernières, à laquelle mon père s'étoit allié par son mariage... Le R. P. Maignart... ayant... entendu parler de l'abbé de Saint-Cyran, dont la réputation se répandoit dans toutes les provinces... il résolut de l'aller trouver et de consulter une si grande lumière, sur quelques difficultéz de conscience qui le troubloient... Ayant trouvé le moyen de parler à cet homme si éclairé... l'abbé luy parla sur le sacerdoce, sur la vocation aux charges ecclésiastiques, et sur la conduitte des âmes... Le Père Maignart... fit une sérieuse réflexion sur tout ce qui regardoit l'intérieur de sa conscience. Il y condamna ce qui, jusqu'alors, avait échappé à sa lumière et il résolut de réparer à l'avenir, par un changement de conduite, ce qu'il pouvoit y avoir eu de défectueux dans sa vie précédente. Il prit résolution en même temps de se défaire de sa cure, qu'il remit entre les mains des Pères de l'Oratoire, pour en pourvoir, par sa démission, celuy qu'ils en jugeroient plus capable. Et il se choisit une retraitte, pour y passer le reste de ses jours dans la pénitence » (p. 39-41).

« Mon père n'eut pas plustôt sceu cette résolution si extraordinaire du Père Maignart qu'il en fut chocqué, *non pas seulement comme tous les autres* (souligné par nous) mais beaucoup plus, et d'une manière sans comparaison plus sensible... Et il prit luy-même une résolution aussi extraordinaire qu'étoit celle d'aller chercher à Paris celuy qui luy échappoit... Étant arrivé à Paris, tout pénétré de la douleur de sa perte, il s'en alla chercher l'abbé de Saint-Cyran, qu'il en accusoit et qu'il regardoit comme l'unique auteur de la retraitte de son curé... » (p. 41-42). Il exposa donc à l'abbé de Saint-Cyran ses griefs. Celui-ci « le laissa parler autant qu'il voulut; car il jugea bien au ton de sa voix qu'il ne falloit pas s'opposer à cette première chaleur... » après quoi, cependant, « il luy fit voir qu'il y avoit des occasions où un curé pouvoit bien appréhender ce qui avoit fait le sujet de l'appréhension d'un apôstre même, et d'un des plus grands apostres, qui craignoit d'estre réprouvé, après qu'il auroit prêché aux autres : que la conduitte des âmes étoit quelque chose de si grand, et de si dangereux, qu'on ne devoit point trouver mauvais que ceux qui peut-estre n'en avoient pas jusqu'alors si bien connu l'importance et les périls, eussent recours à la retraitte... ce qu'avoit fait le Père Maignart, qu'on ne se mist en danger de condamner le mouvement que l'Esprit de Dieu lui avoit donné d'en user ainsi; puisqu'il paroissoit qu'il avoit suivi sa lumière intérieure, et que si les hommes lui avoient parlé, il avoit plus néantmoins écouté Dieu que les hommes, dans ce qu'il venoit de faire... » (p. 43-44).

Le résultat étoit naturel. De cet entretien avec l'abbé de Saint-Cyran, Gentien Thomas sortit·janséniste convaincu. Il envoya sa femme pour quelque temps à Port-Royal où elle fut reçue par la Mère Angélique. « Après qu'elle se fut comme renouvelée par une confession générale et qu'elle eut appris suffisamment tous ses devoirs, tant à l'égard d'elle-même que de ses enfans et de ses domestiques, la Mère Marie-Angélique lui dit de s'en retourner pour prendre soin de sa famille... » (p. 50). De même, les enfants de Gentien Thomas sont envoyés à Port-Royal-des-Champs, « afin d'y estre élevés ».

Et la conclusion ne se fait pas attendre : « Mon père étant retourné à Rouen, après nous avoir procuré une éducation aussy chrétienne que celle que nous recevions à Port-Royal, songea tout de bon de son côté à se débarrasser de ce qui le tenoit encore attaché au monde. Et sans considérer si les charges étoient alors dans leur valeur, comme elles le furent depuis, il vendit la sienne, avec une perte considérable par rapport à ce qu'elles furent vendues dans la suitte » (p. 136).

Les faits que nous venons d'énumérer — épars en apparence — nous paraissent néanmoins aller dans le même sens. Essayons de les rappeler brièvement :

1º Il y a un processus de constitution d'un corps de commissaires et de transfert à celui-ci de nombreuses prérogatives et attributions des officiers. Ce processus atteint dans la première moitié du XVIIe siècle et notamment au cours des années 1620-1650 un niveau particulièrement élevé.

2º Les années 1635-1640 constituent de plus une crise intense dans les relations entre le pouvoir central et les Cours souveraines, et cela aussi bien par les conflits entre la monarchie et le Parlement de Paris, que par la généralisation définitive des intendants et la baisse, ou tout au moins l'arrêt temporaire de la hausse du prix des offices.

3º Le mécontentement des officiers produit dans un petit groupe — que nous appellerons l'élite ou l'avant-garde — deux réactions idéologiques différentes, à savoir, d'une part, une attitude d'opposition active qui s'exprime dans des figures comme Barillon et Broussel et, d'autre part, le mouvement janséniste.

4º La grande masse des officiers reste cependant dans une sorte de mécontentement bien plus vague et moins cristallisé idéologiquement, ou bien s'efforce de passer à travers les charges de Maîtres des Requêtes ou bien directement dans le corps des commissaires, ce qui n'est, bien entendu, donné qu'à une toute petite fraction d'entre eux.

5º Nous trouvons en plus :

a) Que les milieux de robe ont joué un rôle décisif dans l'histoire du mouvement janséniste.

b) Que le milieu janséniste a été en contact étroit avec les dirigeants de l'opposition active (Barillon, Broussel).

c) Que le mouvement janséniste a pu s'appuyer sur une attitude favorable de la masse amorphe des parlementaires, et que nous pouvons constater des cas où il a été appuyé même par des figures importantes du Parlement, qui ne s'affirmaient pas favorables au jansénisme, et parfois lui étaient — ou lui seront plus tard — contraires (Molé, Lamoignon).

6º Que de nombreux membres importants du groupe janséniste, dont nous connaissons la biographie, se sont heurtés, avant la conversion, eux-mêmes ou leur famille à des difficultés considérables dans leur effort de « faire carrière » dans la bureaucratie du pouvoir central.

Tous ces faits ne sont, bien entendu, pas assez nombreux, et surtout nous n'avons pas la certitude qu'ils sont suffisamment représentatifs pour établir définitivement une théorie concernant l'infrastructure économique et sociale du jansénisme au XVIIe siècle. Ils nous ont cependant paru suffisamment convergents et suggestifs pour permettre et même exiger l'élaboration d'une hypothèse de travail qui devra — cela va de soi — être confirmée ou infirmée par de longues et minutieuses recherches ultérieures.

C'est pourquoi, une fois le caractère hypothétique de notre analyse souligné, son insertion dans l'ensemble du présent travail nous a semblé à la fois utile et nécessaire.

CHAPITRE VII

JANSÉNISME ET VISION TRAGIQUE

Le précédent chapitre a essayé d'esquisser dans ses grandes lignes la relation entre une certaine évolution de la monarchie absolue et le développement dans les milieux de robe, et notamment dans les milieux parlementaires, d'une attitude de réserve envers la vie sociale et envers l'État, — envers le « monde » — attitude qui était cependant dénuée de tout élément d'opposition politique ou sociale *active*, et qui a constitué l'arrière-plan idéologique et affectif sur lequel s'est développée l'idéologie janséniste.

En abordant les relations entre cette idéologie et ses deux grandes expressions — conceptuelle et littéraire — que sont les écrits de Pascal et le théâtre de Racine, il faudra se placer sur deux plans différents : celui des traits communs jusqu'à un certain point à l'ensemble du mouvement et celui des traits particuliers aux deux courants — centriste et extrémiste — auxquels il nous semble que ces écrits se rattachent en premier lieu.

Les traits qui caractérisent à peu de chose près l'ensemble du mouvement janséniste au XVIIe siècle sont sans doute nombreux (défense de Jansénius, antimolinisme, conception actuelle de la grâce efficace dans l'état de nature déchue, refus du « Dieu des philosophes », etc.). Pour le sujet qui nous intéresse ici cependant les transpositions philosophiques et littéraires — qui dans le cas de Racine sont même en grande partie profanes — de la vision janséniste ce sont deux de ces caractères qui nous arrêteront : le refus *non historique* du monde et l'attitude hostile ou tout au moins étrangère à tout mysticisme [1]. Mais, même ces deux traits généraux n'ont pas la

---

1. Pour ce dernier point surtout, il y a bien entendu des exceptions, telle la Mère Agnès, esprit malléable et éclectique qui manifeste souvent un penchant pour la spiritualité et le mysticisme. Il va de soi, cependant, qu'on peut trouver dans *tout* mouvement idéologique des individualités qui, tout en restant fidèles au groupe et en y jouant même un rôle prépondérant, manifestent sur le plan de la pensée et de la vie affective des traits « abérants ».

Toute réalité *historique* est en effet une totalité individuelle composée de parties différentes et différenciées et non une classe logique. Seules les sciences physico-chimiques supposent des définitions impliquant certains traits communs à *tous* les individus qu'embrasse l'extension du concept.

même signification selon qu'on les regarde dans l'un ou l'autre des courants qui structurent l'ensemble du mouvement des « Amis de Port-Royal ».

Sans doute des personnages aussi différents qu'Arnauld d'Andilly ou Gilbert de Choiseul, évêque de Comminges, Antoine Arnauld ou Nicole, Jacqueline Pascal et Barcos, seront-ils tous d'accord pour affirmer que le monde est mauvais et qu'aucune *action humaine* ne saurait le transformer et le rendre bon avant le jugement dernier. Mais Choiseul et Arnauld d'Andilly notamment, continuent l'un pendant toute sa vie, l'autre assez longtemps à vivre dans le monde et ne semblent jamais exclure toute possibilité de composition et de compromis. Arnauld et Nicole constatent à l'intérieur du monde *tel qu'il est* l'existence d'une lutte entre le bien et le mal, entre la vérité et l'erreur, entre la Cité de Dieu et la Cité du Diable, la piété et le péché et voient la tâche du chrétien dans la participation active à cette lutte qui leur paraît être — nous extrapolons sans doute, mais cette extrapolation nous semble valable — plutôt un état durable qu'une étape vers la défaite prochaine d'un des antagonistes. Sans doute admettent-ils eux aussi le compromis, mais comme pis-aller seulement et dans la mesure où il est la manière la plus efficace de défendre le bien et la vérité et où il ne porte pas sur la fin elle-même. Jacqueline Pascal abandonne au contraire entièrement le monde et lui oppose en bloc, sans le moindre compromis mais aussi sans aucun espoir de victoire, une exigence radicale de vérité et de piété; Barcos enfin refuse non seulement tout compromis, mais aussi toute lutte pour la vérité et le bien dans le monde (et aussi dans l'Église militante dans la mesure où elle en fait partie) et même toute affirmation — qui n'est pas inévitable et contrainte — de la vérité en face d'un monde qui ne saurait ni la comprendre ni l'écouter.

S'accommoder — à contre-cœur — du mal et du mensonge du monde; lutter pour la vérité et le bien dans un monde où ils ont une place — réduite sans doute — mais réelle; confesser le bien et la vérité en face d'un monde radicalement mauvais, qui ne saurait que les persécuter et les proscrire; se taire en face d'un monde qui ne saurait même pas entendre la parole d'un chrétien, ce sont là quatre positions type, que nous venons de schématiser sans doute, et de pousser aux dernières limites, mais qui correspondent aux quatre principaux courants du mouvement janséniste et qui ont toutes les quatre le caractère commun de condamner le monde sans justifier aucun espoir *historique* de le changer.

Sur le second point, l'attitude non-mystique ou même anti-mystique de l'ensemble du mouvement janséniste, l'accord entre les chercheurs serait par contre probablement plus difficile à établir. Sans doute y aurait-il peu d'historiens pour penser sérieusement pouvoir mettre en lumière des tendances mystiques importantes chez Arnauld d'Andilly, Antoine Arnauld, Nicole ou même Jacqueline Pascal. L'abbé Bremond a d'ailleurs insisté à juste titre sur l'anti-mysticisme général de Port-Royal. Ils restent néanmoins quelques personnalités — Saint-Cyran, la Mère Agnès, Barcos, Pascal et surtout deux textes, le *Mémorial* de Pascal et les *Sentiments de l'abbé Philérème sur l'oraison mentale* de Barcos qui sont encore contestés.

Nous avons déjà dit ce que nous pensons de la Mère Agnès. De même Saint-Cyran a probablement eu des périodes de spiritualité mystique — encore serait-il intéressant de délimiter avec précision les dates où elles se placent. Ni l'un ni l'autre n'ont cependant une importance capitale pour le problème qui nous intéresse ici [1].

Le cas est par contre différent pour Barcos ou Pascal et surtout pour les deux écrits que nous venons de mentionner.

Nous n'insisterons pas sur le *Mémorial*, l'affirmation du caractère mystique ou non-mystique d'un témoignage vécu supposant une connaissance autrement approfondie de la vie mystique que celle dont nous saurions nous prévaloir. Pendant longtemps nous étions enclin à admettre tout au moins certains traits mystiques dans ce texte et à voir en lui une incohérence — étonnante sans doute chez un penseur de la classe de Pascal — mais néanmoins possible et probablement réelle.

Les récentes analyses de M. Henri Gouhier [2], auxquelles nous nous rallions sans réserve, nous ont amené à modifier notre opinion sur ce point. Nous nous permettons d'y renvoyer le lecteur qui voudrait approfondir le problème.

Toute autre est par contre la situation en ce qui concerne l'écrit de Barcos qui est, non pas le témoignage vécu d'un instant biographique, mais un *texte doctrinal* qui relève comme tel de l'histoire des *idées* religieuses. Certains historiens y ont vu un texte mystique. Nous défendons la thèse contraire et comme il s'agit d'un problème particulièrement important, aussi bien pour l'histoire de Port-Royal que pour la sociologie du théâtre racinien et des *Pensées*, on nous permettra de nous y arrêter quelque peu.

Éliminons d'emblée l'autorité de H. Bremond qui avoue n'avoir jamais lu l'écrit de Barcos, qu'il lui aurait été impossible

---

1. Le prestige de Saint-Cyran a sans doute été extraordinaire, mais il est mort en 1644, longtemps avant les écrits de Pascal et de Racine que nous nous proposons d'étudier. Or, en histoire, l'influence posthume nous semble un fait à expliquer et non pas un principe explicatif. (Voir à ce sujet L. GOLDMANN : *Sciences humaines et Philosophie.*) L'image de Saint-Cyran qu'admirait Port-Royal était d'ailleurs fort peu mystique. (Voir par exemple LANCELOT : *Mémoires*, t. II, p. 36-64).

2. Voir l'étude sur *Je Mémo.:al est-il un texte mystique?*, dans *Blaise Pascal, la vie et l'œuvre*, Paris, Éd. de Minuit, 1955.

de se procurer [1]. Les autres historiens n'ayant pas non plus indiqué par écrit les raisons qui fondent leurs interprétations ou l'ayant par la suite modifiée, nous nous limiterons à l'étude du texte lui-même.

Constatons d'abord un fait évident qui est probablement à l'origine des interprétations que nous venons de mentionner. Les *Réflexions de l'abbé Philérème* (Barcos) sur l'écrit de *Philagie* (la Mère Agnès) sont dirigées *en premier lieu* contre les doctrines intellectualistes de Nicole et leur influence sur cette dernière. Il nous semble cependant qu'il y a à la base des jugements que nous venons de mentionner une supposition qui nous paraît contestable selon laquelle tout écrit chrétien anti-intellectualiste serait par cela même dans une certaine mesure spirituel et mystique [2]. Or, une des idées principales qui est à la base même du présent travail est celle qu'il y a encore d'autres possibilités, par exemple celle d'un écrit eschatologique, ou bien celle d'un *écrit tragique*, ce qui nous paraît précisément valable dans le cas de l'ouvrage que nous étudions.

La terminologie dans ce domaine étant encore peu précise, il faut bien entendu avant tout éviter les simples querelles de mots. Il nous semble cependant qu'un écrit mystique implique d'une manière ou d'une autre l'idée d'une présence immédiate, sensible — affective ou noématique — de la divinité ou tout au moins l'idée d'une approche possible d'un pareil état, l'idée d'un itinéraire vers l'unité et l'identification avec Dieu. M. Henri Gouhier a distingué trois traits essentiels du mysticisme : la connaissance infuse, la passivité et le désintéressement [3].

Or, Barcos, qui lutte contre les idées intellectualistes que Nicole était parvenu à insuffler partiellement à la Mère Agnès, se trouve — heureusement pour l'historien des idées — aussi devant les tendances mystiques ou tout au moins spirituelles de celle-ci et ne se fait bien entendu pas faute de les critiquer vigoureusement. Comme tous les auteurs tragiques et dialectiques (Pascal, Kant, Hegel, Marx, Lukàcs), Barcos mène lui aussi la lutte sur deux fronts opposés : celui de l'intellectualisme et celui de la spiritualité mystique.

Aussi s'oppose-t-il de toutes ses forces à l'idée d'une présence sensible de la Divinité et même d'une approche, d'un

---

1. H. BREMOND : *Histoire du sentiment religieux en France*, t. IV, p. 479 et 494. Affirmation d'autant plus étonnante qu'il y avait à cette date plusieurs exemplaires dûment catalogués à la Bibliothèque Nationale.

2. Le terme « spirituel » peut prêter à confusion. Mais le mot « mystique » étant lié à l'extase et à l'identification avec la divinité proprement dite, au ravissement, il nous fallait un autre terme indiquant seulement l'*itinéraire* vers cet état, l'*approche* par la vie intérieure de la divinité et de l'extase, c'est *dans ce sens* restreint que nous employons ici le mot « spiritualité ».

3. Dans un cours encore inédit en Sorbonne.

itinéraire vers une telle présence. La condition de l'homme dans l'état de nature déchue est telle que la *seule* présence de la Divinité (et plus exactement du Saint-Esprit) qu'il saurait atteindre est non pas illumination, vue, contemplation, état etc., mais *prière*, une présence qui implique son contraire, la distance incommensurable, l'absence et le besoin.

Sans doute, la prière est-elle en nous « une œuvre du Saint-Esprit... et non des créatures qui ne peuvent rien produire dans les Ames que de naturel et humain » (p. 19), mais cette action du Saint-Esprit est toute différente de la présence immédiate, de la connaissance surnaturelle et infuse qu'implique l'extase mystique. Ce n'est pas la prière d'un être comblé, mais la prière du pauvre, du mendiant qui cherche ce qu'il n'a pas. Aussi, pour Barcos, la présence de Dieu aux bienheureux dans le ciel supprime-t-elle la prière. « Les Bienheureux voient et considèrent beaucoup mieux que nous les Mystères et les vérités de Dieu et forment ensuite des affections sans comparaison plus ferventes et plus fortes. Mais parce qu'ils ne gémissent plus et n'ont plus rien à désirer ny à demander à Dieu, ils ne prient pas aussi selon tous les Pères, comme on ne prie point pour eux, mais ils prient seulement pour nous, comme nous-mêmes » (p. 3-4).

« L'Oraison n'est pas proprement une élévation d'esprit vers Dieu, ny un entretien familier de l'Ame avec luy; car on a l'esprit élevé à Dieu dans le Ciel, et on s'y entretient familièrement avec luy, et néanmoins on n'y prie point, parce qu'on n'a plus rien à luy demander » (p. 57).

Ces textes montrent aussi que pour Barcos la prière n'est pas désintéressée: on prie parce qu'on a quelque chose à demander.

Il y a d'ailleurs dans le même sens, un texte qui nous paraît d'une très grande importance. C'était en effet une idée courante à Port-Royal que la vie des religieuses et des solitaires, la vie du chrétien est un spectacle sous le regard de Dieu. La Mère Agnès — et c'est là un des aspects essentiels de ses tendances spirituelles — ne voit pas de contradiction entre la prière et la possession, elle pense comme tous les mystiques qu'on peut prier pour demander précisément ce que l'on possède; elle écrit : « Seigneur, je ne désire qu'un seul regard favorable de vos yeux et je ne désireray jamais autre chose[1] » : (p. 15) ce qui provoque aussitôt la réponse de Barcos : « Cette Version du Psaume est fort libre. Le texte sacré ne dit pas que le Prophète désire que Dieu le regarde, mais qu'il désire au contraire de voir la face de Dieu. »

Quant aux textes où Barcos repousse toute idée de présence divine immédiate et sensible, ils sont si nombreux qu'on pourrait citer presque un quart ou un tiers du volume.

---

1. Encore le mot « favorable » enlève-t-il à ce texte le désintéressement total.

Contentons-nous de quelques exemples :

Philagie (la Mère Agnès) : « Après vous être mise en la présence de Dieu. »

Philérème (Barcos) : « La vraye présence de Dieu, ou avoir Dieu présent, c'est regarder en tout ce que l'on fait la vérité et la justice, et ne faire rien que pour elles, car Dieu n'est autre chose que Vérité et Justice. Toute autre présence de Dieu peut tromper, et peut être commune aux bons et aux méchants » (p. 7).

Philagie : « Faisant tout ce qui vous sera possible pour vous rendre digne de parler à Dieu face à face, autant qu'on le peut en cette vie. »

Philérème : « On ne parle point à Dieu face à face au Saint-Sacrement... et sa présence y est couverte d'un voile que nulle créature ne sçaurait pénétrer et qui ne le peut être que par la foy qui est très obscure, et plus en ce point qu'en tous les autres. Sa Divinité nous est bien plus présente, nous environnant de tous côtés et étant toute dans nous, que son Corps, au Saint-Sacrement, qui n'est qu'en un petit espace et hors de nous. Et néanmoins on ne peut pas dire que nous voyons icy la Divinité face à face, parce que nous ne la voyons point du tout, étant couverte de tant de voiles qui nous la cachent » (p. 33-34).

De même Barcos nie toute idée d'une connaissance naturelle ou surnaturelle qui serait présence immédiate ou tout au moins approche de la divinité.

« Toutes les voyes de connaissances n'approchent point de Dieu comme la simple ignorance n'éloigne point de luy, mais le péché et la corruption; la connaissance aussi n'approche point de luy, quelle qu'elle soit, naturelle ou surnaturelle, mais seulement les pleurs et les gémissements qui ne sont point sans amour ny sans le Saint-Esprit » (p. 14).

« Il ne faut pas seulement faire peu d'état des véritéz que nous représentons nous-mêmes par nôtre propre esprit dans l'Oraison mais aussi de celles que Dieu nous donne par une lumière divine, parce que cette lumière n'est pas le don parfait, dont parle l'Écriture, auquel il faut s'attacher, et lequel il faut demander ou désirer, pouvant être donné aux méchans aussi bien qu'aux bons, et par punition aussi bien que par miséricorde. »

« C'est pourquoy ceux qui veulent marcher seulement et craignent de s'égarer, ne s'y arrêtent point, lors même que Dieu les leur donne, croiant qu'il le fait pour les éprouver, bien loin de les souhaiter et de les luy demander dans la prière » (p. 10-11).

De même, l'idée d'activité est souvent mise en valeur, de sorte que le troisième des critères choisis par M. H. Gouhier, pour permettre d'affirmer le caractère mystique d'un ouvrage, la passivité, fait lui aussi défaut.

« La lumière que les saints demandent à Dieu dans leurs prières n'est pas l'intelligence des mystères et des vérités divines, mais le discernement du bien et du mal pour faire l'un, et fuir l'autre » (p. 8-9).

Nous pourrions continuer, n'étaient les limites du présent ouvrage. Si nous avons cependant analysé si longuement l'écrit de Barcos, c'est que l'interprétation de plusieurs historiens posait un des problèmes les plus importants pour l'histoire du mouvement janséniste, et aussi pour la compréhension de la genèse et de la signification des *Pensées* et du théâtre racinien, celui de savoir si l'on peut rapprocher Port-Royal dans l'ensemble, ou tout au moins les tendances antirationalistes de Port-Royal, de la spiritualité bérullienne et même du mouvement spirituel à tendances mystiques qui caractérise en partie la contre-réforme au XVIIe siècle.

La Mère Agnès, Saint-Cyran restent malgré tout des figures périphériques; il n'est pas question de trouver des tendances mystiques chez Arnauld et chez Nicole. Ainsi Barcos et le groupe qui le suivait, et dont faisaient partie Singlin, Guillebert, la Mère Angélique et, en grande mesure, Lancelot, se trouvent être — à supposer que ses écrits aient vraiment un caractère mystique ou spirituel (dans le sens où nous employons *ici* ce mot) — le seul point d'appui vraiment sérieux de cette thèse.

Or, le mysticisme nous paraît inconciliable avec la tragédie (et même — sur le plan littéraire — avec le théâtre en général). Il est en effet dépassement et abolition des limites dans l'unification totale avec le cosmos (s'il est panthéiste) ou avec la divinité (s'il est théocentrique). Son expression littéraire ne saurait être que poétique : le cantique ou le poème lyrique.

Le théâtre, par contre, suppose des personnages et des comportements parfaitement délimités. C'est pourquoi, si l'on peut sans difficulté introduire dans une pièce un personnage mystique vu du dehors, il nous semble qu'on ne saurait écrire un drame mystique littérairement valable. Et la difficulté est encore plus radicale pour la vision tragique dont le contenu essentiel est sur tous les plans — philosophique, théologique, et non seulement littéraire — la conscience aiguë, douloureuse et univoque des limites et de l'impossibilité de les dépasser.

C'est pourquoi, étant donné l'absence de tout lyrisme port-royaliste, et étant donné que les deux courants jansénistes, qui ont trouvé une grande expression littéraire, l'ont fait dans la tragédie et dans le drame, il aurait été étonnant de rencontrer un grand théoricien du mysticisme parmi les doctrinaires de Port-Royal.

Si vraiment le groupe barcosien avait été mystique, on n'aurait plus le choix qu'entre deux hypothèses qui nous paraissent toutes deux également difficiles à défendre; il est en effet malaisé de rattacher les *Pensées* et les quatre tragédies de Racine au rationalisme centriste d'Arnauld et de Nicole; aussi faudrait-il, ou bien leur donner — en les rattachant au courant barcosien — une signification spirituelle et mystique qui nous paraît difficilement conciliable avec le texte, ou bien les regarder comme une série d'événements philosophiques et littéraires autonomes, sans aucun arrière-plan intellectuel et social, c'est-à-dire comme une série de « miracles » historiques.

En fait, il n'en est rien. Quelles que soient les différences considérables entre les positions de Barcos et celles d'Arnauld et de Nicole, ils sont les uns et les autres étrangers et même opposés à tout mysticisme, réel ou virtuel. C'est probablement la raison qui a fait de Port-Royal un des principaux foyers de culture classique et lui a permis de s'exprimer aussi bien dans le rationalisme des *Provinciales* que dans la philosophie tragique des *Pensées* et dans le théâtre tragique ou dramatique de Racine.

II

En passant du cadre que nous venons de tracer aux lignes très générales de la structure interne du mouvement janséniste, il nous faut tout d'abord constater au XVIIe siècle l'existence de quatre courants. Or, deux tout au moins, d'entre eux, le courant modéré (le tiers-parti de M. Orcibal) et le courant extrémiste non tragique (Jacqueline Pascal, Le Roi, etc.), n'ont pas trouvé d'expression philosophique et littéraire importante, les écrits de Pascal et de Racine se rattachant dans leur quasi-totalité soit au centrisme que nous appellerons dramatique d'Arnauld et Nicole, soit à l'extrémisme tragique de Barcos et du groupe qui l'entourait.

Le fait n'a d'ailleurs rien d'étonnant. Les courants modéré et extrémiste non tragique se situaient plutôt à la périphérie du groupe des « Amis de Port-Royal » et étaient, en tout cas, trop faiblement représentés pour donner naissance à des œuvres littéraires ou philosophiques vraiment importantes. Par contre, depuis au moins 1650 jusqu'à 1669, les deux courants arnaldien et barcosien forment l'aspect essentiel de la vie du groupe janséniste. Encore faut-il ajouter qu'à partir de 1661 la persécution renforce le poids du courant arnaldien qui devient nettement prédominant vers 1669 et s'identifie presque avec le mouvement après la reprise des persécutions.

Or, si les *Provinciales* et les deux drames sacrés *Esther* et

Athalie se rattachent — comme nous essayons de le montrer — d'assez près au courant arnaldien, la quasi-tragédie *Andromaque* et les deux premières tragédies de Racine, *Britannicus* et *Bérénice*, se rattachent à l'extrémisme de Barcos, tandis que *Phèdre* et les *Pensées*, tout en représentant une position bien plus radicale, sont difficilement concevables en dehors de cet extrémisme; enfin, les drames intramondains de Racine, *Bajazet*, *Mithridate* et *Iphigénie*, reflètent l'acceptation méfiante et pleine de réserves de la Paix de l'Église par la conscience extrémiste et tragique qui était celle de Racine à cette époque, sinon dans sa vie, tout au moins dans sa création littéraire.

Il y a ainsi chez Pascal de 1654 à 1662 une évolution qui le mène de l'intellectualisme centriste des *Provinciales* à l'extrémisme tragique des *Pensées* et, inversement, chez Racine, entre 1666 et 1689 une évolution qui va de cet extrémisme au centrisme dramatique. Or, si l'on tient compte des dates, les deux évolutions reflètent assez fidèlement la réalité historique; venu du monde et de la science, Pascal s'intègre par étapes au mouvement janséniste dans ce qu'il a de plus radical, tandis que Racine élevé dans les milieux port-royalistes suit l'évolution ultérieure et inverse de l'ensemble du mouvement.

Un mot, cependant, pour éclairer la différence entre les réserves envers les positions arnaldiennes qui s'expriment dans les trois drames intramondains de Racine et l'identification étroite avec ces positions que nous trouvons dans les deux drames sacrés. Il faut en effet distinguer dans la position du centrisme arnaldien *deux* aspects qui se sont manifestés à deux époques différentes, celui du compromis avec les pouvoirs qui semblent se mettre — partiellement et temporairement sans doute — au service de la vérité et du bien — c'est la Paix de l'Église de 1669 à 1675 — et celui de la lutte ultérieure contre un pouvoir qui reprend la persécution des « disciples de Saint Augustin ». Du point de vue arnaldien, cette distinction est bien entendu factice, les positions d'Arnauld envers les pouvoirs ayant peu varié: ce sont en effet ceux-ci qui ont eux-mêmes arrêté, puis repris de leur propre initiative les persécutions. De même, cette distinction n'a aucune importance pour Pascal, arnaldien jusqu'en 1657, s'orientant par la suite vers l'extrémisme et surtout, mort en 1662, plus de six ans avant la Paix de l'Église. Elle éclaire cependant en partie certains problèmes que pose le théâtre racinien dans la mesure où on comprend que dans une évolution qui va de *l'extrémisme au centrisme*, de la tragédie au drame, les réserves soient encore fortes devant le compromis et l'entente avec les pouvoirs et que l'identification ne devienne entière qu'avec le centrisme persécuté et résistant.

C'est ce qui a eu lieu en réalité, comme nous essayerons de

le montrer dans la quatrième partie de cet ouvrage qui sera
consacrée au théâtre racinien.

III

Il nous reste à expliciter, par quelques exemples typiques,
les deux positions — arnaldienne et barcosienne — de manière
à rendre compréhensibles les liens qui rattachent à l'une les
Provinciales et les drames de Racine, à l'autre les *Pensées* et
les quatre tragédies. Cette analyse se précisera, bien entendu,
dans la suite du présent travail. Pour l'instant, et dans les
limites d'un seul paragraphe, il ne peut être question que de
tracer quelques lignes schématiques et générales.

Pour le faire, nous avons choisi trois problèmes qui nous
paraissent particulièrement suggestifs : sur le plan théologique,
l'attitude envers la doctrine de la Grâce des « nouveaux Thomistes »; sur le plan de la vie sociale et politique, l'attitude
envers l'État et les pouvoirs; sur le plan philosophique, l'appréciation de la valeur des connaissances rationnelles et sensibles.

Sur chacun de ces trois points, nous essaierons de montrer
le lien entre, d'une part, les positions arnaldiennes et l'idée
d'une lutte *dans le monde* pour la défense de la vérité et du bien
et, d'autre part, les positions extrémistes et l'idée du refus tragique du monde et de la retraite dans la solitude [1].

En abordant le problème de l'attitude envers les « nouveaux
Thomistes », précisons d'emblée qu'il ne s'agit nullement de
comparer la doctrine de la Grâce des « disciples de Saint Augustin » à celle de Saint Thomas ou même de ses disciples au
XVIIe siècle. Ici, où nous nous intéressons seulement aux deux
courants jansénistes, il nous suffit de savoir comment leurs
représentants interprétaient la position des « nouveaux Thomistes » sans nous demander d'aucune manière dans quelle
mesure cette interprétation était ou n'était pas justifiée.

Or, sur la doctrine même des « nouveaux Thomistes » et
sur ses différences et ressemblances avec la doctrine de Saint
Augustin, il ne semble pas y avoir eu de divergences notables

---

1. Ajoutons, que loin d'être uniques, ces trois exemples pourraient être multi-
pliés et surtout complétés par des polémiques concrètes, particulièrement suggestives : discussion autour de la publication des plaidoyers d'Antoine Le Maître,
problème du mariage, de l'intérêt, de la défense de Jansénius dans l'Église en général et à Rome en particulier, etc. Il nous a cependant paru que dans un ouvrage
à caractère philosophique, il valait mieux analyser des positions fondamentales
de principe, plutôt que leur expression lors de telle ou telle discussion historique
localisée.

entre les représentants des deux courants jansénistes, si ce n'est le fait que dans le milieu arnaldien on mettait l'accent surtout sur les éléments communs, tandis que Barcos insistait en premier lieu sur les différences. On n'a en effet, à notre connaissance, jamais nié explicitement dans le milieu arnaldien l'existence d'une doctrine entièrement différente des « nouveaux Thomistes » en ce qui concerne l'état des anges et de l'homme avant le péché originel ni celle d'une « terminologie » différente en ce qui concerne l'état de nature déchue. Inversement, Barcos insiste surtout sur l'importance de la terminologie et de la différence concernant l'état des anges et d'Adam avant la chute. Ainsi l'opposition entre Barcos et les arnaldiens porte-t-elle non pas sur la nature mais sur *l'importance* des différences entre la doctrine de Saint Augustin et celle des « nouveaux Thomistes ».

Établissons d'abord quelles sont, d'après Barcos, ces différences :

Sur l'état d'Adam et des anges, nous lisons dans son *Exposition de la Foi touchant la Grâce et Prédestination* [1] :

« Selon ce Saint (Saint Augustin), il (Adam) dépendait des forces du libre arbitre telles qu'elles étaient en Adam de persévérer » (p. 41).

« — Quelle différence y a-t-il entre la Grâce d'Adam et celle des Anges?

« — Il n'y en a aucune; et Saint Augustin ne les sépare jamais... » (p. 41).

« — Tous les théologiens sont-ils d'accord sur ce point que la Grâce des Anges et du premier homme ait été une Grâce soumise au libre arbitre?

« — Non, puisque les disciples de Saint Thomas veulent que la Grâce des Anges qui sont demeurés fidèles ait été une Grâce prédéterminante, ce qui est tout à fait contraire aux principes de Saint Augustin... Il est aussi à remarquer que ces théologiens raisonnent de la même manière à l'égard du premier homme, prétendant que cette Grâce efficace et prédéterminante, qu'ils disent lui avoir été nécessaire dans l'état même de l'innocence, pour faire le bien, lui a manqué » (p. 42-43).

Et, concernant l'état de nature :

« Les nouveaux Thomistes, par la Grâce suffisante entendent une Grâce qui n'est jamais efficace à l'égard de quelque effet que ce soit, mais qui est purement suffisante; ce qui fait qu'elle demande toujours une autre Grâce qui soit efficace, afin que la volonté opère même pour les moindres commencements du bien et les plus légers désirs » (p. 176).

---

1. Dans un volume réunissant aussi *les Instructions sur la Grâce selon l'Écriture et les Pères*, par M. ARNAULD, Cologne, chez P. Morteau, 1700.

« Si on prend la Grâce suffisante au troisième sens (celui
précisément des nouveaux Thomistes), il est plus difficile de
la concevoir : néanmoins, comme il semble qu'on ne veuille
entendre autre chose par cette Grâce que ce pouvoir qui est
dans la nature, par laquelle, sous la corruption même du péché,
elle est capable du bien; on consent de la souffrir, pour éviter
toute dispute » (p. 177-8).

Il ne faut d'ailleurs pas se faire des illusions. Barcos la
« souffrait » chez ceux qui la défendaient, en refusant d'ouvrir
la polémique avec eux, mais il a toujours lutté contre l'emploi
de la terminologie des « nouveaux Thomistes », par les disciples de Saint Augustin.

Il reste à nous demander pourquoi ces divergences entre les
« nouveaux Thomistes » et les « disciples de Saint Augustin »
— surtout celles qui concernent la Grâce d'Adam — paraissent
si importantes à Barcos et si peu à Arnauld et à ses amis [1].

Il nous semble que cela se comprend assez bien, si on les rapporte aux deux positions fondamentales d'Arnauld et de Barcos, telles que nous les avons caractérisées plus haut. Pour le
centrisme arnaldien, la tâche *actuelle* de l'homme se situe *dans*
le monde et *dans* l'Eglise militante où il doit défendre, en tant
que vrai chrétien, le bien et la vérité, et cela aussi longtemps
qu'il vit et sans aucun espoir de changement *radical*. Dans
cette perspective, toute divergence portant sur l'état initial
de l'homme, avant la chute, à un moment où il se trouvait
dans un état essentiellement différent de son état actuel, et
surtout dans un état qui n'a plus aucune signification *pratique*
pour l'homme déchu, devient secondaire et purement « théorique ».

De même, l'affirmation que l'homme a actuellement une
Grâce *suffisante*, mais qui ne lui permet pas d'agir effectivement, ne diffère pas de la position janséniste uniquement sur le
plan de la terminologie. Il s'agit du fait — Barcos l'a remarqué
— que les uns appellent *Grâce suffisante* ce que les autres
appellent *nature corrompue*. C'est là un problème non seulement
de terminologie mais aussi *d'appréciation*. Cette Grâce est
suffisante pour les « nouveaux Thomistes », parce qu'elle est
caractéristique de la condition humaine comme telle avant et
après le péché. L'homme ne saurait donc aspirer à un état
radicalement différent de sa condition actuelle. Pour les jansénistes, par contre, cette différence *qualitative*, ce passage d'un

---

1. La même divergence d'attitude se manifeste dans le fait que *les Instructions
sur la Grâce* d'ARNAULD ne parlent pas d'Adam et commencent par « l'état où
le péché a réduit l'homme » probablement pour éviter de mentionner les différences
entre la doctrine de Saint Augustin et celles des nouveaux Thomistes, tandis que
l'*Exposition* de BARCOS consacre à ce sujet les cinquante-trois premières pages
sur un ensemble de deux cent soixante-dix-sept.

état de liberté à un état où tout acte a besoin d'une Grâce médicinale s'est produit une fois dans l'histoire au moment du péché originel et se reproduira en sens inverse pour les élus à la fin des temps, au Jugement dernier. Seulement, dans la perspective arnaldienne, tout cela n'a aucune importance *pratique* immédiate, ce sont des questions purement doctrinales.

Aussi comprend-on que les deux premières *Provinciales* de même que la dernière, qui sont arnaldiennes, affirment qu'il n'y a entre les « nouveaux Thomistes » et les jansénistes qu'une différence de terminologie, mise en avant pour des raisons de pure politique ecclésiastique, mais n'ayant aucune importance réelle [1].

Pour Barcos, par contre, le problème se pose tout autrement. L'extrémisme refuse en effet toutes les valeurs relatives du monde manifeste et à la limite de l'Église militante, il se retire dans la solitude au nom précisément d'une exigence de valeurs absolues, radicalement différentes de celles que saurait atteindre dans cette vie l'homme dont la volonté est corrompue par le péché originel.

On comprend l'importance *primordiale* et surtout *actuelle* que présente pour cette position l'affirmation de la possibilité réelle d'un état radicalement différent de l'état actuel, l'affirmation que l'absence de libre arbitre n'est pas liée à la condition humaine comme telle, mais à l'accident *historique* de la chute, et que l'homme a le droit et le devoir d'aspirer à des valeurs qui n'ont rien de relatif. Et l'on comprend aussi l'importance que prend dans le texte extrémiste des *Pensées* la chute et le souvenir de la grandeur passée comme fondement ontologique de l'aspiration *actuelle* à la vraie grandeur de tous ceux qui cherchent Dieu sans l'avoir trouvé.

Enfin, l'on comprend aussi que Barcos « souffre » à la limite que d'autres appellent « suffisant » l'état actuel des hommes

---

1. « Mais, lui dis-je, quelle différence y a-t-il donc entre eux (les nouveaux Thomistes) et les Jansénistes? — Ils diffèrent, me dit-il, en ce qu'au moins les Dominicains ont cela de bon, qu'ils ne laissent pas de dire que tous les hommes ont la *grâce suffisante*. — J'entends bien, répondis-je; mais ils le disent sans le penser, puisqu'ils ajoutent qu'il faut nécessairement, pour agir, avoir une grâce efficace, qui n'est pas donnée à tous : et ainsi, s'ils sont conformes aux Jésuites par un terme qui n'a pas de sens, ils leur sont contraires, et conformes aux Jansénistes, dans la substance de la chose. » *(2e Provinciale.)*

« Mais, après tout, mon Père, à quoi avez-vous pensé de donner le nom de suffisante à une grâce que vous dites qu'il est de foi de croire qu'elle est insuffisante en effet? — Vous en parlez, dit-il, bien à votre aise. Vous êtes libre et particulier; Je suis religieux et en communauté. N'en savez-vous pas peser la différence? Nous dépendons des supérieurs; ils dépendent d'ailleurs. Ils ont promis nos suffrages : que voulez-vous que je devienne? Nous l'entendîmes à demi-mot; et cela nous fit souvenir de son confrère, qui a été relégué à Abbeville pour un sujet semblable. » 2e *Provinciale*.)

« Ainsi, mon père, vos adversaires sont parfaitement d'accord avec les nouveaux Thomistes mêmes, puisque les Thomistes tiennent comme eux, et le pouvoir de résister à la grâce, et l'infaillibilité de l'effet de la grâce qu'ils font profession de soutenir. » (PASCAL : 18e *Provinciale*.)

qui n'ont pas la Grâce efficace, qui ne sont pas des élus, mais qu'il soit outré de voir cette terminologie — acceptable dans la perspective arnaldienne — employée par les « disciples de Saint Augustin ».

L'évolution ultérieure d'Arnauld et de Nicole vers des positions de plus en plus thomistes *dans le contenu* et non seulement dans la terminologie n'est que le développement naturel des virtualités que la position centriste contenait déjà dès l'origine. Aussi l'interprétation de M. Dedieu [1] qui attribue cette évolution à l'influence de Pascal nous paraît-elle hautement contestable, et cela d'autant plus que tout semble concorder à l'affirmation que Pascal a subi lui-même entre 1657 et 1661 une évolution inverse qui l'éloignait de plus en plus du thomisme presque explicite des *Provinciales*.

Sur le plan des idées sociales et politiques, Arnauld et Nicole admettent qu'il peut y avoir de bons rois, de bons ministres, etc., qui seraient d'ailleurs les vrais rois, les vrais ministres, et aussi inversement des mauvais rois, des mauvais ministres, des mauvais généraux, qui — pour employer le mot de Nicole — ne prient pas et à cause de cela trahissent la nature même de leur fonction. A la limite, un roi ou un ministre qui ne serait pas un bon chrétien serait en tant que tel un mauvais roi et un mauvais ministre, mais il n'existe aucune opposition nécessaire entre la participation active à la vie sociale et politique même dans une fonction d'autorité et la qualité de chrétien.

Malgré certaines apparences, dans un Etat et une société qui se veulent chrétiens, les gens qui adopteraient les positions d'Arnauld et de Nicole, seraient de très bons citoyens, et même les meilleurs dans la mesure où ils lutteraient pour que cet Etat et cette société soient réellement ce qu'ils prétendent être et non pas une société sans dieu recouverte d'une façade chrétienne. Arnauld et Nicole ne refusent pas l'autorité politique comme telle, ils ne s'en distancent même pas, ils sont tout simplement sérieusement et non seulement en paroles pour une bonne autorité, pour des bons ministres, des bons juges et surtout des bons rois et contre les mauvais conseillers du pouvoir légitime. Les citations en ce sens abondent, nous en donnons quelques-unes au hasard.

Au début du *Traité de la prière*, Nicole écrit ces mots qui

---

1. D'après Nicole, Pascal aurait fait pendant les dernières années de sa vie, au moment de ses disputes les plus vives avec le groupe centriste, un mémoire dans lequel il demandait de revoir les écrits des dernières années, et de les réduire à « une parfaite conformité d'expression » en renonçant aux « relâchements » et aux « condescendances »; les termes mêmes, l'époque de la vie de Pascal où se situe ce mémoire, l'absence de précision de Nicole, tout indique qu'il s'agissait d'une exigence extrémiste de renoncement à la terminologie thomiste et non d'une évolution vers le thomisme comme semble le croire M. Dedieu. (Voir JEAN DEDIEU : *Pascal et ses amis de Port-Royal*, La Table Ronde, décembre 1954, p. 84-88.)

résument merveilleusement ses positions : « Ainsi l'on doit
dire qu'un Prince Chrestien, est un homme qui prie et qui gouverne un estat; qu'un général d'armée est un homme qui prie et
conduit une armée; qu'un Magistrat chrestien est un homme
qui prie et qui rend justice au peuple; qu'un artisan chrestien
est un homme qui prie et qui travaille d'un métier... La prière
entre dans toutes les vocations et elle les sanctifie toutes. Sans
elle, ce ne sont que des occupations profanes et païennes et
souvent sacrilèges : mais avec la prière, elles deviennent chres-
tiennes et sanctifiantes [1]. »

De même dans l'essai sur *la Grandeur*, on peut lire les lignes
suivantes dirigées contre les positions tragiques de Pascal :

« C'est par ces principes qu'on peut résoudre la question
proposée : par où les grands sont dignes de respect. Ce n'est ni
par leurs richesses, ni par leurs plaisirs, ni par leur pompe ; c'est
par la part qu'ils ont à la royauté de Dieu, que l'on doit honorer
en leur personne selon la mesure qu'ils la possèdent; c'est par
l'ordre dans lequel Dieu les a placés, et qu'il a disposé par sa
providence. Ainsi cette soumission ayant pour objet une chose
qui est vraiment digne de respect, elle ne doit pas seulement
être extérieure et de pure cérémonie, mais elle doit aussi être
intérieure, c'est-à-dire qu'elle doit enfermer la reconnaissance
d'une supériorité et d'une grandeur réelle dans ceux qu'on
honore. C'est pourquoi l'apôtre recommande aux chrétiens
d'être assujettis aux puissances, non seulement par la crainte
de la peine, mais aussi par un motif de conscience : *Non solum
propter iram, sed etiam propter conscientiam* [2]. »

« Ceux donc qui ont dit qu'y ayant deux sortes de grandeurs,
l'une naturelle et l'autre d'établissement, nous ne devons les
respects naturels, qui consistent dans l'estime et dans la soumission d'esprit, qu'aux grandeurs naturelles, et que nous ne
devons aux grandeurs d'établissement que les honneurs d'établissement, c'est-à-dire certaines cérémonies inventées par les
hommes pour honorer les dignités qu'ils ont établies, doivent
ajouter, pour rendre cette pensée tout à fait vraie, qu'il faut
que ces cérémonies extérieures naissent d'un mouvement intérieur, par lequel on reconnaisse dans les grands une véritable
supériorité; car leur état enfermant, comme nous avons dit,
une participation de l'autorité de Dieu, il est digne d'un respect
véritable et intérieur; et tant s'en faut que les grands n'aient
droit d'exiger de nous que ces sortes de cérémonies extérieures,
sans aucun mouvement de l'âme qui y réponde, qu'on peut
dire au contraire qu'ils n'ont droit d'exiger ces cérémonies

---

1. NICOLE : *Traité de l'oraison*, préface, p. 13.
2. NICOLE : *Œuvres philosophiques*, Paris, Hachette, 1845 « *De la grandeur* »,
chap. III, p. 392.

qu'afin d'imprimer dans l'esprit des sentiments justes que l'on doit avoir pour leur état. De sorte que lorsqu'ils connaissent assez certaines personnes pour être assurés qu'elles sont à leur égard dans la disposition où elles doivent être, ils les peuvent dispenser de ces devoirs extérieurs, parce qu'ils n'ont plus alors leur fin et leur utilité.

« Il est vrai que ce respect qui est dû aux grands ne doit pas corrompre notre jugement à leur égard, ni nous faire estimer en eux ce qui n'est pas estimable. Il est compatible avec la connaissance de leurs défauts et de leurs misères, et il n'oblige nullement à ne leur pas préférer intérieurement ceux qui ont plus de biens réels et de grandeurs naturelles; mais comme l'honneur leur est dû, qu'il est utile qu'ils soient honorés, et que le commun du monde n'a pas assez de lumière ni d'équité pour condamner les défauts sans mépriser ceux en qui il les remarque, on est obligé de demeurer en une extrême retenue en parlant des grands et de tous ceux à qui l'honneur est nécessaire; cette parole de l'Écriture : « Ne parlez point mal du prince de votre peuple », s'entendant de tous les supérieurs tant ecclésiastiques que séculiers, et généralement de tous ceux qui participent à la puissance de Dieu. C'est pourquoi c'est une chose très contraire à la véritable piété que la liberté que le commun du monde se donne de décrier la conduite de ceux qui gouvernent; car outre que l'on en parle souvent témérairement et contre la vérité, parce qu'on n'en est pas toujours assez informé, on en parle presque toujours avec injustice, parce que l'on imprime dans les autres, par ces sortes de discours, une disposition contraire à celle que Dieu les oblige d'avoir pour ceux dont il se sert pour les gouverner [1]. »

On ne saurait être plus clair.

Concentré sur la théologie et la morale, Arnauld a sans doute parlé plus rarement que Nicole de la vie politique; les rares fois cependant où il l'a fait il a toujours défendu des positions rigoureusement analogues. Il suffit de citer deux exemples hautement caractéristiques. Dans les *Instructions sur la Grâce selon l'Écriture et les Pères*, il énumère quelques exemples d'actions bonnes « en soi » et qui ne deviennent péchés que lorsqu'elles sont accomplies par des infidèles :

« Assister des misérables, rendre justice à ceux qui la demandent, bien gouverner un État, servir courageusement sa patrie, et autres semblables devoirs de la vie humaine, qui étant considérés dans eux-mêmes, sans pénétrer dans l'esprit de celui qui les accomplit, sont dignes d'approbation et de louange [2]. »

---

1. NICOLE, *l. c.*, p. 394-395.
2. ARNAULD : *Instructions sur la Grâce selon l'Écriture et les Pères*, p. 8.

Et dans un document aussi important que l'est son *Testament spirituel* [1], il tient à marquer par deux fois sa fidélité à Louis XIV et à le disculper de cette action évidemment condamnable qu'était la persécution des « disciples de Saint Augustin ».

Après avoir exprimé l'espoir que Dieu le louera des calomnies que lui a valu sa lutte contre la morale relâchée et qu'au contraire l'ayant inspiré par sa grâce, sa bonté la lui comptera pour quelque chose quand il paraîtra devant lui, Arnauld en effet continue :

« J'en dis de même des soupçons qu'on a voulu donner de moi à celui à qui vous nous avez soumis, et pour qui vous nous commandez d'avoir une fidélité inviolable, comme d'un homme d'intrigues et de cabales. Car vous connoissez, O mon Dieu, qui sondez le fond des cœurs, quelle est la disposition du mien envers ce grand Prince, quels sont les vœux que je fais tous les jours pour sa Personne sacrée, quelle est ma passion pour son service, et combien je suis éloigné, quand je le pourrois, d'exciter les moindres brouilleries dans son État; rien ne me paroissant plus contraire au devoir d'un vrai Chrétien, et encore plus d'une personne qui vous étant consacrée, ne doit se mêler que des affaires de vôtre Roïaume. »

Et un peu plus loin en parlant de la persécution des « disciples de Saint Augustin » :

« Mais on sçait que les meilleurs Princes sont capables d'être trompéz par ceux qui ont gagné leur créance, surtout dans les matières Ecclésiastiques, dont ils ne peuvent pas être si éclairéz; que comme il est de leur devoir de prévoir les malheurs qui pouroient naître d'une nouvelle hérésie, plus ils ont de zèle, de vigilance et d'application au bien de leurs Sujets, plus ils se trouvent sans y penser, engagés à faire des choses qu'ils n'auraient garde de faire, s'ils étoient mieux informéz de ce qu'on ne leur représente que dessous de fausses idées; et ainsi ce qu'il y a de bon en cela, qui est l'intention, est d'eux; et ce qu'il y a de mauvais, qui est la vexation des innocens, et le trouble de vôtre Église, ne doit être attribué qu'à ceux qui les surprennent. »

Or, ce sont des positions analogues que nous retrouvons dans la *14e Provinciale*, qui aborde en passant les problèmes de l'État et de la justice en tant qu'institutions humaines [2].

---

1. *Testaments de M. Arnauld, docteur de Sorbonne (1696). Déclaration, en forme de testament, des véritables dispositions de mon âme, dans toutes les rencontres de ma vie (écrit le 16 septembre 1689),* p. 19 et 20-21.

2. Il s'agit du fait que les Jésuites accordent en beaucoup de rencontres la permission de tuer, ce en quoi ils blessent selon Pascal à la fois les lumières naturelles et la loi de Dieu :

« Les permissions de tuer, que vous accordez en tant de rencontres, font paroître qu'en cette matière vous avez tellement oublié la loi de Dieu, et tellement éteint les lumières naturelles, que vous avez besoin qu'on vous remette dans les principes

Il ne serait sans doute point facile de trouver des textes de Barcos posant sur le plan général des principes le problème de l'attitude du chrétien envers l'autorité et l'État.

Le cas est ici inverse de celui que nous avons examiné précédemment. Si les centristes n'aimaient pas parler de la Grâce

---

les plus simples de la religion et du sens commun; car qu'y a-t-il de plus naturel que ce sentiment? « Qu'un particulier n'a pas droit sur la vie d'un autre. Nous « en sommes tellement instruits de nous-mêmes, dit Saint Chrysostome, que, quand « Dieu a établi le précepte de ne point tuer, il n'a pas ajouté que c'est à cause « que l'homicide est un mal; parce que, dit ce Père, la loi suppose qu'on a déjà « appris cette vérité de la nature. » (14e *Provinciale*.)

Ainsi à cette époque, il y a pour Pascal des lois naturelles. Il suffit, pour se rendre compte de la différence de position entre les *Provinciales* et les *Pensées*, de se rappeler l'effroi d'Arnauld devant le texte de ces dernières qui niait l'existence de *toute loi* valable et connaissable par la raison et les lumières naturelles. L'existence d'une loi naturelle une fois nommée, Pascal arrive facilement à justifier comme Arnauld et Nicole le bon prince et le bon juge :

« Cette défense générale ôte aux hommes tout pouvoir sur la vie des hommes; et Dieu se l'est tellement réservé à luy seul que, selon la vérité Chrétienne, opposée en cela aux fausses maximes du paganisme, l'homme n'a pas même pouvoir sur sa propre vie. Mais parce qu'il a plu à sa providence de conserver les sociétés des hommes, et de punir les méchants qui les troublent, il a établi lui-même des lois pour ôter la vie aux criminels : et ainsi ces meurtres, qui seroient des attentats punissables sans son ordre, deviennent des punitions louables par son ordre, hors duquel il n'y a rien que d'injuste. C'est ce que Saint Augustin a représenté admirablement au livre I de la *Cité de Dieu*, chapitre XXI : « Dieu, dit-il, a fait lui-même « quelques exceptions à cette défense générale de tuer, soit par les lois qu'il a « établies pour faire mourir les criminels, soit par les ordres particuliers qu'il a « donnés quelquefois pour faire mourir quelques personnes. Et quand on tue en « ce cas-là, ce n'est pas l'homme qui tue, mais Dieu, dont l'homme n'est que l'ins- « trument, comme une épée entre les mains de celui qui s'en sert. Mais si on excepte « ces cas, quiconque tue se rend coupable d'homicide.

« Il est donc certain, mes Pères, que Dieu seul a le droit d'ôter la vie et que, néanmoins, ayant établi des lois pour faire mourir les criminels, il a rendu les Rois ou les Républiques dépositaires de ce pouvoir; et c'est ce que Saint Paul nous apprend lorsque, parlant du droit que les Souverains ont de faire mourir les hommes, il le fait descendre du ciel en disant « que ce n'est pas en vain qu'ils portent l'épée, « parce qu'ils sont Ministres de Dieu pour exécuter ses vengeances contre les cou- « pables. »

« Mais comme c'est Dieu qui leur a donné ce droit, il les oblige à l'exercer ainsi qu'il le feroit lui-même, c'est-à-dire avec justice, selon cette parole de Saint Paul au même lieu : « Les Princes ne sont pas établis pour se rendre terribles aux « bons, mais aux méchants. Qui veut n'avoir point sujet de redouter leur puis- sance « n'a qu'à bien faire; car ils sont ministres de Dieu pour le bien. » Et cette restriction rabaisse si peu leur puissance qu'elle la relève au contraire beaucoup davantage; parce que c'est la rendre semblable à celle de Dieu, qui est impuissant pour faire le mal, et tout-puissant pour faire le bien; et que c'est la distinguer de celle des démons, qui sont impuissants pour le bien, et n'ont de puissance que pour le mal. Il y a seulement cette différence entre Dieu et les souverains, que Dieu étant la justice et la sagesse même, il peut faire mourir sur-le-champ qui il lui plaît, quand il lui plaît, et en la manière qu'il lui plaît; car, outre qu'il est le maître souverain de la vie des hommes, il ne la leur ôte jamais, ni sans cause, ni sans connoissance, puisqu'il est aussi incapable d'injustice que d'erreur. Mais les princes ne peuvent pas agir de la sorte, parce qu'ils sont tellement ministres de Dieu qu'ils sont hommes néanmoins, et non pas Dieux. Les mauvaises impressions les pourroient surprendre, les faux soupçons les pour- roient aigrir, la passion les pourroit emporter; et c'est ce qui les a engagés eux- mêmes à descendre dans les moyens humains, et à établir dans leurs États des juges auxquels ils communiquent ce pouvoir, afin que cette autorité que Dieu leur a donnée ne soit employée que pour la fin pour laquelle ils l'ont reçue. » (*14e Pro- vinciale*.)

Et un peu plus loin, nous rencontrons un résumé précis de la position centriste : « Car enfin, mes Pères, pour qui voulez-vous qu'on vous prenne? pour des enfants

d'Adam afin d'éviter de mettre trop crûment en lumière les différences qui les séparaient des « nouveaux Thomistes », Barcos n'aime pas poser abstraitement et en général le problème de l'État pour ne pas glisser vers une attitude qui lui est étrangère, celle de l'opposition active.

L'État, le monde, c'est ce que le vrai chrétien, retiré dans la solitude, ignore, et dont il ne parle que lorsqu'il y est contraint et encore uniquement sur le point concret où s'exerce cette contrainte.

Il nous sera néanmoins possible de citer quelques textes caractéristiques. Ainsi, l'énumération des « actions bonnes en soi » dans l'*Exposition* :

« Donner l'aumône, secourir une personne qui se trouve en danger de sa vie, défendre un innocent, souffrir plutôt toute sorte de maux que de commettre une injustice » (p. 113).

Il n'est plus question, comme chez Arnauld, d'actions qui supposent une participation active à l'ordre social et à la vie sociale (« bien gouverner un État, etc. »). De même, nous avons cité ailleurs [1] les réserves de Barcos devant la visite rendue par Arnauld d'Andilly à Louis XIV (et l'on sait qu'Antoine Arnauld a rendu au roi après la Paix de l'Église une visite analogue) et aussi devant cette reine chrétienne par excellence qu'était la grande amie de Port-Royal, Marie de Gonzague, reine de Pologne.

Enfin, on connaît la position des *Pensées* que nous analyserons dans la troisième partie de cette étude, et qui se rapproche de celle de Barcos en ce qu'elle implique la même distance intérieure par rapport à toute vie sociale et politique, le même refus de reconnaître toute valeur réelle et univoque aux lois et aux institutions. Ajoutons, cependant, que dans la mesure

---

de l'Évangile, ou pour des ennemis de l'Évangile ? On ne peut être que d'un parti ou de l'autre, il n'y a point de milieu. « Qui n'est point avec Jésus-Christ est contre lui. » Ces deux genres d'hommes partagent tous les hommes. Il y a deux peuples et deux mondes répandus sur toute la terre, selon Saint Augustin ; le monde des enfants de Dieu, qui forme un corps dont Jésus-Christ est le chef et le roi ; et le monde ennemi de Dieu, dont le diable est le chef et le roi. Et c'est pourquoi Jésus-Christ est appelé le Roi et le Dieu du monde ; parce qu'il a par-tout des sujets et des adorateurs, et que le diable est aussi appelé dans l'Écriture le prince du monde et le Dieu de ce siècle, parce qu'il a par-tout des suppôts et des esclaves. » (*14ᵉ Provinciale.*)

Il est vrai que les lignes qui suivent semblent opposer l'Église, royaume de Dieu et de Jésus-Christ, au monde, royaume du diable, mais le Roi fait partie du premier.

« On doit louer Dieu de ce qu'il a éclairé l'esprit du Roi par des lumières plus pures que celles de votre Théologie. »

Et pour finir la lettre, en montrant le caractère pernicieux et dangereux de l'homicide, Pascal emploie en s'adressant aux casuistes une formule hautement caractéristique :

« Souvenez-vous... que l'homicide est le seul crime qui détruit tout ensemble l'État, l'Église, la nature et la piété. »

1. *Correspondance de Barcos, abbé de Saint-Cyran, avec les principaux personnages du groupe janséniste,* P. U. F.

même où Pascal a poussé jusqu'aux dernières limites l'extrémisme en transformant le *refus unilatéral* du monde de Barcos
en *refus paradoxal et intramondain du monde*, il a pu et dû
élaborer une théorie des rapports entre la force et la justice
dans la vie sociale, théorie dont Barcos pouvait, par contre,
fort bien se passer.

Sur le plan littéraire, cette opposition se retrouve dans la
différence entre les rois des tragédies raciniennes : Pyrrhus,
Néron, Antiochus, Thésée et, à l'autre pôle, Titus « banni dans
l'empire » et les rois, plus ou moins humainement valables, des
drames : Mithridate, Agamemnon et Assuérus.

Enfin, sur le dernier des points que nous examinons, celui
de la valeur des connaissances rationnelles et sensibles, nous
rencontrerons une opposition apparentée à celles que nous
venons d'analyser.

Pour le centrisme arnaldien, il y a un domaine réservé à
la connaissance rationnelle, domaine dans lequel elle est parfaitement à l'aise et n'a besoin d'aucune aide du cœur ou de
la foi. On pourrait sans doute préciser par une analyse approfondie les différences entre Arnauld, Nicole et Pascal avant
avril 1657 en ce qui concerne la place qu'ils accordent aux
connaissances sensibles, à côté des connaissances rationnelles,
mais cela n'a pas beaucoup d'importance dans le contexte qui
nous intéresse ici. Sensibles et rationnelles, ou purement rationnelles — Saint Thomas ou Descartes — il s'agit de l'existence
de connaissances valables liées à la *nature humaine*, connaissances qui n'épuisent bien entendu pas tout le domaine du
savoir, qui laissent même échapper la partie vraiment importante, mais qui ont leur domaine propre dans lequel elles sont
entièrement et exclusivement souveraines. En fait, tant qu'il
s'agit de connaissance et non pas de morale, l'attitude d'Arnauld est assez proche du cartésianisme, il suffit pour bien se
rendre compte de lire n'importe lequel de ses textes épistémologiques, ou même d'étudier la forme de ses raisonnements.

Citons, à titre d'exemple, les deux premières « règles qu'on
doit avoir en vue pour chercher la vérité... [1] ».

« La première est de commencer par les choses les plus
simples et les plus claires, et qui sont telles qu'on n'en peut
douter pourvu qu'on y fasse attention.

« La deuxième de ne point brouiller ce que nous connois-
sons clairement, par des notions confuses dont on voudroit
que nous nous servissions pour l'expliquer davantage; car ce
serait vouloir éclairer la lumière par les ténèbres... »

Les cinq autres, que nous laissons de côté uniquement par

---

1. A. ARNAULD : *Des vraies et des fausses idées*, chap. I.

manque de place, sont de même inspiration, la quatrième se
réclamant explicitement de Descartes.

Mentionnons aussi la *Logique de Port-Royal*, ou bien l'*Écrit
géométrique de la Grâce générale*, etc. De même, toute la polémique sur la distinction du « fait » et du « droit » repose sur
l'idée qu'il y a un domaine de connaissance réservé aux facultés naturelles — sens et raison — et un autre qui est du domaine
de la foi.

Or, c'est la même position que prendra Pascal dans les *17*e
et *18*e *Provinciales* :

« C'est pourquoi Dieu conduit l'Église, dans la détermination
des points de la foi, par l'assistance de son esprit, qui ne peut
errer; au lieu que, dans les choses de fait, il la laisse agir par
les sens et par la raison, qui en sont naturellement les juges.
Car il n'y a que Dieu qui ait pu instruire l'Église de la foi.
Mais il n'y a qu'à lire Jansénius pour savoir si des propositions
sont dans son livre. Et de là vient que c'est une hérésie de
résister aux décisions de foi : parce que c'est opposer son esprit
propre à l'esprit de Dieu. Mais ce n'est pas une hérésie, quoi
que ce puisse être une témérité, que de ne pas croire certains
faits particuliers, parce que ce n'est qu'opposer la raison, qui
peut être claire, à une autorité qui est grande, mais qui en
cela n'est pas infaillible [1]. »

« D'où apprendrons-nous donc la vérité des faits? Ce sera des
yeux, mon Père, qui en sont les légitimes juges, comme la
raison l'est des choses naturelles et intelligibles, et la foi des
choses surnaturelles et révélées. Car, puisque vous m'y obligez,
mon Père, je vous dirai que, selon les sentiments de deux des
plus grands Docteurs de l'Église, Saint Augustin et Saint Thomas, ces trois principes de nos connoissances, les sens, la raison et la foi ont chacun leurs objets séparés et leur certitude
dans cette étendue. Et comme Dieu a voulu se servir de l'entre-
mise des sens pour donner entrée à la foi : *Fides ex auditu*, tant
s'en faut que la foi détruise la certitude des sens, que ce seroit
au contraire détruire la foi que de vouloir révoquer en doute
le rapport fidèle des sens [2]. »

Quant à Barcos, écoutons-le expliquer à la Mère Angélique
le peu de valeur qu'a la raison humaine :

« Permettez-moy de vous dire que vous avez tort de vous
excuser du désordre de vos discours et de vos pensées, puisque
s'ils estoient autrement ils ne seroient pas dans l'ordre, surtout
pour une personne de vostre profession. Comme il y a une
sagesse qui est folie devant dieu, il y a aussy un ordre qui est
désordre; et, par conséquent, il y a une folie qui est sagesse, et

---

1. PASCAL : *17*e *Provinciale*, p. 330.
2. PASCAL : *18*e *Provinciale*, p. 373-374.

un désordre qui est un règlement véritable, lequel les personnes qui suivent l'Évangile doivent aimer, et j'ai peine de voir qu'elles s'en esloignent et qu'elles le fuient, s'attachant à des ajustements et des agreemens qui ne sont pas dignes d'elles, et qui troublent la symétrie de l'esprit de dieu et causent une disproportion et une difformité visibles dans la suite de leurs actions et de leur vie, n'y ayant nulle apparence de suivre d'un côsté la simplicité et la naifveté de l'Évangile, et d'un autre la curiosité et les soins de l'esprit du monde. J'aime donc, ma mère, non seulement le sens de votre lettre, mais aussy la manière dont vous l'exprimez, et la franchise avec laquelle vous laissez aller vostre esprit sans le tenir serré dans les lois de la raison humaine, et sans luy donner d'autres bornes que celles de la charité, qui n'en a point lorsqu'elle est parfaite, mais qui n'en a que trop lorsqu'elle est foible [1]. »

Ou bien expliquer à Pascal que « les obscuritez de la foy descendent sur tout en sorte qu'il n'y a rien qui n'en ayt », ou bien que nous devons « rabattre nostre curiosité et la témérité de nos jugements... en considérant... les bornes si estroites de nos pensées et de nostre intelligence qui demeure court à tout propos, que les moindres choses arrestent et mettent en désordre » et « qu'une infinité de choses mesmes naturelles qui la surpassent visiblement doilt apprendre à ne se croire pas capable de suivre la sagesse de Dieu dans la hauteur de ses voyes [2] ».

Barcos refuse — chaque fois qu'il a l'occasion d'en parler — toute confiance à la raison et aux facultés naturelles. Il n'a, bien entendu, pas écrit de traité de philosophie, ce en quoi il se serait contredit lui-même. Mais sa position nous paraît facile à dessiner. S'il n'a pas assez d'envergure intellectuelle et surtout si le problème l'intéresse trop peu pour écrire une critique de la raison ou même pour mettre *explicitement* en doute la valeur des évidences rationnelles, il insiste partout sur le peu de valeur que les vérités de la raison peuvent avoir pour un chrétien.

Le lien interne entre les positions respectives du centrisme ou bien de l'extrémisme janséniste sur les trois problèmes que nous venons d'analyser — « nouveaux Thomistes », vie politique et sociale, vérités sensibles et rationnelles — nous paraît trop évident pour y insister longuement.

Il s'agit de deux attitudes d'ensemble dont l'une reconnaît la valeur de la lutte intramondaine pour le vrai et le bien, et pense qu'un chrétien peut, dans une certaine mesure, trou-

---

1. BARCOS, abbé de Saint-Cyran : *Lettre à la Mère Angélique*, écrite le 5 décembre 1652.
2. BARCOS : *Lettre adressée probablement à Pascal en 1657.*

ver dans cette lutte une tâche et une activité conformes
à la volonté de Dieu, tandis que l'autre, — plus radicale —
oppose Dieu au monde, et à certains aspects de l'Église militante, et refuse de manière absolue toute participation, quelle
qu'elle soit, à la vie politique et sociale.

IV

Cette opposition des deux courants, arnaldien et barcosien,
n'épuise cependant pas l'analyse schématique du mouvement
janséniste, même réduite aux limites qui nous intéressent ici.
Car si nous avons sur ces trois points pu montrer l'élément
commun qui relie les positions de Barcos aux *Pensées*, il aurait
été tout aussi facile de montrer sur ces points mêmes et sur
beaucoup d'autres les éléments qui les séparent.

Il y a même des pensées qui concernent probablement l'attitude envers le monde et qui sont dirigées particulièrement
contre Barcos et ses amis, tel le fragment 865.

De même, Pascal affirme maintes fois non seulement l'impossibilité pour l'homme de se passer de la raison et la nécessité de respecter les autorités établies et de ne pas troubler
l'ordre politique et social, mais encore il reconnaît une valeur
réelle aux privilèges sociaux dans la mesure même où ils
expriment la possession de la force et de la richesse. En somme,
partout où Barcos dit *non*, Pascal répond de manière paradoxale *oui et non*. Et cela nous amène au problème le plus
important et en même temps le plus difficile dans l'étude de
la pensée janséniste : au problème de l'être paradoxal par
excellence, au problème du *juste pécheur*.

Il serait vain de chercher ce juste pécheur dans les écrits des
« Amis de Port-Royal ». L'Église l'avait condamné comme un
des éléments essentiels de l'hérésie janséniste et, tous les penseurs de Port-Royal, qui voulaient à tout prix rester orthodoxes,
se sont efforcés de l'éviter à tout prix.

Arnauld a même pris nettement et sincèrement position
contre cette idée en affirmant qu'elle confine au molinisme sur
le plan moral et au calvinisme sur le plan théologique [1]. Et
pourtant elle était sinon l'essence, tout au moins la tentation
permanente, l'extrême limite du jansénisme extrémiste, de
sorte que, sans elle, il serait absolument impossible de comprendre les deux ouvrages les plus importants que nous a laissés
Port-Royal : *Phèdre* et les *Pensées*.

---

1. Voir sa critique de l'ouvrage de BOURDOILLE : *La Théologie morale de saint
Augustin*, dans *Deux lettres de Messire Antoine Arnauld, docteur en Sorbonne*, 1700
(les lettres sont de 1687).

Essayons, avant de l'aborder elle-même, de situer le rapport entre, d'une part, cette position et, d'autre part, le centrisme arnaldien et l'extrémisme de Barcos.

Pour Arnauld, il n'y a pas de paradoxe, ni dans les positions qu'il défend effectivement, ni dans la tendance de ces positions si on les pousse à leur dernière limite. Le monde est fait d'élus et de réprouvés, de justes et de pécheurs. Les réprouvés pèchent pour ainsi dire naturellement par suite du péché originel, les élus doivent leur état de justice et leur persévérance à la miséricorde divine, qui leur accorde gratuitement et indépendamment de tout mérite le secours de la Grâce efficace. Cette Grâce est d'ailleurs *actuelle*, et rien ne permet d'admettre ou de soutenir que Dieu continuera à l'accorder au juste à l'instant suivant. Le même homme peut donc être successivement juste, réprouvé, et retourner par la suite à l'état de justice. Le rôle du juste dans le monde est de lutter contre le péché pour la vérité et le bien, et cela d'autant plus que, sur de nombreux points essentiels, il connaît autant la vérité que le bien, soit par les lumières naturelles, soit par l'Écriture et les Pères qui sont accessibles à la compréhension de cette lumière, de sorte que, sur le plan moral tout au moins, les difficultés ne peuvent apparaître que dans la subsumption de l'acte particulier sous la loi générale et sont comme telles exceptionnelles et rarement insurmontables. Nous pouvons conclure qu'il n'y a dans la pensée d'Arnauld aucune place pour le paradoxe du juste pécheur. Le thème du Dieu caché, la tendance fondamentale du jansénisme à maintenir la distance entre Dieu et l'homme, se manifeste chez Arnauld de manière implicite dans sa polémique contre les deux théories de la vision en Dieu de Malebranche et du Père Lamy et contre la théorie de la Grâce générale de Nicole. Nous ne voyons rien en Dieu et Dieu ne nous éclaire pas toujours, mais il nous a donné les moyens de connaître par nos lumières naturelles et par l'Écriture les vérités essentielles, et si nous les ignorons parfois, comme les païens et certains libertins, c'est par la dépravation naturelle de la volonté et par le fait de vivre hors du cadre historique de l'Église. Sans doute, pour Arnauld comme pour Barcos et pour Pascal, l'attitude chrétienne se caractérisait-elle par l'union de l'espoir et du tremblement. Mais alors que chez les deux derniers, l'incertitude était radicale sur tous les plans, elle ne l'est plus chez Arnauld qu'en ce qui concerne l'avenir, la persévérance ou la réprobation[1].

Tout autre est l'aspect de ces problèmes pour Barcos. Sans

---

1. Bien que l'incertitude soit toujours *réelle* en ce qui concerne l'intention difficile à connaître de manière exhaustive et parfois aussi en ce qui concerne la subsumption des actes particuliers sous la loi générale.

doute, arrive-t-il lui aussi à éviter le paradoxe et l'idée du juste pécheur. Mais ce paradoxe qui n'avait aucune réalité pour le centrisme arnaldien — si ce n'est celle d'une hérésie calviniste — constitue pour Barcos une tentation et un danger permanent qu'il faut précisément *éviter*. Si Dieu se cache, dans la perspective arnaldienne, c'est parce qu'il ne fait pas connaître à l'homme ses desseins et les voies qu'il emploie pour assurer la victoire du bien et aussi parce qu'il ne lui permet jamais de savoir — dans cette vie — s'il persévèrera dans le bien et dans la justice. L'homme doit agir et, s'il a la Grâce, il agit réellement de manière conforme à la volonté divine sans savoir comment cette action s'insère dans les plans d'ensemble — individuel, historique ou eschatologique — de la divinité. Mais en *tant qu'acte*, la distinction entre le bien et le mal est précise, et Dieu nous a donné dans la raison, dans la conscience, dans l'Écriture et dans les Pères de l'Église des guides sûrs qui nous permettent d'orienter notre comportement.

Pour Barcos, Dieu se cache d'une manière autrement radicale. Il a abandonné le monde et — à la limite — aussi l'Église militante dans la mesure où elle en fait partie. Si un homme veut vivre en chrétien dans le monde, s'il veut parler et agir dans l'Église — autrement que par l'accomplissement des sacrements, s'il est prêtre, ou par la prière, s'il est simple fidèle — il ne trouvera nulle part un guide certain, même sur le plan de l'acte immédiat et actuel; il se trouvera nécessairement devant des exigences à la fois valables et contradictoires, devant le paradoxe. Un homme dans le monde ne peut être qu'un réprouvé ou un juste pécheur. Sans doute, Barcos veut-il profondément éviter cette dernière idée qu'il ne trouve explicitement nulle part ni dans l'Évangile ni dans les Pères. Mais il n'y parvient qu'en demandant au chrétien de vivre hors du monde et de ne participer à aucune des activités combatives de l'Église militante, ou s'il n'est pas assez fort pour cela, d'abandonner la responsabilité de ses actes, en devenant religieux. Et d'ailleurs, la seule fois où les puissances ecclésiastiques et séculières ne lui ont pas permis de rester dans la solitude et la retraite, la seule fois où elles ont exigé de lui une prise de position active en lui demandant de signer le formulaire, il n'a su répondre — au grand scandale du logicien Arnauld — que de manière paradoxale en déclarant qu'il se soumet aux constitutions du Pape qui exigeaient la signature, mais qu'il refuse de signer.

La position de Barcos nous paraît cohérente. Cela se confirme d'ailleurs aussi par le fait qu'elle a pu s'exprimer dans des ouvrages littéraires de la valeur d'*Andromaque*, de *Britannicus* et de *Bérénice*. Mais il suffisait qu'une raison quelconque — philosophique dans le cas de Pascal, historique et expérimentale (la Paix de l'Église) dans le cas de Racine — amène un extrémiste barcosien à envisager la vie d'un chrétien dans le monde, ou s'il s'agit d'une transposition profane, la vie d'un homme de bien *dans le monde*, pour qu'il aboutisse à la position tragique la plus radicale, au paradoxe et au *juste pécheur*.

Barcos pouvait éviter ce paradoxe parce qu'il lui restait encore *une certitude* non paradoxale à laquelle il n'a jamais envisagé qu'on puisse étendre le doute, l'existence de Dieu, et — fondée sur elle — la nécessité et la possibilité de quitter le monde pour se réfugier dans la solitude. Il suffisait cependant de pousser à la dernière limite l'idée du Dieu qui se cache, d'admettre que ce Dieu ne permet même plus à l'homme d'être sur aucun plan entièrement et sans aucune réserve certain de son existence, en un mot d'arriver à l'idée d'une foi qui est pari, pour arriver aussi nécessairement au paradoxe généralisé, à la nécessité de rester dans le monde et implicitement *au refus radical et intramondain du monde*, et à l'idée du juste pécheur.

Barcos a encore en commun avec Arnauld l'affirmation que Dieu exauce toujours toute prière sincère, qui, d'ailleurs, ne peut être obtenue dans l'état de nature déchue que par le secours de sa grâce médicinale. La différence entre eux réside en ce que pour Barcos une telle prière implique l'abandon du monde et la retraite dans la solitude.

Or, c'est sur ce point, nous semble-t-il, que la dernière étape de la radicalisation que franchiront Pascal dans les *Pensées* et Racine dans *Phèdre* apporte une modification à la doctrine des « disciples de Saint Augustin ». Le pari sur Dieu, le refus intramondain du monde, le juste pécheur impliquent l'idée d'une *prière authentique et non exaucée*. Que resterait-il de *Phèdre* si nous admettions un instant que ses dialogues solitaires avec le soleil ne sont pas authentiques au plus haut degré? Un drame bourgeois, l'histoire d'un adultère sans plus d'intérêt que n'importe quel fait divers; quant aux *Pensées*, l'idée de ceux qui cherchent Dieu sans le trouver — en gémissant — est explicitement affirmée de nombreuses fois dans l'ouvrage.

Sommes-nous encore dans le jansénisme? Les théologiens — Arnauld ou Barcos — formuleraient certainement des réserves, l'Église a affirmé pourtant dans ses condamnations que c'est précisément cela le jansénisme véritable.

Sans approuver cette condamnation, le sociologue arrive, pour des raisons purement profanes, aux mêmes conclusions qu'elle. Et cela nous paraît naturel, car dans les grandes luttes sociales et idéologiques les partenaires se trompent rarement et pour ainsi dire jamais sur les positions essentielles de l'adversaire [1].

---

1. Ce qui ne veut bien entendu pas dire qu'ils ne les déforment parfois pour des raisons de propagande. Il ne nous semble cependant pas que ce fut le cas dans la condamnation des cinq propositions.

TROISIÈME PARTIE

PASCAL

CHAPITRE VIII

L'HOMME. LA SIGNIFICATION DE SA VIE

I

Ce premier chapitre biographique avec lequel nous abordons l'œuvre de Pascal, est un de ceux devant lesquels nous avons le plus longtemps hésité. Il sera en tout cas difficile sinon impossible de lui assurer une rigueur scientifique digne de ce nom. N'oublions pas en effet ce principe de l'épistémologie pascalienne et de toute pensée dialectique, qui nous enseigne l'impossibilité « de connaître les parties sans connaître le tout non plus que de connaître le tout sans connaître particulièrement les parties »; c'est-à-dire, que dans la connaissance des faits humains, toute démarche non dialectique qu'elle soit synthétique, analytique ou éclectique, est vouée d'avance à l'échec et cache plus qu'elle ne dévoile la véritable signification des faits qu'elle se propose d'étudier. La tâche de la méthode dialectique — et pour nous cela veut dire, en sciences humaines, tout simplement de la méthode scientifique — est de dégager progressivement *l'essence* du phénomène, essence qui détermine aussi bien sa structure globale que la signification des parties, essence qui d'ailleurs n'est guère autre chose que l'union de cette structure et de ces significations. (Car toute structure *est* signification et toute signification *est* structure.)

Or, si en dépit des difficultés que présente une pareille méthode, il est non seulement imaginable mais avéré qu'elle permet de sérieux progrès lorsqu'il s'agit d'étudier des œuvres philosophiques, littéraires ou artistiques valables, ou bien un ensemble de faits historiques, sociaux ou économiques, le problème est qualitativement différent lorsqu'il s'agit d'étudier une vie. Dans les deux premiers cas il s'agit en effet de « formes » réelles ou virtuelles, dont la nature même facilite dans une certaine mesure le travail du chercheur. On imagine cependant à quel point une recherche de cet ordre devient complexe et inextricable lorsqu'il s'agit d'une biographie, c'est-à-dire dans

la plupart des cas d'une réalité si peu structurée que la notion
même d'essence y perd pratiquement toute signification.

Une grande œuvre, un mouvement historique tel que les
Croisades ou la Révolution française possèdent toujours une
structure et une signification cohérentes.

Le biographe peut constater, certes, qu'à telle ou telle date
l'homme qu'il étudie, a accompli tel acte ou tel geste (encore
ne sera-t-il pas toujours facile de discerner s'il s'agit là d'un acte
ou d'un geste); il peut constater qu'il s'est marié, qu'il a publié
tel ouvrage ou fait telle découverte scientifique; mais ceci ne
lui fournit aucun renseignement quant à la place et à la signification de ces « comportements » dans la vie de celui qui les a
vécus. Il est tout compte fait plus facile de dégager la signification, la place et les conséquences de cette publication ou de
cette découverte dans l'histoire des sciences que dans la vie de
leur auteur.

Historiquement, et en dépit de toutes les oppositions, il y a
des faits *essentiels* communs aux recherches physiques et mathématiques de Pascal et de Descartes; c'est pourquoi un historien
des sciences pourrait — à condition bien entendu de ne pas
oublier les différences et les oppositions — les traiter à juste
titre ensemble dans un ouvrage ou un chapitre d'ouvrage
consacré à la pensée scientifique en France au XVIIe siècle.

Il se peut cependant qu'il n'y ait aucun fait essentiel commun
dans la signification *biographique* de ces deux activités et qu'un
ouvrage qui les examinerait toutes les deux sous l'angle par
exemple du « rôle de la science dans la vie du chercheur » ne
soit qu'une construction abstraite et sans fondement. Il se peut
que dans la phrase : « Pascal *comme* Descartes a consacré une
partie de son temps aux travaux scientifiques », le mot *comme*
soit une vérité relative pour l'historien des sciences et une
erreur totale pour le biographe de l'un ou de l'autre de ces
deux penseurs.

On pourrait sans doute objecter que cette double signification n'a rien d'extraordinaire, que tout phénomène partiel a
une essence et une signification différentes selon l'ensemble
relatif dans lequel il est inséré, et qu'il s'agit seulement de dégager avec des méthodes plus ou moins analogues la signification
de tel ou tel comportement scientifique, politique, religieux, etc.
dans les ensembles différents et complémentaires de l'histoire
et de la vie individuelle.

Seulement, outre que le nombre des situations historiques
est malgré tout plus restreint et qu'il offre par là même la
possibilité d'une classification et d'une typologie autrement
bien définie que ne le permet la variété incommensurable des
situations individuelles, il est certain que les multiples travaux
dialectiques de méthodologie et de recherche historique ont

déjà permis de dégager dans ce domaine un certain nombre de principes de travail et de contrôle, sinon définitifs du moins éprouvés et pratiquement utilisables, principes de travail et de contrôle dialectiques qui nous font encore entièrement défaut dès qu'il s'agit d'études biographiques.

On comprend dès lors pourquoi les meilleurs représentants de la pensée dialectique, Marx, Engels et aussi Georges Lukàcs ont le plus souvent préféré — à quelques rares exceptions près, lorsque la polémique touchait à la lutte politique quotidienne — se limiter à l'analyse dialectique des œuvres, de leur contenu, de leur forme esthétique, ainsi que de la relation qui existe entre d'une part ce contenu et cette forme et d'autre part les réalités globales, sociales et économiques, auxquelles ils étaient liés, en évitant autant que possible de s'aventurer sur le terrain difficile et glissant de la biographie individuelle.

Sans doute une pareille limitation était-elle également possible dans un travail consacré aux *Pensées* et au théâtre de Racine. Les *Pensées* sont en effet un ouvrage parfaitement cohérent dont on peut analyser de manière immanente le contenu et la forme (ce sera là l'objet des chapitres suivants) et cela sans établir la moindre relation avec la vie de son auteur. Nous avouons d'ailleurs que cette manière de poser le problème nous a réellement tenté. Il nous a semblé cependant, que pour une fois la liaison entre la vie et l'œuvre était telle, — que dans le cas de Pascal l'une éclairait l'autre de façon si puissante, — qu'il valait mieux prendre le risque d'introduire dans l'ouvrage un chapitre purement suggestif, composé de réflexions éparses, que de renoncer à un aspect aussi important d'une réalité totale que l'on n'a pas le droit de découper arbitrairement; et cela d'autant plus que la plupart des arguments contre la validité d'une étude biographique apparaissent singulièrement affaiblis dans le cas précis de cette vie, qui malgré sa complexité présente à un degré privilégié une forme parfaitement structurée, et par là même susceptible de révéler une *essence*.

Pour toute pensée dialectique il y a un péché capital qu'elle doit éviter à tout prix; c'est la prise de position unilatérale, le *oui* ou bien le *non*. Engels a un jour écrit que dire « oui, oui » ou bien « non, non », c'est faire de la métaphysique, et on connaît le sens hautement péjoratif que ce mot revêtait sous sa plume. La seule manière d'approcher la réalité humaine — et Pascal l'avait découvert deux siècles avant Engels — c'est de dire *oui et non*, de réunir les deux extrêmes contraires. Or, rarement le caractère profond et pour ainsi dire expérimental de cette loi s'est imposé d'emblée avec autant de force que lorsqu'il s'agit d'étudier la vie de Pascal. En lisant les nombreuses biographies centrées le plus souvent autour du célèbre

problème des « conversions » on voudrait, chaque fois que
l'auteur insiste sur leur importance, rappeler à tout prix l'unité
fondamentale de cette existence qui constitue un tout continu
depuis la jeunesse jusqu'à la mort; et inversement, en présence
des quelques études qui ont essayé de montrer que les conversions n'étaient pas radicales (et Dieu sait à quel point elles
l'étaient), que Pascal a toujours continué à s'intéresser au
monde et à faire de la science, on voudrait au contraire rappeler et souligner avec force que c'est précisément la recherche
ininterrompue et passionnée d'une réalité transcendante, avec
toutes les conversions qu'elle comporte nécessairement dans
sa continuité, qui constitue l'unité profonde de la vie de
Pascal. Ainsi, non seulement les conversions de Pascal sont
radicales dans le sens le plus fort du mot, et non seulement sa
vie présente une unité et une continuité parfaites, mais, plus
encore, cette unité n'existe que par la puissance d'une recherche
d'absolu de totalité qui se soumet entièrement à son objet et
par cela même ignore tout souci *subjectif* de continuité *extérieure
et formelle*. Inversement, ses conversions ne sont si sérieuses et
si radicales que parce qu'elles partent toujours de *la même*
recherche de totalité et de dépassement. Dans la vie de Pascal
c'est la tension ininterrompue, le dépassement perpétuel —
dont les tournants qualitatifs ont été appelés « conversions »
par les historiens — qui constitue l'unité, de même que c'est la
continuité non interrompue de la recherche qui a entraîné
nécessairement le renouvellement de ces tournants qualitatifs.

En constatant ainsi la relation dialectique entre l'unité de
cette vie et les « conversions » qui la jalonnent, nous sommes
cependant loin d'avoir rétabli la vraie perspective du problème.
Car rien ne nous semble plus loin de sa réalité concrète et
vivante que les critères avec lesquels la plupart des historiens
ont essayé de l'aborder.

On a le plus souvent conçu la « conversion » comme le passage brusque d'une vie libertine — qu'il s'agisse d'un libertinage érudit ou d'un libertinage de mœurs, à une vie religieuse [1], sans voir à quel point il y a encore, malgré toutes les
différences, une parenté autrement forte et qualitativement
différente entre le Pascal d'avant la première conversion de

---

1. Nous-mêmes l'avons considéré — dans une grande mesure — sous cet angle
dans le chapitre IV du présent ouvrage. Mais il ne s'agissait pas alors d'une étude
psycho-sociologique de « conversions » réelles, mais d'un essai de comprendre ce
que c'était que la conversion *pour* la conscience tragique. Dans la réalité empirique,
rien n'est intemporel et de plus — à notre connaissance — Pascal n'a jamais été
libertin. C'est à *l'intérieur* d'une existence profondément religieuse que se placent
les tournants qu'on a appelés les « conversions » de Pascal; c'est pourquoi le biographe doit essayer de les comprendre à partir des événements de cette vie et des
rencontres avec certaines situations significatives, en tant que résultats psychologiquement et intellectuellement nécessaires d'un dialogue entre Pascal et la réalité.

1646 et celui des dernières années qu'entre, d'une part, le Pascal des *Provinciales* et, d'autre part, des personnages comme Arnauld et Nicole par exemple, bien qu'à cette époque leurs positions idéologiques soient très rapprochées et qu'il y ait eu entre eux une collaboration réelle et sans doute très étroite.

Dès lors, comment s'étonner en constatant que les biographes de Pascal ont le plus souvent manqué, même sur le plan des données extérieures, non seulement le fil conducteur de cette vie exemplaire, mais encore, les véritables tournants critiques. Le *Mémorial* était sans doute un texte trop puissant et trop spectaculaire pour que l'on puisse encore écrire une vie de Pascal en omettant de situer en ce 23 novembre 1654 l'un de ses tournants; mais sans parler du fait presque évident que cette nuit n'est que l'aboutissement et le dénouement d'une crise qui, commencée au plus tard à la mort d'Étienne Pascal en septembre 1651, atteint son point culminant en 1653 lors de la querelle autour de la dot de Jacqueline et des discussions sur la soumission à la constitution d'Innocent X et dont on n'a presque jamais vu l'unité, comment ne pas remarquer que la plupart des biographes n'ont jamais parlé que de deux « conversions », celle de 1646 et celle de 1654, et sont tous passés à côté d'un autre tournant qui a été non seulement le plus profond et le plus lourd de conséquences sur le plan biographique, mais encore celui qui a laissé le plus de traces dans l'histoire de la pensée philosophique.

Le peu d'importance que les biographes de Pascal ont accordé à la crise de 1657 [1] nous paraît un des exemples les plus frap-

---

1. Dans son ouvrage *Blaise Pascal et Sœur Jacqueline*, M. Fr. Mauriac a *senti* l'existence d'une crise et d'un tournant après 1657. « Ainsi, aux deux conversions officielles de Pascal, on pourrait en ajouter une troisième... » (p. 196). Seulement, les catégories et les valeurs qui président à son étude l'empêchent de comprendre la nature de cette « conversion », c'est pourquoi il continue : « ...car le fléchissement qui suivit *les Provinciales*, pour être d'un autre ordre et beaucoup moins grave que celui de 1654, n'en paraît pas moins profond. Mais il n'est rien de si arbitraire que d'interpréter les temps de tiédeur comme des coupures nettes dans la vie religieuse d'un homme. Pascal, en réalité, s'est converti une seule fois, à Rouen; puis sa vie spirituelle a connu des hauts et des bas jusqu'à ses dernières années où il approche enfin de la sainteté. »

Ainsi, il n'y a pas pour M. Mauriac de conversion possible *à l'intérieur* de la vie religieuse. Reconnaissant à cette vie une seule dimension, des « hauts et des bas », il se trouve obligé à plier les faits à ce moule, d'où des termes si peu adéquats pour caractériser les dernières cinq années de la vie de Pascal, que *fléchissement, tiédeur, hauts et bas*, etc. Quant à la sainteté des deux dernières années, les faits cadrent mal avec *le sens qu'il donne à ce mot*, car c'est précisément au cours de ces deux années que se placent l'entreprise des carrosses à cinq sols et l'*Écrit sur la signature*.

Et que dire de cette caractérisation de la vie de Pascal à l'époque où il écrivait les *Pensées* : « Il s'établit dans ce court moment de sa vie une sorte d'équilibre entre le monde et Dieu, que cet homme violent et toujours porté aux extrêmes n'a presque jamais atteint » (p. 199). Cette fois-ci, le malentendu est réellement radical, la tension entre les deux extrémités opposées, le monde vain et présent et Dieu réel et absent apparaît à M. Mauriac comme équilibre sur une position moyenne, tant il est vrai qu'il est impossible de partir de certaines positions intel-

pants de l'influence des valeurs implicites et des catégories
mentales de l'historien sur ce qu'il peut ou ne peut pas enre-
gistrer dans l'ensemble des faits qu'il se propose d'étudier. On
imagine mal en effet (malgré l'unité qui caractérise la vie de
Pascal) un tournant plus profond, une opposition plus radicale

---

lectuelles et affectives et de comprendre des positions qui les dépassent dans la
compréhension de la réalité, c'est-à-dire dans le progrès de l'esprit.

Ajoutons, par contre, que M. Mauriac a très bien compris le caractère rationaliste
et cornélien de Jacqueline, ce qui n'a rien de surprenant, car la position de M. Mauriac se situe dans une typologie historique de la pensée sur la même ligne que le
rationalisme (les deux positions se dépassent mutuellement par certains côtés),
mais bien en deçà de toute pensée tragique.

On peut de même mentionner, à titre d'exemple, l'ouvrage de Mlle Russier. En
principe, elle distingue les fragments qui expriment la pensée de Pascal de ceux
dans lesquels il fait parler le libertin. (Parmi ces derniers, elle place jusqu'au fragment 206 sur le silence éternel des espaces infinis.) Nous avons déjà dit qu'une
pareille méthode permet d'attribuer n'importe quoi à n'importe qui.

Ici, cependant, il ne s'agit pas de cela. Il arrive à Mlle Russier d'envisager l'hypothèse d'un changement d'attitude en 1657, qui expliquerait le passage des *Provinciales* aux *Pensées*. Seulement, elle le refuse immédiatement, car « A la vérité, une
telle évolution est fort invraisemblable chronologiquement. *Les Provinciales* ont été
écrites de janvier 1656 à mars 1657. Quant à l'apologie, nous savons, par Mme Périer,
que Pascal fut amené à concevoir le projet en mars 1656, par le miracle de la Sainte-
Épine, et y travailla en 1657-1658, les quatre dernières années de sa vie n'ayant
été qu'une lente agonie. On voit mal comment, dans un aussi court intervalle, il
aurait pu passer de l'esprit le plus fièrement indépendant à un fanatisme dont le
mot d'ordre serait : Abêtissez-vous; il y faudrait du moins un de ces bouleverse-
ments intérieurs, comme il n'y a aucune raison d'en supposer chez lui, puisque sa
seconde, semble-t-il, définitive conversion, est de 1654. Il convient donc de voir
si les textes, rigoureusement examinés, ne nous conduisent pas à une conclusion
différente ». (*La Foi selon Pascal*, t. I, p. 25.)

Inutile de dire que nous ne sommes pas d'accord avec l'affirmation que les quatre
dernières années de Pascal n'ont été qu'une lente agonie, pas plus qu'avec
l'existence du moindre fanatisme dans les *Pensées*. Le fait demeure cependant
qu'au lieu de *partir des textes* pour établir s'il y a eu ou non un « bouleversement
intérieur » dans la conscience de Pascal vers 1657-1658, Mlle Russier admet *a
priori* que la conversion de 1654 est définitive, qu'il n'y a donc pas de bouleversement ultérieur, que par conséquent *les Provinciales* et les *Pensées* expriment les mêmes positions, et attribue *à partir de cette hypothèse* certains fragments
à Pascal, les autres au « libertin ».

M. Jean Mesnard, par contre, constate : *a)* qu'après avoir quitté ses travaux
scientifiques en 1654, Pascal « en 1657... s'est remis aux mathématiques » (Autour
des écrits de Pascal sur la roulette, *Annales Universitatis Saraviensis*, philo-
sophie-lettres, II, 1-2, 1953, p. 4) et *b)* que cette activité a cessé lentement à
partir de 1659, que Pascal s'enferme « à partir de février 1659 » dans une
« retraite de plus en plus profonde », bien que son détachement (des sciences) ne
devînt effectif qu'au milieu de l'année 1660.

Les faits sont — comme presque toujours chez M. Mesnard — exacts. Son interprétation nous paraît cependant moins certaine. Convaincu probablement (il l'était
encore dans son ouvrage remarquable par de nombreux côtés : *Pascal, l'homme et
l'œuvre*, Paris, Boivin et Cie) qu'il n'y a *pas de rupture idéologique* entre les *Provinciales* et les *Pensées*, M. Mesnard n'attache qu'une importance secondaire au retour
de 1657 à la science et par contre une importance primordiale à l'abandon de l'activité scientifique en 1659-1660; « l'idée d'une nouvelle conversion au début de la
maladie de 1659 nous paraît tout à fait justifiée par mes précédentes analyses »,
écrivait-il déjà dans l'ouvrage sur Pascal (p. 115), et il suggère la même idée dans
l'étude consacrée aux écrits sur la roulette.

La première difficulté de cette thèse ne pouvait cependant pas échapper à un
historien aussi perspicace que M. Mesnard : c'est le fait qu'en 1660 Pascal cesse
toute activité *scientifique*, mais non pas toute activité mondaine. « Nous laissons de
côté l'entreprise des carrosses à cinq sols qui, si elle atteste une certaine présence de
Pascal au monde, n'a aucun caractère proprement scientifique » (p. 24) écrit M. Mesnard; pour le problème de la « conversion », c'est cependant primordial. Si nous

que celle qui existe entre l'homme qui, avant mars 1657 colla-
borait avec Arnauld et Nicole, écrivait le texte, en dernière instance, rationaliste, des *Provinciales* et luttait pour le triomphe
de la vérité *dans l'Église* et *dans le monde*, et celui qui, mourant
en 1662, janséniste radical, refusait de signer tout Formulaire et
déclarait en même temps sa soumission à l'Église, et qui, ayant
abandonné tout espoir ecclésiastique ou mondain, affirmait la
vanité du monde et de la science et avait en même temps
découvert la roulette, organisé le concours autour de cette
découverte, participé à l'entreprise des carrosses à cinq sols, et
surtout écrit au cours des dernières années de sa vie les fragments qui constituent dans l'histoire de la pensée la première
expression de la philosophie tragique.

C'est dire que pendant les huit années qui ont suivi ce
qu'on appelle couramment la « conversion définitive » de Pascal, années que les biographes traitent d'habitude comme un
bloc dans lequel ils reconnaissent tout au plus des variations
mineures sur des points particuliers (signature du Formulaire, etc.) il y a un changement *global et cohérent* de la pensée
et du comportement de Pascal, changement affectant sa philosophie, son style, son attitude envers l'Église, son attitude à
l'intérieur du groupe janséniste, son comportement intramondain et jusqu'à sa conception de la divinité, changement sans
lequel il est pratiquement impossible de comprendre non seulement sa vie, mais encore son œuvre qui nous intéresse ici
en tout premier lieu, changement qui est le résultat d'une crise
dont Pascal a marqué lui-même le début en écrivant en 1657
les mots qui dans leur concision et dans leur force contenue sont
parmi les plus bouleversants qu'ait jamais écrit un croyant, se
pensant encore intégré à une religion et à une Église : « le déplaisir de se voir entre Dieu et le pape [1] » et dont l'aboutissement
constitue le manuscrit des *Pensées*.

---

ajoutons que dans le fragment 139 Pascal met les recherches scientifiques et le fait
d'écrire les *Pensées* sur le même plan, celui du « divertissement », et surtout si nous
tenons compte du changement *radical* des positions théoriques exprimées dans *les
Provinciales* et dans les *Pensées* la solution d'une conversion totale en 1657-1658
vers un refus *intramondain* du monde nous paraît bien plus simple et plus naturelle
que celle d'une retraite radicale en 1660. Pous nous, l'arrêt des travaux scientifiques en 1659-1660 — si important qu'il soit — reste néanmoins accidentel et
pourrait s'expliquer par de multiples raisons, non pas idéologiques, mais biographiques (maladie, luttes internes à Port-Royal, auxquelles Pascal consacrait une
grande partie de son temps, rédaction des *Pensées*, entreprise des carrosses à cinq
sols).

1. *Œuvres*, Éd. Br., t. VII, p. 174.

II

Nous ne possédons pas de faits nouveaux concernant la biographie de Blaise Pascal, bien que les recherches récentes de J. Mesnard semblent montrer que sur ce plan même, malgré les nombreuses études érudites déjà effectuées par tant de savants, la moisson n'est pas encore épuisée.

Il nous semble cependant que même en ce qui concerne les faits connus depuis longtemps et dont toutes les biographies font état, il reste encore bien des choses à éclaircir. Aussi, sans prétendre récrire la biographie de Pascal, nous contenterons-nous de réunir quelques remarques sur la signification de certains faits connus de tous les pascalisants.

Pour ce faire, nous nous voyons cependant dès le début obligé d'ouvrir une longue parenthèse. La plupart des biographes ont en effet essayé de rattacher Pascal, soit en tant que savant à la science de son temps, soit en tant que croyant à la Contre-réforme ou bien à l'ancienne tradition chrétienne. Nous nous proposons dans cet ouvrage de montrer au contraire que Pascal ouvre une lignée de penseurs qui, dépassant (et cela veut bien entendu dire aussi : *intégrant*) la tradition chrétienne et les conquêtes du rationalisme et de l'empirisme des lumières, créent une morale nouvelle qui est loin d'avoir perdu son actualité aujourd'hui. Pour nous, Pascal est la première réalisation exemplaire de *l'homme moderne*.

Or, ce concept possède au moins deux significations différentes, selon qu'il est employé par un rationaliste, ou par un marxiste, selon qu'on voit dans le *Discours de la méthode*, ou dans les *Thèses sur Feuerbach*, le grand manifeste philosophique de ce type d'homme et de cette attitude humaine.

Dans le premier cas, l'idéal de l'homme moderne est le savant éclairé, libre de préjugés et superstitions, avançant courageusement et sans réserve vers la conquête de la vérité. C'est Copernic, Galilée ou Descartes, non pas tels qu'ils ont été en réalité (nous ne savons pas grand'chose à ce sujet), mais tels qu'ils apparaissent dans une certaine représentation collective commune aux lycéens et aux historiens érudits. Représentation collective qui est d'ailleurs très probablement véridique, dans la mesure même où, à travers la complexité et les contradictions inévitables de toute vie individuelle, elle dégage l'essence même de ce qu'ont été et ont voulu être la plupart des grands savants qui, au crépuscule du Moyen Age et à l'époque de la Renaissance, ont créé la science positive et rationnelle, la physique mécanique notamment. Une ligne réelle et valable mène de Descartes à Brunschvicg, et nous avons déjà dit qu'elle passe dans une proximité plus ou moins grande des *Provinciales*, de Voltaire et de Valéry.

M Gilson a même montré que les origines de ce rationalisme moderne s'étendent bien loin en arrière, et qu'il faudrait commencer son histoire à la grande révolution intellectuelle qui, au XIIIe siècle, a eu comme conséquence la substitution de l'aristotélisme thomiste à la pensée augustinienne.

Constatation qui nous paraît exacte, à condition de ne pas perdre de vue le *saut qualitatif* que représente le passage du thomisme au rationalisme radical, et de la physique aristotélicienne à la physique mécanique.

Le matérialisme historique confirme d'ailleurs l'analyse de M. Gilson dans la mesure où il rattache aussi bien le thomisme du XIIIe siècle que la pensée rationaliste ou empiriste des lumières au développement continuel du tiers état à l'intérieur de la société féodale et de la monarchie d'ancien régime.

Seulement, outre le sens de penseur rationnel et de savant, le terme « homme moderne » possède dans l'histoire de la conscience européenne encore une autre signification.

Dès ses premières manifestations, la philosophie dialectique s'est refusé de reconnaître l'autonomie de la pensée conceptuelle et, implicitement, de voir dans le penseur un idéal humain universel.

Le point culminant dans la courbe ascendante de la philosophie des lumières se situe, nous semble-t-il, dans la génération des post-cartésiens, Malebranche, Leibniz, Spinoza et — avec quelque retard, en Allemagne — Lessing. Mais Pascal déjà, et bientôt après Kant, Hegel, Gœthe et Marx en Allemagne, élaboreront une vision nouvelle de l'homme, vision qui, *intégrant les conquêtes réelles du rationalisme et de l'empirisme des lumières*, s'oriente néanmoins à nouveau vers le dépassement de la pensée conceptuelle fermée sur elle-même, et rejoint ainsi par certains aspects essentiels, à travers la philosophie de la nature des XVe et XVIe siècles, la grande tradition de l'augustinisme [1].

Or, il se trouve que nous possédons dans le *Faust* de Gœthe une expression littéraire classique de cet homme et qu'elle peut nous aider à comprendre certains traits de la vie de Pascal.

Il ne s'agit, bien entendu, pas de développer ici des analogies

---

1. Il faut évidemment — tous les malentendus étant possibles — souligner que la pensée marxiste — pour impliquer une foi dans l'avenir de l'humanité — nie toute révélation et tout surnaturel. Religion sans doute, mais religion sans Dieu, religion de l'homme et de l'humanité et, néanmoins, religion quand même. Dans l'épistémologie commune des *Thèses sur Feuerbach* et de l'augustinisme, c'est le comportement avec la structure psychique et la finalité qu'il comporte — et cela signifie la foi en l'éternité ou en l'avenir humain — qui décide, non de la vérité, mais de la possibilité de connaissance.

ingénieuses et formelles, et nous savons toute la différence qu'il y a entre une vie réelle et une création littéraire. Certaines analogies nous paraissent néanmoins valables dans le cas présent, précisément parce que l'imagination de Gœthe qui a créé le *Faust* était structurée par une vision du monde sinon identique, tout au moins apparentée à celle qui a structuré la vie et la conscience de Pascal.

Il faut remarquer tout d'abord que chez Faust nous trouvons une unité dialectique, analogue à celle que nous avons dégagée chez Pascal entre l'unité profonde de la vie constituée par la recherche continuelle de dépassement et les trois conversions qui la jalonnent.

Cette parenté va cependant bien plus loin. Car la première partie de la pièce, celle qui nous présente le vieux savant dans sa chambre d'études, est une expression littéraire géniale du heurt entre la nouvelle pensée dialectique et les anciennes formes de rationalisme dans ce qu'elles avaient eu de meilleur et de plus élevé.

Il n'est pas difficile de reconnaître dans l'Esprit de l'Univers la philosophie de Spinoza, mais il faut aussi ajouter que le vieux savant, qui connaît toute la science des hommes — médecine, jurisprudence et théologie — incarne, ou, plus exactement, incarnait jusqu'à l'instant où le rideau se lève, l'idéal humain des lumières, le savoir libre, sans préjugés, mis généreusement au service des hommes au moment de l'épidémie et du danger, savoir et dévouement qui ont acquis à Faust l'estime et l'admiration de ses concitoyens.

Seulement, la pièce commence lorsque Faust comprend l'insuffisance, l'inanité de ce savoir dans la mesure même où, resté en surface, il ne mène pas à quelque chose qui se situe au delà, et qui puisse lui faire comprendre ce qui, « dans son for le plus intime, maintient à l'univers son unité ».

C'est le passage de la pensée des lumières à la dialectique. De l'attitude atomiste qui se contentait d'une connaissance précise et scientifique des « phénomènes », à la recherche de l'essence et de la totalité. Et fatalement, dans ce passage (fatalement, parce que Gœthe est un très grand écrivain), Faust devait rencontrer les deux perspectives sous lesquelles la religion peut encore se présenter au penseur des lumières, Spinoza et la croyance spontanée et traditionnelle du peuple.

Spinoza était en effet le seul penseur rationaliste à avoir réalisé une vision d'ensemble de la totalité du cosmos, et à promettre dans la connaissance du troisième degré, dans l'*amor Dei intellectualis* le dépassement de l'entendement scientifique.

On connaît l'admiration de Gœthe pour Spinoza et le rôle important qu'il a joué dans la pénétration du spinozisme dans la pensée occidentale. Gœthe s'est toujours dit panthéiste. Il est d'autant plus important de rappeler le reproche que fera Faust à l'Esprit de l'Univers; reproche qui définit exactement la différence entre le panthéisme spinoziste et le panthéisme hégélien et gœthéen. « Quel merveilleux spectacle! mais hélas ce n'est qu'un spectacle! »

Il n'y a dans l'univers de Spinoza aucune place pour la liberté et l'action de l'homme. Celui-ci peut tout au plus connaître l'univers, mais non pas agir et le transformer.

Aussi comprend-on que Faust s'oriente vers l'Esprit de la Terre, celui qui « tisse, dans le feu de la vie et la tempête de l'action... depuis la naissance jusqu'au tombeau... le vêtement vivant de la divinité ».

Seulement un abîme infranchissable sépare encore le savant, l'homme des lumières — même lorsqu'il a déjà compris et ressenti le besoin de dépassement — de la vie réelle et de l'action. Lorsque Faust crie avec enthousiasme à l'Esprit de la Terre : « Comme je me sens proche de toi! », celui-ci répondra de loin : « Tu ressembles à l'esprit que tu conçois, non pas à moi. »

C'est ainsi qu'au début de la pièce Faust se trouve dans la situation de ces hommes dont il est tant question dans les *Pensées*, qui cherchent Dieu et ne le trouvent pas, dans la situation de l'homme tragique. Aussi ne voit-il qu'une seule issue : la mort.

Mais la vision dialectique est précisément *le dépassement de la tragédie*, et, à l'instant même où il veut absorber le poison, Faust entendra l'appel des cloches de Pâques; appel qu'il ne peut pas encore accepter parce qu'il se présente sous une forme archaïque que lui, penseur éclairé des lumières, a dépassée depuis longtemps, mais à travers laquelle il entrevoit néanmoins, précisément parce qu'il a maintenant dépassé aussi le rationalisme de l'entendement, une essence réelle et valable — difficile à atteindre, sans doute — mais qui néanmoins n'est pas inaccessible à l'homme. D'où la double réponse de Faust, qui, d'une part, renonce au suicide, mais, d'autre part, s'écrie : « J'entends bien le message, mais il me manque la foi. »

En effet, s'il ne peut s'agir pour lui de revenir à la religion ancienne et dépassée qui vit encore dans le peuple, il n'en a pas moins, à travers le son des cloches de Pâques, ressenti l'appel d'une transcendance, d'un Dieu qu'il devra et qu'il pourra atteindre par des chemins propres et nouveaux qui intègreront et dépasseront en même temps la religion du peuple et le rationalisme des lumières, la pensée critique radicale, qui ne fait aucune concession, et la foi profonde et inébranlable. Le thème de la pièce s'annonce, la marche de Faust

— à travers et grâce au pacte avec le diable — jusqu'à Dieu [1].
C'est pourquoi le son des cloches et la reprise du contact avec
le peuple (dans la scène suivante, devant la porte de la ville),
lui permettront de traduire enfin dans un langage nouveau,
dans le langage de son peuple, de son temps et de l'avenir,
l'ancien texte sacré du Nouveau Testament.

En traduisant de la seule manière actuellement valable les

---

1. Le pacte avec le diable comme seul chemin qui mène à Dieu (la ruse de la
raison dans la philosophie d'Hegel) est un des points qui séparent encore la pensée
tragique de Pascal de la pensée proprement dialectique, bien que là aussi la vision
tragique constitue le passage du rationalisme à la dialectique.

Au fond, il s'agit du problème du bien et du mal, qui s'est depuis le moyen âge
exprimé sur le plan littéraire dans le thème de « l'homme qui a vendu son âme
au diable ».

Schématiquement, on peut distinguer cinq étapes :

a) La pensée chrétienne du moyen âge, pour laquelle le bien et le mal sont nettement séparés. Le péché et la vertu s'opposent d'une manière absolue, la vertu
mène au ciel, le vice attache à la terre et mène, à moins d'intervention de la miséricorde divine, en enfer. Théophile est un méchant pécheur, sauvé par l'intervention miséricordieuse de la Sainte Vierge.

b) A la Renaissance, la légende de Théophile devient celle de Faust. Personnage
inquiétant, mais néanmoins attirant, et dans lequel tout élément de réprobation
tend à disparaître. C'est qu'avec la Renaissance commence déjà l'individualisme,
qui supprime le ciel et, avec lui, toute opposition entre le bien et le mal. De plus
en plus, les choses se passent exclusivement sur terre, où il n'y a plus ni bien ni
mal, mais seulement des réussites et des échecs. La vertu du moyen âge devient
virtu, qui n'est plus incompatible — il suffit de penser au *Prince*, de Machiavel —
avec aucun crime.

c) Avec le rationalisme et l'empirisme des lumières, cette révolution ira jusqu'à
ses dernières conséquences. Dans un monde qui paraîtra de plus en plus policé,
la vertu deviendra plaisir ou générosité raisonnable, elle s'appauvrira et deviendra
schématique, mais elle gardera ce caractère d'efficacité qui fait du bien et du mal
des caractères subordonnés et dérivés.

Avec le progrès, les dangers sembleront même disparaître. Dans la légende de
Faust, le diable — symbole du mal du moyen âge — était devenu un diable —
danger qu'affrontait Faust, l'homme courageux qui risque l'aventure du savoir
et de la puissance. Lessing écrira un *Faust* dans lequel le héros, après avoir vendu
son âme au diable et affronté tous les périls, s'aperçoit que tout cela n'était qu'un
rêve, car le diable n'existe pas.

d) Avec la vision tragique, le bien et le mal réapparaissent en tant que réalités
propres déterminant la vie de l'homme. Mais ce n'est plus le péché du moyen âge,
si nettement, si clairement séparé de la vertu; le mal s'oppose toujours au bien
de manière radicale, mais il lui est aussi indissolublement attaché.

Même l'action la plus vertueuse, qui n'a peut-être jamais été accomplie, nous dit
Kant, est seulement conforme à l'impératif catégorique et ne réalise pas le bien
suprême; la loi morale et le mal radical font en même temps partie de la nature de
l'homme; et Pascal nous apprend que l'homme « n'est ni ange ni bête », que « qui
veut faire l'ange, fait la bête », car « nous n'avons ni vrai ui bien qu'en partie,
et mêlés de mal et de faux » (fr. 385).

On comprend que le mal et le bien étant inséparables dans la conscience de
l'homme, et leur réconciliation impossible, la tragédie qui a fait de Dieu un spectateur muet en ait fait autant du diable. Le thème de Théophile et de Faust n'a
jamais trouvé une expression tragique.

e) Il réapparaît cependant avec la vision dialectique, avec Gœthe, Hegel et
Marx. Pour eux, le problème se pose au départ comme pour la vision tragique;
pour l'individu le bien et le mal sont en même temps *réels*, *opposés* et *inséparables*.
Seulement, ils admettent tous que la « ruse de la raison », la marche de l'histoire
feront du mal individuel le véhicule même d'un progrès qui réalisera le bien dans
l'ensemble. Méphisto se caractérise lui-même comme celui « qui veut toujours le
mal et fait toujours le bien », et c'est lui qui, contre sa propre volonté, bien entendu,
permettra à Faust de trouver Dieu et de parvenir au Ciel.

premiers mots de l'évangile de Saint Jean : « Au commencement était l'action », Faust trouve maintenant par lui-même
les paroles qu'il ne comprenait pas deux scènes plus tôt, lorsqu'il
se trouvait devant l'Esprit de la Terre. Il peut se mettre enfin
en route, aussi s'adresse-t-il immédiatement à celui qui lui permettra d'arriver au Ciel, au diable, à Méphisto.

Mais cette analyse du texte nous a entraîné trop loin. Avant
la rencontre de Faust avec Méphisto, avant la traduction de
l'Évangile, l'homme des lumières apparaît encore une fois,
sous la forme du disciple : Wagner.

Pour Faust, celui-ci est un type d'homme déjà ancien et
dépassé. Dès qu'il l'entend arriver, il s'écrie : « O mort! Je le
connais, c'est mon Famulus. Faut-il que cet être desséché et
rampant viennent troubler la richesse de ces visions? »

Wagner entre, en robe de chambre, un bonnet de nuit sur
la tête, une bougie allumée à la main, et il se définira lui-même :
« Je me consacre avec zèle à l'étude; je sais en effet beaucoup,
mais je voudrais tout savoir. »

C'est l'homme de la pensée des lumières. La scène entière
est sans doute une satire. Mais une satire qu'on comprendrait
fort mal si on voyait son fondement non pas dans la réalité
objective, dans la rencontre de deux visions du monde dont
l'une a intégré et dépassé l'autre, décrite *objectivement* par un
des plus grands écrivains réalistes de la littérature universelle,
mais seulement dans une attitude subjective de Gœthe, qui
n'aime pas Wagner et le type de savant qu'il incarne.

Car, envers Wagner, l'attitude de Gœthe est loin d'être unilatérale et entièrement négative. Il a en effet toujours admiré
le travail des savants, et on sait qu'il a consacré une grande
partie de son temps aux travaux de minéralogie, biologie et
botanique.

Plus encore, l'image caricaturale que nous donne de Wagner
cette scène de l'acte I, celle d'un apprenti qui reste à la surface des choses, cherche la vérité dans les livres et vise surtout
à la respectabilité et à l'estime générale, se trouve en grande
partie corrigée par l'image qu'en donne la seconde partie. Nous
y apprenons que, depuis le départ de Faust, il a dignement
rempli dans la cité la place laissée libre par le départ du maître.
Ses concitoyens estiment même qu'il a dépassé celui-ci. Mais
lui-même n'a jamais été dupe de sa réussite. Il garde au souvenir de Faust une vénération inchangée et, méprisant les
succès extérieurs, se consacre uniquement à son laboratoire et
à ses recherches. Il obtient d'ailleurs sur ce plan un résultat
extraordinaire, puisqu'il réussit à produire l'homme artificiel;
seulement, une fois créé, cet homme lui échappe, et il ne saurait le maîtriser. Ajoutons encore que si Faust revient au laboratoire de Wagner, ce n'est pas par simple fantaisie de l'écri-

vain, mais parce que dans son chemin vers le ciel, il ne saurait
se passer de Wagner et de ses travaux [1]. Car des trois étapes
qui composent ce chemin : *a)* l'amour, les relations humaines
(Marguerite), *b)* la culture (Hélène) et *c)* l'action révolutionnaire, la première et la troisième seulement peuvent et doivent
être franchies à l'aide de Méphisto. Car dans l'action, et même
dans les relations d'homme à femme et d'homme à homme,
« qui veut faire l'ange fait la bête », et l'on connaît la critique
gœthéenne et hégélienne de la « belle âme ».

Seulement cette situation est entièrement différente dans la
seconde étape, celle de la culture, indispensable pour aborder
la troisième, l'action qui mènera au ciel. Ici, Méphisto ne peut
être d'aucun secours, et, pour arriver à Hélène, au XVIIIe comme
au XVIIe siècle, on ne peut plus éviter de passer par Wagner et
par le petit homme artificiel, créé par ses travaux.

Revenons cependant après ce long détour à la première rencontre [2] de Faust et de Wagner. La satire est forte, voulue,
certes, mais elle a un fondement *objectif*, l'impossibilité où se
trouve Wagner, malgré son respect et son admiration, de
comprendre les paroles de Faust. Impossibilité qui s'annonce
dans le premier vers et continue jusqu'au dernier. Réveillé par
ce qu'on appelle trop souvent le monologue de Faust, et qui
est déjà un « dialogue solitaire », avec une transcendance
muette et absente, Wagner entre avec sa bougie et son bonnet
de nuit :

> Excusez, je vous entends déclamer
> Vous lisiez certainement un drame grec...

Double méprise. Pour Wagner, convaincu qu'on ne peut parler
seul, et ne soupçonnant même pas la transcendance, Faust ne
pouvait tout au plus que « déclamer ». De plus, il est clair
que lorsque l'on déclame, on prend le texte non pas en soi-
même, mais dans un livre et, pour un humaniste, dans un livre
grec; et tout ceci est couronné par le mot *gewiss*, certainement.

Nous pourrions continuer longuement à analyser ainsi tous
les vers de la scène, mais il est plus que temps de revenir à
Pascal... Non sans avoir cependant rappelé que, pour Wagner,
l'utilité du savoir réside en premier lieu dans la connaissance
elle-même, mais ensuite aussi dans la possibilité d'aider, de
convaincre et de diriger ses concitoyens.

---

1. Rappelons qu'à la fin de sa vie, au moment où il rédigeait ses *Pensées*, Pascal a lui aussi repris ses travaux mathématiques.
2. Encore faut-il ajouter, et cela prouve une fois de plus le réalisme et le génie
de Gœthe, que la satire de l'acte I porte uniquement sur la prétention de Wagner
de comprendre l'histoire et la vie sociale par la raison et par les livres. Par contre,
la satire disparaît dès qu'il s'agit de Wagner en tant que chimiste et biologiste.
La seule réserve de Gœthe se manifeste par l'impossibilité pour Wagner, même
dans ces domaines, de maîtriser les résultats de ses propres travaux.

On peut se demander pourquoi nous nous sommes si long-temps attardé à l'analyse du livre de Gœthe dans un ouvrage consacré à Pascal. C'est que cela nous semblait encore le chemin le plus court et le plus simple pour éclaircir la place qu'a eue dans la vie de ce dernier la science à laquelle il a consacré le plus clair de son temps jusqu'en 1654, et une grande partie de ses forces après mars 1657.

Il s'agissait en effet de prévenir un malentendu trop fréquent, qui consiste à comprendre cette activité scientifique non pas sur le modèle de Faust, mais sur celui de Wagner, ou si l'on veut se passer de toute image littéraire, sur le modèle non pas dialectique, mais rationaliste.

Contentons-nous d'un seul exemple : vers la fin de sa vie, Pascal, dans les *Pensées* (fr. 144), revenant sur son passé, rappelle l'insuffisance humaine des sciences, et le peu de satisfaction que lui a apporté sa jeunesse consacrée en premier lieu aux travaux scientifiques.

« J'avais passé longtemps dans l'étude des sciences abstraites; et le peu de communication qu'on en peut avoir m'en avait dégoûté... »

Inutile de souligner le rapprochement entre ces lignes et les mots de Faust au début de la pièce [1].

Écoutons maintenant le commentaire d'un des plus érudits connaisseurs de ses écrits, d'un savant et penseur qui nous a donné non seulement la meilleure édition des œuvres de Pascal, mais qui a aussi très bien et très finement étudié les ouvrages de Pascal portant sur les questions de physique et les mathématiques [2].

« Il semble, écrit en effet Brunschvicg, qu'aux yeux de Pascal, la science dût avoir son prix non pas seulement en soi, par les vérités dont elle nous assure la possession, mais au delà, dans l'humanité même, par ce qu'elle apporte avec elle, ainsi que l'avaient cru jadis les Pythagore et les Platon, le principe de la communion interne des esprits. Et l'histoire ne nous offre pas de carrière où l'espérance du rayonnement et de la « communication » eût été plus tôt satisfaite. Blaise Pascal est encore un enfant lorsque son génie « éclate ». Dès sa treizième année, raconte Mme Périer, il se trouvait régulièrement aux conférences qui se faisaient toutes les semaines où tous les habiles gens de Paris s'assemblaient... Mon frère y tenait fort bien son

---

1. Il se peut sans doute que Pascal émette ici un jugement anachronique dont il n'était pas entièrement conscient dix ou quinze ans auparavant. Il n'en reste pas moins qu'il avait dès lors — son évolution ultérieure même le prouve — senti et peut-être même pris conscience du fait qu'à travers la vérité des sciences, il cherchait encore autre chose, une totalité, une transcendance, difficile à nommer, et qu'il appelle maintenant « communication ».

2. L. BRUNSCHVICG : *Blaise Pascal*, Éd. J. Vrin, 1953, p. 229.

rang... » Seulement, il s'est heurté [1] à l'incompréhension du Père Noël, et même de Roberval et de Descartes.

Nous ne songeons bien entendu pas un seul instant à nier l'importance de Léon Brunschvicg dans l'histoire de la pensée ou sa valeur en tant qu'historien de la philosophie. Nous savons également tout ce que lui doivent les études pascaliennes. Il ne reste pas moins vrai que les limitations de son attitude rationaliste l'empêchent — comme elles ont aussi empêché Voltaire et Valéry — non seulement d'accepter (ce qui ne serait pas très grave), mais encore de comprendre l'essentiel de la vie et l'œuvre de Pascal. Toutes ses études sur les *écrits scientifiques* de Pascal restent parfaitement valables pour *l'historien des sciences*, mais elles constituent un malentendu profond dès qu'il s'agit de la *biographie* de Pascal [2]; de même que ses commentaires presque toujours valables lorsqu'il s'agit des *Provinciales* sont très souvent marqués de la même incompréhension lorsqu'il aborde les *Pensées*.

Non seulement il s'étonne [3] devant le fait que pour Pascal, la science doit avoir son prix « au delà des vérités dont elle nous assure la possession », mais encore, cherchant devant l'évidence de ce fait, à comprendre le mot « communication » dans le texte qu'il commente, il ne le met pas en relation avec la recherche de transcendance des augustiniens du moyen âge, ni avec le dépassement vers l'action des marxistes, mais avec la légende pythagoricienne, ou avec *la République* de Platon; il arrive ainsi à écrire contre le texte même de Pascal que la recherche de « communication » de celui-ci a, dans sa jeunesse, été satisfaite au plus haut point, pour rattacher la déception ultérieure aux remarques du Père Noël, ou aux discussions avec Roberval et Descartes.

Malgré le grand respect que nous professons pour Brunschvicg, il nous faut bien constater qu'ici il prolonge tout simplement le dialogue de Faust avec Wagner.

Car si dans le fragment 144, qui est un des plus importants passages autobiographiques sortis de la plume de Pascal, le mot « communication » signifie en effet, dans une grande mesure, comme l'a vu Brunschvicg, communion [4] et entente

---

1. Nous résumons ici un texte de plusieurs pages.
2. C'est ainsi qu'il a très bien vu et analysé les différences entre les deux méthodes scientifiques de Descartes et de Pascal, mais il nous semble qu'il a tort lorsqu'il voit dans ces différences de méthode la source de leur opposition. Nous pensons qu'au contraire la différence des méthodes scientifiques ainsi que l'opposition des personnes ont leur source commune dans l'opposition de deux visions du monde.
3. Faut-il encore souligner la parenté entre le « il semble » de Brunschvicg et le « certainement » de Wagner? Qu'un penseur cherche à travers la vérité scientifique et au delà d'elle une fin qui la dépasse (qu'il s'agisse d'ailleurs du Dieu chrétien ou de l'action révolutionnaire), c'est là une chose inconcevable pour Wagner, étonnante et peu compréhensible pour Brunschvicg.
4. Et d'ailleurs non seulement interne, mais totale : interne et externe.

avec les autres hommes, cela se place à un tout autre niveau que celui où l'a situé le célèbre auteur du *Progrès de la Conscience occidentale* [1]. Il ne s'agit ni de la vérité générale et universelle du rationalisme, de l'accord *implicite* des hommes dans une vérité identique, mais fondée sur une évidence individuelle, ni de l'approbation de tel ou tel individu, savant ou tout simplement ami, mais de la communauté profonde et totale de tous les hommes en tant que tels, catégorie fondamentale de toute morale *chrétienne ou dialectique* qui s'exprime par sa *présence* dans la promesse du royaume des cieux à la fin des temps, ou dans la création humaine et historique de la société socialiste, ou bien par son *absence* dans la pensée et la littérature tragique.

Ce serait vraiment sous-estimer Pascal que de voir dans les attaques du Père Noël, ou même dans l'incompréhension de Roberval ou de Descartes l'origine de sa déception devant les sciences abstraites. De pareilles difficultés sont le lot inévitable de tout progrès de la recherche, et lorsqu'elles ne se sont pas traduites par des persécutions matérielles, des milliers de penseurs, grands et petits, les ont toujours supportées tant bien que mal. Ce serait prendre Pascal pour un enfant de chœur que de lui attribuer l'illusion que les vérités nouvelles seront acceptées immédiatement et sans difficulté par tout le monde.

Et pourtant, par un certain côté, Brunschvicg a raison. L'incompréhension des Noël, Descartes, Roberval, a joué son rôle dans la déception de Pascal, mais seulement dans la mesure où elle lui est apparue comme une des multiples manifestations de l'insuffisance radicale de l'homme, liée à sa condition comme telle et dans la mesure où, au contraire, tous les succès extérieurs, l'admiration de tant d'autres savants et amis lui apparaissait comme dépourvue de signification et illusoire parce qu'ils ne correspondaient pas à la réalité ontologique.

Avant de terminer l'étude de ce fragment, une observation s'impose. La communauté avec les autres hommes n'est qu'un des sens du mot dans le passage commenté par Brunschvicg. Encore résulte-t-il seulement du contexte. Pris dans la phrase en elle-même, le mot « communication » a encore une autre signification : celle de communication des sciences et de la vérité par l'étude, à laquelle Pascal avait consacré une si grande partie de son temps.

Aussi, pour Pascal, et pour tout penseur dialectique, les deux significations sont-elles complémentaires et inséparables, car la vérité établit seule la vraie communication entre les hommes, et aucune vraie communication ne peut s'établir que par la vérité.

« Les athées doivent dire des choses parfaitement claires », écrit Pascal à un autre endroit (fr. 221), et cela signifie que c'est

l'impossibilité radicale de trouver et de de dire pareilles choses
« parfaitement claires » qui interdit à tout homme, conscient de
sa condition et de la nécessité absolue de communication, d'être
athée, et aussi de réduire l'essence de l'homme aux sciences et à
l'entendement.

III

Au soir de sa vie, Pascal est conscient (voir le fr. 144) d'avoir
toujours cherché, dans les sciences abstraites jusqu'en 1654,
dans les sciences de l'homme par la suite, quelque chose que ces
sciences se sont révélées impuissantes à lui donner. Certes, il
ne désavouait point ses ouvrages scientifiques pas plus que *les
Provinciales*, mais il savait que ces écrits impliquaient l'illusion
que l'homme puisse, sinon vaincre, tout au moins progresser
dans le monde, vers la réalisation des valeurs essentielles; or, il
ne croyait plus à la possibilité de cette progression.

Cette réalité que Pascal a cherchée toute sa vie, lui-même, et
tout chrétien avec lui, l'appellerait Dieu, un rationaliste l'appellerait la vérité et la gloire, un socialiste la communauté
idéale. Et ils auraient tous raison, et avec eux bien d'autres
encore que nous n'avons pas énumérés. Aussi préférons-nous
un mot qui *aujourd'hui* apparaît plus neutre : *Totalité*.

Une tradition, d'ailleurs justifiée, veut qu'on parle de
périodes dans la vie de Pascal. On peut cependant employer
pour les distinguer les critères les plus divers, et l'essentiel est
de trouver une division qui suive les articulations réelles de
l'objet qu'elle veut étudier.

Dans le cas de Pascal, il nous semble que la meilleure est celle
qui distingue :

a) La période qui va jusqu'au 23 novembre 1654, pendant
laquelle Pascal, tout en subordonnant la raison à la révélation,
la nature au surnaturel, a cherché la totalité surtout en tant
que vérité scientifique et gloire humaine dans le domaine de la
nature et de la raison.

b) La période qui se situe entre le 23 novembre 1654 et le
mois de mars 1657, pendant laquelle la recherche de totalité
s'est déplacée vers l'Eglise et vers la Révélation de laquelle Pascal
espérait rapprocher la société laïque et chrétienne, corrompue
par l'évolution des derniers siècles; son combat dans *les Provinciales* s'insérait dans cet espoir;

c) La période qui commence à une date difficile à déterminer,
mais en tout cas postérieure à mars 1657, pendant laquelle
Pascal n'attend plus rien d'essentiel du monde, non plus que
de l'Eglise militante, et sauve son exigence de totalité par une

soumission *extérieure* aux pouvoirs politique et ecclésiastique, et une vie dans le monde et une activité scientifique qui sont *en même temps* un refus radical de tout compromis avec les pouvoirs, par le paradoxe, la tragédie et l'appel à Dieu.

Cette division dit d'emblée que nous n'attachons pas une très grande importance à la conversion de 1646, la seule authentique d'après M. Mauriac.

Elle n'a pas en effet produit de changement qualitatif ni dans la pensée ni dans la vie de Pascal. Nous lui trouvons avant et après 1646 les mêmes positions doctrinales (possibilité pour les sens et la raison de connaître la nature, reconnaissance de la suprématie de la révélation et du surnaturel), et aussi le même comportement (vie consacrée en premier lieu à la science et à l'activité pratique). La rencontre de la pensée janséniste lui a seulement permis d'insérer et d'exprimer dans une doctrine déjà existante la soif d'absolu et de transcendance qui nous paraît se trouver, de manière plus ou moins consciente, déjà à la base de ses premiers travaux.

En parlant directement à l'homme dans la révélation, Dieu lui a donné, par la connaissance des vérités surnaturelles, une valeur absolue, mais il l'a aussi placé au sein d'une nature et d'une société, et lui a donné dans les sens et dans la raison les moyens de les comprendre et de les dominer. Vérité et gloire sont dans le domaine de la nature et de l'esprit deux valeurs que l'homme peut atteindre, et à la recherche desquelles Pascal consacrera, malgré la prééminence qu'il reconnaît à la révélation jusqu'en 1654, la plus grande partie de ses forces [1].

Il y avait ainsi dans la vie de Pascal jusqu'à cette date une contradiction flagrante entre la primauté reconnue *en principe* à la religion et la réalité *pratique* d'une vie consacrée au monde; contradiction accentuée précisément pendant les dernières années qui préparent déjà cette nuit du 23 novembre, pendant

---

1. Quant à l'existence d'une période « mondaine » dans le sens étroit et courant du mot, ainsi qu'à la paternité du *Discours sur les passions de l'amour*, ce sont des problèmes que trancheront peut-être un jour les recherches érudites. Ils ne nous paraissent cependant pas pouvoir, malgré leur importance, modifier sensiblement ce schème. Car, pour la perspective tragique à laquelle a abouti l'évolution ultérieure de Pascal, les travaux scientifiques de sa jeunesse et la machine arithmétique constituent déjà au plus haut point une période « mondaine ».

Il nous faut aussi dire un mot ici sur l'affaire Saint-Ange de 1647. Telle qu'on la présente d'habitude : poursuite d'un pauvre capucin un peu extravagant et dépourvu d'importance, elle s'insère difficilement dans l'ensemble de la vie de Pascal. C'est cependant peut-être son aspect véritable, une vie étant rarement homogène jusque dans ses moindres détails. Une suggestion pourtant pour la recherche érudite : il faudrait s'assurer si l'adversaire visé était vraiment Saint-Ange et non pas Camus et peut-être même Harlay de Champvallon, personnages autrement importants et qui, pour avoir abandonné la lutte contre les réguliers, ne devaient pas jouir de la sympathie des milieux jansénistes.

Sur les relations de Camus et d'Harlay de Champvallon avec Port-Royal et le jansénisme, voir A. FÉRON : *Contribution à l'histoire du jansénisme en Normandie*, Rouen, 1913, p. 9 et s.

lesquelles se situe le conflit au sujet de la dot de sa sœur, sa proposition, rapportée par deux sources qui nous paraissent dignes de confiance, de résister à la constitution d'Innocent X et d'en appeler au concile, et aussi la lettre à la reine Christine de Suède, qui met à tel point l'accent sur la supériorité de l'esprit sans toucher mot de la Grâce.

Cette contradiction entre la conscience et la vie réelle disparaît cependant à partir de novembre 1654. C'est dire toute l'importance de ce qu'on est convenu d'appeler la « seconde conversion ».

Et pourtant, celle-ci non plus n'a pas modifié *qualitativement* la pensée de Pascal, mais simplement rétabli l'accord avec une vie désormais consacrée à la lutte pour le triomphe de la vérité *dans l'Église*, et celui de la religion dans la société laïque.

Et de nouveau, c'est au cours des derniers mois qui précèdent et préparent la nouvelle « conversion »[1] que Pascal semble le plus engagé dans la voie qu'il suit. Il prend en effet le miracle de la Sainte Épine pour un signe immédiat, envoyé par Dieu non seulement au groupe janséniste, mais encore à sa propre famille, pour marque de la justesse de son combat. Jamais il n'a été si près d'Arnauld et de Nicole ni si loin des extrémistes, (Barcos, Singlin, la Mère Angélique), qui se tenaient en réserve et désapprouvaient la polémique.

Et pourtant, voilà qu'à une date — difficile à fixer avec exactitude — Pascal envoie à Barcos une consultation sur la justice et la Providence divine, et douze questions sur les miracles. Bien que posées sur le plan général, ces questions comportent cependant une signification concrète. Il s'agit de savoir comment réagir devant la bulle d'Alexandre VII, et dans quelle mesure le miracle de la Sainte Épine avait prouvé que Pascal avait eu raison de publier *les Provinciales*. Or, pour le savoir, Pascal s'adresse à Barcos dont la position ne permettait aucun doute quant à la réponse qu'il en pouvait attendre.

Quelle importance Pascal a-t-il accordée à cette réponse? Aucun texte explicite ne nous renseigne sur ce point, mais il nous semble que les multiples fragments des *Pensées* nous disant que la religion est incertaine, le retour de Pascal aux sciences et à l'activité mondaine, dont cependant il connaissait maintenant la vanité, la déclaration à Beurrier qu'il se soumet aux décisions du pape, — bien que ses décisions n'aient jamais cessé de lui paraître injustes — nous renseignent suffisamment à ce sujet.

Jusqu'en 1654, Pascal a cherché la vérité dans le monde naturel et dans les sciences abstraites; de 1654 à 1657, il a

---

1. Il est difficile d'admettre que Pascal n'ait pas envisagé avant 1657 la possibilité d'une condamnation de Jansénius et n'ait pas réfléchi sur la conduite à prendre dans cette éventualité.

espéré le triomphe de la vérité dans l'Église, et celui de la religion dans le monde (et il a pris une part active dans la lutte
pour ce triomphe); à la fin de sa vie, il a appris que la seule
vraie grandeur de l'homme réside dans la conscience de ses
limites et de ses faiblesses, il a vu les incertitudes qui caractérisent *toute* vie humaine, dans la nature aussi bien que dans
l'Église militante, sur les deux plans de la raison et de la révélation, car la raison est insuffisante sans la foi, pour connaître
la *moindre chose naturelle*, et la foi ne peut s'insérer de manière
valable dans la vie de l'homme sans l'*attitude rationnelle* du
pari. Au delà de Barcos, qui n'a jamais pensé que la foi et la
tradition pussent avoir le moindre besoin d'un appui rationnel,
au delà même de Saint Augustin (fr. 234) dont on connaît l'immense autorité dans les milieux jansénistes, Pascal a découvert
la tragédie, l'incertitude radicale et certaine, le paradoxe, le
refus intramondain du monde et l'appel de Dieu. Et c'est en
étendant le paradoxe jusqu'à Dieu lui-même qui *pour l'homme*
est certain et incertain, présent et absent, espoir et risque, que
Pascal a pu écrire les *Pensées*, et ouvrir un chapitre nouveau
dans l'histoire de la pensée philosophique.

IV

Nous venons de déceler dans la vie de Pascal deux tournants fondamentaux, celui qui aboutit au *Mémorial* du 23 novembre 1654, et celui qui, commencé en mars 1657, a abouti à
la rédaction des *Pensées*. Or, les deux fois, au moment culminant de la crise, nous rencontrons une intervention de sa sœur.
C'est dire l'importance que présente pour toute étude biographique de la vie de Pascal la compréhension de ses relations
avec Jacqueline.

Il nous semble cependant que, là aussi, la plupart des biographes ont manqué leur projet, dans la mesure où ils ont réduit
ces relations au schème général de l'union étroite entre deux
membres d'une même famille qui s'aiment et souffrent profondément chaque fois qu'ils ne sont pas d'accord sur des points
qui leur paraissent primordiaux. Il nous semble que c'est laisser
échapper, et en tout cas réduire et appauvrir singulièrement
l'essence d'une relation dans laquelle les instants vraiment critiques ont été le résultat non pas de facteurs contingents d'affectivité et d'intérêt personnels, mais de la rencontre, renforcée
sans doute par l'attachement et l'amour mutuel, entre deux
consciences qui incarnaient à un degré particulièrement élevé
et intense deux morales, et plus encore, deux visions du monde,

apparentées sans doute, mais pourtant différentes, voire opposées [1].

Jacqueline qui, des deux, a la personnalité la moins puissante,
est pour une large part, une création morale et intellectuelle de
son frère; c'est précisément pourquoi l'opposition qui les sépare
devient importante pour Blaise les deux fois où, devant les
difficultés extrêmes et la complexité des problèmes que lui pose
la réalité, il se trouve en danger de faire des concessions et de
trahir *ses propres valeurs*. Ce que choisit Jacqueline, est sans
doute — les deux fois — mesuré aux exigences de Pascal, une
solution facile, parce que partielle. Mais cette solution partielle,
que Pascal *n'acceptera pas*, est néanmoins fondée sur un principe
dont il a toujours reconnu la valeur (nécessité de se donner
entièrement à Dieu, en 1652, devoir confesser toujours et
intégralement la vérité, en 1661), un principe dont il lui a
enseigné lui-même qu'on n'a pas le droit de s'en départir. C'est
pourquoi la position de Jacqueline lui apparaît les deux fois
comme fausse et parfaitement valable en même temps. Fausse
— parce que unilatérale — et parfaitement valable parce qu'elle
affirme une chose dont il n'a jamais douté, un devoir qu'il faut
intégrer et dépasser, mais par rapport auquel on n'a pas le
droit d'accepter la moindre concession, le moindre compromis.
Le sens de la vie de Pascal, longtemps avant qu'il n'en devînt
conscient dans les dernières années de sa vie, a toujours été le
même : la recherche de la totalité. Et personne n'a mieux formulé la signification concrète, pratique, de ce mot, que Pascal
dans le fragment 353 : « On ne montre pas sa grandeur pour
être à une extrémité, mais bien en touchant les deux à la fois
et remplissant tout l'entre-deux. »

Faut-il encore insister sur les difficultés que rencontrera
toujours l'effort de vivre réellement une pareille morale, et de
rappeler ce qui constitue pour elle le plus grand danger : la
tentation, devant la difficulté, et parfois l'impossibilité de
« toucher les deux extrémités à la fois », de se situer au milieu,
à égale distance de l'une et de l'autre? Est-il encore nécessaire
d'expliquer l'importance qu'ont les deux interventions de
Jacqueline lors des deux instants critiques de la vie de son frère
où cette tentation a été la plus menaçante : en 1652, lorsqu'il
s'agissait de choisir entre le monde (dans un des meilleurs sens
que peut avoir ce mot, celui de gloire et de réussite scientifique)
et les devoirs envers Dieu et, en juin 1661, lorsqu'il s'agissait de
choisir entre la défense de la vérité et l'unité de l'Église. Les
interventions de Jacqueline rappelaient que ni Dieu ni la vérité

---

1. Si on veut nous permettre un anachronisme que nous employons seulement
pour nous faire mieux comprendre, nous pourrions dire que l'attitude de Jacqueline
est, les deux fois, du type cornélien, celle de Pascal du type racinien; ce qui n'implique bien entendu pas l'affirmation d'une influence de Corneille sur Jacqueline.

n'admettent de concession, ou de compromis. Et si ces interventions ont trouvé une telle résonance dans la conscience de Pascal, ce n'est certainement pas à cause du fait qu'il s'agissait de sa sœur ni à cause de l'amour, sans doute profond, qu'il éprouvait pour elle. Au niveau humain où ils vivaient l'un comme l'autre, les sentiments si puissants et si profonds, qu'ils soient, ne sont jamais décisifs. Mais ce que le comportement héroïque de Jacqueline opposait à Blaise, c'était son propre enseignement, ce qu'elle avait appris de lui, ou, à travers lui, de Saint-Cyran, dont il reconnaissait l'autorité; c'étaient des valeurs dont il n'avait jamais douté, et qu'il était seulement en danger d'abandonner pour tenter de sauvegarder d'autres valeurs contraires et d'égale importance pour lui, mais qui étaient loin d'avoir le même poids aux yeux de Jacqueline. En 1652, Pascal pensait encore (il le fera jusqu'en 1657) le monde naturel et la révélation comme deux domaines séparés et complémentaires, et implicitement la raison et les sens d'une part, la soumission à l'autorité d'autre part, comme des procédés de connaissance ayant chacun son champ d'application propre. Le monde naturel, les sens et la raison étaient sans doute subordonnés à la révélation, mais jusqu'en 1654 ils lui apparaissaient tout de même comme le domaine dans lequel lui, Blaise Pascal, qui avait inventé la machine à calculer, réalisé les expériences sur le vide, écrit l'essai pour les coniques, avait ses propres tâches à remplir. Or, pour le faire, il avait besoin d'argent, et il n'était pas riche. Jacqueline le savait, mais elle craignait aussi — à juste titre — que la subordination de la raison à la révélation, de la gloire à la sainteté que son frère lui avait enseignée, ne devînt pour celui-ci un principe abstrait qu'aurait contredit une vie consacrée, sinon uniquement, tout au moins en premier lieu à la science et à des fins intramondaines. C'est ce qui explique le procédé — conscient ou non-conscient — des conventions de 1651, qui lui ont permis d'intervenir de manière décisive dans la vie de Blaise [1].

---

1. Quels étaient *les faits* matériels autour desquels s'est déroulée la célèbre « discussion sur la dot » entre d'une part Jacqueline et d'autre part Blaise et Gilberte Périer?

Dans un article remarquable (*Blaise Pascal et la vocation de sa sœur Jacqueline. XVIIe siècle*, n°s 11 et 15, 1951-1952), M. Jean Mesnard a apporté beaucoup de lumière sur ce point, bien que nous ne puissions pas le suivre toujours dans l'interprétation des faits qu'il a si bien dégagés.

On savait, en effet, depuis longtemps, qu'en 1651, Blaise et Jacqueline Pascal avaient passé sept donations réciproques par lesquelles, en échange de 1.600 livres de rentes viagères, Jacqueline cède à Blaise 16.000 livres de capital et l'ensemble des rentes sur l'Hôtel de Ville qui lui revenaient dans la succession de son père. M. Mesnard a établi qu'il s'agissait d'environ 1.200 livres de rente nominale, ayant une valeur réelle d'environ 400 livres.

M. Mesnard estime cependant qu'il s'agissait là d'une opération formelle sans aucun avantage pour Blaise, puisque Jacqueline, en fait, lui donnait des rentes ou

Regardées de l'extérieur — et si M. Mesnard a raison en fixant autour de quarante mille livres la part de Jacqueline dans l'héritage paternel — elles paraissent une sorte de compromis. A Port-Royal — et c'était là probablement la position de Jacqueline — on n'exigeait *rien* des religieuses qu'on admettait à la profession, mais on estimait — surtout chez les extrémistes — qu'un chrétien doit *tout* à Dieu et *rien* au monde.

Jacqueline se trouvant entre le désir de tout donner au monastère où elle se préparait à entrer et les exigences *mondaines* de son frère et de sa sœur avec les biens desquels sa fortune était en indivision, semble avoir fait la part du feu. Elle

---

des créances en échange d'autres rentes qu'elle recevait. Déjà, sur ce point, les choses ne nous paraissent pas aussi évidentes.

Blaise recevait, en effet, des *créances* et des rentes *perpétuelles* qui sont toujours négociables, tandis que Jacqueline obtenait en échange des rentes *viagères* qu'elle aurait pu vendre difficilement à un tiers. En fait, même dans leur forme ces contrats représentaient un échange de capital virtuel contre l'équivalent en rentes viagères.

Ceci n'a cependant encore qu'une importance secondaire, car une clause de ces contrats prévoyait que les rentes de Jacqueline s'éteindraient non seulement en cas de décès, mais aussi en cas de profession religieuse. Or, nous savons qu'elle deviendra novice à Port-Royal le 26 mai 1652 et sera reçue à la profession le 5 juin 1653. La constitution de rente en sa faveur était donc une pure formalité, puisqu'au moment des contrats — décidée à devenir religieuse — elle savait déjà qu'elle ne les toucherait jamais. Aussi appelle-t-elle ces conventions « une donation ».

M. Mesnard s'inscrit cependant — à tort selon nous — en faux contre cette désignation. Avec des arguments juridiques irréfutables, il montre qu'une religieuse n'avait le droit de donner au couvent où elle entrait qu'une rente viagère modeste qui se chiffrait autour de 400 livres et que — selon la loi — le reste de sa fortune échéait au moment de sa profession — qui était une mort civile — à ses héritiers. En somme, Jacqueline n'a donné à son frère que ce qu'il aurait en tout cas touché au moment de sa profession.

Juridiquement, tout cela est exact. Seulement, il y a eu à toutes les époques mille manières légales et tolérées de tourner la loi, et M. Mesnard cite lui-même le cas de la Mère de Ligny qui a eu comme dot une rente viagère de 400 livres, mais dont la mère a donné 40.000 livres au couvent « au titre de diverses fondations ».

Rien n'empêchait en 1651 Jacqueline Pascal de donner avant sa profession, directement ou par intermédiaire, sa fortune au couvent de Port-Royal. En cédant à son frère une somme que M. Mesnard estime à 23.680 livres en échange d'une rente viagère qui allait s'éteindre deux ans plus tard : c'est donc en fait — sinon en droit — une véritable « donation » qu'elle lui faisait.

D'après les calculs de M. Mesnard, qui ont des chances d'être assez proches de la vérité, cette somme représentait à peu près la moitié de la fortune de Jacqueline, à laquelle il restait encore environ 20.000 livres en indivision avec son frère et sa sœur. Or, c'est autour de cette somme qu'éclate le conflit. Jacqueline s'attendait visiblement à ce qu'ayant fait don de la moitié de sa fortune, Gilberte et Blaise acceptent d'avancer sur la masse indivise les 20.000 livres qui lui restaient pour qu'elle puisse les donner au couvent. Ceux-ci inversement, après avoir donné lors de sa vêture une somme dont nous ne connaissons pas le montant, et sachant qu'à Port-Royal on n'exigeait pas de dot des religieuses qu'on recevait, invoquent des motifs juridiques dilatoires — valables *en droit* — pour refuser d'avancer le reste dont ils savaient qu'ils hériteraient au moment de sa profession. Blaise admet seulement de donner au couvent de Port-Royal un droit de succession de 4.000 livres dans le cas où il mourrait sans enfants.

Après un conflit que nous analyserons ailleurs, il finit cependant par donner au couvent 5.000 livres, plus une rente *perpétuelle* de 500 livres en échange d'une rente *viagère* de 250 livres, ce qui signifie environ 10.500 livres au lieu des 20.000 que demandait Jacqueline, tout cela en plus de la somme donnée lors de la vêture de 1652 et que nous ne pouvons pas encore déterminer.

donne la moitié de ses biens à son frère dans l'espoir que celui-ci et Gilberte lui avanceront en argent liquide l'autre moitié pour qu'elle puisse la donner au couvent.

Seulement, la manière qu'elle choisit pour le faire est loin d'être la plus simple et la plus naturelle. Car en donnant plus de vingt-trois mille livres à son frère, Jacqueline ne prend aucune garantie, n'exige aucune promesse, concernant la disposition de celui-ci à lui avancer — avant la profession — le reste de sa fortune. Elle se trouve ainsi *volontairement* à la merci de Blaise et de Gilberte pour la réalisation de ses intentions.

Il est difficile de croire que c'était là pour elle un procédé qui allait de soi. La preuve se trouve dans une lettre du 10 juin 1653 à la Mère Prieure de Port-Royal-des-Champs, dans laquelle elle raconte comment ayant un instant cru échouer, elle était envahie du regret de ne pas avoir agi *autrement* [1] : « Une des choses qui me tenaient le plus au cœur là-dedans estoit le scrupule ou j'estois d'avoir mal employé mon bien, lorsqu'il estoit en ma disposition, ayant fait quelques donations qui auroient pu estre distribuées avec plus de charité. Et quoy que je pensasse alors avoir suffisamment pour cela et le reste que je me proposois, je craignois beaucoup d'estre coupable de précipitation [2]. »

Et pourtant, malgré cet instant d'inquiétude, Jacqueline a gagné, plus encore — en apparence tout au moins — qu'en 1661, et il ne pouvait pas en être autrement car ce qu'elle demandait à son frère, c'était tout simplement de se mettre d'accord avec sa propre conscience. Vu de l'extérieur, son triomphe est grand; non seulement Blaise donnera au couvent une part importante de ce que lui avait demandé auparavant Jacqueline, mais la crise de conscience déclenchée par l'obligation où il s'était trouvé de choisir entre la mise en péril réelle de son activité scientifique et mondaine et la responsabilité de troubler la profession de sa sœur, loin de s'arrêter une fois la décision de rendre l'argent prise et réalisée (le 4 juin 1653), continuera à se développer. Comme c'était naturel chez un esprit de la classe de Pascal, le problème encore extérieur, malgré son importance, du choix entre Dieu et le monde dans l'emploi

---

1. PASCAL : *Œuvres*, Éd. Br., III, p. 74.

2. Cette dernière phrase nous fait garder encore certaines réserves devant les chiffres de M. Mesnard qui pense que Jacqueline avait au contraire estimé en 1651 de manière à peu près juste sa fortune, lorsqu'elle pensait posséder en plus des sommes données à Blaise 20.000 livres qu'elle se proposait de donner au couvent de Port-Royal.

Quoi qu'il en soit cependant, que Jacqueline ait demandé seulement à Blaise de lui donner librement sa propre fortune, qu'il pouvait *juridiquement* lui refuser, ou qu'elle lui ait même demandé de lui rendre le tout ou une partie des sommes qu'elle lui avait données deux ans plus tôt, le schème de notre analyse reste le même. Il s'agissait d'obtenir le don *libre* et *volontaire* d'une somme dont Blaise avait le plus urgent besoin pour sa vie et son activité.

de la fortune, posera le problème *essentiel* du même choix au niveau où il engage la personne humaine dans sa totalité, problème qui ne trouvera sa réponse que dix-sept mois plus tard lors de la célèbre nuit du *Mémorial*, le 23 novembre 1654.

En réalité, le triomphe de Jacqueline est cependant plus apparent que réel. Car les chemins, en apparence semblables, parcourus par le frère et la sœur, les ont conduits vers des positions profondément différentes. Dès 1650, entre Dieu et le monde, Jacqueline *a choisi* Dieu. En 1653, elle est devenue religieuse en sachant que cela signifie *renoncement* au monde en faveur de la charité et de la prière, *renoncement* au corps en faveur de l'âme, *renoncement* à toute efficacité dans le monde et même dans l'Église en faveur de la vérité. Pour Jacqueline, cette position est définitive : elle ne variera plus jusqu'au jour de sa mort.

Or, précisément, et pour *des motifs religieux*, semi-conscients de 1654 à 1657, entièrement conscients au cours des dernières années de sa vie, Pascal n'a jamais renoncé ni au monde, ni au corps, ni à l'exigence d'efficacité. Quoiqu'il n'en ait pris conscience que progressivement et seulement à la fin de sa vie d'une façon explicite, Dieu pour Pascal n'a jamais signifié la partie « bonne » de l'univers à l'exclusion de la partie « mauvaise », l'Église sans le monde, l'âme sans le corps, la raison sans l'instinct et la passion. Dieu pour lui était au contraire universel, rien ne pouvait et ne devait lui échapper; Dieu, c'était la Totalité dans le sens le plus fort, c'est-à-dire les extrêmes opposés et ce qu'il y a au milieu et qui les sépare. Psychologiquement, le fait est d'autant plus remarquable qu'entre 1652 et 1657 Pascal affirme théoriquement en tant que philosophe et savant, la séparation des domaines : d'une part, Dieu, la révélation, l'autorité, la théologie positive, d'autre part, la nature physique et humaine, la science, le jugement critique, la raison et les sens. Et pourtant, le jour où, après la crise déclenchée par l'intervention de Jacqueline, Pascal choisit Dieu, il se trouve plus loin peut-être d'elle qu'il ne l'avait jamais été auparavant. Car, en choisissant Dieu, elle s'était faite religieuse et *avait quitté le monde;* Pascal, en faisant le même choix, arrive aux *Provinciales*, c'est-à-dire à la lutte pour *conquérir le monde à Dieu.* Ainsi le théoricien Pascal affirme encore jusqu'en 1657 la possibilité de séparer et de hiérarchiser les sphères de la vie et de la connaissance — possibilité qu'il niera à l'époque des *Pensées* — mais l'homme Pascal qui vit, qui agit et qui lutte, n'accepte jamais cette séparation. C'est là une loi fondamentale de la vie humaine, individuelle et sociale, le fondement même du matérialisme historique : la prise de conscience des vérités théoriques aussi bien que des valeurs morales, esthétiques ou religieuses loin de précéder toujours l'action qui leur correspond, la suit au contraire le plus souvent avec un décalage dans le temps dont l'importance est bien entendu variable. Sur le plan de la conscience individuelle, les psychologues modernes — Jean Piaget en premier lieu — ont retrouvé expérimentalement cette même loi.

Quant à la crise de 1661, elle répète et dépasse en même temps celle de 1652. Depuis 1654, Pascal et Jacqueline vivent — quoique de manière différente — uniquement pour Dieu. Le monde sous l'une quelconque de ses formes ne peut plus être une tentation sérieuse, ni pour lui ni pour elle. Sur le conseil de la Mère Agnès, Jacqueline a abandonné les vers, le don intramondain qui lui tenait le plus à cœur; quant à Blaise, s'il n'a pas abandonné toute action dans le monde, il a tout au moins remplacé l'activité scientifique par la lutte contre les Jésuites, et ne semble même pas envisage que le problème du choix entre les extrêmes opposés, ou plus exactement le problème de leur réunion puisse encore se poser à nouveau.

Il y a d'ailleurs là une illusion fréquente — et qui mériterait d'être étudiée par les psychologues — dans la vie des penseurs engagés dans une lutte active pour un ensemble de valeurs. Depuis les spirituels du moyen âge jusqu'à Marx, Engels, Lénine et Lukàcs, nous les voyons tous surestimer la proximité de la réalisation, la possibilité du triomphe, jusqu'au jour où la réalité extérieure se chargera de détruire ces illusions. Le règne de l'esprit n'est pas plus venu au milieu ou à la fin du XIIIe siècle que la révolution allemande en 1848 ou la révolution mondiale en 1918. Et de même, loin de triompher matériellement des Jésuites dans l'Église réelle et militante, Pascal s'est trouvé devant la bulle d'Alexandre VII, qui condamnait la doctrine de Jansénius. Sans doute, pour Pascal, comme d'ailleurs pour Joachim de Flore, pour Marx, Engels, Lénine, ou Lukàcs, aucune difficulté extérieure ne sauroit jamais infirmer l'espoir fondamental. Ils découvrent seulement que le progrès de la réalisation des valeurs est lent, et qu'une vie humaine compte à peine devant l'histoire ou devant l'éternité. C'est pourquoi le salut ne sera donné qu'à l'âme immortelle dans l'éternité (pour Pascal), ou à l'humanité entière dans son avenir historique (pour Marx, Lénine et Lukàcs), et l'homme individuel peut tout au plus, en s'attachant au corps et à la matière, sauvegarder son âme (Pascal) ou la dignité de ses valeurs [1]. En

---

1. Pour Hegel et Marx, l'insuffisance de l'esprit comme *objet* de la conscience est évidente, mais Pascal savait lui aussi que « qui veut faire l'ange fait la bête » et il fera dire à Jésus : « C'est moi qui guéris et rends le corps immortel. Souffre les chaînes de la servitude corporelle, je ne te délivre que de la spirituelle à présent. » Pour les trois positions, la grandeur spirituelle *présente* de l'homme réside en ce qu'il cherche une grandeur *totale, spirituelle et corporelle*, dans l'avenir ou dans l'éternité.

1654, Pascal était parti à la conquête du corps de l'Église et de la société à la cause de vérité et de Dieu. En 1657, la bulle l'oblige à repenser son attitude et à prendre conscience — définitivement cette fois — du « déplaisir de se voir entre Dieu et le Pape ».

Ajoutons que sous cette forme, le problème n'est pas encore tragique, « entre Dieu et le Pape » le chemin du croyant est tracé, il ne pourra choisir que Dieu. Mais si la formule convient aux positions que prendra Jacqueline (et cela prouve à quel point sa vision — pour être unilatérale — fait partie intégrante de celle de son frère), Pascal découvrira bientôt que le pape — la soumission à l'Église — n'est pas pour lui un devoir moins absolu que la confession de la vérité. Le choix qui s'impose est en réalité celui entre Dieu et Dieu, et c'est précisément en cela que réside la tragédie. C'était ainsi la difficulté de 1652 qui réapparaissait sous une forme plus complexe et plus élevée; comment unir les deux extrêmes, l'âme et le corps, la sincérité et la soumission, Dieu sous sa forme incarnée dans le monde — l'Église militante — et Dieu dans son exigence de vérité? De nouveau, la tentation par excellence, celle du compromis, est là, tout près de Pascal, dans ses collaborateurs les plus immédiats. Arnauld et Nicole ne cherchent qu'une seule chose, un moyen efficace pour éviter le choix de l'un ou de l'autre extrême.

Pascal a-t-il été tenté de se joindre à eux? Le danger était-il pour lui réel? A vrai dire, nous n'en savons rien. Tout près d'Arnauld — entre 1654 et 1657 — par sa pensée et son action, il arrête cependant en mars 1657 *les Provinciales* en écrivant la phrase que nous avons déjà plusieurs fois citée. Quatre ans plus tard, en 1661-1662, sa position n'aura plus rien de commun avec celle d'Arnauld. Mais son attitude entre 1657 et 1661 quelle était-elle? La réponse n'est pas facile, car nous n'avons que des indices. En parlant à Beurrier, il fixe la date de son changement et de sa confession générale à deux ans avant cette conversation. Cela nous ramènerait à l'été 1660. Encore n'est-ce qu'une date fort approximative et incertaine. Quoi qu'il en soit, les changements de cet ordre ne sont pas brusques et instantanés. C'est vers janvier 1660 que semble s'ébaucher dans le groupe autour de Barcos et de Pascal la solution qui réunissait la soumission à l'Église et le refus de signer le Formulaire. Mais, chez Pascal, les fondements philosophiques que nous trouvons dans les *Pensées* et dans lesquels s'insère si rigoureusement cette solution, ont pu mûrir bien plus tôt.

Une chose est cependant certaine. A défaut de pouvoir dater les fragments des *Pensées*, les écrits, ou, plus exactement, les collaborations que nous possédons de lui entre 1657 et 1661, ne sont incompatibles ni avec les positions d'Arnauld ni avec celles des extrémistes de la tendance de Barcos et du Pascal des deux dernières années. Mais le fait même qu'entre *les Provinciales* et l'*Écrit sur la signature*, Pascal se contente — pour ce qui touche les problèmes de l'Église et de la religion — de rédiger pour soi-même, et ne paraît à l'extérieur que par la collaboration à des textes que tout le monde [1] approuve *(Écrits des curés de Paris, Mandement des grands vicaires)*, n'est-il pas lui-même révélateur d'une certaine insécurité et d'une certaine hésitation?

En tout cas, en 1661, Jacqueline intervient, tout aussi absolue, et en même temps tout aussi unilatérale qu'en 1652. Aussi facilement qu'elle avait alors jeté par-dessus bord le monde et la science, la voici maintenant toute prête à subordonner la soumission et la hiérarchie à la défense de la vérité : « Puisque les évêques ont des courages de filles, les filles doivent avoir des courages d'évêques. » En 1652, il n'y avait que Dieu — et Dieu était la vérité —, en 1661, elle ne connaît que la vérité, car la vérité est Dieu. Barcos [2], effrayé, écrira à la Mère de Ligny qu'il « appréhende pour elle si elle était morte dans cet état ». L'abbesse de Port-Royal répondit seulement, « qu'il y a grand sujet d'espérer que Dieu aura eu égard à la droiture de son cœur pour ne luy pas imputer la faute qu'elle a pu faire seulement par un excès d'amour pour la justice et pour la vérité [3] ». Mais Pascal qui, lui, mourra soumis à l'Église, aurait dit — s'il faut en croire Gilberte, ce qui n'est pas très sûr — « Dieu nous fasse la grâce d'aussi bien mourir ».

Qu'on nous permette d'ajouter que sur le plan humain une chose nous paraît certaine, c'est que, par cette attitude absolue, Jacqueline a atteint le maximum de grandeur qu'elle pouvait atteindre, et nous lui savons gré d'avoir — probablement — une fois de plus en moment de danger aidé son frère à éviter la tentation. Non que Blaise se soit rallié au point de vue de sa sœur. Celui qui a écrit *le Mystère de Jésus* ne pourra jamais revenir aux positions unilatérales et spiritualistes de l'écrit de Jacqueline sur le même sujet [4], mais une fois de plus, ce que disait Jacqueline : qu'il faut toujours et sans aucune concession, si minime soit-elle, confesser la vérité, et la vérité intégrale, se trouvait être une des bases mêmes de sa propre pensée. C'était son enseignement même qui lui revenait par sa plume; la lettre du 23 juin 1661 était pour lui un appel à la fidélité envers ses propres valeurs. Il fallait sans doute la dépasser, mais il n'avait à aucun prix le droit de rester en deçà. Une fois de plus, il nous semble que l'intervention de Jacqueline a permis la cristalli-

---

1. Plus exactement, Barcos et Arnauld. Car il y avait un groupe qui n'approuvait pas le *Mandement* des grands vicaires.
2. B. M. Troyes, Ms 2.207, fol. 58.
3. B. M. Troyes, Ms 2.207, fol. 68.
4. *Œuvres*, Éd. Br., II, p. 452.

sation d'une attitude, l'aboutissement d'une évolution, qui se préparait sans doute depuis 1657, mais qui sans elle aurait pu se prolonger et être interrompue avant son achèvement par la mort.

Sans doute, pas plus qu'Arnauld et Nicole, et même — à la limite — Barcos, Jacqueline n'aurait-elle pu comprendre et approuver les *Pensées*. Elle n'en a pas moins probablement contribué — et ce n'est pas un mince titre de gloire — dans une large mesure, au fait que Pascal a pu nous laisser le texte que nous possédons aujourd'hui.

Après ces lignes consacrées à ce qu'il y a d'essentiel dans la relation de Pascal avec sa sœur, ajoutons que nous sommes conscient de n'avoir pas une seule fois posé la question des facteurs qui ont déterminé l'évolution spirituelle de Jacqueline, et d'avoir tracé un tableau non pas faux, mais par certains côtés idéalisé. Sans doute un psychologue des profondeurs, surtout s'il se rattachait au courant adlérien, aurait-il beau jeu d'expliquer le comportement de Jacqueline, son entrée en religion, la facilité avec laquelle elle s'est trompée sur l'état de sa fortune, la querelle de la dot, la lettre du 1er décembre 1655 [1], et surtout celle du 23 juin 1661 comme autant d'expressions du besoin de compensation d'une fille qui, ayant d'abord été, grâce à son talent de versification, la gloire de la famille, s'est vue ensuite éclipsée par les succès intellectuels de son frère. Il verrait à l'origine de son comportement le désir inconscient de dépasser à nouveau ce frère, de se mettre au-dessus de lui, de lui parler avec autorité.

Il y a probablement quelque chose de vrai dans une pareille explication; faut-il cependant encore ajouter qu'elle ne présente aucun intérêt pour l'historien des idées? On trouve dans la vie sociale, à chaque époque, des milliers de complexes familiaux de ce genre, ils ont tout au plus l'intérêt d'un fait divers. C'est parce que Jacqueline était Jacqueline, et parce que Blaise était Blaise que l'expression de leur relation a sa place dans une étude consacrée à l'histoire des idées philosophiques. Et c'est pourquoi ce n'est pas dans ce qu'elle a de commun avec toutes les autres relations du même ordre, mais précisément et *seulement* dans ce qu'elle a d'unique, dans ce par quoi elle en diffère, que nous devions l'analyser ici.

---

1. Br. : *Œuvres*, t. IV, p. 82. Cette lettre, avec son ton ironique, s'insère parfaitement dans une explication psychologique du comportement de Jacqueline par le dessein de faire la leçon à son frère. Seulement, ne rencontrant pas, comme les réactions que nous avons analysées plus haut, une crise psychique dans la conscience de celui-ci, elle reste un fait divers qui montre tout au plus à quel point, dans les rencontres Blaise-Jacqueline, l'essentiel pour l'historien ne réside pas dans la relation frère-sœur, mais dans le heurt entre deux morales et deux visions du monde.

V

Ajoutons pour finir que, comme nous l'avons déjà dit au début, ces pages ne veulent nullement être une étude *scientifique* pour laquelle nous ne disposons ni de renseignements suffisants ni des règles indispensables de méthode. C'est pourquoi elles ne dépassent pas le niveau des réflexions éparses. Plus encore, nous sommes conscient que, loin d'être une image photographique, ce chapitre est une schématisation idéalisante; qu'il essaye d'ébaucher les fondements d'une sorte de mythe; d'une représentation collective de l'homme d'action analogue à celle que nous avons déjà mentionnée du savant libre et sans préjugé en tant que type humain du rationalisme, lorsqu'il s'agissait des vies de Descartes, de Galilée ou de Lessing.

Cela ne nous paraît cependant pas nécessairement une erreur, car nous avons aussi dit que cette « représentation collective » nous paraissait fondée dans la mesure où, à travers les incohérences et la variété de toute vie individuelle, elle permet de dégager les lignes très générales d'une essence réelle qui, dans le cas de Pascal, risquait de passer inaperçue par les biographies positivistes.

Le peu d'importance accordée par ces biographies au tournant de 1657-1658 (dans les très rares cas où elles se sont tout simplement aperçues de son existence) est à lui seul un exemple frappant d'une incompréhension qu'il fallait surmonter à tout prix. C'est pourquoi nous espérons que — même sans être une étude scientifique digne de ce nom — ces quelques pages sur la vie de Pascal auront contribué à redresser une perspective qui nous semblait — comme telle — erronée, et à ébaucher un cadre dans lequel pourront s'inscrire utilement et de manière valable, les résultats des recherches érudites aussi bien passées que futures.

Un tel cadre reste sans doute général, insuffisant et facilement exposé aux critiques d'une érudition scientiste; il n'est pas moins indispensable pour toute recherche scientifique et dialectique qui le précisera et l'enrichira bien entendu, dans la mesure même où elle s'en servira pour sa démarche. Un cadre qui, loin d'être définitif, subira encore sans doute de multiples modifications de détail, et peut-être même d'ensemble, mais dont l'établissement était en tout cas une des tâches les plus urgentes, et en même temps les plus osées que nous pouvions nous proposer aujourd'hui, en étudiant la vie de Pascal.

CHAPITRE IX

LE PARADOXE ET LE FRAGMENT

I

Nous pouvons maintenant avancer plus rapidement. En effet, dans la première partie de cet ouvrage nous avons dégagé le schème conceptuel de la pensée tragique. Il s'agit de montrer dans les pages qui suivent comment ce schème permet de comprendre, en tant qu'unité cohérente, l'ensemble des fragments qui constituent les *Pensées*.

Pour ce faire, il ne sera cependant pas nécessaire d'examiner un à un tous les fragments. Il suffira d'en étudier un certain nombre, en laissant au lecteur le soin de juger si et dans quelle mesure les autres s'insèrent dans la perspective de notre interprétation.

Nous rencontrerons bien entendu au cours de ce travail les pensées sur le style. Seulement, comme Pascal est aussi grand écrivain que grand penseur, force nous sera auparavant de nous arrêter quelques instants à sa propre manière d'écrire.

Disons d'emblée que notre manque de compétence nous oblige à éluder des questions aussi importantes que celles de la structure de la phrase pascalienne, bien que certaines analyses [1] aient déjà permis d'entrevoir la grande richesse des résultats auxquels pourrait aboutir leur étude.

La forme extérieure étant cependant — chez Pascal comme chez tous les grands écrivains — intimement liée au contenu qu'elle exprime, le plus élémentaire souci de comprendre les *Pensées* nous oblige à poser les problèmes du paradoxe et du fragment.

Depuis les éditions de 1670 et jusqu'aux commentateurs les plus récents, la forme paradoxale des *Pensées* a heurté tous ceux qui ont essayé de les comprendre dans une perspective autre que la perspective tragique ou dialectique. Aussi n'y a-t-il rien d'étonnant dans le fait que nous rencontrons périodiquement

---

1. Voir par exemple Th. Spœrri : *Der Verborgene Pascal*, Furche-Verlag, Hamburg, 1955. *Sur les pensées de derrière la tête* dans *Pascal, l'homme et l'œuvre*, Paris, Éd. de Minuit, 1955.

des pascalisants qui prétendent trouver le sens « véritable »
ou tout au moins « valable » de l'ouvrage en le débarrassant des
« exagérations de langage [1] ».

Malheureusement, — et sans parler du fait qu'on ouvre ainsi
la porte aux interprétations les plus arbitraires — on affirme

---

1. Nous nous permettons de mentionner quelques exemples particulièrement
suggestifs. Mlle Russier (*La Foi selon Pascal*, I, p. 17), par exemple, écrit : « Il
arrive fréquemment à Pascal de considérer le réel non pas en lui-même, mais dans
l'esprit qui le pense, et d'employer cependant le verbe *être* là où *paraître* serait
moins équivoque. « Les choses, dit-il, sont vraies ou fausses selon la face par où
on les regarde » (fr. 99). ... L'édition de Port-Royal obéissait à un légitime souci
de clarté et d'exactitude, en employant ici le verbe *paraître*. De même, il est « vrai
en un sens (que le ciel et les oiseaux prouvent Dieu) pour quelques âmes à qui
Dieu donne cette lumière, néanmoins, cela est faux à l'égard de la plupart »
fr. 244). Ici encore, il est évident qu'en soi cela est vrai ou faux; cela ne peut être
tantôt l'un, tantôt l'autre, que par rapport aux divers individus. Mais c'est ce
point de vue qui seul intéresse l'apologiste. »
Faut-il encore répéter que pour la pensée tragique les choses *sont* vraies et fausses
en dehors de toute apologie; et que ce paradoxe ne peut-être évité qu'en retournant
au rationalisme ou bien en introduisant le devenir historique, c'est-à-dire en passant de la pensée tragique à la pensée dialectique? Quant au fragment 244, le texte
de Pascal se réfère explicitement aux « quelques âmes » et à « la plupart ». Encore
faudrait-il ajouter qu' « en soi » pour la pensée tragique cela est *vrai et faux*.
M. Jean Laporte ne veut pas admettre — malgré les textes — que Pascal affirmait, d'une part, l'existence d'une justice vraie que l'homme doit chercher toujours
et, d'autre part, l'impossibilité *radicale* pour l'homme de connaître cette justice
et, implicitement, *l'égale relativité de toutes* les lois humaines.
Cette position de Pascal avait déjà choqué Arnauld. Du moins admettait-il
que, tout en ayant tort, Pascal avait une pensée différente de la sienne. M. Laporte,
par contre, veut à tout prix attribuer à Pascal la position d'Arnauld. La manière
d'y parvenir est bien entendu à la portée de la main; il suffit de débarrasser la pensée de Pascal des « exagérations de langage », de l' « entendre équitablement ».
« C'est une manifeste exagération, et qui sent le calvinisme, que de soutenir avec
l'auteur des *Pensées* qu'il n'y a rien d'essentiellement juste parmi les hommes
en dehors du christianisme, si on l'entend de cette justice *quae jus est*, concernant
les actions, non les personnes, et qui nous fait dire, par exemple, qu'il est juste
de ne point tuer ou de ne point voler, ou que tel règlement civil est juste. »
Ce passage résume fidèlement la critique — justifiée ou non — d'Arnauld contre
les *Pensées*. Mais voilà que Laporte ajoute la note suivante :
« Pascal, soutenait on le sait, que « il y a sans doute des lois naturelles, mais
cette belle raison corrompue a tout corrompu ». Au fond, sa pensée, si l'on fait
abstraction des exagérations de langage, n'est pas très différente de celle d'Arnauld
et de saint Augustin; il suffit que la corruption n'ait pas atteint si profondément
la raison, qu'elle ne laisse subsister les principes essentiels du Droit, grâce auxquels
il règne dans les Sociétés humaines un rudiment de justice *secundum officium*.
Et cela, Pascal, à l'entendre équitablement, ne le nie point. (Voir par exemple
Pensées, sect. VII, p. 453). Voir LAPORTE : *La Doctrine de la Grâce chez Arnauld*,
Paris, P. U. F., 1922, p. 148-149.
Il va de soi que Pascal, si on ne le débarrasse pas des exagérations de langage,
et si on l'entend non pas « équitablement », mais naturellement, nie précisément
que la corruption ait laissé subsister les principes essentiels du droit (puisqu'elle
a *tout* corrompu, et aussi que les lois positives contiennent un « rudiment de justice », même *secundum officium*. La chose la plus étonnante dans le passage cité
est cependant la référence au fragment 453. Vu les lignes qui précèdent, on pourrait
s'attendre à une pensée qui, d'une manière ou d'une autre, aurait pu faire croire
à la valeur relative des lois humaines. En réalité, le fragment affirme clairement
l'insuffisance de toute loi :
« On a fondé et tiré de la concupiscence des règles admirables de police, de
morale et de justice; mais dans le fond, ce vilain fond de l'homme, ce *figmentum
malum*, n'est que couvert, il n'est pas ôté. »
Les lois ne contiennent donc aucun « rudiment » de justice authentique, à moins
d'admettre qu'il y a une justice, même *secundum officium*, qui ne fait que couvrir
sans ôter la concupiscence.

implicitement que Pascal était un fort mauvais écrivain qui a, de plus, contrevenu à toutes les exigences de l'art d'écrire, exprimées et développées dans son propre ouvrage.

Précisons : pour l'esthétique dialectique, dont Pascal a établi en grande partie les fondements, une œuvre littéraire n'est valable que dans la mesure où elle réalise une unité organique et nécessaire entre un contenu cohérent et une forme adéquate. Un écrivain qui cherche des effets de forme en dehors de toute relation avec le contenu, est nécessairement un mauvais écrivain.

On ne saurait le dire mieux qu'avec les mots de Pascal lui-même.

« Ceux qui font les antithèses en forçant les mots sont comme ceux qui font des fausses fenêtres pour la symétrie : leur règle n'est pas de parler juste, mais de faire des figures justes » (fr. 27). « Quand dans un discours se trouvent des mots répétés, et qu'essayant de les corriger, on les trouve si propres qu'on gâterait le discours, il les faut laisser, c'en est la marque... car il n'y a point de règle générale » (fr. 48).

Les fausses fenêtres sont des formes extérieures qui ne correspondent pas au contenu réel, mais à un souci purement formel de symétrie. Inversement, tous les soucis formels doivent disparaître devant les exigences du contenu qui « en sont la marque ».

Il serait pour le moins étonnant qu'arrivé à un tel degré de lucidité sur les exigences de l'art d'écrire, Pascal ait continuellement péché contre les règles qu'il avait lui-même établies.

En réalité, il n'en est rien. Pascal n'a jamais cherché systématiquement l'effet paradoxal. Pour s'en convaincre, il suffit de voir le peu d'importance qu'a le paradoxe dans ses écrits antérieurs à 1657, lorsqu'il n'était pas rendu nécessaire par le *contenu* de la pensée pascalienne. Loin d'inclure des outrances et des exagérations de langage, le style de Pascal est parfaitement adéquat au contenu qu'il exprime. Tout au plus reste-t-il, parfois, en deçà du caractère *essentiellement* paradoxal de ce contenu.

Dans le monde — tel que le voit Pascal — aucune affirmation n'est vraie si on ne lui ajoute, pour la compléter, l'affirmation contraire; aucune action n'est bonne sans une action contraire qui la complète et la corrige. C'est précisément pourquoi ce monde est insuffisant, un monde sans Dieu, un monde qui écrase l'homme, et que l'homme doit nécessairement dépasser pour rester homme.

Et c'est pourquoi aussi nous voyons dans les *Pensées* de Pascal le passage du rationalisme à la pensée dialectique. Pour celle-ci, la réalité entière, ou bien la réalité humaine seulement [1]

---

1. Selon que l'on admet les positions d'Hegel, Engels, Staline, ou bien celle de Georges Lukàcs (en 1923). Il est difficile de préciser quelle était la position de Marx.

est une totalité dynamique évoluant par un progrès périodique qui se réalise par heurts et passage qualitatifs de la thèse à l'antithèse, et de celle-ci à la synthèse qui les intègre et les dépasse.

Or, si la pensée pascalienne affirme, contre le rationalisme et l'empirisme, la vérité des contraires, elle se sépare de la pensée dialectique par son caractère essentiellement statique, tragique et paradoxal : *statique*, parce qu'affirmant la valeur unique et exclusive de la synthèse (vérité vraie, justice juste, etc.), elle nie toute possibilité, non seulement de la réaliser, mais encore de l'approcher; aussi n'y a-t-il pour la pensée de Pascal aucun espoir de progrès *à l'intérieur du temps humain; paradoxale*, parce qu'elle conçoit toute réalité comme heurt et opposition des contraires, d'une thèse et d'une antithèse *en même temps* opposées et inséparables et dont aucun espoir intramondain ne permet d'atténuer l'irréductibilité; *tragique*, parce que l'homme ne peut ni éviter ni accepter le paradoxe, parce qu'il n'est homme que dans la mesure où, affirmant la possibilité réelle de la synthèse, il en fait l'axe de son existence, tout en restant en permanence conscient que cette affirmation même ne saurait échapper au paradoxe, que la certitude la plus absolue, la plus forte, qu'il lui soit donné d'atteindre, n'est ni de l'ordre de la raison ni de celui de l'intuition directe et immédiate; elle est une certitude incertaine, pratique (Kant), une certitude du cœur, un postulat, un pari.

Au demeurant, dans la mesure où l'homme veut, dès cette vie, dire des choses valables, sur lui, sur le monde, et même sur Dieu, il ne peut éviter le paradoxe, qui reste la seule et unique forme de vérité qui soit à sa portée.

C'est pourquoi, reprocher à Pascal le paradoxe, vouloir en faire un élément accidentel et contingent de son style, une « exagération de langage », c'est lui reprocher sa foi, son christianisme, ou, dans le meilleur des cas, les réduire à des formes de christianisme qui lui sont étrangères et qu'il rejette; c'est trahir l'essence même du message des *Pensées*, que l'exégète doit bien plutôt renforcer qu'atténuer.

« Les athées doivent dire des choses parfaitement claires », écrit Pascal et cela signifie :

a) Que l'on n'a pas le droit d'être athée si l'on ne peut concevoir des pensées claires, et

b) Qu'on serait fondé de l'être en les concevant.

On voit à quel point éliminer, ou simplement atténuer le paradoxe, pour donner au texte un sens plus acceptable pour la logique cartésienne et, par cela même, essayer de diminuer le scandale du monde, le rendre tolérable, c'est, dans la perspective des *Pensées*, justifier l'athée qui renonce à la grâce, au pari et à la foi.

La même argumentation vaut aussi pour le fragment.

Si le paradoxe est la seule figure de style adéquate pour exprimer une pensée qui affirme que la vérité est toujours réunion des contraires, le fragment est la seule forme d'expression adéquate pour un ouvrage dont le message essentiel réside dans l'affirmation que l'homme est un être paradoxal, en même temps grand et petit, fort et faible. Grand et fort parce qu'il n'abandonne jamais l'exigence d'un vrai et d'un bien purs, non mélangés de faux ni de mal; petit et faible, parce qu'il ne peut jamais arriver à une connaissance ou à une action qui, même si elles ne les atteignaient pas, approcheraient au moins ces valeurs.

La catégorie du « tout ou rien », fondamentale pour la pensée tragique, interdit simultanément tout abandon, *même* temporaire, de la recherche des valeurs, et toute illusion, sur la validité, *même* relative, des résultats intramondains de l'effort humain.

De sorte que, si Pascal avait un seul instant soit abandonné la recherche d'un plan définitif pour les *Pensées*, soit cru l'avoir sinon trouvé, tout au moins approché, il aurait par cela même fourni un argument des plus puissants contre sa propre philosophie et, de plus, laissé une œuvre peu cohérente et indigne d'un grand écrivain.

Chercher le « vrai » plan des *Pensées* nous paraît ainsi une entreprise antipascalienne par excellence, une entreprise qui va à l'encontre de la cohérence du texte, et méconnaît implicitement ce qui constitue aussi bien son contenu intellectuel que l'essence de sa valeur littéraire.

Il peut y avoir un plan logique pour un écrit rationaliste, un ordre de la persuasion pour un écrit spirituel; il n'y a, pour une œuvre tragique, qu'une seule forme d'ordre valable, celui du fragment, qui est recherche d'ordre, mais recherche qui n'a pas réussi, et ne peut pas réussir, à l'approcher. Si Pascal est un grand écrivain — et il l'est — c'est tout d'abord parce qu'à l'encontre des valeurs esthétiques de ses contemporains, sceptiques ou rationalistes, il a su trouver et manier les deux formes d'expression littéraire exigées par sa propre philosophie, le paradoxe et le fragment, et fait ainsi des *Pensées* ce qu'elles sont en vérité, un chef-d'œuvre paradoxal, achevé de par son inachèvement.

II

Nous pourrions clore ici ce chapitre. Il est cependant important de montrer que non seulement le grand écrivain qu'était Pascal a trouvé d'emblée la forme adéquate à l'expression de sa pensée, mais que — chose extrêmement rare dans l'histoire de la littérature — le penseur Pascal en a été *parfaitement conscient.* Nous montrerons aussi que dans les milieux du jansénisme extrémiste, certaines idées de l'esthétique dialectique se trouvaient déjà à l'état d'ébauche. Quelques citations nous permettront de justifier cette affirmation :

Pour ce qui concerne le paradoxe, il suffit de mentionner trois fragments.

« Tous errent d'autant plus dangereusement qu'ils suivent chacun une vérité, leur faute n'est pas de suivre une fausseté, mais de ne pas suivre une autre vérité » (fr. 863).

« S'il y a jamais un temps auquel on doive faire profession des deux contraires, c'est quand on reproche qu'on en omet un... » (fr. 865).

« La foi embrasse plusieurs vérités qui semblent se contredire. *Temps de rire, de pleurer*, etc. *Responde. Ne respondeas*, etc.

« La source en est l'union des deux natures en Jésus-Christ »; et aussi les deux mondes (la création d'un nouveau ciel et nouvelle terre; nouvelle vie, nouvelle mort; toutes choses doublées et les mêmes noms demeurant); et enfin les deux hommes qui sont dans les justes (car ils sont les deux mondes, et un membre et image de Jésus-Christ. Et ainsi tous les noms leur conviennent, de justes, pécheurs; mort, vivant; vivant, mort; élu, réprouvé, etc...).

Il y a donc un grand nombre de vérités, et de foi et de morale, qui semblent répugnantes, et qui subsistent toutes dans un ordre admirable. La source de toutes les hérésies est l'exclusion de quelques-unes de ces vérités » (fr. 862).

On ne saurait dire de manière plus claire que supprimer ou atténuer le paradoxe, c'est transformer la foi en hérésie, la vérité en erreur.

Le problème n'est pas moins clair pour le « plan ». L'idée centrale de l'esthétique dialectique est l'unité du contenu et de la forme. Elle ne pouvait cependant pas apparaître déjà aux penseurs tragiques sous sa forme *historique* qui admet que des contenus différents, ayant chacun une valeur relative (de vérité, de contenu moral ou de réalisme), peuvent s'exprimer de manière *esthétiquement valable* dans la mesure où ils trouvent une forme qui leur est adéquate. A la place de la gradation des valeurs relatives, la pensée tragique ne connaît que l'alternative entre *les* valeurs absolues et les erreurs multiples, toutes *également* dépourvues de valeur.

Le problème, pour les penseurs jansénistes et pour Pascal — le plus hardi et le plus radical d'entre eux — se posait donc de manière différente. Quelle est *la* forme valable permettant d'exprimer des contenus *vrais*, et quelles sont les formes les plus adéquates pour combattre les contenus erronés. Encore faut-il ajouter que pour Barcos et pour Pascal, les notions de « contenu vrai » étaient apparentées, mais non superposables.

Ceci dit, le problème du plan rationnel semble avoir été familier aux milieux jansénistes, puisque Barcos écrira un jour à la Mère Angélique au sujet d'une des lettres de celle-ci :

« Permettez-moy de vous dire que vous avez tort de vous excuser du désordre de vos discours et de vos pensées, puisque s'ils estoient autrement ils ne seroient pas dans l'ordre, surtout pour une personne de vostre profession. Comme il y a une sagesse qui est folie devant Dieu, il y a aussy un ordre qui est désordre; et par conséquent il y a une folie qui est sagesse, et un désordre qui est un règlement véritable, lequel les personnes qui suivent l'Évangile doivent aimer, et j'ay peine de voir qu'elles s'en esloignent et qu'elles le fuient, s'attachant à des ajustements et des agencements qui ne sont pas dignes d'elles, et qui troublent la symétrie de l'esprit de Dieu, et causent une disproportion et une difformité visible dans la suite de leurs actions et de leur vie, n'y ayant nulle apparence de suivre d'un costé la simplicité et la naïveté de l'Évangile, et de l'autre la curiosité et les soins de l'esprit du monde. J'aime donc, ma mère, non seulement le sens de vostre lettre, mais aussy la manière dont vous l'exprimez, et la franchise avec laquelle vous laissez aller vostre esprit sans le tenir serré dans les loix de la raison humaine, et sans luy donner d'autres bornes que celles de la charité, qui n'en a point lorsqu'elle est parfaite, mais qui n'en a que trop lorsqu'elle est faible [1]. »

D'après Barcos, le désordre est donc le seul ordre valable pour un chrétien, celui-ci ne pouvant accorder aucune confiance ni aucune valeur aux efforts intramondains de la raison; l'idée de l'accord entre la forme et le contenu se trouve déjà dans cette affirmation.

Chez Pascal, la conscience de cette relation va cependant bien plus loin. Barcos, certain de la valeur de la révélation, n'ayant jamais, pour autant que nous le sachions, ressenti aucun doute relativement à l'existence de Dieu, peut dire un « non » clair et univoque au monde et à tout ce qui s'y rattache dans la conscience de l'homme. Pascal étend l'incertitude et la paradoxe jusqu'à Dieu même, sensible au cœur, et dont l'existence est pour l'homme à la fois certaine et incertaine, présence et absence, espoir et risque, en un mot : *pari*. Il s'ensuit qu'il ne peut plus se contenter de refuser simplement le monde et la raison. Au *non* de Barcos, il faut ajouter le *oui*, au refus du monde insuffisant, la recherche *intramondaine* des valeurs authentiques.

---

1. Lettre de Barcos à la Mère Angélique du 5 décembre 1652. Archives d'Amersfoort, recueil 35.

La position de Barcos paraîtra donc à Pascal unilatérale, et il le dira dans un fragment célèbre : « S'il y a jamais un temps auquel on doive faire profession des deux contraires, c'est quand on reproche qu'on en omet un. Donc les Jésuites et les Jansénistes ont tort en les célant; mais les Jansénistes plus, car les Jésuites en ont mieux fait profession des deux » (fr. 865 [1]).

C'est pourquoi ce que Barcos pouvait encore regarder comme le *seul* ordre valable pour tout écrit chrétien, l'abandon de toute recherche d'ordre rationnel, apparaîtra à Pascal comme moyen valable pour exprimer non pas la vérité chrétienne, mais la position erronée et insuffisante des pyrrhoniens. L'idée d'une relation entre l'impossibilité de trouver une vérité dans le monde et l'absence d'ordre rationnel dans le plan se trouve en effet exprimée chez Pascal :

« Pyrrhonisme. J'écrirai ici mes pensées sans ordre, et non pas peut-être dans une confusion sans dessein : c'est le véritable ordre, et qui marquera toujours mon objet par le désordre même. Je ferais trop d'honneur à mon sujet, si je le traitais avec ordre, puisque je veux montrer qu'il en est incapable » (fr. 373).

Mais la pensée tragique est le dépassement du pyrrhonisme, aussi a-t-elle de toutes autres exigences de forme. Pour elle, l'homme est un être qui ne peut pas — sans déchoir — renoncer à l'ordre, qu'il cherchera toujours, sans pouvoir cependant jamais le trouver.

---

1. En plus de son importance théorique, ce fragment a aussi un intérêt historique (« Donc les Jésuites..., etc. ») sur lequel nous n'aurons plus l'occasion de revenir. La préférence que Pascal semble accorder aux Jésuites par rapport aux jansénistes en est en effet pour le moins inattendue sous la plume de l'auteur des *Provinciales* et a besoin d'être expliquée. L'interprétation de Mlle Lewis, d'après laquelle il s'agirait ici « sans doute de la grâce et du libre arbitre » (PASCAL, *Pensées et Opuscules*, Éd. La Bonne Compagnie, p. 554), ne nous satisfait pas, les jansénistes ayant tout autant, sinon plus que les Jésuites, fait profession d'admettre la toute-puissance de la grâce et la liberté humaine (jusque dans la possibilité de résister à la grâce). Il serait surprenant que Pascal ait trouvé *ce point* les Jésuites moins unilatéraux que les Jansénistes. De plus, s'il l'avait fait, on comprendrait mal qu'il ait écrit *les Provinciales* et qu'il ne les ait jamais reniées.

Il nous paraît bien plus vraisemblable d'admettre que Pascal pense à une caractéristique des Jésuites qu'il a toujours soulignée, au fait qu'ils font des concessions au monde et acceptent les compromissions qu'implique la vie dans le siècle (bien que ni lui ni les autres jansénistes n'aient jamais nié le fait que les Jésuites sont des chrétiens qui tiennent compte tout au moins en principe du devoir de préférer Dieu au monde), tandis que les jansénistes extrémistes se contentaient de refuser unilatéralement le monde. Au fond, *si on regarde les choses superficiellement*, on pourrait dire que les Jésuites sont plus près que les jansénistes du refus intramondain du monde qui était l'attitude de Pascal au cours des dernières années de sa vie. Cette apparence s'évanouit cependant si l'on regarde les choses de près, car en « faisant profession des deux », les Jésuites se sont placés non pas aux deux extrêmes, mais au milieu, à égale distance des deux. Ils ne vivent ni entièrement dans le monde comme les libertins, ni entièrement en Dieu comme les solitaires. Encore moins ont-ils exigé la réunion des deux extrêmes, comme l'a fait Pascal. Leur vie dans le monde est aussi partielle et corrompue par leur caractère religieux que leur religiosité par leur désir de domination et d'intrigue. Les *Provinciales* avaient raison, ils sont dangereux, et même doublement dangereux, parce qu'en altérant la vérité, ils ont une attitude qui peut servir de « figure », comme elle a servi à Pascal dans le fragment que nous venons d'analyser.

« Ordre. J'aurais bien pris ce discours d'ordre comme celui-ci :
pour montrer la vanité de toutes sortes de conditions, montrer
la vanité des vies communes, et puis la vanité des vies philosophiques pyrrhoniennes, stoïques; mais l'ordre ne serait pas
gardé. Je sais un peu ce que c'est, et combien peu de gens
l'entendent. Nulle science humaine ne le peut garder. Saint
Thomas ne l'a pas gardé. La mathématique le garde, mais elle
est inutile en sa profondeur » (fr. 61).

« La dernière chose qu'on trouve en faisant un ouvrage, est
de savoir celle qu'il faut mettre la première » (fr. 19).

Il nous semble que sur ce point on ne pouvait pas exprimer
plus clairement d'une part l'insuffisance de tout ordre humain,
d'autre part la nécessité de chercher toujours un ordre valable.
Car si le premier de ces fragments affirme l'insuffisance des
deux ordres dont se réclamaient les apologies de l'époque (l'autorité de Saint Thomas et la logique rationaliste de Descartes),
le second affirme le caractère indéfini de la recherche d'ordre;
il est clair, en effet, qu'en terminant à nouveau l'ouvrage qu'on
aura recommencé, on s'apercevra encore que ce qu'on aurait
dû mettre en premier n'est pas à sa place.

Il faut cependant que nous nous demandions aussi si aucun
fragment des *Pensées* ne contredit explicitement les conclusions
de cette analyse.

C'est dire qu'il faut examiner le fragment 283.

« L'ordre. Contre l'objection que l'écriture n'a pas d'ordre.
Le cœur a son ordre; l'esprit a le sien, qui est par principe et
démonstration, le cœur en a un autre. On ne prouve pas qu'on
doit être aimé, en exposant d'ordre les causes de l'amour :
cela serait ridicule.

« Jésus-Christ, saint Paul, ont l'ordre de la charité, non de
l'esprit; car ils voulaient échauffer, non instruire.

« Saint Augustin de même. Cet ordre consiste principalement
à la digression sur chaque point qui a rapport à la fin, pour la
montrer toujours. »

L'argument paraît à première vue sérieux. Il nous semble
cependant que ce fragment, loin d'infirmer notre analyse, ne
fait que la compléter et la renforcer. Nous avons déjà appris
que « nulle science humaine » ne saurait garder l'ordre, et nous
verrons plus loin qu'en plus de la recherche d'un ordre valable,
cette science échoue aussi lorsqu'elle veut prouver l'existence
de Dieu et les axiomes de la géométrie. Or, ces trois réalités,
essentielles pour l'homme, et qui sont pourtant hors de la
portée de son esprit, une faculté supérieure synthétique, le
cœur, lui permet sinon de les atteindre, tout au moins de parier
sur leur réalité, et d'engager son existence sur ce pari. Mais
l'homme *ne peut jamais* au cours de sa vie terrestre, renier son
caractère d'être rationnel. L'esprit humain introduit donc le

trouble et le paradoxe jusque dans les trois réalités que le cœur
oblige l'homme à rechercher et à supposer volontairement, à
savoir : l'existence d'un ordre, la validité des axiomes, et l'existence de Dieu. Il exige qu'elles se justifient devant lui, en rappelant toujours le caractère valable — et nécessaire sans doute
— mais aussi voulu et arbitraire des décisions du cœur. Il est
certain que Dieu existe, mais il ne faut jamais oublier que cette
certitude est un pari, que les axiomes sont valables, mais il faut
se rappeler toujours qu'on ne peut pas les démontrer, que
l'ordre existe, mais il faut se souvenir que « nulle science
humaine » ne saurait le garder.

Ces limitations, *propres à l'homme*, n'existent cependant pas
pour ceux qui dépassent l'état humain de nature déchue. Dieu,
les saints, les anges, les élus, connaissent de science certaine et
l'existence de Dieu et le nombre de dimensions de l'espace;
aussi est-il naturel qu'ils possèdent un ordre véritable, et que
cet ordre soit présent dans les écrits qu'ils nous ont laissés.
Jésus-Christ, Saint Paul et Saint Augustin ont atteint ce qui
n'est à la portée d'aucun homme, et certainement pas à la portée de Blaise Pascal qui était, à un si haut degré, conscient de
sa condition et de ses limites.

III

Il nous faut enfin examiner la valeur des deux éditions —
Brunschvicg et Lafuma [1] — qui ne sont pas écartées par l'analyse qui précède et ne tombent pas sous le coup de cette critique.

Par rapport à toutes les autres, ces deux éditions ont l'avantage de ne pas se réclamer d'un plan « authentique », « valable »,
ou tout simplement rapproché de celui qu'aurait réalisé l' « ouvrage fini ».

Cela nous oblige à poser le problème des rapports entre
l'ordre de fait et *l'ordre de droit* dans les *Pensées*, étant donné
qu'il est matériellement impossible d'éviter un certain *ordre
de fait*.

Nous avons déjà dit que la seule forme adéquate au contenu
des *Pensées* est le fragment en tant que recherche d'un *ordre
de droit*, mais recherche qui n'a pas abouti, et qui présente

---

1. Nous écrivons Lafuma, bien que l'idée qui est à la base de cette édition, celle de
suivre l'ordre de la copie (B. N. F. Fr. 9203) comme étant établi par Pascal lui-même,
ait déjà été formulée et réalisée par Zacharie Tourneur. Seulement, l'édition paléo-
graphique de Tourneur étant peu maniable pour la majorité des lecteurs, la coutume
s'établit de plus en plus de parler de l'édition Lafuma comme représentative parmi
celles qui suivent l'ordre de la copie.

seulement un *ordre de fait* n'ayant aucune prétention à avoir réalisé, ou même seulement approché le premier. C'est une première exigence que doit respecter, nous semble-t-il, toute édition des *Pensées*.

Il faut ajouter cependant aussi, que loin d'être interchangeables, les différents *ordres de fait* ne sont pas d'égale valeur pour la compréhension de l'ouvrage. Il y a au moins une division, tripartite, qui nous semble avoir un net avantage : celle qui commence par le caractère paradoxal de l'homme (misère et grandeur, etc.) pour déboucher sur le pari et finir par les raisons valables bien que non contraignantes de croire (miracles, figuratifs, style des Évangiles, etc.).

La nécessité du pari est en effet bien plus compréhensible lorsqu'on a compris l'impossibilité dans laquelle se trouve l'homme de « dire des choses claires » et valables dans quelque domaine que ce soit. Les raisons historiques et empiriques de croire à la vérité de la religion chrétienne, insuffisantes tant qu'elles ne peuvent se réclamer que d'elles-mêmes, acquièrent une très grande importance dès que l'on a compris la nécessité où se trouve l'homme, pour des raisons « pratiques » du cœur, de parier sur l'existence de Dieu même en dehors de toute preuve positive [1].

Il s'agirait donc pour l'éditeur de réaliser cet ordre — le meilleur *en fait* — sans cependant réclamer pour lui aucun privilège de droit.

C'est par rapport à ce critère qu'il faut juger des mérites respectifs des deux éditions Brunschvicg et Lafuma.

Au nom d'un ensemble d'arguments philologiques qui nous paraissent plausibles, mais que nous ne nous reconnaissons pas compétent pour juger, MM. Z. Tourneur, P. L. Couchoud et Lafuma estiment que la copie représente un classement des fragments fait par Blaise Pascal lui-même à un certain moment de sa vie et que ce classement, donc, doit être préféré à tout autre, qui ne saurait bien entendu se réclamer d'une meilleure autorité.

Ajoutons que ce classement réalise précisément la répartition, homme paradoxal, pari, raisons de croire, que nous venons de mentionner. Contre cette forme d'édition des *Pensées* se présente cependant une objection qui ne nous paraît pas négli-

---

1. C'est à cet ordre de fait que nous paraît se référer le fragment 187 : « ...il faut commencer par montrer que la religion n'est point contraire à la raison; vénérable, en donner le respect (caractère paradoxal de l'homme, L. G.); la rendre ensuite aimable, faire souhaiter aux bons qu'elle fût vraie (pari L. G.) et puis montrer qu'elle est vraie (raisons non contraignantes de croire, L. G.).

« Vénérable parce qu'elle a bien connu l'homme; aimable parce qu'elle promet le vrai bien. »

geable. Quelle qu'ait été sa valeur au XVIIe siècle, elle se présente *aujourd'hui* avec toute l'autorité de Pascal, et ne manquera pas de faire naître par cela même chez les lecteurs les plus avertis (voir les cas de MM. Mesnard et Orcibal) l'illusion d'un ordre préférable *en droit* à tous les autres et plus ou moins proche d'un ordre définitif. Nous avons déjà dit que ce serait là une déformation du message des *Pensées*.

C'est pourquoi, en principe, l'édition Brunschvicg nous semble encore et toujours préférable. Par un classement en treize sections (qui en fait représente tout de même un certain ordre par la succession de ces sections), Brunschvicg a voulu écarter « toute idée préconçue sur ce qu'aurait pu être l'*Apologie* de Pascal », et se contenter « de présenter les fragments de telle manière qu'ils puissent être compris par le lecteur moderne... sans leur ôter le caractère de fragments, sans prétendre deviner le secret du plan que Pascal a emporté dans la tombe [1] ».

La seule objection — mineure d'ailleurs — que nous aurions à faire à cette édition, est le fait d'avoir placé le pari dans la section III, avant les sections IV, V et VI consacrées précisément à certains aspects du caractère paradoxal de l'homme (vie sociale, philosophes et morale), au lieu d'en faire, comme c'est le cas dans les éditions qui suivent la copie, le centre, la plaque tournante de l'ouvrage.

Quoi qu'il en soit des mérites et des désavantages respectifs de ces deux éditions, leur supériorité sur celles qui cherchaient un ordre valable *en droit* nous paraît incontestable, et cela pour des raisons étrangères aussi bien à Brunschvicg qu'à M. Lafuma.

Dernier paradoxe posthume de ce texte paradoxal par excellence. Ses éditeurs trouvent un ordre qui est le meilleur, mais pour des raisons qu'ils ignorent, et le justifient par des arguments qui risquent de cacher ou même de compromettre sa validité [2].

---

1. PASCAL : *Pensées et Opuscules*, Éd. Br., p. 269.
2. Dans un article récent : *la Crise des « Pensées » de Pascal*, *le Flambeau*, n° 2, 1955, M. Paul-Louis Couchoud préconise une édition historique des *Pensées* qui, si elle était réalisée, serait certainement un précieux instrument de travail.

CHAPITRE X

L'HOMME ET LA CONDITION HUMAINE

I

Comme dans l'œuvre de Kant, les domaines théorique et pratique, épistémologique et moral, sont dans les *Pensées* à la fois séparés et rigoureusement parallèles.

Aussi serons-nous amenés d'abord à examiner leur fondement commun.

Dès l'abord, un problème se pose, dont l'éclaircissement nous paraît particulièrement urgent. Celui de la relation des hommes avec les extrêmes opposés et contraires et — comme, dans tout domaine, l'extrême c'est l'infini — avec les deux infinis.

Sur ce point, un certain nombre de données paraissent, il est vrai, acquises pour la grande majorité des pascalisants : le fait par exemple que pour Pascal l'homme est un être moyen, ni ange ni bête, se situant au milieu, à égale distance de l'un et de l'autre infini.

Seulement, à peine cette constatation formulée, les divergences s'accusent. On peut en effet interpréter les concepts de « milieu », d' « égale distance entre les deux infinis » de deux manières rigoureusement contraires, et qui mènent soit à la vision tragique, soit à la position arnaldienne, et même au simple bon sens.

On connaît les beaux ouvrages — valables tant qu'il s'agit d'Arnauld — sur la doctrine de Port-Royal, écrits par Jean Laporte, pour qui il n'y a pas de différence *essentielle* entre les idées d'Arnauld et celles de Pascal. Le schème de chaque chapitre est le même : deux doctrines qui s'orientent chacune vers un extrême contraire — toute-puissance de l'homme, molinisme et impuissance de l'homme, calvinisme — au milieu, à égale distance de l'une et de l'autre, la doctrine de Port-Royal.

Même si nous ne pensons pas qu'elle soit « la doctrine de Port-Royal », c'est certainement celle d'un nombre important de jansénistes; il nous semble seulement que cette doctrine — malgré certaines apparences — n'a rien de commun avec celle exprimée dans les *Pensées*. Encore faut-il le prouver, ce qui nous obligera à examiner d'assez près certains fragments, dont l'interprétation peut être sujette à discussion.

Pour Pascal, l'homme est sans doute un être moyen, qui restera, *quoi qu'il fasse*, au milieu, à égale distance des extrêmes opposés. Mais cette situation, loin d'être un idéal, de lui conférer une supériorité, est au contraire insupportable et tragique. Car le seul lieu naturel (si ce mot a un sens) dans lequel l'homme trouverait le bonheur et le calme, se trouve non pas au milieu, mais *aux deux extrêmes à la fois;* or, comme il ne peut rien faire pour approcher ni l'un ni l'autre, il reste — malgré son agitation apparente — dans une immobilité de fait, qui est cependant non pas équilibre, mais tension permanente, mobilité immobile, mouvement qui tend au repos et à la stabilité, et qui se déroule, sans jamais progresser dans un effondrement perpétuel.

Ceci dit, il n'en est pas moins vrai qu'un certain nombre de pensées (Brunschvicg les a groupées sous les nos 34-38 et 69-71) peuvent *en apparence* favoriser l'interprétation qui verrait dans l'homme un être destiné à vivre aux dimensions moyennes, à égale distance des extrêmes. Il importe de les examiner dès maintenant.

Commençons par deux d'entre elles qui paraissent à première vue particulièrement suggestives :

« *Deux infinis, milieu.* Quand on lit trop vite ou trop doucement, on n'entend rien » (fr. 69).

« Trop et trop peu de vin : ne lui en donnez pas, il ne peut trouver la vérité; donnez-lui en trop, de même » (fr. 71).

Lus sans référence aux autres fragments, ces textes paraissent sans doute recommander une vitesse moyenne de lecture, et l'absorption d'une quantité modérée de vin, bien que, dans ce cas, ils se trouveraient en contradiction avec de nombreux autres fragments des *Pensées*.

Ajoutons cependant dès maintenant qu'ils sont encore susceptibles d'une autre interprétation, qui, pour paraître au premier abord plus forcée, n'en a pas moins l'immense avantage d'insérer ces fragments dans le reste de l'œuvre, et de mieux sauvegarder la cohérence du texte pascalien. On peut en effet y lire la constatation que le vin et la vitesse de lecture ont pour l'homme le même caractère paradoxal que le reste de l'univers, qu'ils possèdent les caractères contradictoires d'être nécessaires et dangereux pour la compréhension, de favoriser et d'être un obstacle à la connaissance de la vérité.

Or, trois mots, dans une de ces pensées, nous paraissent déjà indiquer que cette dernière interprétation est la meilleure. Ce sont ceux qui se trouvent en tête du fragment 69 : *Deux infinis, milieu.* On ne voit pas très bien ce que pourrait signifier, s'il s'agissait seulement de dire qu'il ne faut lire ni trop vite ni trop

lentement, cette référence aux deux infinis. Elle devient par
contre compréhensible et naturelle, si nous admettons que pour
Pascal, la compréhension vraie exige — partout et en toute
chose — la réunion des *extrêmes* opposés, et que *toute* orientation
dans une direction devient dangereuse dans la mesure où,
s'orientant vers *un* infini, elle s'éloigne de l'infini contraire.
Pour arriver à une compréhension *valable*, il faut boire du vin
et ne pas lire trop lentement, seulement, dans la mesure même
où, en recherchant cette compréhension, pour passer de l'erreur
à *la* vérité, nous augmentons la quantité de vin et la vitesse de
lecture, l'effet salutaire de cette démarche est anéanti, contrecarré par le fait que nous nous éloignons de l'*autre* infini. Nous
sommes ainsi obligés par notre condition de rester dans la
compréhension approximative — mêlée de vrai et de faux —
des dimensions moyennes, compréhension dépourvue de valeur,
et dont l'homme — pour rester homme — ne saurait se contenter.

La cohérence que cette interprétation assure à l'ensemble
des *Pensées*, ainsi que la signification naturelle que reçoivent
les mots « Deux infinis, milieu », nous paraissent de puissants
arguments en sa faveur. Avouons cependant qu'ils ne sauraient
emporter la décision.

À la limite, Pascal aurait très bien pu se contredire, et les
mots « Deux infinis, milieu », ont peut-être un sens que nous
ne soupçonnons même pas.

Notre interprétation se trouve cependant renforcée par le
fragment 70 : « Nature ne p... La nature nous a si bien mis au
milieu que si nous changeons un côté de la balance, nous changeons aussi l'autre : *Je fesons, zôa trékei*. Cela me fait croire
qu'il y a des ressorts dans notre tête, qui sont tellement disposés que qui touche l'un touche aussi le contraire » (fr. 70).

Ce fragment s'insère rigoureusement dans le cadre de l'interprétation que nous venons de proposer. Placé par la nature
au milieu, dans une situation paradoxale et contradictoire
(exprimée et illustrée par l'union du singulier et du pluriel),
l'homme se trouve lié aux deux plateaux opposés de la balance
et cela de telle manière qu'il ne peut en aucun cas — pour
éviter la contradiction — se placer résolument d'un seul côté.
Toute orientation vers un des plateaux renforcerait l'attraction
de l'autre.

Le dilemme nous paraît cependant définitivement tranché
par le fait qu'on trouve dans le célèbre fragment 72 sur les
deux infinis, un passage analogue aux deux pensées que nous
venons de citer.

« Trop de jeunesse et trop de vieillesse empêchent l'esprit,
trop et trop peu d'instruction. »

La ressemblance des textes nous paraît suffisamment frappante pour admettre qu'il faut les interpréter tous les trois de la même façon; c'est-à-dire par l'ensemble du fragment 72, qui, lui, ne fait pas de doute. Le texte continue en effet de la manière suivante :

« ...enfin les choses extrêmes sont pour nous comme si elles n'étaient point, et nous ne sommes point à leur égard : elles nous échappent, et nous à elles.

« Voilà notre état véritable; c'est ce qui nous rend incapables de savoir certainement et d'ignorer absolument. Nous voguons sur un milieu vaste, toujours incertains et flottants, poussés d'un bout vers l'autre. Quelque terme où nous pensions nous attacher et nous affermir, il branle et nous quitte; et si nous le suivons, il échappe à nos prises, nous glisse et fuit d'une fuite éternelle. Rien ne s'arrête pour nous. C'est l'état qui nous est naturel, et toutefois le plus contraire à notre inclination; nous brûlons du désir de trouver une assiette ferme, et une dernière base constante pour y édifier une tour qui s'élève à l'infini, mais tout notre fondement craque, et la terre s'ouvre jusqu'aux abîmes.

« Ne cherchons donc point d'assurance et de fermeté. Notre raison est toujours déçue par l'inconstance des apparences, rien ne peut fixer le fini entre les deux infinis, qui l'enferment et le fuient. »

Si les mots « Trop de jeunesse et trop de vieillesse empêchent l'esprit; trop et trop peu d'instruction » signifient que « notre état nous rend incapables de savoir certainement et d'ignorer absolument », et qu'ainsi « rien ne peut fixer le fini entre les deux infinis », il serait difficile de soutenir que les pensées 69 et 71 dont le texte est analogue, puissent signifier l'acceptation de notre condition moyenne, c'est-à-dire rigoureusement le contraire.

Même du point de vue de l'explication littérale du texte, la cause nous paraît entendue.

II

Avant d'exposer la manière dont nous comprenons les *Pensées*, il importe d'éliminer le plus grand nombre de textes qu'on pourrait être tenté d'opposer à notre interprétation.

A l'endroit même où nous venons d'arrêter notre dernière citation, se trouvent deux lignes qui paraissent manifestement contraires à notre thèse :

« Cela étant bien compris, je crois qu'on se tiendra en repos, chacun dans l'état où la nature l'a placé. Ce milieu qui nous est échu en partage étant toujours distant des extrêmes... » (fr. 72).

Texte suffisamment troublant pour nous demander ce qu'il signifie. Pascal conseillait-il réellement à l'homme de se contenter de sa condition, de rester en repos et de renoncer à exiger et à rechercher l'union des contraires? Nous ne le croyons pas.

Les lignes qui suivent ce passage indiquent en effet de manière suffisamment claire que le mot « repos » se rapporte ici aux *fins intramondaines*, à l'illusion qu'en changeant de place *dans le monde*, en devenant savant ou roi, en prolongeant sa vie de dix ou vingt ans, l'homme pourrait modifier tant soit peu sa condition.

Pour la pensée tragique, tout ce qui est limité, imparfait, est un effet *également* dépourvu de valeur. Une des illusions fondamentales des hommes consiste à croire qu'il y a du meilleur et du pire, et pas seulement du vrai et du faux, du bon et du mauvais. En réalité l'espoir humain n'a aucune perspective dans le temps et dans l'espace, l'homme vit seulement pour l'infini et pour l'éternité.

« ... Ce milieu qui nous est échu en partage étant toujours distant des extrêmes, qu'importe que l'homme ait un peu plus d'intelligence des choses? S'il en a il les prend un peu de plus haut. N'est-il pas toujours infiniment éloigné du bout et la durée de notre vie n'est-elle pas également infime dans l'éternité, pour durer dix ans davantage?

« Dans la vue de ces infinis, tous les finis sont égaux; et je ne vois pas pourquoi asseoir son imagination plutôt sur l'un que sur l'autre. La seule comparaison que nous faisons de nous au fini nous fait peine. »

Nous pourrions appeler l'illusion qui nous fait croire que nous pouvons trouver dans le monde des réalités, qui, sans être valables, seraient au moins suffisamment rapprochées des valeurs authentiques pour rendre la vie intramondaine supportable, l'illusion sensualiste ou sceptique [1].

Il y a cependant une autre illusion complémentaire et tout aussi dangereuse : l'illusion rationaliste. Elle consiste à croire que l'homme saurait réaliser des valeurs non pas relatives, mais *absolues*, en se dirigeant vers un seul infini, celui des points de départ, des premiers principes, tout en ignorant ou en abandonnant l'infini opposé.

Le rationaliste ne comprend pas le paradoxe, il ne sait pas que les ressorts de l'homme « sont tellement disposés que qui touche l'un touche aussi le contraire » (fr. 70).

---

1. Sans doute, cette position n'est-elle qu'à la *limite* empiriste ou sceptique, en réalité elle se présente comme un rationalisme modéré. Mais lorsqu'on « modère » le rationalisme, il tend déjà vers l'empirisme et vers le scepticisme. On connaît la sympathie de M. Jean Laporte pour David Hume.

« ... On se croit naturellement bien plus capable d'arriver au centre des choses que d'embrasser leur circonférence; l'étendue visible du monde nous surpasse visiblement; mais comme c'est nous qui surpassons les petites choses, nous nous croyons plus capables de les posséder, et cependant il ne faut pas moins de capacité pour aller jusqu'au néant que jusqu'au tout, il la faut infinie pour l'un et l'autre, et il me semble que qui aurait compris les derniers principes des choses pourrait aussi arriver jusqu'à connaître l'infini » (fr. 72).

C'est pourquoi sur terre l'homme, qui ne saurait se contenter d'autre chose que de valeurs absolues — et cela veut dire infinies — et qui ne peut s'orienter vers un infini sans être immédiatement retenu par l'infini contraire, reste immobile, et ne peut jamais avancer réellement.

Il s'ensuit, nous le savons déjà, que le monde est un monde sans Dieu et que l'homme, s'il veut rester homme, doit le refuser.

Cela signifie-t-il que le désespoir serait la seule forme authentique de la conscience humaine? Pascal était-il sceptique ou pessimiste? Nullement, car si, d'après Pascal, la réunion des extrémités contraires est la seule valeur authentique et absolue, il sait aussi qu'elle n'est ni illusion ni utopie car « les extrémités se touchent et se réunissent à force de s'être éloignées, et se retrouvent », mais, et il ne faut jamais l'oublier, « en Dieu, et en Dieu seulement ».

III

Nous proposant d'étudier la condition humaine selon Pascal, il serait naturel d'aborder après le fragment sur les deux infinis le problème du « divertissement ».

Seulement, il se trouve qu'en l'étudiant nous avons entrepris en même temps non seulement d'exposer la pensée de Pascal, mais aussi de combattre tout essai de lui attribuer une doctrine qui *accepte* d'une manière quelconque les limitations et le caractère moyen de l'homme.

Or, des textes qui pourraient être utilisés dans ce sens se trouvent non seulement dans les fragments 69-72, mais aussi dans le groupe des fragments 34-38 consacrés au spécialiste et à l'homme universel. Aussi les examinerons-nous maintenant.

Ils expriment tous la même idée, à savoir que l'idéal humain n'est pas incarné par le spécialiste qui connaît très bien un domaine — la poésie ou les mathématiques par exemple — et ignore les autres, mais par l'homme universel qui, habile dans tous les domaines, « parlera de ce qu'on parlait lorsqu'il est entré », et dont la caractéristique est « qu'on ne doit point dire de lui qu'il parle bien, quand il n'est point question de langage, et qu'on dit de lui qu'il parle bien quand il en est question ».

Or, dans ce groupe de fragments, il s'en trouve un qui semble aller assez loin dans le sens de l'acceptation des limites de l'homme et de la condition humaine.

« Puisqu'on ne peut être universel en sachant tout ce qui se peut savoir sur tout, il faut savoir peu de tout. Car il est bien plus beau de savoir quelque chose de tout que de savoir tout d'une chose; cette universalité est la plus belle. Si on pouvait avoir les deux, encore mieux, mais s'il faut choisir, il faut choisir celle-là, et le monde le sent et le fait, car le monde est un bon juge souvent » (fr. 37).

Il faut sans doute reconnaître que pour une fois — et malgré les nombreux textes contraires — Pascal ne met pas toujours ici *toutes* les attitudes intramondaines sur le même plan, qu'il accorde une nette préférence à l'honnête homme par rapport au spécialiste, et loue le monde de faire de même. Comment cela s'explique-t-il?

On est d'abord tenté de fournir une explication sociologique et historique superficielle, le concept pascalien de l'honnête homme serait tout simplement celui qui s'était développé au XVIIe siècle dans les milieux de la cour et — en partie — dans la haute bourgeoisie de robe. Que l'on pense à ses relations avec Méré, et l'on est naturellement tenté de supposer qu'il s'agit d'une notion surgie dans les milieux de la cour et transmise à Pascal par Méré qui voulait en être le théoricien.

Aussi M. Brunschvicg rapproche-t-il naturellement ces fragments de certains passages de Montaigne, Molière et Méré. Rapprochement d'ailleurs *en partie* justifié, car le fait qu'en plus du terme « homme universel » qui découlait naturellement de sa philosophie, Pascal emploie aussi celui d' « honnête homme », prouve déjà qu'il avait fait lui-même la liaison.

Seulement — à y regarder de près — la notion d' « honnête homme » telle qu'elle semble avoir été courante à la cour au milieu du XVIIe siècle et qu'elle se reflète dans les textes cités par M. Brunschvicg, nous paraît malgré une certaine parenté, encore assez différente de celle que nous trouvons chez Pascal.

Pour la cour, l' « honnête homme » est précisément celui qui, ayant beaucoup d'esprit et de savoir-vivre, une certaine culture générale et même une certaine générosité, n'a de connaissances approfondies que dans les quelques domaines où elles sont exigées par la vie sociale à laquelle il participe (guerre, jeu, intrigues, éventuellement art de rimer des madrigaux et des sonnets, etc.).

Personne ne se serait avisé de demander à l' « honnête homme » d'être physicien ou géomètre.

Il s'agit dans tout cela d'un idéal — encore vivant dans une certaine mesure — de classe dominante assez riche et oisive pour voir dans toute activité professionnelle et utilitaire (sauf bien entendu dans la carrière militaire) un signe d'infériorité, de classe qui se sépare précisément par son absence de spécialité de tous ceux qui exercent un métier, et qui par cela — même enrichis — restent peuple. L'image de l'honnête homme exprime un idéal aristocratique et nobiliaire de courtisan, qui a touché aussi dans une certaine mesure sur les couches supérieures de l'aristocratie de robe, suffisamment enrichies pour voir dans leurs charges beaucoup plus la dignité que la technique de la fonction et la source de revenus.

Cela se lit entre autres dans les passages mêmes que cite Brunschvicg : dans l'un Méré préconise un honnête homme qui connaît bien le métier de la guerre, sans cependant jamais le faire remarquer hors propos, dans l'autre, il conseille d'éviter à tout prix d'être pris pour un homme de métier. Clitandre, dans *les Femmes savantes*, admet qu'une femme puisse avoir un minimum de culture générale : « Je consens qu'une femme ait des clartés de tout. » Enfin, Montaigne dit que nous voulons ici « former non un grammairien ou un logicien, mais un gentilhomme ».

Nous sommes assez loin avec tout cela de Pascal. Ce qu'il critique, ce ne sont pas les connaissances approfondies et sérieuses dans certains domaines — il les exige au contraire dans tous — mais la spécialisation *unilatérale*. « Les gens universels ne sont appelés ni poètes ni géomètres, etc.; mais *ils sont tout cela* (souligné par nous L. G.), et juges de tous ceux-là », ils « ne mettent point de différence entre le métier de poète et celui de brodeur ».

En réalité, Pascal a bien plus assimilé l'idée d' « honnête homme » à l' « homme universel » qu'exigeait sa propre philosophie, qu'il ne l'a empruntée, de sorte que l'homme pascalien des fragments 34-38 nous paraît beaucoup plus apparenté au *Bildungsideal* des Lessing, Kant et Gœthe, et à l'homme total de la société sans classes dans la pensée de Marx, qu'à l' « honnête homme » de la cour de Louis XIV.

La catégorie centrale, dominante de toute pensée dialectique (et de toute pensée tragique, car sur ce point il n'y a pas de différence), est — nous l'avons déjà dit — la *Totalité*, et cela dans les trois domaines de l'individu, de la communauté humaine et de l'univers; l'aspect essentiel de toute pensée non dialectique étant précisément l'acceptation — consciente ou illusoire — du partiel, de l'unilatéral. L'image centrale de toute pensée dialectique est la sphère, le cercle, et il ne faudrait pas se laisser tromper par les multiples formules dualistes et triadiques (deux infinis, thèse, antithèse et synthèse, etc.) qu'on trouve chez les théoriciens. Le nombre des directions dans lesquelles peut s'effectuer un découpage partiel étant naturellement indéfini, ces formules signifient seulement que toute rupture — inévitable d'ailleurs — de l'équilibre (dynamique et embrassant une sphère de plus en plus vaste pour la pensée dialectique, statique et tendu pour la pensée tragique) qui constitue toute réalité humaine fera surgir nécessairement une réaction contraire, l'antithèse, qui aboutira soit à une immobilité insupportable (pour les penseurs tragiques), soit à la synthèse d'un équilibre supérieur.

L'idée de l' « homme universel » devait ainsi apparaître nécessairement avec le dépassement par la pensée tragique de l'individualisme rationaliste ou sceptique.

Pascal a simplement vu dans le refus du « métier » (dans le sens de profession) des milieux qu'il approchait, une certaine analogie, une « figure » pour ainsi dire de l'idéal d'homme universel qui était à la base de sa propre philosophie. Il lui est apparu que l' « honnête homme » érigé en prototype par la cour était encore le moindre mal par rapport au spécialiste unilatéral — compétent et borné — qu'il rencontrait déjà dans la bourgeoisie et qui allait dominer de plus en plus les siècles à venir.

Il serait cependant regrettable qu'aujourd'hui, après Lessing, Hölderlin et Gœthe, après Hegel et Marx, nous ne vissions pas nettement la différence entre deux types humains, dont l'un, malgré certains traits progressistes (qui font encore l'actualité de Molière), était néanmoins l'expression, la plus fine et la plus cultivée sans doute, d'un groupe social que l'histoire était déjà en train de dépasser, tandis que l'autre esquissait la morale d'un monde qui attend encore sa réalisation.

Et cela d'autant plus que — malgré l'hostilité commune contre le type humain du spécialiste, qui allait dominer l'avenir immédiat, et qui le domine encore — Pascal a senti et formulé cette différence qui a échappé à certains commentateurs.

« *Puisqu'on ne peut être universel* en sachant tout ce qui se peut savoir sur tout, il faut savoir peu de tout. Car il est bien plus beau de savoir quelque chose de tout que de savoir tout d'une chose; cette universalité est la plus belle. *Si on pouvait avoir les deux, encore mieux*, mais *s'il faut choisir*, il faut choisir celle-là, et le monde le sent et le fait, car le monde est un bon juge souvent » (fr. 37. Souligné par nous).

S'il faut choisir, le monde a donc raison; mais en lisant les *Pensées*, il ne faut jamais oublier le mal par excellence c'est précisément le choix, puisqu'on peut, en pariant sur Dieu, le refuser, et faire non pas de la résignation, mais de l'espoir, la catégorie fondamentale de l'existence.

Il ne reste pas moins vrai que, même dans ce cas, on ne

peut pas « savoir tout d'une chose », et on doit — en fait — non pas se résigner, mais se résoudre à « savoir quelque chose de tout [1] ».

C'est la raison pour laquelle — devant le spécialiste qu'il rencontrait déjà et qu'il sentait monter dans l'avenir proche — Pascal a écrit ce fragment, qui, malgré la référence au « monde », est encore plus proche de la pensée de Gœthe, Hegel et Marx, que de la position de Molière et de Méré.

IV

L'ensemble des *Pensées* constitue-t-il cependant un système rigoureusement cohérent? L'affirmation du caractère paradoxal de toute réalité humaine n'y est-elle jamais abandonnée?

A vrai dire — et malgré les apparences — nous ne le croyons pas. La position de Barcos — que nous retrouverons dans les deux premières tragédies raciniennes, *Britannicus* et *Bérénice* — est sans doute cohérente; nous verrons cependant qu'en la dépassant, Pascal s'est trouvé dans une position doctrinale qui est une sorte d' « équilibre instable » s'orientant, au nom de sa propre cohérence interne, vers une position que l'on pourrait rapprocher de la pensée dialectique.

On pourrait en effet caractériser la position de Barcos comme dualiste. D'une part le monde mauvais, sans Dieu, paradoxal et contradictoire, d'autre part l'univers clair, certain et valable de la divinité. La morale qui en résulte est simple et univoque. Le mal, c'est vouloir vivre dans le monde, le bien, refuser le monde et se retirer dans la solitude, dans l'univers divin, et, à la limite, dans la mort.

Pascal cependant a fait un pas considérable vers le dépassement du dualisme en étendant le paradoxe du monde à l'homme et à Dieu. Pour Barcos, Dieu était une certitude absolue; le Dieu de Pascal sera une certitude incertaine, un pari. Différence d'attitude qui entraîne d'importantes conséquences, car si le dualisme de Barcos lui permettait de refuser le monde, de s'en désintéresser et de se réfugier dans la solitude, Pascal aboutira naturellement, à partir de la notion de pari, au paradoxe du refus intramondain du monde, et à la vie solitaire et active qu'il a menée pendant les dernières années de sa vie.

Et, bien entendu, cette vie même, Pascal ne pouvait que l'approuver et la désapprouver en même temps (nous verrons bientôt qu'il l'a fait effectivement). C'était l'extrême limite à laquelle on pouvait encore pousser cette position.

---

1. Gœthe, Hegel, Marx en étaient conscients, et ils auraient sans doute approuvé ce fragment, qui s'encadre parfaitement dans l'ensemble de leurs positions.

Car le paradoxe est précisément une idéologie qu'on peut difficilement rendre cohérente, il faudrait pour cela l'*accepter* et le *refuser* à la fois.

On a souvent dit que le scepticisme est une position insoutenable, dans la mesure où affirmer qu'on ne sait rien, c est déjà affirmer qu'on sait quelque chose.

Sans avoir rien de commun avec le scepticisme, la position de Pascal ne peut non plus être poussée à la dernière cohérence sans aboutir au refus et au dépassement du paradoxe, et déboucher ainsi sur la pensée dialectique.

C'est dire que chez un penseur de la classe de Pascal, qui n'est pas arrivé à la dialectique hégélienne, nous devons trouver sur le plan même de la doctrine un point où le paradoxe est abandonné, sans pourtant être dépassé.

Et ce point existe réellement, dans sa manière de juger non pas Dieu (nous avons déjà dit que son existence est — pour l'homme — paradoxale), mais la religion chrétienne en tant que religion qui affirme l'existence d'un Dieu paradoxal.

Il y a en effet un point sur lequel Pascal dit *oui* sans y ajouter le *non* contraire et complémentaire, une vérité qu'il admet sans suivre une autre vérité; c'est celui où il affirme la correspondance entre, d'une part, la nature paradoxale de l'homme et du monde, et d'autre part, le contenu paradoxal du christianisme. Dire que l'Évangile a bien connu l'homme, qu'il est une preuve certaine, non pas de l'existence de Dieu, mais du fait que la religion chrétienne est vénérable, et qu'elle n'a rien de contraire aux sens et à la raison, c'est dire une vérité certaine. Pascal affirme ainsi la correspondance entre le contenu de la doctrine chrétienne et la nature de l'homme.

Une question se pose cependant :

Pour le faire, Pascal a-t-il admis l'existence d'une *nature humaine*? La réponse est *oui* et *non*, mais, pour une fois, il ne s'agit pas d'un paradoxe, mais de deux sens différents du même mot. Ou, plus exactement, derrière un langage paradoxal se cache une position dogmatique et non paradoxale.

On peut en effet comprendre le mot *nature* dans le sens qu'il a lorsqu'on parle de *droit naturel*, de *loi naturelle*, entendant par là une norme, une vérité, une manière de se comporter, liée à la condition humaine et comme telle valable, sinon en soi, tout au moins pour tous les hommes, indépendamment du temps et du lieu.

Il est évident que Pascal a, dans les *Pensées*, nié l'existence de toute nature humaine prise dans ce sens. Tout ce que les hommes prennent pour loi naturelle, principe de la raison, etc., n'est en réalité que coutume, et comme telle, variable d'un lieu à l'autre, d'une époque à l'autre.

« Qu'est-ce que nos principes naturels, sinon nos principes

accoutumés? ... Une différente coutume nous donnera d'autres principes naturels, cela se voit par expérience; et s'il y en a d'ineffaçables à la coutume, il y en a aussi de la coutume contre la nature, ineffaçables à la nature et à une seconde coutume. Cela dépend de la disposition » (fr. 92).

« Les pères craignent que l'amour naturel des enfants ne s'efface. Quelle est donc cette nature, sujette à être effacée? La coutume est une seconde nature, qui détruit la première. Mais qu'est-ce que nature? Pourquoi la coutume n'est-elle pas naturelle? J'ai grand peur que cette nature ne soit elle-même qu'une première coutume, comme la coutume est une seconde nature » (fr. 93).

« La mémoire, la joie, sont des sentiments; et même les propositions géométriques deviennent sentiments, car la raison rend les sentiments naturels et les sentiments naturels s'effacent par la raison » (fr. 95).

Mais il y a encore un autre sens du mot « nature », que nous rendrions aujourd'hui de manière plus précise par le terme « essence », et, sur ce point, Pascal s'inscrit dans la grande lignée des penseurs classiques qui, depuis Descartes jusqu'à Kant, Hegel et Marx, n'ont jamais douté de l'existence d'une « essence » ou d'une « nature de l'homme ».

Seulement, pour Pascal, la nature de l'homme (dans le dernier sens), consiste précisément à n'avoir que des « coutumes » et aucune « nature » au premier sens du terme.

C'est la signification des passages tels que :

« La coutume est notre nature » (fr. 89).

« La nature de l'homme est toute nature, omne animal.

« Il n'y a rien qu'on ne rende naturel; il n'y a naturel qu'on ne fasse perdre » (fr. 94).

Tout cela n'a rien d'étonnant. Ce que Pascal écrit dans les fragments 89-95, se retrouve sans aucune modification, et *sans aucun complément* dans la pensée de Marx et de Engels, qui ont radicalement dépassé le paradoxe par le devenir historique.

Seulement, si la pensée marxiste peut, grâce à la notion de *devenir*, dire *oui et non* à toute réalité humaine sans se contredire, si, en concevant l'homme comme acteur, elle peut affirmer qu'il transforme continuellement la réalité et implicitement la vérité en erreur et l'erreur en vérité, la situation n'est pas analogue pour la pensée pascalienne, qui est *anhistorique*, et qui nie le devenir.

1. Qu'on ne dise pas cependant que nous faisons ici nous-mêmes ce que nous avons critiqué chez d'autres. Lorsque Laporte ou Mlle Russier éliminent le paradoxe, c'est pour *atténuer* le texte. Nous gardons au contraire le contenu intact et sommes même prêts à le renforcer. Il s'agit seulement de montrer que, pour une fois, ce contenu n'est pas paradoxal.

Le matérialisme dialectique s'englobe lui-même en tant que moment de l'histoire universelle, qui sera naturellement dépassé par celle-ci. S'il affirme néanmoins, comme toute pensée classique, l'existence d'une nature de l'homme, celle de créer par son action le dépassement et le progrès, il peut éviter toute incohérence en donnant à la notion de progrès un contenu relatif qui situe chaque époque historique *seulement* par rapport aux époques passées, et à celle qui est à créer actuellement et non pas dans l'absolu, et en éliminant le seul problème embarrassant, celui de la « fin de l'histoire » comme actuellement inconnaissable au nom de ses propres principes épistémologiques (c'est là une des principales supériorités du marxisme par rapport à la pensée de Hegel, qui se veut philosophie non pas relativement, *mais absolument vraie*) [1].

Pascal, lui, ne peut d'une part rendre sa propre position relative (malgré quelques légères ébauches dans ce sens, dont nous donnerons un exemple dans le paragraphe suivant), et d'autre part, refusant à l'époque des *Pensées* l'usage de la catégorie du progrès et jugeant chaque chose sur le mode de « tout ou rien », mettra successivement *toutes* les positions erronées sur le même plan : il ne peut y avoir pour lui que *des erreurs* et *la vérité*.

Ainsi le paradoxe, la théorie des vérités contraires, de la thèse et de l'antithèse cesse lorsqu'il s'agit de juger non pas l'homme, le monde et Dieu, mais *ses propres théories* concernant la nature de l'homme, du monde et de la Divinité.

L'homme est pour Pascal un être paradoxal qui n'atteint sa véritable nature qu'en exigeant une vérité vraie, une justice juste, l'union des infinis contraires, et qui ne peut trouver que des affirmations et des lois *également* relatives et insuffisantes; le monde est insuffisant et fermé à toute réalisation valable; Dieu, la seule réalité valable, est pourtant paradoxal, présent et absent, certain et incertain.

Mais étant donné précisément tout ceci, la religion chrétienne, qui affirme les paradoxes de l'incarnation, du Dieu caché et incompréhensible, du péché originel, est la seule qui a bien connu l'homme et qui fournit de l'ensemble une explication satisfaisante et qui n'est pas contraire à la raison; la religion chrétienne est vénérable, et même vraie, parce qu'elle s'affirme à la fois absurde et évidente, certaine et incertaine.

Seulement, ici le paradoxe est apparent : ce qui est certain et incertain, c'est l'existence de Dieu, la possibilité de donner un sens à l'existence de l'homme; ce qui est certain, c'est la correspondance entre la condition humaine et le contenu de

---

1. En 1920, Lukàcs avait déjà intitulé un essai : *Le Changement de fonction du matérialisme historique.*

la religion. Le paradoxe, pour maintenir son existence, cède devant le christianisme et devant la doctrine de Pascal. Le pousser plus loin, rendre ces positions relatives, affirmer qu'elles ont besoin des vérités contraires, aurait signifié la découverte de la pensée dialectique, et par cela même le dépassement de la tragédie et du paradoxe.

Les conditions sociales n'étaient pas encore favorables à un tel progrès intellectuel; il se fera attendre plus d'un siècle.

V

Affirmer le caractère paradoxal de l'homme, c'est dire que sa condition est insupportable, qu'il ne peut pas en même temps vivre et se connaître. *La vie et la conscience s'excluent*, d'où la nécessité ontologique du *divertissement*.

Vivre dans le monde, c'est vivre en ignorant la nature de l'homme; la connaître, c'est comprendre qu'il ne peut sauver les valeurs authentiques qu'en refusant le monde et la vie intramondaine, en choisissant la solitude et — à la limite — la mort.

C'est la conclusion qu'avaient tirée d'une analyse bien moins approfondie de la condition humaine et de la vanité du monde les solitaires et les religieuses de Port-Royal [1]. Conclusions qui impliquaient cependant la certitude absolue de l'existence de la Divinité et la possibilité de quitter le monde pour se réfugier en Elle.

Nous savons que Pascal a étendu le paradoxe jusqu'à Dieu même, et que, partant de là, ses conclusions ont été *apparentées*, mais non pas identiques, à celles de Barcos. Comme celui-ci, comme les autres solitaires, il a refusé au cours des dernières années de sa vie, de manière radicale, le monde et la science, mais il l'a fait non pas à Saint-Cyran ou à Port-Royal, mais à Paris, en pleine activité scientifique et économique. Cela nous amène aux pensées sur le divertissement (fr. 138-143).

Comme dans le cas des textes sur les deux infinis, le grand fragment 139 contient et explique presque toutes les idées contenues dans les autres; aussi nous paraît-il suffisant de l'analyser.

Nous y trouvons tout d'abord un long développement que

---

1. S'il n'y a pas chez Barcos, Hamon ou la Mère Angélique une analyse aussi rigoureuse et aussi poussée du monde et de la vie intramondaine que chez Pascal, c'est précisément parce qu'ils avaient refusé l'un et renoncé à l'autre, de sorte que l'un et l'autre ne présentaient plus pour eux *aucun intérêt*. Une des conséquences de la différence entre les manières de Barcos et de Pascal de concevoir les relations de l'homme avec Dieu (certitude absolue chez l'un, pari chez l'autre) est précisément le caractère réaliste et prédialectique de l'œuvre pascalienne.

Barcos ou la Mère Angélique n'auraient peut-être pas su écrire avec la même rigueur et la même pénétration, mais qui ne dépasse pas leur position, et qu'ils auraient pu reprendre presque entièrement (à supposer qu'ils auraient trouvé que le monde vaut la peine d'en parler) à leur compte.

C'est l'analyse bien connue du divertissement dans la vie de l'homme (fr. 139).

« ... J'ai découvert que tout le malheur des hommes vient d'une seule chose, qui est de ne savoir pas demeurer en repos, dans une chambre. Un homme qui a assez de bien pour vivre, s'il savait demeurer chez soi avec plaisir, n'en sortirait pas pour aller sur la mer ou au siège d'une place...

« ... Mais quand j'ai pensé de plus près, et qu'après avoir trouvé la cause de tous nos malheurs, j'ai voulu en découvrir la raison, j'ai trouvé qu'il y en a une bien effective, qui consiste dans le malheur naturel de notre condition faible et mortelle, et si misérable, que rien ne peut nous consoler lorsque nous y pensons de près.

« Quelque condition qu'on se figure, si l'on assemble tous les biens qui peuvent nous appartenir, la royauté est le plus beau poste du monde, et cependant qu'on s'en imagine, accompagné de toutes les satisfactions qui peuvent le toucher. S'il est sans divertissement, et qu'on le laisse considérer et faire réflexion sur ce qu'il est, cette félicité languissante ne le soutiendra point, il tombera par nécessité dans les vues qui le menacent, des révoltes qui peuvent arriver, et enfin de la mort et des maladies qui sont inévitables; de sorte que, s'il est sans ce qu'on appelle divertissement, le voilà malheureux, et plus malheureux que le moindre de ses sujets, qui joue et se divertit... »

De là vient que l'homme qui croit chercher la prise ou le gain ne cherche en réalité que le jeu ou la chasse, et à travers celle-ci, le *divertissement* dans le sens étymologique du mot, une manière de fermer les yeux, de se détourner de sa condition insupportable et d'éviter d'en prendre conscience.

« ... Ce lièvre ne nous garantirait pas de la vue de la mort et des misères, mais la chasse — qui nous en détourne — nous en garantit.

« Le conseil qu'on donnait à Pyrrhus, de prendre le repos qu'il allait chercher par tant de fatigues, recevait bien des difficultés.

« Dire à un homme qu'il vive en repos, c'est lui dire qu'il vive heureux; c'est lui conseiller d'avoir une condition tout heureuse et laquelle il puisse considérer à loisir, sans y trouver sujet d'affliction.

« Ce n'est donc pas entendre la nature.

« Aussi les hommes qui sentent naturellement leur condition

n'évitent rien tant que le repos, il n'y a rien qu'ils ne fassent pour chercher le trouble... »

Tout cela semble nous mener en ligne droite à la tragédie du refus chez Racine (Junie, Titus) et à la morale des solitaires et des religieuses de Port-Royal et de Saint-Cyran, lorsque brusquement nous nous trouvons devant un retournement inattendu. Deux passages qui se complètent, et dont un — visiblement personnel — fait de ce fragment un des rares que nous pouvons dater tout au moins pour le *terminus a quo* [1], justifient les hommes qui vivent dans le divertissement.

« ... Ainsi on se prend mal pour les blâmer; leur faute n'est pas en ce qu'ils cherchent le tumulte, s'ils ne le cherchaient que comme un divertissement; mais le mal est qu'ils le recherchent comme si la possession des choses qu'ils recherchent les devait rendre véritablement heureux, et c'est en quoi on a raison d'accuser leur recherche de vanité; de sorte qu'en tout cela et ceux qui blâment et ceux qui sont blâmés n'entendent la véritable nature de l'homme.

« ...les autres suent dans leur cabinet pour montrer aux savants qu'ils ont résolu une question d'algèbre qu'on n'aurait pu trouver jusques ici; et tant d'autres s'exposent aux derniers périls pour se vanter ensuite d'une place qu'ils auront prise, et aussi sottement à mon gré; et enfin les autres se tuent pour remarquer toutes ces choses, non pas pour en devenir plus sages, mais seulement pour montrer qu'ils les savent, et ceux-là sont les plus sots de la bande, puisqu'ils le sont avec connaissance, au lieu qu'on peut penser des autres qu'ils ne le seraient plus, s'ils avaient cette connaissance... »

Passages particulièrement importants dans l'œuvre pascalienne, puisqu'ils complètent les fragments sur le pari, et montrent que Pascal avait *consciemment* dépassé les positions de Barcos dans le sens de la pensée dialectique. Il sait en effet mieux que personne à quel point la vie dans le monde implique le divertissement et la conscience inauthentique, mais loin de tirer la conclusion des jansénistes radicaux — solitude et renoncement à toute apologie — Pascal, après avoir tout autant qu'eux refusé le monde et expliqué pourquoi il fallait éviter tout divertissement, « sue dans son cabinet pour montrer aux savants qu'il a résolu une question d'algèbre qu'on n'avait pas trouvée jusque-là » et « se tue pour remarquer toutes ces choses ».

Enfin, après avoir pris *consciemment* cette attitude, différente de celle des solitaires (bien qu'apparentée à la leur), il la dépasse à nouveau et la rend relative en nous disant que

---

1. La lettre qui propose le concours sur la cycloïde est de juin 1658.

ceux qui agissent ainsi « sont les plus sots de la bande puisqu'ils le sont avec connaissance ».

Poussé à ce point, le paradoxe est déjà à peine soutenable; il ne reste pas moins vrai qu'à moins de réduire et ces deux passages et les dernières années de la vie de Pascal à de simples faiblesses et incohérences (mal de dents, etc.), il nous paraît difficile de les relier à son analyse si rigoureuse du divertissement et à l'ensemble de son œuvre autrement qu'à travers le « pari », bien qu'il ne soit pas explicitement mentionné dans ce fragment.

C'est dire, une fois de plus, que le pari est le centre sur lequel déboucheront toutes nos analyses de la pensée pascalienne.

VI

Les deux infinis, l'homme universel, la concordance entre le caractère paradoxal de l'homme et l'enseignement de la religion chrétienne — notamment le dogme du péché originel — enfin, le divertissement, l'impossibilité de vivre dans le monde avec une conscience authentique et, néanmoins, le refus *intramondain* du monde et la conscience de l'insuffisance et de la vanité de ce refus, de tous ces aspects de la vie et du monde se dégage lentement l'esquisse de la condition humaine selon Pascal, esquisse qui nous permettra d'aborder maintenant les lignes générales de l'épistémologie, de l'éthique et de l'esthétique pascaliennes.

Retenons cependant de ce chapitre introductif deux idées, importantes pour situer historiquement la philosophie de Pascal entre l'atomisme empiriste et rationaliste et la dialectique hégélienne et marxiste :

1º L'homme actuel est un être déchiré, constitué sur *tous les plans* d'éléments antagonistes dont chacun est en même temps *insuffisant* et *nécessaire*. Esprit et corps, mal et bien, justice et force, contenu et forme, esprit de géométrie et esprit de finesse, raison et passion, etc. Choisir un seul de ces éléments antagonistes mène nécessairement à une erreur d'autant plus dangereuse que, comme toute erreur, c'est une vérité partielle. « Tous errent d'autant plus dangereusement qu'ils suivent chacun une vérité, leur faute n'est pas de suivre une fausseté, mais de ne pas suivre une autre vérité » (fr. 863).

2º L'homme est homme par le fait même qu'il ne peut ni choisir un de ces éléments, ni accepter la rupture et l'antagonisme. Il doit aspirer nécessairement à une synthèse, à une vérité absolue, à un bien pur, à une justice *vraie et réelle*, à une immortalité en même temps de l'âme et du corps, et ainsi de suite sur tous les plans. Mais cette synthèse idéale ne pourra jamais lui être donnée sur terre, elle ne peut venir que d'un être transcendant, de Dieu [1].

Sous une forme réifiée sans doute, ce sont là deux idées fondamentales de toute pensée dialectique : le caractère antagoniste de toute réalité humaine et l'aspiration à la synthèse, à la totalité; il faut seulement ajouter que, dans la perspective tragique, l'antagonisme est encore plus accentué que dans la pensée proprement dialectique : car si chez Marx ou Hegel la possibilité même de la synthèse future projette d'avance sa lumière sur l'antagonisme entre la thèse et l'antithèse, dans la vision de Pascal, l'absence de perspective historique renforce cet antagonisme à l'extrême.

Ajoutons que pour un homme qui, comme Pascal, *vit* le tragique, l'analyse de ce que l'homme déchiré peut atteindre dès maintenant sur terre, l'épistémologie et l'esthétique deviennent des éléments secondaires par rapport aux seules choses qui comptent, la morale, et l'aspiration à l'absolu, la religion.

---

1. Ces deux vérités prouvent à leur tour la vérité de la religion chrétienne et le dogme du péché originel. Le déchirement de l'homme prouve la chute, son aspiration à l'absolu prouve le souvenir d'un état de grandeur antérieur au péché originel et la possibilité de la rédemption.

CHAPITRE XI

LES ÊTRES VIVANTS ET L'ESPACE

I

Si, par opposition à la vision tragique, la pensée dialectique reconnaît une valeur *relative* aux réalisations humaines, elle ne refuse pas moins l'ordre logique et linéaire préconisé par le rationalisme cartésien.

Le progrès dans la connaissance d'un ensemble de faits ne pouvant se faire — d'après elle — qu'à travers des oscillations permanentes entre les parties et les totalités relatives, on comprendra pourquoi il ne sera pas possible dans les pages qui suivent de consacrer rigoureusement chaque chapitre à un aspect nettement délimité de la pensée pascalienne, et pourquoi le lecteur rencontrera souvent des retours à des problèmes déjà traités sous un autre angle auparavant.

Ceci dit, nous ne refusons cependant pas — dans les limites permises par notre méthode — un certain ordre logique, et c'est pourquoi, en faisant violence aux *Pensées*, nous traiterons brièvement après le chapitre sur la condition humaine les problèmes de l'espace et des êtres vivants pour nous demander ensuite comment à l'intérieur de cette structure de la réalité, dont nous aurons tracé les lignes tout à fait générales, Pascal imagine les possibilités — *pour lui entièrement dépourvues de valeur réelle* —, de l'homme sur le plan de la connaissance (épistémologie), de l'expression (esthétique) et de l'action (morale, vie sociale).

L'exigence de situer les parties dans l'ensemble nous amènera à situer la philosophie de Pascal par rapport aux systèmes de Descartes et de Kant et aussi, quoique plus rarement, par rapport à ceux d'Hegel et de Marx. Aussi nous paraît-il utile de préciser dès maintenant la nature de ces rapprochements.

La comparaison entre les positions philosophiques de Pascal et de Kant, la comparaison aussi avec les positions hégéliennes et marxistes, nous paraît indispensable pour la compréhension du texte pascalien lui-même qui, très souvent, annonce seulement certains thèmes dont le développement ultérieur de la pensée philosophique a montré l'importance et la signification [1]; la comparaison des positions de Pascal avec celles de Descartes, par contre, présente, en plus de son intérêt propre et indiscutable pour l'étude du texte pascalien, un intérêt secondaire résultant de certaines contingences de la littérature contemporaine.

En dépit de l'antagonisme notoire entre les deux penseurs, confirmé par de nombreux textes émanant notamment de Pascal, Jean Laporte a en effet soutenu et développé la thèse d'une analogie profonde (pour ne pas dire d'une identité) entre les deux pensées, et l'on peut dire qu'il est parvenu — grâce à son talent et à sa très grande érudition — à la rendre à tel point plausible que l'on peut aujourd'hui parler d'une véritable école de Jean Laporte dans l'interprétation du XVIIᵉ siècle français, école qui comprend entre autres M. J. Mesnard et Mˡˡᵉˢ Jeanne Russier et Geneviève Lewis [2].

_____

1. Pour le positivisme historique, un texte ne peut être compris qu'à partir des faits existants et constatables à l'époque où il a été écrit (influences, intentions conscientes de l'écrivain, etc.); pour la pensée dialectique, par contre, la signification de tout fait humain dépend de sa place et de ses relations à l'intérieur d'un ensemble qui embrasse le *passé*, le *présent* et l'*avenir*. Et comme cet ensemble est dynamique, c'est à l'*avenir* qu'appartient la valeur *explicative* la plus importante. (Voir entre autres, à ce sujet, notre ouvrage *Sciences humaines et Philosophie*.)

Marx, qui pose le plus souvent les problèmes de méthode en sciences de l'homme à l'occasion des questions d'économie, écrit dans un projet posthume d'introduction à la *Contribution à la critique de l'économie politique* :

« La société bourgeoise est l'organisation historique de la production la plus développée, la plus différenciée. Les catégories qui expriment ses conditions, la compréhension de son organisation propre permettent de comprendre l'organisation et les rapports de production de toutes les formes de société disparues, avec les ruines et les éléments desquelles elle s'est édifiée, dont des vestiges en partie encore non dépassés traînent en elle, tandis que ce qui avait été simplement indiqué s'est épanoui et a pris toute sa signification, etc. L'anatomie de l'homme est une clef pour l'anatomie du singe. Ce qui, dans les espèces animales inférieures, indique une forme supérieure ne peut, au contraire, être compris que lorsque la forme supérieure est déjà connue. L'économie bourgeoise fournit la clef de l'économie antique, etc. Mais nullement selon la méthode des économistes qui effacent toutes les différences historiques et dans toutes les formes de société voient la société bourgeoise. On peut comprendre le tribut, la dîme, etc., lorsqu'on comprend la rente foncière. Mais il ne faut pas les identifier. » (Paris, Éd. M. Girard, 1928, p. 342.)

Ces remarques nous paraissent entièrement valables pour l'histoire de la philosophie et de la littérature.

2. Qu'on nous permette de citer quelques exemples de cette interprétation, d'après laquelle les deux principaux penseurs philosophiques français du XVIIᵉ siècle n'ont pas compris ou bien leur propre pensée, ou bien celle du partenaire qu'ils critiquaient.

Au commencement de son étude sur *le Cœur et la raison selon Pascal* (Paris, Elzévir, 1950), M. Jean Laporte, après avoir rapproché — à juste titre — Arnauld et Nicole de Descartes, écrit :

« Telle est précisément la façon de voir de Pascal.

« Lui non plus ne conteste pas la puissance de la raison humaine en matière de « sciences abstraites », mathématique et physique... En la science qu'il appelle «abstraite» et que nous appellerions «positive», il a, (d'accord avec Port-Royal), autant de confiance que Descartes. Et il s'en fait (d'accord avec Port-Royal encore) une conception qui est à très peu de chose près la conception cartésienne.

Il paraît dès lors important de rétablir, par rapport à ces thèses, la réalité des faits tout au moins en ce qui concerne le rapport entre la position théorique des *Pensées* et la position cartésienne en montrant que Pascal avait très bien compris cette dernière et qu'en s'opposant à Descartes, il le faisait en pleine conscience et sans nullement se tromper.

Ceci dit, il nous faut cependant ajouter que, malgré les nombreuses et profondes analogies que nous aurons l'occasion de

« Que son hostilité déclarée à l'égard de Descartes, tel qu'il se le représentait, ne nous donne point ici le change sur sa ressemblance avec le véritable Descartes... » (p. 17-18).

Et cette position de Laporte a fait école. Mlle Jeanne Russier écrit par exemple (*op. c.*, p. 263-265:)

« A l'heure où Pascal préparait son *Apologie*, le docteur attitré de Port-Royal était Arnauld, et Arnauld, comme Nicole d'ailleurs, était cartésien... Il importe d'ailleurs de bien comprendre ce cartésianisme de Port-Royal pour ne pas faire, comme cela s'est produit, une raison d'opposer Pascal et Port-Royal. En réalité, le cartésianisme de Port-Royal et le soi-disant anticartésianisme de Pascal se ressemblent sur la plupart des points, comme des frères. De part et d'autre, même approbation du mécanisme et des conséquences qu'en tirait Descartes, pour la distinction entre la pensée et l'étendue, preuve de la spiritualité de l'âme et pour l'automatisme des animaux... Ce que les uns et les autres ont approuvé sans réserve chez Descartes, c'est l'esprit scientifique, le souci de voir clair en ses pensées, la méthode. »

Pascal approuvant « sans réserves » l'esprit scientifique et surtout la « méthode » de Descartes. On reste vraiment interdit.

C'est le même son de cloche qu'on entend dans le petit ouvrage — par ailleurs remarquable — de Jean Mesnard.

Non seulement le *Discours sur les passions de l'amour* est une œuvre « d'un philosophe à tendances cartésiennes » (p. 57), mais encore « les réserves de Pascal au sujet de Montaigne ne cachent pas une admiration profonde. Au contraire, sur Descartes, Pascal porte toujours des jugements dédaigneux. Mais il ne faut pas que ces jugements nous donnent le change et fassent oublier les ressemblances de pensée qui abondent entre les deux philosophes... En effet, il n'est pas impossible de trouver chez Pascal un rationalisme qui présente des traits communs avec celui de Descartes...

« Avec Descartes, Pascal considère que toute la dignité de l'homme consiste en la pensée et que, dans le domaine du corps, règne un automatisme : c'est le principe des animaux-machines qui explique la théorie pascalienne de l'abêtissement. Enfin, on pourrait montrer avec M. Laporte que Pascal définit d'une manière analogue le concours de la raison et de la volonté dans la croyance » (p. 159-161).

Mlle Lewis (*Augustinisme et Cartésianisme à Port-Royal*, dans *Descartes et le cartésianisme hollandais* P. U. F., 1951) cite en les approuvant les mots de Laporte : « La concordance est frappante entre l'idéal religieux de Descartes et celui des Augustiniens Port-Royalistes », et tout en mentionnant l'existence de certains jansénistes qui mettent en garde Arnauld contre une assimilation globale et que la « défense des intérêts de la religion pouvait engager... à une critique précise des points présumés dangereux » (c'est le cas de Du Vancel auquel est consacrée l'étude) affirme néanmoins le cartésianisme foncier de Port-Royal dans son ensemble. Sur Pascal nous apprenons que ses « réserves au sujet de Descartes sont bien connues. Encore conviendrait-il de distinguer la méfiance de l'expérimentateur scientifique contre le théoricien déductif... et le renoncement de l'ascète qui avait éprouvé la vanité des princes de l'esprit » — la différence est donc scientifique et pratique, mais non pas *philosophique*. « Et surtout il ne faudrait pas oublier les points de rencontre : Non seulement un fragment de l'*Art de persuader* pouvait être inséré, l'année de la mort de Pascal, dans la très cartésienne *Logique de Port-Royal*; mais en outre, Pascal comme Descartes fait de la pensée l'attribut essentiel de l'homme, tandis que les animaux sont de pures machines » (p. 138-139).

Ajoutons que pour cette dernière affirmation, Mlle Lewis renvoie simplement aux pensées 340-344, sans les citer et sans dire un seul mot de la pensée 340 qui affirme explicitement le contraire.

signaler entre les philosophies de Pascal et de Kant, il y a aussi entre ces deux pensées des différences réelles et importantes qu'il faut toujours garder présentes à l'esprit, différences dues *entre autres* aux conditions sociales et historiques *d'ensemble* au sein desquelles se sont développées ces deux expressions philosophiques, de la vision tragique, mais aussi aux conditions *immédiates*, aux adversaires, par exemple, auxquels elles avaient à s'opposer en premier lieu.

Dès maintenant, il convient d'insister sur une des plus importantes de ces différences. Le primat de l'action, du pratique par rapport à la connaissance théorique est commun aux deux philosophes et cela d'autant plus que — pour l'un comme pour l'autre — la connaissance valable, la connaissance de la chose en soi, la totalité, la détermination intégrale, la vérité vraie, la réunion des contraires, la déduction qui saurait démontrer ses axiomes, ne saurait être *pour nous* qu'une idée de la raison ou un pari du cœur.

Il n'en est pas moins certain que Kant accorde aux réalisations — relatives et insuffisantes — que l'homme peut atteindre dès maintenant — vérités de l'expérience scientifique, beauté de l'œuvre d'art, impératif catégorique, une importance et un intérêt — disons même une *valeur de fait* — autrement grande que ne le fait Pascal.

C'est pourquoi il pourra construire et développer le système, poursuivre la vision tragique dans tous les domaines de la pensée philosophique, élaborer une épistémologie, une éthique, une théorie des êtres vivants, une esthétique, une philosophie religieuse et poser même les premiers fondements d'une philosophie de l'histoire. Pascal, centré par contre sur la seule chose à laquelle sa vision accorde une valeur authentique (et qui est hors de la portée humaine) : le transcendant, insiste en épistémologie et en morale surtout sur l'insuffisance des réalisations humaines et ne traite que d'une manière accessoire l'esthétique et le problème des êtres vivants.

De même, plus conséquent à l'intérieur de la vision tragique que ne le sera Kant un siècle plus tard, il n'ouvre aucune perspective sur la philosophie de l'histoire.

Cette différence — et quelques autres que nous rencontrerons encore — s'explique, nous semble-t-il, en premier lieu par le fait qu'au XVIIIᵉ siècle Kant exprime en Allemagne l'idéologie de la fraction la plus avancée de la bourgeoisie, ce qui donne à son système sa grande portée historique, et l'attache lui-même, malgré la tragédie au monde actuel, réel et concret tandis que le jansénisme — et Pascal — exprimaient en France *la conscience possible de la noblesse de robe*, couche intermédiaire, sans avenir, dépassée par l'histoire et que tout éloignait de l'action. C'est pourquoi Pascal peut bien plus que ne le

fera Kant *vivre* jusqu'aux dernières conséquences la tragédie
et se replier entièrement sur le transcendant [1].

Un autre facteur a cependant pour le moins favorisé cette
différence entre les deux philosophies, à savoir les positions
théoriques auxquelles elles avaient à s'opposer.

En France, au XVIIe siècle, la classe ascendante, le tiers état,
est représenté en philosophie par le rationalisme dogmatique
de Descartes [2], tandis qu'en face de Kant se dresse la pensée
philosophique d'une bourgeoisie qui avait *déjà pris le pouvoir*,
l'empirisme anglais, représenté surtout par la philosophie
d'Hume.

C'est un signe de parenté profonde entre les deux pensées
que Pascal se soit créé un antagoniste sceptique (en partie
fictif) en Montaigne, tandis que Kant s'opposait au rationalisme de Wolff et de Leibnitz; il ne reste pas moins vrai
que pour Pascal la tâche essentielle et urgente était de montrer contre Descartes les limites et l'insuffisance de la raison,
tandis que Kant s'attachait à défendre contre Hume la valeur
— relative et insuffisante sans doute — mais néanmoins effective, de réalisations de celle-ci.

Nous tâcherons cependant dans les pages qui suivent de
montrer — en exposant la pensée de Pascal — surtout les
analogies qu'elle présente avec celle de Kant, analogies qui
nous paraissent en même temps plus profondes et moins
connues que les différences réelles et notoires qui séparent
les deux philosophies [3].

---

1. De même nous devons constater que la rupture tragique se situe chez Kant
et même dans la philosophie et la littérature allemandes du début du XIXe siècle,
en général, entre le théorique et le pratique, entre la pensée et l'action, alors qu'elle
se place, chez Pascal et Racine, à l'intérieur de la conscience entre la raison et les
passions. Cette différence nous semble liée au fait que la bourgeoisie allemande était
partagée entre son admiration de la Révolution française et l'impossibilité objective de réaliser une Révolution analogue en Allemagne, alors qu'en France la noblesse
de robe se trouvait tiraillée sur le plan de la conscience même entre son attachement
au gouvernement monarchique et son opposition à celui-ci.

2. C'est pourquoi, malgré son caractère dialectique, malgré sa profondeur et sa
pénétration, la pensée tragique de Pascal restera — comme le jansénisme dans son
ensemble — un phénomène passager et sans lendemain. C'est sous le signe du
cartésianisme que se fera en France le développement réel de la pensée et de la vie
sociale.

3. Nous croyions avoir été le premier à avoir remarqué la parenté entre les deux
pensées, lorsque nous nous l'avons lu dans l'ouvrage de M. A. ADAM : *Histoire de la
littérature française au XVIIe siècle*, t. II, p. 294-295 (Paris, Domat, 1954), qu' « un
jour de lassitude, l'auteur de *la Philosophie morale de Kant*, VICTOR DELBOS, dira
qu'il n'a rien trouvé chez le philosophe allemand qui ne fût déjà dans Pascal ».
De plus, M. Adam ajoute lui-même les lignes suivantes : « Les *Pensées* ont bafoué
le Droit naturel. Mais Rousseau le fera à son tour et reprendra les arguments mêmes
de Pascal. Il en tirera ce que Pascal, en 1660, ne pouvait encore en tirer, mais qui
se trouve exactement dans le prolongement de sa pensée : la théorie de la volonté
générale. Les *Pensées* ont dit que la loi était juste parce qu'elle était la loi. Rousseau le dira aussi, et Kant après lui, et l'on ne se tromperait guère en disant que
les *Pensées* contiennent en germe l'impératif catégorique. L'éthique du philosophe
de Kœnigsberg repose sur cette idée que la philosophie des lumières, parce qu'elle
est une philosophie de l'unité, compromet toute vie morale, méconnaît la signifi-

II

Notre analyse de la conception pascalienne de la vie et de la nature des êtres vivants sera brève; nous y reviendrons d'ailleurs au chapitre suivant et, de plus, il existe déjà une très belle étude consacrée à ce sujet [1].

Notons cependant, dès maintenant, un fait curieux et suggestif. Le courant arnaldien qui était fortement teinté de cartésianisme, comprenait en effet — on le sait — de nombreux « disciples de Saint Augustin », ralliés entre autres à la théorie cartésienne des animaux-machines. Lorsqu'on connaît la naïveté — et nous serions tentés de dire la bonne foi — avec laquelle on a dans ce milieu soit caché et étouffé soit assimilé et déformé les positions divergentes à l'intérieur du mouvement (surtout lorsqu'il s'agissait d'affirmations concernant des personnages décédés comme Barcos ou Pascal, qui ne pouvaient plus réagir et se défendre), il n'y a pas à s'étonner en apprenant l'existence de deux témoignages provenant l'un (celui de Marguerite Perrier) du milieu arnaldien, l'autre de Baillet [2], qui affirment que Pascal adoptait sur ce point les positions cartésiennes.

L'historien n'a certes pas le droit d'ignorer ces témoignages, il ne saurait cependant les accepter qu'avec prudence et circonspection.

Or, — et ceci vaut surtout pour ces dernières années, — de nombreux interprètes influencés par la thèse de Laporte [3] (qui rapprochait les positions de Pascal de celles de Descartes, au point de presque les identifier), les ont acceptées sans contrôle sérieux. Et ceci bien que rien ne garantisse que Marguerite Perrier ou Baillet fussent particulièrement qualifiés pour comprendre et connaître la pensée de Pascal.

Or, lorsque Desgrippes a fait l'inventaire des textes pasca-

---

cation essentielle de l'acte moral, qui est l'effort et le sacrifice.Cette idée, qui est également celle de Rousseau, se dégage de façon irrésistible des *Pensées*. Pascal, enfin, ne croit pas au primat de l'intelligence. Que restait-il à lui substituer que le primat de l'éthique, c'est-à-dire la thèse fondamentale et commune de Rousseau et de Kant? »

L'idée d'un rapprochement entre les pensées de Pascal et de Kant n'est donc pas aussi nouvelle et inattendue que nous le croyions en commençant ce travail. Il était néanmoins important de la préciser par une analyse concrète du schème d'ensemble des deux philosophies.

1. GEORGES DESGRIPPES : *Études sur Pascal*, Paris, Pierre Téqui. Appendice I : « Les animaux-machines », p. 103-125.

2. ADRIEN BAILLET : *La Vie de M. Descartes*, 2 vol., Paris, 1661, t. 1, p. 52.

3. Encore faut-il ajouter que Laporte lui-même était bien plus prudent; d'après lui, Pascal « n'a jamais précisé sa pensée sur ce point, où il ne lui était sans doute pas possible d'arriver à autre chose qu'à des conjectures. » (J. LAPORTE : *Le Cœur et la raison selon Pascal*, Paris, Elzévir, 1950, p. 89.)

M. Desgrippes se rallie d'ailleurs dans sa conclusion à cette affirmation.

liens ayant trait aux animaux, le résultat a été concluant (et cela bien qu'extrêmement prudent, il ait été lui-même plutôt enclin à faire confiance aux témoignages de Marguerite Perrier et de Baillet).

Plusieurs fragments des *Pensées* (341 et 342) affirment explicitement que les animaux n'ont ni esprit ni langage, ce qui est d'ailleurs évident.

Aucun texte de Pascal n'affirme la thèse des animaux-machines, plus encore, aucun texte de Pascal ne permet de conclure qu'il avait probablement embrassé cette opinion. Plusieurs textes, par contre, emploient une terminologie qui, si on la prend à la lettre, obligerait à inférer qu'il admettait précisément le contraire. On peut sans doute, comme l'envisage Desgrippes, penser que dans ces textes, dont le but n'est pas d'affirmer explicitement que les animaux sont ou ne sont pas des machines, Pascal « juge suffisant de garder le langage commun, sans prendre parti sur la nature de l'instinct » (p. 116), mais Desgrippes est obligé d'ajouter lui-même que « malgré tout, on ne peut se défendre contre une sérieuse impression : ce n'est pas là le langage du mécanisme ».

Enfin, un fragment (340) oppose explicitement la machine la plus perfectionnée, la machine arithmétique, aux animaux qui « ont de la volonté [1] ».

Jusqu'ici, nous avons suivi Desgrippes, dont nous nous permettons de citer *in extenso* les conclusions :

« La question reste donc ouverte. Il n'y a ni de suffisantes raisons d'incriminer les témoignages ni des textes assez nombreux et explicites chez Pascal pour les mettre en contradiction avec ces témoignages. Nous n'avons pu que soulever quelques doutes, mais faire un choix brutal contre le mécanisme animal serait téméraire.

« Ce qui est hors de doute, c'est que le langage de Pascal varie selon les circonstances : tantôt il adopte presque la terminologie cartésienne, tantôt il emprunte la manière commune de parler de l'instinct. Ne serait-ce pas l'indice qu'il ne se souciait pas trop de construire un système explicatif de l'automate animal? Un autre automatisme, comme nous l'avons vu dans les chapitres précédents, a beaucoup plus intéressé l'apo-

---

1. PASCAL :
« L'histoire du brochet et de la grenouille de Liancourt : ils le font toujours, et jamais autrement, ni autre chose d'esprit » (fr. 341).
« Si un animal faisait par esprit ce qu'il fait par instinct, et s'il parlait par esprit ce qu'il parle par instinct, pour la chasse et pour avertir ses camarades que la proie est trouvée ou perdue, il parlerait bien aussi pour des choses où il a plus d'affection, comme pour dire : « Rongez cette corde qui me blesse, et où je ne puis atteindre » (fr. 342).
« La machine d'arithmétique fait des effets qui approchent plus de la pensée que tout ce que font les animaux; mais elle ne fait rien qui puisse faire dire qu'elle a de la volonté comme les animaux » (fr. 340).

logiste qu'il était : c'est l'automatisme qui met en jeu le rapport de l'âme et du corps chez l'homme et qui nous fait spontanément et insensiblement tomber dans la croyance. Or, pour étudier les lois de ces fonctions spontanées, il n'était pas besoin selon lui d'avoir pris un parti sur la nature de l'instinct. N'oublions pas que Pascal est un moraliste, un exégète et un convertisseur d'âmes bien plus qu'un philosophe, et qu'à l'égard des systèmes il avait un scepticisme dont il n'a pas fait mystère. Est-il probable qu'après avoir renoncé à décrire dans le détail la machine de l'univers, il ait jugé moins ridicule et plus opportun de « composer la machine » des organismes animaux ? »

Nous pourrions arrêter ici ce paragraphe et renvoyer le lecteur au texte de Desgrippes qui nous paraît d'autant plus convaincant que ses conclusions sont plus modérées et qu'il refuse d'affirmer — malgré son analyse qui le suggère assez nettement — que pour Pascal les animaux, loin d'être des automates, constituent, comme pour Kant, un troisième règne intermédiaire de la réalité, situé entre la matière régie par le mécanisme et le domaine humain de l'esprit.

Il y a cependant dans la conclusion que nous venons de lire un point sur lequel nous nous séparons de Desgrippes et qui nous paraît suffisamment important pour nous y arrêter quelques instants : c'est l'interprétation du fragment 79 que sa conclusion mentionne en tout dernier lieu.

« Descartes. — Il faut dire en gros : « Cela se fait par figure et mouvement », car cela est vrai. Mais de dire quels, et composer la machine, cela est ridicule. Car cela est inutile, et incertain et pénible. Et quand cela serait vrai, nous n'estimons pas que toute la philosophie vaille une heure de peine. »

Suivant en cela une interprétation traditionnelle et qui, à notre connaissance, n'a jamais été mise en doute, M. Desgrippes admet qu'il s'agit, dans ce fragment, uniquement de la « machine de l'univers ». Or, rien ne nous paraît moins certain. Dans le meilleur des cas, il nous semble qu'il faudrait admettre que ce texte s'applique à tout ce qui dans la pensée cartésienne était « machine », automate, c'est-à-dire *aux animaux* et à l'*univers physique dans son ensemble*.

Aucun argument sérieux n'a en effet jamais été, à notre connaissance, invoqué pour justifier l'interprétation qui exclut les premiers et limite à l'Univers le champ du fragment 79. Et cela pour la bonne raison que son application aux animaux n'a jamais été envisagée sérieusement. Nous sommes ici — comme dans le cas de l'affirmation des disciples de Laporte, que, pour Pascal, les animaux sont des machines — devant un de ces lieux communs implicites qui s'insèrent trop bien dans l'ensemble d'une interprétation pour qu'on se demande encore avant de les accepter sur quoi ils s'appuient et dans quelle mesure ils sont valables. Il suffit cependant de poser explicitement ce problème pour constater qu'ils n'ont qu'un fondement extrêmement mince, quand il ne fait pas entièrement défaut.

Nous ne pouvons évidemment pas non plus prouver de manière certaine que le fragment 79 se réfère aussi ou même en premier lieu aux animaux. Il nous semble cependant que cette hypothèse s'accorde incomparablement mieux que l'interprétation traditionnelle, avec l'épistémologie pascalienne que nous allons examiner dans le chapitre suivant.

Un autre argument, qui ne nous paraît il est vrai non plus absolument démonstratif, mais qui n'est pas négligeable, est la constatation que l'interprétation traditionnelle fait du fragment 79 un lieu commun, qu'on pourrait trouver sous la plume de n'importe quelle religieuse ou de n'importe quel solitaire du groupe Barcos, mais qui nous paraît sinon impossible tout au moins difficilement concevable sous la plume de Pascal.

Ce qu'il pensait de la géométrie — et cela s'applique certainement à la science en général — il l'a dit dans la célèbre lettre du 10 août 1660 à Fermat. Elle est « le plus haut exercice de l'esprit; mais en même temps je la connais pour si inutile, que je fais peu de différence entre un homme qui n'est que géomètre et un habile artisan. Aussi je l'appelle le plus beau métier du monde; mais enfin ce n'est qu'un métier; et j'ai dit souvent qu'elle est bonne pour faire l'essai, mais non pas l'emploi de notre force : de sorte que je ne ferais pas deux pas pour la géométrie et je m'assure fort que vous êtes fort de mon humeur ».

En dépit de leur ressemblance, il y a loin de ce texte paradoxal, qui affirme que la géométrie est malgré tout « le plus beau métier du monde » et qu'on peut y faire « l'essai sinon l'emploi de notre force » même s'il ne faut pas faire deux pas pour elle, à l'affirmation absolument non paradoxale et contraire et à la vie et à la pensée de Pascal, qu'il faut se contenter sur le plan scientifique de quelques approximations générales et vagues sans entrer dans le détail de la recherche, et plus encore que *la vérité* même si elle était accessible ne vaudrait pas une heure de peine (n'oublions pas que s'il est vrai que Pascal ne ferait pas deux pas pour la géométrie, c'est parce qu'elle n'est pas la vérité suprême, purement vraie qui saurait démontrer ses principes).

Il suffit cependant d'admettre que dans le fragment 79 le mot « machine » signifie non pas exclusivement, mais *aussi* « animal » — et nous répétons que rien ne justifie plutôt l'interprétation traditionnelle que la nôtre — pour que nous nous trouvions devant un des textes les plus remarquables, et pour son époque les plus modernes de l'histoire de la pensée biologique [1].

Ajoutons que cette interprétation cadre parfaitement avec tous les autres textes analysés par Desgrippes, qui se réfèrent aux animaux (et aussi avec toute une série de textes épistémologiques), et surtout qu'elle rapproche étroitement sur ce chapitre les positions de Pascal de celles de Kant dont — nous aurons l'occasion de le souligner — elles se rapprochent aussi sur beaucoup d'autres points et surtout par le tracé schématique de l'ensemble des deux philosophies.

Ce sont là une série de raisons qui nous paraissent sinon contraignantes, tout au moins suffisamment importantes, pour nous faire préférer l'interprétation que nous proposons à une interprétation à l'appui de laquelle nous n'avons jusqu'ici rencontré aucun argument d'égale importance.

Essayons en effet de lire le fragment 79 en admettant qu'il s'agit non pas de l'univers exclusivement, mais *aussi* des animaux.

Quelle est dans ce cas l'affirmation de Pascal et en quoi s'oppose-t-il à Descartes? (Pour pouvoir comparer la position de Pascal avec les théories postérieures et même tout à fait modernes, nous substituerons aux mots « cela se fait par figure et mouvement » les termes « explication mécanique » ce qui ne change en rien le sens et permet de comparer le texte de Pascal à la fois avec les positions de Descartes, de Kant et avec la réflexologie behaviouriste moderne.)

Que nous dit en effet Pascal? Il admet comme le fera plus tard Kant (et comme le font d'ailleurs les « gestaltistes » contemporains, avec Goldstein ou Merleau-Ponty) que dans l'ensemble l'organisme se compose d'un très grand nombre de montages mécaniques, de réflexes conditionnels, si l'on veut employer un terme moderne. « *Il faut dire en gros : « cela se fait par figure et mouvement », car cela est vrai* ». Il est cependant impossible disait Kant d'arriver par des explications mécaniques à rendre compte de l'ensemble d'un organisme. C'est exactement ce que nous enseigne Pascal (et là-dessus les gestaltistes et les penseurs dialectiques modernes sont encore parfaitement d'accord). *Mais de dire quels et composer la machine cela est ridicule.* Dans cette proposition Pascal nous paraît d'ailleurs bien plus moderne et plus proche de la biologie contemporaine que ne l'était Kant. Car ce dernier s'est contenté de constater l'impossibilité de « construire la machine », mais

---

1. M. Alexandre Koyré a attiré notre attention sur le fait que ce texte est probablement une critique du cartésianisme dans une perspective aristotélicienne. C'est probablement vrai, mais une position qui refuse la métaphysique et la physique aristotéliciennes, pour ne garder que l'organicisme biologique, nous semble précisément une position d'avant-garde.

il pensait encore que les explications mécaniques, dans la mesure, assez limitée sans doute, où elles sont valables en biologie, s'y appliquent de la même manière qu'en physique. Ce sont les études des « gestaltistes » en premier lieu, qui ont mis en lumière le fait que les montages mécaniques ont un caractère vicariant, et que l'un peut très bien se substituer à un autre lorsqu'il est plus adapté aux tendances de l'organisme ou lorsque le premier fait défaut. C'est-à-dire en langage pascalien, qu'un des principaux progrès de l'École de la Forme par rapport aux positions kantiennes a été de constater que non seulement il est *impossible de composer la machine* mais que même là où l'on peut dire *en gros* cela se fait par *figure et mouvement,* il est impossible *de dire rigoureusement quels,* parce que, selon leurs fonctions dans l'ensemble du comportement, certains montages se substituent au besoin à ceux qui agissent habituellement. De même, Pascal anticipe la critique goldsteinienne de la réflexologie, qui nous dit que l'essai de construire l'organisme à partir des montages mécaniques est inutile et incertain (nous savons déjà pourquoi) et pénible, parce qu'on est obligé d'introduire continuellement des facteurs nouveaux, inhibitions, inhibitions d'inhibitions, etc. (qui ressemblent étrangement aux célèbres épicycles, qu'il fallait compliquer à l'infini pour défendre l'hypothèse géocentrique contre l'hypothèse copernicienne). Reste la dernière proposition. *Et quand cela serait vrai, nous n'estimons pas que toute la philosophie vaille une heure de peine.* C'est, nous l'avouons — dans ce fragment — la partie la plus difficile à interpréter de manière satisfaisante! Nous avons déjà dit pourquoi il nous paraît difficile de la réduire — *dans le contexte* — à l'affirmation qui serait par contre naturelle chez Barcos ou Singlin, que la connaissance physique et biologique n'a aucune importance par rapport aux vérités du salut. (Pascal le pensait aussi sans doute, mais il ne l'aurait pas dit *ainsi.*) Plus plausible nous paraît être par contre l'interprétation qui voit dans cette phrase l'affirmation que *si* le mécanisme était vrai en biologie, cette science ne vaudrait pas une heure de peine, parce qu'elle se serait niée elle-même, parce qu'elle aurait non pas expliqué mais nié le caractère spécifique de la vie en la réduisant à la matière non vivante. Prise en ce sens — et le texte en son aspect littéral ne favorise pour le moins pas une autre interprétation — elle peut être assumée par n'importe quel penseur dialectique, et reste aussi conforme à l'esprit de la philosophie kantienne. Pour la pensée dialectique tout être est en effet un être en devenir, pour la pensée tragique ce devenir se fige en une hiérarchie discontinue et qualitative (les trois ordres chez Pascal et chez Kant), mais l'une et l'autre n'ont jamais pensé qu'on puisse expliquer valablement le supérieur par l'inférieur, l'avenir par le passé. Il y a sans doute une action, une influence qui agit dans ce sens et il ne faut pas l'ignorer, il faut même lui accorder une place très importante dans l'étude, mais le facteur *essentiel* qui agit sur la toile de fond et à l'intérieur du déterminisme est pour les pensées statiques de la tragédie, ou du gestaltisme, l'élément spécifique à l'ordre dans lequel se situe l'être étudié et pour la pensée dialectique, l'avenir, le devenir de l'histoire.

Nous arrêterons ici ce paragraphe, l'interprétation que nous proposons du fragment 79 nous paraissant probable mais non pas définitivement établie; avant de la récuser, il faudrait cependant trouver des arguments d'un poids au moins égal en faveur de l'interprétation traditionnelle.

D'autre part, et quoi qu'il en soit du fragment 79, il nous semble important de constater que l'affirmation de l'accord entre Pascal et Descartes sur la manière de concevoir l'organisme vivant, qui était devenue à un certain moment une sorte de lieu commun des pascalisants, ne repose sur aucun fondement sérieux, si ce n'est sur une tendance idéologique à cartésianiser les positions tragiques de l'extrémisme janséniste.

C'est dire à quel point il faut dans l'interprétation de la pensée pascalienne, se garder des assimilations implicites avec telle ou telle tendance qui lui était contemporaine ou à laquelle adhère l'historien. Pascal est un penseur *original* au sens le plus fort du terme. C'est dans son texte, tel qu'il l'a écrit, et dans son texte en premier lieu qu'il faut chercher la signification de son œuvre.

III

En abordant les textes *philosophiques* de Pascal qui concernent la structure physique de l'univers (et non pas ses travaux proprement physiques et de mathématiques pour l'analyse desquels nous manquons de compétence et qui ont déjà été étudiés par des spécialistes), on a presque l'impression de dire une banalité (si on ne s'apercevait que cette banalité a échappé à la plupart des historiens) en relevant l'étroite parenté entre la position de Pascal et celle de la philosophie critique de Kant.

Pour les deux penseurs, l'univers physique — et tout ce qui est connaissable sur le plan *théorique* de la raison (chez Pascal) ou de l'entendement (chez Kant) — ne prouve plus l'existence de Dieu ni comme certitude ni comme probabilité. Il n'existe ni preuve physique ni d'ailleurs preuve ontologique, de cette existence. La célèbre proposition dans laquelle Kant résumait sa position « j'ai dû abolir le savoir pour faire place à la foi » s'applique rigoureusement aux *Pensées*, et il nous semble qu'on pourrait affirmer *à juste titre* qu'il n'y a pas une différence *essentielle* [1] de contenu entre les postulats pratiques et le pari.

Dans un article très remarqué [2] ainsi que dans sa conférence au colloque de Royaumont, M. de Gandillac a montré comment une image classique, celle de la sphère dont le centre est partout et la circonférence nulle part, qui au départ désignait la divinité il est vrai soit comme intelligible, soit comme inintelligible, a été employée par la suite à travers Nicolas de Cuse et Giordano Bruno, pour désigner le monde, et est devenue chez Pascal une image concernant exclusivement le monde et l'impossibilité de le connaître et de le comprendre de manière valable.

Le monde physique a ceci de commun chez Pascal et chez Kant que la science humaine ne peut en aucun cas parvenir à sa connaissance exhaustive (ni des parties ni de l'ensemble), connaissance dont *l'idée* est maintenue pourtant en tant qu'exigence irréalisable dans chacune des deux philosophies, et aussi qu'il est *absolument neutre* par rapport à la foi, que s'il ne nous interdit pas de croire, il ne nous incite pas non plus à le faire. En extrapolant, sans doute, mais d'une manière qui nous semble valable, nous pourrions dire que la pensée du physicien — *en tant que physicien* — est pour Pascal et pour Kant agnostique [3].

Nous n'avons pas l'intention d'exposer ici le schème conceptuel des deux positions, qui met en évidence leur parenté et qu'il est facile de dégager par la lecture des textes. Par contre, nous voudrions nous arrêter brièvement à certains aspects du problème de l'espace, et même du monde physique dans son ensemble, aspects par lesquels une certaine opposition semble se révéler entre les pensées de Pascal et de Kant.

Tout le monde connaît le célèbre fragment 206. « Le silence

---

1. Il y a cependant une différence à laquelle Kant lui-même aurait sans doute accordé la plus grande importance. L'autonomie de la loi morale, sur laquelle se fonde dans la philosophie critique le postulat de l'existence de Dieu, n'existe bien entendu pas dans la perspective des *Pensées* pour laquelle refus du monde et pari sur l'existence de Dieu constituent un bloc inséparable.

Il nous semble, néanmoins, qu'il s'agit dans les deux cas d'un seul et même contenu *essentiel* exprimé — il est vrai — sous deux formes profondément différentes.

2. MAURICE DE GANDILLAC : *La Sphère infinie de Pascal. Revue d'Histoire de la philosophie et d'Histoire générale de la civilisation*, Lille, 1943, nᵒ 33, p. 32-45, et *La cosmologie de Pascal* dans *Pascal, l'homme et l'œuvre*, Éd. de Minuit, Paris, 1955.

3. Comme nous le verrons dans le prochain chapitre, la seule manière qui nous semble possible de donner une certaine apparence de validité aux analyses de Laporte est de les limiter à la perspective *philosophique* dans laquelle Descartes et Pascal concevaient le *physicien* et le *mathématicien*, et encore à condition d'isoler ce problème de tout le contexte qui est non seulement différent mais opposé.

En tant que *physiciens* — M. Brunschvicg l'a suffisamment montré — les deux penseurs sont profondément différents, en tant que *philosophes* ils sont radicalement opposés. La seule analogie valable qu'on pourrait établir consiste en la séparation radicale qu'ils défendent l'un et l'autre entre la physique en tant que science et la théologie.

éternel de ces espaces infinis m'effraye », et bien que l'on puisse aussi citer des textes comme : « Il est le plus grand caractère sensible de la toute-puissance de Dieu, que notre imagination se perde dans cette pensée », qui dans le fragment 72 suit la caractérisation de l'univers comme sphère dont le centre est partout, et la circonférence nulle part, il semble par le contexte même de ce dernier passage que le caractère muet, inconnaissable de l'espace et de l'univers physique, soit le dernier mot de la philosophie de Pascal.

Par un certain côté, — le plus important sans doute — les choses se présentent d'une manière analogue dans la philosophie critique. L'espace est une forme de l'intuition pure et ne nous renseigne en rien ni sur la liberté de la volonté ni sur l'immortalité de l'âme, ni sur l'existence de Dieu. Il les cache, au contraire, en limitant la légitimité de nos connaissances *théoriques* au monde phénoménal de l'expérience.

Ceci dit, il n'en reste pas moins vrai que l'espace, et même certains aspects du monde physique, présentent dans la philosophie critique encore une autre signification qui semble indiquer une orientation différente et même contraire. On connaît en effet la célèbre proposition dans la conclusion de la *Critique de la raison pratique* qui rapproche le ciel étoilé et la loi morale.

« Deux choses remplissent le cœur d'une admiration et d'une vénération toujours nouvelles et toujours croissantes à mesure que la réflexion s'y attache et s'y applique : le ciel étoilé au-dessus de moi et la loi morale en moi. »

Et aussi les chapitres de la *Critique du jugement* consacrés à l'analytique du sublime sous ses deux formes : le sublime mathématique et le sublime dynamique [1].

Or, dans tous ces textes, l'espace et même le monde physique qui, sur le plan *théorique* séparent irrémédiablement l'homme de Dieu, le relient au contraire à l'idée pratique de celui-ci sur le plan *esthétique* et à travers celui-ci sur le plan *pratique*.

C'est pourquoi nous devons nous demander dans quelle mesure nous sommes encore en droit de rapprocher deux systèmes qui, sur un point aussi important, arrivent — en partie tout au moins — à des positions opposées.

Sans pouvoir insister ici sur l'ensemble de la pensée de Kant, notons cependant qu'elle nous paraît très tôt dominée par l'idée de totalité et que, dès la *Monadologia Physica* de 1756, Kant sépare l'espace de son contenu physique, précisément parce que le premier est un tout antérieur aux parties qui le

---

1. Ajoutons que ce dernier surtout se rapproche jusqu'à un certain point de l'image pascalienne du fragment 397, dans la mesure où il s'agit d'un univers qui pourrait m'écraser, mais qui en m'écrasant resterait encore plus petit et plus faible que moi à cause de la loi morale qui est en moi et qui me permettra toujours de lui résister.

composent, alors que son contenu physique est composé d'éléments autonomes qui seuls rendent compte de la constitution des ensembles.

Cette distinction est à l'origine de la future séparation des formes de l'intuition pure — espace et temps — d'avec les catégories de l'entendement dans la *Critique de la raison pure* (non seulement on peut diviser l'espace à l'infini, mais encore tout espace limité ne peut se concevoir que sur l'arrière-plan de l'espace infini dans lequel il est découpé).

Revenant cependant en arrière, nous pouvons suivre pendant toute la période pré-critique un développement et une élaboration progressive de l'idée de totalité qui (s'affirmant sur le plan moral dans l'idée d'une communauté universelle des esprits et sur le plan théorique dans l'idée d'univers) apparaît de plus en plus comme le seul fondement possible d'une preuve de l'existence de Dieu. En même temps, cependant, cette totalité, qui au point de départ *était*, devient progressivement ce qu'elle sera dans la philosophie critique : une totalité possible, à la réalité de laquelle nous devons croire et à la réalisation de laquelle nous devons contribuer par nos actions pour des raisons pratiquement certaines. Le tournant de la période pré-critique à la philosophie critique s'exprime encore dans une scolie de la *Dissertation de 1770* [1].

Disons aussi que les écrits posthumes (difficiles à dater) et l'*Opus Posthumum* contiennent un certain nombre de passages qui rapprochent l'espace de la divinité.

Le lien qui, dans la période critique, s'exprime dans le sentiment du sublime et relie la perception de l'espace à l'idée du suprasensible, semble ainsi être un thème fondamental de la

---

1. E. KANT : *La Dissertation de 1770*, Paris, J. Vrin, 1951, p. 67-68. « S'il était permis de risquer un pas hors des limites de la certitude apodictique qui convient à la métaphysique, il me paraît qu'il vaudrait la peine d'approfondir quelque peu certains points qui concernent non seulement les lois de l'intuition sensible, mais ses causes, connaissables seulement par l'*entendement*. L'esprit humain n'est affecté par les choses extérieures et le monde ne s'ouvre à lui indéfiniment que dans la mesure où *il est soutenu avec le reste, par la même puissance d'un être unique*. Donc, il ne sent les choses extérieures que par la présence de la même cause sustentatrice commune, et ainsi l'espace, qui est la condition universelle et nécessaire, connue par la sensibilité, de la « comprésence » de toutes choses, peut être dit L'OMNIPRÉSENCE PHÉNOMÉNALE (car la cause du tout n'est pas présente à toutes choses et à chacune parce qu'elle serait présente à la place où elles sont, mais il y a des places, c'est-à-dire des relations possibles des substances, parce qu'elle est intimement présente à toutes). De plus, la possibilité de tous changements de successions, dont le principe, en tant que connu par les sens, réside dans le concept de temps, suppose la permanence d'un substrat, dont les états opposés se succèdent; or, ce dont les états s'écoulent ne dure que soutenu par autre chose; donc le concept du temps, comme unique, infini et immuable, dans quoi sont et durent toutes choses, est l'*éternité phénoménale* de la *cause* générale. Mais il paraît plus avisé de suivre le rivage des connaissances et ainsi permises par la médiocrité de notre entendement, que de se risquer dans la pleine mer des recherches mystiques telles que celles de Malebranche, dont l'opinion n'est pas si éloignée de celle qui est exposée ici, puisqu'il pense que *nous voyons tout en Dieu.* »

pensée kantienne que l'on peut suivre au delà de cette période, depuis les premiers ouvrages du philosophe jusqu'à ses tout derniers écrits.

La catégorie de la Totalité étant cependant commune aux philosophies de Pascal et de Kant, il nous reste à nous demander pourquoi ce dernier a fait de l'espace, et même parfois du temps, une des formes d'expression privilégiées de cette catégorie, ce qui ne nous paraît pas être le cas chez Pascal. Bien que la réponse ne soit pas facile à donner de manière certaine, deux sortes de considérations nous semblent pouvoir l'approcher.

1º La première concerne la structure interne, la cohérence du système kantien. Car dans la mesure où Kant — et c'est là une des différences principales qui le séparent d'avec Pascal — a mis au centre de son système l'opposition entre la forme et la matière, et où il a trouvé dans la *Critique de la raison pratique* une relation entre le donné formel de la loi morale et le postulat pratique de l'existence de la divinité, il était normal qu'il cherchât aussi une relation entre, d'une part, les totalités formelles de l'intuition pure (à savoir l'espace et le temps) et même la totalité de l'univers vers laquelle tendent sans jamais pouvoir la réaliser les catégories de l'entendement et, d'autre part, l'idée qui, dans le système ne peut être que pratique, de la divinité. Il y avait ainsi une raison de cohérence interne qui poussait Kant à chercher entre l'espace, le temps et la divinité, une relation sinon identique, tout au moins analogue à celle qu'il avait pu établir sur le plan pratique entre la loi morale et l'existence de Dieu.

2º A cela, il faut encore ajouter un autre facteur purement historique. A l'époque de Pascal, l'espace de la science était l'espace cartésien, alors qu'à l'époque de Kant, c'était l'espace newtonien. Il suffit de se rappeler la célèbre expression de *Sensorium Dei* pour concevoir toutes les conséquences qu'entraînait cette distinction. Sans doute, Kant a-t-il refusé catégoriquement l'idée newtonienne d'un espace réel qui nous révélerait l'existence et l'intervention active de la divinité; il a néanmoins subi l'influence de tout un courant d'idées dont on trouve l'expression dans la correspondance entre Leibnitz et Samuel Clarke. Il suffit de lire les belles études de Mme Hélène Metzger [1] pour voir à quel point la physique newtonienne, en affirmant l'existence d'une force rigoureusement inconcevable pour un cartésien conséquent, la gravitation, l'existence de l'espace absolu et la nécessité pour Dieu de corriger continuellement par des insufflations d'énergie l'univers

---

1. Hélène Metzger : *Attraction universelle et religion naturelle chez quelques commentateurs anglais de Newton*, 3 vol., Paris, Hermann, 1938.

qui remplit cet espace, avait constitué un tournant dans les relations entre la physique et la théologie.

Si la philosophie cartésienne apparaissait à Pascal et ultérieurement à tout historien dialectique de la philosophie comme athéiste, séparant Dieu de l'espace et du monde physique, en lui laissant pour ce qui concerne la matière seulement une relation hautement discutable avec le temps, la physique newtonienne a été sentie par la plupart de ses contemporains comme un retour à l'union de la physique et de la théologie, et Kant, en rapprochant Dieu et l'espace, ne faisait que reprendre et fonder philosophiquement les idées exprimées par Clarke, par les autres penseurs étudiés dans le travail de Mme Metzger et probablement par de nombreux autres contemporains.

L'espace cartésien cache Dieu parce qu'il est uniforme sans qualités et entièrement rationnel, l'espace de Newton, qui réaffirme l'existence de lieux différents l'un de l'autre, et contient un univers lié par le lien — jusqu'à Einstein — profondément irrationnel de la gravitation, révèle au contraire l'existence de Dieu à l'homme qui veut comprendre la réalité; aussi les deux philosophies profondément apparentées, qui affirmaient toutes deux l'impossibilité de *prouver* théoriquement l'existence de la divinité, et la nécessité absolue de la postuler pour des raisons pratiques et qui affirmaient aussi le besoin de chercher dans l'univers physique, biologique et historique, toutes les raisons théoriquement non pas certaines, mais probables pour justifier ce postulat, ont-elles trouvé une raison pratique analogue et se sont au contraire différenciées sur le plan de l'espace non pas parce qu'elles avaient deux positions philosophiques différentes, mais parce qu'elles ont rencontré deux physiques différentes appelées à remplir dans le cadre du même schème d'ensemble des fonctions opposées.

Avant de clore ce paragraphe, il nous paraît utile de souligner encore un autre aspect philosophiquement important de la différence entre la physique de Pascal et la physique cartésienne, celui qui porte non pas sur Dieu, mais sur le problème connexe de l'individualité.

Il se trouve en effet que les deux problèmes sont indiscutablement liés, et que dans les philosophies atomistes qui poussent l'individualisme à l'extrême, au point, comme nous l'avons déjà dit, de supprimer aussi bien la *communauté* que l'*univers*, l'individu qui ne saurait plus s'appuyer sur aucune réalité transcendante ne peut se justifier que dans la mesure où il devient individu type et perd par cela même tout caractère spécifique.

C'est reprendre presque un lieu commun que de rappeler que dans la physique géométrique de Descartes les corps n'ont plus de réalité propre qu'en apparence, étant séparés par les mêmes délimitations symboliques au sein d'une seule et même étendue. Mais il nous paraît déjà plus important de mentionner que la situation est identique pour les âmes, en *droit* toutes semblables, puisque leur seul attribut est la pensée et que « la puissance de bien juger et de distinguer le vrai d'avec le faux, qui est proprement ce qu'on nomme le bon sens ou la raison, est naturellement égale en tous les hommes ».

Au fond, l'individualité n'existe dans le système cartésien que par l'union de l'âme et du corps, c'est-à-dire par le seul aspect de la réalité effectif, certain, puisque donné, mais tout de même incompréhensible pour le dualisme du point de départ.

A l'opposé de cette position, en distinguant l'espace vide de la matière, Pascal sauvegardait l'individualité même des corps physiques; et nous avons déjà vu qu'il le faisait encore davantage sur le plan biologique et humain.

Nous trouvons ainsi dans ce chapitre consacré aux êtres vivants et à la physique le fondement, sur le plan *ontologique*, de la controverse épistémologique que nous analyserons plus loin entre deux positions philosophiques dont l'une, celle de Descartes, continuant sur ce point une tradition millénaire n'admettait de science que du général, tandis que l'autre — celle de Pascal — ouvrait une nouvelle ère dans l'histoire de la pensée philosophique, en établissant sinon la réalité et la possibilité, tout au moins l'exigence d'une connaissance méthodique et rigoureuse de l'individuel.

CHAPITRE XII

L'ÉPISTÉMOLOGIE

Les problèmes épistémologiques que rencontre l'historien, lorsqu'il aborde les *Pensées*, sont — comme pour n'importe quelle autre doctrine philosophique — multiples, et l'on ne saurait prétendre les étudier dans les quelques pages d'un chapitre. Aussi nous contenterons-nous d'examiner trois d'entre eux qui nous paraissent particulièrement importants, tant en soi que par leur relation avec le développement ultérieur de la pensée philosophique. A savoir :

a) le problème de la connaissance de l'individuel et de la catégorie de la Totalité;

b) la thèse et l'antithèse, le problème des vérités contraires et

c) la conscience et la « machine », le problème des relations entre la pensée et l'action.

I

Dans sa conférence de Bruxelles : *Travail salarié et capital*, Marx a développé une analyse qui a suscité par la suite une longue discussion philosophique.

« Le capital consiste en matières premières, instruments de travail et aliments de toute nature qui sont employés à produire de nouvelles matières premières, de nouveaux instruments de travail et de ses nouveaux éléments. Tous ces éléments sont créations du travail, produits du travail, *travail accumulé*. Le capital, c'est le travail accumulé qui sert à une nouvelle production. Ainsi parlent les économistes. Qu'est-ce qu'un esclave noir? Un homme de race noire. Une explication vaut l'autre.

Un noir est un noir. C'est dans certaines conditions seulement qu'il devient esclave. Une machine à tisser est une machine qui sert à tisser. C'est dans certaines conditions seulement qu'elle devient *capital;* séparée de ces conditions, elle est aussi peu capital que l'or est en soi monnaie, ou le sucre, le prix du sucre. »

En commentant ce texte — et d'autres analogues — G. Lukàcs a par la suite dégagé dans une série d'études réunies ultérieurement en volume [1] sa grande importance épistémologique.

Il implique, en effet — pour la première fois dans le domaine des sciences positives [2] — l'affirmation d'une démarche dialectique rigoureusement opposée à celle qu'emploient encore aujourd'hui les sciences physiques et chimiques.

Dans ces dernières, la pensée progresse, en utilisant bien entendu un système d'hypothèses, du fait individuel empirique, à la loi générale qui régit tous les phénomènes du même type.

Dans le domaine de l'histoire, par contre, le progrès de la connaissance ne va pas de l'individuel au général, mais de l'abstrait au concret, et cela veut dire de la partie individuelle à un tout relatif (individuel lui aussi), et du tout aux parties.

Pour le chercheur, la signification du fait individuel ne dépend, en effet, ni de son aspect sensible immédiat — il ne faut jamais oublier que pour l'historien le donné empirique est abstrait — ni des lois générales qui le régissent, mais de l'ensemble de ses relations avec le tout social et cosmique dans lequel il est inséré.

Une voiture est une voiture, c'est dans un certain contexte seulement qu'elle se transforme d'objet d'usage en capital industriel ou commercial sans pour autant changer d'aspect sensible. De même, lorsqu'un homme achète une paire de chaussures et la paye avec une certaine somme d'argent, le sens et les lois d'évolution du phénomène sont entièrement différents selon que cet acte se passe dans une économie libérale ou dans une économie socialiste et planifiée, dans une économie de paix ou dans une économie de guerre, etc.

Il serait facile de multiplier indéfiniment les exemples (nous en avons donné quelques-uns d'ordre philosophique et littéraire dans le premier chapitre de cet ouvrage), l'important est de dégager les conséquences méthodologiques et surtout épistémologiques qu'ils comportent.

Ces conséquences sont nombreuses. Deux, cependant, nous paraissent particulièrement importantes, aussi bien en soi que pour l'étude de la pensée pascalienne.

a) L'existence de deux sortes de démarches de la pensée, applicables l'une et l'autre à n'importe quel objet, mais dont l'une se justifie presque toujours en sciences physiques et chimiques et, par contre, très rarement et pour des connaissances particulièrement pauvres en sciences humaines (quelques vérités de sociologie ou d'économie formelles. Voir à ce sujet K. Marx, *Critique de l'économie politique. Préface*), tandis que l'autre

_____

1. G. von Lukàcs : *Geschichte u. Klassenbewusstsein.*
2. Hegel l'ayant déjà fait sur le plan de l'analyse philosophique.

se justifie presque toujours en sciences humaines et bien plus rarement en sciences de la nature (géologie, biologie, etc.).

La première allant de l'*individuel au général*, reste toujours *abstraite* (la nature du physicien et du chimiste est une *abstraction* valable et nécessaire pour l'action technique des hommes, mais une *abstraction*. En réalité, il y a non pas la loi intemporelle de la chute des corps mais seulement telle ou telle pierre qui tombe dans des conditions historiques et temporelles précises, qui en général n'intéressent cependant pas le physicien). La seconde va de l'*abstrait* au *concret*, et cela signifie des parties au tout et du tout aux parties, car la connaissance abstraite des faits particuliers se concrétise par l'étude de leurs relations dans l'ensemble, et la connaissance abstraite des ensembles relatifs se concrétise par l'étude de leur structure interne, des fonctions des parties et de leurs relations [1].

b) Lorsqu'il ne s'agit pas de la connaissance *abstraite* du secteur de l'univers (inexistant comme tel en réalité), qui ne saurait être lui-même sujet de connaissance et d'action, secteur qui forme l'objet des sciences physico-chimiques, mais de la réalité *concrète*, historique et sociale, notre prise de conscience ne se fait plus de l'extérieur mais de l'intérieur, car nous faisons nous-mêmes partie du tout qu'il faut étudier, et notre connaissance se trouve par là même inévitablement placée dans une certaine perspective particulière, résultant de notre place dans l'ensemble [2].

C'est pourquoi il est absurde de parler aujourd'hui [3] d'une connaissance objective *sans plus* de l'histoire et de la société. La notion d'objectivité ne peut avoir dans ce domaine de sens *positif* et *contrôlable* que si elle signifie *degré relatif d'objectivité* par rapport aux autres doctrines ou analyses élaborées elles aussi dans des perspectives partielles différentes.

---

1. Dans l'introduction méthodologique déjà citée au manuscrit posthume de Marx récemment publié, on peut lire le passage suivant :
« S'il n'y a pas de production en général, il n'y a pas de production générale. La production est toujours une branche *particulière* de production — par exemple : agriculture, élevage, manufacture, etc. — ou elle est *totalité*. Seulement, l'économie politique n'est pas technologie. Les rapports entre les déterminations générales de la production et un certain niveau social donné du développement des formes de production avec les formes particulières de production est à développer ailleurs (plus tard). Enfin, la production n'est pas non plus seulement particulière, car c'est toujours un certain corps social, un sujet social qui est actif dans une totalité plus grande ou plus pauvre de branches de la production. Le rapport entre la description scientifique et le mouvement réel n'a pas non plus sa place ici. Production en général. Branches particulières de production. » (*L. c.*, p. 7-8.) On pourrait, en développant le contenu de ces quelques lignes, exposer une partie des idées les plus importantes de la méthode dialectique. Nous ne pouvons malheureusement pas le faire ici.
2. Voir sur ce problème, L. GOLDMANN : *Sciences humaines et Philosophie*, P. U. F.
3. Dans une société où il n'y aurait pas d'antagonismes *essentiels* entre les différents groupes sociaux partiels (classes, nations, etc.), on pourrait peut-être parler d'une objectivité des sciences humaines, analogue à celle des sciences physico-chimiques. (Voir L. GOLDMANN : *Sciences humaines et Philosophie*.)

Encore faut-il ajouter — et sur ce point la pensée dialectique dépasse précisément toute philosophie tragique — que l'homme étant non pas *spectateur* mais *acteur* à l'intérieur de l'ensemble humain et social, et l'expression de sa pensée étant une des formes — et non la moins efficace — de son action, le problème de savoir quelle perspective théorique sur la réalité sociale atteint le plus grand degré d'objectivité, n'est pas seulement un problème de *compréhension plus vaste et plus rigoureuse* mais aussi et parfois en premier lieu (bien que les deux choses soient étroitement liées et inséparables) un problème de rapport de forces, d'efficacité de l'action d'un groupe social partiel pour transformer la réalité historique de manière à *rendre vraies* ses doctrines; car pour la pensée dialectique les affirmations concernant l'homme et la réalité sociale ne *sont* pas mais *deviennent* vraies ou fausses, et cela par la rencontre de l'action sociale des hommes avec certaines conditions objectives, naturelles et historiques.

Cette introduction nous a paru nécessaire pour comprendre la signification et l'importance de certains textes pascaliens que nous allons examiner maintenant.

Il va de soi qu'une partie des idées qui précèdent, était inaccessible à toute pensée tragique. Statique, étrangère à toute idée de devenir, dominée par la catégorie du tout ou rien, elle ne pouvait en effet élaborer ni l'idée de *degré d'objectivité* ni celle d'une *action humaine* qui transformerait l'erreur en vérité et la vérité actuelle en erreur future assurant ainsi le progrès.

Il nous paraît d'autant plus important de souligner que nous trouvons chez Pascal, et cela de manière parfaitement consciente et explicite, deux autres idées fondamentales de l'épistémologie dialectique; à savoir :

a) Le fait que toute connaissance valable d'une réalité *individuelle* suppose une démarche qui va *non pas du particulier au général mais de la partie au tout et inversement.*

b) L'impossibilité pour l'homme d'atteindre une connaissance de cette nature qui soit absolument valable en raison de sa situation ontologique le sujet connaissant *étant lui-même partie intégrante du tout qui détermine la signification des phénomènes et des êtres particuliers.*

Il suffit de rappeler les deux passages, déjà mentionnés au chapitre I du fragment 172, pour comprendre à quel point la pensée philosophique de Pascal marque la naissance de l'épistémologie dialectique.

« Si l'homme s'étudiait le premier, il verrait combien il est incapable de passer outre. Comment se pourrait-il qu'une partie connût le tout ? Mais il aspirera peut-être à connaître au moins les parties avec lesquelles il a de la proportion. Mais les parties du monde ont toutes un tel rapport et un tel enchaînement l'une avec l'autre que je crois impossible de connaître l'une sans l'autre et sans le tout. »

« Donc toutes choses étant causées et causantes, aidées et aidántes, médiatement et immédiatement, et toutes s'entretenant par un lien naturel et insensible qui lie les plus éloignées et les plus différentes, je tiens impossible de connaître les parties sans connaître le tout, non plus que de connaître le tout sans connaître les parties. »

On ne saurait sous-estimer l'importance de ces deux textes. Sans doute n'expriment-ils pas chez Pascal le programme d'une nouvelle connaissance dialectique et concrète des réalités individuelles et historiques, mais au contraire la constatation de l'impossibilité d'une pareille connaissance. Il ne reste pas moins vrai que pour affirmer cette impossibilité, Pascal formule explicitement l'idée centrale sur laquelle devrait être fondée une telle connaissance et sur laquelle elle le sera effectivement le jour où Hegel et Marx lui donneront le statut d'une science positive : *le passage des parties au tout et du tout aux parties.*

Depuis Aristote jusqu'à Descartes, un principe universel semblait régir la connaissance vraie : *il n'y a de science que du général;* avec Hegel et Marx s'établira la connaissance dialectique de la totalité individuelle. Entre ces deux extrêmes, l'importance de Pascal et de Kant réside dans le fait non pas d'avoir affirmé la possibilité d'une pareille connaissance, mais de l'avoir tout au moins *exigée*, et d'avoir implicitement pris conscience des limites de toute science du type mathématique et physique.

On comprend mal la critique pascalienne de Descartes, si on ne voit pas qu'elle se place beaucoup moins à l'intérieur même de la pensée scientifique du physicien, que sur le plan de l'exigence d'une connaissance de type nouveau embrassant, sinon les réalités historiques, (Pascal n'y pensait pas en particulier) tout au moins les réalités *individuelles*, et *pour nous* historiques, telles que l'homme, la justice, le choix des professions, la pensée des philosophes, etc., et à la limite — soumise probablement à un principe apparenté — la vie organique.

De plus, malgré le peu d'importance que Pascal accorde à l'épistémologie, par rapport à la morale et surtout à la religion, le fragment 72, tout en étant à notre avis le principal texte épistémologique de Pascal, n'est bien entendu pas le seul dans lequel nous rencontrons l'idée d'une méthode particulière à la connaissance des réalités individuelles et la catégorie de la totalité.

Il y a aussi les deux fragments (684 et 19[1]), qui concernent

1. « Contradiction. On ne peut faire une bonne physionomie qu'en accordant toutes nos contrariétés, et il ne suffit pas de suivre une suite de qualités accor-

l'expression écrite des idées, sur lesquels nous n'insisterons pas les ayant déjà discutés dans le chapitre I du présent ouvrage, et le fragment 1 sur la différence entre l'esprit de géométrie et l'esprit de finesse.

Brunschvicg avait déjà remarqué la contradiction apparente entre le fragment 1 et le fragment 2 qui parlent l'un et l'autre de géométrie pour l'opposer une fois à l'esprit de finesse où les principes sont « déliés et en grand nombre », et l'autre fois, au contraire, à ceux qui étudient « les effets de l'eau, en quoy il y a peu de principes », tandis que la géométrie en « comprend un grand nombre ».

Avec lui, nous croyons que le fragment 2 oppose la géométrie à la physique, alors que le fragment 1 se place sur un autre plan. Seulement, ce plan nous paraît être précisément celui de la connaissance de l'individuel, opposée à la connaissance généralisante, ce qui donnerait au fragment 1 une toute autre portée qu'une interprétation purement psychologique, et permettrait de le relier aux fragments 72, 19, 684 et 79. Le texte n'étant cependant pas absolument univoque, nous présentons cette interprétation comme une hypothèse qui nous paraît hautement probable et non pas comme une certitude [1].

Il nous reste enfin le fragment 79 sur lequel nous sommes obligés — au risque de nous répéter — de revenir maintenant, puisqu'il se situe à la fois sur le plan de réalité biologique et sur le plan épistémologique de la connaissance.

Une constatation assez paradoxale, en effet, frappe d'emblée l'historien de l'épistémologie. Les deux positions philosophiques les plus individualistes — celles qui veulent construire et la vérité et la morale à partir de la sensibilité ou de la raison individuelles — l'empirisme et le rationalisme, sont aussi les positions philosophiques qui aboutissent finalement à des conclusions laissant le moins de place ontologique à l'individuel; plus encore, celle de ces doctrines qui est la plus radicalement individualiste, le rationalisme (puisque la sensation

---

dantes sans accorder les contraires. Pour entendre le sens d'un auteur, il faut accorder tous les passages contraires.

« Ainsi pour entendre l'Écriture, il faut avoir un sens dans lequel tous les passages contraires s'accordent. Il ne suffit pas d'en avoir un qui convienne à plusieurs passages accordants, mais d'en avoir un qui accorde les passages mêmes contraires.

« Tout auteur a un sens auquel tous les passages contraires s'accordent, ou il n'a point de sens du tout. On ne peut pas dire cela de l'Écriture et des prophètes; ils avaient assurément trop bon sens. Il faut donc en chercher un qui accorde toutes les contrariétés » (fr. 684).

« La dernière chose qu'on trouve en faisant un ouvrage est de savoir celle qu'il faut mettre la première » (fr. 19).

1. D'ailleurs et à supposer que notre interprétation soit valable, il faudrait encore ajouter que la rédaction du fragment 1 devrait probablement se situer assez tôt, la relation entre la connaissance de l'individuel et la pensée généralisante y étant beaucoup moins élaborée que dans les quatre autres fragments que nous venons de mentionner.

suppose encore un « donné ») aboutit, chez Descartes et chez
Spinoza, aux négations les plus radicales de l'individualité.

On sait que dans le cartésianisme la géométrisation de la
physique, la réduction des corps à l'étendue, leur enlève en
dernière instance toute existence individuelle, on sait aussi
que les âmes — en dehors de leur union avec les corps —
peuvent difficilement se différencier, puisqu'en pensant juste,
elles doivent penser toutes la même chose; enfin, il n'y a pas
de domaine spécifique de la vie séparé de l'étendue; ainsi
l'individualité n'a-t-elle de place dans la philosophie cartésienne que par l'homme, par l'union de l'âme et du corps, par
les passions et les erreurs qu'elle engendre. C'est-à-dire par ce
qui dans l'œuvre de Descartes a été le plus difficilement assi-
milable pour le rationalisme ultérieur. (*Une* des lignes de prolongement du cartésianisme est tout de même l'homme « machine » et le matérialisme du XVIIIe siècle.)

La vraie reconnaissance de la réalité ontologique de l'individuel commence avec les philosophes qui dépassent l'individualisme. Pascal, pour qui « le moi est haïssable », fera les
premiers pas vers une théorie de la connaissance des faits
individuels, et ce sont Hegel et Marx, les théoriciens de l'esprit
absolu et de l'histoire en tant qu'expression des forces collec-
tives qui l'élaboreront définitivement.

Aussi savent-ils que ce mode de connaissance s'applique en
premier lieu aux réalités non pas physiques mais biologiques
et surtout humaines.

Sans doute, ces réalités ne sont-elles pas « purement spirituelles », elles n'existent que dans des êtres en chair et en os,
ayant un corps matériel et soumis aux lois de la matière.
Lorsque Descartes veut expliquer mécaniquement la vie des
animaux, les passions de l'homme, lorsque plus tard un mécanisme plus radical étendra cette explication à l'homme tout
entier, aucun penseur dialectique ne saurait nier qu'il y a là
une perspective justifiée *jusqu'à un certain point.* « Il faut dire
en gros : cela se fait par figure et mouvement, car cela est
vrai » (fr. 79). La physique et la chimie sont d'un secours
certain et indispensable pour le biologiste et la connaissance
de la physiologie même dans ses aspects les plus proches du
mécanisme — réflexes conditionnels, réflexes simples, etc. —
est de la plus haute utilité pour le psychologue et pour le moraliste.

Seulement, ce secours n'est valable que dans une certaine
limite; au delà, il devient une source de gêne et d'erreur. Les
sciences physico-chimiques pourront établir les lois générales
de la nature inanimée et aussi *certaines* lois générales valables
pour les organismes. Mais Pascal et Kant savent tous deux
que le mécanisme ne saurait même pas établir des *lois générales*

qui expliqueraient la structure des organismes vivants, ses explications dans ce domaine resteront toujours fragmentaires et partielles, encore moins saurait-il expliquer le moindre être ou fait humain et surtout historique dont l'étude n'est accessible que par la méthode que nous appelons dialectique.

L'explication mécanique s'arrête ainsi devant l'ensemble des corps vivants, et devant la connaissance des faits individuels et localisés dans le temps et dans l'espace.

Brunschvicg voit dans le fragment 79 l'expression du fait que Pascal se détourne — comme Socrate — des sciences naturelles pour se tourner vers la philosophie morale. Nous y voyons au contraire une délimitation *très précise* — et valable encore de nos jours — de l'apport possible des méthodes des sciences physico-chimiques, du raisonnement qui va du particulier au général, en sciences humaines, et avec un peu plus de réserves, même en sciences de la vie.

Il y a peut-être ici une des sources du malentendu de Laporte et de son école. En tant que mathématicien ou physicien, Pascal n'a bien entendu jamais douté de la valeur du raisonnement mathématique ou de la démarche méthodologique qui va du particulier au général.

Si grandes que soient les différences — remarquablement mises en lumière par MM. Brunschvicg et Koyré — entre l'activité scientifique des deux penseurs, elles n'existent que sur l'arrière-plan d'une communauté fondamentale qui les relie non seulement l'un à l'autre, mais encore tous deux à la plupart des physiciens et des chimistes de leur temps.

Lorsqu'ils élaborent des théories physiques, ce qui les intéresse, ce n'est pas le fait individuel, c'est la loi générale.

Seulement, cette limitation n'a aucune importance pour Descartes, qui y fait à peine attention, tandis que Pascal au contraire la place au centre même de sa réflexion. C'est ce qui lui permet de voir plus clairement que Descartes les limites du mécanisme et de formuler pour la première fois sinon le programme et la possibilité réelle, tout au moins l'exigence et les principes fondamentaux d'un nouveau type de connaissance orienté vers l'étude des totalités relatives individuelles.

Sans doute, et sur ce point M. Laporte a raison, Pascal n'at-il jamais pensé nier la valeur pratique et théorique des mathématiques et de la physique dans leurs domaines et dans leurs perspectives propres. Seulement les *Pensées* ne sont pas un traité de méthodologie physique ou mathématique.

Non pas que Pascal ne soit pas familiarisé avec les problèmes de cette méthodologie et qu'il ne leur ait consacré des pages dont il ne faudrait pas sous-estimer l'importance.

Seulement, le souci du *philosophe* qui domine entièrement les *Pensées* et pénètre jusque dans les *Réflexions sur l'esprit géométrique* est précisément d'établir les *limites* de l'apport que ces sciences — et toute science constituée sur le même type — sauraient apporter à la connaissance de l'homme, limites que Pascal a dessinées de manière assez analogue à celle que nous retrouverons plus tard dans la philosophie kantienne : impossibilité de démontrer leurs premiers principes, impossibilité de composer la machine, de rendre compte entièrement de la vie, et *surtout en tout premier lieu* impossibilité d'arriver à la connaissance de l'individuel [1].

Avant d'aller plus loin, une question se pose cependant. En développant les principes d'une connaissance qui irait non pas du particulier au général, mais des parties au tout et du tout aux parties, Pascal était-il conscient de la relation privilégiée entre ce type de pensée et la connaissance des faits sinon historiques, tout au moins humains?

A vrai dire, nous n'oserions pas l'affirmer catégoriquement. Il nous paraît cependant qu'il faut accorder une très grande attention au contenu non seulement biographique, mais aussi *épistémologique* du fragment 144, qui distingue entre les « sciences abstraites » et la « véritable connaissance que l'homme doit avoir » (et qui désigne visiblement la religion), un troisième domaine qui n'est donc ni *science abstraite* ni *connaissance éthique et religieuse* et qui est *l'étude de l'homme*.

Serait-ce extrapoler que de rattacher cette connaissance de l'homme qui n'est ni science abstraite ni éthique ni pensée religieuse proprement dite à l'esprit de finesse, à la démarche intellectuelle dont parle le fragment 72 et qui va des parties au tout et du tout aux parties? Nous ne le croyons pas, et dans ce cas Pascal serait allé bien loin, aussi loin que le permettait seulement une perspective non historique et tragique, dans

---

1. A la constatation de l'impossibilité de démontrer les premiers principes correspond chez Kant celle de l'impossibilité de justifier « l'espèce et le nombre » des catégories et des formes de l'intuition pure :

« Mais de cette propriété qu'a notre entendement de n'arriver à l'unité de l'aperception *a priori*, qu'au moyen des catégories et seulement par des catégories exactement de cette espèce et de ce nombre, nous pouvons aussi peu donner une raison que nous ne pouvons dire pourquoi nous avons précisément ces fonctions du jugement et non pas d'autres, ou pourquoi le temps et l'espace sont les seules formes de notre intuition possible. » (KANT : *Critique de la raison pure*, Paris, P. U. F., p. 123.)

Sans doute, l'analogie sur ce point n'est-elle pas *rigoureuse;* elle nous paraît néanmoins réelle. Ajoutons aussi qu'ayant surtout à combattre le scepticisme, Kant attache à cette impossibilité de justifier les fondements de la pensée rationnelle une importance bien moindre que Pascal, dont le principal adversaire philosophique était le rationalisme cartésien.

Sur les deux autres points, l'analogie est rigoureuse. On connaît l'étude de la pensée biologique dans la *Critique du jugement*, et aussi l'idée de *détermination intégrale* qui ne peut se faire que par rapport « au tout de la réalité », qui n'est bien entendu qu'une idée de la raison et non pas une intuition concrète, thème qui revient souvent dans la *Critique de la raison pure*. (Voir, à ce sujet, L. GOLDMANN : *La Communauté humaine et l'univers chez Kant.*)

l'élaboration de principes fondamentaux de la méthode dialectique [1].

Nous avons, d'autre part, dit que le second grand mérite de Pascal a été d'avoir compris pourquoi ce nouveau type de pensée, qui va des parties au tout et inversement et qui est orienté vers la structure des ensembles individuels, exclut toute connaissance définitive et rigoureusement valable.

Sur ce point aussi, Pascal ébauche le fondement de la pensée dialectique, et surtout de ce que sera plus tard, chez Marx et Engels, la théorie des idéologies, *l'idée de perspective partielle inévitable*.

Mais il l'ébauche seulement et n'arrivera jamais aux deux autres éléments fondamentaux qui, seuls, feront de la théorie des idéologies une connaissance positive : l'idée de pensée sociale et celle de la valeur inégale — et mesurable qualitativement — des différentes perspectives.

Il n'y a d'ailleurs là rien d'étonnant. La catégorie fondamentale de la pensée pascalienne étant celle du tout ou rien dès l'instant où cette connaissance ne peut en aucun cas devenir rigoureusement vraie et définitive, l'établissement de degrés d'objectivité ne présente plus dans le meilleur des cas, qu'un intérêt secondaire.

En fait, dans l'élaboration de l'épistémologie dialectique, Pascal s'en tient, et son mérite nous semble déjà pour son temps énorme, à la constatation de la nécessité d'établir les relations entre les parties et le tout et à celle de l'impossibilité de le faire d'une manière rigoureusement objective.

Après quoi, il se consacre à une tâche qui lui paraît autrement urgente, à la critique des épistémologies atomistes, sceptique et surtout cartésienne.

La critique du cartésianisme, *sur le plan épistémologique*, se développe aux deux extrêmes, celui des principes et celui de la totalité — aux deux infinis, pour parler le langage de Pascal.

---

1. Sans doute, cette distinction en sciences abstraites, connaissance de l'homme et vérité révélées, était-elle assez commune aux esprits du XVIIᵉ siècle. Seulement, personne à notre connaissance ne s'est posé le problème d'une connaissance *scientifique* de l'individuel, connaissance dont le fragment 72 formule les exigences et la démarche méthodologique à un niveau qui se retrouvera seulement chez Hegel et chez Marx. Aussi nous paraît-il non pas certain, mais pour le moins probable que Pascal ait entrevu les relations entre cette méthode qu'il venait de découvrir et ce qu'en opposition aux sciences abstraites la dialectique appellera sciences du concret et qu'un certain courant du marxisme (Lukàcs) limitera aux sciences humaines.

C'est d'ailleurs — nous l'avons déjà dit — aux préoccupations qui concernent les rapports des trois types de pensée, mathématique généralisante et dialectique, aussi bien entre eux qu'avec les différents objets d'étude, que se rattachent les célèbres fragments 1 et 2 sur l'esprit de géométrie et l'esprit de finesse. Mais le problème est ardu (de nos jours même, nous ne connaissons pas encore de réponse satisfaisante pour l'étude des organismes et même pour certains aspects de la psychologie) et dans ces deux fragments — partant peut-être de Méré et des idées courantes autour de lui — Pascal le pose à un niveau beaucoup moins élaboré que dans les fragments 72 et 79.

Nous avons déjà examiné les passages qui affirment : *a)* l'impossibilité pour tout rationalisme de comprendre soit les parties, soit le tout, et *b)* le fragment 79 qui affirme que le mécanisme n'est qu'un moyen approximatif et insuffisant lorsqu'il s'agit de comprendre une totalité individuelle, qu'il s'agisse d'un organisme ou de l'univers [1] (aujourd'hui, il faudrait ajouter : ou d'un groupe social).

A ces critiques concernant l'impossibilité de connaître le tout, s'en ajoute une autre complémentaire, concernant l'impossibilité de connaître les premiers éléments.

Critique d'autant plus sensible que la première portait sur des exigences de la pensée scientifique, essentielles seulement dans la perspective dialectique, mais dont le plus souvent les penseurs, rationalistes ou empiristes affirmaient pouvoir se passer sans grand dommage. Rarement en effet ils ont prétendu pouvoir connaître la totalité individuelle. Le plus souvent ils se contentent des lois générales de la réalité, certaines pour les rationalistes hypothétiques, pour les empiristes.

Le cas est cependant différent lorsqu'il s'agit des connaissances des « principes ». Dans les perspectives pascalienne et dialectique les deux choses sont sans doute *inséparables*. C'est parce qu'on ne connaît pas le tout qu'on ne connaît pas non plus les éléments et inversement. Or, aussi bien dans la perspective rationaliste lorsqu'il s'agit des vérités évidentes de la raison que dans la perspective empiriste lorsqu'il s'agit de sensations, ou bien de constatations *(Protokollsätze)* pour les

---

1. Il nous paraît intéressant d'ajouter que ce problème des rapports entre la pensée dialectique et la possibilité de comprendre l'univers est encore aujourd'hui oin d'être clarifié. La plupart des principaux penseurs dialectiques, Marx, Lénine, Lukàcs ne l'ont jamais abordé, préférant se limiter au domaine proprement historique.

Seulement, il y a toujours eu dans la pensée marxiste des tendances mécanistes (et aussi idéalistes) dont la première origine se trouve dans l'*Antiduhring* et la *Dialectique de la nature* d'ENGELS.

Or, il faut constater que déjà Engels, malgré l'absence de la moindre tendance mécaniste dans ses écrits historiques, abandonne la position dialectique dès qu'il s'agit de l'univers dans son ensemble.

« L'indestructibilité du mouvement ne peut pas être conçue de façon seulement quantitative, elle doit l'être aussi de façon qualitative... » (E. ENGELS, *Dialectique de la nature*, Paris, Éditions Sociales, 1952, p. 44.)

« Du reste, la succession des mondes éternellement répétée dans le temps infini n'est que le complément logique de la coexistence de mondes innombrables dans l'espace infini — proposition dont la nécessité s'impose même au cerveau rebelle à la théorie de Yankee Draper.

« C'est dans un cycle éternel que la matière se meut, cycle... où il n'est rien d'éternel sinon la matière en éternel changement, en éternel mouvement, *et les lois selon lesquelles elle se meut et elle change* » (souligné par nous, *id.*, p. 45-46).

Il n'y a rien d'étonnant après cela de constater que le plus mécaniste des marxistes français contemporains, M. Pierre Naville, qui à la différence d'Engels étend le mécanisme jusqu'à la psychologie et à l'histoire, ait repris précisément ces développements dans sa communication au Congrès de Philosophie de Strasbourg en 1952.

empiristes modernes de l'École de Vienne, la critique dialectique se heurte à une prétention de vérité *explicite* et *fondamentale*. Il y a un point de départ certain pour Descartes, solide pour l'empirisme — il n'y a pas de point de départ *nécessaire* et *définitivement acquis* pour Pascal, Hegel ou Marx [1].

Cette critique — y compris la référence expresse à Descartes — ne pouvait pas être exprimée plus clairement que dans un passage du fragment 72 des *Pensées* :

« Mais l'infinité en petitesse est bien moins visible. Les philosophes ont bien plutôt prétendu d'y arriver, et c'est là où tous ont achoppé. C'est ce qui a donné lieu à ces titres si ordinaires, *Des Principes des choses*, *Des Principes de la philosophie*, et aux semblables, aussi fastueux en effet, quoique moins en apparence, que cet autre qui crève les yeux, *De omni scibili*.

« On se croit naturellement bien plus capable d'arriver au centre des choses que d'embrasser leur circonférence; l'étendue visible du monde nous surpasse visiblement; mais comme c'est nous qui surpassons les petites choses, nous nous croyons plus capables de les posséder, et cependant il ne faut pas moins de capacité pour aller jusqu'au néant que jusqu'au tout; il la faut infinie pour l'un et l'autre, et il me semble que qui aurait compris les derniers principes des choses pourrait aussi arriver jusqu'à connaître l'infini. L'un dépend de l'autre, et l'un conduit à l'autre. »

Passage qui se termine par une nouvelle affirmation de la position tragique.

« Ces extrémités se touchent et se réunissent à force de s'être éloignées et se retrouvent » mais « en Dieu et en Dieu seulement. »

Il nous reste à préciser un autre point sur lequel la position de Pascal rencontre encore celle de Kant. La critique des « premiers principes » est universelle et vaut pour toute connaissance, seulement elle a une signification différente selon qu'il s'agit de sciences formelles — chez Pascal de géométrie, chez Kant d'analyse transcendantale — ou de connaissances portant sur le contenu.

Ni Pascal ni Kant n'ont jamais mis *pratiquement* en doute

---

1. A ce sujet, nous ne pouvons nous empêcher de mentionner ici une curieuse discussion à laquelle nous avons eu la chance d'assister entre deux représentants éminents de la pensée marxiste et existentialiste contemporaine.

Malgré le grand nombre de questions que tous les participants espéraient pouvoir aborder, la discussion a porté tout entière sur un seul problème, celui des premiers principes. Car le penseur existentialiste voulait bien accepter la plupart des thèses du marxisme, philosophie de l'histoire, lutte des classes, etc., à condition de conserver du cartésianisme « seulement » l'existence du *cogito ergo sum* comme premier principe de la pensée philosophique à quoi le marxiste répondait, à juste titre, que l'accorder signifiait nier tout le reste du marxisme (à moins d'inconséquence, ce qui n'a pas d'intérêt sur le plan d'une discussion philosophique).

C'était, en 1949 et malgré toutes les différences du contexte historique, la vieille discussion entre Descartes et Pascal.

l'un, la validité des premiers principes de la géométrie, l'autre, celle des catégories de l'entendement. Seulement ils ont remarqué l'un et l'autre que cette validité en tant qu'elle concerne précisément *ces* principes ou *ces* catégories, est injustifiable pour la pensée théorique.

Le fragment sur l'esprit géométrique [1] est écrit tout entier pour prouver l'excellence de la géométrie, ce qui n'empêche pas Pascal, plus encore ce qui l'oblige, pour éviter tout malentendu sur sa position, de rappeler plusieurs fois que cette science n'est pas parfaite puisqu'elle ne saurait pas démontrer ses axiomes.

« Mais il faut auparavant que je donne l'idée d'une méthode encore plus éminente et plus accomplie, mais où les hommes ne sauraient jamais arriver : car ce qui passe la géométrie nous surpasse; et néanmoins il est nécessaire d'en dire quelque chose, quoi qu'il soit impossible de la pratiquer.

« Cette véritable méthode qui formerait les démonstrations dans la plus haute excellence, s'il était possible d'y arriver, consisterait en deux choses principales; l'une de n'employer aucun terme dont on n'eût auparavant expliqué nettement le sens; l'autre de n'avancer jamais aucune proposition qu'on ne démontrât par des vérités déjà connues; c'est-à-dire en un mot de définir tous les termes et de prouver toutes les propositions. »

« Aussi, en poussant les recherches de plus en plus, on arrive nécessairement à des mots primitifs qu'on ne peut plus définir, et à des principes si clairs qu'on n'en trouve plus qui le soient davantage pour servir à leur preuve. D'où il paraît que les hommes sont dans une impuissance naturelle et immuable de traiter quelque science que ce soit dans un ordre absolument accompli.

Mais il ne s'ensuit pas de là qu'on doive abandonner toute sorte d'ordre. Car il y en a un, et c'est celui de la géométrie, qui est à la vérité inférieur en ce qu'il est moins convaincant, mais non pas en ce qu'il est moins certain. »

Une question se pose cependant. Comment cet ordre peut-il être certain, s'il n'est pas convaincant et s'il n'y a pas pour notre esprit de certitude (puisqu'il n'atteint que des preuves, lesquelles partent toujours de principes non démontrés)?

La réponse se trouve dans le fragment 282. La certitude des premiers principes formels n'est pas d'ordre théorique mais pratique, elle relève non pas de la raison mais du cœur [2].

« Nous connaissons la vérité, non seulement par la raison mais

---

1. *Pensées et Opuscules*, Éd. Br., p. 164.
2. M. Brunschvicg donne — à tort selon nous — à ce passage une signification cartésienne : « Le cœur, c'est le sentiment immédiat, l'intuition des principes. » Il nous paraît, au contraire, que dans ce fragment nous sommes bien plus près de la raison kantienne et du pari pascalien que de l'intuition de Descartes.

encore par le cœur; c'est de cette dernière sorte que nous connaissons les premiers principes... Car la connaissance des premiers principes, comme qu'il y a espace, temps, mouvement, nombre (est) aussi ferme qu'aucune de celles que nos raisonnements nous donnent...

« Le cœur sent qu'il y a trois dimensions dans l'espace et que les nombres sont infinis... »

Rappelons que Pascal n'a jamais admis la possibilité de réduire le physique au géométrique et implicitement celle d'étendre la certitude même *pratiquement* définitive des premiers principes de la connaissance géométrique à la connaissance expérimentale.

II

Une étude exhaustive de l'épistémologie pascalienne devrait, en abordant l'exigence de réunion des vérités contraires, analyser la double critique que Pascal développe à partir de cette exigence. Critique du rationalisme, qui admet l'existence de premiers principes et de vérités évidentes déduites ou construites à partir de ceux-ci. Critique du pyrrhonisme qui croit pouvoir se passer de toute synthèse et ne sent pas le scandale du paradoxe.

Malgré l'importance capitale qu'a dans l'œuvre pascalienne cette critique — puisqu'aussi bien la pensée de Pascal s'est élaborée, par opposition à Montaigne et à Descartes (comme celle de Kant par opposition au rationalisme en général et à Hume) — elle ne nous arrêtera pas ici. Il sera en effet facile au lecteur de la retrouver dans les textes pascaliens, surtout à partir de ce que nous venons d'en dire au paragraphe précédent et de l'esquisse générale que nous avons tracée des *Pensées*.

Il nous paraît par contre bien plus important d'insister sur la relation étroite qui existe entre cette idée centrale de l'épistémologie pascalienne, *qu'aucune vérité n'est valable qu'à condition de lui ajouter la vérité contraire*, idée à tel point importante que Pascal définit l'erreur (fr. 862, 865) et l'hérésie (fr. 9, 863) comme étant l'exclusion d'une de ces deux vérités, et ce qui d'après nous constitue un des principaux progrès réalisés par Pascal dans l'histoire de la pensée philosophique et scientifique moderne, l'ébauche des fondements d'une connaissance scientifique des totalités relatives, ou si l'on préfère un terme moins abstrait, des faits et des êtres individuels.

Sans doute Pascal n'a-t-il pas distingué expressément — comme le fera par exemple, Lukàcs — les sciences physico-chimiques régies par la logique traditionnelle et les sciences humaines régies par une logique dialectique, mais c'est un fait que la plupart des fragments qui affirment, ou impliquent l'exigence de réunion des vérités contraires, se réfèrent au domaine biologique et humain. De plus, il serait difficile d'imaginer Pascal exigeant cette réunion sur le plan des axiomes géométriques ou des lois générales de la physique.

Ainsi pour Pascal — comme plus tard pour Hegel, Marx et pour tous les penseurs dialectiques — aucune affirmation concernant une réalité individuelle n'est vraie si on ne lui ajoute l'affirmation contraire qui la complète. Pour employer une expression célèbre d'Engels, le schéma logique de la vérité n'est pas « oui, oui » et « non, non » mais *oui et non*.

L'univers n'est pas une immense machine parfaitement réglée comme il l'est pour les penseurs mécanistes depuis Descartes jusqu'à Laplace (voir le fr. 77 sur la « chiquenaude » de Descartes) mais une totalité de forces opposées et contraires, dont la tension permanente fait qu'il n'y a rien de stable et de solide et que pourtant cette instabilité permanente n'aboutit jamais à aucun changement qualitatif, à aucun progrès [1] (et cela vaut bien entendu aussi pour l'homme et jusqu'à un certain point — bien que Pascal s'y soit fort peu intéressé — pour les animaux).

Chez les penseurs dialectiques des XIXe-XXe siècles la relation entre l'idée de progrès par antagonismes et celle de totalité semble facile à comprendre, l'insertion de tout fait partiel dans la totalité dynamique du devenir se faisant précisément par l'action de la négativité : c'est pourquoi il nous paraît d'autant plus remarquable de constater que déjà dans la totalité statique et humainement inconnaissable de la pensée tragique de Pascal, l'idée de négativité, d'antithèse ait pris une place à tel point fondamentale. On réduit trop souvent la critique pascalienne du cartésianisme à l'attitude du chrétien qui refuse la connaissance du monde au nom du seul savoir réellement valable, celui des vérités qui intéressent le salut [2], réduction que le texte

---

1. Il suffit pour mettre en évidence la différence entre les positions philosophiques de Pascal avant et après 1657, de comparer le *Fragment d'un traité du vide* de 1644, qui affirme résolument l'idée rationaliste d'un progrès continuel de l'humanité dans la connaissance — « toute la suite des hommes, pendant le cours des siècles, doit être considérée comme un même homme qui subsiste toujours et apprend continuellement » — avec la négation radicale de toute idée de progrès dans *les Pensées*.

2. Position qui était celle de Barcos — par exemple; aussi n'entreprend-il pas d'écrire des réflexions épistémologiques. Dans les *Pensées*, Pascal ne se désintéresse pas de la science cartésienne. Tout en lui déniant sans doute toute valeur pour le salut, il la critique, *sur le plan même de sa valeur en tant que connaissance*, ce qui est bien différent. L'objection qu'il le faisait parce qu'il écrivait une apologie et s'adressait à l'incroyant ne nous paraît pas non plus valable. Se désintéressant du monde, Barcos, Singlin, etc., n'écrivaient pas d'apologies et s'opposaient à l'idée même d'en écrire. La conversion du libertin et de l'hérétique est pour eux du ressort de la volonté de Dieu et de la Grâce divine.

des *Pensées* ne nous paraît nullement justifier. Il nous semble au contraire que cette critique se place le plus souvent — sinon à l'intérieur de la physique et de la géométrie — tout au moins à l'intérieur de l'effort de connaître la vérité, et qu'elle parle au nom de l'exigence d'une connaissance rigoureuse et précise de l'individuel concret. Or, sur ce plan on ne pourra jamais établir des « principes premiers » parce que l'objet même de la connaissance est — par rapport à nos facultés — contradictoire, et rend toute affirmation humaine valable et non valable en même temps, tout principe, tout point de départ de la pensée ayant besoin d'être complété par son contraire qu'il voudrait exclure et nier.

N'ayant pas l'intention de suivre Pascal dans toutes les analyses concrètes où il retrouve l'opposition des vérités contraires, nous nous limiterons à trois points qui nous paraissent particulièrement importants :

1º Une lecture même superficielle des *Pensées* suffit pour montrer à quel point il est difficile de séparer nettement dans la plupart des paradoxes qu'on rencontre dans l'ouvrage le plan des jugements théoriques — de fait — de celui du comportement, des jugements de valeur. Cette difficulté peut-elle s'expliquer par une certaine confusion dans l'expression pascalienne ou par le fait que Pascal aurait réduit le caractère paradoxal de la vie et du monde au domaine du comportement, de la morale et de la foi ? Certainement pas, la raison est bien plus profonde et nous conduit au sein même des épistémologies pascalienne et dialectique. Car l'autonomie respective du théorique et du pratique qui est une des principales caractéristiques des positions empiristes et surtout rationalistes, est par contre radicalement niée — non seulement en tant qu'exigence, mais même en tant que *possibilité* — par toute pensée dialectique, et ressentie comme une limite non acceptée mais insurmontable par la philosophie tragique de Kant [1].

Tout essai de comprendre soit l'homme individuel, soit n'importe quelle autre réalité humaine sur un plan purement théorique — aujourd'hui nous dirions, tout scientisme — est vrai et faux en même temps, *vrai* dans la mesure où il constate certaines relations effectives entre les données, *faux* dans la mesure où séparant nécessairement l'aspect objectif de ces faits, de leur aspect actif, de leur devenir (et cela veut dire des valeurs et des tendances dont ce devenir est le résultat), il ne peut établir ni la véritable signification des réalités qu'il veut connaître ni la limite de validité des vérités qu'il prétend établir. A titre d'exemple, « l'homme passe l'homme » est une affirmation

1. Voir L. GOLDMANN : *La Communauté humaine et l'univers chez Kant*, P. U. F., 1948.

fondamentale de la pensée tragique et dialectique qu'aucune étude purement théorique, indifférente aux jugements de valeur, ne saurait établir.

Sans doute, Kant — *qui pensait la même chose* — accordait-il une tout autre importance à l'étude purement théorique de la réalité humaine, provisoirement séparée de son aspect pratique. Pascal, favorisé en cela par la tradition augustinienne du *credo ut intelligam*, refuse d'emblée toute idée de compréhension purement rationnelle de l'homme et du monde en dehors de la foi, et se situe ainsi, *par certains côtés*, bien plus en avant sur la ligne qui mène de l'individualisme rationaliste à l'individualisme tragique et ensuite à la pensée dialectique.

A partir de Marx, l'exigence de rétablir l'unité entre les faits et les valeurs, la pensée et l'action reprendra à nouveau toute sa force, même si l'on reconnaît la nécessité d'une séparation, relative pour la recherche. Elle sera puissamment affirmée dans les principaux textes épistémologiques de la littérature marxiste (notamment les *Thèses sur Feuerbach* et le livre de G. Lukàcs, *Histoire et Conscience de classe*).

Ayant consacré une étude particulière à ce sujet [1], nous ne croyons pas utile d'insister ici sur le problème pourtant capital de l'objectivité en sciences humaines.

Constatons seulement que la catégorie de la *Totalité* implique entre autres, en tout premier lieu, l'exigence d'une synthèse du théorique et du pratique — et cela au nom des exigences mêmes de la connaissance vraie — et que, sur ce point comme sur beaucoup d'autres, en retrouvant après la longue interruption du rationalisme thomiste et cartésien, la tradition augustinienne, Pascal a été un des premiers à avoir amorcé le tournant vers la pensée dialectique.

2° Nous avons déjà longuement parlé du fragment 79, ajoutons brièvement que lui aussi exprime *rigoureusement* la position dialectique devant le mécanisme : celui-ci est partiellement vrai (il faut dire, en gros, cela se fait par figure et mouvement, car cela est vrai) et partiellement faux, car il faut le compléter par son contraire, l'orientation immanente (l'instinct, la volonté, le cœur pour l'individu, et plus tard, chez Hegel et Marx, la négativité pour l'Histoire), dès qu'il s'agit de retrouver la totalité concrète, de « construire la machine ».

3° Enfin, il nous paraît important de souligner un des points sur lequel la philosophie de Pascal représente — encore plus peut-être que sur tous les autres — le tournant décisif de l'atomisme rationaliste et empiriste vers la pensée dialectique.

C'est l'apparition dans l'image de l'homme à côté des deux ordres traditionnels du sensible et de l'intelligible, ou plus exac-

---

1. Voir L. GOLDMANN : *Sciences humaines et Philosophie*. P. U. F.

tement des deux facultés traditionnelles de la sensibilité et de la raison, d'une troisième faculté qui se définit précisément par le fait qu'elle *exige* (chez Pascal et Kant) ou qu'elle pousse l'homme à *réaliser* (chez Hegel et Marx) la synthèse des contraires en général et des deux autres facultés en particulier; d'une faculté qui réunit dans son exigence et dans sa réalité la matière et l'esprit, le théorique et le pratique, d'une faculté que Pascal appellera cœur ou charité et que Kant, Hegel et Marx appelleront raison (en l'opposant à l'entendement qui sera *pour eux* ce que Descartes et les rationalistes appelleront en France, de nos jours encore, raison).

Qu'on ne nous dise pas que c'est là une assimilation arbitraire; les textes sont clairs, on sait que pour Kant, Hegel et Marx, la fonction de la *Vernunft* est précisément pour le premier de chercher et pour les deux derniers de réaliser l'union des contraires, la totalité inaccessible aux deux autres facultés. Or, il suffit de rapprocher les deux textes célèbres de Pascal — sur lesquels nous aurons encore l'occasion de revenir — « Dieu sensible au cœur non à la raison » (fr. 278) et « les extrémités (il s'agit des deux infinis contraires) se touchent et se réunissent à force de s'être éloignées, et se retrouvent en Dieu, mais en Dieu seulement » (fr. 72), pour qu'il devienne visible à quel point le cœur chez Pascal a exactement comme la raison chez Kant, Hegel et Marx, la fonction d'exiger impérieusement et en permanence la synthèse des contraires, seule valeur authentique qui peut donner un sens aussi bien à la vie humaine individuelle qu'à l'ensemble de l'évolution historique.

Faut-il encore ajouter que si Pascal ne possède bien entendu pas le vocabulaire hégélien et marxiste développé deux siècles plus tard, l'idée même de la *Aufhebung* de ce dépassement, qui conserve l'essence du dépassé tout en s'opposant à lui, lui est par contre familière et qu'il l'a merveilleusement exprimée dans toute une série de fragments qui concernent précisément les rapports entre le cœur et la raison, depuis « le cœur a ses raisons que la raison ne connaît point » (fr. 277) jusqu'à « la vraie éloquence se moque de l'éloquence, la vraie morale se moque de la morale, se moquer de la philosophie, c'est vraiment philosopher » (fr. 4) [1].

---

1. Dans ce fragment 4, le mot cœur ne se trouve pas, Pascal y parle du « jugement » opposé à « l'esprit », mais il nous paraît évident que le mot seul est changé et qu'il s'agit de la même fonction qui dépasse les ordres de la matière et de l'esprit. D'ailleurs comment la vraie éloquence, la vraie morale et la vraie philosophie seraient-elles pour Pascal autre chose que l'éloquence, la morale et la philosophie du cœur.

Qu'on nous permette seulement de souligner à quel point ces fragments correspondent exactement à la position dialectique, à condition, bien entendu, de traduire raison et esprit par *Verstand* et non pas par *Vernunft*, ce qui serait un contresens grossier.

Exactement comme dans tout dépassement dialectique, la synthèse est et n'est pas la thèse, car elle est sa *véritable* signification précisément parce qu'elle l'a dépassée et en diffère de manière fondamentale. On peut en trouver d'innombrables exemples dans les ouvrages de Hegel, de Marx, de Engels ou du jeune Lukàcs.

En terminant ce paragraphe, une question se pose cependant. Nous avons dans les pages qui précèdent, et nous le ferons encore dans les prochains paragraphes, cherché surtout à montrer ce qui, dans la position pascalienne, est déjà conquête définitive et sera seulement précisé et développé par l'évolution ultérieure de la pensée dialectique, ce que Pascal a déjà de commun non seulement avec Kant, mais aussi avec Hegel, Marx et Lukàcs.

Une pareille analyse — si justifiée qu'elle nous paraisse — ne risque-t-elle pas cependant d'effacer des différences indiscutables et de rapprocher par trop deux positions philosophiques différentes, ne crée-t-elle pas un danger de confusion ? Ne sommes-nous pas en train de tomber dans l'erreur méthodologique que Marx signalait précisément lui-même ?

A vrai dire, nous ne le croyons pas. Notre travail est un tout dans lequel il ne faut pas isoler les parties ; or, il nous semble qu'en de nombreux autres endroits nous avons suffisamment marqué et souligné les différences indiscutables qui séparent la position tragique de Pascal de la philosophie dialectique. Car, non seulement pour cette dernière, la synthèse se situe dans l'ordre du *possible* [1], que l'homme peut réaliser par son action, tandis qu'elle est pour Pascal l'exigence aussi absolue qu'irréalisable qui fait que l'homme est homme et que sa condition est tragique, mais de plus la catégorie du *tout ou rien* qui domine l'ensemble des *Pensées* fait que Pascal n'accorde aucune valeur réelle aux réalisations possibles du nouveau type de pensée dont il a pourtant tracé génialement les premiers linéaments.

S'il formule dans le fragment 72 l'exigence d'une connaissance qui dégage la structure interne des totalités, s'il fixe si rigoureusement dans le fragment 79 les limites du mécanisme cartésien, ce n'est jamais pour dégager les possibilités réelles d'une nouvelle forme de savoir qui porterait sur les totalités individuelles, mais seulement pour prouver la condition tragique de l'homme, l'inutilité et l'absence de valeur réelle de toute connaissance qu'il saurait acquérir.

Ainsi les différences entre les deux positions sont fondamentales et nous n'avons jamais essayé de les effacer.

---

1. Le *possible* est une des catégories fondamentales de la pensée marxiste, voir LUKÀCS : *Geschichte und Klassenbewusstein.* L. GOLDMANN : *Sciences humaines et Philosophie.* P. U. F.

Il nous est seulement apparu qu'avec sa compréhension de l'antagonisme constitutif de toute réalité humaine, avec son exigence de synthèse et de connaissance de l'individuel la vision de Pascal marque historiquement le passage entre, d'une part, les atomismes empiriste et rationaliste et, d'autre part, la pensée dialectique proprement dite.

C'est précisément en montrant les points déjà communs entre la philosophie de Pascal et celles d'Hegel et de Marx qu'on arrive à préciser concrètement les énormes différences qui les séparent encore et qu'il ne faut à aucun prix estomper ou affaiblir. Seulement, dans la perspective dialectique dans laquelle est écrite notre étude, ressemblances et différences, communauté et opposition ne sont pas des réalités statiques, données une fois pour toutes et que l'historien regarde de l'extérieur, ce sont au contraire des éléments, des parties d'une totalité dynamique à l'intérieur de laquelle il se trouve lui-même et dont il s'efforce de saisir avec le maximum de rigueur possible, les lois du devenir.

III

Pour clore de manière sans doute arbitraire un chapitre auquel il ne serait que trop facile de donner les dimensions d'un volume, nous nous proposons d'examiner un dernier point qui nous semble particulièrement important. C'est le passage du fragment 233, connu sous le nom de fragment du « pari », dans lequel Pascal répond à l'interlocuteur déjà convaincu sur le plan de la raison, mais qui lui objecte que malgré cela il ne peut croire :

« Il est vrai. Mais apprenez au moins votre impuissance à croire, puisque la raison vous y porte et que, néanmoins, vous ne le pouvez. Travaillez donc, non pas à vous convaincre par l'augmentation des preuves de Dieu, mais par la diminution de vos passions. Vous voulez aller à la foi, et vous n'en savez pas le chemin; vous voulez vous guérir de l'infidélité, et vous en demandez le remède : apprenez de ceux qui ont été liés comme vous, et qui parient maintenant tout leur bien; ce sont gens qui savent ce chemin que vous voudriez suivre, et guéris d'un mal dont vous voulez guérir. Suivez la manière par où ils ont commencé : c'est en faisant tout comme s'ils croyaient, en prenant de l'eau bénite, en faisant dire des messes, etc. Naturellement même cela vous fera croire et vous abêtira. — Mais c'est ce que je crains. — Et pourquoi? Qu'avez-vous à perdre? »

Effrayé par le mot abêtir, Port-Royal l'a supprimé; d'autres, par la suite, se sont indignés de cette philosophie qui propose à l'homme de s'abêtir. Brunschvicg mentionne le cas de Victor Cousin et lui oppose pour défendre Pascal une interprétation qui ne nous paraît pas moins sujette à caution. « Pascal demande au libertin le sacrifice d'une raison artificielle, qui n'est en définitive qu'une somme de préjugés... *S'abêtir*, c'est retourner à l'enfance, pour atteindre les vérités supérieures qui sont inaccessibles aux demi-savants [1]. »

Constatons tout d'abord que même d'un point de vue étroitement philologique, Pascal ne demande nullement à son partenaire de « retourner à l'enfance », et pour cause. Il s'efforce, au contraire, de lui faire comprendre la validité *intellectuelle* de l'argument du pari. C'est seulement après qu'il a obtenu un acquiescement : « Cela est démonstratif... je le confesse, je l'avoue », qu'apparaît le conseil de « s'abêtir ».

Et pour comprendre le sens de ce terme, Pascal nous donne par deux fois une indication précieuse. Il faut s'abêtir pour « diminuer les passions ». Il s'agit donc *en tout cas* du contraire, même du *retour à l'enfance*, il s'agit de garder les plus hautes conquêtes intellectuelles — que l'enfant ne saurait posséder — et de diminuer les passions auxquelles l'enfant est bien plus soumis que l'adulte qui, parfois — rarement, il est vrai — parvient à les maîtriser.

Plus plausible au premier abord paraît une interprétation cartésienne : Il faut diminuer les passions, enlever les empêchements, pour permettre à la raison de voir la vérité dans toute sa force. Seulement, si l'on regarde le texte de près, elle ne s'avère pas non plus facile à défendre, et cela, premièrement, parce que Pascal, même si nous laissons de côté l'écrit contesté sur les *Passions de l'amour*, n'a jamais vu dans les passions un simple obstacle à la pensée claire et distincte; deuxièmement, et surtout parce que la démarche du fragment 233 est contraire à l'esprit du cartésianisme.

Pour Descartes, il faut lutter contre l'obstacle que peuvent constituer les passions à une pensée claire, qui veut connaître la vérité; or, c'est au contraire, après que le partenaire a compris le caractère *démonstratif* de son argumentation, que Pascal voit le danger des passions et qu'il lui demande de les diminuer en s'abêtissant, en disant des messes, en prenant de l'eau bénite.

Il suffit de lire le dernier paragraphe des *Passions de l'âme* de Descartes, intitulé « Un remède général contre les passions », pour voir à quel point les deux perspectives sont étrangères, de sorte qu'il est difficile non seulement de les rapprocher, mais même de les comparer.

---

1. *Pensées et Opuscules*, p. 461.

Pour Descartes, il n'y a qu'un seul problème, celui des troubles que l'influence des passions peut produire dans la démarche valable de la pensée, aussi nous dit-il que « le remède le plus général et le plus aisé à pratiquer contre tous les excès des passions c'est que, lorsqu'on se sent le sang ainsi ému, on doit être averti et se souvenir que tout ce qui se présente à l'imagination tend à tromper l'âme et à lui faire paraître les raisons qui servent à persuader l'objet de sa passion beaucoup plus fortes qu'elles ne sont, et celles qui servent à dissuader beaucoup plus faibles. Et lorsque la passion ne persuade que des choses dont l'exécution souffre quelque délai, il faut s'abstenir d'en porter sur l'heure aucun jugement, et se divertir par d'autres pensées jusqu'à ce que le temps et le repos aient entièrement apaisé l'émotion qui est dans le sang. Et enfin lorsqu'elle incite à des actions touchant lesquelles il est nécessaire qu'on prenne résolution sur-le-champ, il faut que la volonté se porte principalement à considérer et à suivre les raisons qui sont contraires à celles que la passion représente, encore qu'elles paraissent moins fortes [1]. »

Chez Pascal la situation est toute différente. Elle pourrait se formuler de la manière suivante :

a) Malgré les passions la pensée est arrivée par une démarche propre à une conclusion valable : celle qu'il faut parier sur l'existence de Dieu.

b) Les passions poussent l'homme à agir de manière opposée à ses convictions intellectuelles, elles le poussent au pari contraire sur le néant.

c) Pour surmonter cet antagonisme, Pascal propose une démarche — faire des actions extérieures de piété — qui est inadéquate aux exigences de la raison — celle-ci exigeant un pari sincère sur l'existence de Dieu — et aussi contraire aux désirs créés par les passions (vie libertine, étrangère à toute idée de transcendance).

Comme toujours, chez Pascal, la situation est paradoxale; nous savons heureusement déjà que c'est précisément ce paradoxe qui la rend valable et permet de l'insérer dans l'ensemble des *Pensées*.

Le recours le plus naturel serait bien entendu de nous référer aux autres fragments qui parlent des passions. La démarche est d'ailleurs utile, ces fragments venant tous à l'appui de notre interprétation.

Les uns nous renvoient au pari :

« *Fascinatio Nugacitatis.* Afin que la passion ne nuise point, faisons comme s'il n'y avait que huit jours de vie » (fr. 203).

D'autres décrivent la situation que nous venons d'analyser

---

1. DESCARTES : *Traité des passions*, art. 211.

« Guerre intestine de l'homme entre la raison et les passions :
« S'il n'avait que la raison sans passions...
« S'il n'avait que les passions sans raison !...
« Mais, ayant l'un et l'autre, il ne peut être sans guerre ne pouvant avoir la paix avec l'une qu'ayant guerre avec l'autre : aussi il est toujours divisé, et contraire à lui-même » (fr. 412).

D'autres enfin nous montrent le cœur, synthèse de la raison et de la passion décidant par son choix du sens de la vie :

« Je dis que le cœur aime l'être universel naturellement, et soi-même naturellement, selon qu'il s'y adonne; et il se durcit contre l'un ou l'autre, à son choix. Vous avez rejeté l'un et conservé l'autre : est-ce par raison que vous vous aimez ? » (fr. 277).

Seulement aucun ne nous aide à comprendre pourquoi il faut, sans croire, prendre de l'eau bénite, dire des messes pour diminuer les passions.

C'est que dans l'œuvre de Pascal le fragment 233 est précisément unique, qu'il est le seul à poser le problème des démarches à faire immédiatement à partir des positions théoriques acquises, de sorte que c'est à partir de lui qu'il faut comprendre la plupart des autres Pensées, tandis qu'elles nous aident bien moins lorsqu'il s'agit de l'interpréter.

Nous pouvons écarter rapidement une autre interprétation qui pourrait venir à l'esprit : celle qui ne verrait dans ce passage qu'un simple conseil empirique, de bon sens, n'ayant aucune valeur de principe.

Il faudrait, nous semble-t-il, sous-estimer Pascal pour imaginer qu'il ait mis, sans raison profonde, un passage au premier abord si choquant, dans le fragment-clef de son œuvre.

Il ne reste donc qu'à essayer de l'interpréter par lui-même, à la lumière de ce que nous savons déjà du système pascalien.

Il s'agit évidemment du choix entre le pari sur le néant et la foi. Seulement la possibilité même du pari sur le néant n'est pas — pour Pascal — un accident. Elle est fondée dans la réalité, *historique*, de la chute d'Adam et de la corruption du cœur de l'homme.

L'homme actuel se trouve divisé entre la raison et les passions. La première, si elle suit rigoureusement sa démarche, aboutit à la compréhension de sa propre insuffisance et de la nécessité de chercher Dieu, elle aboutit au pari; les passions par contre attachent l'homme à soi-même. Le cœur dans son état naturel est une faculté de synthèse, il porte l'homme, chose qu'aucune autre faculté ne saurait faire, à dépasser la contradiction et à aimer en même temps l'être universel et soi-même, à réaliser un vrai égoïsme qui se moque de l'égoisme par ce qu'il comprend que c'est en se donnant qu'on s'aime véritablement, que c'est en passant l'homme qu'on devient homme.

C'est, nous semble-t-il, le sens du fragment 277 déjà mentionné : « Je dis que le cœur aime l'être universel naturellement, et soi-même naturellement », mais c'est précisément le cœur, cette faculté de synthèse qui a subi le plus fortement les conséquences de la chute. Aujourd'hui, il ne saurait plus réaliser la synthèse — aimer Dieu et s'aimer soi-même en même temps — il se trouve devant un choix inévitable et tragique, car il ne peut aimer que l'un ou l'autre « selon qu'elle s'y adonne; et il se durcit contre l'un ou l'autre à son choix. »

Retenons cette analyse du fragment 277 qui nous semble capitale. Si elle est valable — et elle a au moins l'avantage de se tenir rigoureusement près de notre sujet —, il n'y a pour l'homme actuel d'autre alternative que celle du choix entre une *existence animale*, qui abandonne le dépassement, l'amour de l'être universel, et une *existence tragique* qui abandonne le moi passionnel, le corps, la réalisation intramondaine.

Position que confirment de très nombreux autres fragments que nous avons déjà en partie analysés et que nous analyserons encore au cours de cette étude.

Il est bon, pour nous rendre compte de l'originalité des positions de Pascal, de les comparer sur ce point avec les trois autres solutions auxquelles aboutissaient les principaux penseurs chrétiens de son entourage (réel ou intellectuel), solutions qui se trouvent incarnées par un heureux concours de circonstances par trois personnages particulièrement représentatifs : Descartes, Arnauld et Barcos.

Pour Descartes, la pensée étant une réalité autonome, apte par elle-même — si elle résiste aux passions — à connaître la vérité, le problème se pose sur un plan purement intellectuel et volontaire. Convertir le libertin c'est lui apprendre à penser juste et lui faire découvrir l'évidence du raisonnement cartésien. Rien de plus, mais aussi rien de moins.

Barcos sait au contraire à quel point il y a loin de la conviction intellectuelle à la foi, plus encore il exagère cette distance à tel point qu'il n'y a plus pour lui *aucune* action possible de l'une sur l'autre. La pensée est par sa nature même corrompue et incapable de connaître la vérité. Seule la foi permet de penser juste. C'est la vieille position augustinienne *credo ut intelligam*, poussée à la dernière conséquence. Seulement dans cette perspective il est impossible que le libertin découvre par ses propres forces la vérité et par elle la foi, puisqu'il lui faut avoir déjà la foi pour connaître la vérité. Aussi la conversion ne peut-elle être que le résultat d'une grâce gratuite de Dieu, grâce à laquelle il ne saurait y avoir d'autre apport humain que la prière. On peut prier pour la conversion du pécheur, du libertin, de l'infidèle, il serait vain et même nuisible et contraire au respect de la divinité, d'écrire des apologies (de la foi en général, ou même de la religion catholique, contre les protestants ou de la position de Jansénius contre les décisions de Rome en particulier).

Arnauld est en dernière instance thomiste (et le deviendra de plus en plus vers la fin de sa vie). Il admet un domaine accessible à la raison, et un domaine qui la dépasse [1]. Aussi comprend-on que non seulement il approuve, mais qu'il écrive effectivement des apologies, tant qu'il s'agit de faits, de calomnies, d'interprétation de textes, sans cependant avoir bien entendu jamais l'illusion qu'elles sauraient agir par elles-mêmes sur le libertin ou sur l'infidèle, si elles ne sont pas complétées ou même précédées par la grâce divine.

Seulement le texte de Pascal est différent de chacune de ces trois positions. A l'encontre de Descartes, il sait que la conviction intellectuelle, même lorsque nous avons compris que ce qu'elle exige est « démonstratif », n'est jamais suffisante pour nous amener à l'action, plus encore le fragment admet — chose inconcevable dans une perspective rationaliste — que la conviction intellectuelle *et* le comportement extérieur (l'interlocuteur admet que c'est « démonstratif » et prendra de l'eau bénite ») ne sont pas encore l'engagement total, le pari authentique; elles n'en sont que le commencement. Le problème est là encore celui de la synthèse.

A l'encontre de Barcos, il croit utile et nécessaire de discuter avec l'interlocuteur, de le convaincre, et enfin, à l'encontre d'Arnauld, il admet qu'en plus de la conviction intellectuelle et avant la grâce, il y a encore un niveau intermédiaire auquel on atteint par le comportement. On ne saurait de ce point de vue nous semble-t-il accorder trop d'importance aux mots : « *naturellement même, cela vous fera croire et vous abêtira* » qui nous paraissent inconcevables dans la perspective des « disciples de Saint Augustin » pour lesquels Dieu seul peut accorder — la nature étant totalement corrompue — le moindre commencement de prière et de foi.

Nous savons que pour l'épistémologie marxiste, la conscience est intimement liée à l'action, l'une agit sur l'autre, et inversement, de sorte qu'il n'y a de conscience *vraie* que dans la mesure où elle est déjà engagée, ni d'action *authentique* tant qu'elle n'a pas mené à la compréhension et à la conscience.

Il serait facile de montrer à quel point Pascal rejoint dans le fragment 233 les *Thèses sur Feuerbach*. Nous craignons seulement que ce ne soit aller trop loin, car nous assimilerions alors deux positions dont l'une fait déjà une théorie générale explicative de ce que l'autre a seulement aperçu dans un seul cas

---

1. Lorsque nous disons qu'il est thomiste, il faut donner un sens *très général* à ce mot, car dans le domaine accessible à la raison il remplace le contenu aristotélicien par un contenu cartésien.

privilégié : mais même en tenant compte de cette réserve, il ne reste pas moins vrai que le fragment 233 annonce déjà les *Thèses* et que cette parenté provient de l'existence commune à la base des deux pensées d'une seule et même catégorie, celle de la totalité.

Pour Marx — et pour Pascal — la pensée n'est jamais autonome et ne saurait trouver *par elle-même* aucune vérité. Elle est un aspect partiel d'une réalité totale, qui seule constitue un objet réel ayant ses lois d'évolution propres : le comportement (terme que nous employons ici, faute d'un autre plus approprié pour désigner l'ensemble de la conscience et de l'action). Les *Thèses sur Feuerbach* reprochent à ce dernier d'avoir considéré non seulement la pensée mais même la perception comme autonome et contemplative. En réalité, l'homme est *toujours* acteur et même ses connaissances sensibles les plus élémentaires résultent non pas d'une perception passive mais d'une *activité perceptive.* (Dans ses travaux expérimentaux, Piaget est arrivé aux mêmes conclusions.) Il n'y a donc pas de connaissance purement intellectuelle de la vérité car *toute* connaissance vraie implique une activité et dépend de son existence. De plus, Marx sur le plan de la vie sociale et Piaget récemment sur celui de la vie psychique individuelle, sont arrivés aux mêmes conclusions en ce qui concerne le mécanisme du progrès dans la connaissance.

Pour l'un et pour l'autre, le facteur qui assure le progrès n'est pas l'intellect seul, la conscience ayant au contraire très souvent une action conservatrice. Le progrès se fait par une accommodation *active* suivie, avec un décalage plus ou moins grand par une prise de conscience effective. Sans doute chez l'homme cette accommodation active ne se fait-elle pas implicitement et en dehors de la conscience. Aussi la rupture d'équilibre entre le sujet et l'objet s'exprime-t-elle d'abord par un certain malaise conscient, par la recherche d'une formule nouvelle d'*action*, mais il faut que celle-ci soit réalisée pour que le sujet puisse parvenir effectivement à l'ensemble des connaissances qui correspond à ce type d'action. On voit avec quelle facilité le schéma du fragment 233 s'insère dans cette perspective. Après avoir montré sur le plan intellectuel à l'interlocuteur à quel point la nécessité de « parier » sur l'existence de Dieu est « démonstrative », et avoir ainsi créé une rupture dans le faux équilibre entre lui et le monde sur lequel il avait établi sa vie, Pascal lui propose d'agir en conséquence, de changer son comportement pour créer ainsi les conditions qui seules lui permettront d'assimiler réellement la vérité qu'il a comprise, et de donner par la suite un sens authentique à son comportement.

Il ne faut cependant pas aller trop loin dans l'interprétation du texte pascalien. Il n'y a nulle part chez Pascal une ébauche d'analyse de mécanisme dialectique du progrès et implicitement de la primauté du comportement sur la connaissance. Tout au plus, peut-on admettre qu'à partir de l'importance fondamentale qu'il accorde à la catégorie de la totalité, il n'a jamais cru avec Descartes à la possibilité d'un accord habituel entre le jugement et la volonté. Il a su que toute vérité qui concerne Dieu et l'homme ne peut-être connue que sur un plan à la fois théorique et pratique par une synthèse de la pensée et de l'action, de sorte que — surtout lorsqu'il s'agit de l'existence de Dieu, qui ne peut pas être connue directement, mais seulement en tant que pari pratiquement nécessaire la conscience s'avère plus qu'ailleurs insuffisante à elle seule, tant qu'elle n'est pas aidée et complétée par le comportement[1].

Même avec ces réserves, la position de Pascal se présente cependant comme toujours lorsqu'il s'agit du monde actuel (épistémologie, esthétique, théorie de la vie sociale), comme une étape très avancée sur le chemin qui mène l'individualisme rationaliste et sceptique vers la pensée dialectique.

A condition de ne jamais oublier que, vue dans la perspective dialectique qui est la nôtre, l'épistémologie reçoit dans l'interprétation de la pensée pascalienne une importance qu'elle n'avait jamais pour Pascal lui-même, celui-ci ayant développé les éléments d'une théorie de la connaissance des faits individuels, moins en tant que doctrine positive que pour critiquer le rationalisme et le pyrrhonisme, pour abolir l'illusion du savoir et pour faire place à la seule chose pour lui vraiment importante, pour faire place à la foi.

---

1. Le fragment 252 est une critique immanente de l'épistémologie cartésienne.

« Car il ne faut pas se méconnaître : nous sommes automate autant qu'esprit; et de là vient que l'instrument par lequel la persuasion se fait n'est pas la seule démonstration. Combien y a-t-il peu de choses démontrées! Les preuves ne convainquent que l'esprit. La coutume fait nos preuves les plus fortes et les plus crues; elle incline l'automate, qui entraîne l'esprit sans qu'il y pense. Qui a démontré qu'il sera demain jour, et que nous mourrons? Et qu'y a-t-il de plus cru? C'est donc la coutume qui nous en persuade; c'est elle qui fait tant de chrétiens, c'est elle qui fait les Turcs, les païens, les métiers, les soldats, etc. (Il y a la foi reçue dans le baptême aux Chrétiens de plus qu'aux païens.) Enfin, il faut avoir recours à elle quand une fois l'esprit a vu où est la vérité, afin de nous abreuver et nous teindre de cette créance, qui nous échappe à toute heure; car d'en avoir toujours les preuves présentes, c'est trop d'affaire. Il faut acquérir une créance plus facile, qui est celle de l'habitude, qui, sans violence, sans art, sans argument, nous fait croire les choses, et incline toutes nos puissances à cette croyance, en sorte que notre âme y tombe naturellement. Quand on ne croit que par la force de la conviction, et que l'automate est incliné à croire le contraire, ce n'est pas assez. Il faut donc faire croire nos deux pièces : l'esprit, par les raisons, qu'il suffit d'avoir vues une fois en sa vie; et l'automate, par la coutume, et en ne lui permettant pas de s'incliner au contraire. Inclina cor meum, Deus. »

« La raison agit avec lenteur, et avec tant de vues, sur tant de principes, lesquels il faut qu'ils soient toujours présents, qu'à toute heure elle s'assoupit ou s'égare, manque d'avoir tous ses principes présents. Le sentiment n'agit pas ainsi : il agit en un instant, et toujours est prêt à agir. Il faut donc mettre notre foi dans le sentiment; autrement elle sera toujours vacillante. »

CHAPITRE XIII

LA MORALE ET L'ESTHÉTIQUE

I

Deux choses doivent être rappelées au début de ce chapitre, au risque même de nous répéter :

a) Pour Pascal, l'esthétique est — bien plus encore que l'épistémologie, la physique et la biologie — un domaine secondaire qui l'intéresse fort peu et dont il ne parle qu'incidemment, tandis que la morale liée de près au salut a une toute autre importance, sans pour cela constituer, *en droit*, une réalité autonome, car l'homme ne peut atteindre ni la vérité ni le vrai bien qu'à travers la foi [1].

b) Au début de toute étude sur la morale de Pascal devrait trouver place une analyse de sa critique du stoïcisme et de l'épicurisme, rigoureusement parallèle à la critique épistémologique du dogmatisme et du pyrrhonisme. Nous n'accordons cependant ici à cette critique qu'une place assez limitée pour ne pas étendre outre mesure les dimensions du présent travail.

Brémond a beaucoup parlé du « panhédonisme » de Port-Royal. Si ce terme veut dire que les « disciples de Saint Augustin » voyaient comme seul trait commun à tous les hommes — élus ou réprouvés — le fait qu'ils aspirent au bonheur, que leurs actions sont mues par une « délectation », l'analyse de Brémond nous semble valable.

Les citations, en ce sens, abondent. « Tous les hommes veulent être heureux et aucun ne peut vouloir être misérable... La seule chose à laquelle l'âme est naturellement déterminée, c'est de vouloir en général être heureuse [2] », écrit Arnauld et, sur ce point Pascal est entièrement d'accord avec lui. « Tous les hommes recherchent d'être heureux; cela est sans exception » (fr. 425).

---

1. Fragment 425 : « L'homme sans la foi ne peut connaître ni le vrai bien ni la justice... » Sur ce point, la situation est différente chez Kant.
2. *De la liberté de l'homme* dans ANTOINE ARNAULD : *Écrits sur le système de la Grâce générale*, 2 vol., 1715, t. I, p. 242-243.

Mais ni la raison ni les passions qui sont dans l'homme en état de nature déchue en conflit perpétuel et insurmontable, ne sauraient lui assurer ce bonheur.

« Cette guerre intérieure de la raison contre les passions a fait que ceux qui ont voulu avoir la paix se sont partagés en deux sectes. Les uns ont voulu renoncer aux passions et devenir dieux; les autres ont voulu renoncer à la raison, et devenir bêtes brutes (Des Barreaux). Mais ils ne l'ont pu, ni les uns ni les autres; et la raison demeure toujours, qui accuse la bassesse et l'injustice des passions, et qui trouble le repos de ceux qui s'y abandonnent; et les passions sont toujours vivantes dans ceux qui veulent y renoncer » (fr. 413).

La recherche du bonheur est « le motif de toutes les actions, de tous les hommes, jusqu'à ceux qui vont se pendre.

« Et cependant, depuis un si grand nombre d'années, jamais personne, sans la foi, n'est arrivé à ce point où tous visent continuellement. Tous se plaignent : princes, sujets; nobles, roturiers; vieux, jeunes; forts, faibles; savants, ignorants; saints, malades; de tous pays, de tous les temps, de tous âges et de toutes conditions...

« Qu'est-ce donc que nous crie cette avidité et cette impuissance, sinon qu'il y a eu autrefois dans l'homme un véritable bonheur, dont il ne lui reste maintenant que la marque et la trace toute vide, et qu'il essaye inutilement de remplir de tout ce qui l'environne, recherchant des choses absentes le secours qu'il n'obtient pas des présentes, mais qui en sont toutes incapables, parce que ce gouffre infini ne peut être rempli que par un objet infini et immuable, c'est-à-dire que par Dieu même » (fr. 425).

« Levez vos yeux vers Dieu, disent les uns; voyez celui auquel vous ressemblez, et qui vous a fait pour l'adorer. Vous pouvez vous rendre semblable à lui; la sagesse vous y égalera, si vous voulez le suivre. » « Haussez la tête, hommes libres », dit Épictète. Et les autres lui disent : « Baissez vos yeux vers la terre, chétif ver que vous êtes, et regardez les bêtes dont vous êtes le compagnon. »

« Que deviendra donc l'homme? Sera-t-il égal à Dieu ou aux bêtes? Quelle effroyable distance! Que serons-nous donc? Qui ne voit par tout cela que l'homme est égaré, qu'il est tombé de sa place, qu'il la cherche avec inquiétude, qu'il ne la peut plus retrouver? Et qui l'y adressera donc? Les plus grands hommes ne l'ont pu » (fr. 431).

Nous pourrions continuer longuement; il nous semble cependant que c'est là un point sur lequel la plupart des pascalisants seraient facilement d'accord de sorte qu'il n'y a nul besoin d'insister.

Contentons-nous de signaler la similitude entre cette critique sur deux fronts (stoïcisme et épicurisme, raison et passions) et les développements assez rapprochés que nous trouvons chez Kant. Pour celui-ci également le *bonheur* est un élément *essentiel* du bien suprême qui seul saurait contenter l'aspiration de l'homme. A condition — comme pour Pascal d'ailleurs — qu'il soit associé à la vertu, association qui ne peut se réaliser qu'en Dieu et en Dieu seulement [1].

L'erreur des stoïciens et des Épicuriens a été de croire que l'un de ces deux éléments — dans la vie de l'homme actuel, antagonistes et inconciliables — (vertu et bonheur, chez Kant, raison et passions chez Pascal) — saurait remplacer l'autre.

« L'*Épicurien* disait : avoir conscience de sa maxime conduisant au bonheur, c'est la vertu; mais le *Stoïcien* disait : Avoir conscience de sa vertu, c'est le bonheur. Pour le premier, la *prudence* avait la valeur de la moralité; pour le second, qui choisissait pour la vertu une appellation plus haute, la *moralité* seule était la véritable sagesse [2]. »

Pour Kant, ces deux positions constituent tous les deux des illusions regrettables et dangereuses. « Il est regrettable que la pénétration de ces hommes... se soit malheureusement employée à rechercher une identité entre des concepts extrêmement divers, celui du bonheur et celui de la vertu. » (*L. c.*, p. 149.)

Pour lui, la vertu et le bonheur sont les principes de maximes « tout à fait différentes... qui se limitent et se portent préjudice mutuellement dans le même sujet ».

De même, l'erreur de tous les philosophes de l'antiquité a été de croire que l'homme pourrait, par ses forces naturelles, atteindre le bien suprême.

« Or, si je considère la morale chrétienne par son côté philosophique, elle apparaîtrait, comparée aux idées des écoles grecques, de la façon suivante : les idées des *Cyniques*, des *Épicuriens*, des *Stoïciens* et des *Chrétiens* sont la *simplicité de la nature, la prudence, la sagesse* et la *sainteté*. En ce qui concerne le chemin à suivre pour y arriver, les philosophes grecs se distinguaient entre eux en ceci que les cyniques trouvaient que le *sens commun* suffisait, c'était pour les autres la voie de la *science*, les uns et les autres toutefois se contentaient du simple usage des forces naturelles.

« La morale chrétienne qui dispose sa prescription d'une façon si pure et si sévère (comme il le faut d'ailleurs), ôte à l'homme la confiance d'y être parfaitement adéquat, du moins dans cette vie, mais, en revanche, le relève par l'espoir que, si nous agissons aussi bien que cela est en notre *pouvoir*, ce qui

---

1. « Il n'y a que a religion chrétienne qui rende l'homme *aimable et heureux* tout ensemble. Sans l'honnêteté, on ne peut être aimable et heureux ensemble » (fr. 542).
2. E. KANT : *Critique de la raison pratique*, Paris, Vrin, 1945, p. 148-149.

n'est pas en notre pouvoir, nous adviendra par ailleurs, que nous sachons ou non comment. » (*L. c.*, p. 168.)

Il reste, cependant, après avoir énuméré ces analogies qui nous paraissent difficilement contestables, à montrer que le rapprochement entre les deux philosophes dépassant la critique des doctrines adverses s'étend aussi en partie à la réponse positive qu'ils donnent au problème moral, et surtout qu'il s'étend à la manière même dont ils ont posé ce problème.

En apparence, rien ne semble plus différent que la philosophie pratique du criticisme qui affirme résolument l'autonomie de la loi morale et une position augustinienne qui — nous en parlerons plus loin — la nie non moins résolument [1].

Constatons néanmoins dès maintenant l'analogie frappante entre la doctrine de Port-Royal et la pensée critique, dans la manière de poser le problème du comportement, ou plus précisément de l'action, analogie qui porte sur ce qui nous semble être le fondement même de la vision kantienne d'autonomie morale dans le criticisme.

Kant définit, en effet, la philosophie pratique comme la réponse à la question *Que dois-je faire*. Or, cette définition ne nous paraît nullement évidente, allant de soi, mais au contraire particulière aux différentes formes de pensée individualiste et à la pensée tragique. Nous avons déjà dit dans le second chapitre de cette étude en quoi consiste, sur le plan des règles du comportement, la différence entre la pensée tragique et les doctrines philosophiques individualistes qui, elles, sont sceptiques ou dogmatiques. A une seule et même question commune aux trois doctrines, *Que dois-je faire?*, le rationalisme et l'hédonisme donnent une réponse *amorale* (chercher le plaisir, agir conformément à la raison, être généreux, réussir, etc.), tandis que la pensée tragique donne une réponse *morale* par excellence : agir conformément à une exigence d'universalité indépendante de tout motif égoïste, sensible ou rationnel, agir en rapportant l'acte à l'éternité.

A la différence cependant de ces trois doctrines — qu'on peut qualifier toutes trois d'individualistes (le tragique l'étant encore plus authentiquement que les deux autres, dans la mesure même où il définit l'homme par l'exigence absolue et *irréalisable* de transcendance et de dépassement par le pari), les doctrines qui admettent la possibilité d'un dépassement réel — qu'il s'agisse d'augustinisme chrétien, ou de pensée dialectique, idéaliste ou matérialiste — modifient la position même du

---

1. Sans vouloir affirmer que sur ce point Pascal et même le jansénisme soient vraiment augustiniens, il faut souligner que *l'absence de toute autonomie de la loi morale par rapport à la foi* constitue une des principales différences entre les positions de Pascal et celles de Kant; différence qui se situe cependant à l'intérieur de la même *vision tragique* commune aux deux philosophies.

problème, en insérant l'instant actuel dans la totalité concrète du *temps* eschatologique ou historique, et en remplaçant la question *Que dois-je faire?* par cette autre question essentiellement différente : *Comment dois-je vivre?*

La question *Que dois-je faire?* comporte ainsi des réponses *amorales* (stoïcisme et hédonisme) et une réponse *morale*, celle de la pensée tragique. La question *Comment dois-je vivre?* ne comporte en aucun cas une réponse *spécifiquement morale*, car elle n'a de sens que dans une perspective qui voit la vie comme une totalité temporelle relative qui s'insère nécessairement dans une autre totalité — temporelle elle aussi — qui la dépasse et la transcende. Dès qu'on a posé sérieusement et avec toutes ses implications le problème : Comment dois-je vivre? la réponse est implicite : En situant sa vie à l'intérieur de la totalité eschatologique ou historique dans laquelle elle s'insère par la foi.

Il faut croire pour comprendre la réalité et pour agir de manière humainement efficace, c'est la vérité essentielle de l'augustinisme et de la pensée dialectique, et c'est pourquoi *il n'y a pas de morale autonome augustinienne ou marxiste.*

Or, comme il n'y a pas non plus de *vraie* morale rationaliste, ou bien hédoniste ou affective, on aboutit à la conclusion — surprenante au premier abord mais finalement naturelle si on y réfléchit sérieusement — qu'il n'y a qu'une seule perspective, celle de la tragédie, qui affirme l'autonomie et le primat authentique de la morale et qu'il n'y a donc qu'une seule morale vraiment fondée et justifiée en tant que telle : la morale tragique.

Pascal, imbu d'augustinisme et connaissant exactement toutes les implications de l'exigence de totalité, de réunion des contraires, qui pour lui caractérise l'homme en tant qu'homme, l'a parfaitement formulé dans le célèbre fragment 4 : « La vraie morale se moque de la morale, c'est-à-dire que la morale du jugement se moque de la morale de l'esprit. »

Mais pour lui comme pour Kant, la morale du jugement qui dépasse la morale de l'esprit ne saurait être qu'exigence irréalisable du cœur, idée de la raison et non pas réalité humaine réglant le comportement de l'individu dans sa vie quotidienne.

Aussi trouvons-nous — en fait — dans l'ensemble de la pensée des « Amis de Port-Royal », et chez Pascal en particulier, une prédominance de la morale plutôt inattendue dans un courant qui se voulait augustinien. On a en effet suffisamment dit et répété que la grande différence entre la théologie janséniste et la théologie calviniste de la Grâce et de la prédestination — qui se réclament l'une et l'autre de Saint Augustin — réside en ce que les calvinistes mettent l'accent sur la *Grâce habituelle*, tandis que les jansénistes s'intéressent en premier lieu, et même, — sinon en paroles tout au moins en fait — exclusivement à la *Grâce actuelle;* c'est en langage théologique, cette même différence que nous venons de mentionner sur le plan philosophique entre les questions *Que dois-je faire?* et *Comment dois-je vivre?* entre le primat d'une morale atemporelle et une foi qui insère l'acte dans la totalité concrète du temps biographique, historique ou eschatologique.

Or, sur ce point Pascal a été sans doute d'accord avec les autres « Amis de Port-Royal » — il suffit de lire les *Écrits sur la Grâce* pour s'en convaincre — de sorte qu'il n'y a rien d'étonnant à le voir sinon élaborer, tout au moins formuler le fondement d'une *morale* qui nous paraît se rapprocher par certains côtés de la morale kantienne de l'impératif catégorique (à condition bien entendu de ne pas donner à celui-ci l'interprétation traditionnelle née de ce que nous avons appelé le malentendu néo-kantien [1]). Pascal sait comme Kant d'ailleurs que la vraie exigence de l'homme, l'aspiration qui seule lui confère la dignité humaine est celle d'une totalité qui serait — en langage de l'homme déchu — réunion des contraires, de la vertu et du bonheur, de la raison et des passions et implicitement dépassement de toute morale (fr. 4) et insertion de l'existence individuelle dans une totalité qui embrasse le temps et s'identifie à la limite de la divinité (fr. 473 à 477 [2]).

Malheureusement, l'homme n'arrive pas à dépasser réellement la morale « nous n'avons pas de vrai bien » (fr. 385) et le tout, même sur le plan « des communautés naturelles et civiles »

---

1. Voir LUCIEN GOLDMANN : *La Communauté humaine et l'univers chez Kant,* P. U. F., 1948.

2. « Qu'on s'imagine un corps plein de membres pensants » (fr. 473).

« Membres. Commencer par là. Pour régler l'amour qu'on se doit à soi-même, il faut s'imaginer un corps plein de membres pensants, car nous sommes membres du tout, et voir comment chaque membre devrait s'aimer, etc. » (fr. 474).

« Si les pieds et les mains avaient une volonté particulière, jamais ils ne seraient dans leur ordre qu'en soumettant cette volonté particulière à la volonté première qui gouverne le corps entier. Hors de là, ils sont dans le désordre et dans le malheur; mais en ne voulant que le bien du corps, ils font leur propre bien » (fr. 475).

« Il faut n'aimer que Dieu et ne haïr que soi.

« Si le pied avait toujours ignoré qu'il appartînt au corps, et qu'il y eût un corps dont il dépendît, s'il n'avait eu que la connaissance et l'amour de soi, et qu'il vînt à connaître qu'il appartient à un corps duquel il dépend, quel regret, quelle confusion de sa vie passée, d'avoir été inutile au corps qui lui a influé la vie, qui l'eût anéanti s'il l'eût rejeté et séparé de soi, comme s'il se séparait de lui! Quelles prières d'y être conservé! et avec quelle soumission se laisserait-il gouverner à la volonté qui régit le corps, jusqu'à consentir à être retranché s'il le faut! ou il perdrait sa qualité de membre; car il faut que tout membre veuille bien périr pour le corps, qui est le seul pour qui tout est » (fr. 476).

« Il est faux que nous soyons dignes que les autres nous aiment, il est injuste que nous le voulions. Si nous naissions raisonnables, et indifférents, et connaissant nous et les autres, nous ne donnerions point cette inclination à notre volonté. Nous naissons pourtant avec elle; nous naissons donc injustes, car tout tend à soi. Cela est contre tout ordre : il faut tendre au général; et la pente vers soi est le commencement de tout désordre, en guerre, en police, en économie, dans le corps particulier de l'homme. La volonté est donc dépravée.

« Si les membres des communautés naturelles et civiles tendent au bien du corps, les communautés elles-mêmes doivent tendre à un autre corps plus général, dont elles sont des membres. L'on doit donc tendre au général. Nous naissons donc injustes et dépravés » (fr. 477).

est hors d'atteinte, exigence seulement et de plus exigence irréalisable, car « la volonté de l'homme est dépravée » (fr. 477), elle est devenue « volonté propre » (fr. 472) qui rapporte toute chose non pas à l'ensemble mais à soi,

Aussi, le problème se pose-t-il de chercher une règle qui puisse sinon régir en fait les actions humaines, tout au moins dire ce qu' elles devraient être dans un monde qui, en tant que monde physique et social contenu dans l'espace est, nous le savons, pour Pascal comme pour Kant, un monde qui *cache Dieu.*

Or, l'absence de Dieu au monde se manifeste précisément par l'absence de toute règle générale et non contradictoire qui puisse donner un sens à nos actes à l'*intérieur* du monde, par l'impossibilité de séparer le bien de la faute, la vérité de l'erreur :

« Chaque chose est ici vraie en partie, fausse en partie. La vérité essentielle n'est pas ainsi; elle est toute pure et toute vraie. Ce mélange la déshonore et l'anéantit. Rien n'est purement vrai; et ainsi rien n'est vrai, en l'entendant du pur vrai. On dira qu'il est vrai que l'homicide est mauvais; oui, car nous connaissons bien le mal et le faux. Mais que dira-t-on qui soit bon? La chasteté? Je dis que non, car le monde finirait. Le mariage? Non : la continence vaut mieux. De ne point tuer? Non, car les désordres seraient horribles, et les méchants tueraient tous les bons. De tuer? Non, car cela détruit la nature. Nous n'avons ni vrai ni bien qu'en partie, et mêlé de mal et de faux » (fr. 385).

Et néanmoins, il faut trouver cette règle générale « toute pure et toute vraie » pour guider notre comportement, car l'homme, d'une part, tant qu'il vit, « est embarqué » et ne saurait cesser d'agir et, d'autre part, sur le plan de l'action, il ne saurait pas non plus supporter le paradoxe, l'opposition des contraires, comme il le fait sur le plan de la pensée. Ici tout acte exige une solution, un dépassement urgent et immédiat.

On connaît la réponse kantienne. Renonciation exigée, et probablement jamais et nulle part réalisée à tout intérêt propre affectif ou sensible, bien que cet intérêt, le désir de bonheur, soit en soi justifié à l'intérieur du bien suprême. Pascal nous dit quelque chose d'assez semblable :

« La volonté propre ne se satisfera jamais, quand elle aurait pouvoir de tout ce qu'elle veut; mais on est satisfait dès l'instant qu'on y renonce. Sans elle, on ne peut être malcontent ; par elle, on ne peut être content » (fr. 472).

Et pour remplacer la volonté propre, l'égoïsme, Pascal et Kant établissent chacun une règle générale, or, les deux règles nous semblent elles aussi apparentées, à condition, bien entendu, de ne pas s'en tenir à l'aspect extérieur des textes, de ne pas les isoler, mais de poser le problème de leur signification et de leur place dans l'ensemble de la doctrine et surtout de ne pas

méconnaître l'existence d'une notable différence d'accent et
d'orientation dont nous avons déjà parlé au premier paragraphe du chapitre X.

On connaît en effet la célèbre formule de l'impératif catégorique : *agis comme si la maxime de ton action devait devenir par
ta volonté une loi générale de la nature.*

Ainsi que le fragment 203 : « Fascinatio nugacitatis. *A fin que
la passion ne nuise point, faisons comme s'il n'y avait que huit
jours de vie* », et le fragment 204 qui l'éclaire : « *Si on doit donner huit jours de la vie, on doit donner cent ans.* »

Il nous semble que ces deux textes représentent une réaction
sinon analogue, tout au moins parente, au monde physique
et social qui *cache Dieu*. Le problème moral est en effet intimement lié à celui du *temps humain*, dont la fonction est précisément de déterminer la nature de l'insertion de l'homme dans
le monde. Or, ces deux formules — celle de Kant et celle de
Pascal — ont le même sens : elles affirment le refus de la tem-
poralité et implicitement de toute insertion intramondaine.
L'une et l'autre signifient : agis comme si l'acte que tu vas
accomplir maintenant était unique, sans aucun lien avec le
temps réel de la vie humaine dans lequel chaque instant est un
lien de passage entre le *passé* et l'*avenir*, sans autre lien qu'avec
l'éternité.

C'est pour Pascal comme pour Kant la seule règle qui permettrait, si on la suivait rigoureusement, de libérer l'acte de
toute motivation passionnelle, mais qui, aussi, interdirait toute
insertion dans le monde des égoïsmes qui se heurtent.

Mais — comme nous l'avons déjà souligné dans une étude
sur la philosophie de Kant [1] —, c'est aussi une formule tragique, car, chacun des deux textes comporte les mots : *comme si.*

L'exigence valable et non tragique serait bien entendu celle
d'insérer la *vie entière* dans la totalité vivante de l'éternité
divine, et ce serait la position augustinienne. Or, pour sauver
la liaison sinon certaine tout au moins possible avec l'éternité,
l'homme doit agir *comme si* la vie n'existait pas, il doit « donner » sa vie, qu'elle soit de huit jours ou de cent ans pour vivre.
En fait — et Pascal le sait aussi bien que Kant — la vie existe
dans le temps, cent ans sont bien plus que huit jours, les actes
ont un passé et un avenir, ils ont des conséquences dans le
temps et dans ce temps, sinon réel tout au moins manifeste,
les égoïsmes se heurtent, les individus rapportent tout à eux-
mêmes, et les actes perdent tout contact avec l'éternité. C'est
pourquoi si l'on veut sauver malgré cela son âme, il faut avancer
de l'apparence à l'essence, du phénomène au noumène, et agir
« comme si » la vie n'existait pas.

---

1. LUCIEN GOLDMANN : *La Communauté humaine et l'univers chez Kant*, P. U. F.

La vie n'existe pas, formule tragique même chez ceux qui — comme Barcos et les jansénistes extrémistes — *l'assumaient entièrement*, parce qu'ils pensaient que la vie n'est *réellement* qu'apparence sans valeur, parce qu'ils pensaient trouver *réellement* l'essence en dehors de toute vie dans le temps et dans le monde, parce que s'ils avaient exprimé leur position sur le plan philosophique (ce qui aurait d'ailleurs été contradictoire et ce qu'ils n'ont pas fait), ils auraient employé une formule semblable mais sans avoir besoin des mots : *comme si*.

Mais précisément Barcos et son groupe tiraient *toutes les conséquences* de leur position et n'écrivaient pas d'ouvrages philosophiques ou apologétiques; de même au moment de la grande persécution, lorsque le problème s'est posé de savoir s'il fallait ou s'il ne fallait pas mettre les biens matériels, l'argent, à l'abri des pouvoirs, ils ont refusé d'agir en dehors de l'instant et de prévoir les risques que pouvait comporter *l'avenir*.

Personne ne met en doute le désintéressement de Pascal, car il s'agissait dans les deux cas non pas de son avenir personnel, mais de l'*avenir* du groupe de défenseurs de la vérité, catholique en général, ou augustinienne et janséniste, en particulier; il a cependant pris dans les deux cas, et cela non seulement en fait, — ce qui ne saurait avoir qu'une importance secondaire — mais aussi en posant le problème de principe, une décision contraire, il a tenu compte de l'*avenir*.

Il n'y a sans doute chez Pascal aucune contradiction entre ces deux décisions et le fragment 203, car *très probablement* il n'a envisagé dans ce texte que le temps *biographique de la vie individuelle*, et peut-être de manière plus *implicite qu'explicite*, le temps des institutions sociales et politiques.

On ne trouve en effet, chez lui, que quelques réflexions éparses et qui sont loin d'épuiser le problème sur le temps de l'*Église militante* et sur son insertion dans le dessein eschatologique de Dieu. Aussi aurait-il probablement dans l'action refusé de tenir compte des conséquences personnelles ou sociales et politiques d'un acte, sans pour cela refuser de tenir compte de l'avenir de l'Église et du groupe des « disciples de Saint Augustin ».

Ces considérations nous permettent de préciser un peu mieux la validité et les limites de notre rapprochement entre les positions de Pascal et de Kant. Nous avons déjà dit que ce dernier se situant à la pointe la plus avancée de la pensée bourgeoise de son temps en Allemagne, accordait au monde *phénoménal* une importance bien plus grande que Pascal. L'auteur des *Pensées*, par contre, poussant le tragique à ses dernières limites, n'accordait en fait qu'une importance très réduite, et même nulle, au monde social en tant que *totalité historique*. Précisons :

il ne s'agit nullement de réduire les positions de Pascal à celles de Barcos; pour ce dernier, le monde n'avait aucune existence réelle propre, et n'était qu'une non-valeur. Pour Pascal, il a, au contraire, une réalité fondamentale et insurmontable, car dans la mesure où Dieu reste *radicalement caché*, il est impossible de quitter le phénomène pour se réfugier dans l'essence, et ce n'est qu'*en face du monde et du temps* que l'homme peut affirmer son exigence d'absolu et son humanité.

Cette réalité du monde phénoménal est cependant, pour Pascal, limitée. Le monde n'est que le *champ* de l'action individuelle, de la recherche du bien et de la vérité, et rien de plus. C'est un champ où l'homme doit faire « l'essai », mais jamais « l'emploi » de ses forces. Et non pas, comme chez Kant, un domaine où il peut placer certains espoirs authentiques de réalisation (paix éternelle, société cosmopolite, loi morale, expérience scientifique, beauté, etc.).

C'est pourquoi précisément parce que le tragique est poussé chez Pascal aux dernières limites, parce qu'il y a chez lui un fossé infranchissable entre, d'une part, l'homme et les valeurs et, d'autre part, l'homme et le monde apparent et manifeste, le « comme si » du fragment 203 a *par certains côtés* un caractère peut-être moins poignant, moins brutal que dans la formule de l'impératif catégorique où il rappelle brusquement le caractère *essentiellement* irréalisable de tout un ensemble d'espoirs qui occupent une place considérable dans la pensée et l'œuvre kantienne.

Nous avons déjà dit que c'est là une différence qui est importante, sans doute, mais qui concerne moins la structure d'ensemble des deux philosophies que l'accent, la place quantitative du monde phénoménal dans le kantisme. Encore faudrait-il peut-être préciser cette formule en rappelant que, pour la pensée dialectique, la quantité se transforme à partir d'une certaine limite en qualité et que, dans le cas précis de la comparaison entre la morale de Kant et celle de Pascal, nous nous rapprochons peut-être de cette limite [1].

Enfin, pour terminer ce paragraphe, rappelons que si — cela va de soi — pour Pascal, le seul vrai bonheur ne peut s'atteindre qu'en refusant le monde et le temps, en rapportant chacun de nos actes à Dieu et à Dieu seulement, un certain nombre de fragments (473 à 477) indiquent explicitement la relation entre son idée de la divinité et la catégorie du tout, ébauchant ainsi, mais ébauchant à peine le chemin qui mène de la vision tragique à la pensée dialectique.

---

1. En effet, pour Kant la loi morale constitue une exigence *valable* et *autonome*, ce qu'elle n'est pas pour Pascal. Le tragique réside dans son caractère *formel* et dans le fait qu'elle ne régit pas effectivement le comportement réel des hommes.

II

S'il y avait encore entre les différents éléments qui constituent l'épistémologie et la morale de Pascal une cohérence
interne visible même à l'intérieur du système, nous nous trouvons, lors qu'il s'agit d'esthétique, devant une série de fragments épars entre lesquels le lien paraît difficilement décelable
sur le plan d'une analyse immanente et ne devient vraiment
visible que si nous nous plaçons dans la perspective ultérieure
de l'esthétique dialectique.

Nous avons déjà dit que, pour celle-ci, toute œuvre d'art
est *expression* dans le langage spécifique de la littérature, de
la peinture, de la sculpture, etc., d'une vision du monde qui
s'exprime — cela va de soi — aussi sur de nombreux autres
plans, philosophique, théologique, et même sur celui des manifestations multiples et variées de la vie quotidienne; d'autre
part, si l'esthétique matérialiste et dialectique admet la valeur
de toute expression cohérente d'une vision du monde et fait
ainsi de la cohérence du contenu et de celle de la relation
entre le contenu et la forme les critères essentiels de la valeur
esthétique d'une œuvre, elle admet néanmoins encore un autre
critère (correspondant à ce qu'est le degré de vérité sur le
plan de la pensée philosophique) qui permet une hiérarchisation
entre les différentes expressions esthétiques valables; c'est ce
que la théorie de l'art du matérialisme dialectique appelle le
degré de réalisme, et qui désigne la richesse et l'ampleur des
relations sociales réelles se reflétant dans l'univers imaginaire
de l'artiste ou de l'écrivain; enfin, dans la mesure même où
l'esthétique dialectique admet le réalisme comme second critère à côté de la cohérence, elle défend une esthétique classique
refusant tout élément formel autonome qui ne se justifie pas
par une fonction propre soit — en architecture par exemple —
dans l'utilisation de l'objet, soit dans l'expression *de la réalité*
de l'homme *engagé* et *essentiel*.

Or, si nous tenons compte des différences déjà plusieurs fois
mentionnées entre la vision tragique et la pensée dialectique :
absence de degrés, absence de toute notion de valeur relative,
distinction dichotomique entre le vrai et le faux, le bien et
le mal, la valeur et les non-valeurs, nous retrouvons ces trois
éléments dans les fragments esthétiques de Pascal.

La notion d'*expression* est développée par les fragments 32
et 33 [1] avec une clarté et une précision que l'on saurait à peine

---

1. « Il y a un certain modèle d'agrément et de beauté qui consiste en un certain rapport entre notre nature, faible ou forte, telle qu'elle est, et la chose qui
nous plaît.

« Tout ce qui est formé sur ce modèle nous agrée : soit maison, chanson, discours,

dépasser et qui font de Pascal le grand précurseur de l'esthétique moderne, la seule différence par rapport à la théorie dialectique de l'expression étant précisément la distinction dichotomique entre le *vrai* et les *faux modèles* sans aucune notion de gradation ni de relativité.

Le fragment 134 [1], si discuté et dont on a dit tant de mal, ainsi que le fragment 11 sur le théâtre ne formulent rien d'autre que la notion de *réalisme*, compte tenu du fait que cette notion est liée à celle de *reflet* et de *vérité*, et que pour Pascal la vérité était différente de ce qu'elle serait aujourd'hui pour un partisan du matérialisme dialectique. Ceci dit, nous croyons que tout esthéticien sérieux défendant la notion de réalisme serait prêt à signer la condamnation pascalienne d'un certain art naturaliste qui modifie la réalité en lui donnant un caractère purement négatif, ou d'un art qui, déplaçant les accents et les valeurs humaines, déshumaniserait la réalité; quant au fragment 13 [2], il développe l'idée si souvent répétée dans tout ouvrage sur le réalisme que l'écrivain doit dépasser dans son œuvre la conscience de ses personnages. Il s'y ajoute, chez Pascal, un jugement sur la valeur de la passion consciente qui « déplairait », jugement qui lui est bien entendu particulier.

Enfin, dans plusieurs fragments, Pascal formule les règles générales de l'esthétique classique, en refusant tout élément purement décoratif et en exigeant l'unité parfaite de la forme

---

vers, prose, femme, oiseaux, rivières, arbres, chambres, habits, etc. Tout ce qui n'est point fait sur ce modèle déplait à ceux qui ont le goût bon.

« Et, comme il y a un rapport parfait entre une chanson et une maison qui sont faites sur le bon modèle, parce qu'elles ressemblent à ce modèle unique quoique chacune selon son genre, il y a de même un rapport parfait entre les choses faites sur le mauvais modèle. Ce n'est pas que le mauvais modèle soit unique, car il y en a une infinité; mais chaque mauvais sonnet, par exemple, sur quelque faux modèle qu'il soit fait, ressemble parfaitement à une femme vêtue sur ce modèle.

« Rien ne fait mieux entendre combien un faux sonnet est ridicule que d'en considérer la nature et le modèle, et de s'imaginer ensuite une femme ou une maison faite sur ce modèle-là » (fr. 32).

« Beauté poétique. Comme on dit beauté poétique, on devrait aussi dire beauté géométrique et beauté médicinale; mais on ne le dit pas; et la raison en est qu'on sait bien quel est l'objet de la géométrie, et qu'il consiste en preuves, et quel est l'objet de la médecine, et qu'il consiste en la guérison; mais on ne sait pas en quoi consiste l'agrément, qui est l'objet de la poésie. On ne sait ce que c'est que ce modèle naturel qu'il faut imiter; et, à faute de cette connaissance, on a inventé de certains termes bizarres : « siècle d'or, merveille de nos jours, fatal », etc.; et on appelle ce jargon beauté poétique.

« Mais qui s'imaginera une femme sur ce modèle-là, qui consiste à dire de petites choses avec de grands mots, verra une jolie damoiselle toute pleine de miroirs et de chaînes, dont il rira, parce qu'on sait mieux en quoi consiste l'agrément d'une femme que l'agrément des vers. Mais ceux qui ne s'y connaîtraient pas l'admireraient en cet équipage; et il y a bien des villages où on la prendrait pour la reine; et c'est pourquoi nous appelons les sonnets faits sur ce modèle-là les reines de village » (fr. 33).

1. « Quelle vanité que la peinture qui attire l'admiration par la ressemblance des choses dont on n'admire point les originaux! » (fr. 134).

2. « On aime à voir l'erreur, la passion de Cléobuline, parce qu'elle ne la connaît pas. Elle déplairait, si elle n'était trompée » (fr. 13).

et du contenu. Là aussi, entre les deux esthétiques unilatérales, qui accordent une prééminence soit à la forme (l'art est une forme sensible agréable en soi, indépendamment du contenu qu'elle exprime) soit au contenu (l'art est avant tout un des moyens d'accéder à la vérité), Pascal se place à l'intérieur même de l'esthétique classique, dans une perspective explicitement dialectique qui voit le fait esthétique dans la totalité, dans la synthèse cohérente du contenu et de la forme qui l'exprime. Tout accessoire formel non exigé par le contenu, ou inversement toute absence d'un élément exigé par le contenu, toute inadéquation des moyens d'expression inspirée par un souci formel sont des fautes sur le plan même de l'*esthétique* (fr. 26, 27, 48) [1].

Mais la beauté de l'œuvre d'art qui, dans la pensée tragique de Kant, était la seule valeur *authentique* que l'homme pouvait atteindre dans la vie et dans le monde, avait fort peu d'importance dans la perspective tragique radicale et sans réserves qui est celle des *Pensées*. De sorte que même les quelques fragments que nous venons de mentionner s'y trouvent plutôt de manière accidentelle, non pas parce que Pascal voulait développer une théorie même fragmentaire du fait esthétique, mais parce qu'il s'intéressait aux manières de convaincre son interlocuteur ou bien parce que la comédie faisait partie de la vie mondaine dont il voulait montrer la vanité.

Il nous a paru d'autant plus important de souligner à quel point il a néanmoins trouvé — dans ces textes épars et accidentels — toute une série d'idées fondamentales de ce qui sera bien plus tard l'esthétique classique du matérialisme dialectique.

---

1. « L'éloquence est une peinture de la pensée; et ainsi, ceux qui, après avoir peint, ajoutent encore, font un tableau au lieu d'un portrait » (fr. 26).

« Miscellan. Langage. Ceux qui font les antithèses en forçant les mots sont comme ceux qui font de fausses fenêtres pour la symétrie : leur règle n'est pas de parler juste, mais de faire des figures justes » (fr. 27).

« Quand, dans un discours se trouvent des mots répétés, et qu'essayant de les corriger on les trouve si propres qu'on gâterait le discours, il les faut laisser, c'en est la marque; et c'est là la part de l'envie, qui est aveugle, et qui ne sait pas que cette répétition n'est pas faute en cet endroit; car il n'y a point de règle générale » (fr. 48).

CHAPITRE XIV

LA VIE SOCIALE : JUSTICE, FORCE, RICHESSE

Pour Pascal, à l'époque des *Pensées*, il n'y a pas de loi humaine juste et valable. Sur ce point, les textes nous paraissent exempts de tout équivoque. Les premiers éditeurs — notamment Arnauld et Nicole — les ont d'ailleurs compris dans ce sens et c'est précisément ce qui les a choqués et incités à les modifier dans la publication.

A moins de faire appel aux « exagérations de langage » qui permettent de modifier à volonté les sens des écrits que l'on veut étudier, nous ne voyons pas très bien comment on pourrait encore soutenir, après la lecture des fragments 294, 297, 385, que celui qui les a écrits admettait l'existence ou la possibilité d'une loi humaine essentiellement valable et juste :

« ... Sur quoi la fondera-t-il, l'économie du monde qu'il veut gouverner? Sera-ce sur le caprice de chaque particulier? quelle confusion! Sera-ce sur la justice? il l'ignore.

« Certainement, s'il la connaissait, il n'aurait pas établi cette maxime, la plus générale de toutes celles qui sont parmi les hommes, que chacun suive les mœurs de son pays; l'éclat de la véritable équité aurait assujetti tous les peuples, et les législateurs n'auraient pas pris pour modèle, au lieu de cette justice constante, les fantaisies et les caprices des Perses et Allemands. On la verrait plantée par tous les États du monde et dans tous les temps, au lieu qu'on ne voit rien de juste ou d'injuste qui ne change de qualité en changeant de climat. Trois degrés d'élévation du pôle renversent toute la jurisprudence, un méridien décide de la vérité; en peu d'années de possession, les lois fondamentales changent; le droit a ses époques, l'entrée de Saturne au Lion nous marque l'origine d'un tel crime. Plaisante justice qu'une rivière borne! Vérité au deçà des Pyrénées, erreur au delà.

« Ils confessent que la justice n'est pas dans ces coutumes mais qu'elle réside dans les lois naturelles, connues en tout pays. Certainement, ils le soutiendraient opiniâtrement, si la témérité du hasard qui a semé les lois humaines en avait rencontré au moins une qui fût universelle; mais la plaisanterie est telle, que le caprice des hommes s'est si bien diversifié, qu'il n'y en a point. Le larcin, l'inceste, le meurtre des enfants et des pères, tout a eu sa place entre les actions vertueuses. Se peut-il rien de plus plaisant, qu'un homme ait droit de me tuer parce qu'il demeure au delà de l'eau, et que son prince a querelle contre le mien, quoique je n'en aie aucune avec lui?

« Il y a sans doute des lois naturelles; mais cette belle raison corrompue a tout corrompu; *Nihil amplius nostrum est; quod nostrum dicimus, artis est. Ex senatus consultis et plebiscitis crimina exercentur. Ut olim vitiis, sic nunc legibus laboramus.*

« De cette confusion arrive que l'un dit que l'essence de la justice est l'autorité du législateur, l'autre la commodité du souverain, l'autre la coutume présente; et c'est le plus sûr : rien, suivant la seule raison, n'est juste de soi; tout branle avec le temps. La coutume fait toute l'équité, par cette seule raison qu'elle est reçue; c'est le fondement mystique de son autorité. Qui la ramène à son principe, l'anéantit. Rien n'est si fautif que ces lois qui redressent les fautes; qui leur obéit parce qu'elles sont justes, obéit à la justice qu'il imagine, mais non pas à l'essence de la loi : elle est toute ramassée en soi; elle est loi, et rien davantage. Qui voudra en examiner le motif le trouvera si faible et si léger, que, s'il n'est accoutumé à contempler les prodiges de l'imagination humaine, il admirera qu'un siècle lui ait tant acquis de pompe et de révérence. L'art de fronder, bouleverser les États, est d'ébranler les coutumes établies, en sondant jusque dans leur source, pour marquer leur défaut d'autorité et de justice. Il faut, dit-on, recourir aux lois fondamentales et primitives de l'État, qu'une coutume injuste a abolies. C'est un jeu sûr pour tout perdre; rien ne sera juste à cette balance. Cependant le peuple prête aisément l'oreille à ces discours. Ils secouent le joug dès qu'ils le reconnaissent; et les grands en profitent à sa ruine, et à celle de ces curieux examinateurs des coutumes reçues. C'est pourquoi le plus sage des législateurs disait que, pour le bien des hommes, il faut souvent les piper; et un autre, bon politique : *cum veritatem qua liberetur ignoret, expedit quod fallatur.* Il ne faut pas qu'il sente la vérité de l'usurpation; elle a été introduite autrefois sans raison, elle est devenue raisonnable; il faut la faire regarder comme authentique, éternelle, et en cacher le commencement si on ne veut qu'elle ne prenne bientôt fin » (fr. 294).

« *Veri juris* : Nous n'en avons plus : si nous en avions, nous ne prendrions pas pour règle de justice de suivre les mœurs de son pays.

« C'est là que ne pouvant trouver le juste, on a trouvé le fort etc. » (fr. 297).

« Chaque chose est ici vraie en partie, fausse en partie. La vérité essentielle n'est pas ainsi : elle est toute pure et toute

vraie. Ce mélange la déshonore et l'anéantit. Rien n'est purement vrai; et ainsi rien n'est vrai, en l'entendant du pur vrai »
(fr. 385).

Le fragment 385 va bien plus loin dans la critique des lois
naturelles. Car il nous dit : « On dira qu'il est vrai que l'homicide
est mauvais; oui car nous connaissons bien le mal et le faux...
Mais que dira-t-on qui soit bon!... De ne point tuer? Non, car
les désordres seraient horribles, et les méchants tueraient tous
les bons... Nous n'avons ni vrai ni bien qu'en partie et mêlé de
mal et de faux » (fr. 385).

Ainsi même les très rares affirmations absolument valables,
comme celle que l'homicide est mauvais, perdent ce privilège
dès qu'on les transforme en prescriptions positives, en règles de
comportement ou en lois.

Nous nous excusons de ces longues citations, mais elles nous
ont paru nécessaires pour mettre en évidence l'unité de la
pensée pascalienne. Puisqu'en effet les hommes ne peuvent
atteindre *dans le monde* ni le bien, ni la vérité, il va de soi qu'ils
ne sauraient réaliser une vie sociale ou établir une autorité
politique valables; le caractère vain et déchu du monde et de
toute vie intramondaine ne souffre chez Pascal *aucune exception.* Ajoutons aussi qu'il n'y a bien entendu pas lieu de s'étonner de l'unique différence qui sépare le schème des positions
sociales et politiques de Pascal de celui de ses positions épistémologique et éthique : le fait qu'à l'insuffisance de toute
vérité et de tout comportement humains, Pascal oppose une
exigence de vérité toute vraie et de justice toute juste qui n'a
pas d'équivalent sur le plan de l'ordre social et politique. C'est
que la vérité et la justice authentiques ont précisément un
caractère transcendant qui les oppose au monde tandis que
tout espoir d'ordre social ou politique valable serait comme tel
un espoir intramondain, incompatible avec la pensée tragique.
C'est précisément la justice valable d'un monde véridique régi
par l'amour divin, monde qui n'aura plus besoin ni d'institutions
ni de lois et qui s'oppose ainsi aux ordres sociaux et politiques
insuffisants de la vie terrestre. Faut-il mentionner que là encore
Pascal prolonge une vieille tradition chrétienne? Tradition
augustinienne sans doute — mais *sur ce point* l'augustinisme
s'apparente à l'eschatologie des spirituels — et qui sera reprise,
après avoir été bien entendu sécularisée et libérée de tout élément de transcendance dans une des idées centrales de la pensée dialectique : celle *de la suppression de l'État.*

Quant à l'attitude politique de Pascal, elle est sans doute
conservatrice, mais cela non pas par respect pour l'ordre ou
pour la loi, mais par suite du caractère radicalement atemporel
de la position tragique. Puisqu'il n'y a aucun espoir intramondain de réaliser une loi valable, et puisque pour la perspective

tragique tout ce qui n'est pas absolument valable sans plus, est *également* non valable, aucun changement de l'ordre social ou politique ne saurait amener la plus légère amélioration. Il entraînerait par contre des « guerres civiles » qui sont « le plus grand des maux » (fr. 320 [1]).

Là aussi il faut souligner certaines analogies avec la position kantienne, sinon en ce qui concerne l'appréciation de la loi, tout au moins dans le refus de tout essai de changer l'ordre politique par la force. Encore faut-il cependant ajouter, qu'à partir de 1789, la position kantienne aboutissait à une défense de l'ordre révolutionnaire victorieux en France, et avait ainsi une signification *concrète* différente de la position *abstraitement analogue* de Pascal.

Si nous nous contentions d'analyser le schéma d'ensemble de la position pascalienne, nous pourrions arrêter ici une esquisse qu'illustrent un grand nombre des pensées faciles à interpréter.

Dans ses réflexions sur les rapports entre la justice et la force, Pascal est cependant allé bien plus loin, il a en effet élaboré les éléments d'une analyse réaliste et pénétrante de l'ordre social que nous voudrions maintenant esquisser dans ses grandes lignes à la lumière du développement ultérieur de la pensée dialectique.

La première chose à remarquer, c'est que Pascal a vu ce qui constitue le fondement de toute vie sociale et historique, le désir de tout homme d'être « estimé » — ou « reconnu » comme on le dira plus tard — des autres hommes. Sans doute, le janséniste pour lequel la solitude constitue la valeur par excellence, ne saurait parler sans une certaine ironie de ce désir « d'estime » qui est le résultat de la chute et du péché originel. Il ne reste pas moins qu'il y a là un pas décisif sur le chemin qui mène de Descartes à Hegel, et aussi qu'il arrive parfois à Pascal (fr. 404 par exemple) de faire sentir à travers l'ironie, qu'il a vu non seulement les caractères vains et négatifs mais aussi les aspects positifs et la fonction valable de la sociabilité.

« Nous avons une si grande idée de l'âme de l'homme que nous ne pouvons souffrir d'en être méprisés, et de n'être pas dans l'estime d'une âme; et toute la félicité des hommes consiste dans cette estime » (fr. 400).

---

1. Il serait intéressant de se demander pourquoi les guerres civiles sont-elles « le plus grand des maux ». A l'intérieur du système, il nous semble que cette appréciation se justifie par le fait qu'elles seraient le divertissement intramondain par excellence, qui détournerait l'espoir du seul domaine où il peut avoir une valeur humaine authentique, de l'éternité.

Il s'ajoute, néanmoins, chez Pascal une hostilité personnelle aux guerres civiles, qui dépasse les exigences du système (il y a encore bien d'autres « divertissements ») et se rattache, d'une part, à la situation historique de la noblesse de robe et du groupe janséniste et, d'autre part, peut-être aux souvenirs personnels de la Fronde et des suites de la révolte des « Va-nus-pieds » en Normandie.

C'est ce qui oppose l'homme aux bêtes. « Les bêtes ne s'admirent point. Un cheval n'admire point son compagnon; ce n'est pas qu'il n'y ait entre eux l'émulation à la course, mais c'est sans conséquence; car, étant à l'étable, le plus pesant et plus mal taillé n'en cède pas son avoine à l'autre, comme les hommes veulent qu'on leur fasse. Leur vertu se satisfait d'elle-même » (fr. 401).

« La plus grande bassesse de l'homme est la recherche de la gloire, mais c'est cela même qui est la plus grande marque de son excellence; car, quelque possession qu'il ait sur la terre, quelque santé et commodité essentielle qu'il ait, il n'est pas satisfait, s'il n'est dans l'estime des hommes. Il estime si grande la raison de l'homme, que, quelque avantage qu'il ait sur la terre, s'il n'est placé avantageusement aussi dans la raison de l'homme, il n'est pas content. C'est la plus belle place du monde, rien ne peut le détourner de ce désir, et c'est la qualité la plus ineffaçable du cœur de l'homme » (fr. 404).

Ainsi, pour Pascal, l'homme est un être éminemment social. Le besoin d'être estimé par ses semblables est un des éléments fondamentaux de la nature humaine. C'est l'idée de « reconnaissance » que nous retrouverons plus tard dans l'œuvre de Hegel et qui fonde la pensée dialectique en l'opposant aux différentes formes de l'individualisme, car dans la mesure où ni les sens ni la raison individuelle ne suffisent pas à l'homme, dans la mesure où celui-ci ne se réalise que par l'aspiration à un absolu qui le dépasse et qui suppose la communauté, l'estime des autres, la « reconnaissance » et sur la même ligne la « gloire » acquièrent une importance essentielle.

Mais si la communauté est naturelle à l'homme, cela ne veut pas dire que l'ordre social existant soit parfait ou même simplement bon ou acceptable. Car cet ordre est basé sur l'inégalité et l'opposition des égoïsmes.

« Il est nécessaire qu'il y ait de l'inégalité parmi les hommes, cela est vrai; mais cela étant accordé, voilà la porte ouverte, non seulement à la plus haute domination, mais à la plus haute tyrannie » (fr. 380).

« Mien, tien. (« Ce chien est à moi, disaient ces pauvres enfants; c'est là ma place au soleil ») Voilà le commencement et l'image de l'usurpation de toute la terre » (fr. 295).

Il faut se garder cependant de confondre cette critique de la société avec les innombrables témoignages analogues qui l'ont précédées ou même suivies jusqu'à la naissance du marxisme. Pendant tout le moyen âge, dans les sectes chrétiennes surtout, la critique de la propriété privée et de l'ordre social et politique fleurit d'une manière ininterrompue; nous la retrouverons aussi après Pascal, pendant tout le XVIIIᵉ siècle.

Mais avant comme après Pascal, chez les penseurs non dialectiques, cette critique utopique ou révolutionnaire reste une critique unilatérale et abstraite.

L'ordre existant, la richesse des uns, la misère des autres, les privilèges, tout cela est foncièrement mauvais et doit être remplacé par un autre ordre, idéal. A la cité terrestre, il faut substituer le royaume de Dieu sur terre, à la société fondée sur l'ignorance ou la superstition, un ordre social rationnel et conforme à la nature humaine au droit positif le droit divin ou le droit naturel, etc. Le tableau est le plus souvent tranchant, dessiné en blanc et noir.

La pensée tragique (comme la pensée dialectique) par contre réunit toujours le oui et le non. Elle sait qu'aucune réalité n'est jamais ni entièrement bonne ni entièrement mauvaise; qu'il s'agit donc de la situer par rapport à l'ensemble de relations dans lesquelles elle est engagée, et de déceler ainsi, non seulement ce qu'elle a de bon et de mauvais, mais aussi la mesure dans laquelle ces deux caractères et leur relation même, changent au cours de l'évolution historique.

Dans le cas de l'ordre social, des privilèges de richesse ou de naissance, le penseur dialectique sait que, tout en étant des iniquités qu'il faudra surmonter et remplacer par un ordre meilleur, ce ne sont pas moins pendant un certain temps des réalités nécessaires et positives ayant tant qu'elles constituent la condition indispensable du développement des forces productives, une réelle valeur humaine.

Du point de vue de la communauté idéale, le mal par excellence c'est l'égoïsme, la défense des intérêts privés, fondée elle-même sur l'existence de la propriété individuelle « chaque moi est l'ennemi et voudrait être le tyran de tous les autres » (fr. 455). « Mien, tien, ce chien est à moi... voilà l'image de l'usurpation de toute la terre. » Pour Hegel, cependant, la ruse de la raison fait qu'à travers cet égoïsme et grâce à lui le bien se réalise et l'histoire progresse. C'est Méphisto le diable qui, contre sa propre volonté mène Faust au ciel.

Mais, si chez Hegel et Marx la perspective historique permet de surmonter l'opposition entre le bien et le mal, entre la négativité et la positivité des institutions sociales, le problème est beaucoup plus complexe pour Pascal qui, avec le même point de départ n'a pas cette ouverture.

Pascal sait qu'aucune règle juridique ou morale ne réalise la véritable justice ou le vrai bien. Toutes les lois humaines sont insuffisantes. « Pourquoi me tuez-vous? Eh quoi! ne demeurez-vous pas de l'autre côté de l'eau? Mon ami, si vous demeuriez de ce côté, je serais un assassin et cela serait injuste de vous tuer de la sorte; mais puisque vous demeurez de l'autre côté, je suis un brave, et cela est juste » (fr. 293).

L'idéal aurait été de réunir la justice et la force pour réaliser des lois, en même temps efficaces et équitables. Malheureusement, cela est impossible pour l'homme qui est obligé de choisir, et qui pour assurer l'équilibre et la paix choisit la force et sacrifie la justice. « Sans doute, l'égalité des biens est juste; mais, ne pouvant faire qu'il soit forcé d'obéir à la justice, on a fait qu'il soit juste d'obéir à la force; ne pouvant fortifier la justice, on a justifié la force, afin que le juste et le fort fussent ensemble, et que la paix fût, qui est le souverain bien » (fr. 299).

« *Veri juris*. Nous n'en avons plus; si nous en avions, nous ne prendrions pas pour règle de justice de suivre les mœurs de son pays. C'est là que ne pouvant trouver le juste, on a trouvé le fort, etc. » (fr. 297). « Plaisante justice qu'une rivière borne ! : Vérité au deçà des Pyrénées, erreur au delà » (fr. 294).

Ce qui domine la société (Pascal parle de la société en général, nous dirons la société capitaliste, fondée sur l'égoïsme individuel), c'est l'opposition des individus, la lutte des uns contre les autres, qui se présente chez Pascal et chez Kant sous la forme abstraite de la lutte de l'homme contre l'homme, pour devenir chez Hegel la lutte entre le maître et l'esclave et prendre enfin chez Marx la forme concrète de la lutte des classes. Et Pascal sait très bien que si c'est la force, « les cordes de nécessité » qui « décident la structure sociale », les rapports de force engendrent cependant par la suite des idéologies, des « cordes d'imagination ». « Les cordes qui attachent le respect des uns envers les autres, en général, sont cordes de nécessité; car il faut qu'il y ait différents degrés, tous les hommes voulant dominer, et tous ne le pouvant pas, mais quelques-uns le pouvant. Figurons-nous que nous les voyons commençant à se former. Il est sans doute qu'ils se battront jusqu'à ce que la plus forte partie opprime la plus faible, et qu'enfin il était un parti dominant. Mais quand cela est une fois déterminé, alors les maîtres, qui ne veulent pas que la guerre continue, ordonnent que la force qui est entre leurs mains succédera comme il leur plaît; les uns la remettent entre l'élection des peuples, les autres à la succession de naissance, etc.

« Et c'est là où l'imagination commence à jouer son rôle. Jusque-là la pure force l'a fait : ici, c'est la force qui se tient par l'imagination en un certain parti, en France des gentilshommes, en Suisse des roturiers, etc. Or ces cordes qui attachent donc le respect à tel et à tel en particulier, sont des cordes d'imagination » (fr. 304).

Et ces idéologies deviennent des facteurs réels de domination qui seront d'autant plus nécessaires à ceux qui en profitent qu'ils ne possèdent plus une force réelle.

« La coutume de voir les rois accompagnés de gardes, de tambours, d'officiers et de toutes les choses qui ploient la machine vers le respect et la terreur, fait que leur visage, quand il est quelquefois seul et sans ces accompagnements, imprime dans leurs sujets le respect et la terreur, parce qu'on ne sépare point dans la pensée leurs personnes d'avec leurs suites, qu'on y voit d'ordinaire jointes. Et le monde qui ne sait pas que cet effet vient de cette coutume croit qu'il vient d'une force naturelle; et de là viennent ces mots : « Le caractère de la divinité est empreint sur son visage, etc. » (fr. 308). « Le chancelier est grave et revêtu d'ornements, car son poste est faux et non le roi : il a la force, il n'a que faire de l'imagination. Les juges, médecins, etc., n'ont que l'imagination » (fr. 307). Pour être concentrée en quelques formules lapidaires et précises, la critique de l'autorité de la justice et de l'ordre social ne saurait être plus radicale. Mais il ne faut pas se laisser prendre trop vite, ce négateur radical, cet anarchiste, est *en même temps* le conservateur le plus absolu qui affirme non seulement la nécessité mais encore *la valeur* des privilèges et des iniquités sociales.

« Le plus grand des maux est les guerres civiles. Elles sont sûres, si on veut récompenser les mérites, car tous diront qu'ils méritent. Le mal à craindre d'un sot qui succède par droit de naissance n'est ni si grand ni si sûr » (fr. 313).

« Comme les duchés et royautés et magistratures sont réels et nécessaires à cause de ce que la force règle tout, il y en a partout et toujours. Mais parce que ce n'est que fantaisie qui fait qu'un tel ou telle le soit, cela n'est pas constant, cela est sujet à varier, etc. » (fr. 306).

Et par leur *réalité* même, ces privilèges constituent des *valeurs*. Car c'est une des caractéristiques de toute morale dialectique, de ne se contenter, ni de la réalité ni de l'esprit, et d'aspirer à la réunion de deux. « Ce qui est rationnel est réel, ce qui est réel est rationnel », disait Hegel, et pour Pascal l'idéal n'est pas la justice pure, mais l'union de la justice et de la force.

Or, les privilèges, *par certains côtés*, permettent et conditionnent même la réalisation des valeurs.

« Que la noblesse est un grand avantage, qui, dès dix-huit ans, met un homme en passe, connu et respecté, comme un autre pourrait avoir mérité à cinquante ans. C'est trente ans gagnés sans peine » (fr. 322).

« Être brave n'est pas trop vain; car c'est montrer qu'un grand nombre de gens travaillent pour soi; c'est montrer par ses cheveux qu'on a un valet de chambre, un parfumeur, etc.; par son rabat, le fil, le passement..., etc. Or, ce n'est pas une simple superficie, ni un simple harnais, d'avoir plusieurs bras.

Plus on a de bras, plus on est fort. Être brave, est montrer sa
force » (fr. 316).

« Il a quatre laquais » (fr. 318) [1].

La richesse est ici identifiée à la force, à la possibilité de
disposer du travail des autres, et c'est pour cela même qu'on
lui accorde une valeur. Inutile de dire que c'est le sentiment
d'une classe ascendante pour laquelle la richesse représente
encore un facteur positif dans le développement des forces productives. Être riche, c'est créer avec le travail des autres, c'est
implicitement être fort.

Et la pensée dialectique de Pascal, comme plus tard celle
de Gœthe, de Hegel ou de Marx, reconnaît le bien fondé de
cette attitude, mais la limite aussitôt en montrant en même
temps le caractère négatif de la richesse, son iniquité, et chez
Hegel et chez Marx, la misère matérielle des exploités, la misère
spirituelle des exploitants et le caractère historique et transi-
toire de cette utilité sociale de la propriété privée, de la richesse
et de l'ordre bourgeois.

Mais si la perspective historique permet à Hegel et à Marx
d'intégrer ces deux positions, en apparence opposées, la critique de l'ordre social et la reconnaissance de son utilité, dans
l'idée d'une évolution dont cet ordre est le véhicule temporaire
et qui finira par le dépasser, cette perspective n'existe pas
pour Pascal.

Une des caractéristiques de la vision tragique est l'*absence
d'avenir*. Sur le plan du temps, elle ne connaît que le *présent*
et l'*éternité*. C'est pourquoi la dialectique qui deviendra historique chez Hegel et Marx doit se concentrer chez Pascal dans
le présent même et devient une dialectique purement structu-

---

1. Méphisto dans *Faust* exprime la même idée :

> *Si je peux payer six beaux chevaux*
> *Est-ce que leurs forces ne sont pas miennes?*
> *Je cours et suis un homme brave*
> *Comme si j'avais vingt-quatre pieds.*

Et le jeune Marx commente ainsi ce passage : « Ce qui existe pour moi par l'argent, et que je peux payer, c'est-à-dire ce que l'argent peut acheter, cela, moi, le
possesseur de l'argent, *je le suis*. Ma force est aussi grande que la force de l'argent.
Les qualités de l'argent sont mes qualités et mes forces puisque je suis le possesseur de l'argent. Ce que *je suis* et ce que *je peux* n'est donc nullement déterminé
par mon individualité. Je *suis* laid, mais je puis m'acheter *la plus belle* des femmes.
Donc je ne suis pas *laid*, car l'effet de la laideur, sa force répulsive est détruite
par l'argent. Moi, d'après mon individualité, je suis paralytique, mais l'argent me
procure vingt-quatre pieds; je ne suis donc pas paralytique. Je suis un homme mauvais, malhonnête, sans conscience, sans esprit, mais l'argent est respecté, donc
son possesseur aussi. L'argent est souverain bien, donc son possesseur est bon.
De plus, l'argent me dispense de la peine d'être malhonnête, donc je suis présumé
être honnête. Je suis *sans esprit*, mais l'argent est le *véritable* esprit de toute chose;
comment son possesseur pourrait-il être dépourvu d'esprit? De plus, il peut acheter
des gens spirituels, et celui qui a le pouvoir sur les gens spirituels n'est-il pas plus
spirituel qu'eux? Moi qui *puis* par l'argent tout ce que peut désirer le cœur d'un
homme, est-ce que je ne possède pas toutes les facultés humaines. Est-ce que l'ar-

relle. Ce qui sera plus tard la succession des époques historiques ne constitue encore chez Pascal qu'une série ascendante
de paliers qualitatifs de la réalité humaine, la thèse, l'antithèse
et la synthèse dans les différentes manières de juger la société
et l'État. (Dans le passage suivant, les mots thèse, antithèse,
synthèse, sont ajoutés par nous, le reste est cité de Pascal)
« *Raison des effets.* — Renversement continuel du pour ou
contre. »)

Thèse : « Nous avons donc montré que l'homme est vain,
par l'estime qu'il fait des choses qui ne sont point essentielles;
et toutes ces opinions sont détruites. »

Antithèse : « Nous avons montré ensuite que toutes ces opinions sont très saines, et qu'ainsi, toutes ces vanités étant très
bien fondées, le peuple n'est pas si vain qu'on le dit; et ainsi
nous avons détruit l'opinion qui détruisait celle du peuple. »

Synthèse : « Mais il faut détruire maintenant cette dernière
proposition, et montrer qu'il demeure toujours vrai que le
peuple est vain, quoique ses opinions soient saines; parce qu'il
n'en sent pas la vérité où elle est, et que, la mettant où elle
n'est pas, ses opinions sont toujours très fausses et très mal-
saines » (fr. 328). Ou encore une double triade :

« Raison des effets. — Gradation. »

Thèse : « Le peuple honore les personnes de grande naissance. »

Antithèse : « Les demi-habiles les méprisent, disant que la
naissance n'est pas un avantage de la personne mais du hasard. »

Synthèse qui sera en même temps thèse de la seconde triade :
« Les habiles les honorent, non par la pensée du peuple, mais
par la pensée de derrière. »

Seconde antithèse : « Les dévots qui ont plus de zèle que de
science les méprisent, malgré cette considération qui les fait
honorer par les habiles, parce qu'ils en jugent par une nouvelle lumière que la piété leur donne. »

Seconde synthèse : « Mais les chrétiens parfaits les honorent
par une autre lumière supérieure. Ainsi se vont les opinions
succédant du pour au contre, selon qu'on a de lumière » (fr. 337).

Malgré les profondes différences en matière de doctrines politiques et sociales qui s'expliquent par la différence d'époque,
(Kant écrivait au temps et sous l'influence de la Révolution
française et exprimait la pensée de la fraction la plus avancée
de la bourgeoisie allemande, Pascal exprimait la vision du
monde d'une couche intermédiaire et ne semble pas avoir été
influencé par la révolution anglaise, sauf peut-être indirecte-

gent ne transforme donc pas toutes infirmités et incapacités en leur contraire? »
(KARL MARX: *Die Frühschriften*, Stuttgart, Kroner-Verlag, 1953 p. 298. *National-
Ökonomie und Philosophie*.)

ment à travers les doctrines de Hobbes [1]), il y a néanmoins — même ici — un point commun entre la pensée de Kant et celle de Pascal. C'est le besoin qu'ont ressenti l'un et l'autre de réunir une position critique et progressiste avec un conservatisme absolu. Pascal y parvient par les théories que nous venons d'analyser. Kant en affirmant la nécessité de se soumettre toujours à l'autorité qui a le pouvoir, même si elle est révolutionnaire, ce qui revient à consacrer en même temps la Révolution Française et la Monarchie Prussienne.

La vraie solution dialectique ne pourra cependant venir que le jour où, avec la pensée dialectique, la perspective d'avenir s'ouvrira enfin, permettant l'élaboration d'une véritable philosophie de l'histoire.

---

1. Le fragment 176 mentionne cependant Cromwell, mais d'une manière entièrement négative. Pascal semble n'y avoir vu que le danger des guerres civiles.

CHAPITRE XV

LE PARI

I

En esquissant successivement la conception pascalienne de l'homme, des êtres vivants, de l'univers physique, de l'épistémologie, de la morale, de l'esthétique et de la vie sociale, nous avons rencontré chaque fois le même schéma fondamental : l'homme est un être paradoxal, grand et petit qui ne saurait ni renoncer à la recherche de valeurs authentiques et absolues, ni les trouver ou les réaliser dans la vie et dans le monde, aussi ne saurait-il placer son espérance ailleurs que dans la religion et dans l'existence d'un Dieu personnel et transcendant.

Une question se pose cependant : quelque grande et riche qu'apparaisse cette position sur le plan de la volonté et de la foi, elle apparaît aussi *essentiellement* pauvre sur celui de la pensée scientifique et philosophique et des réalisations intramondaines.

Si le monde n'est pour l'homme qu'une possibilité d'atteindre des valeurs relatives, il ne saurait en aucun cas présenter, pour une conscience régie par la catégorie du « tout ou rien », un intérêt suffisamment grand pour qu'elle y consacre une partie — même infime — de sa pensée et de son action. Au contraire, tout intérêt pour un monde vain et sans Dieu ne saurait être que compromis et déchéance, en langage religieux : *péché*. Aussi, les jansénistes extrémistes du groupe Barcos ont-ils réellement tiré les conséquences de cette position en quittant le monde, et en identifiant presque les idées de vertu et de solitude, de chrétien et d'ermite. Mais aussi chercherait-on en vain dans les études et dans les lettres de Barcos, de Singlin ou même d'Hamon, une analyse de la réalité biologique ou physique, une épistémologie, une esthétique ou bien une analyse de la vie sociale.

Dans la mesure où ces domaines s'y trouvent abordés, même incidemment, c'est presque toujours pour formuler une appréciation négative et rappeler au chrétien qu'il doit s'en désintéresser et consacrer sa vie à Dieu, et à Dieu seulement.

Comment alors expliquer, non seulement l'activité intramondaine de Pascal entre 1657 et 1662, l'entreprise des carrosses à cinq sols, les écrits mathématiques, mais aussi l'existence dans les *Pensées* d'une analyse réaliste et poussée des relations entre l'homme et le monde et de la structure de ce dernier et enfin l'existence même des *Pensées*, le fait d'écrire une apologie.

C'est là un problème d'autant plus sérieux que loin d'être introduit artificiellement par la perspective de l'historien, il a fait l'objet de nombreuses discussions à l'intérieur du groupe des « disciples de Saint Augustin », qu'il touche de près au fondement même des différentes positions idéologiques, et que les réponses théoriques et pratiques d'Arnauld, de Barcos et de Pascal ont été adoptées en pleine conscience de leurs justifications et de leurs implications. Il n'est donc pas possible de recourir aux explications par des facteurs accidentels, tels que le tempérament, l'éducation, etc.

Nous avons déjà dit plusieurs fois dans ce travail que les différences entre les positions de Barcos et de Pascal, et leurs conséquences pratiques : *refus du monde et retraite dans la solitude* dans un cas, *refus paradoxal et intramondain du monde* dans l'autre, nous semblent venir du fait que l'auteur des *Pensées* pousse l'idée du Dieu caché — ou plus exactement du Dieu qui se cache — à sa forme la plus extrême, en admettant que Dieu cache à l'homme non seulement sa volonté, mais aussi son *existence*.

C'est en effet dans la mesure où cette existence est devenue pour l'homme déchu un espoir, une certitude du cœur, et cela veut dire *une certitude incertaine et paradoxale*, que celui-ci ne peut plus trouver dans la solitude et dans l'abandon du monde, un refuge sûr et valable et que c'est *dans* le monde, ou tout au moins *en face du monde* qu'il doit exprimer et son refus de toute valeur relative et sa recherche de valeurs authentiques et du transcendant.

C'est parce que l'existence de Dieu n'est plus pour l'homme déchu absolument et simplement certaine, que Pascal a pu, et même dû, élaborer une théorie du monde et de la réalité terrestre, physique, biologique et sociale, et c'est parce que l'homme, pour être homme, ne saurait accepter en aucune manière et à aucun degré un monde insuffisant et relatif que cette théorie a pu atteindre un réalisme, dépourvu de toute illusion intramondaine, de tout égard et de tout ménagement, et qu'elle a pu se situer sur le plan scientifique et philosophique au niveau le plus élevé que l'époque et la situation historique permettaient seulement d'atteindre.

On voit ainsi l'importance que présente pour une interprétation cohérente de la vie et de l'œuvre de Pascal, à côté de
l'insuffisance absolue de toute réalité intramondaine, à côté de
l'impossibilité de trouver le repos dans le monde, l'impossibilité,
non moins radicale, d'une certitude simple et non paradoxale
de l'existence de Dieu, l'impossibilité de se désintéresser du
monde et de se réfugier dans la solitude et l'éternité.

C'est dire la place de choix qu'il faut accorder dans l'ensemble
des *Pensées* au fragment 233 qu'on appelle couramment le
pari. Cette constatation se heurte cependant à une longue tradition solidement établie. Si en effet, — comme nous essayons
de le montrer plus loin, — l'idée du pari se retrouve au cœur
même des philosophies postérieures de Kant et de Marx, elle
est, par contre, radicalement étrangère et ne peut constituer
qu'un argument apologétique *ad hominem* pour les principales
positions chrétiennes, antérieures ou postérieures à Pascal,
positions pour lesquelles l'existence et, très souvent, la volonté
même de Dieu constituent une certitude absolue rationnelle,
intuitive ou affective mais en tout cas étrangère au risque
et au paradoxe. Aussi la plupart des historiens et des interprètes ne sont-ils que trop facilement enclins à admettre un
raisonnement qui nous paraît contestable : on ne parie pas,
disent-ils, sur une chose qu'on connaît avec certitude. Or,
Pascal, chrétien, était certain de l'existence de Dieu; il ne
pouvait donc accorder pour lui-même aucune valeur à l'argument du « pari ». Une fois ce syllogisme admis, les divergences
ne concernent plus que le fait de savoir si le pari est un argument *ad hominem* écrit pour « le libertin », une « exagération
de langage » ou bien une étape soit biographique dans la vie
de Pascal soit logique dans le développement de son apologie [1].

La grande objection contre toutes ces interprétations nous
paraît résider dans le fait qu'elles partent, explicitement ou
implicitement, non pas du *texte* de ce fragment et de l'ensemble
des *Pensées*, mais d'une idée générale de la foi et du christianisme sans se demander si cette idée est *universellement* valable
ou si elle n'exclut pas une forme authentique de pensée et de
foi chrétienne qui est précisément celle de Pascal.

1. Il faut cependant mentionner l'ouvrage de H. PETITOT : *Pascal. Sa vie religieuse et son Apologie du christianisme*, Paris, Beauchesne et Cⁱᵉ, 1911, qui,
sans pourtant arriver à une interprétation tragique des *Pensées*, tient compte
néanmoins des textes que nous analysons, et aboutit à la conclusion que « lui-
même, Pascal, parie » (p. 234).
Citons aussi la remarquable étude de M. ÉTIENNE SOURIAU : *Valeur actuelle du
pari de Pascal* qui forme le chapitre II de son ouvrage *l'Ombre de Dieu*, Paris,
P. U. F., 1955. M. Souriau a très bien remarqué que le pari est valable seulement
dans un certain contexte philosophique. « Il faut, dit le pari en ce qu'il a de valable,
répondre « je tiens », dès qu'une apparence, douteuse mais possible, nous est offerte,
d'une proposition questionnante pouvant faire le lien entre nous et l'infini, à telles
conditions finies, dont notre acceptation est la première. » (*L. c.*, p. 84.)

Nous nous proposons de suivre dans ce chapitre le chemin inverse. En partant tout d'abord du texte lui-même du fragment 233, nous l'examinerons pour voir dans quelle mesure il permet d'affirmer que Pascal se considère lui-même comme un homme « qui parie », identifiant, contrairement aux autres formes de pensée chrétienne, les idées de « parier » et de « croire », pour avancer ensuite à l'analyse de la place du pari dans l'ensemble des *Pensées*, dans l'idéologie des « Amis de Port-Royal » et enfin dans l'histoire de la philosophie.

Or, déjà la première partie de cette analyse nous paraît décisive, à condition d'admettre que Pascal *pensait réellement ce qu'il a écrit* et d'éliminer toute idée d' « exagération de langage » qui permettrait de lui attribuer n'importe quelle position philosophique et théologique. Deux passages nous paraissent en effet exclure toute équivoque. Dans ce fragment qui se présente sous la forme d'un dialogue avec un interlocuteur sur lequel nous aurons à revenir, Pascal répond à celui-ci qui est intellectuellement déjà convaincu (« cela est démonstratif »), mais qui objecte son impuissance à croire :

« Vous voulez aller à la foi, et vous n'en savez pas le chemin; vous voulez vous guérir de l'infidélité, et vous en demandez le remède : *apprenez de ceux qui ont été liés comme vous, et qui parient maintenant tout leur bien*, ce sont gens qui savent ce chemin que vous voudriez suivre, et guéris d'un mal dont vous voulez guérir » (souligné par nous).

Cette formule : « Apprenez de ceux qui parient maintenant », nous semble décisive. C'est Pascal qui parle et, en s'adressant à l'interlocuteur — quel qu'il soit — il ne lui dit pas : « Apprenez de ceux qui croient maintenant » ni « de ceux qui ont parié », mais « de ceux *qui parient* », et il accentue par l'adverbe maintenant le présent de la proposition. Si l'on admet que l'auteur de ce texte pensait ce qu'il écrivait — et c'est la première hypothèse de tout travail sérieux d'histoire de la philosophie — ces lignes devraient suffire pour exclure la plupart des interprétations traditionnelles qui minimisent le rôle du « pari » dans la foi de Pascal.

Il y a, de plus, dans ce même fragment encore un autre passage qui ne nous paraît pas moins concluant. Ce sont les paroles de l'interlocuteur qui objecte son impuissance à croire et qui identifie *probablement* (deux interprétations restent possibles) les mots *croire* et *parier* et la réponse de Pascal qui les identifie *certainement*.

« Oui, mais j'ai les mains liées et la bouche muette; on me force à parier, et je ne suis pas en liberté; on ne me relâche pas, et je suis fait d'une telle sorte que je ne puis croire. Que voulez-vous donc que je fasse? »

« Il est vrai. Mais apprenez au moins votre impuissance à

croire, puisque la raison vous y porte, et que néanmoins vous
ʟᴇ le pouvez. »

Dans ce passage, on peut sans doute interpréter les mots de
l'interlocuteur dans le sens suivant : « On me force à parier,
soit sur l'existence de Dieu, soit sur le néant... » et je ne puis
croire, dans ce cas, il n'y a pas d'identification entre « croire »
et « parier ». Cependant, d'après tout le texte qui précède et
la reconnaissance par l'interlocuteur du caractère « démonstratif » de l'argumentation pascalienne, une autre interprétation nous paraît bien plus probable : « On me force à parier
sur l'existence de Dieu, et je ne puis croire. » Dans ce cas, les
mots parier et croire deviennent synonymes, et il n'est plus
question de séparer le pari « écrit pour le libertin » de la foi
du chrétien qui n'a pas besoin de parier. De plus, quoi qu'il
en soit de ces deux interprétations, l'identification de « parier »,
de « croire » nous paraît incontestable dans les lignes qui
suivent et qui contiennent la réponse de Pascal : « Apprenez
au moins votre impuissance à croire puisque la raison vous y
porte. » Car nous savons que loin de porter à croire dans le
sens des positions thomistes, cartésiennes ou augustiniennes,
la raison chez Pascal ne porte qu'à *parier* sur l'existence de
Dieu et *rien de plus.*

C'est pourquoi, à condition de prendre au sérieux les deux
passages que nous venons de citer du fragment 233, et qu'on
laisse d'habitude dans l'ombre, nous ne voyons pas très bien
comment on pourrait enlever au « pari » la place centrale
qu'il occupe dans le schéma des *Pensées.*

Ajoutons qu'il y a dans l'ouvrage un autre texte, dont
devraient tenir compte tous ceux qui se refusent à admettre
que le fragment 233 expose les propres positions de Pascal.
C'est le fragment 234 dont Brunschvicg a senti à tel point
la parenté avec le « pari » — qui y est expressément mentionné
— qu'il l'a placé à la suite immédiate de celui-ci. Le texte se
divise en effet en deux parties. La première nous dit — et
c'est déjà un fait extrêmement important pour l'interprétation
du fragment 233 — que « la religion n'est pas certaine », bien
qu'elle le soit plus que maintes autres choses, qui agissent sur
nous et déterminent nos actes. De sorte qu'engager son action
sur la religion incertaine, c'est agir de manière raisonnable et
conformément à la règle des partis qui est démontrée.

« S'il ne fallait rien faire que pour le certain, on ne devrait
rien faire pour la religion; car elle n'est pas certaine. Mais
combien de choses fait-on pour l'incertain, les voyages sur mer,
les batailles! Je dis donc qu'il ne faudrait rien faire du tout, car
rien n'est certain; et qu'il y a plus de certitude à la religion,
que non pas que nous voyions le jour de demain; car il n'est
pas certain que nous voyions demain, mais il est certainement

possible que nous ne le voyions pas. On n'en peut pas dire autant de la religion. Il n'est pas certain qu'elle soit; mais qui osera dire qu'il est certainement possible qu'elle ne soit pas? Or, quand on travaille pour demain, et pour l'incertain, on agit avec raison; car on doit travailler pour l'incertain, par la règle des partis qui est démontrée. »

Tout ceci n'apporte cependant rien de nouveau et reprend seulement un développement que nous connaissons déjà par la lecture du fragment 233. Ceux qui voient dans ce dernier une interprétation *ad hominem* peuvent évidemment soutenir la même chose pour cette première partie du fragment 234, bien que de toute apparence Pascal y semble parler d'un point de vue général et ne pas s'adresser à un interlocuteur précis comme c'était le cas dans le fragment 233.

Cette interprétation devient cependant beaucoup plus difficile, sinon impossible à défendre lorsqu'on aborde la seconde partie qui situe Pascal par rapport à Montaigne et Saint Augustin et permet, nous semble-t-il, d'éliminer toute hypothèse d'argumentation, *ad hominem*. On voit, en effet, difficilement une « apologie » qui, « pour convaincre le libertin », élaborerait une critique aussi véhémente des positions de Saint Augustin. Ce serait un excellent moyen pour obtenir l'effet contraire à celui qu'on est censé poursuivre.

De plus, lorsqu'on connaît l'autorité hors pair dont jouissait Saint Augustin dans le milieu de Port-Royal en général et aux yeux de Pascal en particulier, on est obligé de se dire qu'un langage aussi catégorique et aussi violent contre certaines positions du Père le plus respecté de l'Église et du théologien qui — pour Port-Royal — représentait, en fait, la plus grande autorité après l'Écriture, ne saurait porter sur un point secondaire et accidentel. Pour que Pascal ait pu écrire les lignes qui terminent les fragments 234, il devait être convaincu qu'il s'agissait d'un problème particulièrement important. Nous nous trouvons à un des points essentiels et de sa pensée et de l'ouvrage qu'il projetait.

Dans l'œuvre de Pascal, le fragment 234 n'est d'ailleurs pas un passage isolé. Il prolonge et précise un autre texte célèbre, qui ne nous est malheureusement parvenu qu'à travers les *Mémoires* de Fontaine, *l'Entretien avec M. de Saci*, dans lequel Pascal définissait déjà les positions chrétiennes en les opposant aux positions unilatérales du scepticisme et du dogmatisme, dont le christianisme était pour lui à la fois la synthèse et la négation, et dans lequel, pour personnifier les positions sceptiques et dogmatiques, il avait choisi les écrits de Montaigne et d'Épictète.

Le fragment 234 reprend la même analyse à un niveau plus élevé et nous serions tenté de dire, plus dialectique. Pascal sait maintenant que le sceptique et le dogmatiste ne sont pas purement et simplement unilatéraux, le sceptique connaît le besoin humain de certitude et de même le dogmatiste n'ignore pas le rôle du hasard, de l'incertain dans la vie de l'homme. Seulement, ils croient l'un et l'autre qu'il s'agit dans le cas de l'élément qu'ils négligent d'un ensemble de faits accidentels et secondaires sans liaison avec l'essence même de la condition humaine. Pour employer les termes de Pascal, « ils ont vu les effets, mais ils n'ont pas vu les causes ». Lorsqu'il s'agit de personnifier les deux positions, Pascal introduit cependant une modification qui nous paraît révélatrice. Le sceptique est toujours Montaigne, le dogmatique, par contre, ce n'est plus Épictète, c'est saint Augustin.

« Saint Augustin a vu qu'on travaille pour l'incertain, sur mer, en bataille, etc.; mais il n'a pas vu la règle des partis, qui démontre qu'on le doit. Montaigne a vu qu'on s'offense d'un esprit boiteux, et que la coutume peut tout; mais il n'a pas vu la raison de cet effet.

« Toutes ces personnes ont vu les effets, mais ils n'ont pas vu les causes; ils sont à l'égard de ceux qui ont découvert les causes comme ceux qui n'ont que les yeux à l'égard de ceux qui ont l'esprit; car les effets sont comme sensibles, et les causes sont visibles seulement à l'esprit. Et quoi que ces effets-là se voient par l'esprit, cet esprit est à l'égard de l'esprit qui voit les causes comme les sens corporels à l'égard de l'esprit. »

Pascal reproche ainsi en termes d'une dureté exceptionnelle à saint Augustin de n'avoir pas vu le caractère *fondamental* de l'incertitude dans l'existence humaine et d'avoir ignoré la « règle des partis » qui démontre qu'on doit travailler pour l'incertain.

Une objection serait encore — à la limite — possible; ce texte se rapporte-t-il au pari sur l'existence de Dieu ou aux mille autres paris conscients ou implicites de la vie quotidienne? Nous sommes pour la dernière éventualité et cela pour deux raisons : *a)* parce que selon Pascal, saint Augustin a vu les paris quotidiens « sur mer, en bataille, etc. », et *b)* parce que le fragment 233 nous a dit que Pascal connaissait la principale objection « dogmatique » au pari. L'affirmation qu'être raisonnable, c'est agir seulement lorsqu'on possède une science certaine et s'abstenir lorsqu'on est placé devant l'incertain.

A cette objection du dogmatisme cartésien, Pascal avait répondu : « Oui, mais il faut parier, cela n'est pas volontaire, vous êtes embarqué. »

Or, que signifiaient ces paroles? Certainement pas que nous devons accepter tel ou tel pari précis dans la vie quotidienne, sur mer, en bataille, etc. Ce serait tout simplement faux. Le choix de chacun de ces paris est volontaire et nous pouvons toujours l'accepter ou nous abstenir, car nous ne sommes jamais « embarqués » d'avance. Le tort du dogmatisme rationaliste — et pour lui donner un nom précis — cartésien, a été de morceler l'homme, de regarder chaque acte isolément et d'appliquer ensuite les conclusions de cette analyse à l'existence humaine comme telle.

Si nous considérons par contre notre vie humaine *dans sa totalité*, nous sommes effectivement « embarqués » par la recherche du bonheur qui est pour Pascal essentielle à la condition humaine comme telle. Notre liberté se réduit au choix dans la vie de tous les jours entre les multiples paris qui s'offrent accidentellement, et d'une manière essentielle au choix entre le pari sur Dieu et le pari sur le néant.

La règle des « partis » qu'a méconnu saint Augustin démontre « qu'on doit » travailler pour l'incertain seulement dans la mesure où elle concerne la condition humaine comme telle, la recherche nécessaire du bonheur et l'impossibilité d'établir cette recherche sur une base ferme et non paradoxale. Un solitaire certain de l'existence divine pourrait à la limite nier la nécessité de travailler pour l'incertain.

Ainsi, les textes pascaliens qui identifient parier et croire, parlent de ceux qui « parient maintenant » et reprochent à saint Augustin de ne pas avoir vu la règle des partis qui démontre qu'on doit travailler pour l'incertain, et d'avoir été par rapport à cette vérité comme « ceux qui n'ont que les yeux » sont à l'égard de « ceux qui ont l'esprit », nous paraissent résister à la plupart des interprétations traditionnelles et constituer des arguments sérieux — pour ne pas dire décisifs — en faveur d'une interprétation qui fait du « pari », le centre de la pensée pascalienne.

Il nous reste à étudier la signification intrinsèque du pari et sa place aussi bien dans l'ensemble des *Pensées* que dans l'histoire de la pensée philosophique en général.

II

Le fragment 233 se présente au lecteur sous la forme d'un dialogue dans lequel Pascal s'adresse explicitement à un interlocuteur dont nous savons seulement : « qu'il ne croit pas » et même qu'à un certain instant il affirme « être fait de telle sorte qu'il ne peut croire ». Le besoin d'identifier cet interlocuteur nous paraît d'autant plus pressant que, de toute évidence, il est non seulement l'homme auquel Pascal s'adresse dans ce fragment, mais encore celui pour lequel devrait être écrit le livre projeté tout entier, celui pour lequel sont écrites les *Pensées*.

Formulons d'emblée le problème : cet interlocuteur représente-t-il une catégorie particulière d'hommes, les libertins par exemple, et dans ce cas le fragment 233 et avec lui de nombreux autres fragments des *Pensées* ne sont-ils qu'une argumentation apologétique sans grande importance pour le chrétien Pascal qui avait la foi, ou bien cet interlocuteur représente-t-il un aspect essentiel de la condition humaine, de tout homme quel qu'il soit — et par conséquent aussi une possibilité — sans doute jamais réalisée mais toujours existante, en tant que possibilité, de Pascal lui-même.

Le même problème peut être posé sous une autre forme complémentaire, celle de savoir dans quelle mesure les doctrines port-royalistes de la Grâce et de la Prédestination étaient compatibles avec l'idée même d'écrire une Apologie?

On a en effet très souvent affirmé — soit en reprochant à Pascal de se contredire, soit en le louant d'avoir échappé à l'emprise janséniste — l'incompatibilité qu'il y aurait entre d'une part le fait d'admettre qu'aucun mouvement, si léger soit-il, de piété, aucun commencement même de prière, n'est possible sans une Grâce divine, que l'homme ne saurait jamais trouver par ses propres forces le chemin du bien et de la piété et d'autre part le fait d'écrire un ouvrage qui se propose de convertir l'incrédule, d'amener les hommes à la foi.

Comme l'a cependant remarqué M. Gouhier dans un cours — encore inédit — consacré aux *Pensées*, si contradiction il y a, elle ne peut être implicite, étant donné que l'objection avait déjà été formulée du vivant de Pascal dans le milieu qui lui était proche, puisqu'on avait longuement discuté à Port-Royal de la légitimité des apologies auxquelles Barcos et ses amis étaient résolument hostiles. De plus, lorsqu'on affirme l'existence d'une « contradiction » chez un penseur du rang de Pascal, il faut toujours être circonspect, et n'accepter cette solution qu'en dernière instance, lorsqu'elle apparaît vraiment inévitable.

Est-ce le cas lorsqu'il s'agit des *Pensées?* Nous n'en sommes nullement convaincus. Car ce qu'on reproche à Pascal c'est d'agir d'une manière qui, d'après ses propres positions ne saurait en aucun cas être efficace par elle-même, or, cela ne serait contradictoire *que dans une morale de l'efficacité* et non dans une morale de l'intention.

Rappelons brièvement les positions de Kant, « le jugement qui décide si une chose est ou n'est pas un objet de la raison pure, pratique, est complètement indépendant de la comparaison avec notre puissance physique et la question consiste seulement à savoir s'il nous est permis de *vouloir* une action qui se rapporte à l'existence d'un objet en supposant que ce soit en notre pouvoir [1]... ».

Or, le rapprochement entre ce texte et les positions de Pascal n'a rien d'artificiel. Dans le cours déjà mentionné, M. Gouhier a remarqué à juste titre que pour Pascal comme pour tous les « disciples de saint Augustin », le choix des élus par Dieu est *absolument inconnaissable du point de vue de l'homme*. Nous ignorons tout, du fait que n'importe quel homme qui se trouve en face de nous se range certainement ou même probablement dans le camp des élus ou dans celui des réprouvés.

Aussi sommes-nous obligé d'agir indépendamment de toute hypothèse de cet ordre, en suivant — M. Gouhier l'a remarqué — un *impératif formel* une règle générale qui ne *fait aucune distinction* entre les hommes (et qui présente de profondes analogies avec l'impératif kantien). Reste à savoir quelle est cette règle universelle de conduite valable envers *tous les hommes*. Or, dans un de ses écrits sur la Grâce, Pascal nous dit lui-même : « Que tous les hommes du monde sont obligés sous peine de damnation éternelle et de péché contre le Saint-Esprit irrémissible en ce monde et en l'autre de croire qu'ils sont de ce petit nombre d'Elus pour le salut desquels Jésus-Christ est mort et d'avoir la même pensée de chacun des hommes qui vivent sur la terre, quelque méchans et impies qu'ils soient, tant qu'il leur reste un moment de vie, laissant dans le secret impénétrable de Dieu le discernement des Elus d'avec les réprouvés [2]. »

Et dans une variante qui nous paraît hautement intéressante : « ...sont obligés de croire, mais d'une créance meslée de crainte et qui n'est pas accompagnée de certitude, qu'ils sont de ce petit nombre d'Éleus que Jésus-Christ veut sauver et de ne juger jamais d'aucun des hommes qui vivent sur la terre, quelques méchants et impies qu'ils soient, tant qu'il leur reste un moment de vie, qu'ils ne sont pas du nombre des Prédestinés laissant dans le secret impénétrable de Dieu le discernement des Éleus d'avec les réprouvez. Ce qui les oblige à faire pour eux ce qui peut contribuer à leur salut » (*l. c.*, p. 34).

Il n'y a donc *aucune contradiction* entre les théories augustiniennes de la Grâce et de la Prédestination que Pascal acceptait intégralement, et le fait d'agir *comme si* chaque homme pouvait être sauvé et de faire tout pour contribuer à son salut (bien qu'*en réalité* celui-ci ne dépende en dernière instance que de la volonté divine).

---

1. E. KANT : *Critique de la raison pratique*, Paris, Vrin, 1945, p. 77-78.
2. PASCAL : *Deux pièces imparfaites sur la Grâce et le concile de Trente*, Paris, Vrin, 1947, p. 31.

Cependant les deux textes que nous venons de citer ne sont pas rigoureusement analogues, au moins dans leur aspect immédiat. D'après le premier : « Tous les hommes sont obligés... de croire qu'ils sont du petit nombre d'Éleus et d'avoir la même pensée de chacun des hommes qui vivent sur la terre quelque méchants et impies qu'ils soient... »

Nous avouons cependant qu'en l'admettant à la lettre le problème de la légitimité des apologies, ne nous semble pas encore entièrement éclairci; si j'agis *comme si* tout homme pris individuellement était du nombre des élus, il devient inutile d'écrire des apologies, car je n'ai plus besoin de contribuer à son salut.

Aussi le second des textes, cité plus haut, celui de la variante, est-il déjà plus nuancé, car premièrement il nous dit que la croyance que nous sommes sauvés, doit être « mêlée de crainte » et ne pas « être accompagnée » de certitude et d'autre part il donne à l'impératif formel dont parlait à juste titre M. Gouhier une formulation négative : « Ne jamais croire qu'un homme quelque méchant qu'il soit n'est pas du nombre des prédestinés. »

Quelques lignes du fragment 194 — citées elles aussi par M. Gouhier — vont encore dans le même sens :

« Parce que cette religion nous oblige de les regarder toujours, tant qu'ils seront en cette vie, comme capables de la grâce qui peut les éclairer, et de croire qu'ils peuvent être dans peu de temps plus remplis de foi que nous ne sommes, et que nous pouvons au contraire tomber dans l'aveuglement où ils sont, il faut faire pour eux ce que nous voudrions qu'on fît pour nous si nous étions à leur place, et les appeler à avoir pitié d'eux-mêmes, et à faire au moins quelques pas pour tenter s'ils ne trouveront pas de lumières. »

Ainsi l'impératif formel qui justifie réellement l'apologie, nous semble être celui d'agir *comme si* tout homme pris individuellement pourrait dans les instants qui lui restent à vivre — qu'ils soient nombreux ou non — être sauvé mais aussi être réprouvé, et faire tout ce qui est en notre pouvoir pour l'aider « à avoir pitié de lui-même ».

Sans doute Pascal pense-t-il que Dieu seul pourra mener dans chaque cas notre effort à la réussite ou à l'échec (bien *qu'une fois*, mais une seule fois, il est vrai, il parle dans le fragment 233 d'une possibilité de « croire même naturellement »), mais cela est une chose qui ne nous concerne plus. En fait l'homme est pour nous toujours un être qui peut être sauvé ou damné, et il faut agir *comme si*, par notre action, Dieu assurera son salut.

Du point de vue de Dieu, il y a les élus qui ne peuvent pas être damnés et les réprouvés qui ne peuvent pas être sauvés. Du point de vue de l'homme par contre qui ignore tout du décret divin, les catégories de l'élu et du réprouvé ne sont dans chaque cas individuel que des *possibilités* permanentes, lui-même se représentant comme un être intermédiaire qui les réunit, mais qui n'a pas encore choisi et ne pourra jamais choisir définitivement en *cette* vie. C'est, nous semble-t-il, précisément l'idée exprimée non seulement dans les nombreux fragments qui nous disent que l'homme n'est ni ange ni bête, qu'il est un roseau pensant, etc., mais aussi par les deux divisions tripartites qui constituent le fondement même de la pensée pascalienne, et qui se trouvent l'une dans un des écrits sur la Grâce (élus, réprouvés et *appelés*) et l'autre dans de nombreux fragments dont nous citerons un des plus explicites :

« Il n'y a que trois sortes de personnes; les uns qui servent Dieu, l'ayant trouvé; les autres qui s'emploient à le chercher, ne l'ayant pas trouvé; les autres qui vivent sans le chercher ni l'avoir trouvé. Les premiers sont raisonnables et heureux, les derniers sont fous et malheureux, ceux du milieu sont malheureux et raisonnables » (fr. 257).

Pour Arnauld et pour Barcos, il n'y a bien entendu, du point de vue de Dieu, que deux sortes de personnes : les élus et les réprouvés. En logique stricte, Pascal aurait dû adopter la même position, les *appelés* qui ne persévèrent pas, étant — dans la perspective divine — simplement des réprouvés à partir de l'instant de leur chute. Or, dans l'*Écrit sur la Grâce*, Pascal a fait de ces appelés une *troisième catégorie* intermédiaire, ce qui nous semble au plus haut point caractéristique et révélateur pour l'historien, car Pascal introduit *le point de vue humain du fragment 257 dans la perspective divine;* les appelés inexistants du point de vue de Dieu qui connaît la réalité étant au contraire un aspect essentiel de la condition humaine pour l'homme « qui ignore tout du secret impénétrable de Dieu » concernant ce « discernement des élus d'avec les réprouvés ».

Même du point de vue de l'homme d'ailleurs un barcosien conséquent ne saurait distinguer que les « ermites » et les gens qui continuent à vivre dans le monde. Pascal par contre, admet chez tout homme, qu'il soit croyant ou libertin, l'existence d'une raison à travers laquelle on peut l'amener à la recherche de Dieu et au pari, mais qui lui rappelle aussi toujours que Dieu n'est pas manifeste, qu'il est un Dieu absent et présent, un Dieu qui se cache.

Le reste concerne la Grâce divine et son « secret impénétrable » que nous ne saurions pénétrer au cours de cette vie, ni pour nous ni pour les autres hommes.

Le livre de Pascal et le fragment 233 s'adressent, non pas à telle catégorie particulière d'hommes, mais à *tout homme* — Pascal y compris — dans la mesure où il peut et doit arriver par l'usage de sa raison *à chercher Dieu*, mais où il risque aussi toujours de se tromper et d'abandonner cette recherche, et où il doit — c'est la condition même de toute recherche authentique — ne jamais s'arrêter d'espérer.

L'impératif formel dont parlait M. Gouhier devait être formulé ainsi : « Agis envers tout homme quel qu'il soit — envers le plus méchant et envers le meilleur — comme si Dieu devait se servir de ton action pour le sauver. » Il nous semble inutile d'insister sur la parenté entre cette formule et la seconde formulation de l'impératif catégorique chez Kant : « Agis de telle sorte que tu traîtes l'humanité dans ta personne aussi bien que dans la personne de tout autre, toujours en même temps comme une fin, et jamais simplement comme un moyen [1]. »

C'est dire que dans les deux divisions tripartites de Pascal la catégorie *humainement essentielle* est chaque fois la catégorie intermédiaire, la seule qu'en tant qu'homme nous saurions vivre actuellement, et aussi que les deux partenaires du dialogue dans le fragment 233 ne sont en dernière instance qu'un seul et même personnage, une sorte de couple d'amis intimes et inséparables, dans la mesure où l'interlocuteur qui parie — sans le savoir — sur le néant est un risque permanent bien que jamais réalisé de l'homme qui parie sur Dieu.

A la limite, on pourrait même dire que pour l'homme dans la vie terrestre, les trois sortes de personnes ne font qu'un seul et même être, l'homme vraiment humain. Les deux catégories extrêmes, les élus et les réprouvés étant simplement ses deux alternatives permanentes, l'expression sur le plan de l'incarnation humaine individuelle des deux éventualités qui constituent le pari (craindre le pari sur le néant, c'est craindre d'être réprouvé, parier sur Dieu, c'est espérer d'être élu). La condition humaine étant dans cette vie précisément la catégorie intermédiaire, constituée de l'union de la crainte et de l'espoir.

Il ne faut pas oublier, que pour Pascal, l'homme est sur tous les plans un être paradoxal, une union des contraires, que pour lui, chercher Dieu, c'est le trouver, mais le trouver, c'est encore le chercher. De sorte qu'un repos qui ne serait plus recherche, une certitude qui ne serait plus pari, se situerait précisément à l'opposé même de vision pascalienne de l'homme.

III

Avant de poser le problème de la place du « pari » dans l'histoire de la philosophie, il serait peut-être utile de situer celui-ci dans l'ensemble de la pensée de Port-Royal.

---

1. KANT : *Fondements de la métaphysique des mœurs*, Éd. Victor Delbos, Delagrave, 1951, p. 150-151.

Le rapprochement le plus suggestif en ce sens, a été fait par M. Léon Cognet. Celui-ci a, en effet, publié un curieux fragment de lettre de la Mère Angélique de Saint-Jean, qui rappelle au premier abord étrangement certains passages du fragment 233.

« C'est comme une espèce de doute de toutes les choses de la foi et de la Providence à quoi je m'arrête si peu que, de peur de raisonner et de donner plus d'entrée à la tentation, il me semble que mon esprit la rejette avec une certaine vue qui serait elle-même contraire à la foi, parce qu'elle enferme une espèce de doute, qui est comme si je disais que, quand il y aurait quelque chose d'incertain dans ce qui me paraît la vérité et que tout ce que je crois de l'immortalité de l'âme, etc., pourrait être douteux, je n'aurais point de meilleur parti à choisir que celui de suivre toujours la vertu. Je me fais peur en écrivant cela, car jamais cela ne fut si expliqué dans mon esprit; c'est quelque chose qui s'y passe sans quasi qu'on l'y discerne. Cependant, ne manque-t-il point quelque chose à la certitude de la foi quand on est capable de ces pensées? Je n'en ai osé parler à personne parce qu'elles me paraissent si dangereuses que je craindrais d'en donner la moindre vue à celles à qui je dirais ma peine [1]. »

Ce texte dont l'intérêt est incontestable nous paraît cependant si, on l'examine de près, indiquer plutôt les limites extrêmes d'une position spécifiquement arnaldienne et rationaliste que les tendances profondes de la pensée des « Amis de Port-Royal » dans son ensemble. En effet, deux idées à résonance rationaliste et même stoïcienne nous paraissent en constituer la substance; celle du *doute* de l'existence de Dieu et celle d'une *vie consacrée uniquement à la vertu*. Or, le pari pascalien de même que le postulat de Kant excluent précisément l'une et l'autre. On ne saurait « douter » que d'une chose, dont on envisage tout au moins la possibilité d'une connaissance certaine ou même approximative. Pour Pascal et pour Kant cependant, la raison théorique ne peut absolument *rien* savoir de l'existence ou de la non-existence de Dieu. L'affirmer, le nier, en douter seraient trois attitudes également fausses et insoutenables. Devant les problèmes urgents et qui, pour elle, sont absolument hors d'atteinte, la raison théorique ne saurait que se subordonner à une faculté qui la dépasse parce qu'elle peut affirmer dans un domaine *théoriquement* inaccessible, où à défaut d'une telle faculté, constater l'insuffisance radicale de la condition humaine.

Or, selon Pascal et Kant, l'homme possède cette faculté de synthèse qui lui permet d'éliminer le doute pour des raisons

---

non théoriques et d'affirmer sur le plan théorique même l'existence incertainement certaine de la divinité.

Nous avons déjà dit ailleurs qu'en remplaçant dans le fragment 233 les mots « ceux qui parient maintenant », par « ceux qui n'ont présentement aucun doute », Port-Royal n'avait pas *faussé* la pensée de Pascal, mais seulement — et la chose est assez grave — substitué pour éviter le scandale, le genre à l'espèce, car s'il est vrai que tous ceux qui parient ne doutent pas, il n'est pas moins vrai que la plupart de ceux qui ne doutent pas ne parient pas pour autant.

On voit néanmoins en quoi le texte d'Angélique de Saint-Jean est différent et même opposé à la pensée tragique.

Cette opposition devient encore plus manifeste lorsqu'on en aborde le deuxième élément, l'idée d'une vie consacrée uniquement à la vertu, car le pari de Pascal comme le postulat de Kant se fondent précisément *sur l'impossibilité d'une telle vie* sur le fait que, pour être vertueux, l'homme doit parier sur la possibilité de lier la vertu au bonheur, car *nul homme ne saurait renoncer réellement et délibérément à toute recherche du bonheur;* or, pour Kant comme pour Pascal, vertu et bonheur sont dans cette vie contradictoires.

L'idée de fonder sa vie uniquement sur la vertu est une idée stoïcienne, naturelle chez la Mère Angélique de Saint-Jean et dans toute pensée influencée soit directement par le cartésianisme soit indirectement par le mi-cartésianisme arnaldien; mais elle est radicalement opposée à la position tragique. On sait d'ailleurs que Pascal et Kant ont toujours, tous deux, refusé le stoïcisme sans laisser place à la moindre équivoque.

Aussi n'est-ce pas dans cette lettre de la Mère Angélique de Saint-Jean que nous chercherions les analogies les plus profondes entre la pensée janséniste et le pari pascalien, mais plutôt dans une direction qui, pour être moins apparente, ne nous semble pas moins essentielle : celle des doctrines de la Grâce et de la Prédestination. Si, en effet, le fragment 233 exprime une position spécifiquement pascalienne, l'*Écrit sur la Grâce* déjà cité au début du présent chapitre reflète une position commune à l'ensemble du mouvement. Or ce dernier texte implique lui aussi l'idée d'un pari fondé sur la même ignorance absolue de la réalité objective — mais qui porte non pas sur l'existence de Dieu, mais sur le salut individuel du sujet de la pensée et de tout individu qui en est l'objet. Dans l'ensemble, le chrétien sait qu'il y a une masse de réprouvés et un petit nombre d'élus. Néanmoins, tout homme doit croire « qu'il est du petit nombre d'élus, pour le salut desquels Jésus-Christ est mort et avoir la même pensée des hommes qui vivent sur la terre ». Et comme cette croyance doit rester « meslée de crainte » et ne pas « être accompagnée de certitude », crainte et incertitude provenant précisément de la conscience du petit nombre d'élus et de l'absence de toute raison *théorique* et objective nous permettront de croire que nous sommes de ce nombre, il nous semble qu'entre cette position et celle du fragment 233, il n'y a qu'une seule différence : dans l'une il s'agit du salut individuel, dans l'autre de l'existence même de la divinité. Pour le jansénisme en général, l'existence de Dieu était une certitude, le salut individuel un espoir. Le pari pascalien étend l'idée d'*espoir* à l'existence même de la divinité, ce en quoi il diffère profondément des pensées d'Arnauld et même de Barcos, non pas parce qu'il échappe à l'emprise du jansénisme, mais parce qu'il le pousse au contraire à ses dernières conséquences.

Nous nous permettons encore de citer — pour finir ce paragraphe — un texte de Barcos qui nous paraît particulièrement propre à illustrer la parenté entre les théories jansénistes sur la Grâce et le pari pascalien.

« Quant à vous qui dites : Si je suis du nombre des réprouvés, je n'ai que faire de pratiquer le bien ? N'êtes-vous pas cruel envers vous-même de vous destiner au plus grand de tous les malheurs, sans savoir si Dieu nous y a destiné ? Il ne vous a pas révélé le secret de son conseil sur notre salut ou notre damnation. Pourquoi attendez-vous plutôt des châtiments de sa justice que des grâces de sa miséricorde ? Peut-être il vous donnera sa grâce, peut-être il ne vous la donnera pas, que n'espérez-vous autant que vous craignez, au lieu de désespérer de son bien qu'il donne à d'autres qui en sont aussi indignes que vous ? Vous perdez infailliblement par le désespoir ce que vous acquérriez probablement par l'espérance. Et dans le doute, si vous êtes réprouvés, vous concluez qu'il faut vivre comme si vous l'étiez et ne pas faire ce qui peut-être vous empêche de l'être. Votre conséquence n'est-elle pas aussi contraire à la raison d'homme sage qu'à la foi de bon chrétien. Mais que me serviront mes bonnes œuvres si je ne suis pas prédestiné ? Que perdez-vous en obéissant à votre créateur, en l'aimant, en faisant ses volontés, ou plutôt que ne gagnerez-vous pas si vous vivez et persévérez dans son amour ? et supposé même que vous êtes réprouvés, ce qui me fait horreur à dire, pouvez-vous jamais en aucun état vous dispenser de vos devoirs envers Dieu ? N'est-ce pas votre bien et votre vie bienheureuse et sur la terre et dans le ciel que de l'adorer, de l'aimer et de le suivre ? Entre les peines que vous encourez, en ce monde et en l'autre, en ne faisant pas ses volontés, y a-t-il une plus grande misère [1] » ?

1. MARTIN DE BARCOS : *Exposition de la foi de l'Église romaine concernant la Grâce et la prédestination*, A. Cologne, chez P. Mordern, 1760, p. 275-276.

IV

Après les pages qui précèdent, il est à peine nécessaire d'insister sur la parenté entre le « pari » pascalien et le postulat pratique de l'existence de Dieu chez Kant et sur la place analogue qu'occupent les deux théories dans les doctrines respectives.

Dans un cas comme dans l'autre, nous trouvons les mêmes constatations, à savoir : 1º qu'il est impossible d'affirmer pour des raisons théoriques, de manière légitime, quoi que ce soit concernant l'existence ou la non-existence de Dieu; 2º que l'espoir de bonheur est un élément *essentiel* et *légitime* de la condition humaine; 3º qu'il est impossible d'atteindre dans la vie terrestre ce bonheur dans des conditions satisfaisantes (bonheur infini chez Pascal, bonheur lié à la vertu chez Kant) qu'il est par conséquent *légitime* et *nécessaire* d'affirmer sur le plan théorique même, pour des *raisons non théoriques*, l'existence de Dieu.

En face de ces analogies qui nous paraissent frappantes, il pourrait, par contre, être utile de s'arrêter quelque peu aux différences réelles et visibles qui séparent les deux argumentations. Une d'entre elles surtout est manifeste : Pascal compare le bonheur limité des biens terrestres au bonheur illimité que promet la religion dans l'au-delà et présente son argumentation comme un calcul des probabilités portant sur les chances de « gain » et les « risques de « perte ». Kant, par contre, refuse toute comparaison de cet ordre. Il ne s'agit pour lui à aucun instant de comparer le bonheur d'une vie égoïste, épicurienne ou stoïcienne à celui que promet la religion. La morale est pour Kant *autonome*, l'homme *doit* en *tout cas* agir de manière à vouloir créer par son acte une nature morale, mais il ne peut le faire qu'en admettant l'existence d'une réalité telle qu'il puisse espérer le bonheur.

Cette différence doit sans doute paraître considérable dans la perspective d'une analyse littérale qui isole les deux développements de leur contexte dans les deux philosophies dont ils font partie. Elle nous semble, par contre, bien moins importante si on pose le problème de leur signification, c'est-à-dire en langage dialectique, si on passe de l'apparence empirique abstraite à l'essence concrète du texte qu'on se propose d'étudier [1].

---

1. Dans un passage de la *Critique de la raison pure* (trad. française, Paris, P. U. F., p. 554), Kant, sans que nous puissions dire s'il se réfère ou non implicitement à Pascal, analyse la relation entre la foi et le pari. Celui-ci lui semble être la pierre de touche de la « foi doctrinale », l'aboutissement de la raison sur le plan

Le libertin, le calcul des probabilités, chez Pascal, l'idée d'une nature obéissant à des lois universelles chez Kant, nous paraissent constituer précisément l'élément accidentel, lié à l'époque ou au contexte historique de deux argumentations par ailleurs parentes. Sans doute, à l'instant où écrivait Pascal, le

théorique. Cependant, il refuse de l'étendre au domaine *pratique* au nom de la nécessité absolue et de l'autonomie de la loi morale.

Dans la mesure même où il exprime, à la fois la parenté et les différences entre les positions de Pascal et de Kant, ce passage nous paraît présenter un intérêt particulier. On nous excusera donc de le reproduire intégralement.

« La pierre de touche ordinaire, grâce à laquelle on reconnaît si ce que quelqu'un affirme est une simple persuasion ou tout au moins une conviction subjective, c'est-à-dire une foi ferme, est le *pari.* Souvent quelqu'un exprime ses propositions avec une audace si confiante et si intraitable qu'il paraît avoir entièrement banni toute crainte d'erreur. Un pari le fait réfléchir. Il se montre quelquefois assez persuadé pour évaluer sa persuasion un ducat, mais non pas dix. En effet, il risquera bien le premier ducat, mais il commence à s'apercevoir de ce qu'il n'avait pas remarqué jusque-là, savoir, qu'il serait bien possible qu'il se fût trompé. Représentons-nous par la pensée que nous avons à parier là-dessus le bonheur de toute la vie, alors notre jugement triomphant s'éclipse tout à fait, nous devenons extrêmement craintifs et nous commençons à découvrir que notre foi ne va pas si loin. La foi pragmatique n'a donc qu'un degré, qui peut être grand ou petit, suivant la nature de l'intérêt qui est en jeu.

« Mais, bien que par rapport à un objet *(Object),* nous ne puissions rien entreprendre, et que, par conséquent, la croyance soit simplement théorique, comme nous pouvons, cependant, dans beaucoup de cas, embrasser par la pensée et nous imaginer une entreprise pour laquelle nous présumons avoir des raisons suffisantes, au cas où il y aurait un moyen d'établir la certitude de la chose, il y a dans les jugements simplement théoriques quelque chose *d'analogue* avec les jugements *pratiques,* à la croyance desquels convient le mot *foi,* et que nous pouvons appeler la *foi doctrinale.* S'il était possible de l'établir par quelque expérience, je pourrais bien parier toute ma fortune qu'il y a des habitants au moins dans quelqu'une des planètes que nous voyons. Aussi n'est-ce pas une simple opinion, mais une ferme foi (sur la vérité de laquelle je hasarderais beaucoup de biens de ma vie) qui me fait dire qu'il y a aussi des habitants dans d'autres mondes.

« Or, nous devons avouer que la doctrine de l'existence de Dieu appartient à la foi doctrinale. En effet, bien que, au point de vue de la connaissance théorique du monde, je n'aie rien à *décider* qui suppose nécessairement cette pensée comme condition de nos explications des phénomènes du monde, mais que je sois plutôt obligé de me servir de ma raison comme si tout n'était que nature, l'unité finale est pourtant une si grande condition de l'application de la raison à la nature que je ne peux nullement la laisser de côté quand d'ailleurs l'expérience m'en offre tant d'exemples. Or, à cette unité, que la raison donne comme fil conducteur dans l'étude de la nature, je ne connais pas d'autre condition que de supposer qu'une intelligence suprême a tout ordonné suivant les fins les plus sages. Par conséquent, supposer un sage créateur du monde est une condition d'un but, à la vérité, contingent, mais toutefois très important. Le succès de mes recherches confirme si souvent l'utilité de cette supposition, et il est si vrai qu'on ne peut rien alléguer de décisif contre elle, que je dirais beaucoup trop peu en appelant ma croyance une simple opinion, mais que je puis dire, même sous ce rapport théorique, que je crois fermement en un Dieu, mais alors, cette foi n'est pourtant pas pratique dans le sens strict, elle doit être appelée une foi doctrinale que doit nécessairement produire partout la *théologie* de la nature (la théologie physique). Au point de vue de cette même sagesse et en considérant les dons brillants de la nature humaine et la brièveté de la vie si peu appropriée avec les dons, on peut aussi trouver une raison suffisante en faveur d'une foi doctrinale en la vie future de l'âme humaine.

« Le mot foi est, en pareil cas, un terme de modestie au point de vue *objectif,* mais cependant il est, en même temps, l'expression d'une ferme confiance au point de vue *subjectif.* Si je voulais donner ici à la croyance simplement théorique le nom d'une hypothèse que j'aurais le droit d'admettre, je ferais entendre par là que j'ai de la nature d'une cause du monde et d'une autre vie un concept plus parfait que celui que je puis réellement montrer. Car, pour admettre quelque chose tout simplement à l'être d'hypothèse, il faut au moins que j'en connaisse suffisam-

calcul des probabilités et la théorie des jeux de hasard se trouvaient-ils au centre de l'intérêt scientifique; de même, l'idée d'une nature obéissant à des lois universelles et immuables à l'époque où Kant écrivait la *Critique de la raison pratique*.

ment les propriétés pour *n'avoir pas* besoin d'*en* imaginer le *concept*, mais uniquement l'*existence*. Mais le mot foi ne regarde que la direction qui en est donnée par une idée et l'influence subjective qu'elle exerce sur le développement des actes de ma raison et qui me fortifie dans cette idée, bien que je ne sois pas, grâce à elle, en état d'en rendre compte au point de vue spéculatif.

« Or, la foi simplement doctrinale a en soi quelque chose de chancelant; on en est souvent éloigné par les difficultés qui se présentent dans la spéculation, quoiqu'on y revienne toujours immanquablement à nouveau.

« Il en va tout autrement de la foi morale. En effet, il est absolument nécessaire, en ce cas, que quelque chose ait lieu, c'est-à-dire que j'obéisse en tous points à la loi morale. Le but est indispensablement fixé et il n'y a qu'une seule condition possible, à mon point de vue, qui permette à ce but de s'accorder avec toutes les autres fins et qui lui donne ainsi une valeur pratique, à savoir, qu'il y a un Dieu et un monde futur; je suis très sûr aussi que personne ne connaît d'autres conditions qui conduisent à la même unité des fins sous la loi morale. Mais, comme le précepte moral est en même temps ma maxime (ainsi que la raison ordonne qu'il le soit), je crois infailliblement à l'existence de Dieu et à une vie future, et je suis sûr que rien ne peut rendre cette foi chancelante, parce que cela renverserait mes principes moraux eux-mêmes auxquels je ne puis renoncer sans devenir digne de mépris à mes propres yeux.

De cette manière, malgré la ruine de tous les desseins ambitieux d'une raison qui s'égare au-delà des limites de toute expérience, il nous reste encore de quoi avoir lieu d'être satisfaits au point de vue pratique. Assurément, personne ne peut se vanter de *savoir* qu'il y a un Dieu et une vie future; car, s'il le sait, il est précisément l'homme que je cherche depuis longtemps. Tout savoir (quand il concerne un objet de la simple raison) peut se communiquer et je pourrais par conséquent, instruit par lui, espérer voir étendre merveilleusement ma science. Non, la conviction n'est pas une certitude *logique*, mais une certitude *morale*; et puisqu'elle repose sur des principes subjectifs (sur la disposition morale), je ne dois pas dire : il *est* moralement certain qu'il y a un Dieu, etc., mais : je *suis* moralement certain, etc. C'est dire que la foi en Dieu et en un autre monde est tellement unie à ma disposition morale, que je ne cours pas plus le risque de perdre cette foi que je ne crains de pouvoir jamais être dépouillé de cette disposition.

La seule difficulté qui se présente ici, c'est que cette foi rationnelle se fonde sur la supposition de sentiments moraux. Si nous les mettons de côté et que nous prenions un homme qui serait tout à fait indifférent par rapport aux lois morales, la question que propose la raison ne devient alors qu'un problème pour la spéculation, et, dès lors, elle peut bien s'appuyer sur de fortes raisons tirées de l'analogie, mais non des raisons auxquelles doive se rendre le doute le plus obstiné. Mais, dans ces questions, il n'y a pas d'homme qui soit exempt de tout intérêt. En effet, quand même, faute de bons sentiments, il serait étranger à l'intérêt moral, il ne pourrait cependant s'empêcher de *craindre* un Être divin et un avenir. Il suffit pour cela de ne pas pouvoir alléguer la *certitude* qu'il n'y a pas de Dieu et pas de vie future; et, cette certitude, comme ces deux choses devraient être prouvées par la simple raison, par suite apodictement, nous obligerait à démontrer l'impossibilité de l'une et de l'autre, ce que certainement nul homme raisonnable ne peut entreprendre. Ce serait là, par conséquent, une foi négative qui, sans doute, ne pourrait pas engendrer la moralité et de bons sentiments, mais qui, cependant, produirait quelque chose d'analogue, c'est-à-dire quelque chose de capable d'empêcher vigoureusement l'éclosion de mauvais sentiments. »

Faut-il encore ajouter que s'il n'y a pas chez Pascal d'autonomie de la loi morale et si le parallélisme entre le théorique et le pratique est chez lui bien plus rigoureux que chez Kant, le pari pascalien par contre n'a rien de « chancelant »? Il repose sur des « principes subjectifs » tout aussi certains que les postulats pratiques, et le risque qu'il implique n'est pas celui de perdre la foi, mais celui d'une inadéquation entre les principes subjectifs et la réalité objective (inconnaissable en cette vie).

Les deux développements sont à la fois différents et analogues; ils présentent sans doute un très grand écart, mais à l'intérieur de la même vision d'ensemble de l'homme et de l'univers. »

Mais la preuve que l'argumentation probabiliste n'est qu'un vêtement extérieur se trouve dans un passage où Pascal parle certainement en son propre nom et qui nous semble bien plus rapproché de l'argumentation kantienne.

« Or, quel mal vous arrivera-t-il en prenant ce parti? Vous serez fidèle, honnête, humble, reconnaissant, bienfaisant, ami sincère, véritable. A la vérité, vous ne serez point dans les plaisirs empestés, dans la gloire, dans les délices; mais n'en aurez-vous point d'autres? Je vous dis que vous y gagnerez en cette vie; et qu'à chaque pas que vous ferez dans ce chemin, vous verrez tant de certitude du gain, et tant de néant de ce que vous hasardez, que vous reconnaîtrez à la fin que vous avez parié pour une chose certaine, innfiie, pour laquelle vous n'avez rien donné. »

Sans doute, ces lignes mêmes ne sont-elles pas, tout au moins dans leur aspect immédiat, identiques au développement kantien qui distingue tout plaisir égoïste lié à un objet sensible du respect de la loi. Il nous semble cependant que la distinction entre deux sortes de plaisirs est implicite dans le passage que nous venons de citer; de plus, Kant n'affirme pas moins que Pascal l'impossibilité de séparer l'action morale de l'espoir de bonheur sans dévier la première soit vers le laxisme, soit vers l'exaltation.

Ainsi, tous ceux — admirateurs et adversaires — qui n'ont vu dans le « pari » qu'un argument rationnel destiné à combattre sur leur propre terrain les libertins, ou bien un calcul de bas-étage permettant à son auteur de trouver la position qui lui était individuellement la plus favorable, sont-ils passés à côté de ce qui constitue la substance même d'un des textes les plus importants de l'histoire de la philosophie.

Nous pouvons donc laisser de côté cet aspect du pari, et nous concentrer sur ce qu'il semble contenir d'essentiel pour l'histoire de la pensée philosophique; c'est-à-dire sur les deux idées dont l'une, celle qu'*il faut parier* est fondamentale pour toute pensée dialectique, et l'autre *celle qu'il faut parier sur l'existence de Dieu et l'immortalité de l'âme* est caractéristique de la vision tragique du monde.

Arrêtons-nous d'abord à la première. Les visions rationalistes et empiristes ignoraient le pari. Si la valeur suprême à laquelle l'homme doit aspirer est constituée par la pensée claire et l'obéissance aux lois raisonnables, alors la réalisation des valeurs ne dépend plus que de l'homme lui-même, de sa volonté, de sa raison, de leur force ou de leur faiblesse. Le moi est le centre de cette pensée. *Ego cogito*, écrivait Descartes, et devant le moi de Fichte le monde extérieur perd toute réalité ontologique. (Pascal par contre écrira : « Le moi est haïssable. ») L'idée même d'un secours extérieur serait contradictoire pour une éthique rationaliste, car c'est précisément dans la mesure ou elles ont besoin d'un secours extérieur, que la pensée et la volonté de l'individu sont insuffisantes et s'éloignent de l'idéal.

De même, s'il s'agit uniquement de s'abandonner aux sollicitations des sens, la situation, en apparence opposée, est en réalité analogue à celle que nous venons de décrire. Car dans ce cas aussi l'individu se suffit à lui-même. Il peut calculer les avantages et les désavantages d'un comportement et n'a aucun besoin d'un secours extérieur ou d'un pari quelconque.

Avec la pensée dialectique, nous nous trouvons devant une situation radicalement changée. La valeur suprême est maintenant dans un idéal *objectif* et *extérieur* qu'il s'agit de réaliser, mais dont la réalisation ne dépend plus exclusivement de la pensée et de la volonté de l'individu : l'infinité du bonheur pour Pascal, la réunion de la vertu et du bonheur dans le Souverain Bien pour Kant, la liberté pour Hegel, la société sans classes pour Marx.

Sans doute, ces différentes formes de souverain bien ne sont-elles pas indépendantes de l'action individuelle; celle-ci aide l'homme à les atteindre ou à les réaliser. Mais leur atteinte ou leur réalisation dépassent l'individu, elles sont le résultat de nombreuses autres actions qui les favorisent ou les entravent, de sorte que l'efficacité et la signification objective de toute action individuelle échappent à son auteur et dépend de facteurs qui lui sont sinon étrangers tout au moins extérieurs.

Trois éléments pénètrent ainsi avec Pascal, dans la philosophie pratique, éléments essentiels à toute action (et cela veut dire à toute existence humaine) quelle que soit la puissance de la volonté ou de la pensée de l'individu, trois éléments en dehors desquels on ne saurait comprendre dans sa réalité concrète, la condition humaine *le risque, le danger d'échec et l'espoir de réussite.*

C'est pourquoi dès que la philosophie pratique n'est plus centrée sur un idéal de sagesse individuelle, mais sur la réalité extérieure, sur l'incarnation des valeurs dans une réalité objective, la vie de l'homme prend l'aspect d'un pari sur la réussite de son action et par cela même sur l'existence d'une force trans-individuelle dont le secours (ou le concours) doit compléter l'effort de l'individu et assurer son aboutissement, l'aspect d'un pari sur l'existence et le triomphe de Dieu, de l'Humanité, du Prolétariat.

L'idée du pari se trouve au centre non seulement de la pensée janséniste (pari sur le salut individuel), de la pensée de Pascal (pari sur l'existence de Dieu) et de Kant (postulat pratique de l'existence de Dieu et de l'immortalité de l'âme), mais aussi au centre même de la pensée matérialiste et dialectique (pari sur le triomphe du socialisme dans l'alternative qui s'offre à l'humanité du choix entre le socialisme et la barbarie) et nous le retrouvons explicitement sous la forme même du pari dans le plus important ouvrage littéraire qui exprime la vision dialectique; dans le *Faust* de Gœthe.

On pourrait presque faire l'analyse des rapports entre la vision tragique et la vision dialectique en comparant les paris de Pascal et du *Faust* pour montrer ce qu'ils ont de commun et ce en quoi ils diffèrent.

Disons brièvement, que chez Pascal comme chez Gœthe le problème se pose sur deux plans : celui de la conscience divine, entièrement inconnu à l'homme qui ignore tout des desseins de la Providence et celui de la conscience individuelle.

De même, ce qui échappe à l'individu, ce que Dieu seul connaît, c'est le fait que tel ou tel homme sera sauvé ou damné. D'autre part, sur le plan de la conscience individuelle, la vie se présente dans les deux cas (chez Gœthe et chez Pascal) comme un pari fondé sur le fait que l'homme (à moins de perdre son âme) ne saura jamais se satisfaire d'un bien fini.

Les différences, qui ne sont pas moins grandes que les analogies, résident dans la fonction du diable; car si chez Pascal et chez Kant le bien reste l'opposé du mal (dont il est cependant, et c'est en cela que réside précisément la tragédie, inséparable), chez Gœthe comme chez Hegel et chez Marx le mal devient le seul chemin qui mène au bien.

Dieu ne saurait sauver Faust autrement qu'en le livrant pour la durée de sa vie terrestre à Méphisto; la Grâce divine devient, en tant que grâce, un pari de Dieu (qui sait bien entendu d'avance qu'il le gagnera) avec le diable et le pari humain — tout en restant pari — devient un pacte avec ce dernier.

On voit toute l'importance et le sens du pari de Pascal; loin de vouloir simplement affirmer qu'il est raisonnable de hasarder les biens certains et finis de la vie terrestre pour l'éventualité de gagner un bonheur doublement infini, en intensité et en durée (ceci n'étant que l'aspect extérieur de l'argumentation, destiné à aider le partenaire à prendre *même sur le plan le plus éloigné de la foi* conscience de la condition humaine), il affirme au contraire que les biens finis du monde n'ont aucune valeur, et que la seule vie humaine qui a une signification réelle est celle de l'être raisonnable qui cherche Dieu (qu'il soit heureux ou malheureux parce qu'il le trouve ou ne le trouve pas, ce qu'il ne pourra savoir qu'après la mort), de l'être qui engage tout son bien dans le pari sur l'existence de Dieu et le secours divin dans la mesure même où il vit pour et vers une réalisation (le bonheur infini) qui ne dépend pas de ses propres forces et de l'arrivée de laquelle il n'a pas de preuve théorique certaine.

A partir d'Hegel et de Marx, les biens finis et même le mal

de la vie terrestre — le diable de Gœthe — recevront une signification à l'intérieur de la foi et de l'espoir d'avenir.

Mais quelques importantes que soient ces différences, l'idée que l'homme est « embarqué » qu'il doit parier constituera à partir de Pascal l'idée centrale de toute pensée philosophique consciente du fait que l'homme n'est pas une monade isolée qui se suffit à elle-même, mais un élément partiel à l'intérieur d'une totalité qui le dépasse et à laquelle il est relié par ses aspirations, par son action et par sa foi; l'idée centrale de toute pensée qui sait que l'individu ne saurait réaliser seul, par ses propres forces aucune valeur authentique et qu'il a toujours besoin d'un secours trans-individuel sur l'existence duquel il doit parier car il ne saurait vivre et agir que dans l'espoir d'une *réussite* à laquelle il doit *croire*.

Risque, possibilité d'échec, espoir de réussite et ce qui est la synthèse des trois *une foi qui est pari*, voilà les éléments constitutifs de la condition humaine, et ce n'est certainement pas un des moindres titres de gloire de Pascal que de les avoir pour la première fois fait entrer explicitement dans l'histoire de la philosophie.

Ajoutons que ces trois éléments ne sont qu'un autre aspect des deux divisions tripartites (appelés, réprouvés et élus; hommes qui cherchent Dieu; hommes qui ne le cherchent pas et hommes qui le trouvent) dont nous avons déjà souligné l'importance dans la pensée de Pascal.

CHAPITRE XVI

LA RELIGION CHRÉTIENNE

Les concepts de paradoxe généralisé et de *refus intramondain
du monde* nous ont permis de comprendre à la fois le comportement de Pascal au cours des cinq dernières années de sa vie
et la place du pari dans l'ensemble des *Pensées.*

Nous ne nous arrêterons pas aux nombreux fragments —
hautement importants pour la compréhension de l'œuvre pascalienne — bien qu'aujourd'hui en partie dépassés, qui traitent
des preuves positives de la religion chrétienne : prophéties,
miracles, perpétuité, style des évangiles, etc.

Ces textes posent à l'historien de la philosophie avant tout
un problème qui n'est pas spécifiquement pascalien mais
concerne toutes les formes de pensée tragique ou dialectique
(Kant, Hegel, Marx, Lukàcs, etc.) : celui de savoir dans quelle
mesure un acte de foi indépendant de toute considération
théorique, dans l'existence réelle ou dans la réalisation future
des valeurs (existence et réalisation non connaissables de
manière certaine sur le plan théorique) est compatible avec
l'effort de trouver le maximum d'arguments non contraignants
prouvant sur le plan théorique même le bien-fondé de cette
foi; plus encore dans quelle mesure exige-t-il cet effort.

La différence est minime entre le raisonnement qui nous dit
que Pascal ne pouvait pas « parier » lui-même puisqu'il mentionne à maintes reprises l'existence de *preuves* de la religion
chrétienne et celui qui reproche à Marx de se « contredire » en
affirmant d'une part la réalisation inévitable de la société
socialiste et en demandant d'autre part aux hommes d'agir
et de lutter pour cette réalisation. Ils proviennent l'un et
l'autre de la même incompréhension du caractère dialectique
de la réalité humaine par un rationalisme ou un empirisme qui
séparent radicalement les « jugements de fait » des « jugements
de valeur ».

En réalité, parier tout son bien sur l'existence ou la réalisation future des valeurs signifie s'engager, faire tout ce qui est
en notre pouvoir pour contribuer à cette réalisation, ou bien
pour renforcer notre foi, à condition bien entendu de ne pas

altérer sa nature même en renonçant à l'exigence de véracité absolue et au refus de toute illusion consciente ou demi-consciente. Or, la recherche des raisons probables, bien que non contraignantes, en faveur de la religion chrétienne ou en faveur de la réalisation future des valeurs fait partie intégrante de cet engagement qu'est le pari.

Il faut même ajouter qu'une fois admis le caractère légitime du pari (parce qu'aucune argumentation *théorique* ne saurait jamais prouver de manière contraignante son absurdité) et aussi son caractère nécessaire (pour des raisons pratiques, du cœur), il ne saurait plus être ébranlé par aucune difficulté *théorique*.

« Que je hais ces sottises, de ne pas croire l'Eucharistie, etc.! Si l'Évangile est vrai, si Jésus-Christ est Dieu, quelle difficulté y a-t-il là? » (fr. 224).

Ainsi le pari fondé sur l'impossibilité de concevoir l'existence de la moindre raison *contraignante* pour ou contre l'existence ou la réalisation future des valeurs, confère une importance capitale à *tous* les arguments *probables* en faveur de cette existence ou de cette réalisation et enlève toute importance *pratique* aux arguments *probables* qui leur sont contraires.

Ceci éclairci, un problème se pose cependant encore. L'esquisse que nous avons tracée de la vision pascalienne nous a montré pourquoi elle aboutit nécessairement au pari sur l'existence de Dieu. Encore faut-il nous demander pourquoi sommes-nous tenus à parier non pas sur l'existence du Dieu des déistes ou du Dieu de n'importe quelle autre religion historique, mais uniquement sur l'existence du Dieu de la religion chrétienne?

Du point de vue *psychologique*, il serait bien entendu difficile de délimiter le rôle qu'a joué dans la genèse de la réponse pascalienne le fait que Pascal vivait et écrivait en France au XVIIe siècle. Ce problème ne nous paraît cependant pas avoir une importance primordiale. Pascal était en effet un penseur trop rigoureux et trop puissant pour reprendre passivement l'idéologie de son temps et de son milieu. Il s'en méfie au contraire, ayant trop bien mis lui-même en lumière et la force et le manque de valeur réelle de la coutume pour en être dupe sur un point aussi important.

Aussi le christianisme de son milieu ne pouvait-il avoir pour lui qu'une valeur de suggestion, l'inciter à examiner avec une attention particulière une solution qu'il n'aurait cependant pas acceptée si elle n'était apparue valable et exigée par la cohérence interne de sa pensée.

Tout cela il nous le dit lui-même et nous pouvons lui faire entière confiance sur ce point :

« On a beau dire. Il faut avouer que la religion chrétienne a quelque chose d'étonnant. « C'est parce que vous y êtes né », dira-t-on. Tant s'en faut; je me roidis contre, pour cette raison là même, de peur que cette prévention ne me suborne; mais, quoique j'y sois né, je ne laisse pas de le trouver ainsi » (fr. 615).

Pascal a donc trouvé dans la religion chrétienne un ensemble de faits *spécifiques* qui la rendent, seule parmi toutes les autres religions de la terre, apte à satisfaire les besoins de l'homme, et par cela même seule véridique.

Il se peut, sans doute, que pour arriver à ce résultat, il ait dû modifier jusqu'à un certain point le christianisme de son pays et de son milieu; il se peut aussi qu'en le faisant il ait retrouvé un sens de la religion chrétienne plus profond et plus authentique, plus proche du christianisme originaire, que ne l'était celui du christianisme de son temps. Ce sont là des problèmes — importants sans doute — mais sur lesquels nous éviterons de nous prononcer, car ils dépassent notre compétence et sont du domaine de l'histoire générale des religions. Aussi nous intéressons-nous maintenant uniquement à un problème bien plus limité : celui de savoir quelle est *la place du christianisme dans l'ensemble de la pensée pascalienne*.

Pour esquisser la réponse de Pascal, nous serons obligés de séparer — pour des raisons d'exposition — plusieurs développements connexes et qui ne sont en réalité qu'une seule et même constatation vue sous des angles différents.

Pour Pascal, le christianisme est en effet vrai, parce qu'étant constitué d'un ensemble d'affirmations paradoxales et en apparence absurdes, il est la seule religion qui rend compte du caractère paradoxal et en apparence incompréhensible de la condition humaine [1].

« Le péché originel est folie devant les hommes, mais on le donne pour tel. Vous ne me devez donc pas reprocher le défaut de raison en cette doctrine, puisque je la donne pour être sans raison. Mais cette folie est plus sage que toute la sagesse des hommes, *sapientius est hominibus*. Car, sans cela, que dira-t-on qu'est l'homme? Tout son état dépend de ce point imperceptible. Et comment s'en fût-il aperçu par sa raison, puisque c'est une chose contre la raison, et que sa raison, bien loin de l'inventer par ses voies, s'en éloigne quand on le lui présente? » (fr. 445).

Les raisons qui rendent le christianisme vrai, ce ne sont pas les preuves raisonnables et positives : prophéties, miracles,

---

1. Notre religion est sage et folle. Sage, parce qu'elle est la plus savante, et la plus fondée en miracles, prophéties, etc. Folle, parce que ce n'est point tout cela qui fait qu'on en est, cela fait bien condamner ceux qui n'en sont pas, mais non pas croire ceux qui en sont. Ce qui les fait croire, c'est la croix, *ne evacuata sit crux*. Et ainsi saint Paul, qui est venu en sagesse et signes, dit qu'il n'est venu ni en sagesse ni en signes; car il venait pour convertir. Mais ceux qui ne viennent que pour convaincre peuvent dire qu'ils viennent en sagesse et signes » (fr. 588).

figuratifs, perpétuité, etc., mais au contraire ce qu'il affirme de paradoxal et en apparence de déraisonnable.

« Cette religion si grande en miracles saints, purs, irréprochables; savants, et grands, témoins; martyrs; rois (David) établis; Isaïe, prince du sang — si grande en science, après avoir étalé tous ses miracles et toute sa sagesse, elle réprouve tout cela, et dit qu'elle n'a ni sagesse ni signes, mais la croix et la folie ».

« Car ceux qui par ces signes et cette sagesse ont mérité votre créance, et qui vous ont prouvé leur caractère, vous déclarent que rien de tout cela ne peut nous changer, et nous rendre capables de connaître et aimer Dieu, que la vertu de la folie de la croix, sans sagesse ni signes; et non point les signes sans cette vertu. Ainsi notre religion est folle, en regardant à la cause efficace, et sage er regardant à la sagesse qui y prépare » (fr. 587).

Il serait erroné de penser que l'homme puisse se satisfaire d'une religion qui verrait seulement la grandeur divine — ou même lui accorderait une primauté — ou bien des promesses de bonheur sensible. Ce serait là l'illusion fausse et unilatérale des rationalistes ou des Épicuriens. L'homme — qui n'est ni ange ni bête — ne saurait que faire d'une religion « angélique » ou bien grossière et sensible.

« Le Dieu des chrétiens ne consiste pas en un Dieu simplement auteur des vérités géométriques et de l'ordre des éléments; c'est la part des païens et des épicuriens. Il ne consiste pas seulement en un Dieu qui exerce sa providence sur la vie et sur les biens des hommes, pour donner une heureuse suite d'années à ceux qui l'adorent; c'est la portion des Juifs » (fr. 556).

De même, ceux qui pensent — et ils sont nombreux — que le christianisme met l'accent sur la grandeur divine se méprennent du tout au tout sur sa nature :

« Ils prennent lieu de blasphémer la religion chrétienne, parce qu'ils la connaissent mal. Ils s'imaginent qu'elle consiste simplement en l'adoration d'un Dieu considéré comme grand et puissant et éternel; ce qui est proprement le déisme, presque aussi éloigné de la religion chrétienne que l'athéisme, qui y est tout à fait contraire » (fr. 556).

En réalité, le christianisme est vrai parce qu'il nous demande de croire en un Dieu paradoxal et contradictoire, qui correspond parfaitement à tout ce que nous savons de la condition et des aspirations de l'homme : en un Dieu devenu homme, un Dieu crucifié, un Dieu médiateur.

« Tous ceux qui cherchent Dieu hors de Jésus-Christ, et qui s'arrêtent dans la nature, où ils ne trouvent aucune lumière qui les satisfasse, où ils arrivent à se former un moyen de connaître Dieu et de le servir sans médiateur, et par là ils tombent, ou dans l'athéisme ou dans le déisme, qui sont deux choses que la religion chrétienne abhorre presque également. »

« Et c'est pourquoi je n'entreprendrai pas ici de prouver par des raisons naturelles, ou l'existence de Dieu, ou la Trinité, ou l'immortalité de l'âme, ni aucune des choses de cette nature; non seulement parce que je ne me sentirais pas assez fort pour trouver dans la nature de quoi convaincre des athées endurcis, mais encore parce que cette connaissance, sans Jésus-Christ, est inutile et stérile. Quand un homme serait persuadé que les proportions des nombres sont des vérités immatérielles, éternelles et dépendantes d'une première vérité en qui elles subsistent, et qu'on appelle Dieu, je ne le trouverais pas beaucoup avancé pour son salut.... »

« Si le monde subsistait pour instruire l'homme de Dieu, sa divinité y reluirait de toutes parts d'une manière incontestable; mais, comme il ne subsiste que par Jésus-Christ et pour Jésus-Christ, et pour instruire les hommes et de leur corruption et de leur rédemption, tout y éclate des preuves de ces deux vérités » (fr. 556).

Ainsi la religion chrétienne, la religion du Dieu-homme, du Dieu crucifié, la religion du *médiateur*, est à la fois *la seule* dont le message puisse avoir sa signification authentique pour cet être paradoxal, — grand et petit, fort et faible, ange et bête, — qu'est l'homme, pour lequel il ne saurait y avoir un message vrai et significatif qui ne soit pas paradoxal et contradictoire et *la seule* qui, précisément par le caractère paradoxal de chacun de ses dogmes, puisse rendre compte du caractère paradoxal et contradictoire de la réalité humaine [1].

Mais ceci n'est qu'une étape ou si l'on veut un aspect de la relation entre l'homme et le christianisme, un autre aspect pour le moins tout aussi important étant le fait que le christianisme est la *seule* religion qui permet à l'homme la réalisation de ses véritables aspirations : la réunion des contraires, l'immortalité de l'âme et du corps, leur réunion dans l'incarnation.

L'homme ne saurait que faire d'une promesse de bonheur purement sensible ou purement spirituel. Car, s'il n'y a nul rapport de lui à Dieu ni à Jésus-Christ juste, sa foi dans le Dieu paradoxal, crucifié et devenu péché, le délivre *dès à pré-*

---

1. La foi embrasse plusieurs vérités qui semblent se contredire. *Temps de rire, de pleurer*, etc. *Responde. Ne respondeas*, etc. La source en est l'union des deux natures en Jésus-Christ; et aussi les deux mondes (la création d'un nouveau ciel et nouvelle terre; nouvelle vie, nouvelle mort; toutes choses doublées, et les mêmes noms demeurant); et enfin les deux hommes qui sont dans les justes (car ils sont les deux mondes, et un membre et image de Jésus-Christ. Et ainsi tous les noms leur conviennent, de justes, pécheurs; mort, vivant; vivant, mort; élu, réprouvé, etc.) (fr. 862).

sent des chaînes et de la servitude spirituelles; la grandeur spirituelle ne saurait donc pas être ni promesse ni espoir. Elle est ce que la foi apporte au croyant dès maintenant, — en langage du fragment 233, — ce qu'il gagne *en cette vie* et ce qui est — du point de vue humain — précisément insuffisant.

Ainsi ce que Jésus promet à Pascal, et au croyant dans l'éternité, c'est le complément de la liberté et de la grandeur spirituelle, ce dont celle-ci a besoin pour devenir une liberté authentique : l'immortalité corporelle, la vraie guérison, celle qui rend non seulement l'âme mais aussi le corps immortel.

La religion chrétienne est ainsi *seule* vraie, parmi toutes les autres religions de la terre, parce qu'elle est *seule* à avoir une signification par rapport aux besoins et aux aspirations authentiques de l'homme conscient de sa condition, de ses possibilités et de ses limites, de l'homme qui « passe l'homme » parce qu'il est vraiment humain, la seule aussi à pouvoir rendre compte du caractère paradoxal, de la double nature du monde et de l'homme, la seule enfin à promettre la réalisation des valeurs authentiques, de la totalité qui est réunion des contraires et — résumé et synthèse de tout cela — la seule à reconnaître rigoureusement et sans aucun ménagement le caractère contradictoire et ambigu de toute réalité, mais aussi à faire précisément de ce caractère un élément du plan eschatologique de la divinité, transformant l'ambiguïté en paradoxe, et la vie humaine, d'une aventure absurde, en une étape valable et nécessaire du seul chemin vers le bien et la vérité.

Sans doute, pourrait-on aujourd'hui montrer que le pari historique sur la communauté future possède lui aussi toutes ces qualités, qu'il est incarnation, réunion des contraires, insertion de l'ambigu dans un ensemble qui le rend clair et significatif.

Mais Pascal vivait en France au XVIIe siècle. Il n'était donc pas pour lui question d'une dialectique historique. La vision tragique ne connaît qu'une seule perspective : le pari sur l'existence d'un Dieu, qui est synthèse des contraires, et qui donne à l'ambiguïté de l'existence le caractère d'un paradoxe significatif, le pari sur une religion qui soit non pas simplement sagesse, mais *sagesse parce que folie*, non pas simplement claire et évidente, mais *claire parce qu'obscure*, non pass implement vraie, mais *vraie parce que contradictoire*, et cette religion, Pascal pouvait se dire à juste titre, que même l'esprit le plus prévenu et le plus critique n'aurait pu à son époque la trouver ailleurs que dans le christianisme.

Par la suite Hegel et surtout Marx et Lukàcs ont pu cependant — tout en gardant les principales exigences de la pensée tragique, à savoir : une doctrine qui rend compte du caractère paradoxal et contradictoire de la réalité humaine et un espoir dans une réalisation des valeurs qui donne un sens à la contradiction et transforme l'ambiguïté en élément nécessaire d'un ensemble significatif — substituer au pari sur le Dieu médiateur et paradoxal de la religion chrétienne, le pari sur l'avenir historique et sur la communauté humaine. C'est nous semble-*t*-il un des meilleurs indices de l'existence, non seulement d'une continuité de ce que nous appelons la pensée classique depuis l'antiquité jusqu'à nos jours, mais encore d'une continuité plus particulière de la pensée classique moderne à l'intérieur de laquelle les œuvres tragiques de Pascal et de Kant constituent une étape décisive dans le dépassement de l'individualisme — sceptique ou dogmatique — vers la naissance et l'élaboration de la philosophie dialectique.

QUATRIÈME PARTIE

RACINE

CHAPITRE XVII

LA VISION TRAGIQUE
DANS LE THÉATRE DE RACINE

Abordant, après l'étude de la vision tragique dans *les Pensées*, le domaine entièrement nouveau des œuvres littéraires, il serait bon de préciser le but et les limites du travail que nous entreprenons.

Que peut apporter le concept de vision du monde à l'étude de ces ouvrages? Cela est, pour le moment tout au moins, difficile à préciser, car s'il nous paraît évident qu'il n'épuise pas l'analyse et ne remplace ni le travail de l'esthéticien ni celui de l'historien érudit, il ne nous semble pas moins vrai qu'il peut aller très loin dans la compréhension de l'œuvre, de sorte qu'il serait difficile de fixer dès maintenant ses limites et ses possibilités.

La méthode sociologique et historique qui se sert du concept de vision du monde est encore embryonnaire et l'on ne peut lui demander des résultats analogues, en quantité tout au moins, à ceux des autres méthodes employées par des chercheurs depuis des dizaines d'années. C'est pourquoi, laissant de côté toute discussion sur l'importance et la fertilité respectives des différents moyens de recherche dans l'étude des écrits littéraires, nous contenterons-nous de présenter un exemple concret de l'apport que peut constituer l'application du concept de vision du monde à l'étude d'un ensemble de textes aussi connus et aussi étudiés que le sont les neuf pièces de Racine, depuis *Andromaque* jusqu'à *Athalie*.

Ceci dit, nous devons néanmoins nous arrêter quelque peu à la nature de notre méthode, renvoyant toutefois à nos autres ouvrages le lecteur qui voudrait de plus amples renseignements.

Pour nous, la littérature, comme d'ailleurs l'art, la philosophie et, en grande mesure, la pratique religieuse, sont avant tout des *langages*, des moyens de l'homme de communiquer avec d'autres êtres qui peuvent être ses contemporains, les générations à venir, Dieu ou des lecteurs imaginaires. Cependant, ces langages ne constituent qu'un groupe précis et limité de moyens d'expression parmi les multiples formes de communication et d'expression humaines. Une des premières questions qui se pose sera donc de savoir en quoi consiste le caractère *spécifique* de ces langages. Or, bien qu'il réside sans doute en premier lieu dans leur forme même, il faut encore ajouter qu'on ne peut exprimer n'importe quoi dans le langage de la littérature, de l'art ou de la philosophie.

Ces « langages » sont réservés à l'expression et à la communication de certains contenus particuliers et nous partons de l'hypothèse (qui peut se justifier seulement par des analyses concrètes) que ce contenus sont précisément des *visions du monde*.

Si cela est vrai, il en résulte d'importantes conséquences pour l'étude des œuvres littéraires. Personne, en effet, ne doute que l'œuvre ne soit d'une manière immédiate l'expression de la pensée ou de l'intuition de l'*individu* qui l'a créé. On pourrait donc, *en principe*, arriver en étudiant l'individualité de l'auteur à la connaissance de la génèse et de la signification de certains éléments constitutifs de ses écrits. Malheureusement, et nous l'avons déjà dit, en dehors du laboratoire et de l'analyse clinique, l'individu est pratiquement, dans l'état actuel de la psychologie, difficilement accessible à une étude précise et scientifique. Ajoutons que l'historien de la littérature se trouve devant un homme mort depuis longtemps et sur lequel il n'a le plus souvent, en dehors des écrits, que des témoignages indirects provenant de gens disparus eux aussi depuis des années.

Le souci le plus rigoureux de critique historique et philologique des témoignages ne lui permettra le plus souvent qu'une reconstitution lointaine et approximative d'une vie et d'une personnalité. Sans doute, un tact psychologique exceptionnel, un hasard heureux, une inspiration accidentelle, pourront-elles permettre de saisir dans la personnalité de l'auteur étudié certains facteurs réellement importants pour la compréhension de son œuvre. Mais, même dans ces cas exceptionnels, il sera difficile de trouver un critère objectif et contrôlable permettant de départager les analyses valables et celles qui sont simplement ingénieuses et suggestives.

Devant ces difficultés de l'étude biographique et psychologique, il nous reste sans doute l'étude philologique et phénoménologique de l'œuvre même, étude qui présente au moins l'avantage d'avoir dans le texte un critère objectif et contrôlable permettant d'éliminer les hypothèses par trop arbitraires.

Il nous semble cependant important de constater que, grâce à la précision apportée par l'étude historique et sociologique à la notion de vision du monde, nous avons aujourd'hui en plus du texte lui-même, un instrument conceptuel de recherche qui

nous permet d'approcher par une nouvelle voie l'œuvre littéraire et nous aide dans une grande mesure à comprendre sa
structure et sa signification; avec une restriction cependant
qu'il nous faut justifier : l'accès de l'œuvre à travers la vision
du monde qu'elle exprime ne vaut que pour *les grands textes du
passé.*

La vision du monde est en effet *l'extrapolation conceptuelle*
jusqu'à *l'extrême cohérence* des tendances réelles, affectives,
intellectuelles et même motrices des membres d'un groupe.
C'est un ensemble *cohérent* de problèmes et de réponses qui
s'exprime, sur le plan littéraire, par la création à l'aide de mots,
d'un univers concret d'êtres et de choses. Notre hypothèse est
que le fait esthétique consiste en deux paliers d'adéquation
nécessaire :

a) Celle entre la vision du monde comme réalité vécue et
l'univers créé par l'écrivain.

b) Celle entre cet univers et le genre littéraire, le style, la
syntaxe, les images, bref, les moyens proprement littéraires
qu'a employé l'écrivain pour l'exprimer.

Or, si cette hypothèse est juste, *toutes les œuvres littéraires
valables sont cohérentes et expriment une vision du monde;* quant
aux autres innombrables écrits — publiés ou non — la plupart
ne peuvent, précisément *à cause de leur manque de cohérence,*
s'exprimer ni dans un véritable univers, ni dans un genre littéraire rigoureux et unitaire.

Tout écrit est, sans doute, l'expression d'un aspect de la vie
psychique d'un individu, mais — nous l'avons déjà dit — tout
individu n'est pas accessible à l'analyse scientifique. Seul
l'individu exceptionnel, qui s'identifie *dans une très grande
mesure* avec certaines tendances fondamentales de la vie sociale,
qui réalise sur un des multiples plans de l'expression, la conscience *cohérente* de ce qui reste vague, confus et contrecarré
par de multiples influences contraires dans la pensée et l'affectivité des autres membres du groupe, et cela veut dire seul le
créateur d'une œuvre valable peut être saisi par l'historien
sociologue. Et cela parce que si, d'une part, le sociologue peut
extrapoler la conscience possible d'un groupe jusqu'à sa cohé-
rence-limite, c'est précisément cette vision cohérente qui constitue le contenu, la première condition nécessaire, bien que non
suffisante, de l'existence des valeurs esthétiques, qu'elles soient
artistiques ou littéraires.

Ce qui revient à dire que la masse d'écrits de valeur moyenne
ou faible sont, en même temps, difficilement analysables par
l'historien sociologue et par l'esthéticien et cela précisément
parce qu'ils sont l'expression d'individualités moyennes particulièrement complexes et surtout peu typiques et représentatives.

Quant au second terme de la restriction : les œuvres du passé, elle est une restriction *de fait* et non *de principe*. Il n'est évidemment pas impossible de dégager les grandes tendances sociales contemporaines, d'extrapoler des visions du monde qui leur correspondent et de chercher les œuvres littéraires, artistiques ou philosophiques qui les expriment *de manière adéquate*. Seulement, c'est là un travail hautement complexe et difficile que la vie sociale *accomplit elle-même* pour la plupart des grands ouvrages du passé.

Car si les facteurs sociaux qui déterminent le succès d'un écrit lors de sa parution et encore durant la vie de son auteur et les quelques années qui suivent sa mort sont multiples et, en grande partie accidentels (mode, publicité, situation sociale de l'auteur, influence de certains personnages, par exemple du Roi au XVIIe siècle, etc.) ils disparaissent tous avec le temps pour faire place à l'action de plus en plus exclusive d'un seul facteur qui continue indéfiniment à agir (bien que son action soit périodique et n'ait pas toujours la même intensité) : le fait que, les hommes retrouvent dans certains ouvrages du passé ce qu'ils sentent et pensent confusément eux-mêmes. C'est-à-dire, s'il s'agit d'œuvres littéraires, le fait qu'ils y trouvent des êtres et des relations dont l'ensemble constitue l'expression de leurs propres aspirations à un degré de conscience et de cohérence qu'ils n'avaient le plus souvent pas encore atteint eux-mêmes. Or, si notre hypothèse est vraie, c'est précisément là le critère de l'œuvre littéraire esthétiquement valable qu'on peut ainsi approcher entre autres par une analyse historico-sociologique.

Ceci dit, quelle contribution la méthode historico-sociologique peut-elle apporter à l'étude des ouvrages littéraires? Il nous semble qu'après ce que nous venons de dire la réponse peut se formuler avec une certaine précision. Une telle méthode peut, en dégageant tout d'abord les différentes visions du monde d'une époque, mettre en lumière les contenus des grandes œuvres littéraires, et leur signification. Ce sera, par la suite, la tâche d'une esthétique qu'on pourrait appeler sociologique de dégager la relation entre la vision du monde et l'univers d'êtres et de choses dans l'œuvre, et celle de l'esthétique ou de la critique littéraires proprement dites, de dégager les relations entre, d'une part, cet univers et d'autre part, les moyens et les techniques proprement littéraires qu'a choisis l'écrivain pour l'exprimer.

On voit à quel point ces analyses se présupposent et se complètent. Ajoutons qu'au cours de la présente étude, nous resterons presque continuellement au premier de ces deux paliers esthétiques, celui du rapport entre la vision et l'univers. Quant à la relation entre cet univers et les moyens d'expression proprement littéraires, nous l'effleurerons à peine quelquefois, en passant, sans aucune velléité d'analyse approfondie.

Les idées fondamentales de la vision tragique dégagées dans la première partie de cette étude nous permettent, dès l'abord, de poser le problème du temps dans la tragédie racinienne et implicitement celui de la règle des trois unités. En fait, cette règle semble avoir été adoptée en France, dès le XVIe, par des théoriciens tels que Scaliger, Jean de la Taille, etc. Seulement, pour beaucoup d'écrivains, dont le plus connu est Corneille, elle restait un vêtement trop étroit qui les serrait de tous côtés; pour le théâtre racinien, par contre, elle deviendra *une nécessité interne* de l'œuvre. C'est là un phénomène fréquent dans l'histoire de l'art et dont il faudrait essayer d'expliquer le mécanisme : l'instrument existe avant la vision (et bien entendu avant l'écrivain) qui pourrait s'en servir réellement. Quoiqu'il en soit, Racine semble avoir trouvé, dans la règle des trois unités, l'instrument privilégié et adéquat pour son théâtre. C'est qu'en réalité les tragédies raciniennes d'*Andromaque* à *Phèdre*, se jou nt *en un seul instant :* celui où *l'homme* devient réellement tragique par le *refus* du monde et de la vie. Un vers revient au moment décisif dans la bouche de tous les héros tragiques de Racine, un vers qui indique le « temps » de la tragédie, l'instant où la relation du héros avec ce qu'il aime encore dans le monde s'établit « pour la dernière fois ».

ANDROMAQUE. — Céphise, allons le voir pour la dernière fois (IV,1).
JUNIE. — Et si je vous parlais pour la dernière fois (V, 1).
TITUS. — Et je vais lui parler pour la dernière fois! (II, 2).
BÉRÉNICE. — Pour la dernière fois, adieu, Seigneur (V, 7).
PHÈDRE. — Soleil, je viens te voir pour la dernière fois (I, 3).

Tout le reste, d'*Andromaque* à *Bérénice* tout au moins, n'est qu'exposition de la situation, exposition qui n'a pas d'importance essentielle pour la pièce. Comme le dit Lukàcs, lorsque le rideau se lève sur une tragédie, l'avenir est déjà présent depuis l'éternité. Les jeux sont faits, aucune conciliation n'est possible entre l'homme et le monde.

Quels sont les éléments constitutifs des tragédies raciniennes? Les mêmes, dans les trois tragédies proprement dites tout au moins, *Dieu*, le *Monde* et l'*Homme*. Il est vrai que le monde est représenté par plusieurs personnages divers depuis Oreste, Hermione, et Pyrrhus jusqu'à Hippolyte, Thésée et Œnone. Mais ils ont tous en commun le seul caractère vraiment important pour la perspective tragique, l'inauthenticité, le manque de conscience et de valeur humaine.

Quant à Dieu, c'est le Dieu caché — *Deus Absconditus* — et c'est pourquoi nous croyons pouvoir dire que les pièces de Racine, d'*Andromaque* à *Phèdre*, sont profondément *jansé-*

nistes, bien que Racine soit en conflit avec Port-Royal qui n'aimait pas la comédie, même (et peut-être surtout) lorsqu'elle exprimait sa propre vision. Ajoutons aussi que, si les dieux des tragédies raciniennes sont des idoles païennes, c'est qu'au XVIIe siècle, le chrétien Racine ne pouvait plus, ou ne pouvait pas encore, représenter le Dieu chrétien et janséniste sur les planches, de même que si, à l'exception de Titus, les personnages tragiques de ses pièces sont des femmes, c'est que la passion est un élément important de leur humanité, ce que le XVIIe siècle aurait difficilement accepté d'un personnage masculin. Mais ce sont là des considérations extérieures qui ne touchent pas l'essentiel de ces pièces. Le Soleil de *Phèdre* est, en réalité, le même Dieu tragique que le Dieu caché de Pascal, de même qu'Andromaque, Junie, Bérénice et Phèdre sont les incarnations concrètes de ces « appelés » dont la reconnaissance constitue dans l'*Écrit sur la Grâce* un des critères pour différencier les jansénistes des calvinistes, ou de ces justes à qui la grâce a manqué, dont parle la première des cinq propositions condamnées par l'Église.

Partant du thème central de la vision tragique, l'opposition radicale entre un monde d'êtres sans conscience authentique et sans grandeur humaine et le personnage tragique, dont la grandeur consiste précisément dans *le refus* de ce monde et de la vie, deux types de tragédie deviennent possibles : la tragédie *sans* et la tragédie *avec* péripétie et reconnaissance, la première se divisant à son tour en deux types selon que le monde ou le héros tragique sera au centre de l'action.

La tragédie « *sans* péripétie ni reconnaissance » est celle dans laquelle le héros sait clairement, *dès le début*, qu'aucune conciliation n'est possible avec un monde dépourvu de conscience auquel il oppose, sans la moindre défaillance ou illusion, la grandeur de son refus. Ce type de tragédie, *Andromaque* s'en approchera de très près, *Britannicus* et *Bérénice* le réaliseront respectivement dans l'une et dans l'autre de ses deux formes.

L'autre type de tragédie est celui où il y a péripétie parce que le personnage tragique croit encore pouvoir vivre sans compromis en imposant au monde ses exigences, et *reconnaissance* parce qu'il finit par prendre conscience de l'illusion à laquelle il s'était laissé aller. C'est, entre autres en tant que recherche d'une tragédie de ce type, que nous essayerons de comprendre *Bajazet* et *Mithridate*, en tant qu'approche que nous comprendrons *Iphigénie*, et enfin comme réalisation, que nous comprendrons *Phèdre*.

Cela dit, nous analyserons les pièces de Racine dans l'ordre chronologique qui, pour une fois (sans que ce soit là une nécessité générale) est aussi l'ordre de leur logique interne.

a) *LES TRAGÉDIES DU REFUS*

I. — ANDROMAQUE

Avant d'aborder l'étude de la pièce elle-même, il nous faut parler quelque peu des préfaces raciniennes. Disons tout d'abord qu'elles constituent, pour le sociologue, un texte de nature entièrement différente des pièces. Ces dernières représentent un univers d'êtres, de choses et de relations dont il doit analyser la structure et la signification, les premières expriment seulement la pensée de l'écrivain, la manière dont il a pensé et compris lui-même son œuvre. Or, bien que ce soient des textes *hautement intéressants* qu'il ne faut à aucun prix négliger ou sous-estimer, il n'y a *nulle* raison nécessaire que leur contenu soit exact et valable, pour que l'auteur ait compris le sens et la structure objective de ses écrits. Il n'y a rien d'absurde dans l'idée d'un écrivain ou d'un poète qui ne comprendrait pas la signification *objective* de son œuvre. La pensée conceptuelle et la création littéraire sont deux activités de l'esprit essentiellement *différentes* [1], qui peuvent très bien être réunies dans une seule individualité, mais qui *ne doivent pas l'être nécessairement*. Ajoutons cependant que, *même dans ce dernier cas*, les textes théoriques ont une importance *très grande* pour l'étude de l'œuvre, car s'ils n'en dégagent pas la signification objective, ils ne reflètent pas moins de très nombreux problèmes posés à l'écrivain par son activité de création proprement littéraire. Seulement, *dans ce cas*, il faudra les lire pour y chercher, *non pas des renseignements théoriques vrais, mais des symptômes*, il faudra, non seulement les comprendre, mais aussi les *interpréter* et cela à la lumière de l'œuvre, sur le plan de la *psychologie individuelle* avec toutes les difficultés que cela représente, car l'individu Racine n'est accessible à la sociologie historique que *lorsqu'il écrit des pièces esthétiquement valables*, sa personne restant par ailleurs étrangère à ce domaine d'investigations.

Ceci dit, constatons que, suivant en cela Aristote, Racine écrit, dans la préface d'*Andromaque* et le répétera dans celle de *Phèdre*, que les personnages tragiques, c'est-à-dire « ceux dont le malheur fait la catastrophe de la tragédie » ne sont « ni tout à fait bons ni tout à fait méchants ». Formule qui s'appliquait à beaucoup de tragédies antiques, qui s'applique encore en partie à Andromaque, mais qui ne vaut ni pour Junie, ni pour Titus, les deux tout à fait bons, ni pour Phèdre dont la

---

1. Dans une lettre à l'abbé Le Vasseur, Racine constate lui-même cette différence : « Les poètes ont cela des hypocrites, écrit-il, qu'ils défendent toujours ce qu'ils font, mais que leur conscience ne les laisse jamais en repos » (lettre de 1659 ou 1660). Racine : *Œuvres*, Ed Mesnard,. t. VI, p. 373.

seule caractéristique valable serait « tout à fait bonne *et* tout à fait méchante en même temps ». Ajoutons aussi que, dans la perspective de la tragédie racinienne, la formule « ni tout à fait bon ni tout à fait méchant » s'applique encore dans une grande mesure aux hommes qui constituent le monde et que cette différence qualitative entre l'homme tragique et l'homme dans le monde, propre à la tragédie moderne, crée la différence entre celle-ci et les grandes tragédies antiques; différence qui s'exprime dans le domaine de la technique littéraire par le fait que le chœur est aussi indispensable à la tragédie antique qu'inconcevable dans la tragédie racinienne. Nous y reviendrons lors de l'analyse de *Britannicus* [1].

Quant à l'analyse des personnages, nous voyons Racine se servir, dans les deux préfaces, d'arguments rigoureusement contraires pour répondre aux critiques puisqu'il nous dit que Pyrrhus est violent parce qu'il « l'était de son naturel » et qu'il ne veut pas réformer les héros de l'antiquité, mais que, par contre, pour Andromaque, il s'est « conformé à l'idée que nous avons maintenant de cette princesse », en la rendant fidèle à Hector.

Concluons qu'il a suivi les lois de son univers en grandissant Andromaque pour accentuer l'opposition radicale qui la sépare de Pyrrhus.

Il n'y a dans la pièce que deux personnages présents : *le Monde* et *Andromaque* et un personnage présent et absent à la fois, le *Dieu* à double visage incarné par Hector et Astyanax et leurs exigences contradictoires et par cela même irréalisables.

Il est clair qu'Hector annonce déjà le Dieu de Britannicus et de Phèdre, sans cependant s'identifier à lui, car *Andromaque* est encore un drame, tout en étant déjà très près de la tragédie.

Le Monde est représenté par trois personnages psychologiquement différents, car Racine crée des êtres vivants et individualisés, mais *moralement identiques* par leur absence de conscience et de grandeur humaine. Ainsi les différences qui séparent Pyrrhus des deux autres n'existent que selon l'optique d'une analyse *psychologique*, extérieure à l'œuvre. Pour le *primat de l'éthique*, qui caractérise la tragédie et qui est sa perspective véritable, il n'y a ni degrés ni approches, les êtres ont ou n'ont pas une conscience humaine authentique tout comme le Dieu de Pascal est présent et absent sans qu'il y ait jamais une spiritualité, un chemin qui mène vers lui et permette de l'approcher.

Le schème de la pièce est celui de toute tragédie racinienne. Andromaque se trouve placée devant un choix, dont les deux éléments, fidélité à Hector et vie d'Astyanax, sont également

---

1. Il va sans dire que nous réservons le problème d'*Esther* et d'*Athalie*.

essentiels pour son univers moral et humain. C'est pourquoi elle ne pourra choisir que la mort qui sauve l'une et l'autre de ces deux valeurs, — dans la pièce et pour elle — *antagonistes et en même temps inséparables*.

Mais, tout en étant le seul être humain de la pièce, Andromaque n'en est pas le personnage principal. Elle se trouve à la périphérie. Le vrai centre, c'est *le monde* et, plus concrètement, le monde des fauves de la vie passionnelle et amoureuse.

Il serait cependant faux d'isoler cette passion sans conscience ni grandeur, qui caractérise aussi bien Pyrrhus qu'Oreste et Hermione, des autres domaines de la vie. Pendant toute l'action, la barbarie, la guerre, les assassinats des vaincus, les ruines de Troie, créent une sorte d'arrière-plan qui nous indique que les fauves de la passion sont des égoïstes dépourvus de toute norme éthique véritable et ne deviennent que trop facilement des fauves dans tous les autres domaines de la vie [1].

> Songe, songe, Céphise, à cette nuit cruelle
> Qui fut pour tout un peuple une nuit éternelle;
> Figure-toi Pyrrhus, les yeux étincelants,
> Entrant à la lueur de nos palais brûlants,
> Sur tous mes frères morts se faisant un passage,
> Et, de sang tout couvert, échauffant le carnage;
> Songe aux cris des vainqueurs, songe aux cris des mourants
> Dans la flamme étouffés, sous le fer expirants;
> Peins-toi dans ces horreurs Andromaque éperdue :
> Voilà comme Pyrrhus vint s'offrir à ma vue, (III, 8) [2].

Il y a déjà dans le monde d'Oreste, d'Hermione et de Pyrrhus, celui de Néron et d'Agrippine, exactement comme dans *Britannicus*, Néron sera dominé par le même amour amoral et inconscient que nous rencontrons chez les trois personnages d'*Andromaque*. Le monde est toujours le même, les différentes pièces mettent seulement l'accent sur l'un ou l'autre de ses aspects.

L'analyse des personnages et de leurs paroles devient, dans cette perspective, facile et presque évidente. Oreste et Pyrrhus sont, eux aussi, placés devant une alternative, mais ils n'auront jamais une réaction digne d'un homme authentiquement conscient, pas même celle (qui serait encore insuffisante pour l'univers racinien) du choix résolu et ouvert d'un des termes de l'alternative. Leur vie sera une permanente oscillation, régie par les événements extérieurs et non par leur propre conscience; jetés d'un côté ou de l'autre, ils feront, le plus souvent, le

---

1. Qu'on ne nous objecte pas que c'était là des mœurs courantes chez les Grecs, et que nos jugements moraux sont anachroniques. D'une part, la pièce est écrite au XVIIᵉ siècle et, d'autre part, ces jugements se trouvent *dans la pièce même* et n'ont pas besoin d'être introduite de l'extérieur.
2. Voir aussi I, 2. Pyrrhus : « Tout était juste alors... »

contraire de ce qu'ils disent ou veulent faire. *En apparence,*
Oreste est venu réclamer Astyanax; *en réalité,* cette mission
n'est pour lui qu'un prétexte sans importance, *un mensonge ;*
la seule chose qui importe est son amour pour Hermione et
nous l'apprenons dès la première scène :

> Heureux si je pouvais, dans l'ardeur qui me presse,
> Au lieu d'Astyanax, lui ravir ma princesse! (I, 1).

> J'aime; je viens chercher Hermione en ces lieux, (I, 1).

Nous apprenons aussi, dès cette première scène, et avant
qu'il paraisse, le désordre, le manque de norme directrice et
consciente qui caractérise la vie de Pyrrhus :

> Il peut, Seigneur, il peut, dans ce désordre extrême,
> Épouser ce qu'il hait, et perdre ce qu'il aime (I, 1).

La même chose en ce qui concerne Hermione :

> Toujours prête à partir, et demeurant toujours, (I, 1).

Le dialogue avec Pyrrhus s'annonce, bien entendu, au même
niveau :

> Pressez : demandez tout, pour ne rien obtenir.
> Il vient......... (I, 1).

Ainsi, avec Hermione, Oreste, Pyrrhus, nous sommes dans
le monde de la fausse conscience, du bavardage. Les paroles
ne signifient jamais ce qu'elles disent; ce ne sont pas des moyens
d'exprimer l'essence intérieure et authentique de celui qui les
prononce, mais des instruments qu'il emploie pour tromper les
autres et se tromper lui-même. C'est le monde faux et sauvage
de la non-essentialité, de la différence entre l'essence et l'apparence.
Mais, dès la scène 4, Andromaque apparaît et l'atmosphère
change. Son arrivée nous place dans l'univers de la vérité absolue, sans compromis de l'homme tragique. Pyrrhus a beau être
son maître, celui dont dépend sa vie et celle de son fils, lorsqu'il lui demande :

> ... Me cherchiez-vous, Madame?
> Un espoir si charmant me serait-il permis? (I, 4).

La réponse d'Andromaque est claire et sans équivoque, et
cela malgré le danger et les risques qu'elle encourt :

> Je passais jusqu'aux lieux où l'on garde mon fils.
> Puisqu'une fois le jour vous souffrez que je voie
> Le seul bien qui me reste et d'Hector et de Troie, (I, 4).

Le heurt ne pouvait être plus radical. La suite est évidente. Pyrrhus — le monde — lui propose le compromis et lui annonce la mission d'Oreste, le danger que court Astyanax, et aussi son refus de le livrer, seulement — car il y a toujours un seulement, un mais dans le monde des Pyrrhus — son refus qui, dans le dialogue avec Oreste, avait paru absolu, inspiré de certaines normes éthiques, n'était qu'une ruse, un moyen pour fléchir Andromaque. Pyrrhus demande maintenant sa récompense :

> Je défendrai sa vie aux dépens de mes jours.
> Mais parmi ces périls où je cours pour vous plaire,
> Me refuserez-vous un regard moins sévère? (I, 4).

Or, c'est ici que la pièce, qui avait commencé comme tragédie, tourne au drame. La réponse d'Andromaque, tout en ayant à première vue la véracité absolue qui caractérise le personnage tragique, nous semble déjà contenir en germe sa « faute » future. Elle oppose à Pyrrhus les exigences de l'éthique et de la grandeur humaine :

> Seigneur, que faites-vous, et que dira la Grèce?
> Faut-il qu'un si grand cœur montre tant de faiblesse?...
> Sauver des malheureux, rendre un fils à sa mère,
> De cent peuples pour lui combattre la rigueur
> Sans me faire payer son salut de mon cœur...
> Seigneur, voilà des soins dignes du fils d'Achille... (I. 4).

Sans doute Andromaque pense-t-elle réellement tout ce qu'elle dit. Ce sont ses propres valeurs, son essence même qu'elle exprime. C'est ainsi qu'elle agirait si elle était à la place de Pyrrhus. Mais elle n'a et ne peut avoir aucune illusion sur la possibilité de lui faire comprendre ses paroles. Le monde des vérités absolues est pour lui un monde fermé. Pourtant, elle *feint* de lui parler réellement et en toute bonne foi. Il y a dans ces paroles d'Andromaque lorsqu'elles s'adressent à Pyrrhus quelque chose qui tient de l'ironie ou de la ruse, car elle parle au fauve comme si elle parlait à un homme.

Pour le personnage tragique, il y a sans doute ici faute, mais faute à peine esquissée et qui restera telle, même dans le mariage avec Pyrrhus. Andromaque annonce Phèdre, mais l'annonce seulement car elle n'est jamais prise elle-même par l'illusion de pouvoir vivre dans le monde et de se réconcilier avec lui. Ce qu'elle espère seulement réaliser par sa ruse, ce sont les conditions qui rendraient son refus, non seulement grand, mais aussi *efficace*, la faisant triompher *matériellement* du monde à l'instant même où elle serait écrasée.

C'est pourquoi Andromaque, tout en approchant de très près l'univers tragique, n'y est cependant pas entrée. La différence est sans doute minime, mais elle existe et dans le monde de la tragédie les différences minimes pèsent autant que les différences les plus grandes. Il n'y a pas, il ne peut pas y avoir d'approche progressive entre l'apparence et l'essence, entre la ruse et la vérité.

Nous avons d'ailleurs un indice du fait que Racine a senti lui-même cet ensemble de problèmes : c'est la différence entre le premier dénouement de l'édition de 1668 et celui des éditions d'après 1773.

L'univers d'un écrit littéraire est unitaire et cohérent. Si *Andromaque* devait rester une tragédie, il fallait, à partir de la scène 4, la traiter en coupable qui finit comme Phèdre par reconnaître sa faute. Racine était encore loin de cette maturité. En tout cas, s'il y a pensé, n'avons-nous pas de trace écrite prouvant qu'il en ait envisagé cette possibilité. Par contre, il a senti l'incohérence de toute fin tragique et en a tiré, dans la première version (1688), les conséquences les plus naturelles en insérant d'abord dans la fin de la pièce une scène dans laquelle Hermione libère Andromaque captive. Il a cependant probablement senti aussi la rupture qui apparaissait ainsi entre le conflit irréductible des trois premiers actes et ce rapprochement.

C'est pourquoi il a modifié le texte en le remplaçant par la version actuelle qui, sans être tragique, maintient, sinon l'opposition entre Andromaque et le monde, tout au moins celle qui subsiste entre Andromaque et les trois personnages qui l'incarnent dans la pièce.

Résumons-nous : Andromaque *est tragique* dans la mesure où elle refuse l'alternative, opposant au monde *son refus volontaire* de la vie, le choix *librement accepté* de la mort. Elle n'est *cependant plus tragique* lorsque, décidant d'accepter, avant de se tuer, le mariage avec Pyrrhus, elle ruse avec le monde pour transformer sa victoire *morale* en victoire matérielle qui lui survivrait. La pièce est une tragédie qui, dans les deux derniers actes, s'oriente brusquement vers le drame. C'est probablement la raison pour laquelle Racine a repris une seconde fois le même thème dans une perspective vraiment et purement tragique dans *Britannicus*.

Reprenons cependant l'analyse au point où nous l'avions laissée. Pyrrhus ne comprend bien entendu pas — et comment le pourrait-il? — le langage d'Andromaque. Il n'y voit qu'une seule chose : le refus, et conclut qu'il n'a plus aucune raison de protéger Astyanax; il qualifie même ce comportement de « juste », selon la justice du monde bien entendu.

> Je n'épargnerai rien dans ma juste colère :
> Le fils me répondra des mépris de la mère; (I, 4).

Quant à Andromaque, elle retrouve son univers. Sa réponse est précise; aucun compromis n'est possible.

> Hélas! il mourra donc... (I, 4).

Mais Pyrrhus, qui juge Andromaque d'après les lois de son propre monde (et il n'a pas entièrement tort), lui demande de revoir Astyanax, dans l'espoir qu'elle pourrait encore changer :

> Allez, Madame, allez voir votre fils.
> Peut-être, en le voyant... (I, 4).

Avec le second acte, Hermione, le troisième personnage qui constitue le monde, paraît. Comme les deux autres, elle manque de conscience réelle et de grandeur humaine. Nous analyserons seulement deux points qui nous paraissent suffisamment caractériser son personnage.

Elle a peur de la vérité et voudrait être trompée pour pouvoir se tromper soi-même :

> Je crains de me connaître en l'état où je suis.
> De tout ce que tu vois tâche de ne rien croire :
> Crois que je n'aime plus, montre-moi ma victoire;
> Crois que dans son dépit mon cœur est endurci,
> Hélas! et, s'il se peut, fais-le-moi croire aussi! (II, 1).

La grandeur de l'homme tragique est sa conscience *claire* et *univoque*, le manque de grandeur des personnages qui constituent le monde, consiste précisément dans leur manque de conscience authentique et claire, dans la peur de voir les choses en face et de comprendre ce qu'elles ont de définitif et d'inexorable.

Un autre thème, particulièrement important car nous le retrouvons aussi au centre même de *Phèdre*, est celui de la fuite. Cléone le propose à Hermione :

> Fuyez-le-donc, Madame; et puisqu'on vous adore... (II, 1).

En principe, Hermione accepte immédiatement :

> Cléone, avec horreur je m'en veux séparer... (II, 1).

> Allons, n'envions plus son indigne conquête :
> Que sur lui sa captive étende son pouvoir.
> Fuyons... mais si l'ingrat rentrait en son devoir; (II 1).

En fait, elle reste, mais ce n'est pas en pleine conscience du danger, décidée à lui faire face; c'est au contraire parce qu'elle ne comprend pas la situation réelle et se laisse volontiers tromper par les illusions que fait naître en elle la passion.

Les trois personnages de Pyrrhus, Oreste, Hermione ainsi esquissés, ce sera avec le même manque de conscience et de grandeur humaine que nous les retrouverons partout dans la suite de la pièce.

Oreste se définit lui-même comme l'être qui fait toujours le contraire de ce qu'il dit :

> ...et le destin d'Oreste
> Est de venir sans cesse adorer vos attraits,
> Et de jurer toujours qu'il n'y viendra jamais. (II, 2).

Dans la scène II, 5, nous retrouvons chez Pyrrhus la même incompréhension radicale de l'univers d'Andromaque. Plus loin, III, 1, les mêmes illusions chez Oreste, la même absence d'importance accordée à sa mission politique qu'il avait néanmoins acceptée.

> Et qu'importe, Pylade?
> Quand nos États vengés jouiront de mes soins,
> L'ingrate de mes pleurs jouira-t-elle moins? (III, 1)

Les mêmes mensonges d'Hermione qui fait croire à Oreste qu'elle pourrait l'aimer, les mêmes illusions d'Hermione sur les sentiments de Pyrrhus (III, 3); sa lâcheté lorsqu'elle se croit triomphante en face d'Andromaque (III, 4); la même attitude inchangée de Pyrrhus envers cette dernière qui atteint son point culminant lorsqu'il exprime l'alternative que le monde représente pour Andromaque dans sa forme absolue qui ne laisse plus de choix qu'entre la vie et la mort : ... « Il faut ou périr ou régner »

> Pour la dernière fois, sauvez-le, sauvez-vous. (III, 7)

et lorsque Céphise trouve même une phrase à résonance pascalienne pour caractériser la situation :

> Trop de vertu pourrait vous rendre criminelle. (III, 8)

Andromaque s'adresse, pour prendre conseil, à l'autorité suprême, à l'être absent qui juge tout et ne répond jamais :

> Allons sur son tombeau consulter mon époux. (III, 8)

Mais la pièce n'est pas une tragédie; aussi Hector ne reste-t-il pas comme le Dieu tragique un spectateur passif et muet.

Il intervient dans le déroulement de l'action; Racine nous le dit expressément :

> Ah! je n'en doute point : c'est votre époux, Madame,
> C'est Hector qui produit ce miracle en votre âme. (IV, 1)

Et Andromaque elle-même n'est pas non plus une véritable héroïne tragique. La décision qu'elle a prise sur la tombe d'Hector est sans doute pleine de courage et de grandeur : elle se sacrifiera pour sauver la vie d'Astyanax, tout en restant fidèle à son époux. Il n'y a *presque* rien de commun entre ce sacrifice et le comportement égoïste des Pyrrhus, Oreste, et Hermione, il y a cependant *quelque* chose de commun et ce quelque chose suffit pour supprimer la tragédie. Andromaque va *ruser* pour transformer sa mort en victoire *matérielle* sur le monde.

La décision d'Andromaque, l'instant décisif de la pièce, est annoncée par deux vers, un qui la prépare, l'autre qui l'exprime entièrement avec ce qu'elle comporte de conséquences; nous entrons semble-t-il dans le temps de la tragédie.

> Oui, je m'y trouverai. Mais allons voir mon fils...
> Céphise, allons le voir pour la dernière fois. (IV, 1)

Elle expose ensuite la solution qu'elle a trouvée, la ruse grâce à laquelle, en se tuant après le mariage, sa main :

> rendra ce que je doi
> A Pyrrhus, à mon fils, à mon époux, à moi. (IV, 1)

Ce vers serait purement tragique si, dans cette énumération, il n'y avait Pyrrhus, un être du monde. La distance qui sépare Andromaque de Pyrrhus existe sans doute encore, existera même jusqu'à la fin de la pièce, mais elle est diminuée, contrecarrée par un lien qui, lui aussi, subsistera au delà de la mort d'Andromaque.

Tout cela, distance et rapprochement, opposition et lien, se retrouve dans un seul vers. Donnant à Céphise des instructions sur ce qu'elle doit faire après sa propre mort, Andromaque lui dit :

> S'il le faut, je consens qu'on lui parle de moi. (IV, 1)

« S'il le faut », c'est la distance, l'opposition intérieure d'Andromaque à tout contact avec Pyrrhus, « je consens » exprime le reste. Car Andromaque peut se donner la mort, non pas parce qu'elle a refusé le monde, abandonné tout espoir de vie intramondaine, comme le feront plus tard Junie, Bérénice et Phèdre, mais au contraire, parce qu'elle compte sur la loyauté de Pyrrhus qui, devenu son époux, continuera sa tâche en défendant Astyanax. En somme, *elle pourrait aussi bien continuer à vivre*

dans le monde. Elle le devrait même, car son espoir est fallacieux.
Le caractère de Pyrrhus *ne le justifie en rien.* Il peut aussi bien,
probablement même, dans une réaction de colère, livrer Astyanax aux Grecs pour se venger d'avoir été trompé. Andromaque
a employé la ruse, c'est pourquoi elle pourrait être dupe. Malgré
toutes les différences dont nous avons déjà parlé, malgré la
grandeur morale de son acte, elle rejoint par certains côtés le
monde. C'est, au fond, probablement pour ne pas rendre cette
déchéance évidente et renverser à la fin la structure de sa pièce,
que Racine fait mourir Pyrrhus et survivre Andromaque. Et
c'est aussi pourquoi il sauvera entièrement la grandeur *morale*
ct *matérielle* d'Andromaque, son opposition au monde, en faisant mourir ou sombrer dans la folie Pyrrhus, Hermione et
Oreste. Sur le plan matériel, la victoire d'Andromaque est
certaine [1]. Les deux derniers vers de la pièce nous disent
qu'Oreste ne survit que grâce à sa folie. Dans le monde d'Andromaque, où il n'y aurait de place ni pour Pyrrhus vivant ni pour
Hermione, il n'y aurait pas non plus de place pour Oreste s'il
restait en état d'agir avec la même inconscience sauvage qu'au
temps où il avait encore sa soi-disante raison.

> Sauvons-le. Nos efforts deviendraient impuissants.
> S'il reprenait ici sa rage avec ses sens. (V, 5)

Racine a-t-il été conscient de cette analyse? l'aurait-il
accepté? A-t-il tout simplement accepté, dans sa vie, les lois
morales qui dominent la vie de Junie, de Bérénice et de Phèdre?
A vrai dire, *nous n'en savons rien.* C'est un problème d'érudition
et de psychologie rétrospectives. Il est d'ailleurs probable qu'il
les auraient refusées. Dans leurs reproches, Nicole et la Mère
Agnès de Sainte-Thècle avaient encore plus raison qu'ils ne le
savaient eux-mêmes, car en écrivant ses tragédies, Racine —
heureusement pour la postérité — ne contredisait pas seulement la morale janséniste, mais se mettait lui-même en pleine
contradiction. Il présentait au monde un univers dont la seule
vraie grandeur était le refus du monde. Peut-être un psychologue concluerait-il que pour écrire ces tragédies, il fallait
précisément connaître et comprendre Andromaque, Junie,
Bérénice et Phèdre, sans s'identifier avec leur monde moral,
avoir été à Port-Royal et en être sorti. Tout cela n'est pas de
notre domaine, ni de notre compétence. Si nous posons ici le

---

1. Les paroles de Pylade :
> *Aux ordres d'Andromaque ici tout est soumis;*
> *Ils la traitent en reine, et nous comme ennemis,*
> *Andromaque elle-même, à Pyrrhus si rebelle,*
> *Lui rend tous les devoirs d'une veuve fidèle.* (V, 5)

indiquent simplement que le monde d'Andromaque a pris la succession de celui
de Pyrrhus.

problème, c'est uniquement en vue de souligner que, *pour créer un univers cohérent d'êtres et de choses*, l'écrivain n'a pas besoin, *ni de le penser conceptuellement ni surtout de l'admettre*. L'histoire de la littérature est pleine d'écrivains dont la pensée était rigoureusement contraire au sens et à la structure de leur œuvre (par exemple entre autres, Balzac, Gœthe, etc.). Il faut simplement conclure que l'analyse de l'œuvre et l'étude de la pensée de son auteur sont deux domaines *différents* qui peuvent, sans doute, se compléter et se fournir une aide réciproque, sans cependant aboutir *toujours* et *nécessairement* à des résultats concordants.

C'est pourquoi l'analyse que nous présentons ici ne veut *rien affirmer* concernant la pensée et les idées morales et religieuses de Racine. Elle se contente d'analyser l'univers de ses pièces, univers qui est un des plus rigoureusement cohérents parmi ceux qu'on rencontre dans la littérature universelle.

II. — BRITANNICUS

Britannicus est, dans l'œuvre de Racine, la première tragédie véritable, l'œuvre entière en comprenant trois : *Britannicus*, *Bérénice* et *Phèdre* qui correspondent aux trois types de réalisation possible du conflit tragique moderne. Car, si la tragédie sans péripétie ni reconnaissance peut être écrite de *deux* manières en faisant, soit du monde, soit du héros tragique le personnage central, la tragédie avec péripétie et reconnaissance ne présente qu'une seule possibilité, héros et monde étant inextricablement mêlés pendant toute la durée de l'action.

Le schème de *Britannicus* est le même que celui d'*Andromaque* : la tragédie sans péripétie ni reconnaissance avec le monde comme personnage central, seulement cette fois la tragédie est rigoureuse, le conflit radical. Sur scène, deux personnages : au centre, *le monde* composé de fauves — Néron et Agrippine —, de fourbes — Narcisse —, de gens qui ne veulent pas voir et comprendre la réalité, qui tentent désespérément de tout arranger par des illusions semi-conscientes — Burrhus — de victimes pures, passives, sans aucune force intellectuelle ou morale — Britannicus. A la périphérie, *Junie, le personnage tragique*, dressé contre le monde et repoussant jusqu'à la pensée du moindre compromis. Enfin, le troisième personnage de toute tragédie, absent et pourtant plus réel que tous les autres : *Dieu*.

Les deux premiers vers contiennent une indication de mise en scène concernant le temps. Ces indications sont extrêmement rares et toujours importantes dans l'œuvre de Racine.

> Quoi! Tandis que Néron s'abandonne au sommeil,
> Faut-il que vous veniez attendre son réveil? (I, 1).

Nous sommes à l'aube, avant le réveil de Néron. N'est-ce pas clair que c'est non seulement le moment où se lève le rideau, mais encore et surtout celui de *l'instant non temporel où se joue la pièce tout entière?* Celui du « monstre naissant », comme le dit explicitement la préface, *Britannicus* se joue à l'instant où le monstre, le vrai Néron caché qui sommeillait sous le Néron apparent se réveille.

Ce réveil se produit d'ailleurs lors d'une circonstance particulière. C'est, comme nous l'apprenons plus loin, le seul événement vraiment important dans l'univers de la tragédie qui a obligé le fauve à lever son masque : la rencontre avec Junie.

> De quel nom cependant pouvons-nous appeler
> L'attentat que le jour vient de nous révéler?...
> Et ce même Néron, que la vertu conduit,
> Fait enlever Junie au milieu de la nuit! (I, 1).

Jusqu'ici, Néron a pu tromper les autres, peut-être s'était-il aussi trompé lui-même, par sa vertu apparente. Seule Agrippine, politicienne rusée, ayant une immense expérience des hommes, avait depuis longtemps compris la réalité. Pour elle, cependant, le problème n'était pas *éthique*, mais *pratique*. Il ne s'agissait pas de juger Néron et de le refuser au nom d'une exigence morale, mais d'assurer contre lui sa position menacée. Maintenant, son instinct d'animal politique lui dit que l'enlèvement de Junie a rendu le danger imminent. Le jour se lève sur une situation nouvelle. Le problème fondamental de la tragédie est posé : Néron et Junie, le monde et l'homme se sont rencontrés et sont entrés en conflit.

La seconde scène nous présente Burrhus, le politique vertueux qui ne comprend rien, ou plus exactement, ne veut rien comprendre, à la réalité. Il défend les actions de Néron au nom d'une sagesse politique qui n'est pas leur mobile réel, et veut croire Néron vertueux parce que cela arrangerait à merveille le monde extérieur et le monde de ses propres valeurs qui n'ont qu'un seul défaut : celui d'être irréelles.

A peine les derniers vers de la scène nous indiquent-ils qu'il avait défendu les actions de Néron simplement parce que celui-ci les avait déjà commises et que, s'il lui avait demandé conseil, il les aurait désapprouvées :

> Voici Britannicus...
> Je vous laisse écouter et plaindre sa disgrâce,
> Et peut-être, Madame, en accuser les soins
> De ceux que l'empereur a consultés le moins. (I, 2)

En arrivant sur scène, Britannicus nous montre d'emblée sa faiblesse. Depuis le début jusqu'à la fin de la pièce, il se laissera tromper, berner par Néron et son espion Narcisse. C'est un personnage que le monde écrase, mais qui ne sait pas que le monde l'écrase, tandis que le monde, lui, le sait parfaitement.

> Narcisse, tu dis vrai...
> Mais enfin je te croi,
> Ou plutôt je fais vœu de ne croire que toi. (I, 4)

Remarquons que ce ne sont pas là des paroles sans importance; il respectera scrupuleusement ce vœu jusqu'à l'instant de sa mort.

Il n'y a rien à dire du point de vue éthique sur la valeur ou plus exactement sur l'absence de valeur morale de Néron, d'Agrippine et de Narcisse. Enfin, c'est à la troisième scène du IIᵉ acte seulement que nous voyons Junie; Racine place le monde tout entier sur scène avant de faire paraître le personnage tragique.

L'arrivée de Junie dans le monde de la pièce fait éclater, dès les premiers vers, l'opposition entre elle et Néron [1].

> Vous vous troublez, Madame, et changez de visage,
> Lisez-vous dans mes yeux quelque triste présage?

> Seigneur, je ne vous puis déguiser mon erreur;
> J'allais voir Octavie, et non pas l'empereur. (II, 3)

Ses premiers mots la définissent tout entière « je ne puis déguiser ». Quelques vers plus loin, elle dira de nouveau :

> Cette sincérité sans doute est peu discrète;
> Mais toujours de mon cœur ma bouche est l'interprète.
> Absente de la cour, je n'ai pas dû penser,
> Seigneur, qu'en l'art de feindre il fallut m'exercer.
> J'aime Britannicus... (II, 3).

Le dialogue entre Junie et Britannicus est un des chefs-d'œuvre de Racine. Au Dieu de la tragédie, caché derrière le monde, s'oppose systématiquement le diable, le monstre caché derrière les murs qui surveille lui aussi les gestes, les paroles, les yeux même de Junie. Britannicus, si facilement dupe de tous

---

1. On se rappelle l'apparition rigoureusement analogue d'Andromaque :

> Me cherchiez-vous, Madame.
> Un espoir si charmant me serait-il permis?

> Je passais jusqu'aux lieux où l'on garde mon fils.
> Puisqu'une fois le jour vous souffrez que je voie
> Le seul bien qui me reste et d'Hector et de Troie. (I, 4)

les personnages du monde qui le trompent, se méfie dès qu'il se trouve en face d'un être absolument et radicalement sincère et authentique, de Junie qui fait tout ce qu'elle peut pour lui faire comprendre la situation réelle.

Il ne faut à Racine que la moitié d'un vers au début de la scène suivante pour faire ressortir l'opposition insurmontable entre Junie et Néron :

> Madame...
>   Non, Seigneur,... (II, 7)

Par la suite, la pièce suit son cours. Dans la grande scène entre Néron et Britannicus, celui-ci semble se comporter enfin en homme et se dresse en face de Néron. Mais Junie, qui voit presque toujours clair, sent que Britannicus n'est pas de taille à tenir tête à son adversaire et propose, pour éviter l'assassinat, de quitter le monde et de se réfugier chez les dieux :

> Ma fuite arrêtera vos discordes fatales ;
> Seigneur, j'irai remplir le nombre des vestales.
> Ne lui disputez plus mes vœux infortunés :
> Souffrez que les Dieux seuls en soient importunés [1]. (III, 8)

Après la belle scène de la rencontre entre les deux fauves, Néron et Agrippine, nous arrivons à l'instant décisif.

Néron a décidé d'empoisonner Britannicus; aussi le fait-il appeler chez lui sous prétexte d'un festin de réconciliation. Britannicus ne doute pas un instant de la sincérité de Néron. Junie, par contre, n'est pas dupe :

> Qu'est-ce que vous craignez?
>
>   Je l'ignore moi-même;
> Mais je crains.
>
> Néron ne trouble plus notre félicité.
>
> Mais me répondrez-vous de sa sincérité?
>
> Quoi? Vous le soupçonnez...? (V, 1).

Junie n'est à la cour que depuis le matin, mais elle a compris, dès son arrivée, l'essence et les lois du monde. Britannicus, qui y vit depuis des années, est toujours aussi facilement berné qu'au début :

---

1. Au sujet de ces vers, nous proposons *à titre d'hypothèse* l'interprétation suivante : en formulant, en ce moment, un espoir *illusoire* de réconciliation entre Néron et Britannicus, qu'elle y croie effectivement ou non, Junie fait un pas (mais un pas seulement) vers le monde. C'est pourquoi son retrait chez les vestales est *ici*, mais ici seulement, une « fuite » qui « importunerait les dieux ».

> Je ne connais Néron et la cour que d'un jour,
> Mais si j'ose le dire, hélas! dans cette cour
> Combien tout ce qu'on dit est loin de ce qu'on pense!
> Que la bouche et le cœur sont peu d'intelligence!
> Avec combien de joie on y trahit sa foi!
> Quel séjour étranger et pour vous et pour moi! (V, 1).

Britannicus la tranquillise. Néron est sincère; il en est certain, il a des preuves irréfutables :

> Ses remords ont paru, même aux yeux de Narcisse...

> Mais Narcisse, Seigneur, ne vous trahit-il point? (V, 1).

Et les mots décisifs :

> Et si je vous parlais pour la dernière fois! (V, 1).

Mais Britannicus est prêt à croire le monde entier, sauf Junie. Malgré les efforts de celle-ci pour le retenir, il va, joyeux et content, au festin où il sera assassiné.

Si Britannicus était le personnage principal de la pièce, si son histoire en était le véritable sujet, celle-ci devait finir avec sa mort. C'est ce qu'ont d'ailleurs pensé certains critiques du vivant de Racine, puisqu'il leur a répondu dans les deux préfaces. « Tout cela est inutile, disent-ils, la pièce est finie avec le récit de la mort de Britannicus et l'on ne devrait pas écouter le reste. On l'écoute pourtant et même avec autant d'attention qu'aucune fin de tragédie. »

Comme d'habitude, la raison que donne le théoricien Racine pour défendre la pièce est insuffisante, mais l'instinct du poète est sûr et rigoureux. Car, dans la pièce, Britannicus *n'est qu'un des multiples personnages qui constituent le monde; sa mort n'est qu'un épisode dont la seule importance est de déclencher le dénouement.*

Le sujet de *Britannicus* est le conflit entre *Junie et le monde* et la pièce *ne se terminera qu'avec le dénouement de ce conflit.* C'est pourquoi, Racine, qui avait si facilement modifié, de lui-même, la première version du dénouement d'Andromaque, n'a jamais accepté, et probablement n'a pas même envisagé, malgré tous les critiques, de supprimer ou de modifier une scène qui était non seulement importante et organiquement liée à l'ensemble de la pièce, mais qui en constituait le véritable dénouement.

Cela ne résout cependant pas encore tous les problèmes que pose la fin de la pièce. Même en admettant que Junie soit le personnage principal, que la pièce ne puisse finir que lorsque sa destinée est décidée, il reste le fait que ce personnage tragique ne finit pas comme les trois autres héros raciniens, Titus, Bérénice et Phèdre, écrasés par un univers qui ne sait pas qu'il les écrase. Junie, par contre, trouve un refuge chez les vestales. Comment justifier, *dans l'univers de la pièce*, cette fin et que signifie-t-elle?

Racine a senti le besoin de s'expliquer lui-même à ce sujet. « Je la fais entrer dans les vestales, quoique selon Aulu-Gelle, on n'y reçût jamais personne au-dessous de six ans, ni au-dessus de dix. Mais le peuple prend ici Junie sous sa protection. Et j'ai cru qu'en considération de sa naissance, de sa vertu et de son malheur, il pouvait la dispenser de l'âge prescrit par les lois, comme il a dispensé de l'âge pour le consulat tant de grands hommes qui avaient mérité ce privilège. » La critique n'a cependant pas toujours accepté l'argument de Racine, nous le voyons encore chez Sainte-Beuve : « Que dire de ce dénouement? de Junie réfugiée aux Vestales, et placée sous la protection du peuple comme si le peuple protégeait quelqu'un sous Néron [1]. » Constatons d'abord que Racine et Sainte-Beuve sont d'accord sur un point; l'entrée de Junie chez les Vestales est une entorse *à la vérité historique*. Reste à savoir — *et c'est la seule chose importante et qui nous intéresse ici* — si c'est aussi une entorse *à la vérité esthétique* de la pièce, à la cohérence de l'univers qu'elle constitue. L'entrée de Junie chez les Vestales est-elle contraire au sens de la tragédie comme l'était la survivance matérielle d'Andromaque? Nous ne le croyons pas, car *Andromaque survit dans le monde des hommes, tandis que Junie survit dans le monde des dieux*. La première de ces possibilités est rigoureusement étrangère et contraire à la tragédie, l'autre y est *supposée* et impliquée comme prolongement *possible* à chaque instant de l'action. Le pari de Pascal, le postulat pratique de Kant, qui affirment, pour des raisons humaines (raisons pratiques, du cœur), l'existence d'un Dieu absent, mais qu'on peut rencontrer à chaque instant de la vie, est *l'être même du personnage tragique*. Il vit pour Dieu et refuse le monde parce qu'il sait qu'à chaque instant Dieu peut parler et lui permettre de dépasser la tragédie. La plupart des pièces de Racine indiquent déjà les pièces à venir; *Andromaque* indique *Britannicus; Bajazet, Mithridate* et *Iphigénie* indiquent *Phèdre;* la fin de Junie indique *Esther* et *Athalie.*

Et cela non seulement par l'existence d'un univers divin, mais encore par un autre trait qui n'est pas moins important.

Tant que Dieu reste *muet* et *caché*, le personnage tragique est rigoureusement *seul* puisque *aucun dialogue* n'est jamais possible entre lui et les personnages qui constituent le monde; mais cette solitude sera dépassée à l'instant même où résonnera dans le monde la parole de Dieu. Comme Esther entourée des filles

---

1. SAINTE-BEUVE : *Portraits littéraires*, Paris, Garnier, 1924, t. I, p. 89.

juives, comme Joas entouré des lévites, Junie, qui n'a jamais
pu réaliser un dialogue, *ni avec Néron ni avec Britannicus,*
trouvera pour la protéger, lorsqu'elle sera entrée dans le temple
de Dieu, un peuple entier qui tuera Narcisse et chassera Néron.
*Il n'y a pas de place pour les fauves du monde dans l'Univers de
Dieu.*

Or, ce problème de la solitude radicale du personnage tragique sous le regard du Dieu caché et de sa solidarité avec tout
un peuple lorsque Dieu est présent, a non seulement une
expression philosophique en tant que problème *de la communauté
humaine* et *de l'univers*, mais aussi une *expression esthétique :
le problème du chœur.*

Tous les grands poètes tragiques modernes en ont été préoc-
cupés [1]. Comment introduire ou transposer dans leurs écrits le
chœur de la tragédie antique? Et tous ont échoué, *car le problème est insoluble.* La tragédie grecque se jouait dans un monde
où la communauté était encore proche et réelle, où le chœur
exprimait la pitié et la terreur de cette communauté devant la
destinée de l'un de ses membres qui, analogue par son essence à
tous les autres, avait attiré sur soi la colère des dieux.

La tragédie racinienne se joue dans un monde où la communauté humaine s'est éloignée à un point tel qu'elle ne survit
même plus, comme souvenir ou comme réminiscence.

La solitude absolue et radicale de l'homme tragique, l'impossibilité du moindre dialogue entre lui et le monde constituent
le principal et même l'unique problème de cette tragédie. Dans
l'Europe occidentale, à partir du XVIᵉ et du XVIIᵉ siècle, la
société se compose de plus en plus de monades sans portes ni
fenêtres. Qu'une vraie tragédie se passe au premier étage d'une
maison, personne au rez-de-chaussée ne s'en apercevra. *Un
abîme infranchissable* sépare maintenant le personnage tragique du reste du monde. Comment, dans cette situation, lier
organiquement l'émotion du chœur à la vie de ce personnage?
Le problème est insoluble et il suffit de penser à l'échec de
Schiller dans *la Fiancée de Messine* pour comprendre cette difficulté, à laquelle doivent nécessairement se heurter tous les
grands écrivains tragiques des temps modernes.

Sur ce point, Racine ne semble avoir jamais connu la moindre

---

1. « Je m'aperçus qu'en travaillant sur le plan qu'on m'avait donné, j'exécutais
en quelque sorte un dessein qui m'avait souvent passé dans l'esprit, qui était de
lier, comme dans les anciennes tragédies grecques, le chœur et le chant avec l'action, et d'employer à chanter les louanges du vrai Dieu cette partie du chœur que
les païens employaient à chanter les louanges de leurs fausses divinités. »

RACINE : *Préface d' « Esther ».*

« Les chœurs que Racine, à l'imitation des Grecs, avoit toujours eu en vue de
remettre sur la scène, se trouvoient placés naturellement dans *Esther*, et il étoit
ravi d'avoir eu cette occasion de les faire connoître et d'en donner le goût. »

Souvenirs de Mᵐᵉ de Caylus.

hésitation. Il n'y a pas de place dans ses pièces pour le chœur, entourant les personnages tragiques; car la présence du chœur, c'est-à-dire la présence d'une communauté, suppose précisément la présence de Dieu, la fin de la solitude et le dépassement de la tragédie. C'est pourquoi, Dieu et le peuple sont rigoureusement concomitants (nous serions tentés de dire rigoureusement identiques) dans la tragédie racinienne. Et, en ce sens, le peuple *peut tout*, et la retraite de Junie est parfaitement adéquate et cohérente dans l'ensemble de la tragédie. Elle n'en est pas seulement le dénouement nécessaire et naturel, mais encore la première annonce dans l'ensemble des œuvres dramatiques de Racine, du dépassement de la tragédie, dans les deux dernières pièces, dans *Esther* et dans *Athalie*.

Il nous reste à envisager un dernier problème. Si la présence du peuple et de Dieu est le dépassement de la tragédie, pouvons-nous encore qualifier de tragique une pièce dans laquelle le principal personnage est protégé par le peuple et se réfugie dans le temple des dieux? *Britannicus* est-il encore une tragédie, ou est-ce déjà un drame sacré? Nous sommes pour la première éventualité, car l'univers de Dieu ne remplace pas encore, comme dans *Esther* et dans *Athalie*, *sur scène*, le monde de Néron et d'Agrippine; il est quelque part, *derrière la scène*, caché comme le Dieu janséniste et pourtant toujours présent comme espoir et comme possibilité de refuge. La scène elle-même ne connaît que le monde barbare et sauvage des fauves de la politique et de l'amour, monde qui se heurte un jour en Junie à l'être humain qui lui résiste et le refuse parce qu'il passe l'homme et vit sous le regard de Dieu.

Avec *Britannicus*, Racine avait enfin, après la tentative d'*Andromaque*, réalisé pour la première fois un type de tragédie rigoureuse, la tragédie sans péripétie ni reconnaissance, ayant le monde comme personnage central. Comme dans le reste de son œuvre dramatique, il ne reviendra jamais en arrière, à ce qui est déjà réalisé et acquis, et se tournera, par contre, vers un nouveau type de pièce tragique. C'est à cette recherche que nous devons *Bérénice*.

III. — BÉRÉNICE

Andromaque et *Britannicus*, tout en étant, l'un un drame approchant le tragique, l'autre une véritable tragédie, étaient néanmoins accessibles jusqu'à un certain point à une analyse *psychologique;* et cela pour une raison que nous avons déjà indiquée. L'élément central de ces pièces n'était pas le héros tragique — Andromaque ou Junie — mais l'ensemble des personnages individuels qui y constituaient le monde et qui, tout en se confondant pour une analyse éthique et surtout pour une analyse s'inspirant des valeurs de l'éthique tragique, n'avaient cependant pas moins *chacun une réalité psychologique propre.* C'est pourquoi une analyse psychologique, qui laissait *nécessairement* échapper la signification objective de la pièce, le conflit entre le héros et le monde et aussi l'essence même du premier, devait, par contre, saisir mieux qu'une analyse purement éthique la structure psychique des personnages intra-mondains et l'ensemble de leurs relations. Ceci n'est que l'expression sur le plan de l'esthétique de la même réalité qui s'exprime en philosophie par le fait qu'on trouve plus de renseignements sur la structure physique du monde extérieur et même sur la structure physiologique et psychologique des hommes, dans les écrits de Descartes et des cartésiens que dans ceux de Barcos. Cette réalité n'est autre que la structure même de la vision tragique, structure que Kant a caractérisée par le « primat de la raison pratique ». Il faut se rappeler toujours que, dans la perspective tragique, « la science des choses extérieures ne me consolera pas de l'ignorance de la morale, ou temps d'affliction; mais la science des mœurs me consolera toujours de l'ignorance des choses extérieures » (fr. 67).

On pourrait donc, à la rigueur, et bien que la chose ne soit pas facile, imaginer une étude d'*Andromaque* et de *Britannicus* réunissant l'analyse psychologique des Oreste, Hermione, Pyrrhus, Néron, Agrippine, etc., avec l'analyse éthique des deux pièces dans leur ensemble et surtout des personnages d'Andromaque et de Junie. Encore nous semble-t-il que cette étude devrait subordonner, sur toute la ligne, l'analyse psychologique à l'analyse éthique.

Tout cela change cependant avec *Bérénice.* Ici, l'analyse psychologique n'a presque plus de portée, et cela tout simplement parce qu'elle n'a presque plus d'objet. Antiochus a trop peu de poids dans la pièce, et quant aux Néron, Pyrrhus, Agrippine, etc., ils sont, pour des raisons que nous indiquerons plus loin, restés derrière les coulisses et n'ont plus franchi les murs de la scène. C'est pourquoi si l'analyse psychologique nous apportait encore certains renseignements importants sur les personnages qui, dans les deux pièces précédentes, constituaient le monde, elle ne nous apporte que très peu de renseignements lorsqu'il s'agit des personnages de *Bérénice.*

C'est aussi pourquoi la critique, psychologique par tradition, s'est méprise encore plus sur le sens et la structure de *Bérénice* que sur celle des autres pièces de Racine [1].

1. Il ne s'agit bien entendu pas de fonder la compréhension des ouvrages littéraires sur nos propres valeurs, ou bien sur un principe quelconque extérieur et

Avant d'aborder l'analyse du texte lui-même, nous voudrions
insister sur trois traits importants qui proviennent de la structure générale de la pièce. « *Bérénice* » *est une tragédie sans péripétie ni reconnaissance, ayant le héros tragique comme personnage
principal.* Plus encore, *elle est écrite dans la perspective du personnage tragique.* Si l'on veut, c'est *Britannicus* vu à travers la
conscience de Junie.

Cela nous permet de comprendre pourquoi, dans cette tragédie, le monde apparaît à peine, et, loin de présenter l'intensité et la richesse de présence intuitive qu'il avait dans les deux
pièces précédentes, n'est plus présent que par la pâle figure
d'Antiochus. On pourrait au premier abord expliquer cela par
le fait que, du centre de la scène, le monde est passé à la périphérie. Mais il nous semble que cette explication, — réelle et
valable pourtant, — ne serait pas encore suffisante. Car on
peut trouver une raison plus profonde et surtout plus radicale :
c'est que, pour l'homme tragique conscient de l'abîme insurmontable qui le sépare du monde, celui-ci *n'existe plus* en tant
que réalité sensible et concrète, et n'a qu'une existence abstraite et générale, celle *d'une force matérielle* inconsciente que
l'homme tragique méprise et avec laquelle il refuse de louvoyer
ou de conclure des compromis.

Cela est vrai à tel point que jamais, dans la pièce, ni Titus
ni Bérénice n'ont vraiment écouté, et encore moins compris et
accepté Antiochus, le seul personnage du monde que Racine
fait encore paraître sur les planches.

Cela nous explique aussi pourquoi — chose rare et peut-être
unique dans l'histoire des grandes tragédies de la littérature
universelle — la pièce a, non pas un, mais deux héros tragiques.
Car un des traits les plus importants de la tragédie sans péripétie
ni reconnaissance, est l'absence de dialogue authentique entre le
héros et le monde, et, bien entendu, l'absence de dialogue —
ou plus exactement, pour employer une expression de G. Lukàcs,
l'existence seulement d'un « dialogue solitaire » — avec le
Dieu tragique caché et muet. Or, il est difficile d'imaginer une
pièce en cinq actes ne contenant *aucun dialogue réel.* Dans les
tragédies dont le monde était le personnage central, Racine
pouvait soutenir l'action avec des dialogues que nous appellerons « intramondains » (Pyrrhus-Oreste, Oreste-Hermione,
Agrippine-Néron, Néron-Britannicus, etc.). Cette solution était
cependant exclue dans une tragédie où le monde n'a plus de
réalité concrète et sensible. Pour éviter une pièce qui ne serait

général. On ne peut comprendre les grands ouvrages philosophiques ou littéraires
qu'en rétablissant *leur propre cohérence interne.* Le primat de la raison pratique
est un des principaux éléments de cette cohérence lorsqu'il s'agit de la vision tragique. Les pièces de Corneille, par exemple, demandent par contre déjà, dans une
beaucoup plus grande mesure, une analyse *psychologique.*

qu'une série de « dialogues solitaires » avec un Dieu muet, Racine a trouvé la meilleure et peut-être la seule solution possible, celle de représenter l'univers tragique par deux personnages qui, tout en restant solitaires puisqu'ils sont, dans la pièce, irrémédiablement séparés, constituent néanmoins une communauté morale, appartiennent au même univers et, par cela même, peuvent et doivent parler ensemble.

Un troisième problème est celui de la fin. Nous sommes habitués à ce que la tragédie finisse par la mort du héros ou bien par son entrée dans l'univers de Dieu. Ce sont les seules issues concevables pour une pièce tragique et nous ne trouvons ni l'une ni l'autre, dans *Bérénice*. Au premier abord, il semble qu'il n'y ait pas d'issue du tout. Les critiques n'ont pas manqué de le remarquer, *Bérénice*, à vrai dire, n'est pas une tragédie, « C'est une élégie dramatique..., il n'y coule que des pleurs et pas de sang », écrivait Th. Gautier [1], et son jugement a fait école. Racine pourtant lui avait répondu d'avance : « Ce n'est point une nécessité qu'il y ait du sang et des morts dans une tragédie; il suffit que l'action en soit grande, que les acteurs en soient héroïques, que les passions y soient excitées et que tout s'y ressente de cette tristesse majestueuse qui fait tout le plaisir de la tragédie. » Comme d'habitude, la préface de Racine nous indique seulement qu'il a vu le problème et qu'il a consciemment choisi la solution. Car si la réussite même de *Bérénice* prouve que Racine a raison contre Th. Gautier, que « ce n'est pas une nécessité qu'il y ait du sang et des morts dans une tragédie », qu'une tragédie sans mort du héros et sans entrée dans l'Univers divin *est possible*, elle ne nous dit pas pourquoi elle était, dans le cas de Bérénice, *nécessaire;* pourquoi, parmi toutes les autres, Racine a-t-il choisi précisément cette possibilité.

Devons-nous encore ajouter que ce problème s'éclaire dès que nous admettons que la pièce est écrite *dans la perspective des personnages tragiques*, de Titus et de Bérénice. *Dans cette perspective*, l'entrée dans l'univers de Dieu et la mort, sont exclues, car elles introduiraient *des incohérences* dans la structure de la pièce. L'entrée dans l'univers divin ayant lieu, non plus quelque part, loin, mais sur la scène même, transformerait la tragédie en drame sacré. *Bérénice* tournerait dans ce cas au milieu de l'action en son contraire, en *Esther* ou *Athalie;* quant à la mort, elle est également exclue dans la perspective *de Titus et de Bérénice* car, on l'a dit souvent, nous ne pouvons voir et connaître que *la mort des autres*, jamais la nôtre. Celle-ci est le seul événement qui nous touche de près et *dont nous ne pou-*

vons jamais avoir conscience nous-mêmes. Mettre en scène la mort de Titus ou de Bérénice, c'était changer brusquement la perspective de la pièce, voir les événements dans une autre perspective qu'on ne les avait vus jusqu'alors. Racine était un écrivain trop rigoureux pour introduire dans sa pièce une telle rupture d'unité, une telle incohérence.

Ayant ainsi expliqué les changements de structure qu'exigeait la nouvelle perspective, à savoir la disparition du monde, le dédoublement du personnage tragique et l'absence « de sang et de morts », nous pouvons maintenant aborder l'analyse schématique du texte lui-même. Des trois personnages de la tragédie, un seul, le, ou plus exactement les personnages tragiques, occupent la scène tout entière. Les deux autres, le *monde* (dans la pièce, la cour) et *Dieu* (dans la pièce, Rome et son peuple), restent pour la plus grande partie cachés derrière les coulisses. A peine la cour est-elle représentée sur scène par Antiochus, qui n'est là que pour souligner le contraste entre lui et les personnages tragiques. D'ailleurs, dans la faune qui constitue le monde, il est de la race la moins nuisible, ce n'est ni un fauve comme Agrippine ou Néron ni un égocentrique passionné comme Oreste ou Hermione. Il est de la famille des Britannicus et Hippolyte, dont la « vertu » sans force et sans grandeur finit toujours par être écrasée. C'est pourquoi (rappelons-nous que Britannicus était aimé par Junie, Hippolyte, par Phèdre), il peut au moins paraître dans l'univers des personnages tragiques.

La pièce se joue entièrement entre Titus et Bérénice d'une part et, d'autre part, entre Titus et le Peuple Romain toujours absent et toujours présent à la fois.

Les deux personnages tragiques ne sont, bien entendu, pas rigoureusement identiques. (Un écrivain de la classe de Racine ne crée pas de schèmes, mais des personnages vivants et individualisés.) Titus, étant *dès le début* conscient de la situation, de l'impossibilité du moindre compromis, du seul dénouement possible, est, comme Junie, dans le sens le plus rigoureux le personnage tragique sans péripétie ni reconnaissance. Bérénice, par contre, se situe déjà sur une ligne qui d'Andromaque mènera à Ériphile et Phèdre. Absolue, entière dans son amour, elle n'a pas encore, à l'instant où se lève le rideau, réalisé l'existence des obstacles, compris le dilemme tragique. Titus empereur, c'est pour elle le triomphe de leur amour contre les difficultés que pourrait leur opposer le monde extérieur; quant aux difficultés internes dans la conscience de Titus, elle ne soupçonne pas même leur existence. Le sujet de *Bérénice*, c'est le dialogue entre Titus devenu tragique, avant que la pièce ne commence, et Bérénice qui ne le deviendra qu'à l'instant où la pièce finira; c'est l'entrée de Bérénice dans l'univers de la tragédie.

Le rideau se lève, comme toujours dans les pièces de Racine, sur la présence du monde. Antiochus explique à Arsace le lieu que représente la scène. C'est une de ces rares indications de mise en scène, qui, chez Racine, incarnent toujours dans le temps ou dans l'espace le contenu même de la pièce.

> Souvent ce cabinet, superbe et solitaire,
> Des secrets de Titus est le dépositaire :
> C'est ici quelquefois qu'il se cache à sa cour,
> Lorsqu'il vient à la reine expliquer son amour.
> De son appartement cette porte est prochaine,
> Et cette autre conduit dans celui de la Reine. (I, 1)

Nous sommes entre l'appartement de Titus et celui de Bérénice, *entre le lieu du règne et celui de l'amour.*

Les vers qui suivent nous renseignent sur les relations entre Antiochus et Bérénice.

> Va chez elle : dis-lui qu'importun à regret,
> J'ose lui demander un entretien secret. (I, 1)

Arsace qui, à ces mots, entrevoit la réalité, tout en se méprenant sur ses véritables causes, s'écrie :

> Vous, Seigneur, importun?...
> Quoi! déjà de Titus épouse en espérance,
> Ce rang entre elle et vous met-il tant de distance? (I, 1)

L'obligation de choisir entre le règne et l'amour, la distance infranchissable qui sépare Bérénice d'Antiochus, n'est-ce pas l'essence même de la pièce formulée dans les quelques vers de cette brève scène qui précède l'arrivée des véritables héros? Le reste en découlera avec une nécessité inéluctable.

Les deux scènes qui suivent nous montrent Antiochus, tel qu'il sera jusqu'à la fin, hésitant, indécis, ayant peur de ses propres résolutions, subissant les décisions des autres, désespère chaque fois qu'il croit entrevoir le mariage de Titus avec Bérénice, chaque fois retrouvant l'espoir à la vue des obstacles qui se dressent entre eux et ne comprenant qu'au tout dernier instant que, mariés ou séparés, la distance qui les sépare de lui est telle qu'il ne pourra jamais la franchir ou la diminuer.

Arsace lui apporte des nouvelles de Bérénice. Il lui dit qu'elle est entourée de cette cour qui lui est étrangère (et qui ne paraîtra jamais sur scène parce qu'elle n'a aucune réalité ni pour Titus ni pour Bérénice).

> Et sans doute elle attend le moment favorable
> Pour disparaître aux yeux d'une cour qui l'accable (I, 3).

Quant à Antiochus, pressentant l'inanité de la déclaration qu'il s'apprête à faire, il est décidé, comme plus tard Hippolyte, à partir tout de suite après. Encore ce départ n'est-il pas une décision autonome et irrévocable, Antiochus dépend, en réalité, de la décision d'autrui, il ne décide jamais par lui-même.

> Arsace, il faut partir quand j'aurai vu la reine.
>
> En sortant du palais,
> Je sors de Rome, Arsace, et j'en sors pour jamais.
>
> J'attends de Bérénice un moment d'entretien.
>
> Eh bien, Seigneur?
>
> Son sort décidera du mien.
> Si Titus a parlé, s'il l'épouse, je pars. (I, 3)

A l'instant où Bérénice arrive sur la scène, elle est encore une femme comme les autres. Elle croit pouvoir parler à Antiochus, et espère épouser Titus. La première de ces illusions sera dissipée à la fin de la scène, la seconde à la fin de la pièce. Pour l'instant, elle a fui la cour.

> Enfin je me dérobe à la joie importune
> De tant d'amis nouveaux que me fait la fortune;
> Je fuis de leurs respects l'inutile longueur,
> Pour chercher un ami qui me parle du cœur. (I, 4)

Antiochus, apprenant qu'elle espérait épouser Titus, lui annonce son départ et, lorsqu'elle lui en demande les raisons, décidé à lui parler et prévoyant l'échec, trouve même le vers le plus tragique du théâtre racinien qui se situe cependant ici, tout en étant rigoureusement véridique, à la périphérie de la pièce :

> Au moins souvenez-vous que je cède à vos lois,
> Et que vous m'écoutez pour la dernière fois. (I, 4)

A peine a-t-il parlé que Bérénice prend conscience de l'abîme qui la sépare de lui, abîme qu'Antiochus avait d'ailleurs entrevu depuis longtemps, mais dont il ne voulait pas prendre conscience. La distance est si grande que les mots d'Antiochus ne l'ont même pas mise en colère et n'ont pas altéré sa bienveillance; elle est simplement surprise. Ce qui vient du monde ne saurait jamais l'atteindre, mais sera toujours pour elle étranger et surprenant. C'est d'ailleurs si peu réel qu'elle l'oubliera aussitôt :

> Seigneur, je n'ai pas cru que dans une journée
> Qui doit avec César unir ma destinée,
> Il fût quelque mortel qui pût impunément
> Se venir à mes yeux déclarer mon amant.
> Mais de mon amitié mon silence est un gage :

> J'oublie en sa faveur un discours qui m'outrage.
> Je n'en ai point troublé le cours injurieux;
> Je fais plus : à regret je reçois vos adieux. (I, 4)

Et plus tard, lorsque Phénice lui dira :

> Je l'aurais retenu.

Elle répondra :

> Qui? moi? le retenir?
> Je dois perdre plutôt jusques au souvenir. (I, 5)

Soulignons, avant d'aller plus loin, à quel point, sans le vouloir et dans un tout autre sens qu'ils ne le pensaient eux-mêmes,
la plupart des paroles prononcées par Bérénice et même par
Antiochus *sont vraies*.

Cette journée doit réellement unir la destinée de Bérénice à
celle de César, non pas dans le sens qu'elle donne à ces mots,
celui de mariage, mais dans un autre, plus noble et plus grand :
par le sacrifice *commun* et *volontaire* de ce qui, pour l'un et pour
l'autre, constituait la vie, par le sacrifice de leur union. Et il
n'en est pas moins vrai que Bérénice a écouté Antiochus « pour
la dernière fois », car le sacrifice commun a élevé Titus et
Bérénice dans un univers où toute proximité, tout contact avec
Antiochus et les siens serait intolérable.

Titus n'apparaît qu'au second acte. C'est le personnage tragique, pleinement conscient de la réalité, de ses problèmes, de
ses exigences, et de l'impossibilité de les concilier. Son amour
pour Bérénice est *absolu* et il le restera jusqu'à la fin de la
pièce. Sa vie n'aura plus de sens ni de réalité s'ils doivent se
séparer. Mais, d'autre part, le règne est, lui aussi, essentiel à son
existence et il a ses exigences inexorables. Placé ainsi entre le
règne et l'amour, ne pouvant vivre avec aucun des deux s'il
doit sacrifier l'autre, il ne lui reste que l'abandon de la vie,
physique dans le suicide, ou moral dans un règne qui ne sera
« qu'un long bannissement ».

Schématiquement, c'est l'argument du *Cid* et de la plupart
des pièces de Corneille. Titus sacrifie l'amour au « devoir », ou,
si l'on veut, à la « gloire ». Mais, là où Corneille aurait vu le
triomphe et *la victoire matérielle* de l'homme, Racine ne voit
que son triomphe moral accompagné de sa défaite matérielle,
le sacrifice de sa vie et de sa personne. Titus, comme tous les
héros tragiques, est fort et faible, grand et petit — un roseau,
mais un roseau pensant.

Cependant, et bien qu'il n'en prenne conscience que plus
tard, son sacrifice n'aura de sens que s'il lui évite la faute,
l'abandon d'un des deux éléments antagonistes et pourtant

indispensables à son univers de valeurs. La séparation, le « long bannissement » du règne n'a de sens que si Bérénice s'associe à son sacrifice, si, dans la séparation acceptée en commun, leur communauté reste entière; sinon, le suicide évitera et la faute envers Bérénice, et la faute envers Rome.

Pour l'instant cependant, Bérénice ne se doute même pas de l'existence du problème. Elle espère le mariage.

Titus, ayant déjà pris sa décision, est seul. Autour de lui, deux forces invisibles : Le monde, la cour avec laquelle il pourrait composer, mais qu'il méprise et refuse, et, plus loin, Rome, avec ses institutions, son peuple, ses dieux. Rome qu'il ne peut pas atteindre, mais qui existe quelque part, cachée et muette, surveillant chacun de ses actes avec la même exigence implacable du Dieu caché de toutes les tragédies.

> Eh bien, de mes desseins Rome encore incertaine
> Attend que deviendra le destin de la Reine...
> De la Reine et de moi que dit la voix publique?
>
> Vous pouvez tout : aimez, cessez d'être amoureux,
> La cour sera toujours du parti de vos vœux.
>
> Et je l'ai vue aussi, cette cour peu sincère,
> A ses maîtres toujours trop soigneuse de plaire...
>
> Je ne prends point pour juge une cour idolâtre,
> Paulin : je me propose un plus noble théâtre;...
> Je veux par votre bouche entendre tous les cœurs; (II, 2).

Mais le peuple est loin, caché derrière la cour, et Titus n'a aucun moyen de l'atteindre directement :

> Le respect et la crainte
> Ferment autour de moi le passage à la plainte;
> Pour mieux voir, cher Paulin, et pour entendre mieux
> Je vous ai demandé des oreilles, des yeux...
> J'ai voulu que des cœurs vous fussiez l'interprète. (II, 2)

Or, le verdict de Rome est inexorable :

> Rome, par une loi qui ne se peut changer,
> N'admet avec son sang aucun sang étranger (II, 2).

Titus, devant cet arrêt, prend, une fois de plus, conscience de l'importance essentielle qu'a pour sa vie, son amour pour Bérénice :

> Hélas! à quel amour on veut que je renonce!
>
> Cet amour est ardent, il faut le confesser.
>
> Plus ardent mille fois que tu ne peux penser. (II, 2)

Et pourtant, l'exigence de Rome est impérieuse. Pour ne trahir ni l'une ni l'autre, il n'y a qu'une solution, accepter *ensemble* une renonciation qui sera, pour l'un et pour l'autre, une renonciation à la vie. Titus en prend la décision :

> J'attends Antiochus...
> Demain Rome avec lui verra partir la Reine.
> Elle en sera bientôt instruite par ma voix;
> Et je vais lui parler pour la dernière fois. (II, 2)

Mais Bérénice arrive sans se douter encore de rien, elle lui dit son amour, ses inquiétudes, et Titus réalise les difficultés de la tâche qu'il s'est proposée. Bouleversé, il la quitte et charge Antiochus de lui faire connaître sa décision et de lui dire en même temps qu'il l'aime et l'aimera toujours :

> Ah Prince! jurez-lui que toujours trop fidèle,
> Gémissant dans ma cour, et plus exilé qu'elle,
> Portant jusqu'au tombeau le nom de son amant,
> Mon règne ne sera qu'un long bannissement...
> Adieu : ne quittez point ma princesse, ma reine,
> Tout ce qui de mon cœur fut l'unique désir,
> Tout ce que j'aimerai jusqu'au dernier soupir (III, 1).

Nous ferons grâce aux lecteurs des perpétuelles oscillations d'Antiochus qui vit uniquement dans l'espoir d'un compromis :

> Arsace, je me vois chargé de sa conduite;
> Je jouirai longtemps de ses chers entretiens,
> Ses yeux même pourront s'accoutumer aux miens,... (III, 2).

Inutile de dire qu'un tel message ne se peut faire par l'inter-médiaire d'Antiochus, surtout depuis que les moindres illu-sions sur les possibilités de dialogue avec lui ont disparu chez Bérénice. Titus devra la rencontrer lui-même. Mais la nouvelle de la séparation qu'exige son amant et qu'il lui a fait par sur-croît communiquer par Antiochus, a fait fléchir Bérénice. Elle est moins forte et elle se laisse envahir par le désordre, cette non-valeur suprême de l'univers tragique :

> Vient-il?
>
>   N'en doutez point, Madame, il va venir.
> Mais voulez-vous paraître en ce désordre extrême?
>
> ... Laisse, laisse, Phénice, il verra son ouvrage... (IV, 2.)

Titus doit affronter l'instant le plus difficile, une fois de plus, il prend conscience de ce qu'il sacrifie, et aussi qu'il le sacrifie à un Dieu dont le verdict ne lui est même pas connu avec certi-tude, qui ne lui a jamais parlé ouvertement :

> C'est peu d'être constant, il faut être barbare...
> Je viens percer un cœur que j'adore, qui m'aime.
> Et pourquoi le percer? Qui l'ordonne? Moi-même.
> Car enfin Rome a-t-elle expliqué ses souhaits?
> L'entendons-nous crier autour de ce palais?
> Vois-je l'État penchant au bord du précipice?
> Ne le puis-je sauver que par ce sacrifice? (IV, 4).

Il se ressaisit cependant :

> Et n'as-tu pas encore ouï la Renommée...
> Faut-il donc tant de fois te le faire redire?
> Ah, lâche! fais l'amour, et renonce à l'empire. (IV, 4)

Mais voilà que Bérénice arrive. Elle juge encore avec le simple bon sens naturel du personnage qui n'a pas atteint le niveau de la conscience tragique. Elle reproche à Titus d'avoir résisté au monde entier, auparavant, lorsqu'il l'aimait et que ce monde était contre eux, et de l'abandonner maintenant lorsque, devenu empereur, il peut tout, maintenant qu'il est seul à décider.

> Je n'aurais pas, Seigneur, reçu ce coup cruel...
> Lorsque tout l'univers fléchit à vos genoux,
> Enfin quand je n'ai plus à redouter que vous. (IV, 5)

Titus essaye de lui faire comprendre qu'en se séparant d'elle, il se sépare de la vie, et que ce ne sont jamais que des raisons extérieures qui auraient pu le déterminer à accepter volontairement un tel sacrifice.

> Et c'est moi seul aussi qui pouvais me détruire...
> Je sais tous les tourments où ce dessein me livre;
> Je sens bien que sans vous je ne saurais plus vivre...
> Mais il ne s'agit plus de vivre, il faut régner. (IV, 5)

Mais Bérénice ne peut pas encore imaginer la séparation :

> Dans un mois, dans un an, comment souffrirons-nous...
> Que le jour recommence et que le jour finisse,
> Sans que jamais Titus puisse voir Bérénice... (IV, 5).

Et, lorsque Titus lui fait comprendre qu'il l'aime autant et plus qu'il ne l'a jamais aimée, elle propose le compromis :

> Ah, Seigneur! s'il est vrai, pourquoi nous séparer?
> Je ne vous parle point d'un heureux hyménée :
> Rome à ne vous plus voir m'a-t-elle condamnée?
> Pourquoi m'enviez-vous l'air que vous respirez? (IV, 5).

Titus lui dépeint la déchéance qui les attendrait, les conséquences d'une vie qui aurait ne serait-ce qu'une seule fois
accepté le compromis, Bérénice ne le comprend pas et lui
annonce son intention de se donner la mort.

Devant cet échec, Titus est déchiré, presque sur le point
d'hésiter :

> Ah, Rome! Ah, Bérénice! Ah, prince malheureux!
> Pourquoi suis-je empereur?Pourquoi suis-je amoureux?(IV, 6)

Lorsque se fait entendre en même temps qu'Antiochus qui
l'appelle au secours de Bérénice voulant se suicider, la voix de
Rome, de son peuple, de ses dieux, qui lui rappellent leurs
exigences.

> Seigneur, tous les tribuns, les consuls, le sénat
> Viennent vous demander au nom de tout l'État.
> Un grand peuple les suit, qui, plein d'impatience,
> Dans votre appartement attend votre présence.
>
> Je vous entends, grands Dieux, vous voulez rassurer
> Ce cœur que vous voyez tout prêt à s'égarer. (IV, 8)

Le dénouement est proche. Bérénice a décidé de se tuer, mais
Titus lui arrache la lettre qu'elle lui avait écrite et l'empêche
de sortir. Une indication de mise en scène nous indique que
Bérénice est au comble du désarroi : « Bérénice se laisse tomber
sur une chaise. »

N'ayant pas réussi à se faire comprendre, à associer la destinée de Bérénice à la sienne, Titus, *qui ne peut sacrifier ni
Bérénice ni Rome*, n'acceptera bien entendu pas le compromis;
il choisira la seule issue qui lui reste pour satisfaire en même
temps les exigences de son peuple et de son amour, il se donnera
la mort en même temps qu'elle.

> Mon amour m'entraînait, et je venais peut-être
> Pour me chercher moi-même, et pour me reconnaître.
> Qu'ai-je trouvé? Je vois la mort peinte en vos yeux...
> C'en est trop...
> Mais je vois le chemin par où j'en puis sortir.
> Ne vous attendez point que, las de tant d'alarmes,
> Par un heureux hymen je tarisse vos larmes...
> L'empire incompatible avec votre hyménée,
> Me dit qu'après l'éclat et les pas que j'ai faits,...
> Je dois vous épouser encor moins que jamais...
> Il est, vous le savez, une plus noble voie...
> Et je ne réponds pas que ma main à vos yeux
> N'ensanglante à la fin nos funestes adieux. (V, 6)

Cependant, devant la grandeur de Titus, Bérénice trouve elle aussi sa véritable nature. Une seconde indication de mise en scène nous dit que nous sommes à l'instant décisif, au tournant de la pièce. « Bérénice se lève. » Elle a enfin compris le sens de la décision de Titus et s'associe librement et volontairement à sa destinée.

> Je connais mon erreur, et vous m'aimez toujours...
> Je veux, en ce moment funeste,
> Par un dernier effort couronner tout le reste :
> Je vivrai, je suivrai vos ordres absolus.
> Adieu, Seigneur. Régnez : je ne vous verrai plus. (V, 7)

Après avoir rappelé à Antiochus l'abîme qui le sépare d'elle, et lui avoir demandé de s'éloigner :

> Portez loin de mes yeux vos soupirs et vos fers. (V, 7.)

La pièce se termine sur les paroles décisives qu'elle adresse à Titus :

> Pour la dernière fois, adieu, Seigneur.

Et le cri d'Antiochus :

> Hélas! (V, 7).

Le rideau tombe, la pièce est finie. Titus et Bérénice, unis dans le sacrifice commun de leurs vies, ne se reverront jamais.

Il est digne d'être souligné que l'œuvre dramatique de Racine se présente comme une progression continuelle sans retour en arrière. Jamais Racine ne reviendra à ce qu'il a déjà écrit, il cherchera toujours de nouvelles voies, il se posera toujours de nouveaux problèmes. Dans cette œuvre, *Andromaque*, *Britannicus* et *Bérénice* constituent un cycle, celui des tragédies sans péripétie ni reconnaissance, qui s'oppose à celui des pièces de la péripétie et de la reconnaissance : *Bajazet*, *Mithridate*, *Iphigénie* et *Phèdre*, et à celui des drames sacrés, *Esther* et *Athalie*.

Il faudrait sans doute une recherche autrement minutieuse et approfondie que la nôtre pour établir avec certitude si Racine est, dans la littérature universelle, le créateur de ce type de héros tragique. Une chose cependant nous semble pour le moins probable; si une inspiration lui est venue de l'extérieur, c'est moins de la lecture de tel ou tel ouvrage antique ou chrétien que de la réalité humaine exceptionnelle qu'il a eu l'occasion de connaître et de vivre de près dans toute sa force et dans toute sa richesse; Port-Royal-des-Champs et le jansénisme de la première génération.

L'attitude de Junie et de Titus envers le monde, et plus précisément envers la cour, est la transposition scénique de l'attitude de Saint-Cyran, d'Antoine Lemaître, de Singlin, de M. de Saci et des premiers solitaires envers la cour, le monde social, politique et même ecclésiastique de leur temps.

Le « long bannissement » de Titus, le temple des Vestales, comme refuge caché derrière le monde, sont la traduction en langage sensible et païen des vies réelles chrétiennes et spirituelles qui ont agi d'une manière décisive sur la pensée et la sensibilité du jeune écolier, élevé à Port-Royal.

Sans doute, ceux d'entre les solitaires qui ont pu encore connaître les pièces de Racine ne s'y sont-ils pas reconnus. Ils étaient trop chrétiens pour admettre le changement de costume. Qu'y avait-il de commun entre le Christ et les dieux des Romains, entre les Vestales de Rome et les saintes filles de Port-Royal? Lorsqu'Arnauld admire enfin une pièce de Racine, c'est *Esther*, sa première pièce chrétienne, mais aussi sa pièce la moins *janséniste*.

Il n'en reste pas moins vrai que les *Pensées* de Pascal et les tragédies de Racine, œuvres qui ont « effrayé » Port-Royal, constituent ce qui en est sorti de plus grand et ce qui le justifie plus encore que ses solitaires devant la postérité et l'histoire. Une preuve de plus qu'il ne faut jamais confondre ce que les hommes veulent et pensent faire et ce qu'ils font réellement.

b) LES DRAMES INTRAMONDAINS

IV. — BAJAZET

Avec *Bajazet*, l'œuvre de Racine entre dans une phase nouvelle. La distance qui sépare cette pièce de *Bérénice* n'est pas moindre que celle qui sépare *Alexandre* d'*Andromaque* ou *Phèdre* d'*Athalie*. Après les pièces du refus et de la grandeur tragique, *Bajazet* est la première pièce de l'essai de vivre et du compromis.

Sans doute y trouvons-nous encore certaines réminiscences des tragédies antérieures, mais elles disparaîtront en partie à partir de *Mithridate*, et même dans *Bajazet* la perspective nouvelle leur donne un sens entièrement différent.

Aussi, en abordant l'étude des pièces que Racine a écrites après *Bérénice*, plusieurs problèmes de méthode se posent-ils à nous. Premièrement, devons-nous dans une étude consacrée à la *vision tragique* nous arrêter à l'analyse de trois pièces — *Bajazet, Mithridate* et *Iphigénie* — qui *ne sont pas des tragédies?* Nous le croyons nécessaire, car le sens d'un ouvrage se comprend, en grande partie tout au moins, à partir de sa place dans les ensembles plus vastes de l'œuvre entière de l'écrivain et de la situation historique totale. C'est pourquoi, si nous nous intéressons en premier lieu à *Britannicus, Bérénice* et *Phèdre*, l'analyse des trois pièces écrites entre ces deux dernières nous paraît non seulement utile, mais encore indispensable, toute tentative d'isoler dans l'œuvre racinienne les trois tragédies proprement dites risquant de déformer le sens même des textes que nous voulons étudier.

Ceci accordé, nous nous trouvons cependant devant un second problème autrement embarrassant : *Andromaque, Britannicus* et *Bérénice* constituaient un groupe homogène de pièces du refus du monde et de la vie. Mais, lorsqu'il s'agit des quatre pièces ultérieures, deux manières différentes de classification s'avèrent possibles, et sont d'ailleurs toutes deux valables et complémentaires. On peut en effet grouper *Bajazet, Mithridate, Iphigénie* et *Phèdre* en tant que pièces dont le héros essaye de vivre dans le monde, mais on peut aussi séparer les trois premières en tant que pièces historiques de la quatrième qui est un retour à la tragédie. Dans la première de ces perspectives, *Bajazet, Mithridate* et *Iphigénie* apparaissent comme des recherches, des tentatives provisoires, consciemment ou inconsciemment orientées vers *Phèdre*, dans la seconde, chacune de ces pièces apparaît comme une œuvre ayant sa propre cohérence et sa propre signification.

Or, s'il ne fait pas de doute que *Phèdre* intègre dans une synthèse nouvelle des éléments qui existaient déjà à l'état isolé dans les trois drames antérieurs, toute tentative d'isoler cette perspective ou tout simplement de la mettre au premier plan risque de fausser notre compréhension des trois pièces non tragiques dont nous allons entreprendre maintenant l'analyse.

Rien, en effet, n'est plus dangereux pour l'historien ou le critique littéraire que le fait d'arracher certains éléments d'un écrit à leur contexte pour leur trouver une signification propre qui risque le plus souvent d'être arbitraire. Ce procédé, déjà très discutable lorsqu'il s'agit d'une œuvre conceptuelle, philosophique ou théologique, le devient au plus haut point dans l'interprétation d'une œuvre littéraire ou artistique. Car en philosophie ou en théologie, l'œuvre totale d'un écrivain est dans une mesure beaucoup plus grande que chacun de ses écrits isolés, un tout organique ayant une signification propre. Cela nous permet, nous oblige même, à interpréter chacun de ses écrits à la lumière de l'ensemble de l'œuvre et surtout à la lumière des écrits *ultérieurs*. La situation est cependant exactement *inverse* lorsqu'il s'agit d'une création imaginaire, d'un univers intuitif d'êtres individuels et de relations individuelles, autrement dit, d'une œuvre littéraire ou d'une œuvre d'art.

Car, dans ce cas, chaque écrit ou chaque tableau est — *dans la mesure où il est esthétiquement valable* — un tout organique autant et peut-être même plus que l'ensemble des créations de l'artiste ou de l'écrivain.

C'est pourquoi nous allons considérer ici *Bajazet*, *Mithridate* et *Iphigénie* en premier lieu comme des écrits autonomes se suffisant à eux-mêmes, ayant leur cohérence et leurs significations propres, quitte à montrer plus loin, lors de l'étude de *Phèdre*, comment en les écrivant Racine trouvait et élaborait pas à pas des éléments qu'il intégrera par la suite dans ce dernier ouvrage.

Avant d'aborder cependant l'étude même de ces pièces, il nous faut encore clarifier le concept de *pièce historique* qui nous semble s'appliquer en très grande mesure à *Mithridate*, et dans une certaine mesure à *Bajazet* et à *Iphigénie*. Le mot histoire peut avoir en français deux sens différents [1] et même opposés, qu'une pensée philosophique doit distinguer rigoureusement; on peut en effet, sans faire violence à l'usage habituel de la langue, appeler historique n'importe quel événement *passé* qui a touché de loin ou de près à la vie politique ou sociale. L'histoire, en ce sens, est la connaissance du passé *en tant que passé*, sans aucune référence *voulue et consciente* au présent et à l'avenir de l'individu et de la société. C'est une science qui se veut « objective » et qui ressemble, par certains côtés importants tout au moins, à la physique, à la chimie et à la biologie.

Tout le monde sait cependant qu'en parlant de penseurs comme Saint Augustin, Joachim de Fiore, Hegel ou Marx, nous disons qu'ils ont élaboré *une philosophie de l'histoire* et qu'il serait impossible de parler dans le même sens d'une philosophie de la chimie ou de la physique. Ici, le mot « histoire » a un sens différent, car d'une part il comprend surtout les événements *futurs*, l'avenir (et le passé même ne l'intéresse que *par rapport à cet avenir*), et d'autre part, le problème central de l'histoire comprise dans son deuxième sens n'est pas l'événement futur en tant qu'événement extérieur et connaissable, mais son rapport avec les valeurs, avec la vie et le comportement des individus passés, présents et futurs.

Si nous prenons le mot « historique » dans le premier sens, *Andromaque*, *Britannicus*, *Bérénice* et *Phèdre* sont dans une certaine mesure des pièces « historiques ». Le problème central de chacune d'elles est sans doute un problème individuel, mais à l'arrière-plan se dessinent des événements décisifs pour la vie des peuples : la guerre de Troie, le règne de Néron, l'État romain, ou la succession au trône d'Athènes.

Si cependant, comme nous le ferons dans la présente étude, nous donnons au mot « historique » la seconde acception, celle

---

1. L'allemand possède deux termes: *Historisch* et *Geschichtlich* qui correspondent dans une certaine mesure aux deux sens que nous distinguons. On dit *Historische Schule* et, par contre, *Geschichtsphilosophie*.

qu'il a lorsqu'on parle de philosophie de l'histoire, alors ces
quatre pièces sont, comme toutes les tragédies, rigoureusement
anhistoriques, car, d'une part, l'univers tragique se définit par
l'absence de tout avenir individuel ou collectif (l'avenir de la
collectivité *ne signifie rien dans ces pièces*, pour les problèmes
individuels du héros la relation entre celui-ci et le monde étant
immuable) et, d'autre part, il n'y a aucune relation positive
entre les problèmes qui dominent la conscience du héros et la
réalité de la vie collective. Cette dernière constitue simplement,
comme tout ce qui fait partie du monde, l'obstacle auquel se
heurte l'homme tragique, et qui l'obligera à refuser la vie et
le monde dans son ensemble.

Le groupe *Bajazet*, *Mithridate*, *Iphigénie*, par contre, comprend trois pièces en partie historiques, même dans le dernier
sens du mot, car, d'une part, il y a dans toutes les trois un
avenir réel *(Mithridate* et *Iphigénie)* ou possible *(Bajazet)* et,
d'autre part, cet avenir de la communauté a une importance
décisive pour la solution des problèmes individuels du héros,
problèmes qui lui sont étroitement associés (chute d'Amurat
et vie ou mort de Bajazet, guerre contre les Romains et amour
de Xipharès et de Monime, guerre contre Troie et vie ou mort
d'Iphigénie). Tout au plus, peut-on constater que dans cette
liaison intime des problèmes individuels et des problèmes de
la vie collective, il y a encore dans *Bajazet* et déjà dans *Iphigénie* un primat de l'individuel, tandis que dans *Mithridate*, la
seule pièce vraiment historique dans le sens le plus étroit du
mot, la fusion est à peu près complète de sorte qu'il n'y a
plus de héros individuel à proprement parler; Mithridate,
Monime et Xipharès ayant tous trois une égale importance, le
véritable héros de la pièce est le groupe qu'ils constituent,
malgré leurs conflits, par leur lutte commune contre les Romains.

En abordant maintenant l'analyse de *Bajazet*, constatons
d'abord que, bien qu'ayant sa signification et son unité propres,
il constitue encore une transition entre la tragédie qu'était
Bérénice et la pièce historique que sera *Mithridate*, exactement
comme plus tard *Iphigénie* sera entre autres la transition entre
Mithridate et *Phèdre*.

Bajazet contient en effet — et c'est sa faiblesse — certains
éléments absolument analogues aux trois tragédies antérieures,
à savoir : *la situation* et *les exigences* de la *morale tragique*.
Comme dans *Britannicus* et dans *Bérénice*, le héros se trouve
devant l'alternative du *compromis* et de *la mort*, comme dans
ces pièces, Bajazet sait que la seule attitude vraiment humaine
et vraiment valable serait *le refus du compromis* et *l'acceptation
volontaire de la mort*. Mais là s'arrêtent les analogies et commencent les différences qui changent entièrement la signification de l'ensemble. Car, à l'encontre de Junie ou de Titus,

Bajazet n'agit pas conformément aux exigences de sa propre conscience. Subissant l'influence d'Atalide, il essaye de tromper Roxane, de ruser pour pouvoir vivre. Loin de refuser le monde, il accepte le compromis.

Il ne faudrait cependant pas croire que c'est l'unique changement, la seule différence entre *Bajazet* et les pièces antérieures, que nous y trouvons le même cadre, les mêmes personnages avec simplement, à la place d'un *héros tragique*, refusant le monde au nom d'une exigence morale de pureté absolue, *un héros dramatique*, essayant de se concilier le monde pour pouvoir y vivre. En réalité, la triade Dieu-homme-monde que nous avons dégagée comme étant l'essence de l'univers tragique constitue un ensemble, une structure dans laquelle le changement d'un élément entraîne nécessairement, sous peine d'incohérence et d'échec esthétique, des changements correspondants dans les deux autres éléments.

Ainsi, le Dieu muet et caché de la tragédie, *absent* parce qu'il ne donnait jamais au héros aucun conseil, aucune indication sur la manière d'agir et de vivre pour réaliser ses valeurs, était néanmoins *toujours présent* dans l'univers de la pièce à travers *la conscience de ce même héros* en tant qu'exigence absolue d'une pureté et d'une totalité irréalisables dans la vie mondaine. Or, cette présence disparaît dès que le héros déprécie lui-même la réalité des exigences de sa conscience en agissant contre ses propres valeurs ou simplement en se conciliant avec le monde. Dans cette situation, les dieux ne peuvent plus trouver une réalité dramatique qu'en tant que dieux extérieurs providentiels comme dans *Iphigénie*, ou bien en punissant les fautes, en incarnant la justice et l'ordre comme dans *Bajazet*, à moins que la fusion du héros et du monde dans le drame vraiment historique ne supprime toute transcendance en confondant la vie sociale avec la divinité *(Mithridate)*. On comprend pourquoi les dieux tragiques et cachés de *Britannicus* et de *Bérénice* deviennent les dieux dramatiques de la justice et de la vengeance dans *Bajazet*.

Mais, dans la triade Dieu-homme-monde, c'est peut-être le dernier élément qui subira le changement le plus profond. Dans les trois tragédies antérieures, une différence qualitative, un abîme infranchissable séparait le monde et le héros. Devant la pureté absolue de l'homme tragique pour lequel il n'y avait ni valeur relative ni degré d'approche, le monde qui ne réalisait pas les exigences de sa morale apparaissait comme une réalité *entièrement négative*. Tout ce qui s'y passait était, par définition, dépourvu de valeur et de signification morale, sans importance et sans réalité. Pour le héros, ce n'était qu'une somme d'obstacles infranchissables, une occasion pour se déclarer, pour se trouver soi-même, et rien de plus.

Or, cette situation est nécessairement changée dès que le héros essaie de se réconcilier avec le monde et d'y vivre. Le rapprochement a nécessairement une répercussion sur la structure de l'univers de la pièce. A la baisse du niveau humain du héros correspond une élévation équivalente du niveau moral du monde; à la différence qualitative, au fossé infranchissable se substitue une différence de degré. Si le héros cesse d'être entièrement bon, le monde cesse d'être entièrement mauvais jusqu'à l'instant où ils fusionneront dans *Mithridate*. C'est pourquoi — chose qui nous paraît extrêmement importante — au monde statique, indifférent et sans signification d'*Andromaque*, *Britannicus*, *Bérénice* et *Phèdre*, se substitue un monde dynamique, en mouvement, *orienté* vers la réalisation du bien (ou plus exactement, vers *ce qui dans la pièce* constitue le bien et a une valeur positive). Ce qui ne veut pas dire que le monde réalise le bien nécessairement et par ses propres forces. Il s'agit seulement d'une orientation. Roxane, Acomat et Atalide s'engagent dans l'action contre Amurat; Monime, Xipharès et Mithridate luttent contre les Romains, les principaux personnages d'*Iphigénie* veulent la victoire des Grecs et la défaite des Troyens.

Sans doute, dans cet univers le mal existe-t-il encore, mais il ne constitue pas le monde, il n'en est qu'une partie, et encore une partie éloignée derrière la scène (Amurat), subordonnée (Pharnace) ou absente (dans *Iphigénie*). Dans *Bajazet*, ce mal s'oppose d'ailleurs symétriquement au bien, aux dieux de l'ordre et de la justice. Il est comme eux caché derrière la scène, non pas spectateur passif et absent, mais au contraire force active et agissante, intervenant de l'extérieur dans l'univers de la pièce. Et dans ce conflit entre le bien et le mal, nous voyons tous les personnages, Bajazet d'une part, Acomat, Roxane, Atalide d'autre part, prendre une attitude intermédiaire entre l'une et l'autre des valeurs extrêmes.

Parfois même, le monde apparaît moralement supérieur au héros. Car si Bajazet est coupable devant les dieux et devant sa propre personne du mensonge qu'il accepte pour essayer de vivre, Roxane et Acomat, égoïstes, dépourvus de générosité et surtout de valeurs qui transcendent et dépassent l'individu, ne s'opposent pas moins au mal et n'en prennent pas moins le parti du bien, pourvu qu'ils puissent bien entendu y trouver la satisfaction de leurs passions et de leurs intérêts. Et par rapport à Bajazet, leur attitude a tout au moins la supériorité de la franchise et de l'absence de mensonge.

Inutile d'ajouter qu'il ne s'agit pas, dans toutes ces remarques, de jugements de valeur extérieurs que nous porterions sur les personnages et sur leur comportement [1] (nous n'oserions même

---

1. Pour nous, par exemple, la chute de Troie est aujourd'hui indifférente; c'est, par contre, une réalité négative dans *Andromaque* et une valeur positive dans

pas affirmer que ces jugements étaient ceux de Racine en 1671), mais du sens et de la valeur qu'a ce comportement dans l'univers de la pièce, univers que Racine a créé en écrivant *Bajazet*.

Nous pouvons maintenant tracer les lignes structurelles de l'univers dans lequel se développera l'action. Un héros qui n'est pas entièrement bon puisqu'il essaye de vivre grâce à un mensonge et à un compromis, un monde qui n'est pas entièrement mauvais, dont le mouvement est même orienté vers le triomphe du bien, ce qui rend le compromis possible, enfin des dieux représentant seuls une exigence d'ordre et de justice absolue et qui, au nom de cette justice, puniront à la fin aussi bien le monde que le héros. Voilà le cadre dans lequel se déroule l'action de *Bajazet*.

Quant à l'analyse de cette action, nous l'esquissons plus succinctement que celle des pièces antérieures, précisément parce qu'elle présente une moindre tension *morale* et que les analyses psychologique des personnages ou socio-politique des situations ne nous intéressent qu'en second lieu.

Comme d'habitude, les premiers vers résument l'essentiel de la pièce dans une indication concernant le lieu où se déroule l'action. Acomat et Osnin ont transgressé les barrières menaçantes d'un monde qui vit sous la menace et la terreur. Ils se rencontrent à un endroit où leur simple présence les aurait auparavant entraînés à leur perte. Des événements qui seront racontés plus loin ont ébranlé les assises de ce monde, les barrières sont devenues moins rigides bien qu'elles existent encore et que leur menace continue à peser sur les hommes.

>   Viens, suis-moi. La sultane en ce lieu se doit rendre...

>   Et depuis quand, Seigneur, entre-t-on dans ces lieux,
>   Dont l'accès était même interdit à nos yeux?
>   Jadis une mort prompte eût suivi cette audace. (I, 1).

Mais de jadis à aujourd'hui il s'est produit un changement qualitatif, le temps est une réalité dans la pièce [1].

>   Quand tu seras instruit de tout ce qui se passe,
>   Mon entrée en ce lieu ne te surprendra plus (I, 1) [2].

Iphigénie. De même, *pour nous*, les comportements de Pyrrhus et celui de Roxane paraissent semblables; dans les deux pièces, ils ont, par contre, une valeur différente.

[1]. Dans la tragédie, par contre, qui est *intemporelle*, le passé est toujours présent et l'avenir décidé depuis longtemps. Ici, le présent est *différent* du passé.

[2]. Plus loin, nous aurons l'occasion d'apprendre l'événement qui a permis la transgression des barrières. Nous le mentionnons malgré son peu d'importance

Il se passe en effet que Roxane, amoureuse de Bajazet, et Acomat, jaloux du roi qui a pris lui-même les rênes du pouvoir, préparent une révolution de palais pour remplacer le méchant et tyrannique Amurat par le bon et vertueux Bajazet.

Or, l'autorité d'Amurat n'est pas encore très bien établie. L'armée des janissaires hésite, se méfie et pense au temps où elle était commandée par le vizir. Le sultan est à la veille d'une bataille dont l'issue décidera de la fidélité de l'armée et implicitement des chances de son règne ou au contraire des chances de révolte.

> Comme il les craint sans cesse ils le craignent toujours...
> Ils regrettent le temps à leur grand cœur si doux,
> Lorsqu'assurés de vaincre ils combattaient sous vous.
>
> Quoi! Tu crois, cher Osmin, que ma gloire passée
> Flatte encore leur valeur, et vit dans leur pensée?
>
> Le succès du combat réglera leur conduite.
> Il faut voir du sultan la victoire ou la fuite...
> S'il fuit, ne doutez point que, fiers de sa disgrâce,
> A la haine bientôt ils ne joignent l'audace,
> Et n'expliquent, Seigneur, la perte du combat
> Comme un arrêt du ciel qui réprouve Amurat. (I. 1)

Roxane, qui aime Bajazet, a décidé de s'associer à l'entreprise d'Acomat, mais ni l'un ni l'autre n'ont une confiance entière en leur allié, ils craignent tous deux, et avec raison, que celui-ci ne les trahisse, une fois qu'il aura accédé au pouvoir. C'est pourquoi ils veulent prendre des garanties : Acomat en épousant Atalide, princesse de sang royal, Roxane en se faisant épouser par Bajazet. Garanties qui ne seraient d'ailleurs nullement de trop; car nous verrons Bajazet plein de remords et avec une très mauvaise conscience, il est vrai, essayer d'arriver au pouvoir par des promesses qu'il compte fermement ne pas tenir. La situation n'est plus seulement celle des tragédies antérieures qui opposaient le héros d'un côté, le monde de l'autre, nous y voyons aussi le monde et Bajazet associés dans une lutte contre Amurat, le mal par excellence, tout en

---

dans la pièce, car c'est l'apparition d'un thème que Racine reprendra dans *Mithridate* et dans *Phèdre*; celui du faux bruit qui fait croire que le roi est mort.

> Peut-être il te souvient qu'un récit peu fidèle
> De la mort d'Amurat fit courir la nouvelle.
> La sultane à ce bruit feignant de s'effrayer
> Par des cris douloureux eut soin de l'appuyer.
> Sur la foi de ses pleurs ses esclaves tremblèrent.
> De l'heureux Bajazet les gardes se troublèrent,
> Et, les dons achevant d'ébranler leur devoir,
> Leurs captifs dans le trouble osèrent s'entrevoir. (I, 1)

essayant chacun de satisfaire ses intérêts ou ses passions en négligeant ou en trompant les autres. Le mélange de mal et de bien, d'égoïsme et de sympathies agissantes pour la vertu, est, sur toute la ligne, inextricable. Le jeu de dupes commence, l'action se déroulera jusqu'au milieu du quatrième acte aux limites entre le drame et le marivaudage.

Dans cette action, tous les personnages sont mi-vertueux, mi-coupables. Lorsque Roxane veut prendre le parti du bien, elle le fait surtout pour satisfaire sa passion égoïste, mais d'autre part lorsqu'elle abandonne Bajazet, elle le fait en partie pour des motifs éthiques, pour punir celui qui l'avait trompée. Son bras est, entre autres, l'instrument de la justice divine, et pour réaliser cette vengeance qui est en même temps une sanction, elle ira jusqu'à se perdre consciemment elle-même. Elle le sait et elle le dit :

> Quand je fais tout pour lui s'il ne fait tout pour moi,
> Dès le même moment, sans songer si je l'aime,
> Sans consulter enfin si je me perds moi-même,
> J'abandonne l'ingrat... (I, 3).

Acomat, politicien rusé, qui ne pense qu'à ses intérêts, ne prend pas moins depuis le début jusqu'à la fin de la pièce résolument et ouvertement le parti du bien contre le mal.

Atalide n'a jamais le courage d'aller jusqu'au bout d'une action, qu'elle soit égoïste ou généreuse; dès qu'elle en entreprend une, elle agit exactement en sens contraire.

Bajazet enfin, bon d'intention mais coupable dans la réalité, reste ambigu jusque dans sa faute puisqu'il n'agit pas mais laisse naître simplement les malentendus.

On comprend que dans cet univers rien de ce qui arrive ne puisse être nécessaire, ou plutôt que tout y soit *nécessairement accidentel*. La ruse de Bajazet aurait pu fort bien réussir; dans ce cas, nous aurions eu une comédie du genre de celles qu'écrira plus tard Marivaux (Roxane pardonnée se réconciliant avec les deux amants, etc.). Racine a choisi le drame. Peut-être sentait-il qu'il sauvegardait ainsi mieux, ou plus exactement qu'il abandonnait moins l'unité de la pièce, menacée dans ce monde dramatique par l'existence des survivances tragiques déjà mentionnées (mauvaise conscience de Bajazet, dieux exigeant une pureté absolue). Le choix du dénouement permet d'ailleurs à Racine de renforcer, un peu artificiellement, cette unité en soulignant tout le long de l'action la menace d'Amurat sur le plan terrestre et la colère des dieux sur le plan transcendant [1].

---

1. L'action est jalonnée de textes qui rappellent ces deux menaces :
   Le ciel punit ma feinte, et confond votre adresse (II, 5).
   Le superbe Amurat est toujours inquiet...

Mais en allant plus loin dans ce sens, il risquait de rompre encore plus l'unité en accentuant l'élément nécessaire dans un univers où tout ce qui compte vraiment est accidentel. C'est pourquoi il ne peut amener la fin dramatique elle-même, la découverte de la ruse, que d'une manière *expressément et volontairement accidentelle :* l'évanouissement d'Atalide et la découverte de la lettre. Cet accident inconcevable dans une tragédie, *nécessaire en tant qu'accident dans le drame,* souligne mieux que ne saurait le faire aucune analyse, la distance qui sépare *Bajazet* des trois pièces qui l'ont précédée.

L'accident qui détermine le choix entre la comédie et le drame une fois survenu, il ne reste qu'à mener à bonne fin une action qui aboutit à la disparition de tous les personnages. Bajazet et Roxane sont tués, Acomat se réfugie sur ses vaisseaux qui vont prendre la mer, Atalide avant de se donner la mort aura le temps d'indiquer que sa fin est l'expression d'une justice transcendante qui finit par se réaliser, à travers, et en dépit de toutes ces confusions :

> Vous, de qui j'ai troublé la gloire, et le repos,
> Héros, qui deviez tous revivre en ce héros...
> Infortuné vizir, amis désespérés,
> Roxane, venez tous, contre moi conjurés,
> Tourmenter à la fois une amante éperdue,
> Et prenez la vengeance enfin qui vous est due. (V, 12)

Nous reviendrons, dans l'appendice de cette étude, sur les facteurs historiques extérieurs qui ont pu influencer Racine dans ce passage de la tragédie au drame. Pour l'instant, nous voudrions seulement mentionner un problème qui, précisément parce qu'il nous semble être du domaine de l'esthétique proprement dite et surtout de la psychologie individuelle, dépasse aussi bien notre compétence que le cadre de la présente étude.

Parmi les pièces de Racine qui se succèdent depuis *Andromaque* jusqu'à *Athalie, Bajazet* nous semble une des moins réussies et des moins importantes. Ceci s'explique sans doute en grande partie, par la disparité entre les éléments *tragiques* qu'elle contient encore et le caractère essentiellement *dramatique* de l'ensemble. Mais cette disparité ne nous paraît cependant pas une explication suffisante, ou plus exactement, elle aurait besoin d'être elle-même expliquée.

Fermons-lui dès ce jour les portes de Byzance,
Et sans nous inquiéter s'il triomphe, ou s'il fuit,
Croyez-moi, hâtons-nous d'en prévenir le bruit. (I, 2).
Peut-être en ce moment Amurat en furie
S'approche pour trancher une si belle vie. (I, 3).
Le Ciel s'est déclaré contre mon artifice. (I, 4).
       Et toi, si ta justice
De deux jeunes amants veut punir l'artifice
O ciel...   (II, 1).

En fait, bien que construite avec beaucoup de rigueur, la pièce nous paraît être bien plus un devoir très bien écrit par un maître de la littérature et du métier d'écrivain, qu'une œuvre intensément vécue par son auteur. Oserions-nous suggérer que c'est cette distance entre la conscience subjective de Racine et le sujet de sa pièce qui explique en partie la possibilité même d'une certaine incohérence dans l'univers créé? que Racine écrit moins bien lorsqu'il s'éloigne de la tragédie?

Dans ce cas, l'étude de *Bajazet* pourrait jeter une certaine lumière sur l'important et difficile problème des rapports entre les conditions historiques et le tempérament individuel dans la création littéraire. Tout ce qui touche à la psychologie de l'individu nous semble cependant un terrain trop glissant pour nous y aventurer, et nous préférons laisser à d'autres plus compétents que nous le soin et la tâche de répondre.

V. — MITHRIDATE ET IPHIGÉNIE

I

A proprement parler (et comme *Bajazet* d'ailleurs), ces deux pièces ne sont pas des tragédies et n'entrent pas dans le cadre de notre étude. Cela vaut surtout pour *Mithridate* qui, dans son projet tout au moins, est un essai de dépasser le tragique, et cela sur le plan le plus radical et le plus immanent, celui de l'histoire.

Le problème du drame historique nous paraît complexe, et une étude sérieuse de *Mithridate* exigerait des travaux au moins aussi vastes que ceux qui nous ont paru nécessaires pour tenter d'élucider partiellement les problèmes de la tragédie. Il n'est bien entendu pas question, ne serait-ce que d'esquisser ici une pareille étude.

Si nous parlons néanmoins de *Mithridate*, ce sera donc d'une manière tout à fait partielle et dans la mesure où cela s'avère indispensable pour comprendre la signification, la structure et surtout la genèse de *Phèdre*.

Mithridate est en effet la seule pièce historique dans le sens le plus fort et le plus étroit du mot qu'ait essayé d'écrire Racine (et peut-être la seule de ce genre parmi les œuvres représentatives de la littérature théâtrale française, tandis qu'avec Shakespeare, Gœthe, Schiller, Kleist, Büchner, etc., le théâtre historique est largement représenté dans les autres littératures européennes), la seule pièce dans laquelle il veut exprimer l'existence d'un accord profond et efficace à travers tous les obstacles contingents et de surface, entre l'homme et le monde en tant que devenir historique, la possibilité de surmonter grâce à l'histoire et à la tâche historique des héros tous les conflits individuels, réels sans doute mais temporaires et solubles, tandis que leur caractère immuable et insurmontable constituait le fondement ontologique des tragédies antérieures aussi bien que de *Phèdre*, la tragédie qu'il écrira peu de temps après.

Mais, si Junie et Titus — héros des tragédies du refus, des tragédies sans péripétie et sans reconnaissance — n'envisageaient même pas la possibilité d'une vie intramondaine valable, si l'impossibilité de concilier l'homme et le monde y était acquise, et cela, dès le lever du rideau, il y a entre *Mithridate* et *Phèdre*, à travers toutes les différences, un élément commun, car l'une et l'autre pièce posent le problème de la possibilité d'une vie authentique dans le monde; plus encore, ce problème est au centre même des deux pièces bien que les réponses qu'elles apportent soient non seulement différentes, mais encore opposées.

Britannicus et *Bérénice* étaient des tragédies du refus, *Phèdre* sera la tragédie de l'essai de vivre authentiquement et totalement dans le monde, la tragédie de l'erreur, de la faute et de la reconnaissance; c'est pourquoi, dans la marche de *Bérénice* à *Phèdre*, *Bajazet*, *Iphigénie* et surtout *Mithridate*, les drames de la vie dans le monde étaient des étapes en tout cas utiles et probablement nécessaires.

Cette relation entre *Mithridate* et *Phèdre* se manifeste d'ailleurs sur le plan même le plus superficiel, celui du thème, de l'anecdote. La compagne du roi absent aime son fils, le faux bruit de la mort du roi rend l'aveu de cet amour licite, crée l'illusion qu'on peut vivre innocemment dans le monde, tandis que le retour du roi fait de cet aveu un crime involontaire [1].

C'est le thème de *Mithridate* aussi bien que de *Phèdre* et il n'est pas absolument certain que cette communauté ne résulte d'un choix volontaire. Il se peut, bien que nous n'en ayons aucune preuve, que, revenant à la tragédie, Racine ait plus ou moins consciemment repris l'ancien thème de *Mithridate* pour corriger l'erreur de perspective, l'illusion qui avait donné naissance à la pièce de 1673.

Mais, loin de s'épuiser dans cette communauté de thème qui reste malgré tout superficielle, la relation entre les deux pièces est autrement profonde. Il nous paraît, en effet, que *Mithridate* est l'expression d'un espoir, d'une réalité que Racine a *vécue* et qui l'a certainement aidé à concevoir et à écrire *Phèdre*.

Le problème des conditions psychiques et biographiques de

---

1. Nous avons mentionné l'apparition de ce motif déjà dans *Bajazet*, mais tandis qu'il n'y était qu'à l'arrière-plan, dans le lointain, il constitue le thème même de *Mithridate* et de *Phèdre*. C'est que le problème de *Bajazet* est le compromis avec le monde, celui des deux autres pièces la possibilité d'y vivre *sans* compromis. *Bajazet* commence à l'instant où *Phèdre* se termine.

la création littéraire est difficile et complexe; aussi ne nous avançons-nous qu'avec hésitation et crainte sur un terrain où nous nous sentons aussi peu compétent. Il nous paraît néanmoins permis de supposer que, si nous pouvons à la rigueur imaginer un écrivain qui aurait conçu *Phèdre* sans l'avoir vécue d'aucune manière, la création de cette œuvre a été beaucoup facilitée par le fait d'avoir vécu réellement l'espoir de conciliation intramondaine des contraires et d'avoir été obligé de reconnaître à quel point cet espoir était vain et illusoire.

Ce n'est pas le lieu de discuter ici si, comme nous l'avons écrit ailleurs, l'espoir né de la Paix de l'Église de 1669 et la désillusion qui commence à devenir flagrante en 1675 a été l'arrière-plan psychique qui a pour le moins favorisé la conception de *Phèdre*; il ne reste cependant pas moins vrai que, même en nous limitant au plan des écrits littéraires, le fait d'avoir pensé et écrit en 1672-1673 la pièce de l'espoir historique (quel que soit l'arrière-plan individuel et psychique qui s'exprime dans cette pièce), était une condition utile et peut-être nécessaire pour imaginer et concevoir la pièce de l'espoir déçu, la tragédie de l'illusion et de la reconnaissance [1].

En bref, *Mithridate* placé entre deux tragédies — *Bérénice* et *Phèdre* — et plus précisément entre *Bajazet* dans lequel le souvenir de la tragédie du refus, la méfiance envers le monde survit encore, et *Iphigénie* qui annonce déjà la tragédie nouvelle, représente dans l'œuvre de Racine le point culminant, le sommet de l'espoir immanent et intramondain, la seule pièce (si nous laissons de côté *Alexandre*) qui célèbre essentiellement la gloire de l'État et du roi [2].

Ajoutons cependant qu'il y a entre l'optimisme historique — qui est visé sinon réalisé — dans *Mithridate* et l'optimisme individuel des drames cornéliens, par exemple, une différence symétrique à celle qui sépare une pensée dialectique, même ébauchée,

---

1. Le problème est d'ailleurs apparenté à celui que pose la fameuse controverse autour de la période mondaine de Pascal et de l'attribution du *Discours sur les passions de l'amour*. Pascal a-t-il réellement espéré pendant quelque temps pouvoir — sans concession — vivre dans le monde? A-t-il écrit le *Discours?* La réponse dépend bien entendu aujourd'hui, *pour nous*, des critères généraux de la recherche historique et philologique. Il nous paraît cependant certain que même si les *Pensées* n'exigent pas *nécessairement* une réponse affirmative à cette question, leur genèse est en tout cas plus facile à imaginer et à comprendre si nous admettons qu'elles sont écrites par un homme qui connaît par une expérience réelle et profondément vécue le monde dans tout ce qu'il représente et comme *présence* et comme *vanité*.

2. L'étude du personnage royal dans la tragédie racinienne est un exemple typique de l'importance que présente pour la critique littéraire l'existence d'un instrument conceptuel permettant de dépasser le donné immédiat et abstrait pour le rapporter à l'ensemble et à l'essence concrète. Car il y a dans cette tragédie deux personnages royaux différents dont la signification est rigoureusement contraire. Andromaque, Junie, Titus, Bérénice, Ériphile et Phèdre, rois par leur grandeur humaine, par la distance qui les sépare du monde et par l'impossibilité d'imaginer une conciliation et pour les trois premiers même au dialogue avec lui, et Pyrrhus, Néron, Agrippine, Antiochus, Mithridate, Thésée rois du monde qui ne font qu'exercer le pouvoir étatique avec tout ce qu'il a de radicalement mauvais et insuffisant.

d'une pensée rationaliste. L'optimisme cornélien est encore *pré-tragique*, tandis que l'optimisme esquissé dans *Mithridate* est un optimisme qui a traversé et dépassé la tragédie, un optimisme *post-tragique*. Il s'agit dans les deux cas, une fois d'un *optimisme de la gloire* et l'autre fois d'un *optimisme de l'espoir*. L'un est centré sur le *présent*, l'autre sur *l'avenir*, ce qui s'exprime entre autres dans le fait par exemple que malgré les différences qui séparent *Britannicus*, *Bérénice*, *Mithridate* et *Phèdre*, le héros racinien ne pose jamais le problème du sacrifice de la passion à la raison, mais seulement celui de la possibilité de sauver l'homme entier en réunissant les contraires, la passion individuelle aussi bien que le devoir social et la raison [1].

Ayant ainsi esquissé les rapports qui lient *Mithridate* à *Phèdre*, il est temps de nous demander pourquoi la première de ces pièces est-elle plus faible au point de vue littéraire et théâtral. Pourquoi y a-t-il une telle disproportion entre le projet et la réalisation?

Problème qui exige une double réponse : *a)* sur le plan de la critique esthétique interne et *b)* sur le plan de la psychologie individuelle de Racine.

Il faut montrer d'abord pourquoi les différents personnages de *Mithridate* et leurs relations mutuelles ne constituent pas un univers cohérent, et ensuite pourquoi Racine a-t-il laissé subsister ces incohérences.

Tout en confessant qu'il y a là, surtout lorsqu'il s'agit de psychologie individuelle, un domaine qui nous dépasse, nous nous permettons néanmoins d'esquisser quelques réflexions sur l'absence de cohérence interne qui nous paraît le principal défaut de la pièce.

Il y a en effet dans *Mithridate* une contradiction flagrante entre le projet et la réalisation, entre l'histoire (dans le sens d'anecdote, de thème) et la psychologie des personnages.

Sans doute, Racine est-il un très grand écrivain qui a senti de nombreuses exigences de la pièce historique, notamment celle de la fusion entre le héros, le monde et les dieux, dont l'opposition constitue l'univers tragique.

A la place de la triade : héros, monde et dieux, nous trouvons dans *Mithridate* trois héros d'égale importance; Mithridate, Monime et Xipharès qui ne s'opposent pas mais constituent ensemble le monde de la pièce; quant aux dieux, ils sont absorbés dans l'immanence et rendus inutiles par cette pré-

---

1. C'est pourquoi il peut y avoir un retour de la pièce historique ou du drame sacré à la tragédie, Racine est revenu à *Phèdre*, Gœthe a craint pendant sa vie entière ce retour, dans la réalité lorsqu'il a rencontré Hölderlin ou Kleist, dans l'œuvre lorsqu'il en parle à Schiller. Il serait, par contre, difficile d'imaginer une évolution allant de ces formes littéraires au drame cornélien, qui est pour la conscience tragique définitivement dépassé.

sence du héros au monde, c'est l'histoire qui remplira leur fonction. Tout au plus, et cela ne fait que confirmer notre analyse,
apprenons-nous incidemment que les dieux sont liés à la présence de la communauté et qu'il sera difficile aux soldats de
Mithridate de vaincre l'ennemi à Rome même, où ses dieux
lui seront favorables.

> Sera-t-il moins terrible, et le vaincront-ils mieux
> Dans le sein de sa ville, à l'aspect de ses Dieux? (III, 1).

Seulement si, malgré cette structure rigoureuse et pour ainsi
dire parfaitement dessinée, la réalisation de la pièce nous paraît
insuffisante, c'est tout d'abord parce que la tâche historique
qui devrait être le moteur essentiel de l'ensemble, remplacer la
divinité, réconcilier Xipharès et Mithridate, transformer dans
le personnage de ce dernier le fauve en homme et ouvrir à la
fin de la pièce, pour la première fois dans le théâtre racinien,
une perspective d'avenir, cette mission historique n'existe ni
dans la psychologie et dans la conscience des personnages ni
dans l'ensemble de la pièce. De sorte que le moins qu'on puisse
dire, c'est que celle-ci a deux thèmes, l'un historique, lutte
contre l'empire, et l'autre individuel, amour pour Monime,
qui ne sont pas suffisamment reliés et dont le premier est
dominant dans la structure et dans le projet tandis que le
second domine nettement dans la réalisation. Il ne s'agit pas
ici d'une interprétation. Le texte racinien nous le dit expressément. Le rideau se lève en effet sur une situation qui, au premier abord, paraît historique.

> On nous faisait, Arbate, un fidèle rapport :
> Rome en effet triomphe, et Mithridate est mort. (I, 1)

Ce roi laisse

> Deux fils infortunés qui ne s'accordent pas. (I, 1).

Xipharès nous le dit d'ailleurs lui-même :

> Pharnace, dès longtemps tout Romain dans le cœur,
> Attend tout maintenant de Rome et du vainqueur;
> Et moi, plus que jamais à mon père fidèle,
> Je conserve aux Romains une haine immortelle. (I, 1)

Mais en fait tout cela n'est qu'apparence, il ne s'agit pas, ou
tout au moins pas essentiellement, entre Pharnace et Xipharès,
d'amitié pour les Romains ou d'hostilité envers eux, mais d'un
problème purement individuel.

> Cependant et ma haine et ses prétentions
> Sont les moindres sujets de nos divisions.
>   ...cette belle Monime...

Eh bien, Seigneur?

>   Je l'aime, et ne veux plus m'en taire
>   Puisqu'enfin pour rival je n'ai plus que mon frère (I, 1).

Plus encore, lorsque quelques vers plus loin il nous expliquera les raisons de son attitude antiromaine, nous verrons qu'elles n'ont plus rien d'historique et qu'elles sont pour ainsi dire cornéliennes. Il ne s'agit nullement d'une haine idéologique, ayant pour raisons immédiates et authentiques le sentiment national ou la lutte contre l'oppresseur par exemple ou même la fidélité au roi, mais d'un problème de gloire dans le sens le plus individuel du mot.

Xipharès veut réparer l'offense que sa mère, jalouse de Monime, avait jadis infligée à Mithridate.

Il avait aimé en effet Monime longtemps avant Mithridate.

> ...je vis... j'aimai la Reine le premier (I, 1).

seulement

> ...ce fut encor dans ce temps odieux,
> Qu'aux offres des Romains ma mère ouvrit les yeux,
> Ou pour venger sa foi par cet hymen trompée,
> Ou ménageant pour moi la faveur de Pompée,
> Elle trahit mon père...
> Quel devins-je au récit du crime de ma mère!
> Je ne regardai plus mon rival dans mon père.
> J'oubliai mon amour par le sien traversé :
> Je n'eus devant les yeux que mon père offensé.
> J'attaquai les Romains... (I, 1).

Xipharès se trouve au fond devant une alternative dont les deux éléments sont purement individuels; d'une part, son amour pour Monime et, d'autre part, son désir de réparer envers Mithridate la trahison de sa mère dont il se sent coupable.

Plus loin, il dira à Pharnace :

> Et j'ai par-dessus vous le crime de ma mère (I, 5).

L'histoire ne sera pour lui qu'un moyen extérieur et implicitement accidentel, pour réparer cette offense.

Monime — dans le texte tout au moins — ne se rattache qu'une fois à la lutte contre l'empire, l'alternative pour elle c'est son amour pour Xipharès et son devoir d'obéir à Mithridate, de sorte que même lorsqu'elle repousse les prétentions de Pharnace, au nom de son hostilité contre les Romains qui ont tué son frère :

> Je ne puis point à Rome opposer une armée...
> Je n'ai pour me venger ni sceptre ni soldats.
> Enfin je n'ai qu'un cœur. Tout ce que je puis faire,
> C'est de garder la foi que je dois à mon père,
> De ne point dans son sang aller tremper mes mains,
> En épousant en vous l'allié des Romains (I, 3).

il serait difficile de dire s'il s'agit d'un prétexte pour repousser l'homme qu'elle n'aime pas ou bien si elle éprouve réellement cette hostilité contre Rome qui a peut-être agi dans son sentiment de fidélité envers Mithridate et dans son amour pour Xipharès.

Néanmoins, si étonnant que cela puisse paraître, c'est encore chez Monime qui en parle le moins que la tâche historique est le mieux et le plus naturellement liée à ses problèmes individuels, car l'homme qu'elle aime est l'ennemi des Romains et celui contre l'amour duquel elle se défend est leur allié.

Il nous paraît important de signaler dans le personnage de Monime certains traits, sans doute à peine esquissés mais qui, développés dans les pièces ultérieures, s'exprimeront entièrement dans le personnage de Phèdre.

Tout d'abord le paradoxe :

> Reine longtemps de nom, mais en effet captive,
> Et veuve maintenant sans avoir eu d'époux (I, 2).

> Esclave couronnée (I, 3).

Il se trouve aussi sans doute chez Xipharès :

> Vous voulez que je fuie et que je vous évite;
> Et cependant le Roi m'attache à votre suite. (II, 6)

> Combien, en un moment, heureux et misérable!
> De quel comble de gloire et de félicités
> Dans quel abîme affreux vous me précipitez! (II, 6)

> Malheureux Xipharès...
> On t'aime, on te bannit... (II, 6).

Mais il faut remarquer que dans tous ces passages Xipharès subit passivement le paradoxe et ne l'assume pas; c'est pourquoi il n'y a aucun lien entre lui et le personnage tragique.

Il faut aussi insister encore sur un autre trait qui relie Monime à Junie, Bérénice et Phèdre; la pièce pour elle et jusque tout près du renversement final se présente comme l'instant où elle

vit authentiquement en même temps pour la première et la
dernière fois.

> Mais il faut bien enfin, malgré ses dures lois,
> Parler pour la première et la dernière fois (II, 6).
> Quoi! Je puis respirer pour la première fois? (IV, 1).
> Pour la dernière fois, venez, je vous l'ordonne (IV, 4).

Et cet instant qui est, presque, l'instant de la pièce, a pour elle
un caractère consciemment unique.

> A la fin, je respire; et le Ciel me délivre
> Des secours importuns qui me forçaient de vivre.
> Maîtresse de moi-même, il veut bien qu'une fois
> Je puisse de mon sort disposer à mon choix. (V, 2).

Enfin, Mithridate lui-même, est le personnage de Pyrrhus,
de Néron auxquels il faut cependant ajouter une mission historique positive, la lutte contre les Romains qui finira par le
transformer en le dotant d'un signe positif sur le plan des
valeurs humaines. Homme privé et citoyen public, amoureux
et roi en même temps, Mithridate serait un homme total si la
dualité homme-monde qui est abolie dans la pièce ne se retrou-
vait — et cela presque sans aucune synthèse organique — à
l'intérieur de son personnage individuel. Le fait que Mithridate, tout en menant de manière sérieuse et essentielle la lutte
contre les Romains, aime Monime et l'aime d'un amour jaloux,
brutal, autoritaire sans aucun scrupule éthique, ne pose aucun
problème psychologique ou esthétique, les deux éléments se
justifiant aussi bien au nom d'une psychologie réaliste que du
projet théâtral de la pièce; ce qui ne trouve cependant aucun
fondement ni dans le réalisme psychologique ni dans la structure de l'univers de la pièce, c'est le fait que les deux éléments
du personnage jouissent chacun d'une autonomie presque
entière et semblent ne jamais s'influencer l'un l'autre. Jamais
— et c'est naturel — Mithridate n'envisage par exemple de
s'entendre avec les Romains pour jouir de la possession de
Monime, mais, chose autrement étonnante, jamais — sauf à la
fin — il n'envisage sérieusement d'accepter au nom de sa lutte
même contre l'empire l'amour de Monime et de Xipharès.
Racine qui a senti le problème a sans doute inséré la scène 5
de l'acte IV qui contient tout ce que Mithridate aurait dû
envisager dans son comportement :

> Mais quelle est ma fureur? et qu'est-ce que je dis?
> Tu vas sacrifier... qui, malheureux? ton fils!
> Un fils que Rome craint! qui peut venger son père!
> Pourquoi répandre un sang qui m'est si nécessaire?

> Ah! dans l'état funeste où ma chute m'a mis,
> Est-ce que mon malheur m'a laissé trop d'amis?
> Songeons plutôt, songeons à gagner sa tendresse:
> J'ai besoin d'un vengeur, et non d'une maîtresse.
> Quoi! ne vaut-il pas mieux, puisqu'il faut m'en priver,
> La céder à ce fils que je veux conserver? (IV, 5)

Seulement, cette scène est insérée d'une manière tout à fait artificielle dans l'ensemble, car les considérations qu'y exprime Mithridate n'ont nullement influencé son comportement antérieur et n'influenceront pas non plus son comportement ultérieur envers Monime. On a l'impression que dans son personnage les deux plans sont juxtaposés et non pas fusionnés organiquement.

C'est pourquoi leur réunion à la fin du cinquième acte, lorsque Monime s'adresse à Mithridate mourant au nom de la liberté et de l'histoire :

> Vivez, Seigneur, vivez, pour le bonheur du monde;
> Et pour sa liberté, qui sur vous seul se fonde.
> Vivez, pour triompher d'un ennemi vaincu,
> Pour venger... (V, 6).

la réponse de Mithridate qui devant sa mort imminente n'éprouve plus aucun sentiment individuel, aucune jalousie...

> C'en est fait, Madame, et j'ai vécu.
> Mon fils, songez à vous...
> Cachez-leur pour un temps vos noms et votre vie.
> Allez, réservez-vous... (V, 6)

la vision d'avenir sur laquelle il expire :

> Tôt ou tard il faudra que Pharnace périsse
> Fiez-vous aux Romains du soin de son supplice.
> (Le Parthe qu'ils gardaient pour triomphe dernier,
> Seul encor sous le joug refuse de plier :
> Allez le joindre. Allez chez ce peuple indomptable
> Porter de mon débris le reste redoutable.
> J'espère, et je m'en forme un présage certain,
> Que leurs champs bienheureux boiront le sang romain.)

et les mots de Xipharès :

> Ah Madame! unissons nos douleurs,
> Et par tout l'univers cherchons-lui des vengeurs.

peuvent se justifier à la limite du point de vue psychologique, mais sont très faiblement liés aux actes qui les ont précédés.

Racine lui-même l'a suffisamment senti pour supprimer après

la première édition les lignes que nous avons mises entre paren-·
thèses. Par cette suppression, le dénouement de la pièce n'est
changé en rien comme c'était, par contre, le cas dans les différentes variantes du dénouement d'*Andromaque*. Tous les éléments de ce dénouement, la transformation de Mithridate,
la vision d'avenir, la continuation de la lutte par Pharnace
et Monime réunis, restent intacts.

En supprimant cependant huit vers sur vingt et, plus exactement, huit sur les dix qui dessinaient cette vision de l'avenir
historique, Racine a simplement atténué, rendu moins visible
un manque d'unité qu'il ne pouvait pas — sans changer entièrement ou bien l'ensemble ou bien le sens de la pièce — supprimer tout à fait.

II

La structure d'*Iphigénie* s'éclaire elle aussi dans une très
grande mesure si on situe cette pièce à la place qu'elle occupe
dans l'ensemble du théâtre racinien entre *Mithridate* et *Phèdre*.

Lentement, à travers *Bajazet* et *Mithridate*, nous avons vu
Racine quitter la tragédie et s'acheminer vers le drame intramondain. Nous avons cependant vu aussi qu'il a été, l'une et
l'autre fois, arrêté par la survivance d'éléments tragiques,
incompatibles avec ce drame, dont il n'a pas su ou n'a pas
voulu se libérer : et nous avons pu montrer comment dans
chacune de ces deux pièces la survivance des éléments tragiques
brisait l'unité, la cohérence du drame ou tout au moins l'empêchait de se réaliser entièrement.

Dans le cas d'*Iphigénie*, la situation nous paraît plus complexe
et cela parce qu'elle est à la fois identique et différente. Identique dans la mesure où l'unité de la pièce, comme celles de
Bajazet et de *Mithridate*, est troublée par la coexistence d'un
univers providentiel qui ne laisse aucune place au tragique, et
d'un univers tragique qui ne laisse aucune place à la Providence; différente cependant par le fait même que l'on peut
parler au sujet d'*Iphigénie* d'un *univers* providentiel et d'un
univers tragique, ce qui aurait été impossible dans l'analyse de
Bajazet ou de *Mithridate*.

Dans ces deux pièces, en effet, les éléments dramatiques et
les éléments tragiques interfèrent dans chaque situation, dans
chaque personnage, affaiblissant par cela même le niveau esthétique non seulement de l'ensemble, mais encore celui de presque
chacun de ses éléments constitutifs. Or, la situation est entièrement différente dans *Iphigénie* constituée de deux *univers* parfaitement cohérents et homogènes, composés chacun de per-

sonnages et de situations différentes et à peine reliés par un lien tout à fait extérieur et ténu : *l'univers providentiel* d'Agamemnon, Iphigénie, Achille, Clytemnestre et Ulysse, et *l'univers tragique* d'Ériphile.

Chacun de ces deux univers atteint par son homogénéité même un niveau esthétique qui dépasse de loin n'importe quel fragment des deux pièces précédentes, l'ensemble manque cependant — précisément à cause de cette dualité — de l'unité qui peut seule rendre une œuvre littéraire entièrement valable dans le sens plein et fort de ce terme. C'est pourquoi, malgré la beauté incontestable non seulement de certaines scènes et de certains vers, mais encore de chacun des deux blocs que nous venons de mentionner — tant qu'on le considère isolément, ou qu'on le met en avant en négligeant l'autre — il nous paraît difficile de placer *Iphigénie* au même niveau que les quatre pièces vraiment cohérentes de Racine, au même niveau que *Britannicus*, *Bérénice*, *Phèdre* et *Athalie*.

Avant d'analyser cependant succinctement chacun des deux univers dont la juxtaposition constitue le drame, il nous paraît nécessaire de nous arrêter quelques instants aux liens qui les unissent, puisqu'aussi bien la réalité ou l'irréalité de ces liens constitue le problème même du niveau esthétique de la pièce.

Or, au premier abord, il y a semble-t-il deux personnages qui sont communs aux deux univers : Achille — puisqu'Ériphile l'aime — et les dieux qui condamnent Ériphile et sauvent Iphigénie.

Il n'est cependant pas nécessaire de pousser très loin l'analyse pour s'apercevoir qu'il s'agit — les deux fois — d'une apparence seulement. Achille, en effet, ne fait nullement partie de l'univers d'Ériphile. Sans doute Ériphile l'aime-t-elle, mais cet amour ne crée aucun lien, aucun passage entre les deux personnages, de sorte qu'Ériphile n'arrive même pas à se déclarer une seule fois. Achille n'éprouve pour Ériphile ni amour, ni haine, elle n'existe pour lui ni en bien ni en mal, les sentiments qu'il a pour elle sont ceux qu'il aurait pour n'importe quel autre personnage du camp ou de son monde qu'il verrait pour la première fois. Sa générosité, sa bienveillance polie sont l'expression même du caractère anonyme d'une relation humaine dans un monde policé. D'autre part, malgré son amour, Ériphile ne trouvera jamais le moyen d'agir tant soit peu sur la vie d'Achille, d'intervenir à un degré quelconque dans les événements qui se déroulent à l'intérieur de l'univers providentiel, son unique tentative de le faire n'a de répercussions que sur le déroulement de sa propre destinée.

De même — et malgré les apparences — les dieux qui sauvent Iphigénie de l'illusion trompeuse des hommes et ceux qui condamnent Ériphile sont entièrement différents et n'ont de

commun que le nom. Et cela non seulement parce qu'ils agissent
de manière différente — ce ne serait là encore rien de concluant,
les mêmes êtres pouvant agir de manière contradictoire — mais
parce que *rien* dans la pièce ne justifie, n'explique et ne mentionne même pas cette contradiction.

Sans doute, Racine aurait-il pu à partir de la situation ima-
ginée, à partir du canevas de la pièce, donner une certaine
réalité au conflit entre les deux univers. Cela l'aurait mené
vers une tragédie du type de *Phèdre* ou peut-être même du
type shakespearien. Mais l'important, c'est qu'il ne l'a pas fait,
et que dans la pièce qu'il a écrite aucune relation dramatique
réelle — positive ou négative — ne relie les deux univers hété-
rogènes et étrangers. Si l'on veut à tout prix trouver un mot
pour leur coexistence dans la pièce, on pourrait constater que
les personnages de chacun assistent en spectateurs muets et
impuissants aux événements de l'autre. Ce n'est pas là une
relation suffisante pour créer l'unité d'un drame.

Cette absence de liens entre l'univers tragique d'Ériphile et
l'univers providentiel d'Iphigénie se manifeste d'ailleurs même
sur le plan le plus immédiat de la structure dramatique de la
pièce. Sur les cinq actes, Ériphile ne paraît ni dans le premier,
ni dans le cinquième (le long récit d'Ulysse (V, 6) qui termine
la pièce est fait précisément dans la perspective du simple
spectateur).

Sur les 13 scènes des 3 autres actes dans lesquelles Ériphile
est présente, nous la trouvons 4 fois seule avec sa confidente
Doris, 6 fois comme témoin muet (II, 2 et 6; IV, 10) ou presque
(II, 4, et III, 4, dans lesquelles elle prononce juste les mots :
« Qu'entends-je » et « O ciel, quelle nouvelle », et II, 7, dans
laquelle elle exprime dans 6 vers son étonnement), de sorte
que trois fois seulement dans toute la pièce (II, 3 et 5, et
III, 4), un dialogue *semble s'ébaucher* entre Ériphile et les personnages de l'univers providentiel.

Or, dans la première de ces trois scènes (II, 3), Ériphile ne
fait précisément que constater la différence *radicale* qui sépare
sa situation dans le monde de celle dans laquelle se trouve
Iphigénie, une autre (III, 4) contient la promesse d'Achille de
libérer Ériphile sur la demande d'Iphigénie. Or, non seulement
cette promesse de libération qui est une des deux tentatives
de Racine de relier les deux univers n'a *aucune importance* et
aucune *signification* dans l'ensemble de la pièce, mais encore
il n'a pu l'introduire que sous la forme d'un dialogue de sourds,
d'un malentendu absolu entre les partenaires, malentendu d'autant plus radical qu'il ne repose même pas comme c'était le
cas dans les « dialogues solitaires » des tragédies précédentes
sur une hiérarchie morale et humaine, sur une différence de
niveau entre les protagonistes qui se cherchent et ne peuvent

jamais se trouver. Achille et Iphigénie se suffisent à eux-mêmes,
ils promettent la liberté à Ériphile par une sorte de besoin de
répandre le bonheur autour d'eux, d'être généreux de manière
pour ainsi dire abstraite et générale, convaincus qu'une esclave
doit en tant qu'esclave souhaiter cette liberté; Ériphile l'accepte
pour pouvoir s'éloigner et ne pas être obligée d'assister au
bonheur d'Achille et d'Iphigénie, qui est pour elle le désespoir.
Il reste l'autre scène (II, 5) dans laquelle Racine a essayé d'établir un dialogue entre Ériphile et Iphigénie, or, sans parler du
fait que là aussi il a dû — pour arriver à ce pseudo-dialogue
— introduire dans la pièce un incident qui, s'il n'était pas
inutile, n'était certainement pas nécessaire au déroulement de
l'action, ni du fait que c'est là aussi un dialogue de sourds
analogue à celui que nous venons d'analyser, il nous paraît
important de signaler que pour le réaliser, Racine a été obligé
de faire violence au caractère même d'Ériphile — personnage
par ailleurs rigoureusement tragique —, en lui faisant jouer
une comédie mesquine et à peine justifiée, lorsqu'il lui fait
affirmer qu'elle n'aime pas Achille et manifester une fausse
indignation dont Iphigénie n'est pas dupe un seul instant.
(Ajoutons d'ailleurs que cette scène apparaît à Racine même
à tel point artificielle et insérée de force dans l'ensemble de la
pièce qu'Iphigénie ne se souviendra plus jamais de cette
jalousie pourtant justifiée, et que nous ne la rencontrerons
plus dans le déroulement ultérieur des événements.)

La dualité des deux univers ainsi constatée, il reste cependant à nous demander pourquoi Racine, qui l'a sans doute
sentie mieux que personne, n'a-t-il pas renoncé au personnage
d'Ériphile, ou plus exactement pourquoi l'a-t-il introduit dans
l'élaboration dramatique d'un thème où personne ne s'attendait à le rencontrer. Or, cette question comporte deux réponses
différentes selon qu'on se situe à deux niveaux différents de
l'analyse. Tout d'abord, celle que nous donne Racine lui-même
dans la préface où il nous dit que, sans « l'heureux personnage
d'Ériphile », il n'aurait jamais osé entreprendre cette tragédie. « Quelle apparence que j'eusse souillé la scène par le meurtre
horrible d'une personne aussi vertueuse et aussi aimable qu'il
fallait représenter Iphigénie? Et quelle apparence encore de
dénouer ma tragédie par le secours d'une déesse et d'une
machine, et par une métamorphose, qui pouvait bien trouver
quelque créance du temps d'Euripide, mais qui serait trop
absurde et trop incroyable parmi nous? » Cela signifie cependant seulement : *a)* que le sacrifice d'Iphigénie, entièrement
innocente, était inacceptable pour Racine, ce qui est vrai,
et *b)* qu'il était assez content d'éviter, une « déesse et une
machine » qui, appuyées cependant par la légende, étaient à
la limite vraisemblables et qu'il n'hésitera pas à introduire

dans *Phèdre*. En réalité, ce n'est pas la vraisemblance en soi, mais le drame précis qu'il se proposait d'écrire, le *drame providentiel* d'*Iphigénie*, qui n'admettait ni le sacrifice ni la machine. Encore reste-t-il à se demander pourquoi, malgré les difficultés esthétiques du sujet qu'il n'a d'ailleurs pas entièrement surmontées, Racine est-il resté attaché au thème d'*Iphigénie* et ne l'a-t-il pas abandonné?

Posée à ce niveau — le seul vraiment intéressant — la question, qui devrait paraître insoluble et même absurde à l'historiographie littéraire traditionnelle, renvoie nécessairement à la psychologie de Racine. Sans trop vouloir nous avancer sur ce terrain, il nous semble que la rencontre entre un certain état psychique du poète et la situation politique de l'instant (Paix de l'Église depuis 1669, union nationale, guerre contre la Hollande qu'on escomptait courte et qui se prolonge cependant au delà des prévisions, méfiance de Racine malgré un espoir de conciliation renforcé par un compromis qui dure depuis quatre ans, imminence cependant d'une reprise des persécutions qui, pour l'écrivain vivant à la cour même, devait se manifester par de multiples signes menaçants qui nous échappent aujourd'hui) rend plausible l'hypothèse d'une relation — sans doute complexe et difficile à analyser —, mais néanmoins saisissable dans ses lignes essentielles, entre une dualité qui divisait la conscience du poète et la dualité qui caractérise l'œuvre qu'il écrivait. Il se peut que la dualité des univers tragique et providentiel qui est — cela nous paraît évident — une faiblesse *esthétique* de la pièce, ait été précisément le caractère qui en a fait l'expression la plus adéquate de ce que sentait et éprouvait Racine à l'instant où il l'écrivait. Tant il est vrai que le talent et le génie même ne suffisent pas pour rendre parfaite et *esthétiquement* valable l'expression littéraire de *n'importe quel contenu*, la cohérence de l'univers dans lequel ce contenu s'exprime nous paraissant une condition — non pas suffisante sans doute — mais en tout cas *nécessaire* pour la validité esthétique de toute œuvre d'art ou de littérature.

Après ces quelques remarques préalables, il nous est maintenant possible de situer *Iphigénie* dans l'ensemble de l'œuvre racinienne, par rapport aussi bien à *Mithridate* qui l'a précédée, qu'à *Phèdre* que Racine écrira bientôt. Nous avons vu que *Mithridate* était — dans son projet tout au moins — le point culminant des espoirs immanents et intramondains dans l'œuvre de Racine, mais que la réalisation esthétique en était entravée par la persistance des catégories individualistes propres à la tragédie. Partant de cette analyse, nous avons pu constater qu'*Iphigénie* représente en même temps un progrès dans le sens de l'espoir intramondain (sous sa forme cependant non pas immanente mais providentielle) et dans le sens d'un retour

à la tragédie, mais à une tragédie avec péripétie et reconnaissance qui trouvera dans l'œuvre de Racine son plein épanouis-
sement avec *Phèdre*.

Comparé avec l'univers de *Mithridate*, l'univers providentiel
d'*Iphigénie* est bien plus cohérent et plus homogène; il suffit
pour s'en convaincre de comparer l'absence de réalité de la
lutte contre Rome dans la première de ces pièces avec la réalité
et la place centrale de la guerre contre Troie en tant que
moteur des actions et du comportement des personnages dans
Iphigénie. Mais dans ce progrès même — et en restant à l'intérieur de l'univers providentiel — il nous faut constater qu'entre
les deux possibilités de dépassement de la tragédie (et de la
vision janséniste) le drame historique qui absorbe les dieux
dans l'immanence et le drame sacré de l'intervention des dieux
dans le monde, — drame que Racine réalisera pleinement dans
Esther et dans *Athalie* —, c'est cette fois plutôt le second qui
se dessine. Par rapport aux hommes, les dieux sont pleinement
présents et efficaces.

Mais à côté de l'univers providentiel et comme contrepartie
qui *le limite*, se situe dans la pièce l'univers tragique d'Ériphile
qui, à l'exception de la seule scène déjà mentionnée (II, 5),
préfigure déjà de très près la tragédie avec péripétie et reconnaissance que Racine écrira bientôt et que sera *Phèdre*[1].

Il y a ainsi pendant la période même des pièces intramondaines de *Bajazet* à *Iphigénie* une élaboration progressive —
en arrière-plan sans doute — mais néanmoins certaine des éléments dont la réunion créera *Phèdre*, *Bajazet* apportait l'illusion d'une vie possible dans le monde, *Mithridate* la situation,
Iphigénie le personnage; une conjoncture extérieure favorisant
la cristallisation de l'ensemble dans l'imagination du poète
pouvait suffire pour que le chef-d'œuvre naisse.

En analysant les deux univers d'*Iphigénie*, on comprendra
— vu le sujet de la présente étude — que nous renversons leur
importance dans la pièce en accordant l'essentiel de notre
attention non pas à l'univers providentiel qui est sans doute
au premier plan, mais à l'univers tragique. L'un et l'autre ont
cependant un trait commun : ils se situent par rapport à la
tragédie grecque et notamment par rapport à Sophocle. *Andromaque*, *Britannicus* et *Bérénice* avaient été — en tant que
formes de théâtre tragique — une création profondément originale de Racine. Sans ces trois pièces, le concept aristotélicien de
tragédie sans péripétie ni reconnaissance aurait encore aujour-
d'hui un caractère purement théorique pour l'esthéticien qui
ne saurait lui faire correspondre aucun contenu concret. Avec

---

1. La parenté entre Eriphile et Phèdre a déjà été remarquée par Karl Vossler,
Jean Racine, 2e éd., Buhl, 1948.

Bajazet et *Mithridate*, Racine s'était avancé dans la voie du drame qui sera développée ultérieurement dans la littérature moderne. Mais c'est seulement avec *Iphigénie* et *Phèdre* qu'il retrouvera la référence aux situations et aux personnages de la tragédie grecque (exactement comme il retrouvera plus tard dans les deux drames sacrés l'autre élément essentiel de cette tragédie, le chœur, l'union du personnage tragique et du chœur étant — comme nous l'avons déjà dit — inaccessible à l'écrivain moderne).

Le monde des pièces de Sophocle était celui où les dieux sont trompeurs, où les hommes ne peuvent vivre que dans l'illusion, où le savoir mène à l'aveuglement et à la mort.

L'univers d'*Iphigénie* qui se présente d'abord et en apparence comme ayant une structure analogue, s'avère cependant au cours de la pièce être en réalité la contrepartie rigoureuse de l'univers de la tragédie sophocléenne. Les dieux y sont providentiels, ils agissent et interviennent sans doute dans la vie des hommes, mais c'est — à la manière du Dieu chrétien — pour les aider et mener leurs entreprises à bonne fin. Les hommes — conformes eux aussi à l'image chrétienne de l'homme déchu — sont aveugles, mais leur aveuglement réside dans le fait qu'ils n'ont pas confiance dans la Providence divine, qu'ils interprètent mal et prennent pour une menace les oracles qui leur annoncent la protection de cette Providence, et qu'au lieu de s'unir dans la soumission et l'amour des dieux, ils s'opposent les uns aux autres, se révoltent et veulent se rendre indépendants de la divinité, ou même s'égaler à elle.

La pièce commence par deux indications de mise en scène qui indiquent à la fois le temps où se situe la pièce et la situation du personnage tragique : ce sont les deux vers au début et à la fin de la première scène :

> A peine un faible jour vous éclaire et me guide

> Déjà le jour plus grand nous frappe et nous éclaire (I, 1).

A l'exception du mot central « frappe », c'est la définition du temps de la pièce aussi bien pour Agamemnon, Iphigénie, etc. que pour Ériphile. Mais tandis que, pour les premiers, le jour qui au début semble les « frapper » s'avérera en réalité protecteur, le dénouement nous montrera dans Ériphile le personnage auquel s'applique rigoureusement cette définition précise du temps de toute tragédie avec péripétie et reconnaissance.

L'ensemble de cette première scène est une reprise assez rigoureuse de la situation des tragédies de Sophocle. Tout au plus faut-il ajouter ce trait particulier à Racine que, si chez Sophocle, les héros étaient le plus souvent tragiques sans le savoir, le personnage d'Iphigénie qui ne se trouve pas en réalité, mais seulement *en apparence*, dans une situation tragique, a une conscience de situation qui, pour être en ce qui le concerne aussi fausse que celle du héros sophocléen, est une analyse précise du héros tragique.

Nous avons déjà dit que, chez Sophocle, les hommes — incarnés par le chœur — peuvent vivre parce qu'ils sont aveuglés par l'illusion, tandis que le héros doit quitter la vie parce que — volontairement ou par le choix fatal des dieux — il a été condamné à connaître la vérité, à savoir que la grandeur humaine et la protection des dieux, le bonheur et la connaissance sont incompatibles. C'est cette même analyse que nous retrouvons dès les premiers vers d'*Iphigénie*, modifiée tout au plus par la conscience qu'Agamemnon semble avoir de sa grandeur et de sa situation.

> Oui, c'est Agamemnon, c'est ton roi qui t'éveille.
> Viens, reconnais la voix qui frappe ton oreille.
>
> C'est vous-même, Seigneur! Quel important besoin
> Vous a fait devancer l'aurore de si loin?
> A peine un faible jour vous éclaire et me guide,
> Vos yeux seuls et les miens sont ouverts dans l'Aulide.
> Avez-vous dans les airs entendu quelque bruit?
> Les vents nous auraient-ils exaucés cette nuit?
> Mais tout dort, et l'armée, et les vents, et Neptune.
>
> Heureux qui, satisfait de son humble fortune,
> Libre du joug superbe où je suis attaché,
> Vit dans l'état obscur où les dieux l'ont caché (I, 1).

Croyant comprendre le sens menaçant de l'oracle divin qui demande le sacrifice d'Iphigénie, Agamemnon a décidé de désobéir aux dieux.

> Surpris, comme tu peux penser,
> Je sentis dans mon corps tout mon sang se glacer.
> Je demeurai sans voix...
> Je condamnai les Dieux, et sans plus rien ouïr
> Fis vœu, sur leurs autels, de leur désobéir. (I, 1)

Mais Agamemnon reste conscient de la limite de ses forces. Loin de croire, comme le fera Achille, qu'il peut s'égaler et se substituer aux dieux, il se dessine comme un personnage tragique écartelé entre ses sentiments de père et sa conscience de citoyen et de roi, tenu de se soumettre aux dieux de la cité :

> Si ma fille une fois met le pied dans l'Aulide,
> Elle est morte : Calchas, qui l'attend en ces lieux,
> Fera taire nos pleurs, fera parler les Dieux;

> Et la religion, contre nous irritée,
> Par les timides Grecs sera seule écoutée;...

> **Va, dis-je, sauve-la de ma propre faiblesse.**
> Mais surtout ne va point par un zèle indiscret
> Découvrir à ses yeux mon funeste secret (I, 1).

Et la scène se termine par le vers qui nous rappelle les dangers que représentent pour le héros tragique la vie et la connaissance :

> **Déjà le jour plus grand nous frappe et nous éclaire (I, 1).**

Dans la scène suivante, Achille dans son aveuglement ira jusqu'au point de s'égaler aux dieux :

> L'honneur parle, il suffit : ce sont là nos oracles,
> Les Dieux sont de nos jours les maîtres souverains;
> Mais, Seigneur, notre gloire est dans nos propres mains.
> Pourquoi nous tourmenter de leurs ordres suprêmes?
> Ne songeons qu'à nous rendre immortels comme eux-mêmes,
> Et laissant faire au sort, courons où la valeur
> Nous promet un destin aussi grand que le leur... (I, 2).

Les scènes qui suivent feront apparaître Ulysse préoccupé uniquement des lois de la guerre et de la cité exigeant à tout prix la soumission aux dieux méchants et cruels tels qu'il les voit, Clytemnestre, mère essayant avant tout de défendre sa fille contre la sentence divine, Iphigénie enfin, entièrement pure, dépourvue de tout esprit de révolte, acceptant aussi bien les décisions paternelles que la condamnation des dieux.

L'idée des dieux cruels et vengeurs de la tragédie antique domine la pièce :

> Juste Ciel, c'est ainsi qu'assurant ta vengeance
> Tu romps tous les ressorts de ma vaine prudence. (I, 5)
> Je cède, et laisse aux Dieux opprimer l'innocence. (I, 5)
> Les Dieux depuis un temps me sont cruels et sourds,

> **Calchas dit-on prépare un pompeux sacrifice,**

> Puissé-je auparavant fléchir leur injustice (II, 2).
> Hélas! en m'imposant une loi si sévère,
> Grands Dieux! me deviez-vous laisser un cœur de père! (IV, 5).

On retrouve même la démesure d'Achille qui se sent l'égal des dieux :

> Croyez du moins, croyez que tant que je respire,
> Les Dieux auront en vain ordonné son trépas.
> Cet oracle est plus sûr que celui de Calchas (III, 7).

Mais à la fin, les dieux se révèlent être non pas les dieux vengeurs de la tragédie antique, mais des dieux miséricordieux, justes et providentiels qui ressemblent par beaucoup de traits au Dieu chrétien. Le personnage même d'Iphigénie, l'absence d'hybris de l'héroïne l'annonçait d'ailleurs déjà.

« Quelle apparence que j'eusse souillé la scène par le meurtre horrible d'une personne aussi vertueuse et aussi aimable qu'il fallait représenter Iphigénie? », écrivait Racine dans la préface, indiquant ainsi le caractère antitragique et en dernière instance chrétien de la pièce.

Le spectateur s'aperçoit ainsi que lentement il est arrivé à un renversement complet de la situation. Dans la première scène, le camp endormi, l'oracle, Agamemnon le roi frappé par les dieux, séparé des autres par le fait qu'il sait qu'il est réveillé au milieu de leur sommeil, le héros qu'un « faible jour éclaire », mais qui, malgré sa faiblesse « condamne les dieux » et essaie de leur résister, qui sent que bientôt « le jour plus grand » le frappe et l'éclaire, tout cela qui semblait annoncer une situation étroitement apparentée à la tragédie grecque n'était en réalité qu'une apparence trompeuse, les dieux ne sont pas cruels mais providentiels. Agamemnon n'est pas un héros tragique éveillé au milieu du sommeil des autres, il fait partie avec Achille, Clytemnestre et Ulysse du camp qui dort, l'héroïne supérieure par sa conscience à l'aveuglement des hommes du commun, c'est l'innocente Iphigénie, l'aveuglement c'est la révolte, la vérité c'est la soumission à la volonté des dieux, à l'apparence tragique s'est substituée la vérité chrétienne, la cité antique a été assimilée de l'intérieur par la cité de Dieu.

Mais à côté et contre cette cité de Dieu se dresse, impuissante sans doute dans son essai de lui nuire, mais fière et se suffisant à elle-même, la cité tragique de l'homme, le monde d'Ériphile. Ériphile et Phèdre sont dans l'œuvre racinienne les deux figures les plus rapprochées du héros de la tragédie antique. Opposée à la communauté des autres, — par cela elle reste moderne, — radicalement seule, attachée à connaître une vérité qu'elle ignore encore, mais qui la tuera, révoltée contre l'injustice des dieux, éprise de pureté jusque dans la faute, transformant au moment suprême la condamnation des dieux en suicide volontaire, telle est Ériphile qu'un abîme infranchissable sépare de tous ceux qui — abaissés au rang des marionnettes — vivent dans l'univers providentiel. Dès son entrée en scène, elle se définit elle-même.

> Ne les contraignons point, Doris, retirons-nous,
> Laissons-les dans les bras d'un père et d'un époux,
> Et tandis qu'à l'envi leur amour se déploie,
> Mettons en liberté ma tristesse et leur joie (II, 1).

> J'ignore qui je suis, et pour comble d'horreur
> Un oracle effrayant m'attache à mon erreur,

> Et, quand je veux chercher le sang qui m'a fait naître,
> Me dit que sans périr je ne me puis connaître (II, 1).

Paradoxale, elle aime en Achille son persécuteur, le meur-
trier de sa famille, le destructeur barbare de Lesbos, mais ne
saurait que refuser tout ce qu'Achille ou Iphigénie pourraient
lui offrir. Sa « folle amour » déshonore ses parents dont l'identification est le sens même de sa vie. Entre la fidélité à son
passé, à sa cité, et son amour pour Achille, il n'y a en tout
cas aucun compromis possible, elle devrait mourir même sans
l'oracle des dieux.

> Je périrai, Doris, et par une mort prompte,
> Dans la nuit du tombeau, j'enfermerai ma honte,
> Sans chercher des parents si longtemps ignorés
> Et que ma folle amour a trop déshonorés... (II, 1).

Et cependant, à l'opposé des tragédies sans péripétie et sans
reconnaissance, il y a une histoire d'Ériphile comme il y aura
une histoire de Phèdre. L'histoire d'une illusion, celle que la vie
pourrait être possible, que les dieux pourraient tolérer une
existence qui renverserait l'ordre du monde et réaliserait l'ensemble des exigences contradictoires du personnage tragique,
que malgré l'ordre immuable et barbare qui n'admet la vie
que partiellement dans la mesure où elle renonce à l'exigence
de totalité, il y aurait tout de même une chance quelconque
d'unir la volonté divine et la passion coupable, la pureté et le
péché, la vertu et le bonheur.

Ce qu'Ériphile reproche à Iphigénie, et par delà celle-ci, à
l'univers tout entier de la Providence, ce n'est pas seulement
son bonheur comme tel, mais encore le caractère licite, consacré,
reconnu des hommes et des dieux de ce bonheur, la possibilité
de renoncer à la synthèse, de trouver le bonheur dans la vertu
même (vertu qui d'ailleurs — à l'opposé de Phèdre — est ici
une réalité authentique puisqu'elle s'insère dans l'univers chris-
tianisé de la Providence).

> Dieux qui voyez ma honte, où me dois-je cacher?
> Orgueilleuse rivale, on t'aime et tu murmures!
> Souffrirai-je à la fois ta gloire et tes injures? (II. 8.)

Plus encore, c'est cette reconnaissance qu'elle lui envie et
lui reproche plus encore peut-être que le bonheur de l'hymen
avec Achille. A l'instant même où tout semble confirmer l'exécution imminente d'Iphigénie et où Doris étonnée lui demande :

> Ah! que me dites-vous? Quelle étrange manie
> Vous peut faire envier le sort d'Iphigénie?

> Dans une heure, elle expire. Et jamais, dites-vous,
> Vos yeux de son bonheur ne furent plus jaloux.
> Qui le croira, Madame? Et quel cœur si farouche... (IV, 1.)

Son hostilité s'avère trop perspicace pour croire que les dieux sauraient et pourraient condamner un être à tel point encadré dans la communauté et reconnu par celle-ci.

> Jamais rien de plus vrai n'est sorti de ma bouche.
> Jamais de tant de soins mon esprit agité
> Ne porta plus d'envie à sa félicité.
> Favorables périls! Espérance inutile!
> N'as-tu pas vu sa gloire et le trouble d'Achille?

> ... Tu verras que les Dieux n'ont dicté cet oracle
> Que pour croître à la fois sa gloire et mon tourment,
> Et la rendre plus belle aux yeux de son amant.
> Hé quoi! ne vois-tu pas tout ce qu'on fait pour elle?
> On supprime des Dieux la sentence mortelle;
> Et, quoique le bûcher soit déjà préparé,
> Le nom de la victime est encore ignoré.
> Tout le camp n'en sait rien. Doris, à ce silence,
> Ne reconnais-tu pas un père qui balance?
> Et que fera-t-il donc? Quel courage endurci
> Soutiendrait les assauts qu'on lui prépare ici :
> Une mère en fureur, les larmes d'une fille,
> Les cris, le désespoir de toute une famille,
> Le sang à ces objets facile à s'ébranler,
> Achille menaçant, tout prêt à l'accabler.
> Non, te dis-je, les Dieux l'ont en vain condamnée :
> Je suis et je serai la seule infortunée... (IV, 1.)

C'est pourquoi son espoir illusoire ne saurait naître que des failles — apparentes sinon réelles — de la communauté du monde d'Iphigénie. On ne s'étonnera pas qu'elle y soit particulièrement attentive et perspicace :

> ... Mais, Doris, ou j'aime à me flatter,
> Ou sur eux quelque orage est tout près d'éclater.
> J'ai des yeux. Leur bonheur n'est pas encor tranquille.
> On trompe Iphigénie; on se cache d'Achille;
> Agamemnon gémit. Ne désespérons point;
> Et, si le sort contre elle à ma haine se joint,
> Je saurai profiter de cette intelligence
> Pour ne pas pleurer seule et mourir sans vengeance. (II, 8)

ni qu'elle finisse par tomber dans l'illusion d'une alliance possible entre elle et les dieux, alliance qui lui permettrait de réaliser *dans le monde* les exigences les plus contradictoires, la suppression de sa rivale dont elle est jalouse par amour pour

Achille et la fidélité à ses ancêtres et à sa communauté d'origine, la vengeance de Lesbos et la reconnaissance des dieux.

> Je ne sais qui m'arrête et retient mon courroux,
> Que par un prompt avis de tout ce qui se passe,
> Je ne coure des Dieux divulguer la menace,
> Et publier partout les complots criminels
> Qu'on fait ici contre eux et contre leurs autels. (IV, 1)

> ... Ah, Doris! quelle joie!
> Que d'encens brûlerait dans les temples de Troie,
> Si, troublant tous les Grecs, et vengeant ma prison,
> Je pouvais contre Achille armer Agamemnon,
> Si leur haine, de Troie oubliant la querelle,
> Tournait contre eux le fer qu'ils aiguisent contre elle,
> Et si de tout le camp mes avis dangereux
> Faisaient à ma patrie un sacrifice heureux. (IV, I)

> Rentrons. Et pour troubler un hymen odieux,
> Consultons des fureurs qu'autorisent les Dieux (IV, 1).

Mais en réalité, tout cela n'est qu'illusion; il n'y a aucune communauté possible entre Ériphile et le monde ni entre Ériphile vivante et la divinité. Pour elle, les dieux — providentiels pour Iphigénie — sont jaloux et courroucés, leur oracle, qui semblait menacer sa rivale et lui ouvrir un espoir de reconnaissance, protège en réalité celle-là et condamne Ériphile. La voix de Calchas mettra fin à l'illusion en révélant à Ériphile à la fois son origine royale, sa faute et sa condamnation.

Mais, en le faisant, il consacre définitivement l'abîme qui sépare les deux univers, car Ériphile *sait* maintenant qu'elle est d'ailleurs, d'un autre monde, et qu'il ne peut y voir rien de commun entre elle et tout ce qui touche — de près ou de loin — à l'univers providentiel. Lorsque Calchas veut l'approcher pour accomplir sa mission sacrée et réaliser l'ordre des dieux, elle lui dira les mots qui sont peut-être la clef de la pièce :

> Arrête, a-t-elle dit, et ne m'approche pas :
> Le sang de ces héros, dont tu me fais descendre,
> Sans tes profanes mains saura bien se répandre... (V, 6).

Les dieux providentiels, leur oracle, le prêtre chargé de l'exécuter ne sont que des choses *profanes* dans l'univers d'Ériphile, le moindre attouchement, leur approche même souilleraient la pureté, le caractère royal du personnage tragique.

Ériphile, qui sait la vérité que les dieux cachent aux marionnettes protégées par la Providence, est maintenant trop grande, trop pure pour que les dieux providentiels puissent encore la punir ou la condamner. Elle se trouve enfin elle-même et ses propres valeurs.

En quittant un univers dans lequel elle avait cru pouvoir vivre, la fin de l'illusion, la mort librement acceptée effacent la faute, rétablissent l'ordre du monde providentiel et de ses dieux, ordre dont les rouages avaient été mis en déroute par l'existence de cet être monstrueux et révolté, et qui peut de nouveau reprendre son cours :

> A peine son sang coule et fait rugir la terre,
> Les Dieux font sur l'autel entendre le tonnerre,
> Les vents agitent l'air d'heureux frémissements
> Et la mer leur répond par ses mugissements... (V, 6.)

Il importe cependant avant de terminer ce paragraphe de corriger l'analyse qui précède en soulignant l'existence d'une inévitable illusion d'optique. Car en centrant notre attention sur l'univers tragique d'Ériphile et en l'analysant de l'intérieur, nous lui avons accordé une place bien plus grande qu'il n'a en réalité dans le texte racinien, où il se trouve en marge et en arrière-plan. Plus encore, l'idée même d'une lutte entre l'ordre coutumier du monde troublé par l'intrusion du personnage tragique, entièrement valable pour *Phèdre*, ne l'est que relativement pour Ériphile; car s'il est vrai qu'elles troublent l'une et l'autre l'ordre cosmique, la pureté du soleil et le régime des vents, Phèdre seule réussit à pénétrer dans l'univers des Thésée, Hippolyte, etc., tandis qu'Ériphile, restée à la périphérie, ne peut jamais pénétrer dans le monde d'Achille et d'Iphigénie; mais l'inverse aussi est vrai et jamais ni les dieux d'Achille et d'Agamemnon, ni les hommes qu'ils protègent ne pourront rien sur Ériphile. Elle se donne elle-même la mort pour éviter le sacrifice qui l'introduirait dans un univers qu'elle méprise. Le mot *profane* adressé au grand prêtre Calchas (« sans tes profanes mains ») indique l'abîme qui sépare les deux mondes. Le sacrifice d'Ériphile aurait fait d'*Iphigénie* une pièce entièrement chrétienne (la victoire du bien sur le mal, de Dieu sur le diable), la pénétration d'Ériphile dans l'univers providentiel d'Iphigénie une tragédie avec péripétie et reconnaissance, l'une et l'autre auraient réalisé l'unité de la pièce. Racine, cependant, a écrit autre chose, la pièce qu'exprime la coexistence de deux mondes entièrement séparés et incommunicables, l'univers de la Providence où les dieux dirigent les destinées des marionnettes qui ne les comprennent pas et quelque part au loin, à l'arrière-plan — menaçant et sombre — l'univers du dieu caché et absent, l'univers de la passion et de la pureté, l'univers du paradoxe, de l'action tragique, lourde et sacrée, l'univers de l'homme et de la tragédie.

c) LA TRAGÉDIE AVEC PÉRIPÉTIE
ET RECONNAISSANCE :
VI. — PHÈDRE

Nous avons en principe réservé à un appendice de cette quatrième partie l'étude des relations — conscientes ou non conscientes — entre, d'une part, les pièces de Racine et, d'autre part, la vie du groupe janséniste et les événements extérieurs de l'époque. L'étude de *Phèdre* nous oblige cependant à aborder dès maintenant certains aspects de ce problème, ne serait-ce que dans la mesure où le dernier paragraphe de la préface de cette pièce pose explicitement la question des rapports entre la tragédie et les « Amis de Port-Royal [1] ».

Or, déjà pour les six pièces antérieures, le problème des préfaces de Racine est loin d'être simple, car il existe entre elles et les pièces un décalage qu'on caractériserait de manière assez précise en disant que les préfaces évitent toujours de mentionner de façon explicite ce qui, dans les pièces, aurait pu heurter le public devant lequel elles étaient représentées.

Il y a en effet à la base, aussi bien de la création littéraire de Racine que du succès mondain de son théâtre, une dualité caractéristique.

Un janséniste conséquent n'aurait pas *écrit* des tragédies et, inversement, un homme intégré dans le monde, acceptant intellectuellement et affectivement les valeurs intramondaines, n'aurait pas écrit *des tragédies*. Racine n'a donc pu le faire que dans la mesure où il se trouvait dans une situation intermédiaire qui était, soit un mélange, soit une synthèse d'éléments contradictoires.

D'autre part, derrière une analyse psychologique — sans doute brillante — de la vie intramondaine, avec ses passions, ses faiblesses, sa soif de puissance, les tragédies raciniennes représentent toutes un univers régi par des lois *morales* étrangères et souvent opposées à celles qu'acceptait dans sa vie quotidienne le public théâtral de l'époque. Les jansénistes propre-

---

1. «Au reste, je n'ose encore assurer que cette pièce soit en effet la meilleure de mes tragédies. Je laisse et aux lecteurs et au temps à décider de son véritable prix. Ce que je puis assurer, c'est que je n'en ai point fait où la vertu soit plus mise en jour que dans celle-ci. Les moindres fautes y sont sévèrement punies : la seule pensée du crime y est regardée avec autant d'horreur que le crime même. Les faiblesses de l'amour y passent pour de vraies faiblesses. Les passions n'y sont présentées aux yeux que pour montrer tout le désordre dont elles sont cause; et le vice y est peint partout avec des couleurs qui en font connaître et haïr la difformité. C'est là proprement le but que tout homme qui travaille pour le public doit se proposer. Et c'est ce que les premiers poètes tragiques avaient en vue sur toute chose. Leur théâtre était une école où la vertu n'était pas moins bien enseignée que dans les écoles des philosophes... Ce serait peut-être un moyen de réconcilier la tragédie avec quantité de personnes célèbres par leur piété et par leur doctrine, qui l'ont condamnée dans ces derniers temps, et qui en jugeraient sans doute plus favorablement si les auteurs songeaient autant à instruire leurs spectateurs qu'à les divertir, et s'ils suivaient en cela la véritable intention de la tragédie. » (*Phèdre*, Préface.)

ment dits n'allaient pas au théâtre et la noblesse de robe jansénisante ne devait pas non plus constituer une notable partie du public; c'est pourquoi — s'il nous paraît naturel que « la cour et la ville » aient pu se retrouver dans le théâtre de Molière et de Corneille — il est bien plus difficile de comprendre comment ce même public a pu assurer le succès des tragédies de Racine. Il y a là un problème qui mériterait une analyse sociologique approfondie.

Sans doute les spectateurs trouvaient-ils dans des personnages comme Hermione, Oreste, Pyrrhus, Néron, Britannicus, Agrippine, Antiochus, etc., une image assez fidèle d'eux-mêmes, mais ces personnages sont humainement *condamnés et dévalorisés* dans l'univers des pièces par les héros, par Andromaque, Junie, Bérénice et Titus.

Or, il paraît difficile d'admettre que Racine, qui connaissait de près aussi bien la morale et la vie des solitaires et des religieuses de Port-Royal que les diverses péripéties de leur résistance aux pouvoirs, ait été entièrement non conscient du caractère « subversif » de ses pièces. L'hypothèse inverse, celle de la conscience et du dessein machiavélique n'est cependant pas non plus facile à défendre, surtout en l'absence du moindre document probant. Il paraît donc difficile de trancher aujourd'hui la question — qui n'est d'ailleurs pas très importante — de savoir dans quelle mesure Racine était *subjectivement* conscient du décalage entre la morale de ses pièces et celle de son public, ou bien, adoptant lui-même la morale de « la cour et de la ville », créait par un processus psychique non conscient, dans ses œuvres, un univers complètement étranger à sa propre morale explicite.

La vérité se situe d'ailleurs probablement à un niveau intermédiaire entre l'hypothèse de la conscience claire et celle de l'inconscience totale, au niveau que les psychologues et les écrivains connaissent bien et qui se rencontre souvent dans la vie quotidienne : une sub-conscience complaisamment entretenue et favorisée par les avantages psychiques et extérieurs que présentent certaines situations.

Quoi qu'il en soit, il est certain que le caractère janséniste et tragique de son théâtre, qui constituait pour Racine une nécessité esthétique et peut-être morale, était précisément ce qui ne devait pas devenir conscient au public — et qui ne l'est effectivement pas devenu — si l'on voulait assurer et conserver à ce théâtre son succès. Il suffit pour s'en rendre compte de penser à toute la distance qui sépare des personnages comme Pyrrhus, Néron, Agrippine, Thésée, et même, à l'autre extrémité, Titus, de l'image courante qu'on avait — ou qu'on feignait d'avoir — à la cour et à la ville, de la royauté en général et de Louis XIV en particulier.

On comprend que Racine se soit gardé de publier de son vivant l'*Abrégé de l'histoire de Port-Royal* et aussi que ses préfaces, tout en contenant beaucoup de choses vraies sur la composition et la structure des pièces qu'elles précèdent, contiennent aussi des choses inexactes et surtout ne dépassent jamais les limites des idées généralement admises à l'époque sur ce que devait être une tragédie et sur les règles que l'auteur devait suivre dans sa composition. Et cela sans préjuger du fait que ces limites soient respectées consciemment ou implicitement.

Par rapport aux préfaces de ces pièces antérieures, le dernier paragraphe de la préface de *Phèdre* écrit non pas à l'usage exclusif du « public », mais en premier lieu pour Racine lui-même et pour les « Amis de Port-Royal », et renforcé par la dernière réplique de Thésée qui termine la pièce, constitue cependant une exception.

Non pas que Racine s'y soit départi de toute prudence. Lorsqu'il veut suggérer que *Phèdre* est la meilleure de ses pièces — jugement que la postérité a entièrement confirmé — il le fait sous une forme dubitative : « Je n'ose encore assurer »; et de même, lorsque s'adressant aux jansénistes arnaldiens (qui en 1677 sont les jansénistes *tout court*), il souligne le caractère essentiellement moral de sa pièce — constatation valable pour *Phèdre* comme pour *toute* tragédie — il parle d'*une morale qui est non pas tragique, mais dramatique.*

De nombreux critiques se sont aperçus de cette dissonance entre, d'une part, la préface et la dernière réplique de Thésée et, d'autre part, l'ensemble de la pièce. L'un des plus importants, Thierry Maulnier, en a conclu que l'inconscient et l'inspiration créatrice ont entraîné le poète plus loin qu'il ne voulait consciemment aller et que c'est l'effroi devant le tumulte des forces élémentaires involontairement déchaînées qui expliquent son silence et sa retraite dans une vie bourgeoise de piété intramondaine. Explication séduisante sans doute, qui nous paraît cependant présenter quelques difficultés. Car non seulement les préfaces de Racine sont toujours plus prudentes que les pièces elles-mêmes mais, encore et surtout, écrites après la rédaction des pièces, elles ne permettent aucune conclusion sur les intentions *initiales* du poète et sur son état d'esprit à l'époque où il a commencé à les rédiger.

Pour les préfaces précédentes, nous avons déjà dit qu'il ne nous paraît nullement évident que Racine, qui a gardé par devers soi l'*Abrégé de l'histoire de Port-Royal* et qui emploie jusque dans sa correspondance des termes voilés lorsqu'il s'agit de sujets brûlants, ait été aveugle pour la signification et la portée réelle de ses pièces.

Sans être proprement absurde, cette hypothèse ne nous

paraît ni évidente ni même probable. Il se peut tout aussi bien que Racine ait *voulu* écrire *Britannicus* et *Bérénice* sans vouloir pour autant organiser lui-même l'opposition contre ces pièces en révélant en langage clair leur véritable signification.

Que ce décalage qui sépare les pièces de Racine des préfaces par lesquelles il les présentait au public ait cependant été conscient ou non conscient, l'explication que nous venons de proposer ne vaut *en tout cas* pas pour le dernier passage de la préface de *Phèdre* (et, dans la pièce, pour la dernière réplique de Thésée). Il faut donc se demander pourquoi, après avoir soigneusement évité de parler du jansénisme lors des pièces précédentes, en parle-t-il brusquement dans celle-ci. L'hypothèse de Thierry Maulnier ne nous paraît pas très bien expliquer les faits; car si vraiment Racine a été dépassé par ses intentions, s'il a cru pouvoir se réconcilier avec Port-Royal en écrivant la pièce du vertueux Hippolyte et de la méchante pécheresse, et s'il s'est aperçu à la fin seulement qu'il avait écrit la pièce de la grande Phèdre et du pauvre Hippolyte, on ne voit pas très bien ce qui aurait encore pu l'inciter à se vanter de sa pièce auprès des gens de Port-Royal et à leur dire qu'elle pourrait être le point de départ d'une réconciliation.

Disons d'emblée que notre hypothèse est bien différente. Toutes les tragédies de Racine nous paraissent liées d'assez près au jansénisme, à la doctrine et aux expériences des « Amis de Port-Royal ». Mais si *Andromaque*, *Britannicus* et *Bérénice* transposaient sur le plan littéraire la doctrine et l'expérience des solitaires telles qu'elles étaient à l'époque du jansénisme tragique avant 1669 (ou tout au moins cette doctrine et surtout cette expérience telles qu'elles étaient vues par la conscience idéalisante du poète qui avait quitté Port-Royal depuis des années) et si cette parenté de vision avec le groupe persécuté était précisément une raison d'éviter la moindre allusion au jansénisme dans les préfaces; si les trois drames qui ont suivi exprimaient une dualité, une attitude à la fois positive et réservée envers le comportement du groupe janséniste qui — devenu arnaldien — s'était engagé dans le monde par la Paix de l'Église, *Phèdre* rétablit à nouveau l'accord total, mais sur un plan entièrement différent. Racine *cesse définitivement d'écrire dans la perspective du jansénisme tragique* qui refusait le monde, pour transposer sur le plan littéraire l'expérience réelle du groupe janséniste entre 1669 et 1675. L'élève à mauvaise conscience de Lancelot se transforme en l'*avocat de Port-Royal*.

La persécution qui reprend confirme tout d'abord les réserves devant l'illusion arnaldienne qu'un compromis avec le monde serait possible, réserves que nous avons vu se manifester dans *Bajazet*, dans *Mithridate* et dans *Iphigénie*. Ainsi *Phèdre* nous paraît-elle tout d'abord la transposition littéraire d'une expérience achevée : *la tragédie de la faute et de l'illusion*. Mais cette même persécution qui reprend rapprochera Racine du Port-Royal arnaldien. Car si les positions d'Arnauld et de Nicole sont — nous l'avons déjà dit — *dramatiques*, le drame du *compromis* qui avait duré de 1669 à 1675 se transforme maintenant en *drame de la lutte intramondaine* pour le droit, la justice et la piété. *L'œuvre* racinienne qui s'est d'abord identifiée aux positions tragiques de Barcos, qui a suivi avec de fortes réserves le compromis dramatique de la Paix de l'Église, qui en a fait le bilan tragique dans *Phèdre*, s'identifiera par la suite avec le drame du jansénisme arnaldien d'après la reprise des persécutions dans *Esther*, dans *Athalie* et dans l'*Abrégé de l'histoire de Port-Royal*.

C'est à l'intérieur de cette évolution que nous croyons devoir placer les deux passages qui terminent l'un la préface et l'autre la pièce, comme premières manifestations d'une évolution qui se poursuivra jusqu'à la mort du poète.

Quelle que soit cependant la valeur de cette hypothèse, il nous paraît difficile, sinon impossible, d'accorder ces deux passages *dramatiques* avec le texte *tragique* de la pièce dans son ensemble. La rigueur scientifique nous obligeait de mentionner qu'au moment où il achevait la pièce, Racine croyait avoir écrit un *drame*. Dans la perspective de notre travail, c'est cependant la *tragédie* qu'il a *réellement écrite* qui nous intéresse et que nous allons analyser brièvement.

Sans doute, l'affirmation que *Phèdre* est — entre autres — une transposition médiatisée de l'illusion des « Amis de Port-Royal » entre 1669 et 1675 de pouvoir vivre *dans le monde* et de s'entendre avec les pouvoirs ecclésiastiques et étatiques, n'est-elle qu'une hypothèse improuvable, et nous la présentons comme telle. Mais vraie ou fausse, elle nous donne en tout cas la clef de la structure de *Phèdre*, qui est l'histoire de l'illusion du héros tragique qu'il pourrait vivre *dans le monde* en lui imposant ses propres lois, sans choisir et sans rien abandonner.

Ajoutons avant de commencer l'analyse proprement dite de la pièce que si, en l'écrivant, Racine abandonne la vision janséniste pour transposer seulement l'expérience du groupe des « Amis de Port-Royal », il retrouve par contre l'autre grande tradition littéraire qu'il avait toujours essayé d'approcher, la tragédie grecque avec péripétie et reconnaissance, la tragédie de l'illusion humaine et de la découverte de la vérité. Sans doute y a-t-il entre *Phèdre* et *Œdipe roi* ou *Antigone* de grandes différences; en premier lieu l'absence du chœur. Mais il y a aussi *une parenté essentielle* — celle de la faute, de l'acte coupable et fatal — à côté de laquelle l'historien n'a pas le droit de passer. Il reste que, si dans *Phèdre* Racine *retrouve* la tragédie grecque, il le fait *à partir de la tragédie janséniste*, sans péripétie ni reconnaissance; aussi, la pièce garde-t-elle encore beaucoup de traits de celle-ci : le monde vain et sans valeur morale et humaine, le Dieu muet et spectateur, la solitude du héros. Mais Phèdre, le personnage principal, est entièrement différente de Junie ou de Titus. A la conscience rigoureuse et au refus de ceux-ci s'opposent son illusion et son désir de vivre. On a dit que Phèdre était une chrétienne à qui la grâce a manqué. Cette définition nous paraît peu exacte; les chrétiens, lorsque la grâce leur manque, cessent de chercher Dieu et vivent dans le monde, sans aucun scrupule et sans aucune autre exigence. Si l'on veut à tout prix parler en langage théologique, Phèdre est bien plus l'incarnation du personnage autour duquel s'est livrée en grande partie la bataille entre les jansénistes et la hiérarchie, « l'appelé » de Pascal qui annonce déjà le *Faust* de Gœthe [1], le personnage que les jansénistes ont le plus souvent renié, mais qu'on retrouve explicitement dans les *Pensées* : le personnage du *juste pécheur*.

Dans l'œuvre de Racine, *Phèdre* est la tragédie de l'espoir de vivre dans le monde sans concession, sans choix et sans compromis, et de la reconnaissance du caractère *nécessairement* illusoire de cet espoir.

Si l'on essaie de situer les pièces de Racine par rapport aux trois positions idéologiques dont il a été question dans le présent ouvrage, on devrait dire qu'*Andromaque* et surtout *Britannicus* et *Bérénice* reflètent d'assez près le jansénisme extrêmiste de Barcos, que les trois drames *Bajazet*, *Mithridate* et *Iphigénie* reflètent, avec toute la méfiance et toutes les réserves qu'elle devait inspirer à une perspective extrêmiste, l'expérience arnaldienne de l'essai de vivre dans le monde et de se réconcilier avec les pouvoirs, et que *Phèdre*, qui pose dans toute son ampleur le problème de la vie dans le monde et des raisons *nécessaires* de son échec, se rapproche le plus de la vision des *Pensées*.

C'est dire que la clef de *Phèdre* — aussi bien que celle des *Pensées* — est le *paradoxe* et l'affirmation de sa valeur humaine (morale dans la tragédie racinienne, théorique et morale dans les *Pensées*).

Parlant de la tragédie, Lukàcs écrit :

« Le problème de la possibilité de la tragédie est le problème des rapports entre l'être et l'essence. Le problème de savoir si tout ce qui·existe est déjà simplement et uniquement parce

---

1. Pour mettre en évidence ce qu'il y a — à côté des différences évidentes — de commun entre *Phèdre* et *Faust*, il suffit de citer ces vers qui les définissent au commencement des deux pièces : Phèdre est « la fille de Minos et de Pasiphaé », et Faust, celui qui « demande les plus hautes étoiles du ciel / Et les plus fortes voluptés de la terre ».

qu'il existe. N'y a-t-il pas des degrés et des niveaux de l'être? L'être est-il une propriété universelle des choses ou bien un jugement de valeur porté sur elles, un jugement qui les sépare et les distingue? » « La philosophie du moyen âge avait pour le dire une expression claire et univoque. Elle disait que l'*ens perfectissimum* est aussi l'*ens realissimum;* plus un être est parfait , plus il est; plus il correspond à son idée, plus il existe [1]. »

C'est là une des lois constitutives de l'univers tragique; existence, valeur et réalité y sont *synonymes*, l'une crée l'autre, et le paradoxe qui est refus de choix et exigence de vérité totale, est par cela même valeur et réalité, ce qui dans le langage du spectacle s'exprime par la présence scénique.

On a dit souvent et à juste titre que la présence scénique de Phèdre dévalue les autres personnages. C'est vrai, mais encore faut-il montrer — et on ne l'a jamais fait, à notre connaissance, de manière satisfaisante — quelle est la nature de cette dévaluation et de quelle manière elle est fondée dans les lois structurelles de l'univers de la pièce.

Ceci dit, on ne s'étonnera pas si nous essayons de montrer que cette dévaluation est d'ordre *pratique et moral*, qu'elle est fondée non pas dans la morale du monde, mais dans la morale implicite de l'univers tragique, dans lequel la Totalité constitue la valeur suprême. Nous aurons ainsi dans la pièce même trois personnages qui représentent trois niveaux de réalité et de valeur; les dieux — le Soleil et Vénus — muets et spectateurs, et avec eux, la conscience de Phèdre par rapport à laquelle son comportement réel est vice et faute, mais aussi le monde — Hippolyte, Thésée, Aricie, Œnone — qui, par rapport à Phèdre, n'a aucune réalité et aucune valeur, si ce n'est celle d'être l'occasion de sa faute et de son retour à la vérité.

Le dédoublement de la divinité n'a rien qui puisse nous surprendre. On pourrait dire que les dieux des tragédies du refus étaient eux aussi virtuellement doubles (et une fois réellement — Hector et Astyanax — parce que la tragédie n'était pas rigoureuse), exactement comme le refus de Barcos contenait virtuellement le paradoxe pascalien. Expliquons-nous : le refus tragique résulte du fait qu'on ne saurait vivre dans le monde qu'en *choisissant* entre deux extrêmes qui pour être contraires, ne sont pas moins, également nécessaires et dont chacun se présente avec la même exigence absolue et inéluctable qui s'incarne dans l'idée du Dieu caché et spectateur.

Dans le refus du monde des solitaires ou des premiers héros tragiques de Racine, les deux divinités opposées se confondent en une seule, puisqu'elles aboutissent toutes les deux à une

1. G. VON LUKÀCS : *L'Ame et les formes*, p. 335-336.

seule et même exigence humaine, à un seul et même acte : au refus d'un monde dans lequel il est impossible de satisfaire aux devoirs en évitant le péché. Si le dédoublement des exigences contradictoires ne se matérialise pas dans ces pièces, c'est précisément parce que ni Junie ni Titus n'envisagent un seul instant l'idée de vivre de manière satisfaisante *dans le monde*, parce que, comme nous l'avons dit, la tragédie est intemporelle et le personnage tragique un être parfaitement conscient de l'impossibilité morale du compromis. Il suffit cependant que l'idée d'une vie authentique dans le monde apparaisse, soit parce que la pièce n'est pas rigoureusement tragique *(Andromaque)*; soit parce qu'il s'agit d'une tragédie avec péripétie et reconnaissance — *Phèdre* — pour que les figures incarnant le Dieu spectateur se dédoublent : Astyanax empêche Andromaque de vivre en restant fidèle à Hector et Hector l'empêche de vivre en sauvant Astyanax; et de même le Soleil empêche Phèdre de vivre en oubliant la gloire et Vénus l'empêche de vivre en oubliant la passion. Mais, spectateurs muets et passifs, les dieux ne donnent jamais aucun conseil au héros; aucune indication quant à la possibilité de concilier leurs exigences. Il n'y a pour lui que l'alternative de l'illusion — et cela veut dire de la faute — ou de la mort.

Hippolyte, Thésée, Aricie, Œnone sont des êtres qui *n'existent* pas dans la tragédie parce qu'ils se contentent du partiel, et qu'ils ne savent même pas que dans l'univers tragique, exister, c'est exiger la *totalité* et implicitement vivre dans le paradoxe ou dans le refus.

Entre les dieux et le néant, Phèdre seule est humaine : elle vit dans une exigence de totalité d'autant plus utopique et illusoire que cette totalité se compose de l'union des valeurs qui, dans la réalité empirique et quotidienne, sont contradictoires. Ce qu'elle veut, ce qu'elle croit pouvoir réaliser, c'est l'union de la gloire et de la passion, de la pureté absolue et de l'amour interdit, de la vérité et de la vie.

Or, dans le monde empirique, qu'elle croit pur et réel, elle ne rencontre que des hommes moyens, terrifiés par ses exigences monstrueuses. En premier lieu, Hippolyte qui, tout le long de la pièce, ne connaît qu'une seule et même réaction : la fuite.

Il le dit d'ailleurs dès le premier vers :

Le dessein en est pris, je pars, cher Théramène (I, 1).

Le spectateur pourrait encore croire, d'après les vers qui suivent, qu'il s'agit d'un départ courageux pour accomplir un devoir filial en cherchant son père disparu; Théramène lui-même le pense. Hippolyte a cependant tôt fait de nous détromper. Ce n'est pas un départ, c'est bien une fuite :

Enfin en le cherchant je suivrai mon devoir,
Et je fuirai ces lieux que je n'ose plus voir. (I, 1).

Devant quoi cependant fuit-il? Le texte reste équivoque, car il comporte deux réponses différentes, dont la première — la suite de la pièce le montrera — est la seule valable; la seconde étant par contre une erreur, naturelle chez Hippolyte qui, comme tous les êtres du monde, n'a jamais une conscience claire de sa propre nature et de sa propre situation.

A la question étonnée de Théramène qui lui demande pourquoi il fuit « ces paisibles lieux » qu'il a toujours préférés à Athènes :

Quel péril, ou plutôt quel chagrin vous en chasse? (I, 1.)

Hippolyte répondra d'abord en avouant ce qu'il ne sait pas encore, mais qui est non seulement la vérité, mais la clef même de son personnage et du rôle qu'il joue dans la pièce. (Comment ne pas admirer le génie de Racine qui, dépassant la vérité psychologique pour la vérité *essentielle*, fait dire à Hippolyte ce qu'il ne pense et ne sait précisément pas encore?)

Ce qui lui fait peur, ce devant quoi il fuit, c'est Phèdre, qui trouble l'ordre traditionnel, commode et établi, auquel on était accoutumé, en réunissant en elle les choses les plus contradictoires : le ciel et l'enfer, la justice et le péché.

Cet heureux temps n'est plus. Tout a changé de face
Depuis que sur ces bords les Dieux ont envoyé
La fille de Minos et de Pasiphaé [1]. (I, 1).

Tout de suite, cependant, Hippolyte se reprend :

Sa vaine inimitié n'est pas ce que je crains.
Hippolyte en partant fuit une autre ennemie.
Je fuis, je l'avouerai, cette jeune Aricie... (I, 1.)

Dans ces vers, tout est faux. *Dans la pièce*, l'inimitié de Phèdre n'existe pas, sa jalousie d'un instant ne sera pas vaine et Hippolyte fuira non pas Aricie, mais Phèdre, comme il l'avait dit auparavant. Il est vrai que si, dès la première scène, Hippo-

---

1. On a beaucoup écrit sur ce vers, dont la beauté paraissait plus évidente que la signification. Cette dernière nous paraît pourtant claire. Écrit — malgré les noms des dieux grecs — pour un public chrétien, il est une définition précise du héros tragique, personnage paradoxal qui réunit en une seule personne non seulement l'enfer et le ciel, mais encore ce qui au ciel est péché et ce qui en enfer est justice.

Faut-il encore ajouter que sur le plan de la forme, la réunion du bloc fermé que constitue le nom de Minos avec la série aérienne des *a* et du *é* dans Pasiphaé réalise encore, à un troisième niveau, cette même réunion paradoxale des contraires.

lyte avait compris et mis en lumière un des aspects essentiels
de la pièce, cela aurait contredit le thème constitutif de celle-ci,
qui n'est pas seulement l'illusion de Phèdre, mais aussi l'insuffisance absolue du monde en face de ses exigences. Il aurait été
contraire aux lois de l'univers tragique qu'un personnage du
monde connaisse et exprime la vérité, la connaissance étant le
principal privilège du personnage tragique.

C'est d'ailleurs ce même souci d'unité de structure qui est,
nous semble-t-il, à l'origine du personnage d'Aricie. Si Hippolyte n'avait rencontré *dans la pièce* que Phèdre, il aurait été
difficile de distinguer la fuite du refus, car il aurait par trop
ressemblé aux héros des tragédies sans péripétie et reconnaissance et aux solitaires de Port-Royal. Son amour pour Aricie
supprime tout équivoque. Ce qu'il fuit ce n'est pas le monde,
qu'il accepte et recherche, mais l'être paradoxal qui trouble
l'ordre du monde en aspirant à la réunion des contraires.

Continuons cependant à suivre Hippolyte. A la fin du long
dialogue avec Théramène, dans lequel celui-ci — malgré ses
résistances — lui dit qu'il aime Aricie, Hippolyte qui va se
jouer la comédie à lui-même et aux autres, conclut :

> Théramène, je pars, et vais chercher mon père. (I, 1).

Mais Théramène, qui est — *dans la pièce* — le messager de
la vérité, mais d'une vérité superficielle et incomprise, lui
demande s'il ne veut pas auparavant voir Phèdre. Tant qu'il
ne s'agit que de mots et non pas d'actes, Hippolyte se déclare
prêt à faire face à la réalité.

> Ne verrez-vous point Phèdre avant que de partir,
> Seigneur?
> C'est mon dessein, tu peux l'en avertir.
> Voyons-la, puisque ainsi mon devoir me l'ordonne. (I, 1)

Ce n'est, bien entendu, que du bavardage. Aussitôt, l'arrivée
de Phèdre annoncée, il reprend sa véritable nature :

> Elle vient.
> Il suffit, je la laisse en ces lieux,
> Et ne lui montre point un visage odieux. (I, 2)

Hippolyte n'ira jamais au-devant de la réalité et du danger.
Ce n'est pas lui qui ira voir Phèdre, c'est Phèdre qui le cherchera. Et lorsqu'elle le rencontrera, la réaction d'Hippolyte
sera toujours la même :

> Seigneur, la reine vient, et je l'ai devancée.
> Elle vous cherche.

> — Moi!...
> Phèdre veut vous parler avant votre départ.
>
> Phèdre! Que lui dirai-je? Et que peut-elle attendre...
>
> Seigneur, vous ne pouvez refuser de l'entendre...
>
> Cependant vous sortez. Et je pars... (II, 3).

Lorsqu'enfin Phèdre arrive réellement, il ne pense qu'au départ :

> Ami, tout est-il prêt? Mais la Reine s'avance.
> Va, que pour le départ tout s'arme en diligence (II, 4).

Phèdre arrive cependant et lui déclare son amour. Il suffit pour comprendre le personnage d'Hippolyte d'écouter ses premiers mots après l'annonce de la terrible nouvelle.

> Théramène, fuyons... (II,6).

A partir de l'acte III, la réalité pour Hippolyte devient plus complexe; elle ne se compose plus seulement de Phèdre, mais aussi de Thésée. Ses réactions, cependant, ne changent en rien. On le suit dès les premiers mots qu'il adresse à celui-ci :

> ... Phèdre peut seule expliquer ce mystère.
> Mais si mes vœux ardents vous peuvent émouvoir,
> Permettez-moi, Seigneur, de ne la plus revoir;
> Souffrez que pour jamais le tremblant Hippolyte
> Disparaisse des lieux que votre épouse habite. (III, 5)

Plus, lorsqu'il commence à entrevoir le danger, il se fie naïvement — on serait presque tenté de dire niaisement — à la justice de l'ordre établi, convaincu comme toujours qu'il suffit de fuir :

> Où tendait ce discours qui m'a glacé d'effroi?...
>
> De noirs pressentiments viennent m'épouvanter.
> Mais l'innocence enfin n'a rien à redouter.
> Allons; cherchons ailleurs... (III, 6).

Et lorsqu'il apprendra l'accusation d'Œnone :

> D'un amour criminel Phèdre accuse Hippolyte!
> Un tel excès d'horreur rend mon âme interdite;
> Tant de coups imprévus m'accablent à la fois,
> Qu'ils m'ôtent la parole, et m'étouffent la voix. (IV. 2)

De même, lorsqu'Aricie le pousse à parler à Thésée, il se dérobe et compte encore sur le secours des dieux :

> Sur l'équité des dieux, osons-nous confier.
> Ils ont trop d'intérêt à me justifier; (V, 1)

La dernière scène où il paraît se termine sur les mots d'Aricie :

Le roi vient. Fuyez, Prince, et partez promptement. (V, 1).

A côté d'Hippolyte, le monde est constitué dans la pièce de trois autres personnages : Œnone, dont nous parlerons bientôt, Thésée et Aricie. Il n'y a pas grand'chose à dire sur le premier. C'est Britannicus vieilli et ayant le pouvoir au lieu de le subir passivement. La victime du tyran devenue tyran elle-même. Comme Britannicus, Thésée croit toujours lorsqu'on lui ment et ne croit jamais lorsqu'on lui dit la vérité. C'est le personnage qui, dans le sens le plus radical, vit dans l'erreur, l'être le plus imparfait, et implicitement, suivant les lois de l'univers tragique, le plus irréel. Comme la plupart des personnages du monde, il veut être trompé et n'accepte qu'à contre-cœur la vérité finale; lorsque Phèdre veut arrêter sa fureur contre Hippolyte et le faire revenir sur ses vœux funestes, il répondra :

Quoi! Craignez-vous déjà qu'ils ne soient écoutés?
Joignez-vous bien plutôt à mes vœux légitimes :
Dans toute leur noirceur retracez-moi ses crimes;
Échauffez mes transports trop lents, trop retenus. (IV, 4)

Dans la scène finale, lorsque l'arrivée de Phèdre lui fait pressentir la vérité, il se défend encore de toutes ses forces contre elle.

Eh bien, vous triomphez, et mon fils est sans vie.
Ah! que j'ai lieu de craindre! et qu'un cruel soupçon
L'excusant dans mon cœur, m'alarme avec raison!
Mais, Madame, il est mort, prenez votre victime;
Jouissez de sa perte, injuste, ou légitime.
Je consens que mes yeux soient toujours abusés.
Je le crois criminel, puisque vous l'accusez.
Son trépas à mes pleurs offre assez de matières
Sans que j'aille chercher d'odieuses lumières,
Qui, ne pouvant le rendre à ma juste douleur,
Peut-être ne feraient qu'accroître mon malheur. (V, 7)

Ses derniers mots qui terminent la pièce nous paraissent au plus haut point significatifs. Un instant, il a pu sembler que l'aveu et la mort de Phèdre ont découvert à Thésée la vérité, qu'il a entrevu la réalité, la richesse et la grandeur du tragique. Sa réplique montre qu'il n'en est rien. L'abîme qui s'est un instant entr'ouvert à ses pieds l'a seulement renforcé dans sa nature. Il n'a vu qu'une seule chose : le fait que l'action de Phèdre n'était pas conforme aux lois de son monde. Le mieux serait sans doute de l'oublier, mais puisque cela paraît impossible, il faut rétablir l'ordre coutumier, temporairement mis en danger. Quelques prières sur le tombeau d'Hippolyte, le remplacement de celui-ci par Aricie et bientôt le souvenir de Phèdre ne sera plus qu'une légende inoffensive.

Les derniers mots de Phèdre risquaient de laisser subsister un certain flottement, un malentendu. Phèdre essayant de vivre dans le monde avait — c'était là son illusion — rehaussé celui-ci à son propre niveau pour réaliser un dialogue. Elle avait parlé jusqu'à la fin à un Hippolyte pur, courageux et entier, elle quitte le monde pour permettre à l'ordre cosmique et social (« et le ciel et l'époux ») de reprendre son cours. Mais ce qu'est *en réalité* cet ordre, c'est la dernière réplique de Thésée qui nous le rappelle. Suivant de près et sans transition les vers tragiques de *Phèdre*, elle constitue un passage de comédie. Après la disparition du héros qui avait un instant ouvert nos yeux sur tout ce que la réalité a d'immensément riche, sur ses possibilités et sur ses dangers, le monde de la vie quotidienne paraîtra quelque temps — juste le temps qu'il faudra pour nous réhabituer à lui — un monde de farce et de comédie. Esthétiquement, il n'a pas de place dans une pièce tragique, le héros lui a enlevé toute réalité, c'est un monde qui meurt, un cadavre qui se survivra peut-être des siècles, mais un cadavre quand même. Or les cadavres n'existent pas dans la tragédie qui est la plus vivante, la plus réelle de toutes les formes de théâtre, celle dont le seuil de présence est le plus élevé.

A côté d'Hippolyte et de Thésée, il y a Aricie, moins dévalorisée que les deux premiers, par le simple fait qu'elle ne se trouve pas en contact direct avec Phèdre; elle risquait elle aussi de ne pas laisser suffisamment voir sa faiblesse. A côté de Thésée et d'Hippolyte que *le texte même* affectait d'un signe négatif, Aricie semblerait le zéro, la neutralité, le personnage qui n'a pas d'existence. Mais Racine a tenu — consciemment ou non — à garder l'unité d'une œuvre écrite entièrement en contrastes. C'est, nous semble-t-il, la principale raison pour laquelle il a inséré les vers dans lesquels, au moment le plus menaçant de la tragédie, lors que se jouent de manière aiguë et imminente les destinées d'Hippolyte et de Phèdre, Aricie pose le problème du mariage. C'est là le pendant exact du texte final de Thésée. En face du personnage tragique, le monde, dans ce qu'il a en apparence de plus sérieux ou tout au moins de plus banal, devient farce ou comédie.

Thierry Maulnier a remarqué — à juste titre — que ce passage fait d'Aricie une demoiselle de pensionnat. Mais c'est qu'en face de Phèdre, le monde ne peut plus se composer que de fauves et de demoiselles de pensionnat. Aricie l'aurait été même sans sa demande d'être épousée, celle-ci n'est entrée dans le texte que pour rendre son caractère entièrement explicite et éviter toute possibilité de malentendu.

Mais en réalité ni Hippolyte qui fuit, ni Thésée qui se trompe toujours, ni le personnage modèle d'Aricie n'existent pour Phèdre. Et pourtant, *Phèdre*, c'est la pièce de l'illusion de pouvoir vivre *dans le monde*; aussi se joue-t-elle dans un dialogue *réel* cette fois, et non plus « solitaire » comme dans les tragédies jansénistes, entre l'héroïne et le monde (et aussi dans un dialogue « solitaire » entre l'héroïne et les dieux); or, le monde pour Phèdre, c'est évidemment un Hippolyte et un Thésée idéalisés — mais aussi et en premier lieu Œnone [1].

Après avoir passé en revue le monde dans ses personnages périphériques par rapport à Phèdre, il nous reste à analyser maintenant le noyau de la pièce, les dialogues de celle-ci, d'une part, avec les dieux muets et, d'autre part, avec Œnone.

La pièce commence — après la scène déjà analysée entre Hippolyte et Théramène — par une situation rigoureusement analogue à celle des tragédies sans péripétie ni reconnaissance : Phèdre qui connaît l'incompatibilité entre ses exigences et l'ordre du monde, a décidé de le quitter et se laisse mourir. Le lieu de la scène est *une place au soleil*, seulement — dans la pièce — le soleil est un dieu, l'ancêtre de Phèdre, la scène est une place sous le regard de Dieu, elle est le monde, l'endroit où vivent les humains; quitter la scène, c'est quitter le monde et la vie.

Aussi Phèdre ne revient-elle sur scène qu'à contre-cœur, entraînée par Œnone :

> N'allons point plus avant. Demeurons, chère Œnone.
> Je ne me soutiens plus, ma force m'abandonne.
> Mes yeux sont éblouis du jour que je revoi
> Et mes genoux tremblants se dérobent sous moi.
> Hélas! (I, 3).

Et la première de ces indications scéniques, dont nous connaissons déjà l'importance dans le texte racinien, suit de près le retour de Phèdre au monde, pour matérialiser sa crise et son désordre. Dès le cinquième vers, Racine indique en effet qu' « elle s'assit ». Après quoi, le pseudo-dialogue continue, illustrant d'emblée la structure de l'univers tragique. Car si Œnone s'adresse à Phèdre, celle-ci ne lui répond jamais. Les apparentes répliques de Phèdre sont en effet le plus radical des dialogues solitaires entre un héros tragique et les dieux muets de la tragédie. Les parures dont l'a ornée Œnone pour la ramener au monde et qui font partie du monde lui paraissent étrangères et pénibles.

---

1. Ceci se montre déjà sur le plan le plus extérieur. En plus de la seule scène où elle déclare son amour à Hippolyte, et de trois scènes où elle parle à Thésée, Phèdre est en scène deux fois seule et huit fois avec Œnone.

Que ces vains ornements, que ces voiles me pèsent!
Quelle importune main, en formant tous ces nœuds,
A pris soin sur mon front d'assembler mes cheveux?
Tout m'afflige et me nuit, et conspire à me nuire.

Noble et brillant auteur d'une triste famille,
Toi, dont ma mère osait se vanter d'être fille,
Qui peut-être rougis du trouble où tu me vois,
Soleil, je te viens voir pour la dernière fois.

Dieux! que ne suis-je assise à l'ombre des forêts!
Quand pourrai-je, au travers d'une noble poussière,
Suivre de l'œil un char fuyant dans la carrière? (I, 3).

C'est pour ainsi dire de force qu'Œnone, comprenant à moitié dans cette incantation [1] adressée aux dieux l'allusion à Hippolyte, pénètre dans le dialogue de Phèdre :

Quoi, Madame!

Insensée, où suis-je? et qu'ai-je dit?
Où laissé-je égarer mes vœux et mon esprit?
Je l'ai perdu : les Dieux m'en ont ravi l'usage.
Œnone, la rougeur me couvre le visage,
Je te laisse trop voir mes honteuses douleurs;
Et mes yeux malgré moi se remplissent de pleurs. (I, 3).

Œnone sent cependant que le mur qui la sépare de Phèdre se lézarde, aussi insiste-t-elle en accumulant les arguments pour ramener Phèdre au monde et à la vie et prononce à la fin d'une tirade de plus de vingt vers par hasard, le nom fatal d'Hippolyte qui provoque la seconde réaction de celle-ci :

... Ah, dieux!

Ce reproche vous touche?

Malheureuse! quel nom est sorti de ta bouche! (I, 3).

Dans ce dialogue où chaque vers est un chef-d'œuvre qu'il faudrait étudier en détail, Œnone qui croit encore à l'hostilité de Phèdre envers Hippolyte, insiste, en évoquant le danger que représenterait sa mort à elle pour l'ascension de son fils au trône, et la pousse à vivre :

Eh bien votre colère éclate avec raison...

Réparez promptement votre force abattue,
Tandis que de vos jours prêts à se consumer
Le flambeau dure encore, et peut se rallumer. (I, 3)

---

1. Le mot est de Thierry Maulnier. Nous préférons le terme de Lukàcs : « dialogue solitaire ».

Mais Phèdre n'a pas encore cédé :

> J'en ai trop prolongé la coupable durée. (I, 3).

Œnone ne comprend rien au mot « coupable »; pour elle, un crime c'est un acte accompli dans le temps et dans l'espace, un acte qu'on peut voir. C'est en ce moment que *commence* le dialogue véritable, car Phèdre lui explique la morale tragique qui a de toutes autres exigences :

> Grâces au Ciel, mes mains ne sont point criminelles.
> Plût aux Dieux que mon cœur fût innocent comme elles! (I, 3.)

Œnone insiste :

> Et quel affreux projet avez-vous enfanté
> Dont votre cœur encor doive être épouvanté? (I, 3).

Mais Phèdre hésite. Elle sait que la vraie faute, l'erreur, c'est le dialogue avec le monde; pour l'instant, elle a encore la grandeur du refus, la grandeur de Junie et de Titus.

> Je t'en ai dit assez : épargne-moi le reste.
> Je meurs, pour ne point faire un aveu si funeste. (I, 3)

Œnone continue cependant, elle insiste et menace de se tuer. Phèdre, qui est sur le point de céder, lui dit clairement les conséquences qu'elle entrevoit de la pente sur laquelle elle se sent entraînée :

> Quel fruit espères-tu de tant de violence?
> Tu frémiras d'horreur si je romps le silence.

> Quand tu sauras mon crime, et le sort qui m'accable,
> Je n'en mourrai pas moins, j'en mourrai plus coupable. (I, 3.)

Mais Œnone a beaucoup trop de « bon sens » pour croire aux « exagérations » de Phèdre [1], aussi continue-t-elle ses exhortations. Phèdre cède enfin — elle pense encore ne le faire que pour un instant, celui de l'aveu, du dialogue, et réaliser ensuite sa résolution de quitter le monde — elle accepte de mettre — pour un instant seulement — Œnone en contact avec la réalité tragique. L'instant est solennel, aussi est-il annoncé par une nouvelle indication de mise en scène :

> Tu le veux. Lève-toi (I, 3).

---

1. Nous ne saurions éviter, en pensant cela, de penser aux deux *Faust* réalistes de Lessing et de Valéry, dont le premier ne croit pas au diable et le second n'en voit ni l'utilité ni le danger.

On s'approche debout de l'univers de la tragédie.

Mais lorsqu'il s'agit de faire part à Œnone de ses désirs, de ses exigences, Phèdre recule à nouveau. Le premier dialogue ébauché avec Œnone est allé jusqu'à la décision de Phèdre d'abandonner le dialogue solitaire avec les dieux pour se confier à sa nourrice, jusqu'à l' « Œnone, lève-toi ». A l'instant, cependant, où il s'agit de réaliser cette décision, de la mettre en œuvre, Phèdre recule et retrouve le dialogue avec les dieux muets :

> Ciel! que lui vais-je dire? et par où commencer?...
>
> O haine de Vénus! O fatale colère!
> Dans quels égarements l'amour jeta ma mère!...
>
> Ariane, ma sœur! de quel amour blessée,
> Vous mourûtes aux bords où vous fûtes laissée!...
>
> Puisque Vénus le veut, de ce sang déplorable
> Je péris la dernière, et la plus misérable. (I, 3).

Mais les dés sont jetés, Phèdre parlera enfin à Œnone, elle avouera son amour pour Hippolyte, non pas pour l'Hippolyte réel qui part et qui aime Aricie, mais pour un être imaginaire, un Hippolyte pur et sans faiblesse, pouvant inspirer une passion fatidique et criminelle. Une passion que Phèdre condamne sans doute, mais dont elle est fière aussi, à condition bien entendu de lui résister en refusant la vie et en quittant le monde :

> J'ai conçu pour mon crime une juste terreur.
> J'ai pris la vie en haine, et ma flamme en horreur.
> Je voulais en mourant prendre soin de ma gloire,
> Et dérober au jour une flamme si noire.
> Je n'ai pu soutenir tes larmes, tes combats.
> Je t'ai tout avoué, je ne m'en repens pas,
> Pourvu que de ma mort respectant les approches
> Tu ne m'affliges plus par d'injustes reproches,
> Et que tes vains secours cessent de rappeler
> Un reste de chaleur tout prêt à s'exhaler (I, 3).

Mais voilà qu'aux insistances d'Œnone qui appelle Phèdre à la vie s'ajoutent des transformations — apparentes il est vrai — dans le monde extérieur. Panope annonce que Thésée est mort. La passion de Phèdre semble devenir légitime. Œnone renchérit immédiatement :

> Votre flamme devient une flamme ordinaire. (I. 5).

Elle insiste en plus sur le devoir de Phèdre de protéger son fils, dont les intérêts se joignent à ceux de sa passion. Tout concourt au même but, le monde — nous pourrions dire le diable — a réussi à convaincre Phèdre. L'illusion et avec elle l'erreur, la faute suprême dans l'univers tragique, commence.

Thierry Maulnier a insisté à juste titre sur ce qu'a de paradoxal jusqu'en ses derniers replis l'espoir de Phèdre d'obtenir l'accord d'Hippolyte. Car — avec sa morale et avec ses exigences — ce qu'elle aime en lui, c'est précisément ce qu'elle croit lui reconnaître — à tort d'ailleurs — d'étranger et de contraire au monde, ce qui — croit-elle — le sépare de Thésée. Ce par quoi, précisément, il ne saurait aimer personne, et Phèdre aussi peu que n'importe qui d'autre.

Mais à la passion de Phèdre, Hippolyte ne comprend rien et ne peut rien comprendre. Pour lui, c'est le triomphe du désir dans le sens le plus banal, le plus charnel du terme, désir devant lequel il dresse tout de suite le rempart de la loi — de *sa* loi et de *ses* dieux.

Tout d'abord, il ne croit pas à la mort de Thésée, à la suppression d'une légalité protégée par les dieux :

> Neptune le protège, et ce Dieu tutélaire
> Ne sera pas en vain imploré par mon père, (II, 5).

Phèdre parle un autre langage, elle a accepté de vivre dans le monde parce qu'elle croit que ce monde est sérieux, que les valeurs y sont poussées aux extrêmes et que la destinée des hommes y est — comme la sienne — plus forte que la volonté des dieux :

> On ne voit point deux fois le rivage des morts,
> Seigneur. Puisque Thésée a vu les sombres bords,
> En vain vous espérez qu'un Dieu vous le renvoie (II, 5).

Elle le retrouve cependant, idéalisé, pur, renouvelé, dans Hippolyte. Un mari qu'elle aurait pu aimer réellement sans commettre aucun péché, ni envers la passion ni envers la gloire. Un amour valable sans faute et sans renoncement.

Mais Hippolyte, qui connaît avant tout les lois de *son* monde, ne comprend rien au langage de Phèdre, si ce n'est qu'elle veut quelque chose de monstrueux puisqu'interdit par les lois :

> Dieux! qu'est-ce que j'entends? Madame, oubliez-vous
> Que Thésée est mon père, et qu'il est votre époux? (II, 5.)

Or, Phèdre ne l'a jamais oublié et elle pourra répondre, indignée à juste titre par ce malentendu :

> Et sur quoi jugez-vous que j'en perds la mémoire,
> Prince? Aurais-je perdu tout le soin de ma gloire? (II, 5.)

Pas un seul instant, en effet, elle ne s'est détournée de cette
gloire qu'Hippolyte lui reproche d'oublier. C'est précisément le
paradoxe tragique, incompréhensible aux personnages du
monde, à Hippolyte et à Thésée.

C'est pourquoi le malentendu devient encore plus profond
car, avec une logique qu'on pourrait appeler cartésienne [1], Hippolyte, qui croyait d'abord que Phèdre, en lui déclarant son
amour, avait oublié la loi, conclut maintenant en sens inverse
que si elle reconnaît et respecte la loi, il a mal compris sa
déclaration en pensant qu'elle l'aime, il en a honte et veut
fuir :

> Madame, pardonnez. J'avoue en rougissant,
> Que j'accusais à tort un discours innocent.
> Ma honte ne peut plus soutenir votre vue... (II, 5).

Mais en réalité, les deux fois, Hippolyte avait tort, et les deux
fois, il avait raison aussi, car Phèdre l'aime, mais elle l'aime
en se condamnant et elle se condamne au nom d'une recherche
de pureté que — dans le monde — elle ne peut exprimer ailleurs que dans son amour pour Hippolyte :

> ... Ah! cruel, tu m'as trop entendue.
> Je t'en ai dit assez pour te tirer d'erreur.
> Eh bien, connais donc Phèdre et toute sa fureur. (II, 5)

On ne peut vivre avec toutes ces contradictions, aussi entre-
voit-elle à nouveau qu'il n'y a pas d'autre issue que la mort.
Mais cela, précisément, c'est ce que ne comprend pas et ne
peut pas comprendre le monde. Œnone propose à Phèdre une
solution que nous connaissons déjà pour y être souvent adoptée.

> ... Que faites-vous, Madame? Justes dieux!...
> Venez, rentrez, fuyez une honte certaine. (II, 5).

Mais Phèdre *ne sait pas fuir*. Pour éviter *tout* malentendu,
Théramène qui arrive l'indiquera au metteur en scène :

> Est-ce Phèdre qui fuit, ou plutôt qu'on entraîne? (II, 6).

L'être que cette rencontre des deux univers a laissé terrorisé,
et sans force, ce n'est pas Phèdre, c'est Hippolyte.

> Je vous vois sans épée, interdit, sans couleur? (II, 6.)

---

1. « Trop de clarté obscurcit », écrivait Pascal contre Descartes.

Aussi puisque Phèdre ne fuit pas, il ne reste à Hippolyte qu'à fuir lui-même. Il le découvre dès les premiers mots :

> Théramène, fuyons. (II, 6).

On lui apporte cependant la nouvelle qu'Athènes s'est prononcée en faveur du fils de Phèdre. Il ne saura que s'en prendre aux dieux dont l'action providentielle ne s'avère pas tout à fait conforme à ses images d'Épinal :

> ... Dieux, qui la connaissez,
> Est-ce donc sa vertu que vous récompensez? (II, 6.)

L'acte III nous montre Phèdre et Œnone après la rencontre avec Hippolyte. L'illusion de pouvoir vivre a pris fin. Une nouvelle indication rétrospective de mise en scène nous dit que si Phèdre ne s'est pas tuée, c'est parce qu'Œnone, avec laquelle elle n'a pas encore rompu tous les liens, lui a arraché l'épée des mains.

> Pourquoi détournais-tu mon funeste dessein?
> Hélas! quand son épée allait chercher mon sein... (III, 1.)

Mais Œnone, incarnation du *bon sens*, et par là même du compromis, lui propose — puisqu'aussi bien Hippolyte ne veut pas de son amour — de s'occuper d'autre chose. Par exemple de régner. C'est précisément la solution raisonnable : pour vivre, il faut *renoncer* à ce qui est hors de notre atteinte et *choisir* ce que nous pouvons avoir. Minos *ou bien* Pasiphaé. Étrangère au désir de totalité, de réunion des contraires, Œnone trouve spontanément la même solution qu'Hippolyte, car elle appartient au même univers que lui :

> Ne vaudrait-il pas mieux, digne sang de Minos,
> Dans de plus nobles soins chercher votre repos,
> Contre un ingrat qui plaît recourir à la fuite,
> Régner, et de l'État embrasser la conduite? (III, 1.)

Et lorsque Phèdre élude :

> Moi régner!...
> Quand sous un joug honteux à peine je respire.
> Quand je me meurs. (III, 1)

Œnone insiste :

> Fuyez (III, 1).

Mais Phèdre répondra, en suivant la morale de son univers :

Je ne le puis quitter (III. 1).

Les rôles sont désormais renversés. L'amour pour Hippolyte, que Phèdre voulait étouffer dans le suicide au nom de la gloire et qu'Œnone lui avait présenté comme réalisable au nom d'un *bon sens* qui ne comprend jamais la grandeur humaine, s'est avéré hors d'atteinte. Aussi lorsqu'Œnone, au nom du même bon sens, conseille à Phèdre de renoncer, cette dernière va-t-elle, au nom de sa loi à elle qui exige d'aller toujours aux extrêmes, essayer au contraire tout pour gagner Hippolyte. C'est, dans son illusion, dans sa lutte pour réunir la vie et la pureté, l'extrême déchéance. Aussi, à peine Œnone partie, Phèdre retrouve-t-elle le dialogue solitaire avec la divinité.

> O toi qui vois la honte où je suis descendue,
> Implacable Vénus, suis-je assez confondue?
> Tu ne saurais plus loin pousser ta cruauté.
> Ton triomphe est parfait, tous tes traits ont porté.
> Cruelle, si tu veux une gloire nouvelle,
> Attaque un ennemi qui te soit plus rebelle.
> Hippolyte te fuit, et, bravant ton courroux,
> Jamais à tes autels n'a fléchi les genoux.
> Ton nom semble offenser ses superbes oreilles.
> Déesse, venge-toi, nos causes sont pareilles.
> Qu'il aime... (III, 2).

Mais l'échec est définitif. L'univers qui avait semblé un instant ouvert à l'existence du personnage tragique, retrouve ses cadres. Thésée revient et, avec lui, les lois se redressent dans toute leur implacable vanité, réunissant dans la même communauté Thésée, Œnone et Hippolyte.

Pour Œnone, il n'y a, bien entendu, qu'une solution. Il s'agit de *vivre* et pour cela il faut *s'insérer* dans l'univers renaissant, jouer le jeu, accuser Hippolyte. Pour Phèdre, c'est précisément ce qui n'a plus de sens. Elle n'a pas hésité à accepter la déchéance extrême, pour réaliser la Totalité, mais le moindre compromis pour vivre dans le partiel serait aussi absurde qu'indigne d'elle.

C'est au cours de cette discussion qu'Œnone est amenée à demander à Phèdre comment elle voit Hippolyte. La réponse de l'héroïne est d'une rigueur éclatante, elle montre (par antiphrase) ce que Phèdre a conservé de la vision janséniste du monde. On connaît la polémique autour de ce qui est la définition théologique de l'homme tragique : le juste pécheur. Or, Phèdre répondra dans deux vers presque contigus (séparés seulement par ceux que prononce Œnone) :

> De quel œil voyez-vous ce prince audacieux?
> Je le vois comme un monstre effroyable à mes yeux.

> Pourquoi donc lui céder une victoire entière?
> Vous le craignez : osez l'accuser la première... .
>
> Moi, que j'ose opprimer et noircir l'innocence! (III, 3.)

Si le juste pécheur est la définition en termes théologiques de l'homme tragique, l'homme du monde, de la vie quotidienne, ne saurait apparaître à celui-ci que comme ce qui lui est le plus opposé, comme son contraire : le monstre innocent. C'est exactement ainsi que Phèdre voit Hippolyte.

Œnone s'offre à accuser Hippolyte, elle n'a besoin que du silence de Phèdre qui, toute à sa passion, toute à l'espoir de vivre dans le monde, perdue dans le tourbillon illusoire dans lequel elle s'est laissée entraîner par Œnone, s'abandonne à celle-ci.

Mais cet abandon ne dure qu'un instant; de suite, elle reprendra conscience et ira devant Thésée rétablir la vérité. C'est alors, cependant, qu'elle recevra le coup vraiment mortel, lorsqu'elle apprendra de Thésée qu'Hippolyte aime Aricie. Nouvelle d'autant plus terrible qu'elle frappe doublement, et triplement en Phèdre, la jalousie de l'amante, le désir de pureté de l'héroïne tragique, et l'illusion d'avoir pu vivre dans le monde, d'avoir trouvé un être semblable, un partenaire possible.

Phèdre apprend non seulement qu'Hippolyte aime Aricie, qu'elle a une rivale, mais aussi qu'Hippolyte qu'elle croyait pur, aussi différent du monde, aussi opposé à lui qu'elle-même, en fait en réalité partie, qu'il ne diffère en rien de Thésée, d'Aricie et d'Œnone.

> Ce farouche ennemi qu'on ne pouvait dompter...
> Soumis, apprivoisé, reconnaît un vainqueur (IV, 6.)

Et chose, peut-être encore plus terrible, cet amour d'Hippolyte et d'Aricie est approuvé par l'ordre du monde, par les dieux qui gardent ses lois.

> Le ciel de leurs soupirs approuvait l'innocence. (IV, 6.)

Après les premières fureurs de la jalousie, Phèdre comprend sa faute et son illusion. La vie — possible pour Hippolyte et Aricie approuvés par leurs dieux — constitue pour elle la faute, le crime suprême. Elle avait eu raison au début, lorsque, décidée à quitter le soleil et la terre, elle aurait encore pu sauver sa pureté. Si les autres vivent sous le regard des dieux qui les protègent, elle ne saurait vivre que sous le regard d'un autre dieu qui la juge et qui ignore le pardon :

> Misérable! et je vis! et je soutiens la vue
> De ce sacré soleil dont je suis descendue!
> J'ai pour aïeul le père et le maître des Dieux.
> Le Ciel, tout l'univers est plein de mes aïeux.
> Où me cacher? Fuyons dans la nuit infernale.
> Mais que dis-je? mon père y tient l'urne fatale.
> Le sort, dit-on, l'a mise en ses sévères mains,
> Minos juge aux enfers tous les pâles humains.
> Ah! combien frémira son ombre épouvantée,
> Lorsqu'il verra sa fille à ses yeux présentée,
> Contrainte d'avouer tant de forfaits divers,
> Et de crimes peut-être inconnus aux enfers! (IV, 6.)

C'est la fin et de l'illusion et de la faute. Lorsqu'Œnone essayera à nouveau de parler de compromis, Phèdre, qui a retrouvé maintenant sa conscience initiale, qui connaît la vérité et que rien ne saurait plus entraîner dans l'erreur, Phèdre qui a rompu tout lien avec le monde — qu'il s'appelle Thésée, Hippolyte ou Œnone — le lui dira sans ambages :

> Qu'entends-je? Quels conseils ose-t-on me donner?
> Ainsi donc jusqu'au bout tu veux m'empoisonner.
> Malheureuse! Voilà comme tu m'as perdue.
> Au jour que je fuyais, c'est toi qui m'as rendue.
> Tes prières m'ont fait oublier mon devoir.
> J'évitais Hippolyte, et tu me l'as fait voir.
> De quoi te chargeais-tu? Pourquoi ta bouche impie
> A-t-elle en l'accusant osé noircir sa vie?
> Il en mourra peut-être, et d'un père insensé
> Le sacrilège vœu peut-être est exaucé.
> Je ne t'écoute plus. Va-t'en, monstre exécrable;
> Va, laisse-moi le soin de mon sort déplorable.
> Puisse le juste Ciel dignement te payer
> Et puisse ton supplice à jamais effrayer
> Tous ceux qui, comme toi, par de lâches adresses,
> Des princes malheureux nourrissent les faiblesses,
> Les poussent au penchant où leur cœur est enclin,
> Et leur osent du crime aplanir le chemin!
> Détestables flatteurs, présent le plus funeste
> Que puisse faire aux rois la colère céleste! (IV, 6.)

Rien ne saurait mieux faire voir l'abîme qui sépare le héros tragique du monde, que la réplique d'Œnone laquelle ne trouve rien à se reprocher et proteste devant ses dieux contre cette injustice [1] :

---

1. On se rappelle les vers analogues d'Hippolyte :

> *... Dieux, qui la connaissez,*
> *Est-ce donc sa vertu que vous récompensez?* (II, 6.)

> Ah, Dieux! pour la servir j'ai tout fait, tout quitté
> Et j'en reçois ce prix! Je l'ai bien mérité. (IV, 6)

Dès ce moment et jusqu'à la fin, Phèdre n'est plus sur scène; ce qui s'y déroule devant nos yeux, ce sont seulement les agitations désordonnées et fatidiques d'un monde que la présence de l'être tragique a mis en déroute, et qui, maintenant qu'il l'a définitivement quitté, en supporte encore les dernières conséquences.

Phèdre ne reviendra qu'à la fin, debout, ayant déjà absorbé le poison, pour rétablir la vérité et annoncer à Thésée que sa présence, qui troublait, d'une part, l'ordre du monde et, d'autre part, la clarté du soleil, a définitivement cessé :

> J'ai voulu, devant vous exposant mes remords,
> Par un chemin plus lent descendre chez les morts.
> J'ai pris, j'ai fait couler dans mes brûlantes veines
> Un poison que Médée apporta dans Athènes.
> Déjà jusqu'à mon cœur le venin parvenu
> Dans ce cœur expirant jette un froid inconnu;
> Déjà je ne vois plus qu'à travers un nuage
> Et le Ciel et l'époux que ma présence outrage;
> Et la mort, à mes yeux dérobant la clarté,
> Rend au jour qu'ils souillaient toute sa pureté. (V.7)

Sa présence outrage Thésée, mais c'est sa présence *au monde et à Thésée* qui outragerait le soleil; telle qu'elle est maintenant séparée par un abîme infranchissable du monde, d'Hippolyte, de Thésée et d'Œnone, sa faute est dépassée, le temps de la tragédie est aboli, il était non pas linéaire, mais circulaire.

Les mots avec lesquels elle était arrivée sur la scène :

> Soleil, je te viens voir pour la dernière fois. (I, 3)

correspondent rigoureusement à ceux avec lesquels elle la quitte :

> Et la mort, à mes yeux dérobant la clarté,
> Rend au jour qu'ils souillaient toute sa pureté. (V, 7)

Impassible, le soleil, dieu muet, continuera à briller sur un monde trop peu réel pour qu'il le voie. Personne ne sait et ne saura si Phèdre a retrouvé Minos et Phaéton, ses véritables compagnons. En l'absence de Phèdre, le monde retrouve son cours, ses communautés inessentielles se recréent, les souvenirs des désastres s'insèrent dans le train quotidien, les inimitiés même disparaissent devant le souvenir de l'être monstrueux qui a fait sentir, même à ceux qui dans le monde semblaient les plus opposés à quel point ils sont liés par une parenté plus fondamentale que toutes les haines; seulement... lorsque, au nom de ce monde, Thésée prend encore une fois la parole pour énoncer la morale de l'ordre établi, les acteurs hésitent parfois à jouer ce texte, qui constitue un passage abrupt de la tragédie à ce qui, en soi, serait un drame, mais si près de l'univers tragique confine à la comédie et à la farce.

Ce texte est nécessaire, cependant, pour éviter tout malentendu et pour rappeler au spectateur que, pour les yeux essentiels de la divinité, le cadavre n'est pas derrière la scène, là où se trouve le corps de Phèdre, mais sur le devant, dans la personne du roi qui va régner et gouverner l'État.

d) LES DRAMES SACRÉS

VII. — ESTHER ET ATHALIE

A vrai dire les deux drames qui, à deux années de distance, suivent le long silence dans lequel s'était plongé Racine après avoir écrit *Phèdre*, n'entrent plus dans le domaine de notre travail. Ce ne sont pas des tragédies, mais des pièces du *Dieu présent et manifeste*, des drames sacrés.

Aussi n'en parlerons-nous que brièvement pour souligner avant tout les conséquences formelles du dépassement de la tragédie.

Disons de suite, cependant, que malgré d'évidentes transpositions de l'expérience de Port-Royal, de ses « amis »[1] et même des souvenirs du jeune Racine, ils ne correspondent plus dans leur totalité ni à la pensée janséniste extrêmiste d'avant la paix de l'Église ni à l'expérience réelle des religieuses et des « Amis de Port-Royal ».

Ils expriment même une vision opposée au jansénisme tragique puisqu'à la place du Dieu caché et muet de la tragédie, ils présentent un univers dans lequel Dieu est victorieux et présent *dans le monde;* de même, ils ne reflètent pas non plus l'expérience janséniste puisqu'à notre connaissance Port-Royal n'a jamais *dans le monde* triomphé de ses adversaires.

Dans la mesure donc où ils se rattachent, néanmoins comme nous le pensons, au mouvement janséniste, ils expriment l'idéologie et les espoirs du groupe centriste arnaldien qui préconisait la défense du bien et de la piété *dans le monde;* encore faut-il ajouter qu'*Athalie* pousse cette idéologie à ses conséquences les plus radicales, et va dans la critique du pouvoir monarchique bien plus loin qu'Arnauld et Nicole n'étaient

1. Sur ce point, nous sommes entièrement d'accord avec les objections formulées par M. Jean Pommier (*Aspects de Racine*, Paris, Nizet, 1954, p. 221-238) contre l'ouvrage de M. Jean Orcibal (*La Genèse d' « Esther » et d' « Athalie »*, Paris, J. Vrin, 1950) et l'hypothèse qui rattache *Esther* aux Filles de l'Enfance de Toulouse et *Athalie* aux projets de restauration en Angleterre.

jamais allés (peut-être pourrait-on même la rattacher aux positions de Jacqueline Pascal [1]).

Ainsi ces deux pièces présentent-elles à l'historien — comme les douze années de silence qui les séparent de *Phèdre* — un problème qu'on ne saurait, dans l'état actuel de nos connaissances, résoudre de façon satisfaisante. Qu'est-ce qui a incité Racine à se retirer dans la vie privée, qu'est-ce qui l'a poussé à écrire après douze ans de silence les pièces du Dieu vainqueur, triomphant *dans le monde* des forces du mal?

Les exigences de sa fonction d'historien du roi, que souligne M. Pommier, le désir de Mme de Maintenon d'arranger des spectacles à Saint-Cyr, ne nous paraissent être que des *occasions extérieures*, comme il y en a des centaines dans la vie de tout écrivain. Une réponse valable devrait nous permettre de savoir pourquoi Racine a accepté et peut-être même choisi d'être historien du roi, pourquoi entre toutes les sollicitations qui se sont présentées à lui a-t-il choisi et réalisé seulement celles qui ont abouti à la rédaction d'*Esther* et d'*Athalie?*

A vrai dire, si M. Pommier oppose à juste titre à l'hypothèse de MM. Charlier et Orcibal le fait qu'*Athalie* raconte une révolte *interne* et non une intervention étrangère, on pourrait se demander si la révolution anglaise, le renversement de Jacques II et son remplacement par Guillaume d'Orange n'a pu être pour Racine précisément l'expérience décisive qui lui a permis de croire à la possibilité de *renverser* dans le pays même les pouvoirs établis. S'il ne faut donc pas modifier l'hypothèse de MM. Charlier et Orcibal dans un sens qui ne donnerait plus prise aux objections de M. Pommier?

Nous croyons cependant qu'une telle hypothèse s'appuierait sur trop peu de données concrètes pour pouvoir être soutenue sérieusement. Aussi nous contentons-nous de la mentionner en passant.

De même, le rattachement d'*Esther* aux antagonismes entre Mme de Maintenon et Louvois ne nous semble pas très convaincant. Mardochée et Esther sont les représentants de la volonté divine, et il y a dans le théâtre racinien une vision trop précise de la divinité pour qu'on puisse, sans raisons contraignantes ou tout au moins très sérieuses, admettre qu'il ait pu voir dans Mme de Maintenon et dans Colbert ses représentants et ses protégés.

Ainsi l'explication la plus sérieuse de cette évolution du théâtre racinien nous paraît encore se trouver dans l'évolution parallèle que subissait en même temps la pensée janséniste

---

1. La radicalisation des positions centristes d'Arnauld et de Nicole pouvait se faire — et s'est faite — à Port-Royal dans deux directions : refus de compromis dans la lutte pour la défense de la vérité (Jacqueline Pascal, Le Roi, etc.) ou bien refus du monde et retraite dans le silence et la solitude (Barcos).

elle-même qui, après la Paix de l'Église et la reprise ultérieure
des persécutions, perdait sous l'influence d'Arnauld tout caractère tragique pour se transformer en exigence *intramondaine*
d'un pouvoir étatique chrétien et conforme aux exigences de
l'Église et de la divinité.

Il ne faut pas oublier que si jusqu'en 1669 — à côté de la
Mère Angélique, de Barcos, de Pascal, de Singlin, etc., —
Arnauld faisait dans le groupe janséniste figure de théoricien
de l'aile modérée, il apparaît en 1689 — seul survivant — à
côté de Nicole qui avait abandonné la lutte, comme le chef
d'une opposition radicale aux abus du pouvoir.

On a souvent souligné, à juste titre pensons-nous, l'analogie
entre les personnages dramatiques de Mardochée dans *Esther*
et de Joad dans *Athalie* et le personnage réel d'Arnauld.
D'autre part, il ne faut pas oublier que si Port-Royal avait
refusé catégoriquement les premières tragédies de Racine,
Arnauld approuvait presque les drames sacrés (surtout *Esther*,
il est vrai, qui était bien moins radical qu'*Athalie*).

Les deux drames ne peuvent cependant pas être assimilés
du point de vue de leur niveau littéraire et dramatique. Quelle
que soit la beauté sans conteste des nombreux vers d'*Esther*,
la structure de la pièce a encore quelque chose de schématique
et de conventionnel. On serait tenté de dire qu'il s'agit d'un
premier essai de représenter la présence et la victoire de la
divinité *dans le monde*, d'une préparation de ce qui sera entièrement réalisé dans *Athalie*.

On pourrait en effet difficilement imaginer des personnages
plus conventionnels qu'Assuérus et Aman. Le bon roi trompé
par le méchant ministre, la jalousie et la vanité puériles d'Aman
comme mobiles de ses actions politiques, tout cela est un
ensemble de stéréotypes conventionnels, d'images d'Épinal,
que Racine a simplement revêtu du riche vêtement de sa poésie. Seuls Esther, Mardochée et les jeunes juives vivent réellement, animés probablement par les souvenirs d'une expérience
vécue — celle du jeune Racine à Port-Royal.

Tout autre, par contre, est l'univers d'*Athalie*. Les transpositions de l'expérience port-royaliste ne manquent bien entendu
pas. En plus du rapprochement déjà mentionné entre Joad et
Arnauld, il y a celui entre la scène dans laquelle Joas raconte
son éducation dans le temple (II, 5) et les souvenirs d'enfance
de Racine élève à Port-Royal parmi les solitaires.

Il faut aussi ajouter à ces analogies des vers comme les suivants, dans lesquels l'allusion paraît presque directe :

> Vos prêtres, je veux bien, Abner, vous l'avouer,
> Des bontés d'Athalie ont lieu de se louer.
> Je sais sur ma conduite et contre ma puissance

Jusqu'où dans leurs discours ils portent la licence.
Ils vivent cependant, et leur temple est debout. (II, 6).

ou bien :

Combien de temps, Seigneur, combien de temps encore
Verrons-nous contre toi les méchants s'élever?
Jusques dans ton saint temple ils viennent te braver.
Ils traitent d'insensé le peuple qui t'adore.
Combien de temps Seigneur, combien de temps encore
Verrons-nous contre toi les méchants s'élever?
Que vous sert, disent-ils, cette vertu sauvage?
   De tant de plaisirs si doux
   Pourquoi fuyez-vous l'usage
   Votre Dieu ne fait rien pour vous. (II, 9)

Mais la grande différence entre *Esther* et *Athalie* réside dans la structure du monde, dans la nature des rois et de la cour. *Esther* semblait en effet avoir perdu le réalisme implacable des tragédies raciniennes pour le remplacer par l'image stéréotypée du bon roi trompé par un ministre vaniteux et jaloux.

Athalie retrouve *sans aucune concession* l'affirmation de l'insuffisance absolue, du caractère radicalement mauvais du monde. Non seulement Athalie elle-même, mais encore Joas, l'instrument de Dieu, le roi légitime, sont entièrement mauvais et dépourvus de toute valeur morale. Joas est pur tant qu'il est l'élève des lévites et qu'il n'*est pas roi*. Son triomphe, on nous le dit expressément, lui enlève toute valeur humaine. De même, la cour est décrite en couleurs qui ne laissent rien à désirer :

Hélas! dans une cour, où l'on n'a d'autres lois
Que la force et la violence,
Où les honneurs et les emplois
Sont le prix d'une aveugle et basse obéissance,
Ma sœur, pour la triste innocence
Qui voudrait élever la voix? (III, 8 [1].)

Et pourtant la pièce est l'histoire de la victoire de Dieu sur un monde radicalement mauvais et qui le restera, tout au moins jusqu'à l'arrivée du Messie. Comme très souvent chez

---

[1]. Voir aussi les vers dans lesquels Mathan explique les moyens dont il a dû se servir pour réussir à la cour :

Et mon âme à la cour s'attacha tout entière.
J'approchai par degrés de l'oreille des rois,
Et bientôt en oracle on érigea ma voix.
J'étudiai leur cœur, je flattai leurs caprices,
Je leur semai de fleurs les bords des précipices.
Près de leurs passions rien ne me fut sacré.
De mesure et de poids je changeais à leur gré. (III, 3).

Racine, le premier vers résume et le personnage et l'ensemble du drame!

C'est Abner, le général d'*Athalie* qui le prononce :

> Oui, je viens dans son temple adorer l'Éternel.

L'antagonisme des deux sphères, celle de Dieu et celle du monde, est devenu si radical qu'aucun compromis n'est possible. Joas le dit dans des vers qui s'adressent probablement *aussi* aux « Amis de Port-Royal » dans le monde et implicitement à Racine lui-même!

> Je crains Dieu, dites-vous, sa vérité me touche.
> Voici comme ce Dieu vous répond par ma bouche :
> « Du zèle de ma loi que sert de vous parer?
> « Par de stériles vœux pensez-vous m'honorer?
> « Quel fruit me revient-il de tous vos sacrifices?
> « Ai-je besoin du sang des boucs et des génisses?
> « Le sang de vos rois crie, et n'est point écouté.
> « Rompez, rompez tout pacte avec l'impiété;
> « Du milieu de mon peuple exterminez les crimes,
> « Et vous viendrez alors m'immoler des victimes. » (I, 1)

Et pourtant dans la marche de ce monde radicalement mauvais, Dieu interviendra lui-même pour punir les méchants et assurer le déroulement du drame eschatologique.

On pourrait peut-être même dire que le Dieu d'*Athalie* conserve encore beaucoup de traits jansénistes. Il est le Dieu tel que l'imaginaient les « Amis de Port-Royal », non pas actuellement mais le jour où il décidera d'intervenir dans le monde pour punir les méchants (jour, ou plus exactement instant, qui peut arriver n'importe quand et que nous devons attendre sans cesse comme miracle toujours possible), le Dieu dont non seulement les buts mais les moyens mêmes sont purs, le Dieu qui dès maintenant se manifeste par des miracles ininterrompus.

Le lecteur habitué aux textes jansénistes ne peut pas méconnaître l'accent de vers comme ceux-ci :

> Et quel temps fut jamais si fertile en miracles?
> Quand Dieu par plus d'effets montra-t-il son pouvoir?
> Auras-tu donc toujours des yeux pour ne point voir,
> Peuple ingrat? Quoi! toujours les plus grandes merveilles
> Sans ébranler ton cœur frapperont tes oreilles? (I, 1.)

ou bien :

> Et comptez-vous pour rien Dieu, qui combat pour nous?
> Dieu, qui de l'orphelin protège l'innocence

Et fait dans la faiblesse éclater sa puissance;
Dieu, qui hait les tyrans et qui dans Jezraël
Jura d'exterminer Achab et Jézabel;
Dieu, qui frappant Joram, le mari de leur fille,
A jusque sur son fils poursuivi leur famille;
Dieu, dont le bras vengeur, pour un temps suspendu,
Sur cette race impie est toujours étendu. (I, 2)

Et pourtant, nous l'avons dit, la victoire présente de Dieu, l'existence du chœur nous paraît le contraire de la pensée janséniste. Non pas que celle-ci n'ait souvent envisagé cette victoire, qu'elle ne l'ait pas à chaque instant attendue comme imminente. Mais, précisément, rien ne nous semble plus différent que l'attente d'une intervention divine dans un avenir même imminent, et la représentation de cette intervention comme actuelle et présente. C'est là un exemple de plus d'un fait que nous avons déjà plusieurs fois souligné au cours du présent ouvrage : un élément ne prend sa véritable signification que lorsqu'il est intégré dans l'ensemble dont il fait partie, de sorte que les éléments analogues ou même identiques peuvent avoir des significations rigoureusement contraires.

Qu'on nous permette en passant de souligner le réalisme profond avec lequel est décrite la défaite d'Athalie. Tous les historiens et sociologues des révolutions ont souligné la crise idéologique et intellectuelle des classes dominantes à la veille de leur chute; la défaite idéologique qui précède presque toujours la défaite politique. Rien n'est plus vrai — symboliquement, bien entendu — que le désarroi d'Athalie et de Mathan, et la séduction qu'exercent sur eux leurs adversaires (Joas sur Athalie, le temple sur Mathan [1]).

Du point de vue de la structure formelle des pièces, cette intervention entraînera deux grandes transformations : l'introduction du chœur et la suppression des unités de lieu et de temps.

En ce qui concerne la première, nous avons déjà dit les raisons structurelles pour lesquelles une tragédie moderne, même lorsqu'elle s'approche à tel point des tragédies grecques que le faisait *Phèdre*, doit nécessairement se passer de chœur. La tragédie grecque racontait l'histoire de l'homme qui sort de la communauté à l'instant où il reconnaît la vérité, la tragédie racinienne raconte l'histoire de l'homme qui est d'avance et irrémédiablement *seul*.

La communauté ne peut réapparaître qu'avec le dépasse-

---

1. Nabal :

  Où vous égarez-vous?
  De vos sens étonnés quel désordre s'empare?
  Voilà votre chemin (III, 5).

ment de la tragédie, et cela veut dire à l'instant où le héros se trouve dans l'univers du Dieu présent et victorieux. Aussi avons-nous vu le chœur s'esquisser derrière la scène, dans la fin de *Britannicus*, lorsque le peuple protège Junie, tue Narcisse et empêche Néron de pénétrer dans le temple.

Il n'y a rien d'étonnant à le trouver *sur la scène*, dans les deux drames sacrés. Passif dans *Esther* où il ne peut qu'admirer la Providence divine intervenant *dans et à travers le monde*, actif dans *Athalie* où la Providence intervient *contre* le monde et où il constitue lui-même son instrument.

Une autre répercussion de la présence divine sur la structure formelle des deux drames est la disparition de l'unité de temps et de lieu. Règle générale et convention au XVIIᵉ siècle, ces deux unités étaient dans la tragédie racinienne une nécessité interne, dans la mesure où ces tragédies se jouaient dans l'instant atemporel du refus et de la conversion *(Britannicus, Bérénice)* ou dans un temps circulaire qui retournait à l'instant du départ *(Phèdre)*.

Or, cette raison ne vaut plus pour les drames sacrés. Aussi voyons-nous Racine abandonner délibérément l'unité de lieu dans *Esther* — la pièce de l'intervention divine dans et à travers le monde — dont les trois actes se situent en trois lieux différents, mais surtout dans *Athalie*, la pièce de l'intervention eschatologique, sacrale de la divinité dont le temps n'est plus l'instant, ni aucun autre temps humain, mais l'éternité; c'est la raison de la vision de Joad (acte II) au cours de laquelle il voit clairement l'avenir jusqu'à l'arrivée du Messie.

Avec *Athalie*, le théâtre racinien se termine sur une note optimiste de confiance et d'espoir, mais d'espoir en Dieu et en l'éternité qui n'implique aucune concession sur le plan du réalisme terrestre, et nous ne sommes pas très sûr que la note dont M. Henri Maugis a accompagné dans l'édition scolaire des classiques Larousse, les derniers vers d'*Athalie* : « La pièce se termine sur une impression d'apaisement et de sérénité [1] », ne soit pas un contresens assez grave. C'est au contraire l'ange exterminateur, la menace contre le roi et la cour, l'espoir d'une promesse pour les persécutés que nous croyons entendre dans ces derniers vers que Racine fait encore dire sur la scène de son théâtre :

> Par cette fin terrible, et due à ses forfaits,
> Apprenez, roi des Juifs, et n'oubliez jamais,
> Que les rois dans le Ciel ont un juge sévère,
> L'innocence un vengeur, et l'orphelin un père. (V, 8.)

---

1. RACINE : *Athalie*, Paris, Éd. Larousse, p. 98, note 4.

APPENDICE

Problèmes de biographie.

Ayant répété maintes fois au cours du présent ouvrage que les problèmes qui touchent à la biographie et au mécanisme psychique de la création littéraire nous paraissent trop complexes pour que nous puissions prétendre en ébaucher une étude scientifique sérieuse, nous pourrions et nous devrions peut-être arrêter ici l'étude de la vision tragique dans le théâtre racinien. Et cela d'autant plus que nous ne sommes nullement compétent pour atteindre, ne serait-ce que le niveau aujourd'hui accessible d'une étude biographique.

Pourtant la simple comparaison entre les faits extérieurs de la biographie de Racine et l'analyse interne que nous venons d'esquisser de ces pièces suggère presque d'elle-même une hypothèse que nous n'oserions pas soutenir comme certaine, mais qu'il nous paraît utile de mentionner, ne serait-ce que pour indiquer la direction dans laquelle devraient, selon nous, s'orienter les recherches ultérieures.

Dans un article remarquable [1], M. Orcibal a montré que jusqu'à l'âge de dix-neuf et même de vingt ans l'éducation de Racine s'est faite soit à Port-Royal même, soit dans des milieux profondément imprégnés de son esprit (collèges de Beauvais, d'Harcourt, etc.). Ceci explique de manière assez naturelle l'importance qu'aura Port-Royal pour son œuvre et pour toute sa vie ultérieure.

A la fin de son article, M. Orcibal écrit cependant que sous « la pression de tant de caractères vigoureux, le jeune Racine ne pouvait être qu'un saint ou un révolté » (p. 13).

En réalité, il nous semble qu'il n'est tout d'abord devenu ni l'un ni l'autre, mais quelque chose de beaucoup plus complexe, ce qu'on pourrait appeler un renégat à mauvaise conscience.

Celui qui connaît en effet, tant soit peu, la littérature janséniste des années 1638-1661 et surtout celle du jansénisme extrêmiste sait l'importance *extraordinaire* qui est accordée à un péché entre tous qui semble être pour la conscience janséniste le péché par excellence : celui de rechercher un bénéfice ecclé-

---

1. Jean Orcibal : *La Jeunesse de Racine. Revue d'Histoire littéraire*, 1951, n° 1.

siastique, ou même de l'accepter sans difficulté et sans garantie absolue de vocation authentique. Port-Royal, à cette époque, abritait de nombreux prêtres qui avaient abandonné leur paroisse, n'étant pas absolument certains de l'authenticité de leur vocation. Quelques-uns d'entre eux — Guillebert, Maignart, Hillerin — étaient célébrés et admirés dans le milieu janséniste, précisément à cause de cet abandon.

Or, une des premières réactions du jeune Racine en 1661, à peine échappé aux milieux jansénistes, est de se rendre à Uzès dans l'espoir d'obtenir grâce aux relations de son oncle Sconin, un bénéfice ecclésiastique. C'était non pas une action condamnable, mais *le* péché par excellence, et probablement bien moins une rébellion contre l'idéologie janséniste qu'une « trahison » à l'intérieur même de cette idéologie.

Il ne faut, en effet, pas aller très loin dans l'hypothèse pour admettre qu'à Port-Royal on avait beaucoup plus parlé au jeune Racine des difficultés de résister aux tentations du monde que des difficultés d'y percer et d'y réussir.

C'est une des déformations caractéristiques des petits groupes persécutés que d'exalter l'héroïsme de la résistance aux pouvoirs en mettant l'accent sur le prix élevé que les persécuteurs offrent à la trahison et sur le mérite qu'il y a à ne pas succomber.

Aussi le jeune Racine a-t-il pu s'imaginer l'obtention du bénéfice qu'il espérait, bien plus aisée qu'elle ne s'est avérée en réalité, et une des premières découvertes qu'il a dû faire à Uzès a été celle d'un « monde » bien plus complexe que le schéma linéaire que lui en avaient tracé ses maîtres; il n'a en effet pas pu obtenir le bénéfice espéré.

On peut sans trop de difficultés imaginer l'état d'esprit du jeune poète qui, après avoir trahi une idéologie qui était non seulement, il y a peu de temps encore la sienne, mais aussi actuellement, celle de sa famille et de ses maîtres, venait de découvrir que cette trahison ne payait pas et qui, de plus, était en butte aux reproches — qui s'avéraient doublement justifiés sur le plan moral et pratique — de tous ceux auxquels il s'était attaché dans sa jeunesse. La réaction la plus naturelle à cet état de choses était un ensemble de sentiments ambivalents, aussi bien à l'égard de Port-Royal qu'à l'égard du « monde ».

Au demeurant, il fallait faire bonne mine à la défaite, et puisqu'on était entré dans le « monde » essayer de trouver un moyen de vivre sans trop de désagréments. Aussi le bénéfice étant hors d'atteinte, Racine s'essayera-t-il dans la littérature en écrivant des pièces de théâtre. Il fera jouer en 1664 *la Thébaïde* et en 1665 *Alexandre*, deux pièces étrangères à toute vision janséniste de l'Univers.

Nous venons cependant d'écrire que ses sentiments envers Port-Royal étaient probablement ambivalents. En tout cas, il est certain que pendant qu'il écrivait et faisait jouer des pèces profanes, il devait s'inquiéter d'assez près des réactions du groupe janséniste pour remarquer et rapporter à lui le bref passage des *Visionnaires* qui reprochait à Desmarets d'avoir jadis écrit des pièces de théâtre et d'avoir été un empoisonneur public. On connaît sa réaction. La première lettre à Port-Royal, qui est une attaque virulente, mais qui apparaîtrait peut-être moins insolite si l'on tient compte du fait qu'à l'instant où Racine avait quitté le groupe, l'autorité de Nicole et même d'Arnauld y était beaucoup moins établie et unanimement reconnue qu'elle ne le deviendra par la suite [1].

Quoi qu'il en soit — et Racine le dira expressément dans la seconde lettre — il n'est pas, malgré cette publication, un adversaire des jansénistes, il prétend même être un de leurs meilleurs amis. La seconde lettre ne sera d'ailleurs pas publiée grâce probablement à l'intervention de son ancien maître Lancelot.

Cette polémique semble cependant avoir renforcé et actualisé dans la conscience du jeune poète le problème de ses relations avec le monde et avec Port-Royal. C'est probablement ce qui a permis et facilité la grande découverte littéraire de laquelle est née la tragédie racinienne.

Les solitaires et les religieuses de Port-Royal concevaient, en effet, la vie comme un *spectacle devant Dieu*, le théâtre était en France, jusqu'à l'arrivée de Racine, un *spectacle devant les hommes*; il suffisait d'en faire la synthèse, d'écrire pour la scène le *spectacle devant Dieu*, d'ajouter aux spectateurs humains habituels le spectateur muet et caché qui les dévalorise et les remplace, et la tragédie racinienne était née.

C'est en 1666 que Racine écrit les « lettres à l'auteur des hérésies imaginaires » et « à ses apologistes » et c'est entre 1667 et 1670 que se situent les premières représentations des trois tragédies sans péripétie et reconnaissance, des trois pièces du refus *(Andromaque, Britannicus, Bérénice)*. C'est à cette époque que se situent probablement aussi — puisque Racine compense entre autres par sa création littéraire sa trahison de l'idéologie de Port-Royal — les vers satiriques contre les signataires du Formulaire.

Psychiquement, Racine trouvait ainsi un équilibre assez fréquent dans l'histoire littéraire : celui de l'écrivain qui exprime dans son œuvre les valeurs qu'il n'a pas réalisées dans la vie, qu'il a même trahies et qu'il peut précisément à cause de cela

---

1. Voir à ce sujet L. GOLDMANN : *Correspondance de Martin de Barcos, abbé de Saint-Cyran.*

réaliser entièrement et avec une extrême cohérence dans l'univers fictif et imaginaire de sa création.

Or, c'est précisément lorsqu'il avait atteint cet équilibre qu'éclate l'événement qui le bouleversera entièrement : la Paix de l'Église de 1669.

Ce que Racine avait fait en 1661 individuellement et avec mauvaise conscience, Port-Royal le faisait officiellement et en bloc : la réconciliation avec le monde et les pouvoirs. Les conséquences étaient doubles pour Racine : d'une part, sa trahison devenait par cela même moins grave, moins exceptionnelle, elle ne portait plus que sur des points de détail (le fait d'écrire des pièces, ses liaisons amoureuses, etc.), mais, d'autre part, la mauvaise conscience qu'il avait envers son compromis s'étendra à celui que venait d'accepter le groupe janséniste tout entier. D'où la dualité que nous avons dégagée dans les trois drames de la vie intramondaine qu'il écrira après les tragédies du refus.

Néanmoins, de *Bajazet* à *Iphigénie*, ces drames suivent progressivement les événements réels. Vue du côté du pouvoir, la Paix de l'Église n'était qu'un élément d'une sorte d'union intérieure générale [1], destinée à faciliter la grande expédition militaire que préparait Louis XIV : la guerre de Hollande. Celle-ci commence en 1672 et la supériorité militaire de l'armée française semble annoncer une expédition brève et sûre du succès. En réalité, la résistance acharnée de la Hollande dirigée par Guillaume d'Orange en fera une guerre longue et difficile qui ne se terminera qu'en 1678. Aussi voyons-nous Racine faire représenter successivement en 1672, *Bajazet*, la pièce du héros qui essaie sans réussir de vivre dans le monde en recourant au compromis et au mensonge; en 1673, *Mithridate*, la pièce historique dans laquelle toutes les contradictions sont surmontées grâce à la mission historique, à la guerre contre l'empire et, en 1674, *Iphigénie*, la pièce d'une guerre que les dieux prolongent, qui se heurte à des obstacles difficiles à surmonter, mais qui, néanmoins, finit par se terminer victorieusement.

En 1675, cependant, dans le pays appauvri par les charges

---

1. Même un pamphlet antimonarchique comme *Les Plaintes des protestants cruellement opprimés dans le Royaume de France*, Cologne, 1686, reconnaît l'adoucissement des persécutions en 1669. Après avoir parlé des efforts pour empêcher et interdire l'émigration, le texte continue : « Mais ces précautions étoient assez inutiles, et il valoit mieux jeter de la poudre aux yeux du peuple et faire de fois a autre des choses qui puissent nous donner quelque espérance d'adoucissement ou nous dérober au moins en quelque manière la veue du grand dessein qu'on avoit. Ce fut donc dans cette intention que par la Déclaration de 1669 on fit révoquer au Roi plusieurs arrêts violents qui avoient été déjà donnés dans son Conseil. Ce qui produisit son effet car, quoyque les plus éclairés connussent bien que ce petit tempérament ne venoit pas d'un bon principe, et que dans la suite on ne laissa pas d'exécuter ces mêmes arrêts, la plupart du monde, néanmoins, s'imagina qu'on vouloit encore garder des mesures à notre égard et qu'on ne songeoit point à une destruction totale » (p. 48-49).

de la guerre, des révoltes éclatent en Bretagne et en Guyenne [1].

La répression qui s'ensuit entraîne un changement de la politique générale du pouvoir et s'étendra bientôt entre autres aux jansénistes eux-mêmes, la Paix de l'Église prend fin.

Les réserves de Racine s'avèrent ainsi justifiées : il a eu raison contre Port-Royal, l'espoir de pouvoir vivre dans le monde sans concession essentielle était illusoire, on en était revenu au point de départ. Entre 1675 et 1677, Racine écrira *Phèdre* qui transpose sur le plan littéraire cette expérience et cet échec.

Par cela même, cependant, la mauvaise conscience envers Port-Royal disparaît et implicitement la littérature du refus et même la littérature tout court. Racine n'y reviendra qu'avec *Esther* et *Athalie*, lorsque le jansénisme devenu arnaldien ne posera plus le problème du refus, mais celui de la victoire de la *religion* dans le *monde* et lorsque la révolution anglaise aura montré que les pouvoirs établis ne sont pas nécessairement éternels.

Tout cela n'est évidemment qu'une hypothèse, elle ne nous paraît cependant ni plus osée ni moins probable que la plupart de celles qui ont déjà été échafaudées dans de nombreux autres travaux traitant de la vie de Racine; or, elle a l'avantage de rendre compte d'un ensemble de corrélations resté inaperçu jusqu'à ces toutes dernières années ainsi que de l'importance exceptionnelle qu'a toujours eu Port-Royal pour l'œuvre et la conscience du poète.

Même si cette hypothèse s'avérait, cependant, erronée, les relations à partir desquelles elle a été élaborée entre, d'une part, les pièces de Racine et, d'autre part, la pensée et la vie du groupe des « Amis de Port-Royal » nous paraissent certaines, et cela indépendamment du fait que Racine en ait été ou non conscient.

C'est pourquoi l'analyse interne du théâtre racinien esquissée dans les pages qui précèdent nous paraît indépendante de toute hypothèse biographique.

---

1. « Plusieurs années s'écoulèrent pendant lesquelles le calme dont jouissait Paris semble s'être étendu aux provinces, ou, si quelques mouvements se produisirent, ils eurent peu d'importance. Il faut arriver à 1675 pour rencontrer deux nouvelles insurrections, les plus formidables du règne. » (P. CLÉMENT, *Histoire de Colbert*, Paris, 1874, t. II, p. 254.) P. Clément est d'ailleurs à notre connaissance un des rares historiens de langue française qui ait accordé une étude sérieuse de quarante pages aux émeutes paysannes pendant le règne de Louis XIV.

Lucien Goldmann
Le Dieu caché

PG 145.1 G64 D54

TABLE DES MATIÈRES

PREMIÈRE PARTIE

LA VISION TRAGIQUE

DEUXIÈME PARTIE

LE FONDEMENT SOCIAL ET INTELLECTUEL

TROISIÈME PARTIE

PASCAL

QUATRIÈME PARTIE

RACINE

DU MÊME AUTEUR

LE DIEU CACHÉ
RECHERCHES DIALECTIQUES
POUR UNE SOCIOLOGIE DU ROMAN
INTRODUCTION A LA PHILOSOPHIE DE KANT
MARXISME ET SCIENCES HUMAINES

Aux Presses Universitaires de France

CORRESPONDANCE DE MARTIN DE BARCOS, ABBÉ DE SAINT-CYRAN

Aux Éditions de l'Arche

RACINE

Aux Éditions Gonthier

SCIENCES HUMAINES ET PHILOSOPHIE *(Collection Médiations)*

TEL

... tels qu'ils ont été publiés dans leur édition originale.
Une collection qui rassemble,
de tous les horizons de la pensée contemporaine,
des ouvrages qui ont fait leurs preuves.

Volumes parus

LA COMPOSITION, L'IMPRESSION ET LE BROCHAGE DE CE LIVRE
ONT ÉTÉ EFFECTUÉS PAR FIRMIN-DIDOT S.A.
POUR LE COMPTE DES ÉDITIONS GALLIMARD.
ACHEVÉ D'IMPRIMER LE 3 NOVEMBRE 1976

Imprimé en France
Dépôt légal : 4ᵉ trimestre 1976
N° d'édition : 21699 — N° d'impression : 9680

21699